VIÑA

RAGON.

Como fuego en el hielo

Novela

Biografía

Luz Gabás nació en 1968 en Monzón (Huesca). Después de vivir un año en San Luis Obispo (California), estudió en Zaragoza, donde se licenció en Filología Inglesa y obtuvo más tarde la plaza de profesora titular de escuela universitaria. En 2007 decidió trasladarse al Valle de Benasque y escribir su primera novela. *Palmeras en la nieve* (2012) se convirtió rápidamente en el debut español de más éxito de ese año, copando las listas de los más vendidos durante más de 50 semanas, y fue traducida a distintos idiomas. La adaptación al cine de la novela supuso un rotundo éxito en taquilla y la película consiguió dos premios Goya. Con *Regreso a tu piel* (2014), Luz Gabás se consolidó como una de las grandes autoras de nuestros días, por lo que ha recibido el reconocimiento de lectores y asociaciones de libreros de toda la geografía española. En 2017, ambas novelas fueron publicadas en Estados Unidos. Luz dedica el tiempo libre que su actividad literaria le permite a su familia, sus amigos y sus animales. Su última novela es *Como fuego en el hielo* (2017).

Luz Gabás
Como fuego en el hielo

Planeta

El papel utilizado para la impresión de este libro está calificado como **papel ecológico** y procede de bosques gestionados de manera **sostenible**.

No se permite la reproducción total o parcial de este libro,
ni su incorporación a un sistema informático, ni su transmisión
en cualquier forma o por cualquier medio, sea éste electrónico,
mecánico, por fotocopia, por grabación u otros métodos,
sin el permiso previo y por escrito del editor. La infracción
de los derechos mencionados puede ser constitutiva de delito
contra la propiedad intelectual (Art. 270 y siguientes del Código Penal).
Diríjase a CEDRO (Centro Español de Derechos Reprográficos) si necesita
fotocopiar o escanear algún fragmento de esta obra. Puede contactar
con CEDRO a través de la web www.conlicencia.com
o por teléfono en el 91 702 19 70 / 93 272 04 47

© Luz Gabás, 2017
© Editorial Planeta, S. A., 2019, 2020
 Avinguda Diagonal, 662, 6.ª planta. 08034 Barcelona (España)
 www.planetadelibros.com

Adaptación de la cubierta: Booket / Área Editorial Grupo Planeta
Imagen de la cubierta: © Lidia Vilamajó; © Elena Alferova / Trevillion Images
Ilustraciones del interior: © Archivo Fundación Hospital de Benasque
Primera edición en esta presentación en Colección Booket: septiembre de 2019
Segunda impresión: enero de 2020

Depósito legal: B. 16.237-2019
ISBN: 978-84-08-21464-9
Impresión y encuadernación: CPI (Barcelona)
Printed in Spain - Impreso en España

Para quienes en su interior rugen el ímpetu y la tormenta.

*Y para José Español Fauquié,
por el amor y la serenidad con los que me calma.*

«¿Y quién es capaz de mantener su corazón dentro de los bellos linderos cuando el mundo le golpea con los puños? Cuanto más nos ataca la nada, que bosteza a nuestro alrededor como un abismo, o cuanto más nos atacan los miles de cosas de la sociedad y actividad del hombre, las cuales nos persiguen sin alma y sin amor, con tanta mayor pasión, firmeza y poder hemos de resistirnos por nuestra parte...»

Friedrich Hölderlin, *Carta a su hermano*
2 de noviembre de 1797

1

Agosto de 1843

—Todavía estás a tiempo de solucionar este asunto de manera pacífica...

Attua ya no sabía qué más hacer para convencer a Matías de que aquello era una locura. Le había repetido la misma frase docenas de veces en los últimos minutos, intentando ganar tiempo para que se despejase de los efectos del alcohol y se diese cuenta de que había que deshacer el entuerto como fuera. Él mismo se sentía aturdido y nervioso. Hacía apenas un par de horas estaba riéndose en la taberna y ahora, en los tibios momentos antes del amanecer, era el padrino de un improvisado duelo en el que podía perder a su mejor amigo.

—¡No pienso echarme atrás! —repitió Matías con voz un tanto pastosa. Por mucho que intentara sonar firme, no podía disimular su miedo—. ¡Yo no soy ningún cobarde! ¿Qué se ha creído el muy insolente?

—Esto va en serio —dijo Attua exasperado—. No es un juego de niños. No estás reventando vejigas de cordero llenas de agua para enfadar al párroco...

Matías esbozó una breve sonrisa al recordar su trastada más repetida y famosa de la infancia, por la que su padre había agotado su repertorio de castigos. Le pareció escuchar el sonido bronco y seco de la pequeña explosión que transformaba el profundo silencio de la oscura iglesia en gritos de sorpresa y protesta. Luego llegaba la mirada de reproche —pero también divertida— de Attua y el arrepentimiento que lo hacía encogerse en su banco, con una actitud fingidamente serena, la mirada hacia el suelo, la blanda y amorfa vejiga escondida entre las manos, el labio superior temblándole ligeramente al ser consciente de que su audacia había sido más bien imprudencia. Entonces su padre, furioso, lo cogía por la oreja y lo sacaba de la iglesia. El último bando del alcalde dejaba bien claro que estaba prohibido reventar vejigas en el templo. Que fuera su propio hijo quien incumpliera sus órdenes era algo que el hombre no podía soportar.

Enseguida retornó su enfado.

—¡Tú estabas allí, Attua! ¡Cuando se ha enterado de que era del norte me ha llamado bandolero y carlista! ¿Cómo habrías reaccionado si te lo hubiera dicho a ti?

Attua no respondió de inmediato. Matías y él compartían recuerdos, aficiones, confidencias e ilusiones, pero eran diferentes. Aunque ambos eran jóvenes entusiastas, Matías era el indomable a quien el juicioso Attua conseguía serenar cuando consideraba que estaba próximo a traspasar ciertos límites. En esa ocasión, no obstante, ni la serenidad ni el temple parecían surtir efecto. Decidió, como último recurso, llevar su argumentación al extremo:

—¿Vale la pena morir por un arrebato, Matías? ¿No es más importante la vida que el honor, apenas mancillado por unas palabras pronunciadas bajo los efectos de la bebida?

Matías lo miró con expresión horrorizada.

—¿Y tú vas a ser militar? —soltó enfadado—. ¡Una ofensa es una ofensa, sea contra un país o contra una persona! —Entrecerró los ojos—. Te conozco bien. Mientes para convencerme, pero no lo lograrás. ¿Permanecerías impasible si alguien insultara a una mujer que yo me sé? —La turbación en el rostro del otro le indicó que había acertado de lleno.

—¡No es lo mismo! —replicó Attua un tanto molesto pero firme. No iba a caer en la trampa argumental que Matías, el único que conocía su secreto, quería emplear para desviar el tema—. Tú ni eres bandolero ni carlista. Tu desmedida reacción indica que te has sentido aludido... ¡por algo que ni siquiera eres!

Matías apretó los dientes.

—Te aseguro, amigo mío, que cuando me topo con hombres como Juan de Moles me entran ganas de echarme al monte y defender los intereses de mi tierra de estos lechuguinos de la capital...

—No digas absurdeces... —Attua sabía que su amigo era un liberal progresista cuyas ideas chocaban muchas veces con las de su propio padre, un hombre moderado en todos los ámbitos de su vida. Por ninguna razón abrazaría Matías la causa de aquellos a quienes consideraba unos reaccionarios trasnochados.

La llamada del juez de campo interrumpió la conversación. Los dos adversarios y los padrinos se acercaron a él. A Attua la situación le parecía ridícula. No entendía de duelos, pero aquello se asemejaba más a una farsa. Le dolía profundamente que Matías se hubiera dejado embaucar con tanta facilidad, y se reprochaba que él mismo no fuera capaz de arrastrarlo lejos de esos desangelados aledaños de la Venta del Espíritu Santo, adonde habían acudido ellos a caballo, los otros en su tílburi. El otro tipo había salido esa noche con intención de batirse a toda costa, por vanidad, por chulería, por costumbre, por lo que fuera, y Matías había sido una presa fácil. Juan de Moles los había aguijoneado con sus palabras ofensivas hasta que su amigo entró al trapo. Prueba de ello era que sobre un tocón de chopo había un estuche de madera. ¿De dónde habría salido sino del propio coche del injuriante?

El improvisado juez, un muchacho de ojillos redondos cuya forzada seriedad no podía ocultar que todavía estaba ligeramente borracho, abrió el estuche y mostró las armas para que los padrinos las revisaran. Había dos pistolas afrontadas en torno a las cuales aparecían dispuestos en diversos compartimentos todos los utensilios necesarios para la carga, manejo y limpieza de las mismas. El padrino de Juan, un joven flaco y de barba crecida, eligió una de las armas y se dispuso a montar el cañón de ánima rayada sobre la empuñadura de forma curvada y plana. Seguidamente encajó la llave de pistón, introdujo una bala de plomo que empujó con la baqueta y vertió pólvora del cebador sobre la cazoleta. Lo hizo todo con tanta rapidez que a Attua no le cupo ninguna duda de que conocía bien esa pistola en concreto, prueba de que esos tipos estaban más que acostumbrados a esos duelos premeditados.

Al ver que Attua no corría a imitar al otro padrino, Juan, estirado todo lo que su columna vertebral le permitía para disimular su baja estatura, dijo en tono irónico:

—¿Es necesario que le montemos el arma?

Attua no respondió a la provocación, aunque la fugaz punzada de rabia que sintió le hizo comprender cómo Matías había terminado envuelto en una acalorada discusión con ese hombre menudo de cara redonda y mirada desafiante. Se sintió tentado de repetir las acciones del padrino barbudo con deliberada parsimonia, pero no quiso darles el gusto de que dudaran de su habilidad, así que optó por montar el arma con rapidez. Nunca había tenido entre sus manos ese modelo exacto, una Ulrich de Stuttgart de 1828, pero el procedimiento no difería de otras que tan bien conocía por sus estudios.

—Duelo a primera sangre... —dijo entonces el juez con artificial profesionalidad—. Hasta que uno de los contendientes haya recibido una herida que le ponga en condiciones de inferioridad respecto a su rival. Sitúense.

Attua se plantó por última vez frente a Matías y se inclinó sobre él para aminorar la diferencia de altura entre ambos. Matías era un joven de mediana estatura, complexión fuerte, cabello castaño claro y unos ojos verdes idénticos a los de su hermana Davina. Attua se estremeció al pensar que en pocos segundos esa expresiva mirada podría vaciarse de vida. ¿Cómo explicaría entonces esa situación tan absurda a su familia? ¿No sería también él culpable por haberla consentido?

—Detén este despropósito —le susurró mientras con gesto nervioso y protector levantaba el cuello del sobretodo de su amigo para ocultar el blanco de la camisa, pues sabía que ese era un excelente punto de mira para dirigir el disparo—. Haz lo que sea. Dispara al aire... Tal vez con eso se dé por satisfecho...

—¡Vaya recuerdo quedaría de mí, entonces! —dijo Matías con ironía. Inspiró profundamente antes de cambiar a un tono bromista—: Ya sé que eres mejor tirador que yo, pero tampoco lo hago tan mal. Creo que he abatido tantos rebecos en mi vida como tú. Imaginaré que es uno de ellos... —Apoyó la mano que no sujetaba la pistola en el antebrazo de Attua y lo miró directamente a los ojos—: Es mi decisión y, como mi buen amigo que eres, debes respetarla. Además, ya lo has oído: no es un duelo a muerte. Se terminará todo a la más leve herida de uno de los dos. Por lo poco que sé de este tipo, le gusta batirse en duelo, pero sin que haya muertos. Yo no pienso apuntarle al corazón. Confiaré en que él tampoco lo haga.

—Sitúense ya —repitió el director del combate—. Y retírense los padrinos.

Con aire de indiferencia al peligro, Juan de Moles esperaba a que Matías se colocara en la posición convenida, espalda contra espalda.

Los contendientes comenzaron a contar los veinte pasos que habían acordado.

Veinte pasos.

Veinte segundos que a Attua le parecieron un tormento. Quería que aquello terminase cuanto antes y, a la vez, que nunca comenzara.

Como si fuese él mismo quien se enfrentara a su propia muerte, por su memoria pasaron decenas de imágenes veloces sobre su vida: retazos de su infancia con sus padres, su hermana Belisa y sus amigos; recuerdos de las novedades de sus primeros viajes a la ciudad; y vívidas representaciones del cuerpo de Cristela pegado al suyo, desnudos ambos en su lugar secreto, en aquella misteriosa concavidad de agua caliente oculta en el gélido bosque donde había crecido, diseñando entre besos y caricias un futuro para ambos.

Le embargó una terrible sensación de celeridad y finitud y cerró los ojos.

Una voz preguntó:

—¿Listos?

Dos hombres contestaron afirmativamente y el quejido del percutor al amartillar las pistolas se clavó en lo más hondo de Attua.

Escuchó una palmada y un grito:

—¡En guardia!

Otra palmada:

—¡Apunten!

Abrió los ojos y admiró la serenidad con la que Matías sujetaba la pistola. Se había ladeado un poco para mantener una posición cómoda y no ofrecer un blanco tan fácil a su enemigo. No vislumbró en él ningún rastro de miedo.

Apretó los puños y rogó a Dios para que nada le sucediera a su amigo.

Y, entonces, sonó la tercera palmada:

—¡Fuego!

Sonó un disparo y Attua intuyó horrorizado que Juan había sido más rápido. A continuación se escuchó otro y ambos contendientes cayeron al suelo. Attua corrió hacia Matías y enseguida comprobó con alivio que solo había resultado herido en el hombro izquierdo, aunque de la herida manaba abundante sangre. Se apresuró a rasgar el tejido de la camisa y presionar con su pañuelo.

—Ya está, ya ha pasado… —repetía Matías con voz nerviosa—. He notado un dolor horrible en el hombro y me he tambaleado un poco, pero le he dado, ¿verdad? ¿Has visto cómo caía?

Attua asintió con la cabeza.

—Voy a informarme de su estado. Con esta herida, desde luego, tú ya has terminado.

Se dirigió hacia el punto donde había caído Juan. Su padrino y el director de combate estaban arrodillados junto a él. Attua se extrañó al no verlo incorporado todavía. El joven de ojillos redondos se levantó y le dijo con voz seria:

—Está muerto.

Attua no pudo evitar su sorpresa. Se acercó para comprobarlo por sí mismo y la imagen que vio lo dejó helado. La bala le había reventado un ojo. La muerte había sido instantánea. Probablemente, y tal como le había explicado Matías hacía un instante, al recibir el balazo en el hombro se había desestabilizado, por lo cual la trayectoria de su bala se había desviado un tanto, con tan mala fortuna que le había dado en pleno rostro.

Aunque se alegraba de que Matías siguiera vivo, Attua tuvo un terrible presentimiento. Participar en un duelo era un delito. Si todo se quedaba en dos heridos, nadie se enteraba, pero si, como era el caso, había un muerto, la situación no podía ser peor.

Tuvo claro que debían largarse de allí cuanto antes.

Caminó hacia Matías y lo ayudó a ponerse en pie y a montar en su caballo sin darle muchas explicaciones. Ya habría tiempo de pensar en cómo solucionar ese asunto cuando se recuperase un poco del dolor y de la pérdida de sangre.

Clareaba cuando cruzaron la ciudad. Un carro de basura aún terminaba de limpiar una calle: el tablón arrastrado por dos mulas rascaba la mugre del día anterior que no tardaría en cubrir de nuevo el empedrado. En la quietud del comienzo del día empezaban a escucharse cacareos, graznidos y cantos, algún gruñido de cerdo, algún ladrido, algún relincho, algún roznido. Despertaba ese Madrid de calles estrechas, irregulares, sucias por el día y enlodazadas cuando llovía que tanto recordaba a Attua a su pueblo natal y que se reproducía junto a las calles principales, de magníficas construcciones de mármoles, maderas nobles, hierro, cristal y estucos, llenas de elegantes cafés y comercios que Cristela adoraría: confiterías, sombrererías, sastrerías, librerías, tiendas de telas y cintas, de encajes y de plumas...

Sí. Cristela adoraría subir y bajar en carruaje por el paseo del Prado.

Pronto la ciudad sería un hervidero de gente. Ahora solo se cruzaron con otros jóvenes como ellos que se retiraban a dormir tras una noche de juerga —los pañuelos del cuello desanudados, los sombreros ladeados— acompañados de mujeres enjoyadas y ensortijadas que con sus finas botitas a la inglesa hacían equilibrios sobre los guijarros de puntas afiladas de las calles.

Attua no dejó de maldecir por lo bajo todo el trayecto hasta la casa donde se alojaba.

El miedo ante la posible muerte de Matías le había hecho pasar por alto la alternativa, que ahora era una realidad. Su amigo se había convertido en un asesino. O mucho se equivocaba, o sus planes inmediatos de regresar a casa se acababan de trastocar.

Y el único que podía ayudarlos era su tío.

2

En la cocina de la casa donde vivía con su tío, Attua lavó la herida de Matías. No le dijo nada, pero temía que no fuera tan limpia como había pensado en un principio. Le vendó el hombro y lo llevó a su dormitorio para que descansara un rato mientras él pensaba qué hacer a continuación. Matías cayó rápidamente en un profundo sueño.

Attua se apoyó unos instantes en la aplicación de bronce del pie de la cama. Debería llamar a un médico, pero ni tenían tiempo que perder ni debían dar pistas a nadie de lo sucedido. Un médico que curase una herida de pistola a un joven a esas horas de la mañana rápidamente deduciría que quizá tuviese algo que ver con la muerte de Juan de Moles.

Miró sus ropas. Estaban manchadas de sangre. Abrió el gran armario de nogal y cogió unos pantalones, una camisa de algodón, un chaleco y un pañuelo de cuello limpios. Se cambió y se peinó el alborotado cabello oscuro con las manos frente al espejo del austero tocador, que le devolvió la imagen de un rostro ojeroso e intranquilo.

Le dolían todos los músculos del cuerpo por la falta de sueño y la tensión de las últimas horas. Y todavía le quedaba la desagradable tarea de contárselo todo a su tío.

Sonaron unos golpecitos en la puerta y una voz de mujer preguntó:

—¿Se encuentra bien?

Attua abrió la puerta un palmo y le dijo a la menuda ama de llaves de pelo cano y rostro adormilado:

—Sí, gracias, Bruna.

—He visto restos de sangre en la cocina y he avisado al señor. Lo aguarda en su despacho. Espero no haber hecho mal, pero me he preocupado.

—Está bien, Bruna. Dile que ahora mismo voy.

Attua lanzó una mirada de reproche a Matías. Ojalá le hubiera hecho caso y se hubiera mantenido al margen de las provocaciones del hijo del conde. Ahora ambos estarían descansando tranquilamente después de una noche de fiesta y él no tendría que pasar por el trago que le esperaba.

Salió al pasillo. Aprovechó mientras cruzaba las diferentes estancias desde su dormitorio al despacho de su tío para anudarse el pañuelo al cuello de cualquier manera. Las dos semanas que llevaba viviendo en esa casa no habían bastado para acostumbrarse a aquella sucesión de salas recargadas de muebles y objetos. No era una vivienda muy grande, pero no había un solo hueco en las paredes, un solo rincón o un palmo de suelo sin cuadro, sin silla de caoba o sin alfombra.

En algún lugar, un severo reloj de péndulo dio las siete.

Inspiró hondo frente a la puerta del despacho y llamó. El permiso para que entrara llegó casi de inmediato.

Ricardo estaba de pie con las manos en la espalda en medio de una sobria y oscura sala, como si llevara un rato dando cortos paseos, pensativo, o como si tuviera prisa por marcharse. Una vez más, los pesados muebles, de patas retorcidas y complejos labrados, los espesos cortinajes de terciopelo y los apagados cuadros de las paredes con escenas bélicas produjeron en Attua el mismo efecto intimidatorio que la presencia del hombre de mediana edad y estatura que en esos momentos se dirigía hacia él con paso firme.

Era madrugador. De hecho, ya iba perfectamente arreglado. El joven se acercó raudo por cortesía, aunque deseando también que su altura y corpulencia pudieran competir en lo más mínimo con el exquisito porte del militar, que ese día vestía el uniforme completo: casaca cruzada de grandes solapas bordadas en oro a juego con los puños; banda roja y dorada sobre el pecho, que ocultaba en parte varias condecoraciones y algún botón dorado; estrecho fajín burdeos y sable al cinto. O tenía una reunión importante, pensó Attua, o ese día le tocaba posar para el retrato que había encargado que le pintasen vestido de teniente general. Como cada vez que se saludaban, el apretón de manos entre ambos fue contenido pero afectuoso, si bien Attua percibió en el rostro del hombre un gesto de preocupación y en su mano izquierda un continuo movimiento de dedos que estrujaban de manera inconsciente unos impolutos guantes blancos.

—Te he oído llegar. Supongo que la juerga ha sido completa si ha durado hasta tan tarde. —El tono de voz de Ricardo pertenecía a alguien acostumbrado a mandar—. No te habría despertado si Bruna no me hubiera alertado de los restos de sangre en la cocina... —Lo miró como si buscara huellas de alguna herida—. ¿Estás bien?

Attua asintió.

—En realidad, no me ha despertado.

Ricardo le indicó que tomara asiento en una de las dos ligeras sillas de caoba tapizadas con damasco de color vino situadas frente a su mesa de despacho. Attua descubrió entonces el caballete junto a la ventana sin la sábana que solía cubrirlo. Admitió para sus adentros que el pintor era realmente bueno. Explicó con detalle todo lo sucedido, con la sensación de que el rostro pintado lo escuchaba con tanta atención como el hombre real, pragmático, curtido en mil batallas que, en silencio, no dejaba de caminar por el cuarto.

Cuando su sobrino terminó de hablar, Ricardo se paró ante él y le preguntó:

—¿Qué saben de vosotros?

Attua no percibió ningún matiz de reprobación, lo cual agradeció.

—Solo que somos estudiantes del norte, creo... —respondió—. No estoy seguro. En la taberna hablamos mucho y de todo.

Ricardo, pensativo, se acarició una de las largas y anchas patillas que unían sus sienes con la mandíbula antes de decir:

—Como no habéis seguido ningún código de honor que regulara los términos del lance, ni existe acta del encuentro, no consta que tú hayas ejercido de padrino y no podrán ir a por ti. Sin embargo, la situación es diferente para Matías. Si lo arrestan, lo castigarán con prisión mayor, pero, conociendo al conde, dudo que esta sea suficiente pena para compensar la muerte de su heredero. Lo buscará bajo las piedras hasta que dé con él y lo mate.

Attua se estremeció. Fijó la vista en la decoración de taracea alrededor de las bocallaves de los cajones de la mesa de caoba. No sabía qué decir. Un acto irresponsable había desembocado en unas consecuencias irreparables para su amigo, que a punto habían estado de arruinar también su vida.

—Si tú no fueras de mi sangre, muchacho... —continuó Ricardo—, ni Matías el hijo de un buen amigo, ten por seguro que no dedicaría ni un segundo de mi tiempo ni arriesgaría mi reputación para hacer lo que voy a hacer.

Apartando el sable con la mano, el militar se sentó y abrió un cajón de la mesa, de donde extrajo un sobre, una pequeña pistola, una bolsita de cuero y un papel en el que escribió durante unos minutos. Tras rubricarlo, lo dobló y se lo entregó a Attua junto con los demás objetos.

—Mi consejo es que viajéis hacia el norte. Estas credenciales le servirán para cruzar la frontera. Dile que no tenga prisa por volver. Lo que haga en el extranjero será su problema. La pistola es mi regalo de fin de estudios. Espero que no la tengas que utilizar. En la bolsa hay balines. —Lanzó una mirada a un gran reloj de sobremesa—. Conviene que se marche hoy mismo... En el sobre hay dinero para el viaje en la diligencia. Con la galera que empleáis los estudiantes tardaríais demasiado tiempo y a caballo Matías no resistiría. Doy por sentado que lo acompañarás al menos hasta Zaragoza. De todos modos, ya tenías pensado marcharte a casa, ¿no es así?

—Sí, señor. Muchas gracias. —Si algo admiraba Attua en Ricardo era su determinación. Había comprendido el problema y la urgencia y le ofrecía una salida—. Pero no me separaré de él hasta que me asegure de que está a salvo.

Ricardo arqueó una ceja ligeramente.

—No sé si es lo más adecuado. Al fin y al cabo, él se lo ha buscado.

—Es mi mejor amigo, señor —dijo Attua con firmeza—. Y está herido.

—Como veas. Ya eres mayor para tomar tus propias decisiones. Pero que te quede claro que, tal como están las cosas, no podré usar mi posición de nuevo para ayudarte, ni a ti ni a nadie. Estos malditos tiempos acabarán con todos.

A Attua le extrañó su tono desalentado. Nunca nadie de su valle había llegado tan alto en la sociedad española y nadie de su familia había tenido una vida tan intensa como la suya. El hermano de su padre había entrado como cadete en el regimiento de Caballería de Dragones del Rey a los quince años. Había luchado en la guerra de la Independencia contra los franceses, había sido hecho prisionero y se había fugado. Le habían otorgado la Cruz Laureada de San Fernando por su intervención en el combate de Arequipa donde se había derrotado a la caballería independentista de Perú. Había estado destinado como coronel de Dragones en Filipinas. Y además de teniente general había sido diputado, senador, inspector general del Arma de Caballería, ministro de la Guerra, y hasta presidente del Consejo de Ministros durante poco tiempo, antes del exilio de la reina María Cristina. Con semejantes credenciales, Attua dudaba de que alguien como Ricardo pudiera llegar a tener problemas en la vida alguna vez.

Era su modelo.

Algún día él también sería un hombre respetado y adinerado; algún día él también tendría una casa como aquella.

—Disculpe mi atrevimiento, señor —dijo Attua—. Otros tiempos han sido más difíciles y usted ha seguido demostrando su valía.

Ricardo contuvo un breve bufido y lo observó con expresión sombría. ¡Cómo explicar a un joven en la flor de la vida la terrible sensación de término que le embargaba! Había dedicado toda su vida a su país y a las causas que él consideraba nobles deberes. Con apenas cincuenta años se sentía como si fuera un anciano: el cuerpo ya no respondía con la misma prontitud; el alma se inquietaba por miedos que no había sentido ni en la peor de las batallas. Y para él, más horrible que el miedo a morir era el miedo a envejecer, que había identificado en cuanto comenzó a recordar con nostalgia los tiempos de su juventud, pues aquello no podía sino significar que ya no estaba preparado para asumir las novedades de la vida. Y él recordaba con excesiva añoranza los días de la guerra de Independencia contra Francia, cuando el sentimiento de luchar contra el enemigo invasor había unido todas las voces en un grito común. Desde la derrota de Napoleón y el regreso del ya fallecido monarca Fernando VII, el país al que había dedicado su vida se había convertido en un gallinero de revoluciones y contrarrevoluciones, cambios de constituciones, alternancia de gobiernos, regímenes provisionales y, lo peor de todo, las guerras permanentes en que se había visto envuelta España dentro y fuera del país. Estaba cansado de los enfrentamientos entre los carlistas o partidarios de que el rey fuera Carlos, el hermano de Fernando, y los partidarios de que la heredera al trono fuera Isabel, la hija de Fernando y María Cristina. También estaba cansado de las continuas disputas de las últimas décadas entre absolutistas —intransigentes y moderados— y liberales —conservadores o moderados y radicales o progresistas—. La idea de una alternancia pacífica en el poder entre moderados y progresistas había resultado ser una ilusión. Y él, que se consideraba más bien un hombre moderado que había antepuesto su sentido del deber a las discrepancias políticas, ahora se sentía más intranquilo que nunca. Dudaba que la valía a la que había aludido su sobrino le sirviera de mucho en las nuevas circunstancias. Ni siquiera sabía cómo había sido capaz de capear todos los temporales hasta entonces. En eso Attua tenía razón: había conseguido salir adelante. Pero a costa de un terrible desgaste.

—Muchacho, unas semanas más tarde, y no os podría haber ayudado. Las tornas han cambiado. Quienes antes aclamaban a Espartero, hombre curtido en la guerra contra la invasión francesa y en la de la independencia de Perú, y admirado por poner fin a la guerra carlista, han conseguido que marche al exilio. Hace poco, era el líder progresista de los rebeldes contra la tiranía de la regente Cristina y sus allegados; ahora el tirano es él a ojos de los progresistas puros, incluso de los demócratas-republicanos y de los mismos moderados. Y esos que hasta hace nada eran los rebeldes son quienes dicen defender ahora la legalidad. ¿Quién lo entiende? Es el mundo al revés...

Attua permaneció unos segundos en silencio, con el ceño fruncido. Conocía la noticia porque no se hablaba de otra cosa en la ciudad. En esos días resultaba imposible mantenerse al margen de los acontecimientos políticos. Pero hasta ese momento no se le había pasado por la imaginación que la amistad que unía a su tío con Espartero pudiera afectarle a él directamente. Su tío le estaba diciendo que, si caía el regente Espartero, también caería él. Por más que repitiese que sus merecidos ascensos eran consecuencia de su estricto cumplimiento del deber, lo cierto era que en los últimos años su tío había gozado de numerosos privilegios por pertenecer precisamente al círculo cercano de Espartero.

Miró el reloj.

El tiempo pasaba.

Debería marcharse cuanto antes, pero algo le decía que el asunto de Matías ya no era su única preocupación.

—¿Puedo preguntarle en qué situación le deja esto a usted? —inquirió con cautela.

—He presentado la dimisión de mis cargos como inspector general de Caballería y de la Milicia Nacional del Reino —respondió sin ambages Ricardo—. A partir de ahora me alejaré de la actividad política y permaneceré en el cuartel hasta nueva orden. Mucho me temo que pretenderán desterrar a los *ayacuchos*... —pronunció con desagrado la palabra con que muchos se referían a los miembros de la camarilla militar de Espartero en las guerras de independencia hispanoamericanas—. Yo no me considero ni liberal, ni progresista, ni moderado, ni nada: solo he trabajado por mi país, pero ahora las etiquetas pesan demasiado. Te rogaría que, por ahora, no dijeras nada en casa. No quiero preocuparlos. Llegado el momento escribiré a mis hermanos y les daré las explicaciones que considere oportunas. —Titubeó unos instantes antes de añadir—: En realidad, lo que no quiero es que las malas lenguas saquen conclusiones precipitadas. Recuerda, muchacho, que el mundo está lleno de ignorantes envidiosos y más de uno se alegraría de mis infortunios.

Ricardo se levantó y dio unos pasos en silencio, con las manos entrelazadas a la espalda. Attua mantuvo la vista fija en el papel que le había entregado el teniente general. Sabía que tenía que salir de allí e ir en busca de Matías para organizar su huida, pero su intuición estaba resultando cierta. Su intranquilidad iba en aumento. ¿En qué situación quedaba él si su tío se marchaba al cuartel?

Como si le hubiera leído el pensamiento, Ricardo se giró hacia él y le dijo:

—Por supuesto, cuando vuelvas a principios de otoño, podrás seguir alojado en esta casa, aunque lamento decirte que tendrás que colaborar con los gastos, al menos temporalmente. Me deben muchos retrasos y con las nuevas circunstancias... En fin. Confío en que hayas aprendido la lección y no te veas envuelto en líos como los de esta noche que ningún bien hacen a tu carrera profesional. —Hizo una pausa y carraspeó antes de añadir—: Serás un militar excelente. A pesar de que mi situación actual no es la más halagüeña para dar consejos a futuros militares, la vida da muchas vueltas y, en términos generales, diría que el esfuerzo económico de tus padres tendrá en ti una buena recompensa... —A falta de hijos, a Ricardo le agradaba que uno de sus sobrinos siguiera sus pasos, alguien como Attua: un joven responsable, decidido, honesto y emprendedor.

Attua recibió el elogio con una sonrisa forzada. En algún rincón de su corazón comenzaba a anidar también la inquietud por el dinero. Recordaba perfectamente la alegría de sus padres cuando aprobó el examen de ingreso en la Academia de Ingenieros de España, ubicada en Guadalajara, a los dieciséis años, y lo orgullosos que se sentían de los progresos de su hijo en la ciudad. Su padre, Custodio, aspiraba a que su hijo Attua siguiera los pasos del teniente general, tal vez como demostración de que su matrimonio por amor con Celsa, nunca aceptado por sus otros hermanos por ser de una familia más pobre, había dado un fruto digno de respeto y admiración. Ricardo, un hombre poco dado a enjuiciar las decisiones del prójimo, había sido el único hermano que había apoyado el matrimonio de Custodio y Celsa. Y a este favor había que sumar otro por el cual Attua sentía un profundo agradecimiento hacia su tío. El esfuerzo económico de sus padres habría resultado insuficiente sin la ayuda de Ricardo. Y ahora que había terminado los cuatro cursos académicos y aprobado el examen general de finalización de la carrera, el hecho de poder vivir en su casa le permitía continuar estudiando.

Ese verano había decidido retrasar el regreso a la casa de sus padres unas semanas para disfrutar de Madrid con sus compañeros de estudios, a la mayoría de los cuales no volvería a ver en mucho tiempo, tal vez nunca. Después de cuatro años residiendo en el cuartel de Guadalajara durante el curso escolar y viajando al norte para pasar el verano con su familia, se había concedido ese pequeño premio de fin de carrera. En septiembre, continuaría su formación en el nuevo Colegio General de Todas las Armas de Madrid para complementar sus estudios de ingeniería con la carrera militar. Con un poco de suerte, si la inestabilidad política no lo impedía, esperaba poder realizar también un Curso de Grandes Prácticas con el que completar su formación visitando grandes obras civiles y militares. Le encantaba todo lo que tuviese que ver con obras, topografía, delineación y construcción: de hecho, las asignaturas en las que había destacado habían sido las de Corte de piedras y Corte y enlazado de maderas.

Ese era el sueño de su vida. Seguir los pasos de su tío y encontrar un buen trabajo que le permitiera una vivienda como aquella en la que fundar su familia con Cristela, a quien echaba terriblemente de menos.

Al pensar en ella, un agradable calor le recorrió el cuerpo. Visualizó fugazmente los hoyuelos que su habitual sonrisa formaba en sus mejillas; su largo cabello castaño acariciando, rebelde, aquellos hombros sobre los que a él le encantaba apoyar la cabeza cuando la estrechaba entre los brazos; sus expresivos ojos color avellana, a través de los cuales irradiaba una energía y decisión contagiosas…

Ella vivía siempre en su memoria y en su corazón, animándole desde el silencio de la distancia a que siguiera adelante, por él, por ella, por los dos.

Hasta ahora, todo había ido saliendo según lo previsto. No obstante, el hecho de que tuviera que pedir más dinero a sus padres para colaborar con los gastos de su alojamiento le producía cierta intranquilidad. Estaba seguro de que a ellos no les importaría mantener su asignación un par de años más, pero sabía el esfuerzo familiar que eso suponía. Se dijo que lo más razonable sería buscar a su vuelta a Madrid algún trabajo que no le quitase mucho tiempo de estudio. Cualquier esfuerzo para seguir adelante con sus planes tendría su recompensa.

Percibió que Ricardo caminaba hacia la puerta, señal de que la conversación había terminado, y se apresuró a imitarlo.

—¿Me harás el favor de entregarle esto a mi hermano Damián? —Ricardo le tendió otro sobre—. Sé que la cosecha de este año ha sido todavía peor que la anterior y que ha tenido que vender una parte de las ovejas porque no le producen más que pérdidas. No le irá mal un poco de ayuda y no sé cuándo podré echarle otra mano.

Attua cogió el sobre y lo guardó en el bolsillo interior de su chaleco.

—Es usted muy generoso, señor.

Ricardo se encogió de hombros.

—Simplemente cumplo con el que creo que es mi deber. Si tuviera hijos, sería de otra manera.

Cada vez que el joven volvía al pueblo por vacaciones, Ricardo aprovechaba para enviar dinero a su hermano mayor, el heredero del patrimonio de la casa paterna. Attua valoraba ese gesto, que también le sorprendía. A pesar de su posición, y de haber recorrido medio mundo y participado en decenas de batallas, Ricardo se sentía en la obligación de colaborar en el mantenimiento de su casa natal, cuando ya no tenía ningún derecho legal sobre ella. Attua estaba seguro de que ese aporte económico en realidad ocultaba la imperiosa necesidad de ese hombre independiente, duro y solitario de mantenerse vinculado a su única familia y a sus raíces. Como si la emancipación absoluta de nuestro pasado nunca fuera posible, pensaba Attua, a quien lo que más le motivaba en la vida era precisamente el deseo de distanciarse para siempre de aquel lugar lejano y frío llamado Albort; un lugar al que solo deseaba regresar en verano porque el verano significaba Cristela, sus padres, su hermana y poco más.

Lanzó una última mirada al cuadro. Se preguntó qué impresión sacarían de esa imagen perfecta quienes la contemplaran en el futuro; si podrían siquiera intuir cómo era realmente ese hombre de aspecto serio y formal.

—Buen viaje, muchacho —dijo Ricardo—. Ten cuidado... Y da recuerdos de mi parte a la familia cuando llegues.

Los hombres se despidieron con un afectuoso apretón de manos y Attua tuvo el presentimiento de que cuando se vieran de nuevo ya nada sería lo mismo. O esa fue su interpretación del escalofrío que, sin saber por qué, le recorrió la espalda.

3
―

Attua pidió a Bruna que terminara de preparar su equipaje y envolviera algo de comida. Envió al criado en primer lugar a la casa de huéspedes donde se alojaba su amigo para que, con absoluta discreción, recogiera sus cosas y pagara el alquiler, y después a la oficina de la Compañía de Reales Diligencias que cubría regularmente la línea Madrid-Zaragoza con el fin de reservar dos asientos en el primer viaje posible. Rezó para que tuviera éxito y pudieran viajar esa misma mañana. Mientras tanto, él se encargó de despertar a Matías y ayudarlo a vestirse con ropa limpia de su armario. Le quedaría algo grande, pero no quería perder tiempo esperando a que el criado regresara con la del joven.

—¿Adónde vamos? —preguntó Matías con voz débil.

—Tenemos que salir de Madrid cuanto antes. Estás en un buen lío.

—Estoy muy cansado… —Apenas podía entreabrir los ojos—. Me duele todo el cuerpo. No llegaré muy lejos.

Attua lo sujetó con cuidado por los hombros para que introdujera el brazo sano primero por el agujero del chaleco y después por la manga de la chaqueta.

—Has matado a un hombre, Matías. Haz un esfuerzo. En la diligencia podrás descansar.

Matías se aferró al brazo de Attua y en su rostro surgió una expresión de terror, como si de repente recuperara la plena consciencia de lo que había sucedido unas horas antes.

—¿Cómo que lo he matado? Lo vi caer, pero pensé que solo lo había herido…

—Le diste en la cabeza…

—Yo… —Matías comenzó a balbucear—. No quería… —Negó con desesperación—. ¡Dios mío! ¡He… matado… a un hombre! —Se quedó unos instantes paralizado y luego alzó la mirada hacia su amigo—. Tú me conoces, Attua. No era mi intención. Solo quería darle un escarmiento…

Attua se percató de que Matías palidecía y se lanzó hacia la jofaina para empapar una toalla en agua, con la que le humedeció el rostro.

—Vamos, amigo mío —le dijo—. No te abandones ahora. Tenemos que irnos.

—¿Irnos? Debo dar la cara por lo que he hecho. Hay testigos. Puedo explicarlo. Fue él quien comenzó.

Attua esbozó una breve sonrisa. Todo lo que tenía Matías de impulsivo lo tenía también de franco.

—Un duelo no es una actividad infrecuente, Matías, pero es ilegal al fin y al cabo. Y para colmo, era el heredero de un conde. Según mi tío, tu vida ahora corre serio peligro.

Con expresión abatida, Matías preguntó:

—¿Entonces…?

—Has de irte fuera de España. Tengo papeles para ti. No los pierdas. —Attua se los colocó en el bolsillo interior del chaleco.

—Al extranjero… —Matías cerró los ojos unos segundos, como si deseara regresar al mundo del sueño para evadirse de la realidad, pero enseguida los abrió—. No puedo cruzar por Albort, Attua. Mis padres, mi hermana. Qué vergüenza para ellos…

Attua había sopesado la opción de que Matías saliera de España por la frontera de Albort, el pueblo natal de ambos, ubicado en el corazón de los Pirineos, pero la había descartado rápidamente. Por ahí el viaje se alargaba mucho y tal y como se encontraba Matías dudaba que aguantase.

—Primero nos vamos de aquí... —dijo tratando de sonar firme cuando tantas dudas le asaltaban sobre el destino final—. Luego ya veremos.

Alguien llamó a la puerta y el joven se asomó.

—Señor —le dijo el criado—, por un problema con las ruedas, la diligencia ha tenido que retrasar su partida hasta dentro de media hora. He reservado dos asientos, pero si no se dan prisa, la perderán.

Attua respiró aliviado, aunque no tenían un segundo que perder. Ordenó que cargaran las cosas en el coche de su tío, cubrió a su amigo con una capa para taparle el hombro vendado a pesar de sus protestas por el calor que comenzaba a hacer y se despidió mentalmente de la casa hasta unas semanas más tarde.

Gracias a la habilidad del criado, coche y caballos volaron sobre el empedrado de las calles, asustando a enjambres de mozos y sirvientes, vendedores ambulantes, aguadores, niños y animales, y una hora y media después de la conversación con Ricardo, Attua y Matías obedecían al rugido del mayoral:

—¡Señores, al coche!

Ocuparon sus asientos en el interior de la diligencia. Por ahora, nadie más se había sentado allí. Había otros viajeros en las partes más baratas, en la rotonda y el cupé, y también en la más cara, en la berlina, pero nadie más en el interior, algo que les extrañó.

—Tal vez teman que aquí haga demasiado calor —dijo Matías, con el rostro pálido como la cera—. Mejor para nosotros. Iremos más anchos. —Se acomodó en su asiento y añadió—: Gracias por todo, Attua. Nunca olvidaré tu ayuda.

—Oh, vamos... —repuso él en un tono jovial que a duras penas podía ocultar la preocupación que sentía por su amigo—. ¿No lo harías tú también por mí?

—Claro que sí, pero por mi culpa retrasarás tu vuelta a casa varios días. Y cuando llegues, ya casi tendrás que regresar a Madrid.

—No le des tantas vueltas —dijo Attua—. Nos espera un largo viaje. Será mejor que durmamos un poco. Y no dejes de presionar la herida.

Attua estaba tan cansado que solo deseaba que el ruido del exterior cesara de una vez. Pero mayor que su preocupación era la angustia de que en cualquier momento alguien abriera la portezuela de la diligencia y les apuntara con una pistola. ¿Es que esas malditas ruedas no se pondrían en marcha nunca? La cabeza le dolía tanto que parecía que le iba a estallar. Los numerosos niños que se habían congregado para ver el espectáculo diario de la salida de la diligencia chillaban de emoción. La carga de los equipajes en la parte superior del vehículo producía desagradables chirridos, crujidos y golpes. El calor era sofocante y el cascabeleo proveniente de los collares de las mulas le resultaba irritante. Aun con todo, prestaba atención por si escuchaba cascos de caballo al galope. ¿Y si los hombres del conde habían conseguido información sobre ellos de alguna manera? Se asomó por la portezuela y observó al mayoral, un hombre grueso, sudoroso y vociferante de mejillas picadas que, ayudado por un zagal y un postillón que profería las blasfemias más enérgicas y altas que había escuchado nunca, terminaba de uncir por parejas varias mulas briosas y enjaezadas elegantemente.

Vámonos ya, se repetía Attua con impaciencia.

Tenían que alejarse de la ciudad cuanto antes.

Por fin, el mayoral se subió al pescante, el postillón

montó en la mula delantera y el zagal restalló el látigo para que los animales se pusieran en marcha.

Attua se recostó en su asiento. En otras circunstancias habría apreciado y agradecido que fuera tan mullido y que hubieran tenido tanta suerte de viajar sin acompañantes. En realidad, el hecho de ir en diligencia ya era una agradable excepción que costaba la bárbara cifra de doscientos cincuenta y siete reales. Los estudiantes como él solían viajar en una galera, una carreta espantosa cubierta por un toldo, mucho más barata y, por supuesto, mucho más lenta. El mismo trayecto de trescientas millas que iban a realizar le costaba otras veces una semana, frente a las treinta y seis horas que tardarían en la diligencia. Aunque sabía que los tres días le resultarían eternos dadas las circunstancias, suponían otra razón más para agradecer la generosidad de su tío. Al pensar en él, volvió a experimentar el mismo desasosiego de aquella mañana. No podía expresarlo con palabras, pero tenía un mal presentimiento. ¿Por qué no habría de ver más a su tío? El cansancio le estaba provocando pensamientos negativos.

Cerró los ojos, esperando el bamboleo del coche. Necesitaba dormir. Los abrió de inmediato. No se permitiría dormir hasta que sintiera que estaban más o menos a salvo. Tras un rudo arranque, la diligencia se desplazó unos metros y se detuvo tan en seco que arrancó a los jóvenes de sus asientos. Attua soltó un juramento en voz alta y Matías, un lamento. La súbita detención lo había cogido desprevenido y se había golpeado el hombro lesionado contra la pared interior.

Attua se incorporó e instintivamente se llevó la mano al bolsillo donde guardaba la pistola que le había regalado su tío, aunque enseguida razonó que serviría de poca defensa si los hombres del conde iban a por ellos. Se asomó y no vio nada extraño. Abrió la portezuela, apoyó un pie en el estribo del carruaje y sacó medio cuerpo para ver qué sucedía en la parte delantera, pues era la dirección hacia la que el mayoral dirigía sus aspavientos. Miró a su alrededor, pensando en posibles vías de escape, pero pronto advirtió que en el estado de Matías sería imposible.

Dirigió la vista al frente y la imagen que captaron sus ojos lo dejó perplejo.

Plantada frente a las mulas, inquietas por el repentino cambio de planes, había una mujer alta respondiendo, con elegante determinación y una mezcla de francés y español, a los juramentos del mayoral. Los enganches de las mulas eran tan largos que Attua no llegaba a verle el rostro, pero el rico vestido de cuadros rojos, cremas y verdes se distinguía sin esfuerzo. El joven no tardó en comprender la escena, que le relató a Matías: la mujer había cometido la temeridad de detener la diligencia a su manera.

—Me temo que no vamos a viajar tan cómodos como deseábamos —le dijo a su amigo con voz de fastidio—. Recuerda. Ni una palabra que pueda delatar que estamos huyendo.

Como si no estuviera completamente convencida de que el mayoral no emprendería la marcha sin ella, la mujer permaneció en el sitio hasta que el hombre bajó del pescante y cargó los dos grandes baúles de cuero que conformaban su equipaje con la ayuda de dos criados a los que ella les entregó unas monedas. Entonces, sonrió satisfecha y se encaminó al interior de la diligencia.

—*Bon jour, monsieurs!* —En cuanto tomó asiento, desató los cordones del ridículo que colgaba de su muñeca, lo dejó sobre su regazo y tendió la mano primero a Attua y luego a Matías, que no podían evitar observarla con curiosidad, por su aspecto y porque viajaba sola—. Me llamo Aurore. —Tenía una voz agradable y suave, modulada por las terminaciones agudas de la lengua francesa, y hablaba español bastante bien—. Compartiré viaje con ustedes hasta Zaragoza, si es que no se apean antes...

—Señora... —Attua se mostró educado, pero evitó decir sus nombres y el destino de su viaje. Cuanto más reservado se mostrase, mejor.

—Lo que ha hecho usted es peligroso —dijo Matías con cierta admiración—. La diligencia podría haberle pasado por encima.

Aurore se encogió de hombros, quitándole importancia al asunto, pero no dijo nada.

Attua tuvo que olvidarse de momento de poder echar aunque fuera una pequeña cabezada. Le parecía de mala educación, y más cuando sabía que quien de veras necesitaba descansar era Matías. Este a duras penas conseguía mantener los ojos abiertos.

—Me caí del caballo y me partí el hombro —mintió Matías para explicar su ánimo marchito. No tardó en quedarse dormido, con la mano sana sobre el pecho para asegurarse de que el documento para su libertad seguía en el bolsillo interior del chaleco.

Attua no podía apartar la vista de Aurore. Temía incluso resultar maleducado, pero no había visto nunca una mujer como ella. Por la blanda redondez de sus formas, algunas hebras grises en el cabello oscuro recogido sobre la nuca, las manchitas en el generoso escote y las pequeñas arrugas que le enmarcaban los ojos calculó que rondaba los cuarenta años, aunque su cutis sonrosado, casi transparente, y su sonrisa fácil, que mostraba unos dientes perfectos, la hacían parecer más joven. Aurore llenaba el escaso y asfixiante espacio interior de la diligencia con el frescor de su olor y con el colorido de las mangas anchas de su vestido, profusamente adornadas de botones forrados, borlas rosas y verdes, cordones, dibujos entrelazados, flecos y flores.

Attua no sabía qué pensar de la situación; si la casualidad jugaba a su favor o en su contra. Por un lado, junto a esa viajera era imposible pasar desapercibido. Por otro, a nadie se le ocurriría sospechar que una extranjera viajara con dos fugitivos. Se mantendría alerta a ver qué rumbo tomaban las cosas.

Y no pudo evitar preguntarse quién sería Aurore y adónde iría, sola por esos caminos secos bajo un sol que se anunciaba ya implacable.

Aurore no tardó en concluir que algo extraño sucedía con sus compañeros de viaje. Una de sus grandes cualidades era la capacidad de observación. Tenía demasiada experiencia en la vida para saber que un hueso roto no provocaba ni la palidez ni la debilidad de un hombre joven y fuerte como el del cabello casi rubio que dormitaba con expresión crispada. No habían querido decir ni sus nombres ni su destino. Viajaban en diligencia, cuando su ropa barata aunque correcta demostraba que carecían de medios económicos. Eso solo podía significar que tenían prisa. Por último, el otro, el más apuesto, contestaba con respuestas cortas a sus intentos de comenzar cualquier inocente conversación. Eso sí, su voz profunda y masculina se correspondía perfectamente con sus buenos modales. Aprovechó que llevaba un largo rato mirando ensimismado por la ventanilla para fijarse en él con más detenimiento.

A pesar de la expresión tensa que endurecía su rostro, tenía que reconocer que resultaba muy atractivo. Su cabello era negro, grueso y ensortijado. Sus ojos, de color gris oscuro, ligeramente azulado, mostraban una intensidad que contrastaba con sus maneras educadas y moderadas. Pronto comprendió por qué le gustaba mirarlo. Le recordaba a su marido cuando lo conoció. Él también era alto, musculoso y rezumaba energía, juventud, virilidad. Por un instante, se percibió joven; pero no suspiró con nostalgia al recordar aquellos años a los que no volvería.

Había nacido en un lugar llamado Boulogne-sur-Mer, cerca de Calais, en el seno de una familia acomodada, pues su padre, además de ingeniero de minas, era par de Francia. Por el trabajo de este, había vivido en Alemania e Italia. Tenía un hermano que había seguido los pasos del padre, y ella había recibido la educación correspondiente a una señorita de una clase social acomodada y de cierto prestigio. Se había casado, joven y enamorada, inocente e inexperta, con un apuesto marqués que la había dejado viuda, adinerada y sin hijos con apenas treinta años, tras lo cual había decidido cumplir su sueño de viajar sin descanso, en recuerdo de los años felices de su infancia moviéndose de un lugar a otro con su familia. Su lista de deseos, algunos ya cumplidos, incluía Egipto, Turquía, Persia, África y China. Ese año le había tocado el turno a España. Su hermano le había advertido de los peligros de viajar en una época de inestabilidad política; y algunas de sus numerosas amistades se habían vuelto a poner muy pesadas al tratar de disuadirla listándole los agobios de los viajes, desde la acumulación de baúles hasta la angustia de los horarios, la incomodidad o el riesgo de tropezar con mala gente... Le resultaban irritantes. Hacía una década que era viuda y ellos seguían con sus sermones. Seguro que si fuera un hombre no se mostrarían tan insistentes.

Aurore no soportaba la idea de quedarse quieta. A su juicio, si había un mal que atajar antes de que se volviera incurable ese era el aburrimiento. Los inviernos en París le resultaban interminables. Las mismas conversaciones con las amistades de siempre. La misma comida en las mismas delicadas vajillas. Los mismos temas: moda, política y cotilleos. La vida era demasiado corta para arrojarla al vertedero de la rutina. Quería a sus amigos y a su familia, pero necesitaba algo más. Había cumplido de sobra con lo que sus padres, ya fallecidos, esperaban de ella: que recibiera una buena educación y encontrara un buen marido. La mala suerte había querido que él muriera demasiado pronto y ella había sufrido por ello; pero del drama había salido fortalecida, emocional y económicamente. Podía elegir qué hacer durante el resto de sus días y su elección desde luego no incluía observar cómo su vida se iba diluyendo en la comodidad de su casa parisina, sino enfrentarse a sus miedos y vencerlos. Cada nueva aventura suponía un paso más en la construcción de la nueva Aurore. El hecho de que en sus viajes por el mundo no hubiera sufrido ninguna experiencia traumática sin duda había contribuido a que cada vez se sintiera más valiente y se atreviera con destinos más audaces, como era el caso de España, pero había algo más íntimo en el deseo de conocer nuevos lugares. Seguía reeducándose a sí misma continuamente. Cuando recordaba su infancia y su juventud, la sonrisa que esbozaba no era melancólica, sino victoriosa. Ya no era una muchacha insegura, asustadiza e indecisa, sino una mujer que tomaba sus propias decisiones, con el alma siempre abierta a lo que la vida le deparara. En los caminos secos y polvorientos había perdido el miedo a la soledad; en las posadas incómodas pero pintorescas había descubierto su sentido del humor; y hasta en las llanuras más estériles y despobladas, como aquella por la que pasaban ahora, sentía que su espíritu reverdecía.

El mayoral detuvo la diligencia para que los viajeros estiraran las piernas y tomaran un rápido almuerzo de pie o sentados en alguna de las rocas que salpicaban el terreno. Habían partido con retraso y había que recuperar el tiempo. Aurore eligió una piedra a unos pasos de distancia de Attua y Matías y se sentó.

—*Qu'est-ce que c'est?* —preguntó mientras señalaba una cruz con un montón de piedras alrededor junto a los hombres.

—Se llama «milagro» —contestó el mayoral santiguándose—. No parece que la cruz lleve mucho ahí clavada, así que indica una muerte o un asesinato reciente. Es costumbre que todo el que pase rece un avemaría por el alma del difunto. —Juntó las manos y murmuró unas palabras.

Aurore asintió y extrajo un pequeño cuaderno en el que realizó un rápido dibujo y anotó la explicación. Sin embargo, no se le pasó por alto la significativa mirada que Matías lanzó a Attua, como si hubiese deseado un lugar menos funesto para descansar.

Sí, pensó. Esos jóvenes estaban en apuros.

Continuaron el viaje a una velocidad peligrosa por el camino que solo podían emplear la posta y la compañía catalana que explotaba el monopolio de las diligencias. No se cruzaron con nadie, aunque a derecha e izquierda de la carrera real se escuchaban los gritos de los arrieros que transitaban por malos senderos. Cuando llegaron a la hora prevista, tras un recorrido de veinticuatro leguas, a la posada de Saúca, entre Guadalajara y Calatayud, los tres viajeros que compartían el interior de la diligencia se sentían como si hubiera pasado por encima de ellos un convoy de tartanas. La conversación sobre temas generales de la vida española se había ido apagando con el paso de las horas hasta convertirse en mudez; las miradas curiosas eran ahora abstraídas, y el porte digno, una alternancia de cabeceos y sobresaltos.

Attua estaba preocupado por el semblante extremadamente pálido de Matías, de modo que, en cuanto paró la diligencia, le dijo:

—Mejor quédate aquí hasta que el posadero me diga cuál es nuestra habitación.

Como todas las posadas que conocía, esta era un caserón cuadrado rodeado de un muro de piedra con el tejado de teja, un alero sencillo, y balcones en las plantas superiores. El patio era un desorden de carros desenganchados, bueyes, mulas, perros tumbados y hombres sentados en el suelo, sobre sus mantas. Echó un vistazo a su alrededor, pero comprobó con alivio que los hombres no parecían prestarle demasiada atención. En todo caso, sus miradas se dirigían hacia Aurore y las otras mujeres que descendían de las diferentes partes de la diligencia.

Se encaminaba al establo por el que se accedía a la cocina cuando escuchó un ruido ensordecedor de cascos. Se giró y el corazón le dio un vuelco.

Media docena de caballos entraron al galope en el patio. Esto no tendría mayor importancia si no fuera por el aspecto de sus jinetes. Tenían toda la pinta de ser bandoleros. Hacían ostentación de las armas que portaban y hablaban entre ellos a gritos. Y lo peor era que parecían buscar algo o a alguien.

Attua maldijo por lo bajo.

Sería mucha casualidad que fueran hombres contratados por el conde, pero cabía esa posibilidad. Se percató de que las voces se convertían en murmullos y de que hasta los chiquillos harapientos y sucios que revoloteaban alrededor de los extranjeros, con la esperanza de que les regalaran algo, huían.

El conductor de la diligencia se apresuró en acercarse a ellos. Se dirigió al cabecilla, le entregó una bolsa con monedas y le dijo:

—No quiero problemas. Os daré la parte que os corresponde por viajero.

El jefe, de cara ancha y cabello largo, lacio y negro, atado con una cinta del mismo cuero marrón que su chaleco, contó las monedas. Alzó la vista y miró a los viajeros, que observaban al grupo aterrorizados. Levantó una mano en el aire y los contó.

—Me pagas uno de más —dijo con un fuerte acento que Attua reconoció como de las montañas catalanas—. Y ya sabes que yo soy un tipo honrado...

Sus compañeros soltaron unas desagradables risotadas.

Attua palideció. Tenía que conseguir que no se enteraran de la presencia de Matías, pero no se le ocurría nada. Su mirada se cruzó con la de Aurore. Ella debió de reconocer la angustia reflejada en su rostro porque se aproximó al mayoral y le susurró algo al oído. Él asintió con la cabeza y se dirigió al bandolero:

—La señora ha pagado otro asiento para viajar más cómoda.

El bandolero la escudriñó con la mirada y ella aguantó el examen sin parpadear. En ese momento, el posadero se acercó secándose las manos en un sucio delantal.

—No sé si tendré cena para tantos esta noche... —dijo nervioso.

—Aparte de los que están aquí, ¿hay alguien más dentro? —preguntó el cabecilla de la banda.

—Mi mujer, mi hija y un par de arrieros que conoces de otras veces.

—¿Algún hombre herido?

El posadero señaló a los presentes y se encogió de hombros.

—Que yo vea, no.

El bandolero tiró de las riendas y clavó los talones en su caballo.

—Entonces, nos vamos.

Attua soltó el aliento lentamente mientras se acercaba a Aurore.

—Gracias —le dijo—. Por su ingenio. Por su ayuda. No tenía por qué hacerlo… No nos conoce de nada. No lo olvidaré.

—No siempre se huye por haber hecho algo malo. —Aurore le dedicó una sonrisa comprensiva—. Y ahora… ¿Podría al menos saber sus nombres?

4

Cristela estaba acostumbrada a esperar. Lo que fuera. Un modesto regalo. Una palabra amable. Una muestra de cariño. La llegada del calor en verano a ese lugar siempre tan frío. Una señal de que algún día su vida sería diferente. Odiaba el tedio, el aburrimiento extremo, el gran pesar que sentía que arrastraba sobre sus hombros. Podía contar con los dedos de las manos los momentos de felicidad de los últimos cuatro años, y el recuerdo de esos efímeros estados de satisfacción casi completa avivaba su esperanza de que, tal vez, incluso para alguien tan insignificante como ella, se presentara como alcanzable aquello que tanto deseaba.

Estaba acostumbrada a esperar, pero nunca la espera se le había hecho tan larga. Se le terminaba la paciencia, como a esos arbustos que inundaban las escarpadas laderas frente a sus ojos y que terminaban por encorvarse grotescamente en un infructuoso intento de preservar cualquier rastro de humedad, mientras aguardaban el agua de una lluvia que ese verano se había olvidado de esa tierra.

—¡¿Cuándo piensas empezar a trabajar?!

La voz de Cosme subió atronadora por el hueco de la escalera y rellenó el pequeño espacio de la habitación de Cristela, que se levantó de un salto de la silla, cerró el cuaderno en el que solía anotar sus pensamientos y lo escondió debajo del colchón de paja.

Descendió a toda prisa por la estrecha escalera hasta la oscura cocina de suelo de piedra de la planta baja, donde cogió un cesto de ropa. Al disponerse de nuevo a cruzar la puerta, chocó contra un cuerpo grueso y acorchado que entraba desde el pequeño zaguán.

—¿Se puede saber en qué pasas las horas? —Los finos labios de Cosme, ridículos en una cara de facciones blandas, se estrechaban de manera agresiva cada vez que le gritaba, algo que sucedía con demasiada frecuencia—. ¡Cuando Gabino se encargue de ti, no desaparecerás tanto! ¡Juro por Dios que será pronto!

—Me voy a lavar —dijo Cristela con voz firme, dándole un pequeño empujón con el cesto para que se apartara.

Cómo detestaba a ese hombre. Lo odiaba, pero no tenía más remedio que soportarlo. Cuanto más le gritaba él, más indiferente se mostraba ella. Había aprendido que cuando lo trataba con desdén, aun a riesgo de llevarse alguna que otra bofetada, más rápidamente conseguía quitárselo de encima.

Cruzó una pequeña era empedrada, atravesó el portalón, salió a la calle y giró hacia la derecha para dirigirse al río por un corto sendero.

Aunque todavía era pronto por la mañana, hacía ya un calor inusual. Quizá por eso las diez o doce vecinas con las que solía coincidir una vez a la semana habían acudido antes que otros días. Como la posada que regentaba Cosme estaba junto al río, enseguida llegó a su altura. Vio que iban muy adelantadas con la faena. La saludaron con cordialidad y la pusieron al tanto de los últimos chismorreos que, en un lugar tan pequeño y poco animado como aquel, solían ser los mismos, pero analizados desde una perspectiva distinta cada semana.

—¿Sabes, Cristela? —dijo la morena hija del carpintero—. El médico ha insultado por escrito al ayuntamiento por creerse las quejas contra él acerca de la mala calidad de su medicina y exige la reparación de su honor ofendido...

—Y yo digo que no creo que lo repare... —comentó la alta mujer del panadero—, porque en verdad es un matasanos.

Cristela trató de evadirse, pero era difícil con tantas voces y risas. Los asuntos se sucedían a gran velocidad.

El tema del médico: las opiniones estaban divididas.

La cosecha ese año también era mala: unanimidad.

Dos vecinos más se habían visto obligados a vender sus ovejas: una pena.

Los grandes propietarios seguían protestando por la contribución: siempre lo hacían, pero, por lo que decían, igual era verdad que los impuestos eran cada vez más elevados.

Uno se había quejado porque el alcalde no le dejaba ejercer la industria de aguardentero: claro, no estaba comprendido en la matrícula de comercio e industria.

Un grupo de vecinos había protestado porque algunos propietarios, con la excusa de haber servido en el ejército, pretendían estar exentos de servicios comunes como los de aportar sus bueyes de labor y sus caballerías de carga para trabajos vecinales. El capitán del destacamento del castillo, que se elevaba en la parte norte de la villa, había tomado partido por los militares, y el alcalde, harto también de que los soldados cortasen árboles de zonas vedadas, había discutido con él por entrometerse en asuntos concejiles: no debería entrometerse, afirmaban con rotundidad aquellas que no tenían a ningún militar en la familia, que eran la mayoría.

Y el ayuntamiento había hecho públicos nuevos bandos: prohibido tener perros de la casta de dogo o de presa sin bozal; prohibido sacar arena y piedra de las orillas del río; prohibido bajar hoja de la montaña y podar abetos y pinos; prohibido lavar en la acequia; obligatorio barrer cada vecino su trozo de calle los miércoles y sábados; obligatorio quitar el estiércol de los caminos, calles y plazas en un plazo de ocho días; obligatorio aportar pinos hasta completar los veintiséis pies que se necesitaban para la reparación del tejado de la iglesia; prohibido vagar por las calles, reunirse más de dos personas y transitar por ellas sin un objeto determinado pasadas las nueve de la noche.

En ocasiones, a Cristela le resultaba asfixiante escuchar esos comentarios, pues encontraba paralelismos entre la vida en el pueblo —quejas, prohibiciones, obligaciones y castigos— y su propia vida. Ella no podía hacer muchas cosas, solo trabajar y tratar de evitar que Cosme volcara contra ella ese endemoniado carácter que lo poseía.

Nadie mejor que ella sabía lo frustrante que era levantarse cada mañana con la ilusión de que ese día podría ser el más feliz de su vida y acostarse agotada por el trabajo y la decepción. Confiando en que un exagerado esfuerzo físico sirviera para aliviar la incipiente congoja que acabaría por oprimirle el pecho, Cristela golpeó con creciente intensidad la burda sábana de lienzo contra las piedras del río, inusualmente manso, sin dejar de lanzar miradas ansiosas hacia el tosco puente de piedra sillar que se elevaba a su derecha, junto a la casa en la que Dios la había obligado a vivir. Dos alguaciles sudorosos con cara de fastidio hacían guardia para que los escasos transeúntes, comerciantes, recriadores y tratantes de ganado que lo cruzaban a esa hora de la mañana pagaran el correspondiente pontazgo.

—¿Cuál de los dos es el objeto de tu curiosidad? —escuchó que preguntaba Davina, sentada en una musgosa roca a su espalda—. ¡Les estás animando el día con tu descarada actitud!

El comentario fue coreado por las risas de las mujeres más cercanas y Cristela sintió que se ruborizaba. Puesto que Davina no tenía que dejarse la piel de las rodillas y de las manos lavando ropa —tenía una salud débil y varias sirvientas—, le sobraba tiempo para percatarse de todo lo que sucedía a su alrededor. Prefirió continuar la broma antes que explicar la causa de su inquietud. Por nada del mundo querría ser otro de los temas de conversación durante semanas. Y, con total certeza, se reirían de ella. Por ambiciosa. Por ilusa.

—Me dan pena, todo el día allí, aburridos, por culpa de tu padre... —replicó encogiéndose de hombros.

Tras un tortuoso viaje por impracticables caminos de herradura, a la remota villa de Albort —situada en la parte más amplia de uno de los valles centrales de los Pirineos españoles, a los pies de sobrecogedoras montañas— se podía entrar por dos accesos: uno por la derecha del río y otro por la izquierda. Llegando por este último, nadie tenía necesidad de pasar el puente y pagar, de modo que todos elegían esta opción y el negocio no resultaba nada rentable. Como ningún vecino había querido hacerse cargo del arriendo, el padre de Davina y Matías, alcalde del lugar, había obligado a sus alguaciles, a cambio de un insignificante diez por ciento, a hacer turnos semanales, algo que ellos detestaban.

Cristela se giró un poco para observar la reacción de su amiga. Por cómo fruncía los labios se dio cuenta de que el comentario no le había hecho mucha gracia. Davina era una joven muy hermosa, de piel y ojos claros y facciones delicadas, y tenía un carácter caprichoso y variable, que se agriaba notoriamente si alguien se metía con ella por ser hija de quien era. Entonces se ponía a la defensiva y, o bien lanzaba una respuesta áspera, o bien permanecía en silencio un buen rato hasta que otra cosa llamaba su atención y parecía que se olvidaba, aunque en realidad nunca se olvidaba del todo porque era rencorosa. Cristela estaba segura de que su resquemor provenía de la facilidad con que la enfermedad hacía mella en ese cuerpo tan hermoso.

No obstante, sentía afecto por ella.

Davina le conseguía lecturas, le regalaba cuadernos y había continuado enseñándole ortografía y gramática cuando Cristela tuvo que dejar la escuela.

—No desvíes el tema —dijo Davina mientras espantaba varias moscas irritantes, aturdidas por el calor agobiante y por la amenaza de, tal vez, un imprevisto cambio de tiempo—. Desde que has llegado no le quitas ojo al puente. Y no veo qué puede haber de interés. Aquí no ha aparecido nadie nuevo, mejor dicho, nadie *especial,* en meses.

—Así me distraigo de esta mala faena —explicó Cristela con fingida despreocupación—. Y yo creía que me conocías mejor… Ninguno de los dos alguaciles es de mi gusto.

Davina rio la ocurrencia y pareció darse por satisfecha. La breve carcajada le produjo un acceso de tos. Cuando se recuperó, se levantó para dar un corto paseo mientras esperaba a que las demás terminasen y Cristela volvió a centrar la atención en su pesada tarea.

A pesar de ser un día excepcionalmente caluroso, el agua bajaba tan helada que le dolían las manos. Las tenía rojas, algo agrietadas y con varios pinchos que no salían ni al reblandecer la piel con la cremosa nata de la leche. Se estremeció al reconocer en su propia piel el paso del tiempo. Deseó poder detener sus pensamientos, sobre todo aquellos que irrumpían de forma súbita pero imparable para atormentarla. Se preguntó, como tantas otras veces, si eso le sucedía solo a ella o si alguien como Davina sufría también por culpa de ese interminable monólogo interior, ese enredo de imágenes y asociaciones de ideas, que a ella la agotaba. Quizá más, se dijo, pues Davina estaba ociosa la mayor parte del día y, por lo que aseveraban las ajadas ancianas del lugar, que habían sobrevivido a décadas de escasez por las malas cosechas y las guerras, la ocupación era la única medicina que calmaba la inquietud del ánimo y del pensamiento.

Suspiró.

La reflexión sobre sus manos no desaparecía.

La juventud duraba lo mismo que un suspiro. El agua que se escurría entre sus dedos se iba y nunca volvía a ser la misma: dejaba de ser esa agua que acababa de acariciar antes de que nadie se diera cuenta. Fluía rauda, como el tiempo por su cuerpo y el de tantos anteriores a ella. Como la lluvia. Como el aire que respiraba o el viento que alborotaba la hierba con caricias, unas veces livianas, otras agresivas.

En ocasiones, se imaginaba los años finales de su vida, convertida en una más de esas mujeres envueltas en ropas oscuras que cruzaban a toda prisa las estrechas calles cubiertas de barro, estiércol y mugre —los hombros encogidos, la agarrotada y nudosa mano derecha sujetando los extremos de un manto rasposo bajo la barbilla, la mirada resentida, los labios prietos—, y sentía vértigo. Esas mujeres habían sido jóvenes como ella. Habían soñado. Habían imaginado su vida futura como ella lo hacía ahora. Se habían enojado con la veleidosa cualidad del tiempo: a veces pasaba tan lento que desgastaba el alma; a veces, tan deprisa que la desgarraba. El rechazo que le producía esa visión de sí misma, junto con sus recuerdos más íntimos y agradables, sobre todo los más recientes —que aun así ya se remontaban al otoño anterior—, y su fe ciega en la benevolencia de su destino evitaban que su alma se sintiera tentada de terminar como Ana.

La buscó con la mirada mientras se recogía con horquillas unos mechones que la molestaban al agacharse y se secaba el sudor de la nuca y las sienes.

Ana, una joven de dieciséis años, estaba sentada a poca distancia, concentrada con el ceño fruncido en recolectar y clasificar piedrecitas según su tamaño y color, ajena a todo. La naturaleza había sido injusta: nada destacaba en ella. Ni siquiera la lozanía de la juventud le aportaba algo de gracia a su rostro excesivamente pálido, enmarcado por un lacio cabello castaño oscuro. Había florecido con la misma apatía de un capullo que no termina de abrirse del todo y oscurece sus pétalos aun mucho antes de secarse y morir. Cristela la quería, pero en realidad sentía que la obligación de cuidar de ella, impuesta por las circunstancias de su vida, era un sentimiento mucho más fuerte y menos puro que el amor. Por el contrario, para Ana no había nadie a quien adorar más que a la que consideraba más madre que hermana, pues la suya había muerto cuando ella tenía ocho años y Cristela, doce.

Cristela había sido abandonada al poco de nacer en la puerta de la iglesia. Solo conservaba de sus orígenes la ropa con que iba vestida aquel día de marzo en el que la bautizaron inmediatamente: una saya de lana azul, un jubón de muselina de lana encarnada, otro jubón de indiana de color rosa, una corbata y una cofia de percal blanco, una gorra de paño fino negro y una vieja faja. Cientos de veces había repasado esas piezas con sus manos, imaginando el rostro de quien se las había puesto, buscando restos de lágrimas secas, memorizando cada textura y color para comparar después con otras en el pueblo; qué absurdo, pensaba, pretender encontrar a su madre gracias a unas telas; qué absurdo desear conocer a quien la había abandonado. La Junta de Beneficencia del ayuntamiento había pactado con el tabernero y posadero y su mujer, Gloria, un pago anual para el mantenimiento de la joven hasta que recibiera una dote para casarse de las donaciones recogidas en los testamentos de fallecidos caritativos.

Aunque muchos se empeñaban en recordarle la suerte que había tenido al ser adoptada, su vida actual no tenía nada de envidiable. Al fin y al cabo, ahora no era sino una doncella sin muchos recursos obligada en los últimos años por su padre adoptivo, Cosme, a trabajar como criada, a encargarse de una débil niña y a soportar las atenciones del hermano de esta, Gabino, un joven sin escrúpulos que tenía los ojos puestos en su dote. Cristela odiaba la monotonía de los trabajos domésticos, las voces altisonantes de los hombres de esa casa que hacía tiempo que ya no sentía como su hogar, la lejanía de las risas de la infancia en la escuela y en los juegos con sus amigas, cuando eran simplemente niñas de mejillas sonrosadas que escuchaban con devoción las explicaciones de la maestra Manuela mientras aguardaban el momento del recreo para juntarse en la plaza con los niños, siempre predispuestos a cometer travesuras para impresionarlas.

La estancia en el paraíso había sido demasiado breve. ¡Cómo echaba de menos a Gloria! Si ella siguiera viva, las cosas serían diferentes. Recordaba con gran pena su voz amable, la habilidad con la que conseguía mantenerla alejada del mal genio de Cosme, su fuerza de voluntad para enfrentarse a las tareas cotidianas con moderada alegría, su obstinación por que también ella —y no solo sus propios hijos— aprovechara al máximo las horas de escuela…

El mismo día en que Cristela llegó a la edad a la que terminaba la educación obligatoria, pagada por el ayuntamiento, apenas dos meses después de la muerte de Gloria, Cosme la sacó de la escuela para que empezara a trabajar en la taberna y posada y para que se encargara de Ana. Su infancia más o menos feliz y su oportunidad de seguir aprendiendo se evaporaron de repente. Y si había algo que ella odiara sobre todo era reconocer que a sus veinte años tenía los mismos conocimientos de aritmética, gramática y doctrina cristiana que a los doce. Solo había mejorado con la experiencia en la asignatura de las «labores propias de su sexo» —frase que ella odiaba— y en la lectura y escritura, aficiones estas dos últimas que nunca había abandonado y que practicaba a escondidas porque Cosme se ponía furioso cuando la descubría perdiendo el tiempo. ¡Perdiendo el tiempo! Sin ellas no habría aprendido a expresarse con corrección, algo que necesitaría en su soñada vida futura. A menudo se preguntaba qué sería de ella entonces si Gloria no hubiera muerto tan joven, o si hubiera tenido la opción de seguir estudiando, como los hijos de las casas más pudientes. Tal vez fuera maestra, como Manuela, y estuviera pendiente de que la enviasen a un lugar como aquel para enseñar a niñas como ella; niñas a las que la lectura avivara su imaginación e invitara a soñar con otras vidas. De todos los desvencijados romances en pliegos que se intercambiaba con sus amigas, Cristela releía con avidez aquellos en que la protagonista se atrevía a desafiar la autoridad de sus padres, o de sus hermanos, para defenderse de una injusticia. Cierto que por muy osadas y rebeldes que fueran, amparadas por una razón irrebatible a ojos del lector, su final no era el más deseable —o morían o desaparecían o ingresaban en un convento—, pero por un tiempo habían llevado las riendas de su destino. ¡Cuántas veces se había preguntado si ella sería tan valiente en caso de que —Dios no lo quisiera— sus planes se torciesen!

—¡Qué raro! —escuchó que exclamaba Davina, sacándola de sus pensamientos—. ¿No es esa Belisa?

A unos cincuenta pasos de distancia, guiando a una flaca mula de una cuerda, la joven cruzaba en esos momentos una placita hacia el pequeño y destartalado edificio donde vivía Cristela. Belisa residía en una casa alejada, y solo se acercaba al pueblo los martes para la compra semanal de alguno de los pocos productos que se podían adquirir en la única tienda: aceite, queso, arroz, vinagre, abadejo, jabón, sardinas y chocolate. Aprovechaba la excusa de la compra para verse con sus amigas, pues el lugar en el que vivía, a dos horas de camino a pie, era de lo más solitario.

Hoy era viernes.

Cristela sintió una súbita excitación. ¿Y si se hubiese terminado su espera? Se levantó con presteza, se recogió las pesadas faldas y corrió hacia su amiga, al tiempo que la llamaba para captar su atención.

En cuanto llegó junto a ella, supo que algo malo había sucedido. El hermoso rostro ovalado de Belisa mostraba signos de haber llorado y no paraba de llevarse un pequeño pañuelo a la nariz. Belisa miró a Cristela con desolación, y sus ojos oscuros volvieron a llenarse de lágrimas. Se derrumbó entre sus brazos.

—¿Qué ha pasado? —le preguntó Cristela alarmada mientras le acariciaba el cabello, parcialmente cubierto por un polvoriento pañuelo negro. Belisa no respondía, solo gemía—. Dime, Belisa. ¿Qué puede ser tan horrible? Nunca te había visto así.

—Tengo que... enviar aviso... a Attua... —gimoteó su amiga, señalando la posada donde se alojaba de cuando en cuando un muchacho que hacía de recadero—. Pero no llegará... a tiempo...

—¿Para qué no llegará a tiempo? —El corazón de Cristela comenzó a latir con fuerza al escuchar el nombre del hermano de Belisa.

Las otras mujeres corrieron junto a ellas y las rodearon.

—Ahora suben el alcalde para practicar las diligencias necesarias... y el médico..., pero no hay nada que hacer...

—Belisa alzó el rostro hacia Cristela e inspiró hondo intentando recomponerse—. Mi padre... Lo hemos encontrado junto a la fuente de San Juan. Está... —la palabra, ronca, le salió desde lo más profundo de su ser repleta de dolor e incredulidad—: muerto.

Cristela soltó una exclamación ahogada. El padre de su amiga y de Attua era un hombre fuerte, en apariencia sano y no demasiado mayor. Le hubiera sorprendido menos la muerte de su esposa, una mujer menuda y de constitución débil.

—¡Pero si lo vi hace unos días y estaba bien!

Belisa se acercó a ella y le susurró con voz cargada de desesperación:

—¡Nos lo han matado! ¡Su rostro, oh Cristela, su rostro...! ¡No puedo borrarlo de mi mente! Al amanecer... Lo arrastraron hasta la fuente... ¡Le cortaron el cuello! ¡Como a una bestia! —Elevó el tono, que se tornó histérico—: ¿Qué haremos ahora? ¿Qué será de nosotras?

Un murmullo acompañó sus últimas palabras. La noticia no tardaría en extenderse por el pueblo.

Cristela no encontraba respuesta para consolar a su amiga y continuó acariciándola en silencio durante un largo rato, sobrecogida por lo sucedido. Albort era un lugar bastante tranquilo. Pese a ser zona de paso de bandas carlistas que se desplazaban entre las regiones vecinas de Navarra y Cataluña y refugio de bandoleros y contrabandistas, los incidentes nunca iban más allá del robo. Ella no recordaba ningún asesinato. Los hombres morían de forma violenta en contiendas, no en sus casas. ¿Por qué lo habían matado? ¿Para robarle? Todo el mundo sabía que Custodio no era un hombre adinerado. Y aunque tuviera algo, podían haberse llevado el dinero sin más. No había necesidad de matarlo. A no ser que el ladrón y asesino fuera alguien conocido... Pero esto tampoco tenía sentido.

¿Quién iba a desear su muerte? Si había alguien apreciado en el valle, ese era el padre de Belisa y Attua: un hombre afable, tranquilo y prudente. Sin enemigos.

Se sintió mezquina al permitir que un pensamiento irrumpiera en su mente. El dolor de su querida amiga se convertía en esperanza para ella. Sin duda alguna, su espera había terminado. Sería cuestión de días. El viaje de Madrid a Albort duraba casi una semana, más lo que tardase el correo en llevar el mensaje. En quince días, como mucho, él regresaría.

Miró hacia el cielo.

Unas nubes ominosas ávidas de azul comenzaban a devorarlo. Pronto se formaría una tormenta de las que hacían temblar como damiselas a los inquietantes macizos de piedra que la rodeaban.

Se estremeció al percibir una inexplicable hostilidad en la manera en que se apagaba el brillo del día.

Quizá no fuera tan buena idea para sus deseos más íntimos que Attua se viese obligado a regresar por aquel inesperado motivo.

5

—Anoche te libraste por poco de que los bandoleros te descubrieran —le comentó Attua a Matías la mañana del segundo día de viaje mientras recogían sus cosas—. No dijeron nada de la muerte del hijo del conde, pero buscaban a un hombre herido. Debemos extremar las precauciones al máximo.

—No sé cómo, si no podemos abandonar ni la diligencia ni la ruta que sigue —dijo Matías con cierta ansiedad—. Seguro que ellos también se detienen en las mismas posadas. ¿Por qué no alquilamos un par de caballos aquí mismo? ¿No sería mejor continuar por nuestra cuenta?

Attua negó con la cabeza.

—Yo también lo he pensado, pero tú no estás para cabalgar. Y aunque lo estuvieras... No podríamos hacer nada contra seis hombres armados si nos tropezáramos con ellos. Lo más sensato es continuar como si fuéramos dos viajeros más de la diligencia.

«Y rezar para que las cosas no se compliquen...»

Gracias al largo descanso, al frescor de la mañana que trajo consigo algo de alivio al infierno de la noche, y a los intentos de conversación de Aurore, la primera parte del trayecto resultó incluso entretenida. Comentaron con ella cuestiones generales sobre el paisaje, la comida, la política, las costumbres, la religión, el arte, la literatura y las corridas de toros, que tanto le habían desagradado. Así, los jóvenes supieron que llevaba meses recorriendo España, lo cual aumentó la admiración de ambos hacia ella.

—¿Y no tiene miedo? —preguntó Matías en un momento dado.

—Me esfuerzo por superarlo —respondió ella con las mejillas sonrojadas por el calor—. La recompensa es doblemente satisfactoria.

Attua no terminaba de comprender las motivaciones de una mujer como ella, de buena posición según había deducido de sus palabras y sus ropas caras, para dedicarse a viajar sola por placer, quizá porque en su corta vida él solo había viajado por necesidad y porque nunca había conocido a una mujer tan dueña de sus decisiones como Aurore.

Cada cierto tiempo, por unos instantes, el traqueteo del vehículo, el ruido de las ruedas, el crujir de las maderas, el golpear de los cascos sobre el camino, los cantos del mayoral, el creciente calor y la visión polvorienta del paisaje monótono, yermo y desamparado los sumían en un estado de sopor que duraba hasta que un nuevo comentario de Aurore los despejaba. Attua tuvo que reconocer que la conversación servía para que las horas no pasaran tan despacio. Y Matías parecía agradecer algo de entretenimiento que desviara la atención de su dolor.

—¿Y por qué España? —preguntó este en otro punto del recorrido.

—Lo tenía en mi lista de lugares desconocidos y exóticos. —Aurore sonrió—. Y debo decir que no me ha defraudado. La civilización va igualándolo todo por Europa, donde quedan ya pocos sitios verdaderamente auténticos como este. Estoy segura de que, ahora que las guerras han terminado aquí, muchos jóvenes de buena posición incluirán a España en su Gran Tour por el continente. ¿Saben?

Me alegro de no haber hecho caso a ciertas lecturas y me encargaré de rebatir tantas estupideces.

—¿A qué se refiere? —quiso saber Matías.

—Llegué a leer que a España no se podía venir sin haber hecho antes testamento. En algunas guías inciden en el insoportable calor, la pobreza, la suciedad y el olor. Dicen que la comida es espantosa, siempre a base de aceite rancio, ajo, cebolla y aguardiente, las carreteras horribles y los alojamientos infames, oscuros y llenos de pulgas... ¡Vaya viajeros! El que quiera comodidades que se quede en su casa, ¿no les parece? Además, como me dijo un señor en Sevilla, a quien duerme tranquilo no le pican las pulgas.

Matías desvió la mirada hacia el exterior y se quedó unos minutos pensativo. El dolor le hacía dormitar con frecuencia, pero sus sueños no eran tranquilos por culpa de un dolor más profundo. No podía librarse del gran cargo de conciencia que sentía por haber matado a un hombre. Le costaba reconocerse en el joven embriagado que, empujado por un odio puntual, una rabia súbita y un estúpido deseo de venganza, había terminado con la vida de otro a quien ahora lloraba una familia. Era imposible que los pensamientos sobre la vida de ese Juan no invadieran su mente. Tendría que vivir con ello para siempre. Tardaría tiempo en disfrutar de un verdadero descanso.

Aurore se percató de que el silencio que se había instalado entre ellos era más bien incómodo, aunque no podía encontrar razón alguna, a no ser que los comentarios sobre su tierra hubieran molestado a sus compañeros de viaje. Con intención de recuperar el buen ambiente entre ellos, consideró oportuno recurrir al elogio.

—En Francia es legendaria la gran gesta de los españoles contra los salvajes ejércitos franceses...

—¿Ah, sí? —se extrañó Attua—. No me imaginaba a

ningún francés compadeciéndose de lo que nos hicieron sus compatriotas…

—Más que compasión, admiramos el valor y la tenacidad que mostraron en la lucha, su paciencia, su perseverancia… Todos. Hombres y mujeres. Ya hace años de aquello, pero siento curiosidad. ¿Conocieron ustedes a alguien que luchara en la guerra de la Independencia contra Francia?

Attua le habló brevemente de su tío Ricardo y Aurore escuchó con atención.

—En mi opinión, todas las guerras son un terrible sinsentido —dijo ella cuando él concluyó—. Cada uno lucha por lo que cree que es suyo: su tierra, su ideal o su deber. Pero todas estas nobles razones se defienden con odio y muerte. A veces me pregunto qué haría yo, llegado el caso. No sé si sería capaz de luchar a muerte por lo mío o huiría y me escondería. ¿Y usted?

Attua meditó su respuesta. Era la segunda vez en dos días que surgía esa cuestión. Se preguntaba de qué pasta estaba hecho, si no era capaz de responder afirmativamente a esa pregunta sin dudar. No se consideraba un cobarde, aunque a buen seguro lo acusarían de tal si verbalizase sus pensamientos. Quizá su problema era que no terminaba de entender el concepto de *posesión* —el acto de tener algo en tu poder, formando parte de ti— para referirse a otra cosa que no fuera su propia vida. Para otros, el significado era más amplio. Matías había estado a punto de morir por defender su honor y por su culpa ahora se encontraban en esa situación que ponía en peligro la vida de ambos.

—A veces, las circunstancias obligan… —respondió al fin, mirando de reojo a Matías, que seguía la conversación en silencio.

Justo entonces, la diligencia se detuvo y la inquietud regresó al ánimo de los amigos.

Habían llegado a la Venta del Rosario, a mitad de camino entre el valle del Ebro y la meseta castellana, cerca de Calatayud. El patio estaba prácticamente vacío, tal vez porque era la hora de la cena.

—Espera aquí hasta que me asegure de que no hay peligro —le susurró Attua a Matías antes de bajarse de la diligencia.

Acompañado de Aurore, entró por el establo para llegar a la cocina, donde un grupo variopinto conversaba junto al enorme fuego de una gran chimenea mientras dos mujeres preparaban un guiso. Las voces se callaron en cuanto se fijaron en ellos.

La estancia era sobria. En una de las paredes había un aparador provisto de muchas bandejas y cántaros, y en el centro una mesa baja sobre la que revoloteaban decenas de moscas. El calor era espantoso, aunque más insoportable resultaba el desagradable olor a sudor de los hombres y a humo de cigarros. La mayoría eran arrieros o comerciantes, pero había un grupito al otro extremo de la mesa que Attua reconoció demasiado tarde.

Eran los bandoleros de la noche anterior.

En voz lo bastante alta para que todos lo oyeran, Aurore se dirigió a Attua:

—Estoy hambrienta. ¿Por qué no se encarga usted del equipaje? —Consciente de que sus ropas y sus maneras eran el centro de atención, se apresuró en coger buen sitio cerca de la comida y se sentó en una de las sillas bajas, junto a la mesa.

Attua se lo agradeció mentalmente. Estaba ayudándole de nuevo. Intentando aparentar normalidad, pidió al posadero su habitación y salió al solitario patio en busca de Matías.

—Están dentro —le dijo en voz baja—. Los mismos de ayer. Tenemos que aprovechar que ahora están más pendientes de Aurore que de otra cosa.

Con sigilo y rapidez lo acompañó al dormitorio, con tan buena fortuna que no se encontraron a nadie en la escalera. Ayudó a su amigo a desvestirse y a tumbarse. Entonces se dio cuenta de que cada vez estaba más débil.

—En cuanto pueda, te traeré algo de comer —le dijo.

Cuando Attua regresó a la cocina, las dos cocineras transportaban con esfuerzo un gran barreño lleno de sopa hecha con pan, garbanzos y aceite hasta el centro de la mesa. Los comensales se sentaron en taburetes bajos o se pusieron de rodillas o en cuclillas, y usaron sus propias cucharas de madera para comer al mismo tiempo de la vasija de barro. Para sorpresa de Attua, en lugar de mostrar desagrado, Aurore aceptó comer como los demás.

—¡Un guiso delicioso! —alabó con actitud resuelta y en voz bien alta tras la primera cucharada.

El joven admiró la conducta de la mujer y la imitó. Al cabo de un rato, gracias también al abundante vino que circulaba de mano en mano en un pellejo de cuero, el ambiente se relajó y las conversaciones fluyeron. Varios preguntaron a Aurore de dónde era y qué había conocido de España y ella respondió con sinceridad.

Attua se alarmó al ver que el vino la estaba volviendo demasiado locuaz. Aunque era ella quien los estaba ayudando, se percató de que no podía evitar cierta disposición protectora hacia Aurore. No estaba acostumbrado a ver a una mujer en animado diálogo con tantos hombres. Y el grupo de bandoleros no le quitaba ojo de encima, sin dejar de cuchichear entre sí. Por fin, el cabecilla de pelo largo y oscuro habló:

—Por lo que le he escuchado decir, conoce usted mejor España que cualquiera de los que estamos aquí. Permítame que me presente. Me llamo Saulo y siento curiosidad. ¿Le queda algo por visitar?

Sorprendida por la educación del hombre, Aurore respondió sin pensar:

—Me gustaría viajar por el noreste, pero no sé si tendré tiempo este año.

—Preciosa tierra. Yo recorro con frecuencia los valles entre Aragón y Cataluña. Tal vez le interese contratarme de guía. —Saulo esbozó una sonrisa taimada mientras se liaba un cigarrillo—. Aunque no sabría qué parte recomendarle... ¿Tiene preferencia por algún destino en concreto?

—Me esperan en Luchon. Como ya conozco los pasos más frecuentados del oeste de los Pirineos, he decidido cruzar a Francia por un pequeño valle que apenas se nombra en un par de libros de viaje. No me importaría ser la primera persona en publicar un artículo completo sobre el valle de Albort.

Se produjo un murmullo de sorpresa y admiración. Attua, sorprendido también por tales palabras, supo contenerse a tiempo y guardar silencio. ¡Aurore pensaba adentrarse sola por esas solitarias montañas y cruzar a Francia precisamente por Albort! Y encima había atraído toda la atención de esos hombres... Por un segundo temió que, si actuaba de manera tan imprudente al hablar de sí misma, se le podía escapar en cualquier momento algún comentario sobre ellos. Le lanzó una mirada de advertencia que ella no captó.

—Pues es usted la primera escritora que tengo el gusto de conocer —dijo Saulo con un tono que a Attua le pareció de excesiva y forzada fascinación. Hizo un gesto hacia él—. ¿Su amigo también lo es?

—Oh, en realidad no me dedico a eso...

Antes de que Aurore diera ninguna explicación más, Attua se puso en pie y se apresuró a intervenir.

—Si nos disculpan, se ha hecho tarde. Buenas noches.

—Su tono fue tan tajante que consiguió que Aurore lo siguiera sin añadir ni una palabra.

Subieron por la escalera hacia los cuartos superiores. En el pasillo, frente a la puerta de su habitación, Aurore se llevó una mano a la frente, como si comenzara a dolerle la cabeza.

—¡No sabe cuánto lo siento! —le dijo a Attua—. Creo que me he dejado llevar por el vino... Espero no haberle dado demasiada información...

—Me temo que sí —respondió él molesto—, pero ya no tiene remedio.

Cuando entró en la habitación, Matías dormía profundamente, aunque de vez en cuando un escalofrío sacudía su cuerpo y murmuraba frases incomprensibles.

Attua se acostó, pero estaba desvelado y no podía conciliar el sueño. El tiempo pasaba con una lentitud que le resultaba insoportable. Quedaban dos noches más en posadas antes de poder tomar el camino hacia las montañas. Pensó en los bandoleros. No era raro compartir posada cuando se viajaba en la misma dirección, y nadie durante la cena había comentado nada sobre dos fugitivos. Tal vez cuando preguntaron la noche anterior por un hombre herido se referían a otro... En cualquier caso, le inspiraban desconfianza. Esperaba que les hubiera quedado claro que viajaba solo con la francesa y que eso les hiciera perder interés.

No volvería a descansar tranquilo hasta que Matías estuviera a salvo.

Los viajeros que iban a dormir en el suelo del patio exterior, junto a sus animales, convirtieron la noche en un estrépito de cánticos, bailes y risas. En un momento, aquella improvisada fiesta derivó en una competición de cantos, a cual más ingenioso. Los más aplaudidos, que se repitieron varias veces, fueron una jota —*Llegaron los sarracenos, y nos mataron a palos, pues Dios está por los malos, cuando son más que los buenos...*— y una cancioncilla con la música del Himno de Riego: *Si Carlos quiere corona, que se la haga de papel; que la Corona de España no se ha hecho por él...*

Un relámpago iluminó el cuarto y al poco sonó un trueno. La lluvia apagó la fiesta y trajo a Attua recuerdos de su casa, donde las tormentas eran auténticas batallas de los elementos: el aire abofeteaba sin piedad al agua lanzándola contra árboles, piedras y casas; la tierra temblaba y rechazaba el agua que la agredía; los rayos atacaban a traición, condenando a quien encontrara en su camino a morir abrasado.

Tumbado en su catre, espabilado ahora por los alternantes ronquidos y murmullos de Matías y el goteo del aceite del candil, contaba las oscuras vigas que cruzaban el techo y pensaba en Cristela. Tenía tantas ganas de verla que no podía librarse de la inquietud que trataba de apoderarse de su espíritu. ¿Qué estaría haciendo ella en esos instantes? La imaginó sentada frente a la cómoda escritorio de su dormitorio, inclinada sobre un pliego de hojas, escribiendo sin parar, con esa letra inclinada y apretada que tan bien conocía por sus cartas. Cuando se juntaban en las vacaciones de verano, él insistía en que le leyera algún fragmento de sus pensamientos, de sus sueños, de sus invenciones, pero ella se negaba porque le daba vergüenza. Solo le leía en voz alta aquellas anotaciones que tuvieran que ver con las cosas que sucedían en el pueblo; las guardaba para él, para ponerle al día de todo.

En cuanto la viera, Attua le diría que no tenía por qué avergonzarse. Le diría que escribir no era algo tan infrecuente. Le hablaría de Aurore, que anotaba cuanto le interesaba en su pequeño cuaderno forrado de seda. Ser escritora en un lugar como Albort no tenía ni mucho sentido ni mucho futuro. Sin embargo, en Madrid, ¿por qué no? Había editoriales e imprentas que empezaban a incluir escritos de mujeres en sus publicaciones. Recordaba los nombres de *El Elegante, La Moda, El Álbum del Bello Sexo* o *El Correo de las Damas* porque Bruna, la criada de su tío, tenía ejemplares en la cocina y leía con avidez los artículos sobre moda, vida social o comportamiento.

Si alguna vez él leyera el nombre de Cristela al pie de un texto, se sentiría orgulloso de ella.

6

Cristela sintió que el sudor empapaba su camisa. La violenta tormenta de la noche anterior no había conseguido refrescar el ambiente. A su lado, Cosme sudaba a mares y Ana trataba de nuevo de desanudarse el pañuelo que le cubría la cabeza.

—Hasta que acabe, no, Ana —le susurró Cristela tomándola de la mano para que se estuviese quieta.

Se preguntó dónde andaría Gabino. Con frecuencia desaparecía durante días con esos amigos suyos tan poco recomendables. Tal vez ni siquiera se hubiese enterado de la muerte de Custodio.

En el pequeño cementerio junto a la iglesia hacía un calor tan horroroso que las moscas volaban atolondradas, golpeándose contra las lápidas y las ropas oscuras de los vecinos que, agrupados en familias, y con la consternación reflejada en el rostro, asistían al entierro del padre de Attua.

Con el corazón encogido, Cristela no apartaba la vista de su amiga Belisa, que lloraba desconsolada agarrada al brazo de su madre, una mujer menuda oculta bajo un manto que la cubría desde la cabeza hasta la cintura. Apenas se distinguía su cara, pero se percató de que en ningún momento la viuda había hecho un gesto de enjugarse las lágrimas y de que reprimía cualquier otra manifestación de dolor. Se dijo que, si Attua muriera, ella enloquecería. No podría dejar de gemir y de gritar, de maldecir con rabia. Se arrojaría a la tumba abierta en el suelo. Pero Celsa era una mujer poco expresiva, dura, contenida. Tras lo ocurrido en las últimas horas, la entereza que era capaz de mostrar le resultaba a la joven incomprensible y admirable a la vez.

Todos los vecinos conocían los mismos detalles, que habían corrido de boca en boca como la pólvora desde el fatídico amanecer del día anterior. Celsa lo había tenido que contar varias veces a las diferentes autoridades y Cristela no podía dejar de pensar en ello. Era horrible. Attua recibiría en Madrid la noticia de la muerte de su padre en unos cinco días, pero tendría que esperar a llegar a Albort para conocer toda la historia. El largo viaje de regreso a casa ese año sería un continuo sufrimiento para él: la narración de lo sucedido, un tormento.

Celsa había escuchado voces desde la cama. Pensó que eran de los agüistas alojados en la casa de baños que regentaba con su marido, aunque sí se sorprendió de que se levantaran tan pronto ese día. Custodio no estaba en la cama, pero era un hombre muy madrugador. Oyó jaleo, un portazo, un grito. Se alarmó. Cogió su manto y salió al exterior de la casa, el edificio más apartado y solitario del valle, suspendido entre las montañas. Aún no era de día. Escuchó cascos de caballos, mas solo vio a un hombre, que se alejaba por el escarpado camino, cuesta abajo.

Gritó el nombre de su esposo y anduvo por los alrededores hasta que descubrió su cuerpo junto a una de las fuentes, la llamada de San Juan, en medio de un gran charco de sangre y con una horrible herida abierta en el cuello. Su rostro estaba crispado, pálido. Los labios, amoratados.

Presionó la herida con sus manos, pequeñas, arrugadas y endurecidas por el trabajo. Zarandeó el cuerpo inerte de Custodio para que despertara sin dejar de repetir su nombre. Pero él no respiraba. Cuando se dio cuenta de que todo era inútil, de que estaba muerto, de que nunca se repetirían las conversaciones cotidianas afectuosas aún después de tantos años de matrimonio, aturdida y devastada por el dolor, acunó a su hombre entre sus brazos.

No supo cuánto tiempo pasó hasta que fue en busca de su hija Belisa para que avisara a alguien, a cualquiera, al médico, al gobernador del castillo, al administrador de aduanas, al alcalde, al sargento de carabineros, al sacristán... Ellos sabrían qué hacer, pensó, aferrándose a una débil esperanza. Como si pudieran hacer algo por mucha prisa que se dieran... Como si pudieran devolverle a su marido.

La primera persona a la que acudió Belisa fue Tulio, el carabinero que vigilaba la aduana, porque estaba cerca de la casa de baños. Este tomó nota de la escena y de las explicaciones que Celsa tendría que repetir más tarde. Le pidió a la mujer que no tocara a Custodio mientras él iba en busca del médico, del alcalde y del capitán gobernador del castillo. Belisa cubrió el cuerpo de su padre con una manta y acompañó a Tulio hasta Albort para enviar un mensaje a su hermano y avisar a la familia de su padre. Durante cuatro horas, Celsa permaneció arrodillada junto al cadáver de su marido. Cuando llegaron los hombres, repitió con voz apagada las mismas explicaciones.

Sí, solo había visto a un hombre, pero de espaldas.

No, no podía dar más datos.

Eso era todo.

Cristela se estremeció al escuchar el golpe seco de la losa de piedra al caer sobre la tierra aplanada con las palas. Un fornido alguacil se situó sobre ella y dio cortos pasitos para nivelarla. Tras unos minutos de silencio, uno de los hermanos del fallecido —el mayor, Damián— se acercó a Celsa y le susurró algo al oído. Ella hizo un gesto negativo con la cabeza. Él pareció insistir, ahora también a Belisa, pero la viuda repitió el gesto. Él se encogió de hombros e indicó a un grupo de personas que lo siguieran fuera del pequeño recinto rodeado por un muro de piedra.

Belisa miró a su alrededor. Cuando localizó a Cristela, se aproximó a ella.

—Mi tío Damián quiere que vayamos a comer a su casa —explicó mientras se frotaba los ojos enrojecidos con un pañuelo—, pero mi madre ha dicho que no.

—No le iría mal algo de compañía en estos momentos —comentó Cristela, sobrecogida por la imagen de desamparo que ofrecía Celsa ante la tumba de su marido.

—Ella quería enterrarlo arriba, en la casa de baños, para tenerlo cerca, dijo… —A Belisa se le quebró la voz—. Le produce tanta tristeza su ausencia definitiva como dejarle aquí, abandonado, lejos de casa. Los hermanos de mi padre han sido firmes: solo es sagrada la tierra del cementerio. Yo creo que tienen razón, pero mi madre es obstinada… —Tomó la mano de Cristela—. ¿Te quedarás conmigo hasta que se marchen todos?

—Claro que sí.

Cristela la acompañó y se situó junto a ella y su madre.

Uno a uno, los asistentes desfilaron ante estas para mostrar sus condolencias. Belisa les daba las gracias y Celsa apenas respondía con un leve gesto de cabeza a las palabras de quienes se le acercaban. Algunos, como Cosme, pronunciaban unas rápidas y manidas fórmulas de pésame con los hombros encogidos que estiraban en cuanto cruzaban la verja; otros parecían aprovechar el momento para compartir su filosofía sobre la vida y la muerte, ajenos al cansancio de las mujeres. Pero también había personas amables, como Davina y su madre Isabel, pensó Cristela, que sabían transmitir las dosis justas de verdadero afecto y compasión en una situación tan complicada como aquella.

Los últimos en hablar con ellas fueron el alcalde, el gobernador del castillo y el aduanero.

—¿Hay alguna novedad? —les preguntó Belisa.

El alcalde, Clemente, un hombre alto y fuerte, de nariz afilada y anchas patillas, respondió:

—He enviado mi informe al gobernador civil superior de la provincia y al comandante de armas de la zona, pero…

—No han encontrado al culpable —Belisa terminó la frase por él.

Clemente trató de justificarse, repasando en voz alta la poca información de la que disponían:

—Ni siquiera podemos saber si actuó solo. Tal vez sus compinches, si los tenía, fueran por delante o lo estuviesen esperando en otro lugar. No sabemos si se dirigió hacia la frontera o hacia el valle. Hacia la frontera no es probable, porque queda por encima de la casa de baños y Tulio lo habría visto…

—Y yo no vi nada —intervino este, un carabinero de mediana estatura extremadamente delgado, pelo lacio y corto bigote—. Pensé que ese hombre me había intentado despistar, huyendo primero hacia abajo y luego regresando sobre sus pasos, pero entonces algo tendría que haber oído y no oí nada…

—Si huyó hacia el valle, significa que conocía bien el terreno —continuó Clemente—. Eso reduce la búsqueda. Quizá sea uno de esos contrabandistas acostumbrados a moverse a sus anchas por ambos lados de la frontera…

El aduanero se molestó por el comentario del alcalde.

—No es fácil vigilar una frontera como esta —protestó—. Además de los contrabandistas, del vecino Reino de Francia también llegan carlistas arrepentidos y revoltosos que traen ideas revolucionarias. ¡Y yo siempre informo puntualmente de todo! Por ahí no ha pasado nadie extraño en varios días y, que yo sepa, Custodio nunca se metía en problemas ni con los carlistas ni con los otros. —Miró a Belisa—. Yo apreciaba a tu padre. Me llevaba vino y comida a la caseta. Jugábamos a las cartas. —Apretó los labios unos instantes para frenar un incipiente temblor en la barbilla—. Si supiera algo que pudiese ayudar para encontrar al asesino, lo diría.

—Lo sé —dijo entonces Celsa con firmeza, para sorpresa de todos, que pensaban que no estaba escuchando. Ella no ignoraba que a veces Tulio hacía la vista gorda si le daban dinero o alguna valiosa mercancía, pero sentía afecto por Custodio. Miró al alcalde—. En casa no falta nada. Ese no vino a robar.

Evelio, el capitán al mando de la guarnición del castillo, un hombre bajo y calvo de grandes ojos expresivos y con sotabarba, se acercó a Celsa y buscó su mirada.

—Señora, si no se llevó nada... —Se aclaró la voz—. ¿Es posible que su marido supiera algo que no debía?

—¡Capitán! —gritó Clemente—. ¿Qué está usted insinuando?

—No todos los carlistas que dicen estar arrepentidos lo están, alcalde. ¿Recuerda aquel teniente coronel que se entregó hace un par de meses?

Cristela lo recordaba perfectamente. Mientras él declaraba en la alcaldía, ella había atendido a su mujer y a sus tres hijos en la taberna. Pobres criaturas, estaban agotados y muertos de hambre. El hombre había pertenecido a las filas carlistas y había huido a Toulouse, donde había vivido los últimos dos años. Allí había sesenta o setenta emigrados como él. Los restantes, obligados por el gobierno francés, habían marchado a Cataluña o al norte de Francia. Él ya no quería pertenecer más a las filas por las que luchó. Él solo quería volver a casa con su familia. Cristela se había preguntado muchas veces qué habría sido de ellos. Se los habían llevado los militares y nada más supieron. ¿Adónde quería ir a parar el capitán?

Evelio continuó:

—Dijo que un cabecilla o comandante perteneciente a Cabrera, a quien la paz firmada entre carlistas e isabelinos no le importa nada, está más allá de Toulouse juntando gente, que ya tiene más de cuatrocientos y que piensa entrar por este puerto o por el de Baldearán para ocupar estas tierras...

—¡Mi padre no simpatizaba con los carlistas! —exclamó Belisa—. ¿Cómo puede usted insinuar algo así sobre su tumba? —Se giró hacia Celsa—. ¿Verdad, madre?

—No hace falta que diga usted nada, Celsa —intervino Clemente—. Como alcalde, estoy obligado a poner en conocimiento de las instancias superiores cualquier acontecimiento desagradable que suceda en mi tierra y hasta ahora nunca he tenido que hacerlo; más bien al contrario, en otros informes he incidido en mi convicción de que el carácter pacífico de los naturales del valle, como se ha demostrado en todas épocas y circunstancias, y me refiero explícitamente a la reciente guerra carlista, hace impensable una alteración del orden. En Albort se disfruta de una paz octaviana, no hay revueltas, ni disensiones o guerra civil, y así va a seguir pese a lo que ha pasado con Custodio. En todo caso, los únicos problemas que surgen son con los soldados del castillo.

Ahora fue Evelio quien se enfadó por el comentario de Clemente. Iba a responderle cuando Cristela dijo:

—¿Saben de lo que no se están dando cuenta?

Todos volvieron la cabeza hacia ella.

—Si el asesino se arriesgó a bajar hasta Albort, es posible que fuera alguien conocido que estuviera seguro de que no levantaría sospechas. Usted lo ha dicho, alcalde. Conocía el terreno. A Custodio lo mató uno de los vecinos de Albort.

Un prolongado silencio siguió a sus palabras. Clemente la miró a los ojos largo rato y ella comprendió que ya lo habían sopesado, pero no habían querido verbalizarlo con tanta crudeza.

Tulio sacudió la cabeza con gesto triste.

—Custodio era afable y extrovertido. No tenía enemigos.

—Tendrá que modificar sus informes, alcalde —dijo Celsa—. La paz se ha terminado entre nosotros. —Se sujetó al brazo de su hija y tiró de ella suavemente para que comenzara a caminar hacia la verja.

Cristela las acompañó hasta la contigua plaza del ayuntamiento, donde habían atado sus mulas, y luego hasta la salida del pueblo, donde arrancaba el camino hacia su casa. Se despidió de ellas con la promesa de visitarlas en cuanto pudiera y regresó a la posada. Tuvo suerte y no se encontró con nadie, así que pudo refugiarse en su dormitorio donde continuó dándole vueltas a los mismos pensamientos.

La idea de que hubiera un asesino entre sus vecinos le resultaba abominable, escribió en su cuaderno. ¿Qué pasaría ahora? Oh, sí... Se sucederían días extraños en Albort. Habría cruces de miradas nerviosas entre unos y otros. Las conjeturas correrían de boca en boca. Las cosas cambiarían. Hasta ese día, ella también había creído que allí se había disfrutado siempre de paz entre ellos. No recordaba haber escuchado historias de muertes y asesinatos. Si en la época de la guerra contra Francia moría alguien, era por la guerra, y los hombres caían por el enemigo francés, pero no por los propios.

De repente, Cristela se sintió mayor, como si se hubiera visto obligada a aprender algo a la fuerza. Su madre adoptiva le había enseñado a confiar en la gente. A pesar de tener que convivir con alguien tan insoportable como

Cosme, a quien enseguida se le iba la mano con la correa, Gloria insistía en que todas las personas tenían más de bondad que de maldad.

Nadie podía ser tan malo como para matar a un vecino.

Cuando Attua lo supiera... No pararía hasta dar con él. Lo buscaría, lo encontraría y lo mataría. ¿Y qué pasaría entonces? No quería ni pensarlo.

Escuchó la voz de Cosme, que ascendía por el hueco de la escalera llamando a Ana. Todos los días la misma historia. No la dejaba vivir. Cuando Cristela se enfadaba con Cosme, cosa que sucedía con frecuencia, le respondía y él gritaba y la amenazaba con un palo, pero ella le plantaba cara y él se refrenaba. Ana no. Ana no sabía. Se quedaba muda. Él la llamaba: «Ana, tráeme esto; Ana, tráeme lo otro», continuamente, para aturdirla aún más, para no dejarla pensar, y ella obedecía, como un cachorro fiel.

Cristela odiaba la voz leñosa de Cosme. Lo odiaba a él. Si su padre adoptivo pudiera leer sus pensamientos; si alguna vez leyera su cuaderno; si supiera que pronto se iría de allí, entonces sí que la molería a palos. Pero no le daba motivos para la menor sospecha. No desatendía su trabajo y cuidaba de Ana... Ah, pobre Ana, pensó entonces, ¿qué sería de ella cuando su querida Cristela se marchase?

«Querido Attua —escribió una vez más—. Cuento los días y las horas que faltan para volver a verte. Contigo cerca, todo tiene sentido.»

Aunque —maldita fuera su suerte— la paz se hubiese terminado.

7

A media tarde del tercer día, Attua, Matías y Aurore llegaron por fin a Zaragoza y se alojaron en la Posada de las Ánimas, una edificación de aspecto palaciego con fachada de ladrillo cara vista y piedra y balcones de hierro. Después de darse un baño y ayudar a Matías a lavarse, Attua aprovechó el resto de la tarde para conseguir láudano para su amigo, que a duras penas podía aguantar ya el dolor. Lamentó no conocer a nadie allí para pedirle el favor de avisar a un médico. Buscarlo por su cuenta sería una imprudencia: no podía saber si el conde había avisado a la justicia de las ciudades más importantes, y esta lo primero que haría sería preguntar a los médicos si habían atendido a un joven con una herida de bala. El silencio, la discreción y la mentira se podían comprar con mucho dinero, justo lo que él no tenía. Se convenció de nuevo de que la única opción para Matías era llegar a Francia como fuera y cuanto antes. Si en algún momento cruzar por la frontera de Albort podía haber sido una posibilidad, ahora quedaba completamente descartada. ¿Para qué les había dicho nada la mujer a los bandoleros?

Se le ocurrió entonces que lo más sencillo y rápido sería que Matías cruzara la cordillera por el paso de Panticosa, un pueblo de uno de los valles al oeste de Albort. Además, allí vivía Alfredo, gran amigo y compañero de estudios de Attua, que había decidido cambiar la carrera militar por los negocios. Podrían contar con su ayuda.

Ahora Attua solo pensaba en eso. Que Matías resistiera como fuese los siguientes días hasta que lo pudiera atender el médico que trabajaba para Alfredo. En él confiaba plenamente.

Mientras tanto, Aurore recorrió la ciudad. Luego, durante la cena, le contó con todo detalle a Attua sus impresiones. En cualquier lugar, pensó este mientras la escuchaba, había encontrado la mujer un recuerdo de la guerra de la Independencia contra Francia: en las fachadas blasonadas y enmohecidas, en las calles misteriosas, en los negros conventos, en los claustros en ruinas. Cada montón de piedras provocado por las explosiones —y que seguían allí después de treinta y tantos años— era para ella un prodigio de valor de los zaragozanos en los sitios de 1808 y 1809.

—No sé qué tienen las ruinas que resultan tan atractivas... —Aurore removió con la cuchara el té hervido que se había puesto de moda como remedio contra el cólera y que ella había aceptado tras la cena por si acaso, porque muchos le habían hablado de la terrible epidemia de 1834—. Desearía quedarme en esta deliciosa ciudad otro día. No sé si tendré otra ocasión de estar en el corazón de la vieja España...

Attua tomó un sorbo de su copita de aguardiente. A pesar de la urgencia que sentía por salir de la ciudad, no podía hacer nada sino esperar. Resultaba frustrante, pero los horarios de las galeras hacia las montañas eran los que eran y Matías necesitaba descansar. Le había llevado comida a la habitación y le había insistido en que comiera y durmiera. Tenía que reponer fuerzas para soportar la parte más dura del viaje. De ahí en adelante ya no habría ni diligencia ni camino real. También a él le estaba sentando bien el descanso. Aunque la cena no había sido muy original —sopa de potaje, huevos con jamón y ensalada—, por fin se había llenado el estómago. Y él también necesitaría toda su energía para aguantar los próximos días.

—Nosotros partiremos al amanecer... —le dijo a Aurore, sin especificar en qué dirección.

Ella asintió.

—En tal caso me temo que nuestros caminos se separan aquí. Espero que su amigo se recupere y lleguen bien a su destino, cualquiera que sea.

Justo entonces, un grupo de unos cuatro o cinco hombres borrachos irrumpió en la gran cocina, que hacía también de comedor, armando jaleo.

—¡Qué casualidad! —exclamó un grandullón con un llamativo pañuelo en la cabeza dirigiéndose a Aurore.

Era Saulo. Hasta ese momento no habían podido apreciar su verdadero tamaño porque solo lo habían visto a caballo o sentado. Era un hombre muy alto y corpulento. Tomó la mano de Aurore, diminuta y suave sobre la suya áspera, y se inclinó para besarla. Attua se mantuvo alerta, consciente de que en una pelea tendría todas las de perder, pero Aurore manejó de nuevo la situación con habilidad. Adoptó una actitud intencionadamente vivaz y algo coqueta, como si el hombre, en lugar de darle mala espina, le resultase de algún modo atractivo.

—¡Pero si es usted! Como se suele decir, *le monde est petit!* Lo invitaría a una ronda, pero me temo que ha llegado cuando ya nos retirábamos. —Se levantó y Attua la imitó—. Por cierto, la otra noche conversamos mucho, pero luego pensé que usted no me dijo ni de dónde era ni hacia dónde se dirigía.

—A partir de ahora seré del lugar donde existan mujeres como usted, señora.

Aurore soltó una risita.

—¡Ah, el carácter español! ¡Cómo lo echaré de menos!

—Le tendió la mano de nuevo—. Tal vez volvamos a encontrarnos algún día... *Bonne nuit, monsieur!*

—*Fais de doux rêves, madame* —respondió Saulo con una buena pronunciación francesa antes de lanzarle una mirada desafiante a Attua, que no le había quitado los ojos de encima—. Que tenga dulces sueños...

La despedida entre Attua y Aurore en el pasillo de las habitaciones fue más rápida de lo que ella hubiera deseado. Compartir una diligencia durante tres días era una experiencia que podía hacer surgir odio o cariño entre los compañeros de viaje. A ella le había sucedido lo segundo.

—Espero que volvamos a vernos algún día —le dijo.

—¿Quién sabe? —repuso Attua ligeramente abstraído mientras le estrechaba la mano.

En otras circunstancias no le habría importado decirle que era de Albort y que, si se demoraba un tiempo en el valle, podrían volver a verse, pero con el asunto de Matías no quería correr riesgos. Por otra parte, ahora ya estaba seguro de que el encuentro con Saulo no se debía a la casualidad. Esos hombres los estaban siguiendo. Tal vez no fuera por el asunto del duelo, pues no habían visto a Matías; probablemente estuvieran buscando el momento oportuno para robarles. Aunque la francesa y sus decisiones no eran asunto suyo, no podía evitar sentir cierta responsabilidad hacia ella. Al fin y al cabo, gracias a ella, su amigo había pasado inadvertido. ¿Qué podía hacer él para protegerla? Nada. Matías era su prioridad. Solo se le ocurría una opción que resolviera su dilema.

—Tal vez no sería mala idea que continuáramos juntos... ¿Existe alguna posibilidad de que cruce usted a Francia por otro lugar que no sea Albort?

—Le agradezco que se preocupe por mí, pero me he visto en muchas situaciones extraordinarias y nunca me ha pasado nada. Además, contrataré un guía.

—Aun así, no se dé prisa en marcharse. Y tenga cuidado por esas montañas, madame.

—Aguarde aquí un instante.

Aurore abrió la puerta de su dormitorio, entró y salió en unos segundos con una pistola en cada mano que Attua reconoció como unas Le Page con la caja de nogal, las cachas picadas y las guarniciones de bronce.

—Creo que ya se ha dado cuenta: sé cuidar de mí misma.

Attua no pudo evitar sonreír ante esa mujer admirable.

—Espero que no tenga que verse en la necesidad de usarlas.

—Tres días y dos noches más... —comentó Matías en voz baja, mientras aguardaba su turno para acomodarse en la galera, apoyado en el brazo de Attua—. El viaje se me está haciendo eterno...

—A mí también —admitió Attua igualmente en voz baja—. Pero no tenemos otra alternativa.

Se sentía más tranquilo porque no se habían encontrado a nadie al salir de la posada ni se habían cruzado con ningún alguacil ni soldado en el breve trayecto hasta la explanada donde se reunían los viajeros que iban hacia el norte. Sin embargo, no podía evitar mirar a su alrededor para asegurarse de que, por ahora, no corrían ningún peligro. Cuando ocupó su asiento junto a Matías, apoyó la espalda contra la lona y se permitió cerrar los ojos unos instantes, pero enseguida supo que, aunque esa noche tampoco había pegado ojo ni con la ayuda del aguardiente, sería imposible descansar. Ese vehículo que crujía y se bamboleaba peligrosamente no se parecía en nada a la diligencia.

—Me sorprende que tantas personas deseen trasladarse de la ciudad a las montañas un día cualquiera de la semana... —le susurró Matías—. Y que todo esté tan bien coordinado... Allí me curaré yo también, ¿verdad, Attua? ¿Conoces a alguien que se haya muerto de un disparo en un hombro?

Attua advirtió el deje de pánico en su voz.

Trató de animarlo.

—Las aguas de Panticosa deben de obrar milagros si esta tartana va llena... No te preocupes, todo saldrá bien.

Contó quince personas y eso que se acercaba el fin de la temporada de verano. Unos rápidos cálculos arrojaron un resultado de más de mil personas en los meses buenos, solo por esa ruta. Este era un tema que le interesaba especialmente, puesto que sus padres eran los encargados de los baños de Albort, adonde, desde luego, ni se organizaban excursiones ni llegaban bañistas que no fueran del propio valle. Sus actuales compañeros de viaje, todos españoles, formaban dos grupos disparejos: los más acomodados, con ropas elegantes pero cómodas y sombreros de copa alta, portaban maletas; los otros, con indumentaria de campesinos, mantas de rayas y sombreros de ala ancha o pañuelos, cargaban con fardos de tela, cazuelas, jaulas con gallinas y pellejos de vino. Attua dedujo que los primeros pagarían por sus comidas, mientras que los segundos cocinarían sus propios alimentos durante su estancia en los baños. A pesar de su diferente aspecto, todos tenían algo en común: no realizaban el viaje por placer, sino por obligación. Necesitaban tomar las aguas por cuestiones de salud. Y por eso sus semblantes eran tan oscuros como sus ropas.

Desde luego, Matías no llamaba la atención entre ellos. La herida tenía un aspecto horrible y olía fatal. Estaba sudoroso y más pálido. La fiebre no tardaría en aparecer. Tres días... Matías era joven y fuerte, se repetía Attua. Tenía que resistir tres días.

Atravesaron extensas planicies salpicadas por pequeños cerros aislados y llegaron a Ayerve, al vértice de un cerro que la defendía de los vientos del oeste. En la villa, punto de unión entre la carretera de la tierra llana y las rutas hacia el norte, terminaba el tránsito rodado. En una casa de postas de las afueras cambiaron la galera por caballerías y un hombrecillo de aspecto ágil se presentó como su guía. Continuaron por un terreno flojo y pedregoso y, poco antes de enfilar un camino de herradura, varios hombres armados salidos de la nada formaron una barrera ante ellos. Se escucharon exclamaciones de miedo y una palabra recorrió la hilera de viajeros hasta el final, donde estaban Attua y Matías.

—¡Bandoleros!

—Lo que nos faltaba... —resopló Matías abatido—. Ahora sí que no tenemos escapatoria. Vete, Attua... Tú no tienes culpa de nada. Bastante has hecho ya por mí.

Attua apoyó el peso de su cuerpo sobre los estribos para erguirse y ver qué sucedía. Su mente empezó a funcionar a toda velocidad.

—Están hablando tan tranquilos con el guía. Y se acercan dos por cada lado, mirándonos uno a uno... Parece como si nos estuvieran contando... Como aquella noche... No nos harán nada. El guía pagará una cantidad por viajero y nos dejarán pasar. Escucha, Matías. No puedo ver si son los hombres de Saulo o no, pero tenemos una posibilidad. Ellos no te conocen. No te han visto. Y todos los de este grupo están enfermos, como tú. Adelántate un poco y agacha la cabeza. No me mires ni me hables. ¿Me oyes? Pase lo que pase, no me conoces de nada.

Tal como acababa de decir, los hombres llegaron hasta el final y volvieron al principio, donde intercambiaron unas palabras con el guía, que movió las manos como si contara monedas antes de entregar a uno de ellos una bolsita. Los bandoleros se hicieron a un lado y la comitiva reemprendió la marcha.

Cuando Attua pasó junto a ellos, su sorpresa fue evidente. Saulo. Ese individuo parecía tener el don de la ubicuidad. ¿Cómo lo hacía? ¿Es que no dormía nunca?

—¡Hombre! —exclamó el cabecilla también extrañado—. ¿Dónde has dejado a tu francesita?

Attua guardó silencio y siguió su camino. Saulo cabalgó a su lado.

—¡Eh! ¡Te he hecho una pregunta! Tú dijiste que viajabais juntos y ella que iba hacia el valle de Albort...

Attua se encogió de hombros.

—Cambió de planes en el último minuto.

Saulo escudriñó su rostro.

—¡Ah, las mujeres...! —dijo finalmente en tono jocoso. Espoleó su caballo y se alejó al galope. Los otros lo siguieron gritando.

Attua se giró y vio que se dirigían hacia el este.

Rogó para que Aurore en verdad hubiera cambiado de planes y se quedase varios días en Zaragoza.

La mañana del último día, los quince y otro guía nuevo cargaron sus equipajes en borriquitos grises y montaron en mulos. Attua se dio cuenta de que Matías poco podía poner de su parte. Consumido por la fiebre, apenas se tenía en pie.

—Ayúdame a subir a mi amigo —le pidió al guía.

—Tal vez debería usted atarlo —sugirió este—. Tal como está, no sé si aguantará...

—No me separaré de su lado... —Se dirigió a Matías y le susurró—: No falta nada. Si has llegado hasta aquí, no vas a abandonar ahora... —Señaló hacia el horizonte, hacia la prolongada barrera de montañas majestuosas cubiertas de nieves perennes, aunque sabía que su amigo no miraba. En algún lugar de esas montañas que parecían inaccesibles se encontraba el destino final—. ¿Qué son doce horas después de lo que hemos pasado?

Partieron de Jaca, la última gran población que verían en días. Attua mantuvo su mulo pegado al de Matías. Temía que en cualquier momento el joven se abandonara y se cayera. Se concentró en sus pensamientos y en el paisaje para no oír a los otros viajeros hablar otra vez de sus dolencias, algo que detestaba. Echaba de menos su caballo y la libertad que sentía cuando galopaba. Ese ritmo lento, pausado, acompasado con algún que otro suspiro de paciencia ante la adversidad, lo irritaba. Las charlas le traían recuerdos de las procesiones de enfermos que ascendían por el camino hasta su casa, algunos en caballerías, otros a pie, o incluso en brazos de un par de criados fornidos. Había crecido en un entorno donde la enfermedad era lo normal, donde las voces apagadas, los quejidos y los lloros ocupaban el aire. Cuando al final del verano los clientes abandonaban los baños de Albort con mejor aspecto, su propio ánimo ya no podía ser más sombrío, como si alguna fuerza extraña hubiese absorbido su energía. Había convivido con demasiadas heridas purulentas, con demasiadas afecciones estomacales, pulmonares y digestivas, con demasiadas pieles arrugadas y carnes blandas. Cuando se convirtió en un adolescente, ya sabía de sobra que su propio cuerpo, que crecía sano y se fortalecía con el trabajo físico, terminaría por sucumbir a la decrepitud. Por eso, para él, marcharse por primera vez de Albort a Madrid supuso una liberación, aunque allí dejase a Cristela.

Ironías de la vida, gracias a Matías ahora él formaba parte de esa peregrinación de enfermos. Lo miró y frunció el ceño. Su amigo ya ni se quejaba. No le quedaban fuerzas para hacerlo.

Cruzaron la aldea de Panticosa, un conjunto de casas de piedra y tejados de pizarra que no difería de los otros pequeños pueblos por los que habían pasado y que le recordaban a los de su valle. Por culpa de la luz apagada del atardecer, de su cansancio, de los vívidos recuerdos de la ciudad y del aspecto lamentable de Matías, Attua tuvo la sensación de que un funesto aspecto gríseo cubría la tierra, las laderas, las viviendas, los establos, los rebaños y a las personas. Normalmente el territorio de las montañas calmaba su espíritu, conocedor de que en algún lugar parecido y cercano se encontraba Cristela. Se dio cuenta entonces de que estaba tan preocupado por su amigo que apenas había podido dedicar un minuto durante esa parte del viaje a pensar en ella. Ni siquiera podía evocar la emoción que siempre sentía al regresar al paisaje familiar, al regresar a ella...

Ahora las circunstancias eran otras.

Tomaron un nuevo camino de herradura que discurría entre abedules, robles, fresnos y algún cerezo. Attua se fijó en que también parecían abatidos, quizá por la inesperada tormenta de la noche anterior que había refrescado el ambiente. De golpe, los murmullos de los viajeros cesaron y Attua pudo sentir su miedo. Enseguida comprendió por qué. El sendero, de unos cinco o seis pies de anchura, era en realidad una empinada cornisa tallada que subía arrimada a los flancos de una muralla rocosa en la garganta de un impetuoso torrente. En ningún punto había pretiles. Si no se estaba atento, resultaba fácil despeñarse y caer al río. Era una imprudencia hacer subir por allí a Matías.

Descendió de su mulo y se situó entre el de su amigo y el precipicio. Durante una hora empleó todas sus fuerzas para sujetarlo. Durante una hora no dejó de hablarle para que conservara la poca conciencia que le quedaba.

—Mira, amigo mío... —le decía jadeando por el esfuerzo—. Tú, que eres un enamorado de las alturas, que siempre revives cuando estás por las montañas, mira estos bosques... Estos sí que son bosques y no los grupillos de alcornoques y encinas de la tierra baja, que no puede ser más rasa y desabrigada. ¿Verdad, Matías? —Él asentía imperceptiblemente y Attua le repetía lo mismo—. Esto sí que es un derroche de exuberancia y no las huertas de las llanuras... ¿Eh, Matías?

Temía que, si dejaba de hablar, el silencio de Matías se hiciera definitivo. No lo podría soportar. Pero él también estaba al límite de sus fuerzas. Se concentró en acompasar sus pensamientos y su respiración entrecortada con el resollar de las bestias, el ruido de sus cascos, el chacoloteo de alguna herradura floja y el persistente murmullo de las aguas. Ya faltaba poco...

La tortuosa y asfixiante ascensión terminó y, tras un breve llano de alivio, se abrió ante él un sobrecogedor espectáculo de la naturaleza en forma de circo. Entre gruesas gotas de sudor que se enfriaban rápidamente en contacto con una brisa heladora, vio unas enormes y abruptas paredes —culminando algunas en picachos cubiertos de nieve— a las que se aferraban abetos y hayas. Rodeaban en semicírculo una amplia planicie, ocupada en parte por un lago. Al fondo caía una gran cascada; otras más pequeñas surcaban los laterales. A la derecha, entre el lago y la montaña, divisó media docena de edificios de dos o tres alturas con una arquitectura elegante, diferente a la que Attua estaba acostumbrado a ver en los pueblos de montaña. Por un momento pensó que se había muerto y que estaba entrando en el paraíso.

La caravana se detuvo en lo que parecía la plaza central, junto a los edificios, adonde se habían acercado varios clientes para ver a los recién llegados.

Exhausto, Attua distinguió a su amigo Alfredo entre ellos y dio gracias a Dios mentalmente. Era un joven alto, muy delgado, de gestos y atuendo elegantes, aunque lo que más resaltaba en él era la larga, ancha y cuadrada barba que lucía, muy cuidada, que le hacía parecer mayor de lo que era. Saludaba a los viajeros uno por uno, con una voz cálida que infundía ánimos y prometía una estancia reconfortante. Incapaz de gritar su nombre, al borde del desmayo por el esfuerzo, Attua esperó su turno sin dejar de sujetar a Matías, vencido sobre el borrén de la silla.

Por fin, Alfredo llegó hasta él y lo reconoció.

Al ver la expresión horrorizada en su rostro, Attua aún logró pensar que debía de presentar un aspecto espantoso.

—Necesito tu ayuda, Alfredo —dijo casi sin voz—. No dejes que se muera.

Matías se debatió dos días entre la vida y la muerte. El médico de Alfredo, poco acostumbrado a heridas de pistola, dio lo mejor de sí para limpiarla de la carne putrefacta y cortar la infección. Lo peor era la fiebre, que se resistía a abandonar el cuerpo del joven, a pesar de los baños en agua fría y los paños de vinagre caliente. Al tercer día, su situación se estabilizó y abrió los ojos por primera vez. Aceptó un poco de caldo y Attua comenzó a creerse que su vida ya no corría peligro.

Alfredo nunca había coincidido con Matías porque había dejado los estudios de Guadalajara poco antes de que el joven llegara a Madrid, pero sabía por Attua que era su mejor amigo de la infancia. Esta ya era razón suficiente para que le prestara toda la ayuda que necesitara. Por fortuna, todo parecía indicar que se recuperaría rápidamente. En cuanto a Attua, gracias a la buena comida y al descanso volvía a ser el mismo de siempre.

Alfredo y Attua paseaban ahora por el llano central en dirección al lago.

—Estaba a punto de salir de viaje —dijo el primero—. Un día más tarde y no me hubieras encontrado aquí.

—No sé cómo agradecerte lo que has hecho por nosotros. Tan pronto como Matías esté mejor, nos iremos. Te he convertido en cómplice. Solo faltaría que por nuestra culpa tuvieras problemas.

—Me alegro de haberte ayudado…

Se detuvieron junto al lago, de cuyas aguas cristalinas emanaba una punzante frialdad que hizo que Attua se estremeciera. Se deleitó, no obstante, observando cómo el atardecer cubría de sombras ese sorprendente paraje de naturaleza en estado puro que existía sobre una profunda e invisible red de venas de aguas termales y junto a unos edificios tan magníficos. Comparado con aquello, los baños de Albort eran una miserable choza en un pedregal. Se preguntó cómo habían podido ser felices sus padres allí.

Le hizo a su amigo varias preguntas sobre lo que veían. Alfredo le dio una explicación rápida.

—La mayoría de los edificios están ubicados en la ladera, por mayor seguridad frente a las avalanchas de nieve y rocas. —Señaló un par—. La Casa del Estómago, la Casa del Herpes… La idea es que los bañistas puedan alojarse cerca de las fuentes precisas para sus dolencias. El edificio a medio construir de la pradera forma parte de un proyecto más ambicioso, pero estamos a la espera de conseguir financiarlo. Y luego está la Casa de Abajo, donde te alojas…

Attua asintió. Sin duda era una construcción hermosa, de cuatro alturas y aspecto sólido. Los huecos de la fachada habían sido abiertos con perfecta simetría y las puertas de la parte baja y las ventanas del primer piso estaban adornadas con dinteles de mármol gris. La decoración era exquisita y los corredores que llevaban a las habitaciones, espaciosos y entarimados. Además, la comida que servían allí era abundante y variada. Todo un lujo increíble en medio de las montañas.

—¿Sabes, Alfredo? Cuando salimos de Jaca, me fijé en que este paisaje no difería mucho del de mi valle —señaló hacia el este—, y que si aquí llegaban tantas personas, mi padre podría pensar en algún viaje organizado similar para acceder a los baños de Albort. Pero, ahora que veo todo esto, comprendo por qué tienes tantos clientes. Y desde luego, no le propondré a mi padre ninguna ruta organizada. Entre ambos lugares hay un abismo.

—Bueno, no siempre ha sido así. Antes solo había dos casas en un estado lamentable. Recuerdo que, cuando yo era niño, no había cocinas, y todos, ricos y pobres, tenían que prepararse la comida en el suelo y las zonas de aguas parecían pocilgas oscuras y sucias, con artesas de madera estrechas y de lo más incómodo para bañarse. En menos de veinte años, mi padre ha construido ocho edificios: tres para gabinetes de baños, dos de alojamiento con habitaciones para diferentes categorías de clientes, y tres para servicios de tienda, caballerizas y oratorio... Pero queda mucho trabajo por hacer. Ha pasado de ser mísero y lamentable a, digamos, soportable.

Attua sintió que se sonrojaba. Le parecía que Alfredo estaba describiendo la casa de baños de Albort. Era absurdo avergonzarse por algo que no era suyo, por algo de lo que no esperaba formar parte en un futuro, pero no pudo evitarlo. Tal vez porque imaginaba el infructuoso esfuerzo de sus padres, como si no hubieran tenido ni el empuje ni la preparación para proyectar algo similar a lo de Panticosa. Trató de justificarlos argumentando para sí que no se habían atrevido a realizar grandes obras porque la propiedad no les pertenecía, pero era una explicación muy débil: tampoco Alfredo era el dueño real de aquello...

—Si es propiedad del ayuntamiento, ¿cómo es que os habéis arriesgado tanto? —preguntó.

—Visión de futuro, Attua. Hasta que el mismísimo rey Fernando le otorgó la concesión de los baños a mi padre en 1826, el encargado de la explotación era el propio ayuntamiento, que no se complicaba mucho. Fijaba los precios de baños, alojamiento y comida, conservando la gratuidad para los vecinos, lo arrendaba a particulares por un canon anual y se encargaba de reparar y mantener las casas. —Se rio—. ¡Ya te puedes imaginar cómo estaba! ¡Un desastre! Las quejas eran continuas. Para mover los negocios hay que tener una fe inquebrantable en nuevas ideas y mucha energía para llevarlas a cabo. ¿Conoces algún político que las tenga? Yo no.

»Para desarrollar según qué empresas hay que apostar decididamente por abrir la puerta al capital privado, porque no puede ser de otra manera. ¿Quién crees que costeó los análisis de las aguas? Mi padre. Contrató a dos facultativos franceses con buena formación química porque lo consideraba una inversión rentable. Y eso fue solo el principio. Ahora nos falta infraestructura para la gente acomodada y los extranjeros. Estos son los que nos interesa atraer…

—Entonces tendrás que arreglar el acceso —comentó Attua—. Es casi peor que el de Albort.

—Todo llegará. De momento, estamos creando la necesidad. Es cierto que, hoy por hoy, la mayoría de los clientes de Madrid prefieren hacer el viaje por las buenas carreteras de Francia, por Bayona y Eaux-Chaudes, aun siendo más largo y más caro. Y eso que desde el pueblo francés de Gabas aún tienen nueve horas a caballo por un terreno muy accidentado… Pero sueño con el primer día que aparque aquí una diligencia. A pesar de mis críticas hacia ellos, confío en que nuestros gobernantes apoyen con decisión las casas de baños. No son solo fuentes de salud, sino también de riqueza para la nación. —Se detuvo de golpe—. Perdona mi apasionamiento, Attua. Me temo que me he alargado demasiado con mis explicaciones...

Attua se rio.

—¡Me parece que no echas de menos los estudios!

—Lo cierto es que no. Aquello no era para mí. Aquí cada día surge algo nuevo. Al principio mi padre se sintió defraudado, pero se ha dado cuenta de que un proyecto de esta magnitud es demasiado para él solo y reconoce que le soy de mucha ayuda. —Se atusó la larga barba—: Bueno, vale de hablar de mis asuntos. Ahora lo más importante es pensar en tu amigo. ¿Sabes qué piensa hacer en Francia?

—Por ahora, esperar un tiempo. Si en unos meses no se ha emitido ninguna orden contra él o no hay constancia de que nadie lo busque, podrá regresar a casa, supongo. Tiene algo de dinero, pero no le durará mucho.

Alfredo asintió comprensivo.

—Al otro lado de estas montañas, a unas quince horas de marcha, hay un lugar llamado Cauterets, cuyas aguas gozan de mucha aceptación. Compartimos clientes. De hecho, de cuando en cuando envío hombres a buscar botellas de agua de allí para complementar tratamientos sedativos de aquí. Matías puede acompañarlos para cruzar a Francia. Y puedo escribir al dueño de las nuevas termas para que le encuentre algún trabajo.

—Es una idea excelente —dijo Attua—. Te agradezco el ofrecimiento en su nombre.

—Te he dicho antes que estaba a punto de marcharme. Hace tiempo que quiero visitar las termas de Bagnères-de-Luchon, justo al otro lado de la frontera de Albort. Iba a viajar por la parte francesa, desde Cauterets, pero si te parece, iré contigo. Matías irá seguro con mis hombres y yo no pienso dejar que viajes solo por esos montes sabiendo que ese tal Saulo está por ahí. Aquí no se atrevería a venir. Todos los de su calaña saben que dispongo de hombres armados. Pero podría andar cerca.

Attua sonrió.

—¡Se me van a terminar las palabras de agradecimiento!

—Si te sientes mejor, te diré que tengo un interés personal. Me vanaglorio de conocer todas las aguas a ambos lados de los Pirineos, pero nunca he estado en tu valle. No sé cuándo habrá otra ocasión mejor que esta.

—Te llevarás una decepción —le advirtió Attua.

—¡No será para tanto!

—Pero, entonces, volverás solo...

—Lo haré por Francia, donde los caminos son más seguros. Entre Luchon y Cauterets siempre hay mucho tráfico.

Attua apoyó una mano en su hombro. Ojalá algún día tuviera la ocasión de poder corresponderle por su ayuda.

Tres días más tarde, al amanecer, Attua y Matías se despidieron en el comienzo de un estrecho y empinado sendero, en el extremo norte de la planicie, donde comenzaba el ascenso a las montañas. Matías, envuelto en su ancha capa y con el semblante sombrío, lanzaba miradas hacia lo alto, como si calibrara su propio valor frente al tamaño de su enemigo, que había adoptado la forma de una húmeda, dura e implacable cordillera cubierta de bruma. Le gustaban las montañas, pero ahora se sentía un poco acobardado. Por lo que aquello significaba. Dejaba su país. Cruzaba hacia una tierra desconocida, sin saber cuándo podría volver. Tras recuperar la salud, había empezado a preocuparse por su situación y por su futuro y se sentía intranquilo. Había abandonado los estudios. Su padre se pondría furioso. Tenía que salir del país solo.

Su madre y su hermana sufrirían por su culpa. Y nada de eso era tan horrible como el recuerdo permanente de haber matado a un hombre. Debería haber hecho caso a Attua. Había sido un imprudente.

Pero ya era demasiado tarde.

Los robustos campesinos a quienes seguiría se pusieron en marcha. Matías y Attua se abrazaron brevemente.

—¿Quién nos iba a decir, cuando éramos niños, que nuestros caminos se separarían así, eh, Attua? Crecemos escuchando historias de otros como si fueran imposibles, como si nunca nos fuera a tocar a nosotros algo extravagante, diferente, imprevisto, y de pronto, todo se trunca... —Matías alzó la vista hacia Attua. Sus ojos claros brillaban por las lágrimas—. Nunca podré agradecerte lo que has hecho por mí. Pusiste en peligro tu vida y has salvado la mía. Te echaré de menos, amigo mío. Mucho. —Suspiró—. Dale recuerdos a mi familia...

Attua hizo un gesto de asentimiento con la cabeza y le palmeó la espalda.

—Todo se arreglará. No estamos tan lejos. Sé fuerte.

—Es posible que me libre de la justicia, Attua, pero... ¿cómo me libraré de la culpa de haber matado a un hombre?

Attua no supo qué responderle. Esperó hasta que la figura de Matías se convirtió en un pequeño punto oscuro danzante entre los peñascos quebrados de la montaña. Ligeramente encogido por el frío de la mañana, se dirigió caminando al punto de llegada de los clientes, donde le esperaba Alfredo con sus cosas y dos vigorosos caballos. La despedida de Matías no le iba a resultar tan dura gracias a la decisión de Alfredo de acompañarle. Sin embargo, en su interior sentía un gran pesar. Si le preguntaran, no podría explicarlo con precisión. Era un sentimiento nuevo; una mezcla de tristeza, inquietud y presagio, como si la humedad pegajosa de la tierra le trepara por las piernas y se extendiera por su cuerpo. Era un doloroso aviso de algo impreciso, indeterminado.

De que lo que había sido su vida hasta ese momento comenzaba a cambiar. De que todo lo que hasta entonces le había resultado consistente y estable era en realidad tan ligero como las efímeras flores blancas del diente de león que poblaban los prados...

¿De que ya nunca nada sería igual, tal vez?

8

La neblina cegadora y mansa que los acompañaba desde que salieron de Panticosa los hizo dudar en muchos puntos sobre qué dirección seguir. En vez de tomar los transitados caminos que bajaban hacia las localidades más importantes de la tierra llana para luego volver a subir, Attua y Alfredo habían decidido aventurarse por los que discurrían paralelos a la cordillera de los Pirineos. Afortunadamente, ambos eran hombres fuertes de montaña que no conocían el miedo a la soledad, ni a la oscuridad de las frías noches en cabañas de pastores, ni a los animales salvajes. Además, iban armados. Dejaron atrás aldeas pobres, vadearon ríos, acortaron por campos con rebaños, se adentraron en espesos bosques y ascendieron por franjas rocosas expuestas al vacío. Por fin, al mediodía del tercer día, comenzaron el descenso desde la última sierra hasta Albort.

Una fina y persistente lluvia había reemplazado la neblina y desdibujó la visión del valle que se desplegaba a sus pies, convirtiéndolo en una extensa mancha gris sin límites nítidos entre pueblos, montañas y prados. Los hombres se vieron obligados a avanzar con lentitud.

Una vez en el llano, pasada la primera aldea, la imagen de unas personas comenzó a perfilarse frente a ellos. A medida que se fueron aproximando, se dieron cuenta de que ofrecían un aspecto lamentable. Un hombre se bamboleaba peligrosamente a lomos de una mula, como si no tuviera fuerzas ni para inclinarse. Una mujer con el cabello chorreando y el vestido empapado y hecho jirones trastabillaba junto a él.

Aurore.

—¡Pero qué demonios...! —exclamó Attua, poniendo su montura al galope.

Cuando llegó hasta ellos y desmontó, la francesa dejó escapar un grito de alegría y alivio al reconocerlo y rompió a llorar entre sus brazos, temblando de frío y de miedo.

—Seguí su consejo, Attua —le explicó con voz entrecortada—, y me quedé en Zaragoza más de lo previsto por precaución... Después, viajé hasta Huesca en una galera. Allí alquilé un caballo, unas mulas para el equipaje y los servicios de un guía. Ayer, poco después de dejar el camino principal, una banda de hombres armados nos asaltó...

—Saulo —murmuró Attua.

Aurore asintió. Se separó del joven y continuó:

—Tenía usted razón sobre él... No pude convencerle. El guía intentó pagarles para que nos dejaran en paz, pero no consiguió llegar a ningún acuerdo sobre el precio porque el otro insistía en que en mi equipaje portaba objetos de mucho más valor. El guía, todo un caballero, se enfrentó a él y le dieron una paliza...

»¡Me robaron todo! ¡Los baúles, las pistolas, el dinero y las caballerías! Bueno, mostraron algo de compasión por el guía y nos dejaron esta mula. Intentamos buscar refugio en algunas de las aldeas por las que pasamos, pero al ver nuestro estado lamentable en todas nos amenazaron con disparos mientras gritaban que nos fuéramos a otra parte. ¡Creían que teníamos el cólera! No sabíamos qué hacer y decidimos continuar hacia el norte...

Aurore se enjugó las lágrimas con las manos sucias.

—Hubo un momento en que pensé que... —Se negó a continuar. Solo de imaginarse bajo el enorme cuerpo de Saulo le entraban ganas de vomitar.

—Ya ha pasado —le dijo Attua con amabilidad—. En dos horas llegaremos a Albort. Allí podrán recuperarse.

En pocas palabras, le explicó a Alfredo quién era Aurore mientras cedía su caballo a la mujer y luego comenzó a caminar a su lado en silencio. Alfredo se encargó del guía.

Después de la terrible experiencia, Aurore, agotada pero tranquila de sentirse a salvo, se dejó mecer por el balanceo de la montura.

Por alguna razón que no alcanzaba a comprender, ese año a Attua la llegada a su hogar le estaba resultando extraña. No tenía nada que ver ni con el retraso por haber pasado unos días en Panticosa ni con el encuentro con Aurore y su maltrecho guía.

Era algo más íntimo.

Le embargaba una intensa sensación de soledad, de desapego.

A simple vista, todo seguía igual en esa tierra. En los campos ya habían segado y recogido la mies. Cobijados bajo arbustos para guarecerse de la lluvia, algunos niños vigilaban los pequeños rebaños, aquí y allá, de las ovejas y vacas que no habían subido a los pastos de la montaña. El paisaje era el mismo de siempre y en su corazón sentía con fuerza las ganas de reencontrarse con los suyos, de abrazar a Cristela, a sus padres y a su hermana.

Sin embargo, un lúgubre presagio se empeñaba en abatir su ánimo.

Las garbas —enormes troncos rodeados de montones de hierba apretada para alimentar al ganado en invierno— le parecían gigantes inmóviles, solitarios y fantasmagóricos. Ningún insecto revoloteaba por el aire. Una húmeda quietud impregnaba los caminos cubiertos de estiércol reblandecido, los huertos de coles negras, las paredes de musgo, los fresnos en forma de garras crispadas y los álamos resecos y se extendía con la lentitud de una mancha de sangre por las artigas escalonadas, por los pliegues abruptos de las laderas de las montañas y por las casas de piedra, tosca y cal, con tejados de losas de pizarra. Debería sentirse plenamente feliz de regresar a Albort después de un año de ausencia y no era así. Tal vez fuese la lluvia, el cansancio y el hambre los que enmascaraban su felicidad, se dijo. En cuanto sintiera a Cristela entre sus brazos, volvería a ser él mismo.

Gracias a ella, retornaría el calor a su cuerpo.

Llegaron al puente de entrada a Albort y un hombre con una vieja capa corta de paño salió de una caseta y les dio el alto. Al alguacil le costó reconocer a Attua en ese cuarteto sucio, mojado y agotado. Como supuso que, además, estaría afectado por lo de su padre, y el día no estaba para largas charlas a la intemperie, fue directo al grano:

—Tú no pagas, muchacho, ya lo sabes, que todavía eres de aquí, pero los otros tres sí. O pagan o no pasan.

Attua dudó si darle explicaciones sobre la situación de sus acompañantes, pero optó por pagar él mismo el que consideraba un impuesto absurdo. Alfredo hizo ademán de entregarle su parte, pero Attua no lo aceptó. Nunca iba sobrado de dinero, pero ni quería airear los infortunios de Aurore ni quería parecer un rácano a ojos de Alfredo después de lo bien que se había portado con él y con Matías.

Cruzaron el puente y llegaron a una pequeña plaza. Attua había decidido llevar a Aurore y a su guía directamente a la posada de Cosme. Agradeció que la creciente lluvia disuadiera a los vecinos de asomarse a husmear.

Entraron en la era, donde Attua y Alfredo ataron los caballos y la mula a unas argollas de las paredes de las pequeñas cuadras frente a la puerta principal de la posada y ayudaron a desmontar a los otros dos. El guía, un joven fibroso y moreno, apenas podía abrir los ojos, hinchados por los golpes. Attua los condujo hasta la casa y en cuanto entró en el zaguán sintió una punzada de anhelo al reconocer el lugar donde vivía Cristela. Al frente, la escalera de madera conducía a las habitaciones de los pisos superiores. A la izquierda estaba la puerta de la cocina. A la derecha, la del comedor de clientes que también hacía de taberna.

Attua abrió la puerta de la derecha y entraron en un cuarto grande y oscuro que apestaba a vino y moho. Al instante, Cosme surgió del fondo, donde se almacenaban las cubas.

—¡Hombre, Attua! —exclamó—. Ya se comentaba que no tardarías en llegar. —Se acercó a él y le palmeó la espalda—. Muchacho, lo siento…

A Attua le extrañaron sus palabras y el hecho de que un hombre como él pudiera mostrarse aunque fuera ligeramente afectuoso. Iba a preguntarle a qué se refería, pero entonces se produjo un ruido seco y ambos se giraron. El guía acababa de desplomarse en el suelo. Tras esperar unos segundos a que volviera en sí, Attua y Alfredo lo sentaron en una de las sillas y Attua pidió vino y galletas para que todos recuperaran fuerzas mientras él hablaba con Cosme y le explicaba la situación. Ahora que estaba en esa casa, el nerviosismo crecía en su interior. En algún lugar entre esas paredes estaba Cristela. No podía preguntar por ella sin más. No podía correr escaleras arriba en su busca. Nadie excepto Matías sabía de la relación que los unía. Habían aprendido a amarse sin levantar sospechas. Cuando todo estuviese bien encaminado, se casarían y se marcharían a Madrid. Mientras tanto, mantenían el secreto porque sabían que Cosme no daría su consentimiento, deseoso de que su hijo se hiciera con la generosa dote en metálico que la Junta de Beneficencia reservaba para una joven como Cristela, y se apresuraría en forzar, como fuera, un matrimonio con Gabino. Y Attua, sin dinero y desde la distancia, no podría hacer nada. Se compadeció de Cristela, que mostraba una admirable habilidad a la hora de darle esperanzas a Gabino con el único propósito de ganar tiempo, mientras contaba los días y las horas en esa caverna húmeda y gris donde había tenido la mala suerte de criarse. Algún día la sacaría de allí. Algún día tendrían la vida con la que ambos soñaban.

—¿Y quién me pagará todo esto? —preguntó Cosme—. No parece que estos dos tengan muchos medios.

—No te preocupes por eso. —Attua extrajo algo de dinero del sobre que le había dado su tío y se lo entregó—. Con esto bastará de momento.

Cosme se dio por satisfecho.

—Enseguida podrán subir a sus habitaciones —dijo—. El tipo ese no tiene buen aspecto. —Salió al zaguán y gritó el nombre de Cristela—. ¿Dónde estás, maldita sea? ¿Es que no has oído el jaleo? ¡Tenemos clientes!

Attua apretó los puños. Tuvo que hacer un gran esfuerzo para no golpear al tabernero por emplear ese tono desagradable con Cristela.

A Aurore el vino le calentó el cuerpo y le tranquilizó el espíritu. No quería pensar qué más le habría sucedido si Attua no hubiera aparecido como por arte de magia. Cuando la encontró estaba ya al borde de sus fuerzas. Se levantó y se acercó a él.

—¿Por qué no me dijo que era usted de Albort? ¿Tiene algo que ver con la ausencia de su amigo Matías?

—Sí. Le pido que no lo comente con nadie de aquí.

—Le doy mi palabra. No olvidaré lo que está haciendo por mí.

—También me ayudó usted.

—Tenga por seguro que me encargaré de devolverle todo el dinero que necesitemos durante mi estancia.

Attua asintió distraído. Aurore se dio cuenta de que su atención estaba centrada ahora en la muchacha que acababa de entrar en la taberna.

La primera impresión que le produjo a la francesa no fue la de una mujer demasiado hermosa; pero su cuerpo esbelto, quizá un tanto desgarbado, su largo y ondulado cabello castaño claro, quizá demasiado rebelde, su expresión risueña, un tanto desmedida, y su mirada despierta, un tanto provocadora, formaban un conjunto absolutamente encantador.

Aurore frunció el ceño.

Nunca en su experimentada vida había visto algo semejante. Aparte de un breve saludo de cortesía —«Cuánto tiempo sin verte», «Sí, mucho»—, Attua y esa joven no intercambiaron ni una sola palabra en todo el tiempo que transcurrió desde que Cosme le ordenó de malas maneras que los acompañara a las habitaciones de la primera planta, adonde Attua y Alfredo ayudaron a subir al guía, hasta que se despidieron de ella; sin embargo, Aurore percibió que las miradas entre ambos abrasaban el aire que los separaba, que los sutiles roces casuales rasgaban la carne, que la respiración y los latidos de sus corazones ensordecían. Attua, el hombre discreto, silencioso y desconfiado bramaba de deseo en su interior; esa joven, Cristela, habladora y alegre, se rompía por dentro.

Una vez a solas, Aurore se tumbó en la cama, cerró los

ojos e inspiró hondo, conmovida. Le resultaba difícil de comprender cómo surgía el amor, el súbito deseo de unirse a alguien para sentirse completo. Nacías, crecías y vivías años con la única compañía de tu yo interior y, de pronto, eso ya no era suficiente: necesitabas fundirte con otro ser habitado por su propio yo.

Aunque no entendía el mecanismo que activaba el proceso, la cuestión era que sucedía. Lo sabía por propia experiencia. Y por todo lo que había leído en su vida. Le había sucedido a lo largo de los siglos a millones de personas. Millones de uniones. Largas. Breves. Profundas. Satisfactorias. Dolorosas. Inolvidables...

Pero aquella...

Aquello que había presenciado entre Attua y Cristela, y de lo que nadie más parecía haberse dado cuenta, no era un enamoramiento común.

Ni siquiera un derroche de pasión contenida.

Aquello solo podía ser una condena.

Cuando Attua y Alfredo terminaron de acostar al guía, regresaron a la taberna, donde estaba Cristela.

—Voy a buscar al médico —dijo ella poniéndose el manto sobre los hombros.

—Te acompaño. —Attua cogió su capa y miró a Alfredo—: Vuelvo enseguida.

Los jóvenes traspasaron las puertas de la taberna y del zaguán. Cruzaron el patio exterior empedrado irregularmente con diminutos cantos de río. Salieron a la plaza, desierta, convertida en un torrente sucio por la lluvia que no amainaba. Caminaron pegados a las gruesas paredes protegidas por los anchos aleros de los tejados de los que se escurrían hebras intermitentes de agua. No se cruzaron con nadie. Tomaron la calle principal y luego un estrecho callejón donde el aire hacía golpetear la puerta desvencijada de un pequeño establo abandonado.

Attua tomó a Cristela del brazo y la guio dentro. Apoyó la espalda en la única pared sobre la que todavía quedaba algo de tejado. Ella se apretó contra su pecho y él la cubrió con su capa. Permanecieron fuertemente unidos durante un largo rato, escuchando el gargoloteo del agua por los caños, el lamento de algún postigo sobre su bisagra oxidada, la cadencia de sus respiraciones.

—Pensé que este instante no llegaría nunca —susurró Attua, recorriendo con las manos la espalda de ella, desde la base del cuello hasta las caderas, comprobando el cambio en su cuerpo durante el último año, asegurándose de que cada pulgada real, cada detalle de su relieve, coincidía exactamente con lo imaginado en la distancia.

Cristela le acarició el rostro. Un segundo de su tacto borraba otro de angustia. Lo observó con ojos llenos de ternura. Unas profundas ojeras oscurecían más aún sus grandes ojos. Los marcados ángulos de la mandíbula indicaban que había adelgazado. Llevaba el oscuro cabello un poco diferente, ligeramente más corto en la nuca que en la parte delantera. Le peinó hacia atrás varias veces las ondas rebeldes que le cubrían la frente, pero cada vez que él se inclinaba para susurrarle algo volvían a caer y ella se reía. Mantuvo las manos sobre su cabello mientras él buscaba sus labios y la besaba, primero con delicadeza y luego con urgente necesidad.

—Tengo algo para ti —dijo él en tono burlón, en un momento de descanso—, pero tienes que encontrarlo…

Como en otras ocasiones, Cristela soltó un gritito de alegría y recorrió con las manos la ropa de Attua. No tardó mucho en encontrar un paquete alargado y recio en uno de los bolsillos del pantalón. Lo cogió sin poder ocultar su entusiasmo. Attua siempre la sorprendía con pequeños objetos de la ciudad que a ella ni se le pasaba por la imaginación que pudieran existir. Tras luchar con el nudo de la cinta roja, rasgó con nerviosismo el papel verjurado y observó el delicado objeto. Era un fino mango de un palmo corto de longitud en uno de cuyos extremos había una delicada lámina metálica de la forma de la plumilla de ave con la que solía escribir.

—Es un plumín fabricado por Joseph Guillot —explicó él—. Míralo de cerca. La incisión es para que quede retenida la tinta un rato y no tengas que estar mojando la pluma constantemente. Muchos se niegan a emplearlo porque se resisten a abandonar viejos hábitos, pero yo sé que a ti te encantará. Ya verás. Escribirás más rápido.

Cristela esbozó una amplia sonrisa y le lanzó los brazos al cuello para sujetarse mientras le llenaba el rostro de besos. Era el mejor regalo que le podía haber traído. Las plumas de ave eran poco duraderas y ella, poco habilidosa y paciente para volver a cortar su punta. ¡La conocía tan bien! Attua, divertido, respondió a sus besos, que pronto fueron ganando en profundidad.

Cristela disfrutó de ese largo paréntesis de placer. Los besos de Attua la convertían en otra persona. Se olvidaba de su vida monótona y se volvía audaz. En cada beso profundo, en cada mordisco, sentía que se detenía el tiempo, que no había ni pasado ni futuro, sino un presente interminable de inexplicable gozo. Se imaginó en aquella poza de agua ardiente en medio de la nieve donde se habían amado plenamente por primera vez y deseó estar allí, sin esas malditas ropas ásperas y gruesas que evitaban el contacto de la piel, sin las prisas por regresar a sus obligaciones, sin la carga de la tristeza…

¿Tristeza? Attua no parecía triste en absoluto.

Se separó de golpe, aturdida por haberse dejado llevar de esa manera y sorprendida porque él actuara con tanta normalidad dadas las circunstancias. Podía comprender que se viese obligado a dejar a la extranjera bien alojada después de la desgraciada experiencia que había vivido, aunque le extrañaba que no hubiera galopado rápidamente hacia su casa. La pasión y el deseo empañaban la razón, pero si había alguien para quien el deber era lo primero ese era Attua.

—¿Qué te pasa? —preguntó él.

—No esperaba que nuestro encuentro fuera así de intenso. Me resulta extraño retenerte de esta forma tan poco adecuada...

Attua sonrió y la atrajo de nuevo hacia sí.

—Yo diría que es la forma más adecuada de hacerlo...

—Pero no comprendo... Tienes que estar tan apenado. Yo... Siento...

Attua recordó entonces que también el posadero había dicho que lo sentía y se alarmó.

—¿Ha pasado algo desde tu última carta?

Cristela le enviaba una cada mes. Como el valijero se alojaba en la posada, no le resultaba difícil introducirla en su saca. Y, por si acaso, siempre ponía en el remite el nombre de Belisa.

—¿No te llegó un mensaje hace una semana? —se sorprendió ella.

—He estado varios días en Panticosa. —Attua le habló de la huida de Matías.

—¡Dios mío! —exclamó Cristela clavando sus ojos en él—. Entonces... ¡No sabes nada!

—¿Qué debo saber?

—¡Oh, Attua! —Tomó sus manos—. Tu padre... —Le contó lo sucedido. En ningún momento soltó sus manos. En ningún momento dejó de mirarle, como si pretendiera absorber el creciente pesar que sabía que lo corroería.

Attua cerró los ojos y dejó caer la cabeza sobre el pecho. Toda la alegría de los últimos minutos se convirtió en un dolor que laceró sus entrañas. Murmuró maldiciones ininteligibles durante un buen rato. Luego miró hacia el cielo plomizo y apretó los dientes con rabia. Sus ojos oscuros estaban llenos de lágrimas que Cristela sabía que no derramaría.

Ella lloró por él, en silencio.

Esa era la reacción que esperaba y temía.

Attua no perdonaría. Attua sufriría. Y si algo sabía ella de la vida era que el sufrimiento carcomía, resentía y aislaba a las personas.

Cristela temía que Attua se alejara de ella. ¡Tan pronto!

—Tengo que ir a casa —repitió él varias veces en un murmullo ronco.

Cristela asintió.

—Ve. Celsa y Belisa te necesitan.

Se separó de la vigorosa complexión de su cuerpo. Le arregló la capa. Acarició de nuevo su rostro.

Ella también lo necesitaba, pero estaba acostumbrada a esperar.

9

Attua y Alfredo galoparon hacia el norte, hacia donde el valle de Albort se estrechaba tanto que parecía que las montañas fueran a estrangularlo. A un tiro de fusil, a la espalda de la villa, un castillo militar sobre un peñasco rodeado de colinas, como un tétrico buque colocado a través en la boca de un puerto, cerraba y vigilaba la angostura. Su tenebrosa presencia persistía en el ánimo aun cuando se lo hubiera dejado atrás, pensó Alfredo, como si hubiese conseguido enseñorearse del paisaje después de varios siglos de existencia y continuara alerta a los cambios en sus dominios.

Una legua y media después, cuando faltaba poco para anochecer, divisaron, en la ladera de la montaña llamada de Alba, el edificio donde había nacido y crecido Attua.

Los caballos estaban exhaustos: los habían espoleado sin piedad por campos y pequeños bosques de robles y pinos desdibujados por la lluvia.

Alfredo no conocía ese aspecto del carácter de su amigo, a quien tenía por educado y sereno. Ahora, si el caballo se atascaba en el barro, Attua, encolerizado, tiraba de las riendas con una fuerza excesiva; si aflojaba el paso por miedo ante un agujero o piedra, Attua le clavaba los talones con furia. Por lo que le había contado en la posada, entendía que se sintiera desconsolado y rabioso, pero había algo más en su reacción que se le escapaba.

Cruzaron un puente de un solo arco y tomaron un estrecho camino flanqueado por acebos y bojes que zigzagueaba hacia lo alto.

Alfredo alzó la mirada y resopló sorprendido. Suspendido en la montaña y camuflado contra ella se levantaba un sobrio edificio de piedra. Rodeado de sobrecogedores picos, parecía un inmenso nido de buitres o águilas, consumido por el frío, el viento y la nieve. Se preguntó cómo demonios podían haber construido en ese lugar tan quebrado y escabroso, cuando más abajo había una pradera.

Hasta la vegetación parecía rehuir el crecer allí.

Gradualmente, hasta que llegaron a la casa, la naturaleza viva fue desapareciendo. Ni un saúco. Ni un serbal. De ahí para arriba, Alfredo solo vio pedrisco y roca cansados de ese impertinente aire frío que también comenzaba a apoderarse de sus huesos. ¿Quién podía resignarse a ir allí a tomar los baños?, se preguntó. La única respuesta que le vino a la mente fue una leve variación de aquel dicho de que la fe movía montañas; en ese caso sería la desesperación por la mala salud y el dolor físico.

Attua saltó del caballo en una pequeña explanada con montículos rocosos y lo ató a una anilla de la pared de una cuadra donde rebuznaron unos mulos. Se dirigió a grandes zancadas al deteriorado edificio principal, rectangular, de tres plantas, sin más ornamentación que el dintel y las jambas de mármol de la puerta principal, y entró.

Alfredo lo siguió por un corto corredor pavimentado de madera y por las escaleras de piedra hasta la primera planta, donde estaba la cocina. Una vez allí se quedó en la puerta, conmovido por la imagen de las dos mujeres que, entre gritos de alegría, sorpresa y sollozos, se lanzaron a abrazar a Attua, hasta que lo invitaron a sentarse con ellos junto al amplio hogar separado del resto de la estancia por un grueso madero que cruzaba de pared a pared. La mujer mayor removió las brasas con el badil, las avivó con un pequeño fuelle, y fue en busca de una olla que colgó de unos gruesos hierros trenzados que surgían de las profundidades de la enorme chimenea. La joven echó unas yescas en unos cuencos en los que encendió unas teas y preparó los platos sobre una pequeña mesa que desplegó de la pared y quedó apoyada en el suelo con una única pata central.

Attua no tenía hambre, pero su madre insistió en que comiera.

—Tienes mal aspecto —dijo mientras le servía un potaje de coles, patata y cerdo—, y te necesitamos fuerte.

Comentaron lo acaecido en los últimos días. El relato de Belisa y Celsa coincidía con el de Cristela, pensó Attua con amargura. En todo caso difería en las descripciones del aspecto y ánimo de las mujeres. «Están bien», le había dicho Cristela; pero no era cierto. Su madre había envejecido desde la última vez que la vio. No tendría ni diez años más que Aurore, pero podría haber pasado por la madre de la francesa. Tenía más cabellos blancos y apenas sonreía. Había adelgazado y caminaba un tanto encorvada, de modo que parecía más menuda de lo que ya era. Belisa ocultaba su espanto bajo una máscara de amabilidad, pero sus ojos oscuros, del mismo color gris azulado que los de Attua, no brillaban como él recordaba. La conocía muy bien. Se esforzaba por darle un recibimiento cálido; por dentro, la preocupación y el dolor la atenazaban.

—Si no encuentran al culpable, lo haré yo —dijo Attua.

—¿Y qué podrías hacer tú que no hayan hecho las autoridades? —Celsa se sentó en un banco de piedra, con la mirada fija en el fuego—. Aunque dieras con él, eso tampoco nos lo traería de vuelta. —Metió la mano por debajo del largo delantal y hurgó entre los pliegues de sus faldas.

Extrajo un pañuelo y se lo llevó a los ojos—. Ahora tenemos otros problemas. En noviembre se termina el plazo de las cuatro anualidades del arriendo de los baños. Primero con mi padre y luego con el tuyo, el ayuntamiento no ha tenido queja. Sin Custodio, nosotras solas no podemos hacernos cargo. Los huéspedes, la ropa, la limpieza, la leña, el ganado... Es demasiado trabajo. Saldrá en subasta pública.

Attua y Belisa cruzaron una mirada de comprensión. Ambos sabían qué significaba aquello. Aunque no fuese de su propiedad, esa casa había sido el hogar de su madre y el de ellos desde sus nacimientos. Celsa formaba parte de ella como los rebecos de las paredes rocosas que los rodeaban. En los pliegos en los que se detallaban las condiciones de arriendo ponía bien claro que el bañero no estaba obligado a residir allí en la época de las nieves, siempre y cuando dejase un hacha, leña, pan y vino, un par de camas preparadas y algo de heno para las caballerías, por si a algún extranjero insensato se le ocurría cruzar la frontera en pleno invierno. Sus padres nunca habían abandonado la casa. Celsa era una mujer poco sociable; no habría sabido qué hacer en invierno en el pueblo; prefería la compañía de la nieve a la de las personas. Había conocido a Custodio cuando sus padres lo enviaron quince días a tomar los baños para librarse de unos herpes que lo acomplejaban. Ambos se habían casado muy jóvenes, en contra de la voluntad de la familia del novio, que deseaba un mejor matrimonio para su tercer hijo. Attua y Belisa sabían que sus padres habían sido felices allí, a pesar del duro trabajo y del frío perpetuo. Les producía una especial satisfacción despedir a los enfermos curados de sus dolencias. Muchos llegaban en brazos ajenos viendo su muerte inevitable y marchaban por su propio pie. Los hermanos habían crecido en un ambiente en el que el sufrimiento y el alivio se alternaban, pero nada de lo que habían visto les había preparado para la pérdida súbita de su padre y para las consecuencias que se iban a derivar de ello.

—Estoy aquí —dijo Attua esforzándose por resultar convincente—. De momento, nada cambiará.

Una terrible desazón lo invadió, como si todo el agotamiento de las dos últimas semanas se hubiera concentrado en su pecho, ralentizando sus pulsaciones, oprimiendo su respiración, provocándole pinchazos en cada músculo de su cuerpo.

Qué lejos quedaba Madrid. Qué lejos, sus ilusiones.

A la mañana siguiente, Alfredo encontró a Attua sentado en una piedra al borde del abismo sobre el que se asomaba el edificio. La lluvia del día anterior había espabilado el húmedo paisaje, que brillaba y lanzaba destellos allí donde los rayos del sol chocaban contra el rocío, aunque las grises nubes que se despegaban lentamente de las cumbres anunciaban algún nuevo chubasco. Abajo, el río, de cauce llano, curso perenne y abundante, lamía o mordisqueaba caprichoso los prados inmediatos.

Attua observaba el valle a sus pies con rostro sombrío.

—Supongo que esto te habrá parecido un desastre comparado con Panticosa —dijo cuando Alfredo se sentó a su lado—. Ya te lo advertí. Y eso que algo ha cambiado. Hace unos años sí que era una auténtica choza. Gracias a mi tío Ricardo, que intermedió desde Madrid, el ayuntamiento obtuvo unas subvenciones del Estado para construir lo que ves.

—El sitio es impresionante, pero me pregunto por qué no se construyó abajo, en el llano.

—La bañeras se hallan donde brotan las aguas, así conservan toda su virtud.

—Las aguas se podrían canalizar. Incluso calentarlas si hiciera falta.

—Es fácil para ti pensar en grandes proyectos. Los ingresos apenas llegan para el mantenimiento más básico. Entre los que vienen a tomar los baños y los que se alojan para cruzar la frontera no suman ni un centenar de personas al año. Y de estos hay que descontar a los pobres de solemnidad y vergonzantes, los militares del castillo y los empleados públicos, que tienen derecho a habitación y leña gratis. —Attua se dio cuenta de que su tono había sido hiriente y añadió—: Lo siento, Alfredo, amigo mío. Tú no tienes la culpa de mis desgracias.

Alfredo apoyó una mano en su hombro.

—Cuando decidí continuar con el proyecto de mi padre, tampoco fue fácil. Estábamos estancados, sin dinero para continuar...

—Tú *decidiste* volver a casa, Alfredo —le interrumpió Attua—. Yo no tengo elección. Te aseguro que ni en la peor de mis pesadillas me imaginé que terminaría aquí. Siento cariño por este lugar porque me crie aquí, pero el cariño no es suficiente... —se frotó las sienes con ambas manos— para renunciar a mis sueños.

—Nunca sabemos por qué o para qué pasan las cosas, Attua, pero siempre hay que mirar hacia delante. Los sueños se pueden reconducir. No eres el único al que le toca cambiar de rumbo. Has vivido en la ciudad y lo sabes bien. Piensa en la época de cambios en la que estamos: después de tanta guerra y miseria, el progreso llegará tarde o temprano, como sucede en otros países. Los más ricos ya no son solo los grandes propietarios ni los aristócratas, sino los hombres de negocios. Siempre que tengas ganas de trabajar y visión de futuro, sobrevivirás. Existen fórmulas...

Attua escuchó los consejos de Alfredo en silencio para evitar verbalizar las réplicas negativas que las frases optimistas de su amigo le sugerían. Agradecía el entusiasmo con el que intentaba animarle, pero sabía que le costaría mucho tiempo librarse de la amargura de sus pensamientos. Una de las cosas sobre las que más incidían en la escuela de militares era que no permitiesen que las cuestiones personales interfirieran en la toma de decisiones. Esa frase tal vez sirviese para la guerra, para los soldados en el campo de batalla, pero no para la vida real.

De repente, él no tenía otra elección.

Carecía de patrimonio, salvo unos prados con los que habían dotado a su padre, y de una habilidad para establecerse por su cuenta. Y aunque la tuviera, ¿cuánto tendría que ganar para poder hacerse cargo de su madre, de su hermana y de Cristela?

Al pensar en ella le embargó una terrible sensación de frustración. Jamás la arrastraría a una vida dura y desgraciada. Para él los sueños de grandeza habían terminado, pero ella aún podría cumplirlos, siempre y cuando él no la retuviera. «A tu lado, todo me parecerá maravilloso», le diría. Pero él no la creería.

Cristela no era como Celsa. Jamás se acostumbraría a vivir en un lugar tan inhóspito como ese, donde no llegaba ni el verano.

Se marchitaría hasta morir.

Aprovechando que Belisa se había ofrecido para mostrar a Alfredo los alrededores y realizar una pequeña excursión a unas cascadas cercanas, Attua pasó el resto del día deambulando apesadumbrado por dentro y fuera de la casa, en parte para enfrentarse a la ausencia de su padre, a quien visualizaba en cada rincón, y en parte para reflexionar sobre lo que le había dicho su amigo.

Ya que su única opción para sacar adelante a su familia

era la de continuar con el arriendo de los baños, Alfredo le había aconsejado que no malgastara sus energías solo para cuatro años más y que pidiera al ayuntamiento una concesión a cincuenta años sobre toda la propiedad: el edificio, las fuentes, el bosque comunal y los prados del llano. Eso le permitiría diseñar un proyecto a largo plazo y buscar financiación. Para que algún inversor se interesara, habría que canalizar y bajar las aguas al terreno donde, además de los edificios para tratar enfermedades, habría otros para la diversión.

«Deberías viajar a Luchon o Cauterets para hacerte una idea —le había dicho—. La gente adinerada de París frecuenta los establecimientos de baños de los Pirineos franceses. Ni todos desean subir a las montañas ni todos están enfermos. Y los que lo están no quieren que lo parezca. Quieren salones de sociedad y diversión. Ocupar el día y la noche. Juntarse con los amigos en un sitio especial para pasar las vacaciones. Los jóvenes aristócratas y burgueses encuentran el placer del viaje y de la estancia en los baños, sin más. Tardaremos más o menos, pero en España los imitaremos en esto como en tantas otras cosas.»

Al ayuntamiento, según el visionario Alfredo, la idea no podría sino entusiasmarle: se quitaría un problema de en medio durante mucho tiempo, vería aumentados sus ingresos y ofrecería puestos de trabajo.

«Todos los que trabajan en los baños de Panticosa suben del pueblo. ¿Sabes cuántas familias han mejorado su vida gracias al dinero de los extranjeros? Algunos los critican por haber abandonado sus campos, pero te aseguro que ninguno tiene ganas de volver a segar.»

Para empezar, tendría que encargar un estudio oficial de las virtudes y usos de las aguas minerales y publicar el tratado para darle seriedad; mejorar, aunque solo fuera un poco, el acceso; contratar publicidad en la prensa de las capitales de provincias más cercanas al principio y, ¿por qué no?, luego también en Madrid. El mensaje estaba claro: los males de la civilización urbana solo encontrarían remedio en las aguas de Albort. Más adelante podría contratar a un médico propio, pues eso de que subiera el mismo del pueblo no gustaba a los clientes; estos querían al galeno pendiente a todas horas de la evolución de sus dolencias.

Para Alfredo no había nada imposible. Attua, sin embargo, veía como algo lejano e inalcanzable que Albort llegase a ser algún día el cuarto ángulo de ese rectángulo que dibujó sobre un mapa su amigo uniendo dos lugares de Francia —Cauterets y Luchon— y dos de España —Panticosa y Albort—, separados por la mancha oscura de la cordillera de los Pirineos.

Fuera la concesión para cuatro años más, para cincuenta, o para perderla, Attua no tenía más remedio que hablar con el alcalde.

Además, le tocaba explicarle qué había pasado con su hijo Matías.

Y luego tendría que escribirle una carta a su tío Ricardo contándole que no podía regresar a Madrid...

Pero antes de eso, había algo mucho más importante que debía hacer.

Y todo, absolutamente todo, le producía una profunda desazón.

10

La pesada y oxidada verja del cementerio emitió un prolongado quejido cuando Attua la empujó y abrió lentamente. Vaciló unos instantes antes de recorrer el corto sendero que conducía a la pequeña plaza rodeada de gruesos muros, donde las lápidas grises y las enmohecidas cruces de piedra se apiñaban de manera ordenada frente a la puerta principal de la iglesia. Por primera vez en su vida, el lugar le sobrecogió. Aunque el sol brillaba ufano tras la lluvia de los dos días anteriores y el aire estaba en calma, un frío desconocido le laceraba los huesos. Bajo una de esas tumbas yacía el cuerpo de su padre.

Todavía no se habría descompuesto del todo. Aún conservaría sus rasgos amables.

Reconoció la tumba enseguida por la tierra recién removida y apretada contra los cantos de la losa. Llegó junto a ella, se quitó el sombrero, hincó una rodilla en el suelo, apoyó el brazo derecho en ella y leyó el nombre y las fechas talladas en la piedra. Agachó la cabeza y cerró los ojos para contener las lágrimas.

Una intensa rabia lo consumía por dentro.

Su madre le había repetido que las autoridades habían hecho todo lo posible por encontrar al asesino, que cada día que pasaba la tarea se tornaba más difícil y que él nada podía hacer.

Pero él no se olvidaría. Encontraría el modo de dar con el responsable y de vengarse.

Sentía odio hacia ese desconocido que había segado dos vidas a la vez: la de su padre y la suya propia. Custodio había muerto demasiado joven y de manera injusta. Y si su padre siguiese vivo, él no se vería forzado a cambiar el rumbo de su futuro.

No quería ser como su padre ni ocupar su lugar al frente de los baños. No quería levantarse cada mañana para atender a los enfermos que desfilaban como almas en pena por ese caserón perdido en las montañas; no quería deteriorar su cuerpo con el constante esfuerzo físico de hacer leña, acarrear agua para las bañeras, cazar para que Celsa complaciera a los clientes con guisos diversos, limpiar los establos y cuidar del ganado.

La ira se mezcló con una honda tristeza. Custodio estaba muerto; pero él tampoco se sentía vivo. Aunque era joven y fuerte para enfrentarse físicamente a su incierto futuro, se preguntaba cómo resistiría teniendo que renunciar a Cristela. Sí, pensó ante la tumba de su padre, había algo mucho peor que yacer bajo paladas de tierra: tener que renunciar a tu razón para vivir.

Ni él mismo se creía capaz de hacerlo.

Permaneció en esa postura un largo rato hasta que notó que alguien le apoyaba una mano en el hombro. Reprimió el impulso de cubrir con la suya esa mano, que solo podía ser de Cristela —lo sabía, lo percibía— y se puso en pie, aunque no se giró hacia ella. No había nada que deseara más en el mundo que estrecharla entre sus brazos... Pero no lo haría. Él ya no era libre; ella, sí.

—He visto a Belisa con Alfredo —explicó Cristela suavemente—. Me ha dicho que habíais bajado al pueblo por varios asuntos. He pensado que te encontraría aquí.

—Te arriesgas a que nos vean juntos —dijo Attua sin moverse hacia ella y con la mirada fija en el suelo.

—Otras veces lo he hecho y no te ha importado.

—Hemos sido discretos. Ahora es diferente. En la calle un encuentro puede ser casual. Aquí en el cementerio, no. Tú no tienes... —Attua se calló a tiempo. Lo que había estado a punto de decir sin pensar era cruel.

—... muertos a los que rezar. —Cristela terminó la frase por él—. Ibas a decir eso. Es cierto. Y una ventaja. Así solo tengo que rezar por los vivos. Rezo por ti. Por nosotros.

—Pierdes el tiempo, Cristela.

Ella se situó frente a él y alzó el rostro en busca de su mirada, que no encontró.

—La pena y el dolor no pueden hacerte perder la fe.

—La pena y el dolor, no —replicó él—. La realidad, sí.

—Mírame, Attua. Te lo ruego.

Attua levantó la vista por encima de los oscuros tejados de las casas cercanas hacia las crestas de las montañas recortadas contra el cielo. Nunca le habían parecido tan afiladas como en ese momento. Eran sierras que desgarraban el horizonte.

«Si lo hago...»

Si lo hiciera, si acompasara esas pestañas en sus parpadeos sobre esos ojos del color de las avellanas doradas por el sol, si recorriera con la vista sus mejillas siempre arreboladas, sus labios entreabiertos recibiendo el aliento que él necesitaba; si la mirara tan solo un instante, su decisión se tambalearía, la razón enloquecería, el tacto suplantaría a la vista y recorrería con las manos su rostro, su cabello y su cuerpo, allí mismo, sobre las sagradas tumbas, ante las arquivoltas de la portada de la iglesia, bajo el crismón tallado en piedra y la cruz de la clave del profundo óculo. Y eso no sería suficiente, porque pensar que nunca más volvería a gozar con ella lo trastornaba. Su mente se convertía en un salvaje torbellino de imágenes sensuales: sus pechos en su boca, sus piernas alrededor de su cintura, sus manos arañando su espalda...

«¡No la mires!»

Attua cerró los ojos, la atrajo hacia sí, la envolvió en sus brazos y apoyó el mentón en su cabello. Pronto esas imágenes serían un recuerdo. Un recuerdo agridulce de juventud. ¡Cómo odiaba al asesino sin rostro de su padre! Su sangre pedía venganza; su corazón, unos segundos más junto a Cristela.

—Perdóname, mi querida Cristela —susurró—. Por lo que seré a partir de ahora. Por haberte hecho partícipe estos años de unos sueños que no podré cumplir para ti... Que no podré cumplir... contigo. No volveré a Madrid. Debo hacerme cargo de mi familia.

Cristela presionó las manos contra su espalda para apretarse más a él.

—Estás perdonado. Podemos hacerlo juntos. El lugar no importa. Viviremos aquí. Podremos usar mi dote para empezar.

—No, Cristela. Creo que no me comprendes. No puedo arrastrarte a una vida desgraciada.

—Desgraciada será si no la comparto contigo. O contigo o con nadie.

La franca determinación de la joven le provocó a Attua una sonrisa amarga.

—No acabaré con tus sueños. No te encerraré en los baños de Albort. Allí te morirías de tristeza.

—Quien ama no puede morir —sentenció ella.

Qué gran mentira, pensó Attua. Él la amaba tanto que, sin ella, temía morir. Y, al mismo tiempo, si consentía en que ella permaneciera a su lado, temía que fuera ella quien muriese.

—Además —continuó Cristela—, ¿cómo puedes pretender saber mejor que yo cuáles son mis deseos?

—Te he escuchado todos estos años. Tu mayor deseo es alejarte de este lugar. Te conozco mejor que a mí mismo.

Cristela aflojó la presión del abrazo. Un súbito ataque de indignación la recorrió interiormente.

—Si eso fuera cierto, sabrías que no te quiero por lo que representaba tu vida en Madrid o por tus sueños de grandeza. Tu comentario me convierte en una interesada. No eres mi salvador. Mantenme a tu lado y deja que yo me encargue de mi alma.

—Haré lo que sea necesario para convencerte...

—Jamás me convencerás de que no te quiera. Y si tú ya no me quieres, ten el valor de decírmelo a la cara. No adornes tu cobardía con excesivas explicaciones.

Esforzándose por mantener sus impulsos bajo control, Attua recorrió con los dedos el rostro de Cristela. Ni una lágrima lo surcaba. Admiró su coraje y su fortaleza. Cristela no se humillaría ante él ni le suplicaría. Tal vez porque ni en el rincón más diminuto y escondido de su corazón había lugar para la duda. Ella sabía cuánto la amaba. Se inclinó y buscó sus labios, en los que depositó un beso suave, una simple caricia, antes de murmurar:

—Perdóname, Cristela, pero no puedo arrastrarte a mi desdicha. Serás más feliz sin mí. Los dos lo seremos.

Qué falsas le resultaron sus últimas palabras. Y qué falaz la aparente mansedumbre con la que pretendía convencer a Cristela de lo imposible si él mismo luchaba por obligarse a creerse lo que decía. «Por su bien», se había repetido decenas de veces... Lo hacía por el bien de ella... Se rio sardónicamente en su interior: preferiría mil veces verla consumirse entre sus brazos que saberla feliz en brazos de otro. ¿Cómo admitir esto, cómo verbalizarlo, sin sentirse culpable de egoísmo, sin odiarse por ser un canalla?

Apoyó su frente en la de la joven y permaneció unos segundos escuchando el silencio de aquel lugar de muerte ubicado en medio del pueblo, en medio del incesante ruido de la vida. Dudaba que algún día recobrara la alegría de tiempos pasados, cargados de ilusiones y expectativas. En apenas unas horas había conocido la verdadera cara de la existencia. El dolor que había observado en otros con la neutralidad, incluso el desapego, de un mero espectador se había introducido en sus venas con el afán de recorrer su cuerpo y hacerle comprender su verdadero significado. Era un sentimiento de pena y congoja; pero también de desconcierto, de decepción, de desánimo.

Exhaló un largo suspiro, se separó de ella y se marchó. No se volvió para mirarla.

Cristela aguantó las lágrimas. Aturdida, tomó el camino hacia la salida del cementerio. Solo deseaba encerrarse en su habitación y dar rienda suelta a su dolor. Ni en la peor de sus pesadillas se hubiera podido imaginar la escena que acababa de vivir y que no terminaba de comprender. Si Attua se jactaba de conocerla tan bien..., ¿cómo podía asegurar que ella sería más feliz sin él? ¿Qué demonio se había apoderado de su cuerpo?

Absorta en sus pensamientos, cruzó la verja y chocó contra alguien que la cogió con fuerza por los antebrazos.

—¡Eh, mira por dónde vas!

Era Gabino, la última persona a la que deseaba encontrar ahora. Después de días sin verlo, había aparecido en el momento más inoportuno. Por la presión de sus manos y el tono áspero de su voz, Cristela tuvo la sensación de que no había sido un encontronazo fortuito; más bien parecía que el hombre hubiera esperado la ocasión para asaltarla. El miedo se apoderó de ella. ¿La habría visto en brazos de Attua?

—Qué extraño venir a rezar a estas horas de la mañana —dijo él—. No te tengo por muy piadosa.

—¿Desde cuándo debo darte cuenta de lo que hago? —Cristela forcejeó y se separó de él. Lamentó enseguida el tono desafiante que acababa de emplear. Durante años, había conseguido fingir una relación cordial con él. Ese no era el mejor momento para irritarle. Si de veras la había visto con Attua, conociéndolo, sería capaz de cualquier cosa. Se apresuró a añadir una explicación—: Llevo un rato buscando a Ana por todas partes. Últimamente desaparece sin avisar. Como tú... He recordado que hace poco dijo que quería visitar la tumba de vuestra madre y vine aquí. También a mí me apetecía rezar por Gloria.

Físicamente, Gabino era más alto que Cosme y esbelto. Se parecía mucho a su hermana Ana. Tenía el mismo cabello lacio, que se peinaba con una raya bien marcada a la derecha, y la cara ligeramente alargada. No era un hombre mal parecido, pero aquella mirada fría, inmutable, desconfiada, de halcón siempre alerta, envilecía el conjunto. Ahora Cristela sentía esa mirada clavada sobre su rostro, escrutándola, buscando una señal de mentira, un rubor súbito, un parpadeo más largo de lo normal, una rigidez en sus gestos.

—Veo que no la has encontrado —dijo él.

—No, pero sí he visto a Attua —dijo ella con toda la naturalidad de la que fue capaz—. Ha salido hace unos minutos. Por poco no te has tropezado con él.

El rostro de Gabino mostró una sutil variación en las comisuras de los ojos. Cristela no supo interpretar si era furia contenida, por la aversión que sentía hacia el que una vez fue su amigo, o sorpresa, por la franqueza de ella al reconocer abiertamente que había coincidido con Attua.

—Ha venido a ver la tumba de su padre... —continuó ella—. Supongo que estarás enterado.

—Sabes que yo me entero de todo, Cristela —dijo Gabino con voz neutra—. Una tragedia para esa familia, sí. Y una lástima para Attua. Sus sueños de grandeza se habrán terminado de golpe.

Cristela, molesta por el comentario, irguió la cabeza y le dijo en tono mordaz:

—Si todo lo sabes, ¿no tendrás por casualidad alguna sospecha sobre quién pudo hacerlo y por qué?

—Si así fuera, ten por seguro que sería el primero en hablar con la justicia. A mí tampoco me gusta la idea de que haya un cobarde asesino entre nosotros.

Gabino bajó la vista hacia su mano derecha y se ajustó la sucia venda que la envolvía. La joven no le preguntó qué le había pasado porque conocía la respuesta que él daba cuando regresaba magullado de sus viajes: las rocas de la montaña eran muy afiladas.

Cristela aprovechó ese instante de silencio para escabullirse.

—Me voy a casa. Ya vendrás a comer si quieres...

Caminó a paso rápido hasta su casa, respondiendo con breves saludos a quienes se cruzó por las calles empedradas. A la angustia de la dolorosa despedida de Attua se sumaba ahora la preocupación por la inesperada aparición de Gabino y la duda de si los había visto en actitud comprometedora.

11

En la puerta de la posada, Cristela se encontró a Belisa y Alfredo en animada conversación con Aurore, que regresaba de dar un paseo por los alrededores.

Tras un rato que le resultó eterno, el grupo entró en el edificio.

—Hemos quedado con Attua dentro de una hora —le explicó Belisa refiriéndose a Alfredo y a ella—, y hemos pensado tomarnos algo con Aurore.

—Yo tengo que empezar a preparar la comida —se excusó Cristela—. Cosme os atenderá.

Subió las escaleras para cobijarse en su pequeño dormitorio bajo el tejado. Se encerró y lloró hasta que no le quedó ni una sola lágrima. Se negaba a creer que, de repente, Attua hubiera dejado de quererla, pero la excusa de que la abandonaba por su bien era tan burda y simple que se sentía desorientada. Sus palabras le habían traído a la mente historias parecidas que había escuchado de otras mujeres sobre el amor y el matrimonio. Dejando aparte a los escasos hombres de palabra que continuaban adelante con un compromiso aun a costa de reprimir sus verdaderos sentimientos por otra mujer, y a los pocos que aceptaban sin protestar los acuerdos matrimoniales organizados por sus padres, el resto de los hombres se dividían en dos grupos: los canallas y cobardes, que no daban explicaciones al abandonar a las mujeres;

y los caballeros, que sí las daban, aunque fuesen peregrinas.

¿Tenía pensado Attua abandonarla hacía tiempo?

No, se dijo rápidamente.

Su reencuentro justo antes de saber que su padre había muerto no dejaba lugar a dudas. Las palabras podían ser engañosas, inexactas, imprecisas y vagas, pero los sentidos era inequívocos. Sus miradas, sus manos, sus labios, sus pieles respondían a la cercanía de sus cuerpos con ansiedad y, a la vez, con la absoluta certeza de que estaban hechos para compartir el mismo tiempo y el mismo espacio. La distancia los cegaría, los enmudecería, los resecaría. ¿Cómo podía el miedo al futuro haber confundido al fuerte de Attua hasta el extremo de ocultarle lo evidente, que la separación los aniquilaría?

Buscó su cuaderno y se sentó frente a la cómoda escritorio. Tal vez escribir le aportara algo de serenidad.

Unos insistentes golpecitos en la puerta detuvieron sus reflexiones. Se frotó las mejillas para borrar el rastro de las lágrimas y abrió la puerta. Se sorprendió al descubrir a Aurore.

—Perdona que te moleste... —dijo mientras recorría con la vista la pequeña habitación de Cristela y se frotaba los antebrazos con las manos—. Hace frío abajo y desearíamos tomar un vaso de vino, pero no hay nadie en la taberna. Dijiste que estarías en la cocina...

Cristela se preguntó dónde estaría Cosme y adónde habría ido Ana. Era cierto lo que le había dicho a Gabino: últimamente la muchacha desaparecía durante horas sin avisar y se mostraba más despistada y huidiza de lo normal en ella.

Aurore señaló el cuaderno abierto.

—¿Escribes, Cristela? —preguntó con cierta extrañeza.

Ella se sonrojó sin saber muy bien qué decir.

—Bajo enseguida, señora —dijo con la esperanza de quedarse a solas para esconder el diario.

Pero Aurore no se movió. La curiosidad podía con ella.

En menos de dos días se había dado cuenta de que Cristela era una joven paciente y resolutiva. Con los restos de su vestido y otras ropas prestadas había conseguido que fuera bastante bien vestida, dadas las circunstancias. La atendía con cariño y estaba atenta a sus necesidades. Para su sorpresa, Aurore había fantaseado con la idea de que, por la edad de ambas, Cristela podría haber sido su hija, algo que no le había sucedido nunca por mucho que lamentara no haber tenido descendencia. También le había llamado la atención la corrección con la que se expresaba y los modales educados que mostraba, pero jamás se hubiera imaginado la faceta que acababa de descubrir. Que una aldeana de clase baja como aquella jovencita tuviera inclinaciones literarias la sorprendía sobremanera. Encontraba en ella algo singular que, inexplicablemente, solo poseían ciertas personas de las muchas que había conocido en su vida, de diferentes ámbitos, clases sociales o incluso países. A Aurore le encantaba creer que, de vez en cuando, una estrella fugaz soltaba su polvo mágico sobre la tierra, tocando con él de forma aleatoria a los afortunados como Cristela. O eso, o que Dios les había concedido un don. ¿Qué tenía esa sencilla muchacha que la hacía tan atrayente?

—Todos los escritores que conozco escriben por alguna razón. ¿Cuáles son las tuyas? —Aurore entrecerró los ojos—. Por tu edad y por la expresión triste de tu rostro, bien podría ser para expresar tu mal de amores... —Buscó su mirada y comprobó que los ojos de Cristela se empañaban—. *Bien sûr.* ¡Acerté! Ni una lágrima por un hombre, *ma chére enfant.*

Cristela bajó la vista, incómoda. No le gustaba hablar de sus sentimientos y mucho menos con una desconocida.

—Tan solo invento historias...

—¡Oh, querida! La imaginación es ciertamente una facultad del alma maravillosa, pero la realidad es millones de veces mejor.

—Tal vez para usted, señora. Para mí es más cruel.

Cristela se arrepintió al instante de ese comentario que desvelaba demasiado sobre su estado de ánimo. Aunque por el tono sarcástico en el que lo había pronunciado, más parecía que estuviera proyectando su irritación contra esa mujer que tenía la suerte de hacer lo que le viniera en gana.

Aurore sonrió comprensiva. ¡Ah, con qué ímpetu magnificaba la juventud los sentimientos! Ella misma se sonrojaba al releer sus primeros escritos, cargados de intensidad e ingenuidad. Algún día tendría que quemarlos, pensó, para que nadie los leyera tras su muerte. Preferiría que se quedasen con el recuerdo de la mujer que era ahora.

—A tu edad, no deberías hablar así, querida mía —dijo—. La amargura llega con los años y la experiencia. Tu cuerpo es joven, tu piel tersa, tu cabello brilla y tu corazón apenas ha soportado lo que un corazón es capaz de soportar. —Soltó un suspiro, se giró y apoyó una mano en la barandilla de madera—. Te esperaré abajo. Un rato de buen vino y buena conversación templa el espíritu.

Cristela se apresuró en esconder el cuaderno entre las sábanas de su cama. Bajó a la taberna, encendió unas astillas que rápidamente prendieron en los troncos ennegrecidos del hogar y preparó unas jarras de vino y un plato de queso.

—¿Por qué no nos acompañas? —preguntó Aurore dando unas palmaditas a la silla que estaba entre ella y Belisa.

Cristela no estaba acostumbrada a compartir mesa con los clientes, pero accedió porque estaba su amiga. La observó con detenimiento. Para ser que su padre había fallecido hacía dos semanas, se la veía demasiado risueña. No tardó en darse cuenta de que el cambio en su amiga se había producido desde la llegada de Alfredo. Sintió una punzada de tristeza al pensar que Belisa pudiera marcharse de Albort, aunque de inmediato una idea cruzó su mente y la animó unos instantes. En el supuesto de que Belisa y Alfredo llegaran a algún compromiso, podrían llevarse a Celsa a Panticosa y así Attua quedaría liberado de la obligación de cuidar de ambas mujeres. Podría encontrar algún trabajo en Madrid y terminar sus estudios. Y seguirían adelante con sus planes...

Cómo necesitaba aferrarse a cualquier cosa, pensó con amargura, con tal de mantener viva la esperanza de conservar a Attua... Se sintió más desgraciada. La desesperación la convertía en un ser egoísta, pues ya estaba organizando la vida de los demás para salvar la suya propia.

—¿Por qué estás tan triste? —le preguntó Belisa en un susurro.

—Es solo cansancio, no te preocupes —le respondió Cristela.

La puerta se abrió y entró Cosme. Cuando localizó a la joven, le lanzó una mirada de reproche.

—¿Se puede saber qué haces ahí sentada? —preguntó a voz en grito.

—La he invitado yo —dijo Aurore indignada por los modales del hombre—. Me gusta conversar con su hija.

—No soy su hija —explicó Cristela con tono agrio—. Se hizo cargo de mí a cambio de dinero. Yo no tengo familia.

Cosme soltó un gruñido de protesta.

—¡Suerte tuviste de que te trajera a mi casa! ¿Y cómo respondes? Nunca has mostrado ni agradecimiento ni nada... —Se dirigió a Aurore—: Para mí que un posadero le parece poco. Hubiese deseado que la adoptase un marqués...

El tono burlón de Cosme buscaba su complicidad, aunque lo que le apetecía a la francesa era afearle sus comentarios, que avergonzaban visiblemente a Cristela delante de todos. Lo interrumpió:

—Nuestros vasos están vacíos. ¿Sería usted tan amable...?

A Cosme le irritó quedarse con la palabra en la boca, pero no añadió nada más. Tenía por costumbre no molestar a los clientes. Para romper el violento silencio tras la desagradable escena, Belisa le preguntó a Alfredo sobre las aguas de Panticosa. Aurore aprovechó para susurrarle a Cristela:

—Pobre niña... Si no es tu padre, eres libre de ir donde quieras. Yo no soportaría que un hombre me hablara así.

—Las cosas no son tan fáciles, señora. —Cristela agradecía que una mujer sofisticada como Aurore la defendiera de las ofensivas palabras de Cosme y deseara compartir mesa con ella, pero no podía evitar sentir que la percepción de la vida de la francesa estaba distorsionada por su rico nacimiento—. ¿Qué puede hacer una joven sin recursos sola en el mundo?

Aurore entornó los ojos.

—Querida, no me hables como si yo no supiera cómo son las cosas, que ya tengo mis años. —Cristela se sonrojó, porque la mujer le había leído la mente—. Se trata de *pelear*... Tú sabrás tus razones, pero si aguantas en esta casa, o tienes un motivo poderoso aunque incomprensible, o te falta coraje.

Aurore se incorporó a la conversación de Alfredo y Belisa. Cristela los escuchó en silencio, tratando de evadirse de sus pensamientos. Qué sabría esa mujer de sus sentimientos, de sus razones o de su vida, se repetía. Nada.

—He de reconocer que Albort es hermoso —comentaba ahora Aurore, guardándose para sí la desagradable impresión que le había causado el fuerte olor a estiércol y sudor rancio—. Ese contraste entre la inmensidad de las cumbres desbocadas y la delicadeza de la flor más diminuta... Todo está impregnado de un perfume de melancolía. Si no fuera por el frío... —Sacudió los hombros—. Y eso que es verano, no me imagino cómo será esto en enero... Bueno, y si no fuera también por los bandidos, este sería un lugar perfecto.

La voz de Cosme llegó firme desde el fondo de la taberna donde intentaba, sin perderse una palabra del grupo, arreglar el grifo de una cuba para que dejase de gotear:

—Cada uno tiene sus cosas, señora, pues, que yo sepa, los republicanos y socialistas abundan en Francia y yo no cambiaría a los bandidos españoles por aquellos.

El comentario sirvió para que hablaran de política, algo que no le interesaba nada a Cristela en esos momentos. Aurore mostró su preocupación por los nuevos aires que cruzaban el continente europeo y se propagaban como el cólera.

—Ojalá estas montañas de los Pirineos sean la muralla que aparentan ser... —dijo—, y otros puedan conocer esta tierra ahora, antes de que el liberalismo y las líneas férreas le quiten toda la poesía.

—La poesía no da de comer... —intervino entonces Alfredo.

—Lo sé, amigo mío, pero sacia el espíritu, ¿no le parece? —Aurore se dirigió a Cristela y Belisa para cambiar de tema—. En el paseo de hoy he conversado un buen rato con un amable señor a quien le he pedido que me hablara de vuestras costumbres y refranes. Ha sido francamente divertido. Pero hay uno que ni había oído antes ni he entendido. ¿Cómo era? Ah, sí. «Al montañés, ni le pidas ni le des.»

Belisa sonrió.

—Si le pides —dijo—, lo obligas a tener que dar o rehusar; si le das, lo obligas a tener que agradecértelo o corresponder. En términos económicos se entiende muy bien: cada uno, lo suyo.

—Yo no hubiera sabido explicarlo tan bien, Belisa —la alabó Alfredo.

Ella se ruborizó al sentirse el centro de atención durante unos segundos, algo a lo que no estaba acostumbrada.

—Y esa leyenda de que el español tiene muy desarrollado el sentido de la venganza… —dijo Aurore—. ¿Dirían que se cumple en esta tierra eso de «amigos por la mañana, enemigos por la noche»?

Alfredo se rio abiertamente, pero Cristela no escuchó el resto de la conversación porque vio que Ana se asomaba por el quicio de la puerta y, en lugar de entrar, desaparecía. Aunque fue solo un instante, su expresión la alarmó.

—Si me disculpan, tengo tareas que atender —dijo a toda prisa—. Agradezco su invitación.

Salió al zaguán y llamó a Ana por el hueco de la escalera, pero no obtuvo respuesta. Subió hasta la planta de las habitaciones y la encontró aovillada en su cama.

—¿Te encuentras mal? —le preguntó sentándose a su lado y tocándole la frente con la palma de la mano—. Estás sudorosa, pero no parece que haya fiebre.

Ana no respondió. Con las manos movía hebras de su liso cabello castaño para ocultar su rostro. Cristela se las apartó y vio que unas lágrimas comenzaban a deslizarse por sus mejillas. La expresión de dolor y tristeza de la muchacha la conmovió.

—¿Qué tienes, pequeña? —le susurró mientras le acariciaba el cabello, la cara y los brazos—. Descansa. Yo cuidaré de ti.

La arropó con cariño y cuando le pareció que se tranquilizaba se incorporó. Entonces Ana le agarró el brazo con desesperación.

—No te vayas —suplicó con voz desgarrada—. No me dejes.

Cristela repitió sus caricias.

—Intenta descansar. Estaré aquí al lado, en mi cuarto. Dejaré las puertas abiertas.

Con el corazón encogido, Cristela la observó unos instantes antes de salir. Ana era una muchacha tímida, apocada y retraída, pero en su mundo interior no parecía desgraciada. Solía canturrear y sonreír. Nunca le había parecido tan frágil y desvalida como ahora. ¿Qué le habría sucedido?

En su habitación, Cristela se sentó y tomó el cuaderno entre las manos, pendiente de la respiración de Ana. Lo abrió por la última página y releyó las últimas líneas en las que había descrito, con el recién estrenado plumín, la alegría por el regreso de Attua. Los ojos se le volvieron a llenar de lágrimas mientras sujetaba el delicado instrumento, untaba la punta en el tintero y agitaba suavemente el mango para que el líquido oscuro que envolvía la parte metálica se escurriera.

Qué frágil es la línea que separa la alegría del llanto, escribió. Y qué difícil tomar el camino inverso. Deseaba que el disgusto de Ana fuera solo pasajero. Deseaba que todo se solucionara con Attua. Recordó entonces las palabras de Aurore en la puerta de su habitación. Su corazón no había sucumbido a la amargura y a la pena; al contrario, siempre parecía alegre, a pesar de haber enviudado. A Cristela esa actitud le resultaba admirable, a la par que sorprendente. Pero ella no era como Aurore... Ella no sobreviviría a la ausencia de su ser más querido.

Para Cristela no podía haber nada más horrible en la

vida que conseguir ser capaz de seguir adelante sin la energía que la movía. Nunca se resignaría a estar sin Attua. Él era su razón poderosa para aguantar en esa casa. Sin él, no había nada. De su amor por él surgían su valentía y su coraje. Así había sido desde la primera vez que él la había besado, cuando ambos tenían doce años.

Cerró los ojos y recuperó las imágenes más hermosas de su vida.

Un día soleado de mayo, al salir del colegio, jugaban al escondite en la plaza, el cementerio y las callejuelas cercanas con los demás niños. Ella eligió un pequeño y destartalado gallinero al que había que entrar de rodillas por una portezuela cubierta de telarañas y se quedó sentada en una esquina. Al cabo de un largo rato, la portezuela se abrió y apareció Attua. Cristela pensó que le tocaba a él encontrar a los escondidos, y que ella acababa de perder, pero en realidad él también buscaba refugio. Attua se sentó a su lado y no pararon de hablar. Cuando salieron, todos se habían olvidado de ellos y marchado a sus casas.

Cristela era capaz de evocar con total nitidez aquella conversación, aquellos sentimientos.

«Me alegro de haber elegido este lugar para esconderme...», Attua sonreía nervioso.

«Yo también.»

Habían jugado desde pequeños en grupo; a los diez años se buscaban con la mirada, pero nunca surgía la ocasión de estar a solas. En aquel momento, sentada a su lado, los hombros rozándose, ella no podía sentirse más feliz. La sonrisa de Attua ponía en marcha un extraño mecanismo dentro de ella.

Era puro placer.

«Hoy el maestro nos ha preguntado en el colegio qué nos gustaría ser de mayores. Yo le he dicho que militar, como mi tío, que ha visto mucho mundo.»

«Entonces te irías de aquí...»

«¿A ti te gustaría salir de aquí?»

Cristela recordaba haber asentido con un decidido movimiento de cabeza.

«Sí, pero no sé adónde iría.»

«Podrías venir conmigo.»

Con determinación y franqueza ella le dijo:

«Claro».

Y él añadió rápidamente:

«Me gusta estar contigo».

«A mí también.»

Entonces un crujido los sobresaltó. Permanecieron en silencio unos segundos, alertas por si se repetía. Tal vez alguien merodease por ahí, pero no se escuchó nada más.

Por fin, Attua le preguntó:

«¿Puedo darte un beso?».

Cristela recordó como si aquello estuviera sucediendo en ese mismo instante cómo sintió que su piel enrojecía y cómo le acercaba la mejilla. Él aún tardó un rato en posar los labios sobre su piel, pero, cuando lo hizo, no tuvo prisa en alejarse y ella fue consciente de los cuatro puntos del rostro de él que presionaron su carne: la punta de la nariz, ambos labios y la barbilla. Fue consciente de que, a partir de ese momento, su vida ya no sería igual. Una emoción indescriptible le recorría el cuerpo. Cuando él aflojó la presión, ella aprovechó para girar el rostro de modo que sus labios se pudieran rozar. Y así estuvieron unos minutos deliciosos, sintiendo, oliendo y saboreando el uno el aliento del otro. Era la primera vez que probaban la humedad de otro cuerpo.

Cristela recordaba la deliciosa agitación en su interior. La alegría. El anhelo.

Tenían toda la vida por delante.

Después de ese verano, ella no volvió al colegio y odió a Cosme por alejarla de sus amigos y por convertirla de repente en su criada; pero, sobre todo, porque ya no podía ver a Attua todos los días. Durante los siguientes cuatro años, solo habían tenido ocasión de verse cuando él bajaba al pueblo a comprar o cuando ella acompañaba a Davina o a algún cliente de la posada a tomar las aguas a los baños. Pero siempre se las ingeniaban para encontrarse a solas.

Poco antes de que Attua se fuera a estudiar a Madrid, Davina estuvo tan enferma de los pulmones que tuvo que quedarse quince días en los baños. Sus padres pidieron a Cristela que la acompañara y Cosme, por complacer al alcalde, accedió.

Ella jamás olvidaría aquella escena, que había rememorado cientos de veces en la soledad de su habitación.

Attua le había susurrado que acudiera a la parte trasera del edificio cuando todos durmiesen.

Era una oscura noche de finales de junio.

El invierno había sido tan cruel y la primavera tan turbulenta que las montañas todavía estaban cubiertas de nieve. Un viento suave pero helador descendía desde las cumbres por las torrenteras provocando murmullos de protesta en los brotes de los árboles. Los guijarros crujían bajo sus pies mientras caminaban en silencio por el sendero que se adentraba en el bosque, el brazo de Attua sobre el hombro de Cristela, los dedos jugueteando con su largo cabello. Restos de nieve grasa proporcionaban una intermitente y desvaída claridad a su paseo.

Ascendieron una ligera pendiente para acceder a un pequeño bancal rodeado de roca. Cristela recordaba el tenue olor a azufre y el repentino e intenso calor que empezó a subir por sus tobillos. Attua se agachó, extendió la mano y la invitó a imitarlo. Fue entonces cuando ella lo comprendió. La había llevado al nacimiento de una fuente de agua caliente.

«Este es mi lugar especial. Aquí nunca hay nieve porque se funde con la alta temperatura del agua bajo la tierra. Tal vez algún día mi padre lleve estas aguas hasta la casa, pero mientras tanto soy el único que las usa. He ido picando en la roca hasta hacerme una bañera natural.
—Attua sonreía, sí, pero estaba inquieto—. ¿Te gustaría darte un baño conmigo?»

Ella comenzó a tiritar de frío y nervios mientras observaba en silencio cómo él se quitaba la camisa y los pantalones y se introducía en el pequeño y alargado pozo. Recordaba que lo hizo de espaldas a ella. Recordaba sus hombros, su espalda y sus nalgas. Se sumergió por completo y cuando levantó la cabeza su cabello oscuro repartía hilos de agua por su rostro y su cuello.

Cristela quiso ser una de esas gotas.

Se quitó el corpiño, la camisa y las faldas sin prisa y los colocó sobre la ropa de Attua. Le mantuvo la mirada mientras él extendía los brazos, le tomaba las manos y la ayudaba a entrar en ese remanso de calor. Los pies tocaban una superficie áspera, pero a su alrededor ella solo percibía suavidad.

Attua se tumbó de nuevo, situándola sobre él, la espalda de ella contra su pecho, las suaves nalgas sobre aquella parte de su cuerpo que ella ya conocía por el tacto, y la abrazó. Le acarició los pechos y la cintura. Le besó la nuca y el cuello. Y cada vez que su lengua jugueteaba con el lóbulo de su oreja, ella le apretaba más las manos y le clavaba las uñas. No sabía qué le quería pedir exactamente, ni cómo pedírselo, porque su cuerpo no era el mismo que había ocupado todos esos años hasta ese momento. Tenía vida propia; los sentidos anulaban los pensamientos.

Entonces, Attua le dijo:

«Quiero verte».

Y la ayudó a girarse para que se situaran frente a frente. Le pidió que rodease su cintura con las piernas y la mantuvo abrazada mientras le explicaba con cariño qué creía que iba a pasar, porque también era la primera vez para él, y se sonreía de placer con las respuestas afirmativas de ella en forma de caricias y de besos primero y luego de jadeos de algo impreciso, de dolor, de gozo, de plenitud.

Eran torpes e inexpertos, pero mostraban la misma sabiduría de la tierra que los rodeaba. Florecían a pesar de la oposición del aire. Maduraban a pesar del frío. Aprendían solo por el hecho de estar vivos.

Ardían en el agua.

Cristela conservaba esas imágenes, las primeras de otras muchas, pegadas a la parte interior de sus párpados, y esos sentimientos, intensificados con el paso de los años, clavados en lo más profundo de su ser. Le resultaba inconcebible que Attua pudiera renunciar a ella. Hacía tanto tiempo que no se percibía como una sola persona que pensar siquiera en vivir sin él le parecía la más horrible de las mutilaciones.

Y en cuanto a quedarse allí...

Cristela apretó los puños con rabia. Attua y ella compartían tantos sueños, habían hecho tantos planes, que no podía pensar que la vida pudiera ser de otra manera. Quedarse allí, donde no llegaban ni los periódicos, donde la única esperanza era observar cómo discurría cualquier vida: nacer, crecer, vivir y morir en la misma región, en la misma parroquia... ¡Había soñado tanto con el mundo desconocido más allá de esas montañas! ¡Cómo las odiaba, ahora más que nunca! Se erguían ante ella como una muralla infranqueable.

¿Cómo obligaría a sus pensamientos a cambiar de dirección?

La respuesta le llegó rauda.

Si era por él, por estar junto a Attua, por envejecer con él, podría resistirlo; pero sin él, la muerte la vencería dos veces. Moriría su cuerpo. Moriría su alma.

Tenía que volver a verlo. Convencerle de que cambiara de idea. De ninguna de las maneras iba a permitirle que la abandonara. De ninguna manera le consentiría que la matara.

12

Tras abandonar el cementerio y antes de hablar con el alcalde, Attua decidió llevar a su tío Damián el dinero de parte de su tío Ricardo. La casa natal de su padre, un sobrio edificio señorial rectangular de dos plantas con una torre defensiva en un extremo, se encontraba en la parte sur de la villa, justo en el límite con vastos prados delimitados por muros de piedra. Cada vez que Attua cruzaba la gran portada adovelada, primera señal incuestionable de la antigüedad, importancia y rica hacienda de ese solar, se sorprendía a sí mismo imaginándose la infancia de su padre, colmada de abundancia y bienestar en comparación con su vida de adulto. Por mucho que aquellos no fueran tiempos fáciles ni siquiera para las familias acomodadas, la providencia había contribuido a que la casa conservara su esplendor. De siete hermanos, dos habían fallecido, una hermana había tomado los hábitos y se había marchado muy joven al monasterio de Sigena, y otro hermano, Nicasio, era el actual capellán de Albort. Ricardo se había labrado una brillante carrera militar y de vez en cuando enviaba dinero. Por último, su padre, el único descendiente a quien había sido necesario dotar, se había tenido que conformar con unas tierras apartadas entre sí que no habían mermado en exceso el patrimonio familiar, pero cuyo desgaje del total aún se recordaba con cierto resentimiento. Según Damián, el heredero, si Custodio hubiera sido más listo —porque atractivo y voluntad no le faltaban—, podría haber aspirado a casarse con una joven heredera, y no con Celsa. Puesto que su empecinamiento le había nublado el juicio, la relación familiar bien podría haber terminado, pero la entrega de esos campos a modo de dote había tranquilizado la conciencia de Damián, a la par que le había garantizado la gratitud de su hermano por la generosidad de su linaje.

Attua se alegró de que, aparte de los criados, esa mañana solo estuviera su tío en la casa. Damián arrastraba un resfriado desde hacía días y con el ambiente húmedo de las últimas lluvias aún no se atrevía a salir al exterior. Sus primos, Braulio y Vicente, estaban faenando por los campos y su tía Braulia pasaba unos días con su hermana en su pueblo natal, a media jornada de distancia. En el caso de la mujer, altanera y soberbia, obsesionada por las apariencias, podía comprender que el hijo de un bañero, aunque familiar directo, no estuviera en la lista de sus intereses. Lo que ya no comprendía tan bien era el cambio que se había ido produciendo en sus primos desde que lo admitieron en la Academia de Ingenieros. Cada vez que volvía a casa por vacaciones, bajo el aparente afecto y las risas por el reencuentro, se deslizaban comentarios mordaces sobre su indumentaria, sus modales de ciudad y la suerte de que contara con el apoyo del tío Ricardo. Attua no entendía los motivos de su envidia: al fin y al cabo, él era el hijo del hermano pobre, y si ellos no habían querido estudiar, no había sido por falta de medios.

Damián lo recibió en una pequeña salita contigua a la cocina. Estaba de pie junto a una estufa salamandra, que a juicio de Attua proporcionaba un calor excesivo e innecesario ese día de fin de verano. Aunque un poco más bajo y recio que Ricardo, Damián se parecía mucho a su hermano. Tenía unos ojillos vivaces y el mismo rostro redondo enmarcado por unas largas y anchas patillas que, en su caso, se unían a una poblada barba. Tomaron asiento en unas sillas frente a la estufa y hablaron unos minutos acerca de la terrible muerte de Custodio y del regreso del joven. Por primera vez en su vida, Attua lo vio emocionado, pero a medida que iban desgranando la nueva realidad a la que habría de enfrentarse la familia de Attua, Damián fue recuperando su actitud pragmática y un tanto intransigente.

—El nombre de nuestra casa tiene mucho peso en esta comunidad —dijo en tono serio tras escuchar los planes de su sobrino—. Ni nos agrada ni es conveniente que a vosotros os vayan mal las cosas. Aunque ya no estéis directamente vinculados a ella, compartimos sangre. El panorama es poco halagüeño, pero coincido contigo en que no tienes otra opción si quieres evitar que tu madre y tu hermana se pongan a servir en cocinas de otros. Por mi parte, yo hablaré con el alcalde a tu favor. En cuanto a la inversión inicial que necesitas para mejorar las instalaciones, debo decirte que ahora no dispongo de dinero en efectivo.

Attua sacó el sobre que le había dado Ricardo y lo sostuvo entre las manos.

—El tío me pidió que le entregara esto. He tenido que utilizar algo.

Como vio que Damián torcía el gesto, Attua se apresuró a explicarle el asalto a Aurore y el préstamo para su estancia en Albort y su regreso a Francia.

—No la conoces de nada —dijo Damián con suspicacia—. ¿Estás seguro de que te lo devolverá? En cuanto cruce la frontera no tendrás manera de localizarla.

—Me fío de ella. —Attua trató de resultar convincente—. Y me vi en la obligación de hacerlo.

—Eres demasiado confiado, hijo. —Damián sacudió la cabeza—. En eso te pareces mucho a tu padre.

—Me temo que he empezado a cambiar... —murmuró Attua, pensando en el asesinato de Custodio, en la provocación de Juan de Moles y en aquel bandolero, Saulo.

Damián tosió.

—Volviendo al tema del dinero... —Extendió la mano para recibir el sobre, pero Attua no se lo entregó—. Sabes que, haga lo que haga la francesa, tendrás que reponerlo. Ricardo lo entrega a la *casa*. —Volvió a pronunciar la palabra con reverencia, como si no fuera un montón de piedras, pensó Attua, sino un ser superior, una entidad biológica dotada de vida y sentimientos, generosa a veces, codiciosa ahora.

—Lo sé, señor. Pero creo que podríamos llegar a un acuerdo.

Damián alzó una de sus pobladas cejas. Attua explicó:

—He pensado pedirle prestada la cantidad total a cambio de la mitad de los prados que donaron a mi padre. Si pudiera darme más dinero, los empeñaría todos. Si consigo que el alcalde me conceda el arriendo de los baños, tengo ideas para que el negocio funcione mejor. Pero *necesito* algo de dinero para comenzar. —Attua lamentó que un deje de desesperación impregnara sus palabras, pero no tenía otra opción. El calor le estaba haciendo sudar. Notaba la camisa pegada al cuerpo—. En caso de que no cumpliera mi palabra de devolvérselo, la casa recibiría a cambio las fincas que una vez fueron suyas. Sé que puedo pedírselo a otros propietarios, pero he pensado que debía hablar con usted primero.

—Has hecho bien, muchacho. —Damián entrecruzó los dedos de ambas manos, que elevó en actitud pensativa hasta su barbilla—. No dudo de tu palabra, al fin y al cabo eres mi sobrino, pero comprenderás que, si acepto, me gustaría ponerlo por escrito ante notario. Con fechas y plazos.

Attua asintió, aunque no pudo evitar comparar mentalmente la generosidad de Ricardo con la actitud de Damián, quien le obligaba a firmar un aval como si fuera un desconocido.

—En cuanto tenga por seguro que se me amplía el plazo del arriendo, fijaríamos las condiciones. —Se puso en pie. El calor de una estufa en verano no podía ser solo la causa de esa sensación de asfixia que le oprimía el pecho. Apenas acababa de comenzar a poner en marcha el plan económico de salvación de su familia y ya lo detestaba—. Una última cosa... —Attua titubeó unos instantes—. ¿Sabe si mi padre andaba metido en algún lío?

Damián negó con la cabeza.

—También yo he pensado en ello, pero Custodio siempre se mantuvo al margen de las cuestiones políticas. La única explicación posible es que trataron de robarle y él se opuso.

—Yo creo que fueron a por él. ¿Quién podría desear su muerte? ¿Había discutido con alguien?

—Que yo sepa no... A veces en las fronteras uno ve y oye cosas que no debería. Que te sirva de ejemplo, muchacho, para no meterte en enredos. Y deja que la justicia siga su curso. Las conjeturas no resultan convenientes para nadie y menos en los sitios pequeños. Una acusación infundada y arruinas a una persona.

—Ya, pero tengo la impresión de que, para evitar especulaciones, este asunto se olvidará con demasiada rapidez...

—No cuestiones el trabajo de la autoridad, hijo.

—No lo cuestiono, tío, pero ni siquiera se ha llegado a interrogar a nadie que no sean mi madre y el aduanero.

Damián se encogió de hombros en un gesto resignado y le tendió la mano para despedirse. Attua se la estrechó y se marchó de allí con la odiosa sensación de que la muerte de un hombre alteraba muy poco la vertiginosa disposición de los vivos para continuar adelante.

Una hora más tarde, desde un pequeño cuarto del ayuntamiento de paredes desconchadas donde solo había tres sillas de asiento de paja, Attua escuchaba voces airadas provenientes del despacho del alcalde. Distinguía la de este, pero no la del otro hombre, aunque le resultaba familiar. La espera se le estaba haciendo eterna.

Cruzó varias veces la estancia y se asomó a la ventana.

El edificio, orientado al sur, grande, rectangular, sobrio y blanqueado con cal, ocupaba el lado norte de una plaza amplia y luminosa y llamaba la atención en contraste con las otras casonas grises de piedra y madera ennegrecida. En la planta baja se ubicaba la escuela, silenciosa ahora porque las clases no comenzarían hasta unas semanas más tarde. Enfrente, una torre anunciaba la presencia de una iglesia importante por sus dimensiones y su historia. El cementerio donde se había despedido de Cristela y de su padre rodeaba la nave del templo. Attua buscó entre sus recuerdos momentos felices de su vida en aquel entorno.

Aun recordando con cariño los juegos infantiles con sus amigos sobre la tierra de la plaza, entre las tumbas del cementerio, y por las callejuelas, eras y campos de los alrededores, le costaba aceptar la idea de que, si una vez pudo ser feliz allí, tal vez no fuera del todo impensable volver a serlo.

De repente, la puerta a su izquierda se abrió y Attua dio un respingo. Reconoció enseguida a Gabino, a quien llevaba sin ver desde el verano anterior. Ambos se observaron en silencio durante unos instantes, sin saber muy bien qué decir. Habían sido amigos durante la infancia, pero con los años se habían ido distanciando. Gabino envidiaba los progresos de Attua, y a este le producía rechazo el carácter bravucón y desafiante del otro. Aunque físicamente era distinto a su padre Cosme, pues se conservaba flaco y fibroso, cada vez se parecía más a él en las maneras. Empleaba un tono bronco y siempre quería imponer sus razones con argumentos fatuos. Attua no había tenido ningún enfrentamiento directo con él, pero en más de una ocasión se había visto obligado a intervenir en disputas entre Gabino y Matías para que no llegaran a las manos. Gabino acusaba a Matías de ser un peligroso progresista, y este, a su vez, aconsejaba a Gabino que saliera de Albort para desprenderse del olor rancio de su tradicionalismo trasnochado, más propio de un aristócrata nostálgico venido a menos que de un tabernero.

La guerra civil que había dividido a los españoles entre carlistas y liberales había terminado hacía tres años. Ellos eran unos críos ignorantes mientras se libraban lejos de Albort batallas encarnizadas entre paisanos. Como Albort era un lugar alejado del resto del mundo, habían tenido la suerte de que la guerra no dejara muertos por las calles del pueblo; no obstante, las noticias difundidas por mercaderes, buhoneros, viajantes, artesanos, segadores y contrabandistas eran relatos tremendos de sufrimiento y muerte en uno y otro bando. La guerra había terminado, pero no la disputa de los principios por los que se habían enfrentado los españoles. En la vecina Cataluña habían resistido diversas partidas carlistas que no habían abandonado las armas al finalizar la contienda, aunque actuaban más como bandoleros que como guerrilleros.

Que unos jóvenes como ellos hubieran heredado odios pasados por algo que ni siquiera había tenido lugar allí mismo era algo que Attua no comprendía. Tampoco comprendía la vehemencia con la que Gabino alardeaba de que muchos como él no aceptaban el Convenio de Vergara que había terminado con la guerra entre ambos bandos, y que la lucha por Dios, la Patria, el Rey y la libertad de los territorios frente al absolutismo centralista de Madrid, del signo que fuera, continuaba por esas tierras del norte con el recuerdo imborrable de las hazañas del valeroso fallecido general Zumalacárregui y la certeza de que algún día el general Cabrera regresaría de su exilio en Francia, al que había marchado en 1840 con varios miles de carlistas irreductibles. Gabino se arriesgaba una y otra vez a que lo detuvieran por faccioso, pero no parecía importarle. A buen seguro, en Madrid no se atrevería a abrir la boca...

Y esto era algo que extrañaba a Attua. O en Albort muchos opinaban como él, aunque no lo verbalizaran, o no le hacían mucho caso, pues siempre había sido revoltoso y rebelde. Attua estaba convencido de que había algo más. Por un lado, muchos ignoraban ese discurso simplemente por lo acostumbrados que estaban —al igual que en otros pueblos de la zona y de Cataluña— a las incursiones y desmanes de los bandoleros o rebeldes armados que esgrimían los ideales carlistas para justificar su financiación, y que no hacían sino perturbar la quietud pública como cualquier malhechor. Pero, por otro lado, era un secreto a voces que Gabino obtenía múltiples ganancias con el contrabando con Francia, del que también se beneficiaban muchos, y por eso lo dejaban en paz y mostraban benevolencia ante cualquier sospecha de su participación en alguna correría.

El distanciamiento y desafección que Attua percibía en la comunidad contrastaba con la pasión con la que sus amigos de la infancia defendían sus posturas. Se preguntaba de dónde surgía ese apasionamiento por unos ideales u otros y también en qué momento concreto y por qué circunstancias de la vida el pensamiento te empujaba a tomar una dirección u otra. Matías, como hijo del alcalde, había crecido escuchando conversaciones políticas de corte más bien liberal que su entusiasmo juvenil había extremado. En el caso de Gabino, la única explicación que se le ocurría era que, debido a su interés por medrar de una manera fácil, y sin otras opciones, se había apropiado de una ideología que le proporcionaba cierta notoriedad.

A medio camino entre ambos se encontraba Attua. Y él, que había tenido la oportunidad de seguir los últimos aconteceres de la historia de su país gracias a su tío Ricardo, que ni comprendía la defensa de los ideales casi revolucionarios de Matías, ni el apego y orgullo desmesurado de Gabino hacia su tierra de nacimiento, se iba decantando gradualmente hacia la pasividad y el desencanto. Bastante tenía ya con seguir adelante con su propia vida como para pensar en cuestiones más generales o para dar o recibir lecciones de los demás. Bien sabía que otros jóvenes consideraban tibieza, incluso cobardía, esa aparente templanza, pero era su forma de ser.

Lo que Attua ignoraba por completo era el papel que él mismo había jugado en la toma de decisiones de Gabino. Cuanto mejor iba aquel en los estudios, más le envidiaba este. Cuanto más cariño le mostraban los otros amigos por su bondad o sensatez, más deseos sentía el hijo del posadero de convertirlo en objeto de sus burlas. Y cuanto más suspiraban las jovencitas por aquel joven alto y callado que bajaba de las cumbres, más provocadora se volvía su actitud en público.

Crecían en direcciones opuestas.

Gabino sabía muy bien en qué momento el camino del odio había llegado a un punto sin retorno. De niño, no era capaz de comprender esas molestas sensaciones que comenzaban a anidar en su interior en forma de goteo de absurdeces y pequeñas envidias que a menudo se diluían gracias a la camaradería del grupo de amigos. Se diluían, pero no se evaporaban. Poco a poco fueron cubriendo su corazón como el moho se apodera del pan, lenta e irrefrenablemente.

Y llegó un día en el que su corazón había pasado del verde a un negro pegajoso.

Tenía doce años y jugaba con sus amigos al escondite. A él le encantaba ese juego compartido entre niños y niñas. Siempre esperaba a que Cristela corriera en una dirección determinada para seguirla. Le gustaba estar con ella, observarla, ser destino de una de sus sonrisas. A pesar de haber crecido juntos, nunca había sentido hacia ella el mismo cariño de hermano que le provocaba Ana. A veces, bromeando, él le decía que cuando fueran mayores se casarían y vivirían en esa misma casa y ella no lo negaba. Simplemente se callaba y él lo interpretaba como una señal de femenina timidez.

Ese día en concreto ella se había introducido en un pequeño gallinero y, antes de que él pudiera seguirla, había visto cómo también entraba Attua. Se había acercado todo lo que había podido sin que lo descubrieran y había escuchado los deseos de ambos de viajar, de estar juntos.

Había escuchado el silencio del beso.

Agazapado, presa de una rabia desconocida, había esperado a que se fueran. Y había tenido que soportar la visión del rostro arrebolado y el alegre ensimismamiento de Cristela aquella noche y los días siguientes.

A partir de aquel momento, las pequeñas venganzas cotidianas de meterse directamente con Attua, burlándose del trabajo de sus padres y del hecho de que no tuvieran ni casa propia, o acusándole a sus espaldas de cobarde y engreído cuando nada era ni nada tenía, le resultaron insuficientes. A partir de entonces, cualquier logro que alcanzara Attua en sus estudios, cualquier progreso en su vida en la ciudad, se habría de convertir para Gabino en un leño más con el que avivar el fuego de la venganza. Attua no se llevaría a Cristela de allí, ni la convertiría en su esposa, como sabía que ella fantaseaba: lo había leído en sus escritos, los mismos que a él ni le mencionaban. Attua no triunfaría ni se convertiría en un modelo para otros jovencitos, como en su día lo hizo su tío el teniente general. Por algo tan común y a la vez tan extraordinariamente poderoso como es el despecho, Gabino había decidido que planearía su venganza con toda la calma del mundo. Llegaría la hora en que todo lo que Attua tuviera sería suyo. Conseguiría a Cristela, aunque fuera de un modo tan sucio como el de comprometerla para obligarla a un matrimonio. Y haría todo lo posible para lograr que, un día, el corazón de Attua maldijera cada latido que lo mantenía con vida.

Un capricho del destino había acelerado los acontecimientos en una dirección que Gabino no había planeado. Sin embargo, ahora que habían pasado unos días, los ánimos del pueblo se habían calmado y él había podido pensar con frialdad, la muerte de Custodio le había presentado en bandeja una ocasión que no pensaba desaprovechar.

La presencia de Attua en el ayuntamiento solo podía indicar una cosa: urgencia y desesperación.

Cruzaron unas frases, corteses y frías.

Attua se fijó en que la mano derecha de Gabino, cubierta por una tela con restos de sangre seca, se apoyaba en la culata de una pistola sujeta al cinturón. Gabino apartó la mano, sacó la pistola y se la mostró.

—¿Te gusta? —le preguntó—. Me la ha regalado un amigo catalán que iba de paso por el puerto de Baldearán.

Attua frunció el ceño. Reconocía perfectamente una de las dos pistolas Le Page de Aurore.

—Qué casualidad —dijo—. A la francesa que se aloja en tu posada le robaron una igual a pocas leguas de distancia. Tenía dos. Me imagino dónde estará la otra. ¿Tal vez en manos de un tal Saulo?

Gabino se encogió de hombros.

—Yo no pregunto a mis amigos de dónde sacan las cosas.

—Una mala costumbre. Tan culpable es quien la hace como quien consiente.

—¿Estudias para militar o para capellán? Yo no creo que la amistad te convierta en cómplice.

Attua sintió un arrebato de ira, pero no dijo nada. Se echó a un lado para que Gabino pasara y él pudiera entrar en el cuarto donde recibía el alcalde. Se giró para observar cómo se alejaba el otro y esperó unos instantes hasta recuperar la calma. Más que el comentario mordaz, el hecho de que Gabino no se hubiera dignado darle el pésame por la muerte de su padre le había producido rabia. Al fin y al cabo, una vez los había unido la amistad y él no podía recordar que hubiera hecho algo tan sangrante como para no guardarse un mínimo de respeto.

13

Attua aguardó pacientemente a que el alcalde recuperara la calma después de escuchar de sus labios el desafortunado incidente que había obligado a su hijo Matías a huir a Francia. Clemente era un hombre de carácter amable y tranquilo, pero, en aquella ocasión, sus ojos hinchados por la falta de sueño echaban chispas, el punto central de su barbilla, donde se le juntaban las patillas, temblaba, y sus manos nervudas tropezaban al tratar de encajarse las lentes sobre su afilada nariz. Era un hombre alto a quien el excelente tejido de su chaqueta y chaleco le hacía parecer más grueso de lo que en verdad era. Attua nunca le había escuchado gritar tanto, ni siquiera cuando había pillado a Matías en alguna de sus trastadas y él estaba de testigo.

—¡Su futuro, echado a perder! ¡Malmetido! ¡En qué estaba pensando! —Daba vueltas por un despacho apenas vestido con un par de muebles oscuros y pesados—. ¿Qué más tiene que suceder? —Se acercaba a la mesa, tomaba unos papeles y los estrujaba con aire amenazador hacia Attua, incómodo en su silla, mientras continuaba su monólogo—: La cosecha de trigo, cebada y paja a distancia de doce leguas es muy mala. Apenas se coge lo necesario, no hay reservas de la cosecha anterior y hay que subir trigo de la tierra baja, así que ningún panadero se compromete a dar raciones de pan a la guarnición del castillo. —Buscaba más papeles—. El gobernador civil superior de esta provincia dice que el cuatro por ciento de la contribución industrial y comercial que le corresponde a esta villa no basta. ¿Cómo voy a recaudar más si no hay cosecheros de las especies sujetas a contribución? ¡En este lugar de miseria solo crece centeno, patatas y heno! Todo lo demás, el vino, el aceite y el grano, se trae de la tierra baja, a jornada y media de aquí, y los portes son tan caros que se consume poco. ¡Y encima me han multado por no enviar el expediente de subasta sobre el peaje del puente! ¡Si nadie ha querido hacerse cargo! ¡Maldigo el día en que me obligaron a aceptar el puesto de alcalde!

Como si el último comentario le hubiera resultado a él mismo demasiado desproporcionado, se desplomó en su sillón de asiento de cuero y anchos brazos de madera y respiró hondo antes de continuar en un tono más bajo.

—¿Sabes cuántas cabezas de ganado había en el treinta y cinco? Treinta mil. ¿Sabes cuántas han quedado? Cuatro mil. El clima horrible de estos años, los accesos monstruosos hasta aquí, las malas cosechas y las pérdidas de los traficantes y recriadores de ganado han llevado a esta tierra al estado de postración y decadencia en la que se encuentra. Y no recibimos sino ayudas escasas y pobres. Todos seguimos adelante por nuestras casas, por nuestros hijos. ¡Nuestros hijos! —Resopló—. Los que no huyen para eludir el reclutamiento de quintas son llamados a cumplir con su deber, arrebatando a muchas familias la mano de obra que tanta falta hace. Nuestros hijos... Sin ellos... ¿Qué sentido tiene todo?

Deslizó la mirada por las paredes desnudas y, por fin, miró a Attua a los ojos.

—Te conozco desde niño, Attua. Supongo que hiciste todo lo posible por evitarlo.

El joven asintió.

—Y también le ayudaste a escapar... Te lo agradezco, muchacho. —El tono del hombre se suavizó—. ¿Me aseguras que está bien?

Attua volvió a asentir.

—Cuando pase un tiempo, podrá regresar, señor. Mientras tanto, gracias a la ayuda de mi amigo Alfredo, que tiene contactos allí, no le faltará de nada.

—¿Cómo se lo voy a explicar a las mujeres? —Clemente se pasó las manos por el rostro, como si quisiera despejarse después de una mala noche—. Mi hijo convertido en un asesino... Mi hijo... ¡En Francia! Matías siempre ha sido un poco rebelde, pero también muy influenciable... A saber qué amistades hará allí... Cada dos por tres el comandante de armas de la comarca me remite oficios para que redoble la vigilancia en la frontera e informe de las noticias que traen los que vienen de allí. No sé qué se teme ya más, si la entrada de cabecillas carlistas o de republicanos. Hasta ahora he informado siempre de nuestro carácter pacífico y de la suerte de tener un castillo con un gobernador que realiza bien su trabajo, por más que no le soporte, pero la muerte de tu padre... Los tiempos están cambiando, Attua, y no sé si para bien.

Attua se puso tenso. El asesinato de su padre era para él el tema más importante de los que tenía que tratar con el alcalde.

—¿Quiere decir que lo mataron por cuestiones políticas? Que yo sepa, mi padre siempre se mantuvo al margen de estos asuntos.

—A veces, hijo, te ves metido en situaciones que no has elegido. Piensa, si no, en lo que le ha sucedido a Matías. No quiero hablar demasiado ni mentir, pero sospecho que, por la ubicación estratégica de los baños, sin quererlo, Custodio sabía demasiado. Y alguien quiso asegurarse de que no se iba de la lengua. Es una hipótesis.

Los pensamientos se agolpaban en la cabeza de Attua.

—Me han dicho que nadie cruzó la frontera esos días... Tulio lo aseguró, ¿no es así? Es posible que el aduanero mienta. Todos sabemos que no resulta caro comprar su silencio.

—Ojo con lo que insinúas, muchacho...

Attua lo interrumpió.

—No me tome por tonto. Matías me contó que en más de una ocasión usted mismo ha sugerido a las instancias superiores que, antes de poner en sus destinos respectivos a los empleados de Hacienda y Aduanas, comprueben si tienen la moralidad y aptitud necesarias para el desempeño de su cargo.

Un leve rubor cubrió las mejillas de Clemente.

—No me imagino a Tulio matando a tu padre. Se tenían afecto.

—Entonces, son ciertos los rumores de que el asesino puede ser alguien de Albort. Uno de nosotros. Seguro que usted tiene sospechas de quiénes andan metidos en actividades turbias.

—Las tengo, pero no las compartiré contigo, Attua. Jamás consentiría en que tu venganza fuera tu justicia, y menos por algo que no puedo probar, todavía. Ya lo dijo Confucio, he leído una cita suya hace poco: antes de iniciar un viaje de venganza, es mejor que caves dos tumbas. Tu madre y tu hermana te necesitan vivo y fuerte. Deja que las autoridades hagamos nuestro trabajo.

Por el tono tajante de su voz, Attua comprendió que nada más hablaría sobre ese tema. Por más que la impaciencia lo consumiera por dentro, de momento tendría que conformarse con confiar en que Clemente no diera el caso por cerrado, lo cual ya era mucho. Decidió pasar al último asunto que le preocupaba. Le explicó sus planes para sacar adelante a su familia, dada su nueva situación y su falta de dinero para continuar sus estudios.

—Necesito que este ayuntamiento siga encomendando a mi familia el buen funcionamiento de los baños y los prados que los rodean. Nunca ha habido problemas entre ambas partes y no tiene por qué haberlos ahora. Es más, tengo algunas ideas sobre cómo conseguir que funcionen mejor. Usted ha dicho antes que por diversas razones este lugar se está empobreciendo. Acabo de visitar el balneario de Panticosa. Mi amigo Alfredo está construyendo allí un paraíso. Cree que las aguas llegarán a ser una fuente de riqueza para estas tierras. Muchos vecinos del pueblo de Panticosa trabajan en la estación termal, y cada vez hay más agüistas y excursionistas, nacionales y extranjeros, que desean beneficiarse de nuestras aguas y nuestras montañas. Tal vez algún día Albort podría llegar a convertirse en un destino tan deseado como los del sur de Francia…

Se detuvo de repente.

Su propio apasionamiento para convencer a Clemente lo había pillado por sorpresa. Aquella actitud inusitada no podía ser solo producto de la desesperación. Quizá, a fuerza de repetir tantas veces sus argumentos, estos comenzaran a fluir de manera más natural, como si sus planes no fuesen ni tan descabellados ni tan irrealizables ni tan desagradables. Alfredo era feliz con sus proyectos. ¿Por qué no habría de serlo él? Pero algo más había detenido su monólogo.

En el rostro de Clemente se reflejaba una expresión tensa.

—¿Le ha molestado algo de lo que he dicho?

—Al contrario, muchacho… —Clemente abrió varias veces la boca y otras tantas la volvió a cerrar, como si en cada intento decidiera reformular lo que iba a decir—. Me consta que, desde que tu abuelo se hizo cargo del arriendo de los baños, este ayuntamiento no ha tenido nunca ningún problema. Los pagos se han realizado puntuales cada año para la fiesta de Todos los Santos y los pactos y condiciones se han cumplido sobradamente. Sin embargo...

Attua sintió una punzada de alarma.

—... ha surgido un problema —continuó Clemente—. Como el arriendo se acerca a su fin, me veré de nuevo en la obligación de sacarlo a subasta pública para los próximos años, tras el correspondiente periodo de aviso con carteles y pregones. Nunca nadie ha mostrado ni interés ni ha mejorado la cantidad pedida...

—Pero ahora sí... —murmuró Attua, abatido por esa nueva circunstancia que ni se le había pasado por la imaginación.

Clemente asintió.

—Ojalá las cosas fueran de otra manera, Attua. En una subasta pública, gana el mejor postor. Yo ahí no puedo hacer nada. Ni debo. Por mucho que te prefiera a ti antes que al otro interesado...

—¿Puedo saber quién es?

Attua escuchó el nombre en su mente antes de que el alcalde dijera:

—Gabino. Por eso ha venido a verme.

La puerta del despacho se abrió de repente.

—Madre me pregunta si piensa venir a comer... —Davina se interrumpió al ver a su padre acompañado de un hombre que estaba de espaldas—. Lo siento... Debería haber llamado. No pensé que a estas horas hubiera alguien.

—No pasa nada, hija —dijo Clemente mientras se ponía en pie—. En realidad, ya hemos terminado por hoy.

Attua se levantó también y se giró hacia ella. El enojo que le había provocado la noticia de que Gabino, incomprensible e inesperadamente, pretendía hacerse con el arriendo de los baños se quedó unos instantes en suspenso al ver a la hermosa joven.

—¡Attua! —exclamó Davina ruborizándose un tanto cuando él tomó su mano para besarla en un saludo cortés. Si antes ya le parecía atractivo, después de un año sin verlo lo encontró más apuesto que nunca. Pensó que su atuendo y sus modales refinados lo convertían en el hombre más deseable de todo el valle—. ¡Me alegro mucho de verte! No sabes cuánto lamento el fallecimiento de Custodio. Ha sido triste y horrible.

—Gracias, Davina. —El joven reconoció la sinceridad en sus palabras y en la mirada de sus ojos claros, que le recordaron a su amigo Matías.

—¿Nos has traído noticias de mi hermano? —preguntó ella.

—Sí, Davina —se apresuró en intervenir Clemente—. En la comida os contaré…

—Muy bien. Por cierto, Attua, me he encontrado antes a tu hermana y me ha dicho que has pensado quedarte aquí. Si te podemos ayudar en algo, lo haremos, ¿verdad, padre?

—Por supuesto, hija.

Pocas ocasiones había tenido Davina de poder hablar directamente con Attua, de modo que se propuso no desaprovechar esa.

—Me imagino que ahora no estarás de ánimo para muchas diversiones, pero me gustaría invitarte a la fiesta de fin de verano que celebramos en nuestra casa dentro de tres semanas. Belisa me ha dicho que vendrá. El luto impide bailar, pero no conversar. —Hablaba de corrido, para que Attua no pudiera interrumpirla con interjecciones de duda o rechazo—. Me haría mucha ilusión que te animaras a venir. Además, si vas a vivir aquí, no te irá mal ponerte al día con las amistades. ¿No opinas lo mismo, padre?

—Creo que es una buena idea, Davina. —Clemente sabía que, cuando a Davina se le metía algo en la cabeza, era muy difícil, si no imposible, sacárselo. Una vez más, se repitió que la testarudez de sus hijos solo podía provenir de la rama familiar de su mujer, Isabel—. Pero deja que Attua lo piense con calma. Aún falta tiempo.

—Me encargaré de que Belisa te convenza. —Davina esbozó una amplia sonrisa que terminó en un ataque de tos tan impertinente que tuvo que sentarse, ayudada por su padre. Tardó unos minutos en recuperarse—. Lo siento. Se nota que este año todavía no he tomado las aguas. Tendré que subir antes de que llegue el frío.

Attua se le acercó para despedirse.

—Entonces, nos veremos allí, o en la fiesta.

—O en ambos lugares —añadió ella mirándole a los ojos y sonriendo con coquetería.

14

—¡Ah, los tópicos, Cristela! —Aurore soltó una risita—. Creía que todas las españolas teníais el cabello oscuro, paseabais con mantilla y manejabais bien el abanico… Y que tocabais las castañuelas, cuyo sonido, por cierto, me molesta mucho.

Estaban sentadas en unas rocas frente al río, al otro lado del puente, desde donde se podía disfrutar de una deliciosa vista de la villa. En los últimos días, Aurore buscaba a la joven para pasear.

—Aquí siempre hace mucho frío, señora —comentó Cristela—. No necesitamos el abanico. Y la mantilla molesta para trabajar. En cuanto a las castañuelas… —sonrió—, solo las tocamos el día de la fiesta mayor, a finales de junio. Si alguna vez vuelve…

Cristela disfrutaba mucho de esas conversaciones. Aunque inicialmente había catalogado a Aurore de demasiado frívola y banal, tenía que reconocer que sus impresiones sobre la francesa habían cambiado y que se había encariñado con ella. El tiempo pasaba muy rápido. La echaría de menos cuando se fuera. Y el momento de su partida se acercaba. En tres días, aprovechando que septiembre había comenzado seco y soleado, Alfredo la acompañaría hasta Francia, puesto que él también viajaba a Luchon. Además, Aurore no había querido hablar de marcharse hasta que el joven guía que se había enfrentado a los bandoleros por ella estuviera lo bastante restablecido para regresar a su casa.

Tras unos minutos plácidos de silencio, Aurore se incorporó.

—Me han quedado muchas excursiones por hacer... —dijo—. Y me gustaría volver a verte. Has sido una compañía muy agradable... —Suspiró. Albort poseía una belleza natural innegable, pero nada más. Le costaba aceptar que solo hubiera una vida posible para esa joven. Una idea se había instalado en su mente en los últimos días. Giró la cabeza y la miró a los ojos—. ¿Cómo te voy a dejar aquí, sin tiendas, sin cafeterías, sin teatros...?

—Estoy acostumbrada, señora —acertó a decir la joven, sorprendida por el arrebato de la mujer.

—*Oui, mais...* ¿No te gustaría marcharte de este triste lugar? Eres especial, Cristela. Hay mucha vida dentro de ti. Sé que tienes inquietudes. —Aurore se acercó a ella, con los ojos brillantes de ilusión—. Podrías trabajar para mí... *Vous savez?* Viajo sola porque los criados son más protestones todavía cuando viajan. Tu compañía no me irrita lo más mínimo. Estaría encantada de contratarte a mi servicio.

Cristela meditó su respuesta unos segundos. La propuesta no podía ser más generosa y tentadora, pero no se alejaría de Attua. Y tampoco quería que Aurore se molestara por su negativa.

—Se lo agradezco mucho, y créame si le digo que me encantaría acompañarla, pero no puedo aceptar...

—¿Es por tu padre adoptivo? ¿Tienes miedo de enfrentarte a él?

—Él se opondría, ya lo creo. Pero no es eso...

—¿Entonces...? ¿Qué es lo que te retiene aquí? —Aurore escudriñó su rostro y, de pronto, lo comprendió—: Es él, ¿verdad? Attua... —Cristela desvió la mirada—. Querida mía, contra eso no tengo argumentos convincentes. El amor es irracional. Solo deseo que no te decepcione, porque es tu propia vida la que sacrificas…

—¿No es eso el amor, sacrificio? —murmuró Cristela parafraseando lo que tantas veces había escuchado en la iglesia.

Aurore se encogió de hombros.

—No sé qué responderte. Eres tú quien debe poner en la balanza tus deseos y renuncias.

Cristela se levantó y se frotó los antebrazos.

—Se ha levantado algo de viento. ¿Regresamos?

Cruzaron el puente y en el portalón de la posada vieron que Davina se dirigía hacia ellas. Aurore dejó que las amigas hablaran a solas.

—Cristela, vengo a pedirte un favor —dijo Davina—. Voy a subir esta semana a los baños para tomar las aguas como todos los años y me gustaría que me acompañaras.

Cristela accedió. Deseaba con toda su alma volver a ver a Attua después de tantos días, hablar con él, comprobar si su actitud había cambiado, si la echaba de menos tanto como ella a él, pero no quería dejar sola a Ana muchos días porque seguía sin encontrarse bien.

—Si a ti te da igual el día, ¿podría ser el jueves? Aurore se marcha y, si la acompañamos nosotras hasta los baños, le ahorramos a Alfredo o Attua una hora de bajada a Albort y otra de regreso. Bastante largo les resultará el viaje luego.

—El jueves está bien… —Davina frunció el ceño levemente—. ¿Attua se va con ellos a Francia?

—Solo los acompañará en el día hasta el punto más alto de la parte española. Desde allí no hay pérdida posible hasta el primer refugio francés.

A Cristela le pareció distinguir en el rostro de Davina un levísimo gesto de alivio.

Aún era de noche cuando el jueves Cristela y Aurore montaron en la mula y el caballo alquilado que Cosme había traído hasta la posada. Aurore había solicitado expresamente un caballo porque le parecía poco distinguido montar en mula. Agradeció que la silla, aunque vieja, tuviera un respaldo sólido y firmes brazos. Se acomodó en la jamuga con elegancia y, a pesar de las ropas viejas que llevaba, Cristela pensó que realmente parecía una gran dama.

Se juntaron con Davina y una de sus criadas en la salida norte de la villa. Una tras otra tomaron un sendero que discurría paralelo al río. Durante la primera parte del trayecto permanecieron en silencio, pero una vez dejaron atrás el imponente fuerte donde titilaban unas luces, y a medida que el amanecer fue borrando la oscuridad y la majestuosidad de las montañas surgía poderosa ante sus ojos, la excitación contagió a todo el grupo. Por mucho que para Davina y Cristela aquel fuera un paisaje conocido, era imposible mostrarse indiferente hacia la armoniosa combinación de marrones, grises y verdes, y hacia las líneas y trazos que de manera mágica dibujaban bancales, peñas, barrancos y torrenteras sobre las caras visibles de las montañas. Cuando por fin divisaron el edificio de los baños, colgado en las alturas, Aurore reconoció en voz alta que le costaba evocar un lugar tan especial, si no hermoso, como aquel.

Sin embargo, Cristela no podía observar tanta belleza sin cierto recelo. Temía que esas mismas montañas rugosas y atrayentes atraparan el espíritu de Attua como antes lo hicieron con sus padres. Tanto Celsa como Custodio apenas se relacionaban con la gente del pueblo, y siempre enviaban a sus hijos o al único criado que tenían a comprar con tal de no bajar ellos a los comercios. Se habían acostumbrado de tal modo a la soledad que habían encontrado su lugar en ella. Tal vez fuera de eso de lo que Attua quería protegerla: sin duda, el turbador silencio que la rodeaba, en el que cualquier pequeño ruido producía un breve pero desasosegante eco, la sobrecogía e inquietaba. Otras veces, al lado de Attua, no se había percatado porque los momentos de efímera felicidad habían nublado cualquier percepción de la realidad. Ahora que él la había advertido de la melancolía que se apoderaría de ella en aquel lugar, Cristela no podía evitar estar alerta, como si su amor por él debiera ser sometido a la prueba de su resistencia en ese entorno magnético pero traidor.

Comenzó a odiar esa sensación en ese mismo instante.

Attua y Alfredo esperaban con sus monturas aparejadas. Aurore lamentó no tener más tiempo para recorrer y conocer las instalaciones, pero tenían por delante una jornada agotadora de ocho horas y convenía no demorar la salida. Aunque la ausencia de nubes auguraba un día brillante y luminoso, septiembre era una época de tormentas vespertinas. Belisa, con semblante triste, acompañó a Davina a la habitación que ocuparía durante su estancia. Aurore dio un corto paseo para estirar las piernas, tomó un cuenco de sopa de pan, ajo y cebolla que le ofreció Celsa y se preparó para marchar.

En esa media hora de descanso, Attua y Cristela solo cruzaron una rápida mirada, pero ella no dejó de seguir todos sus gestos como si no lo fuera a ver nunca más y necesitara grabarlos en la memoria. Conocía tan bien esos fuertes brazos que al pasar las riendas por la cabeza de su caballo le hacían estirarse y parecer más alto de lo que era…; esas manos sin durezas que acariciaban el cuello del animal provocando su envidia…; esas piernas musculosas que separaba ligeramente para mantener el equilibrio…

Necesitaba hablar con él; convencerle de que su

amor era más poderoso que todas las fuerzas de la naturaleza sobre esa tierra fría y lejana. Antes optaría por mil años de aquella soledad a su lado que por todas las riquezas y el bullicio de la ciudad más hermosa del mundo sin él.

—Deberíamos marchar ya. —Attua acercó el caballo de Aurore y lo sujetó por las riendas mientras los demás se despedían.

Aurore, sorprendentemente nerviosa, no paraba de hablar:

—¡Nunca había viajado tan ligera de equipaje! No me llevo ni un solo recuerdo de regalo para mis amistades... Jamás había gastado tan poco dinero en una estancia tan larga... Gracias a todos, por todo...

De repente, le dio un fuerte abrazo a Cristela y le susurró al oído:

—*Oh, ma chére enfant!* —Se separó de ella y la miró a los ojos—. Si alguna vez decides marcharte de este triste lugar, búscame. ¡Pero no tardes mucho o me olvidaré del cariño que te he cogido! —Se rio, aunque las lágrimas brillaban en sus ojos—. Hasta octubre estaré entre Luchon y Cauterets. Pasaré el invierno en París y luego... ¿quién sabe? —Repitió el abrazo y aceptó la ayuda de los hombres para subir a su montura.

Attua montó en su caballo y lo puso al paso en dirección al camino del norte. Tras él, Aurore agitó una mano en el aire.

—*Au revoir, Albort! Au revoir, Espagne!* ¡Espero que no sea un adiós definitivo!

Cerrando la marcha, Alfredo se giró y dedicó un último saludo y una sonrisa a Belisa, que se apoyaba en el quicio de la puerta principal.

—Lo mismo deseo yo, madame.

Cristela contuvo las ganas de romper a llorar, sobre todo cuando vio desaparecer las siluetas de los tres tras una curva del camino que se adentraba en el bosque. Las distancias eran tan largas, el mundo tan grande para una viajera como Aurore, y la vida tan incierta, que dudaba que la volviera a ver algún día. Tenía que reconocer que había aprendido mucho de los relatos de sus viajes y de las lecturas que comentaba. Estaba segura de que la echaría de menos. Al menos durante unas semanas, la mujer había conseguido hacerle olvidar el tedio de un lugar tan pequeño como Albort. Aunque estuviera acostumbrada a largos periodos de espera y breves momentos de felicidad en su vida, cada vez le resultaba más fatigoso soportar esa división.

—¿No está tardando demasiado?

Davina llevaba un buen rato sin apartarse de la ventana de la salita contigua a la cocina. Hacía más de una hora que había oscurecido. De cuando en cuando, la luz de un relámpago iluminaba los alrededores y se escuchaba el eco débil y lejano de algún trueno. Los pocos clientes se habían retirado ya a sus habitaciones y Celsa trajinaba entre la sala y la cocina sin abrir la boca.

—Y la tormenta se acerca.

—Conoce bien el terreno, Davina —dijo Belisa, concentrada en su costura junto a uno de los dos quinqués que iluminaban tenuemente la estancia.

—Pero si no se ve nada...

Cristela, que trataba sin éxito de entretenerse hojeando un par de libros ilustrados sobre Francia que había subido Davina, frunció el ceño. Le extrañaba que esta, de repente, se preocupase tanto por Attua.

Celsa pidió a Belisa que la ayudase a vaciar la leche hervida del caldero para el desayuno del día siguiente. En cuanto la joven salió, Davina tomó un desvencijado escabel y se sentó a los pies de Cristela.

—Tengo que confesarte algo —le susurró—. Eres mi mejor amiga. ¡Prométeme que guardarás el secreto!

—¿De qué se trata? —preguntó Cristela intrigada mientras cerraba el libro.

—Me conoces bien. Necesito tu opinión. He estado pensando... Creo que... ¡Oh, Dios mío! Estaba convencida de que no encontraría a nadie apropiado para mí y ahora...

—No te comprendo, Davina.

—Es esta maldita enfermedad. ¿Quién querría casarse con una joven débil como yo? El dinero de mi padre no es suficiente para ninguno de los buenos herederos del valle. Quieren mujeres fuertes que les den hijos sanos. Y los que aceptarían su dinero me desagradan profundamente. ¿Me ves a mí como esposa del barbero o del sastre? No, ¿verdad? El boticario tal vez, pero es demasiado mayor... Yo quiero casarme, Cristela, pero con alguien que me guste y que me quiera como soy. Con la ayuda de un par de criadas para las tareas más pesadas podría hacerme cargo de un hogar... ¿Tú me entiendes?

—Claro que sí, Davina.

—El otro día sucedió algo. Al principio no lo comprendí, pero conforme pasaban los días y no me lo sacaba de la cabeza, me di cuenta de lo que me ocurría. Creo que me he enamorado, Cristela. Y creo que nuestra unión sería ventajosa para ambos. —Tomó sus manos, las apretó con fuerza y alzó la cabeza para mirarla fijamente a los ojos—. Quiero saber tu opinión sincera. Si me juras que no se lo dirás a nadie, te confesaré su nombre.

A Cristela le tembló la voz cuando preguntó:

—¿Quién es?

—Attua. Es Attua. Es él. —Soltó una risilla—. ¡Te has quedado muda!

Cristela no podría librarse de la intensa y escrutadora mirada de Davina sin que esta sospechara que algo extraño pasaba. De forma impulsiva, le soltó las manos y se las llevó al rostro, tratando de disimular con gestos y palabras de asombro la herida que, sin saberlo, Davina le estaba abriendo en el alma.

—¡Attua! —exclamó—. ¡Qué sorpresa!

—Eso pensé yo al principio. Nos conocemos desde niños, pero nunca me había fijado en él de esta manera. Es cierto que cada vez que venía por vacaciones yo misma reconocía lo guapo que estaba y lo bien que le sentaba la vida en la ciudad, pero nada más. El otro día, en el ayuntamiento, me besó la mano educadamente para saludarme y sentí que el corazón me daba un vuelco. Luego mi padre me contó lo que le pasaba y, bueno…, empecé a darle vueltas a la cabeza.

—¿Y qué te contó que le pasaba?

—Pues que tiene que quedarse aquí, que quiere hacerse cargo de los baños, pero que también va a participar Gabino en la subasta del arriendo…

—¿Gabino? —preguntó Cristela haciendo verdaderos esfuerzos por no ponerse a gritar.

—Sí. Por lo visto está muy interesado. La verdad es que me dio mucha pena que de pronto todo se le torciera a Attua. Y pensé que, si yo le ayudaba, él podría comenzar a, bueno, a verme de otra manera. Sé que mi padre es un hombre honrado para quien la ley es lo primero, pero, si yo le insistiera mucho, algo se le ocurriría para que Gabino no ganara la subasta… De hecho, ya le he dado un par de ideas. Podría pedir en el pliego que se valorara la experiencia. ¿Y qué experiencia tiene Gabino? Ninguna. O que presentara un proyecto de ampliación y modernización. ¿Y quién sería capaz de hacerlo? Attua.

Davina se levantó y comenzó a pasear por la salita, cada vez más convencida de sus propias palabras.

—Lo que más me preocupa es si me acostumbraré a vivir mucho tiempo en este lugar tan frío y solitario, pero pienso que en verano yo misma me beneficiaría de las aguas, y en invierno, me apuesto lo que quieras a que Attua, a diferencia de sus padres, preferiría alojarse en el pueblo. Con el tiempo, no sé, quizá mi padre podría buscarle algún puesto en política. Attua tiene estudios. Es una pena que se tenga que olvidar de su educación. Entiendo que ahora él quiera encargarse de su familia, pero algún día Belisa se casará y Celsa... Bueno, poco a poco. —Se detuvo frente a Cristela—. ¿Y bien? ¿Crees que son falsas esperanzas?

Cristela deseaba gritarle que Attua nunca la querría porque estaba enamorado de ella, porque ambos habían nacido para compartir sus vidas, pero, después de semejante explicación, tenía claro que Davina tomaría como traición cualquier respuesta negativa, y las consecuencias que se derivarían de su despecho podrían ser demoledoras, sobre todo para Attua. Él nunca le perdonaría que, por su culpa, por desvelar su relación, perdiera toda oportunidad de cumplir con el deber de encargarse de darles la mejor vida posible a Celsa y Belisa.

Jamás se hubiese imaginado que la vida pudiera ir enmarañándose de esa manera.

—No lo sé, Davina —respondió por fin—. No lo conozco tanto. Pero lo que dices no es descabellado.

—Tú siempre tan prudente, Cristela. ¡En realidad, es una locura! Oh, mi querida amiga... ¡No sabes cómo me gustaría que pudieras sentir la excitación que me embarga! ¿Crees que debo decírselo a Belisa? No, mejor esperaré un poco. Dentro de unos días será la fiesta de verano en mi casa. ¿Sabes? Lo invité a que viniera y no dijo que no. Tú vendrás también, ¿verdad? Necesito tu ayuda. Necesito que aproveches cualquier ocasión para hablarle en mi favor. ¿Lo harás por mí?

Desde la cocina, Belisa gritó:

—¡Creo que ya está aquí! Cristela, ¿puedes hacerme el favor de acercarle un quinqué?

—¡Ya voy yo! —se ofreció Davina.

Cristela señaló las ventanas, sobre las que se estrellaban cientos de gotas de lluvia.

—No te conviene mojarte…

Cogió su manto y una de las lámparas y salió.

La oscuridad era absoluta. Cristela escuchó los relinchos del caballo y se dirigió hacia la cercana cuadra a toda prisa, procurando con su manto que la luz que portaba no se apagara con el agua que caía a chorro.

—¡Attua! —llamó para que su voz la guiase.

—Al fondo —respondió él mientras salía al paso y se le aproximaba—. Pero… ¿por qué vienes? ¡Estás empapada!

Instintivamente, Attua le quitó el quinqué, lo puso en el suelo y la atrajo hacia sí para frotarle los brazos y la espalda. Cristela reclinó la cabeza sobre su pecho y aspiró su olor a sudor y barro.

—Tienes que estar agotado.

—No más que otras veces.

—Durante la espera, fantaseaba con que nos bañábamos juntos en la poza de agua caliente.

Attua detuvo sus movimientos y la estrechó entre sus brazos.

—Sería delicioso bajo la lluvia —susurró.

—Pero no es el mejor día. Tu hermana, tu madre y Davina todavía están despiertas. Estábamos preocupadas por ti.

—Hemos tenido que descansar varias veces por Aurore.

—Te habrá dado pena despedirte de ella…

Attua asintió.

—Me ha repetido varias veces que enviará el dinero que me debe cuanto antes y que algún día volverá a vernos. Es una mujer de buenos sentimientos. A Alfredo sí que lo echaré mucho de menos. Es un buen amigo. —Se detuvo, como si dudase el modo de continuar—. Le conté lo nuestro. Necesitaba hablar con alguien y confío en él. ¿Sabes qué me dijo?

—Que eres un necio.

Attua sonrió.

—No empleó esa palabra exactamente, pero vino a decir lo mismo. Me aconsejó que dejara de pensar en todo a la vez y que empezara por una punta. Que en esta vida todo tenía solución menos la muerte y que, a veces, hasta lo que parece más irracional al final sale bien.

—Entonces, aún me quieres…

—Más de lo que nadie podría llegar a comprender, Cristela. Estas semanas me he sentido intranquilo y desgraciado. Me he dado cuenta de que, sin ti, nada tiene sentido. Te llevo en la sangre. —Ella intensificó el abrazo, reconfortada por sus palabras, que habían borrado en unos segundos su infelicidad—. Perdóname por lo que te dije. Estaba rabioso y desorientado. Y perdóname por pedirte que te quedes en este horrible lugar conmigo y que renuncies a tus sueños. Espero no tener que lamentar nunca mi egoísmo.

Los ojos de Cristela se llenaron de lágrimas. Su corazón no podía sentirse más aliviado, pero en algún lugar de su mente una vocecilla preocupada le advertía de que los problemas nunca venían solos. Ahora la incertidumbre sobre su futuro no tenía que ver con el cambio de planes, con la renuncia a una vida de comodidades en la ciudad, sino con la posibilidad de que ni siquiera aquel edificio frío rodeado de aguas calientes pudiera convertirse en un hogar que compartir con Attua.

Ahora más que antes temía la reacción de Davina.

Cobijada en los brazos de Attua, prefirió no decirle nada por ahora sobre los sentimientos y proyectos de su amiga.

—No tengo nada que perdonarte, Attua. El amor incluye el perdón.

Attua se inclinó sobre ella, buscó su boca y la besó con una ternura y calidez que la hicieron estremecer. La suavidad de la piel de sus labios, entreabiertos y ligeramente húmedos, y el ruido de fondo de la lluvia sobre los tejados y la tierra pesada y pedregosa la sumieron en un estado de ingravidez que interrumpió Belisa al llamarlos.

Se dirigieron a la casa con desgana, obligándose ambos a ocultar su deseo bajo una apariencia de normalidad. En el vestíbulo, Attua, con expresión seria, miró a su hermana.

—Alfredo me ha pedido permiso para escribirte…

Belisa esperó ansiosa a que Attua terminara la frase, pero este se tomó su tiempo para sacudir la capa mojada y colgarla en uno de los ganchos clavados a un listón de madera. Luego, se dirigió por el corredor hacia las escaleras.

—¿Y…? —preguntó Belisa tras él.

—Y he creído que te gustaría que se lo concediera.

Una amplia sonrisa iluminó el rostro sonrojado de la joven, que reaccionó dando a Cristela un breve abrazo y respondiendo con aparente tranquilidad a su hermano.

—Te he servido algo de cena en la salita.

El resto de la velada, Cristela tuvo que soportar las continuas atenciones que Davina prodigó a Attua.

15

El baile que organizaba Davina era el más esperado y deseado de todos los que se celebraban en el valle. La fecha, invariable, marcaba el fin de la corta estación cálida y del pesado trabajo de la siega, a falta solo de terminar de recoger el centeno para pan, forraje y engorde de cerdos que habían sembrado en agosto del año anterior. Los pajares y graneros, aunque no con la abundancia de otras épocas, estaban llenos, y las bodegas y despensas, preparadas para recibir las manzanas, las patatas, los frutos secos de otoño y las judías secas que se irían desgranando en las veladas. La sensación general era la de moderada satisfacción. Si el invierno no mostraba demasiada crueldad, resistirían hasta el año siguiente.

La fiesta de Davina, que tenía lugar el último sábado de septiembre, señalaba el comienzo del otoño; la de la matacía del cerdo, el del invierno. Al ser acotado por estas y otras celebraciones, el paso del tiempo perdía parte de su crudeza. Aunque solo unos privilegiados tenían la suerte de que los invitasen a la casa del alcalde, surgía en el pueblo una expectación colectiva: los preparativos, antes, y las narraciones y recuerdos, después, llenaban las conversaciones y confortaban el espíritu, forzado a aceptar una vida sacrificada y resignada en un entorno duro. Cuántos acuerdos matrimoniales se habían anunciado tras esa fiesta; cuántos comentarios sobre las casas más importantes del valle habían trascendido para convertirse en sabrosos chismorreos...

Y cuántas novedades se habían conocido gracias a Davina, pensó Cristela mientras bajaba a la cocina y rellenaba por última vez la plancha de hierro con brasas para retocar su vestido. Había tomado un largo baño y había lavado, secado y cepillado su larga melena con lentitud para que brillara más que nunca. Ahora que se sentía tranquila respecto de los sentimientos de Attua por ella, tenía interés en arreglarse especialmente para la ocasión porque era el primer baile al que también asistiría él. Los años anteriores, para esas fechas, Attua estaba en Madrid y ella recordaba la tristeza que le producía ver a los otros jóvenes disfrutar con el roce y las leves pero intencionadas presiones de las manos en cinturas y hombros.

Esa noche sería diferente. Tal vez él no deseara bailar por respeto al luto, pero cabía la posibilidad de que en un momento dado la tomara del brazo para desplazarse de una sala a otra o para acercarse a las mesas de la comida, y ella quería lucir radiante a su lado. Agradeció mentalmente a Davina sus ideas extravagantes para conseguir un ambiente sofisticado. Les hacía copiar las costumbres de la alta sociedad de la ciudad: pedía a las damas que llevaran abanico; si querían bailar con ellas, los caballeros tenían que apuntarse en un carné; y obligaba a los hombres a conducir a las señoras del brazo hasta el espacio dedicado al baile o a las mesas de las viandas.

De regreso a su habitación llamó a Ana para que la ayudara a vestirse. Davina la había invitado también, pero la muchacha odiaba las reuniones sociales. Cristela siempre le había insistido, sin éxito, en que la acompañara. En esa ocasión, no obstante, prefería no tener que estar pendiente de ella.

Ana acudió enseguida. Seguía con la misma actitud apática de las últimas semanas, pero sus ojos brillaron cuando vio el sencillo y elegante vestido de fina gasa de lana azul con colores suaves y delicados dibujos florales. Cristela sabía que era una tela para un traje de día, pero era la única que tenía.

—¿Te gusta? Le pedí consejo a Aurore. —La francesa le había sugerido que bajara el escote del corpiño para que pareciera más de fiesta y que lo superpusiera sobre la falda formando un pico por delante para realzar más su cintura.

Ana asintió, pero no dijo nada.

Cristela sintió una punzada de remordimiento por no haber tratado de convencerla con mayor énfasis.

—¿Por qué no me acompañas? Puedo arreglarte rápidamente el vestido que llevé el año pasado. Habrá muchos jóvenes en la fiesta. Y a ti te gusta la música…

—Mañana disfrutaré cuando me lo cuentes.

Cristela le dio un breve abrazo.

—A veces, me gustaría poder leerte los pensamientos. No sabes cuántos pagarían por ir esta noche a casa de Davina. Y a ti te da igual.

—No sabría qué decir si me hablaran. Y ninguno me invitaría a bailar. —Ana se encogió de hombros—. Saben que no valgo para nada.

—Odio que digas eso, porque no es cierto. Sabes hacer muchas cosas. Cuidas de los animales, eres limpia y ordenada, coses muy bien… —Cristela se detuvo cuando se dio cuenta de que Ana ya no la escuchaba; la muchacha pasaba sus manos por la tela del corpiño, ajena a sus palabras. Se quitó la falda y la camisa viejas que llevaba para trabajar por casa y se puso el vestido. Luego se sentó frente a su cómoda escritorio y le entregó varias tiras de lazo estrecho de la misma medida—. Anda, ayúdame. Nadie ata las cintas en el pelo como tú.

Ana se entretuvo unos instantes peinando el cabello sedoso con los dedos. Tomó hebras de ambos lados que fue trenzando a modo de espiga, junto con las cintas, hacia la nuca. Cuando terminó, se inclinó sobre Cristela y le susurró al oído con voz entrecortada:

—No vuelvas... muy tarde. Hoy... no vuelvas muy tarde.

Se marchó y durante unos minutos Cristela sintió una profunda tristeza por aquella niña que sufría tanto. Oyó que Gabino la llamaba desde abajo y se calzó rápidamente los únicos zapatos apropiados que tenía, confeccionados con fina cabritilla de color verde. Estaban desgastados pero, como el vestido era largo, apenas se veían. Se colocó sobre los hombros un manto cuyos bordes había adornado con restos de tejido estampado y bajó hasta el patio donde la esperaba el joven. Cosme nunca había puesto objeción a que Cristela acudiera a aquella fiesta por la noche a condición de que fuese acompañada de Gabino.

—¿No son esas las telas que te traje de Francia? —preguntó él, y ella asintió—. Veo que les has dado buen uso. Estás muy guapa.

A Cristela le desagradó el modo diferente, intenso y desconfiado en que la miraba. Pronto comenzó a sospechar la razón.

—Me pregunto por qué esta vez te has arreglado tanto. —El tono de Gabino se volvió agresivo—. Espero que no tenga nada que ver con...

—No digas tonterías —lo interrumpió ella—. Simplemente me pareció que el año pasado no iba apropiada. Davina quiere que vayamos muy elegantes. Eso es todo.

—Tenemos que acabar con esta situación cuanto antes —dijo él clavándole los dedos en el brazo y guiándola hacia la calle—. Vas demasiado libre...

—¿Libre yo, que no puedo ir sin ti a la fiesta? —Cristela soltó un bufido.

—Con la gabacha esa no has parado quieta. Y luego te fuiste a los baños con Davina, de vacaciones. Otras a tu edad ya están criando y cuidando de su casa. Mañana hablaré con mi padre.

—¿De qué?

—Ya estoy harto de tus evasivas. Te casarás conmigo tanto si quieres como si no. Es hora de que te comportes como una mujer y no como una chiquilla caprichosa.

Cristela apretó los dientes. Esa noche no consentiría que la sensación de asfixia que le provocaba Gabino le estropeara sus sueños. Esa noche, no. De ninguna de las maneras. Ya pensaría algo al acostarse...

—Pues entonces déjame en paz hasta mañana.

Se soltó con brusquedad y comenzó a caminar con paso inestable por las piedras del suelo, que se le clavaban en los pies a través de las finas suelas de sus zapatos. Afortunadamente, la casa de Davina estaba en el centro del pueblo, cerca del ayuntamiento.

Las calles estaban llenas de gente. Para evitar atascos en las estrechas callejuelas, los invitados de los pueblos vecinos se apeaban de sus carruajes en la plaza de la iglesia y hacían la última parte del trayecto a pie, mezclándose con los vecinos que deseaban disfrutar del desfile de buenas capas, abrigos y gabanes.

En pocos minutos llegaron al edificio más grande, antiguo y hermoso de todos. Pertenecía a Isabel, la madre de Davina. Hija única y descendiente directa de la familia más rica y noble de la comarca, Isabel había heredado un gran patrimonio en tierras y dinero que gestionaba con su marido Clemente con prudencia. El único despilfarro manifiesto que se permitían, y que contrastaba con su habitual discreción, era esa fiesta, con la que en un principio habían complacido un capricho de su hija y que ahora se había convertido en una tradición esperada por sus amistades.

Desde los portones de la entrada, abiertos de par en par y adornados con guirnaldas de flores, Cristela escuchó la música y su corazón se alegró. Seguida de Gabino, cruzó el magnífico patio interior, rodeado de altos muros que aislaban la casa del exterior, e iluminado con grandes teas sujetas por aros de hierro, hacia la enorme escalinata de piedra que conducía a la puerta principal. Arriba Davina y sus padres saludaban uno por uno a sus invitados, mientras dos criados se encargaban de recoger sus prendas de abrigo. Un inesperado vientecillo refrescaba la noche.

—¡Cielo santo, Cristela! ¡Nunca te había visto tan hermosa! —exclamó Davina cuando la joven se quitó el manto—. ¿Eres tú la que lleva ese escote tan…? —Se llevó una mano al pecho y simuló un estremecimiento. Acto seguido la tomó del brazo—. No sabes lo que me ha costado convencer este año a mi madre para organizar la fiesta. No está de humor por lo de Matías… —Su rostro se entristeció, pero enseguida recuperó su tono alegre—. Vamos dentro. Me alegra que hayas llegado. Ya tenía ganas de ver cómo se lo pasan mis invitados. Tengo la sensación de que hoy va a ser una noche especial. —Miró disimuladamente a Gabino—. Bueno, por lo menos este año va sin pañuelo…

Cristela rio el comentario. Gabino solía lucir un pañuelo de color enrollado en la cabeza y atado con lazo en la sien derecha, pero esa noche se lo había quitado. El joven criticaba el festejo, pero nunca declinaba la invitación. Como acto de rebeldía, en vez de imitar la indumentaria de los otros hombres —pantalón largo, chaleco y levita—, llevaba el vestido popular de fiesta, que era similar al de diario pero confeccionado con exquisitas telas. Una faja violeta sujetaba su calzón de paño azul, a juego con el chaleco, sobre el que lucía una vistosa camisa de seda anudada a la cintura. Con esa actitud mostraba en público su rechazo a las modas extranjeras que tanto parecían gustar a todos los invitados, sin dejar de socializar con muchos de los hombres con los que tenía negocios.

Las dos jóvenes recorrieron del brazo los espacios habilitados para la fiesta. El amplio recibidor alfombrado comunicaba con una enorme sala de paredes empapeladas y techo con molduras en la que habían movido los ricos muebles con el fin de dejar espacio para el baile. La orquesta estaba al fondo, sobre un improvisado entarimado de un par de palmos de altura. Desde el lado derecho de la estancia, otras puertas abiertas comunicaban a un comedor, donde habían dispuesto comida en diferentes mesas cubiertas por blancos manteles bordados. Las numerosas velas de los candelabros de plata iluminaban profusamente la estancia. Al otro lado, un corto pasillo llevaba a un despacho y a otra salita donde solían refugiarse los hombres mayores que solo bailaban lo necesario para complacer a sus mujeres y que preferían hablar de política o jugar a las cartas mientras se fumaban un cigarro. En la salita llena de humo, había varios hombres sentados entre un sofá y media docena de sillones y sillas tapizados de raso de seda de color burdeos. Saludaron un instante a Evelio, el capitán al mando del gobierno del castillo militar; a Tulio, el teniente de carabineros; y a varios concejales, entre los que se encontraba Damián, el tío de Attua, en animada conversación con su hermano Nicasio, el capellán, y regresaron a la sala principal.

Ante la orquesta, un grupo de jóvenes en corro bailaba una gavota, cruzando los pies y saltando entre risas. En las otras fiestas del año, se juntaban los músicos del pueblo para tocar fandangos y boleros. Davina, sin embargo, traía una pequeña orquesta de la tierra baja a la que había encargado que ensayara bailes extranjeros. Ella apenas bailaba, porque se agotaba pronto con cualquier ritmo y comenzaba a toser, pero le encantaba observar cómo los demás jóvenes, supliendo con desbordante energía la torpeza e inexperiencia, daban vueltas y saltos. Esperaba a que llegasen los valses y los britanos para aceptar la petición de algún joven, al cual le advertía discretamente que tuviera la delicadeza de bailarlo despacio.

Cristela escuchaba los comentarios entusiastas de Davina sobre los preparativos de la comida de manera ausente. Para los guisos de judías blancas, jamón, cordero, aves y huevos habían contratado a tres cocineras. También habían preparado allí los hojaldres de crema y manteca con adornos de fruta, guindas y merengue, pero había mandado traer los bombones, las almendras garrapiñadas y las yemas acarameladas de Zaragoza…

No tenía hambre. Los nervios le estrangulaban el estómago. No veía a Attua por ningún lado.

—Qué raro que no haya venido Belisa todavía… —comentó por fin.

—Vendrá. Se lo hice prometer por su padre. —Davina bajó la voz—: Era la única forma de asegurarme de que Attua la acompañaría…

Cristela sintió una punzada de preocupación. Sus ganas de reencontrarse con Attua le habían hecho pasar por alto que la creciente obsesión de Davina por él podía crear situaciones incómodas. Aceptó un vaso de limonada que le ofreció una de las muchachas de servicio. De repente, sentía la boca seca.

—¿Qué te dije? ¡Ahí están! —Davina se giró hacia ella para confesarle—: ¡Dios mío! ¿No es el hombre más guapo que has visto en tu vida? —Saludó con la mano a los hermanos y les indicó que se juntaran con ellas.

Cristela no apartó ni un segundo la mirada de Attua. Resaltaba, magnífico, entre todos. Realmente su estancia en la ciudad le había sentado bien. Se preguntó cuánto le habría costado aprender a anudarse el lazo de la blanca corbata y deseó que la vida le proporcionara más ocasiones de vestirse así. Llevaba un sobrio frac negro de paño fino con botones de latón dorado sobre un chaleco de popelín amarillo y seda. El cuello ancho vuelto, los hombros estrechos, las mangas ceñidas, las solapas anchas y la cintura entallada acentuaban su estatura y fortaleza. Cristela quiso correr hacia él y lanzarse a sus brazos. Anheló que todo el mundo desapareciera y quedaran ellos dos bailando al son del vals más largo que se hubiera compuesto.

Davina se adelantó para abrazar a Belisa. Enseguida extendió la mano para que Attua la saludara y se colgó de su brazo con un descaro que irritó a Cristela.

—Os enseñaremos cómo hemos organizado todo. —Se dirigió a las jóvenes—. Belisa, supongo que el luto te impedirá bailar, pero tú, Cristela, aprovecha hoy para divertirte. En esa mesita —señaló un velador a su derecha— están las hojitas que he preparado para las mujeres. ¡Seguro que ya tienes algún baile solicitado! Yo me encargaré de que Attua y Belisa se sientan a gusto.

—Ahora no me apetece bailar —dijo Cristela secamente.

Durante un buen rato, Cristela tuvo que soportar cómo Davina adoptaba el papel de perfecta anfitriona, acompañando a Attua en su reencuentro con los conocidos del valle, presentándole a los desconocidos y recordando a todos, con afectada y excesiva naturalidad, que Attua había vuelto para quedarse.

—Nunca va mal que un hombre tan preparado resida entre nosotros —repetía—. Seguro que puede aportar buenas ideas para nuestros pueblos.

Attua aguantaba el secuestro con aparente calma, aunque en el fondo hacía rato que se había arrepentido de haber aceptado la invitación de Davina. Sin embargo, ella se había mostrado tan insistente que declinarla la hubiera ofendido. Y si algo no le interesaba en esos momentos a Attua era tener a la hija del alcalde en su contra. En un paréntesis en que Clemente llamó a su hija y Belisa estaba entretenida hablando con sus primos, Attua pudo por fin acercarse a Cristela.

—Solo por verte así de hermosa ha valido la pena venir —le susurró.

Ella se ruborizó ligeramente.

—Tú también vas muy elegante. Todas te miran.

—Ya sabes que a mí eso me da igual. Daría lo que fuera por poder salir de aquí ahora mismo contigo.

Cristela asintió. En su último encuentro en los baños, habían acordado aguardar a que Attua tuviera un poco más adelantado el proyecto de reforma y firmado el arriendo para anunciar su compromiso.

—La espera me está resultando insoportable. Gabino no me deja en paz. Creo que sospecha algo. Me ha amenazado con hablar mañana con Cosme sobre nuestro matrimonio...

Attua sintió deseos de salir en busca de Gabino y partirle la cara. Se inclinó sobre Cristela y le susurró:

—Aguanta un poco más, amor mío. Es cuestión de unas pocas semanas.

—Lo sé... Pero también está Davina... —Cristela se arrepintió al instante de haberla nombrado, aunque, por otro lado, igual había llegado la hora de ponerle sobre aviso acerca de sus intenciones.

—¿Qué pasa con ella?

Antes de que pudiera responder, una mano atenazó su brazo.

—Hace rato que he apuntado que quería bailar contigo. —Gabino hizo una mueca despectiva—. Qué idea más absurda. Pedirlo por escrito. ¿Qué opinas, Attua? ¿A ti esta costumbre de ciudad te parece buena?

—Yo prefiero preguntar directamente —respondió él con fingida indiferencia. Le costaba controlar el deseo de agarrarlo por el cuello y golpearle. Ya no pretendía comprender las razones que empujaban a Gabino a desear apoderarse de todo aquello que él quería; sus esfuerzos se centraban en conservar la calma para vencerle.

Gabino soltó una risotada. Los efectos del vino ya se notaban en su voz, sus gestos y su pose algo tambaleante.

—Eso creo yo. Así que, Cristela, ¿vas a bailar conmigo o no?

La joven se alarmó al ver el rostro tenso de Attua. Lo que menos deseaba era que aquello terminara en una escena desagradable. Se apresuró a responder:

—Solo una pieza. Estoy cansada.

Gabino quiso llevarla al centro de la zona de baile, pero ella insistió en quedarse en el extremo más escondido. La orquesta acababa de empezar un vals. Ninguno de los dos sabía bailarlo bien, de modo que se conformaron con seguir el ritmo dando un pequeño paso a la derecha y otro a la izquierda.

—Si te llego a ver sin el manto en casa, te prohíbo que vengas con ese escote —dijo Gabino.

—Tú no eres quién para prohibirme nada —repuso ella—. Además, hay otros más atrevidos que los míos. No haces más que criticar las modas extranjeras, pero bien que quieres bailar este vals.

—Está claro por qué. —Gabino la atrajo hacia sí—. Es la única manera de tenerte cerca.

—Si no te apartas un poco, me marcho —dijo ella con firmeza—. Aunque tenga que gritar y ponerte en evidencia.

Gabino apretó los dientes y obedeció, si bien mantuvo las manos fuertemente afianzadas en la cintura de ella. Cristela no podía sentirse más disgustada. Ese maldito baile parecía no terminar nunca. Nada estaba saliendo como ella había imaginado. Ni surgía la ocasión de poder pasear del brazo de Attua o de hablar más tiempo con él, ni soportaba las atenciones que Davina le brindaba con total descaro delante de todo el mundo. Se sentía celosa y arrepentida de no haberle hablado a Attua de las intenciones de su amiga. Conociéndola, no le costaría mucho poner al joven en un compromiso.

La pieza acabó por fin y Cristela fue en busca de Belisa, la única cuya compañía no parecía molestarla esa noche. Se topó con ella en la puerta del comedor y se quedó con ella allí un buen rato. Rechazó varios bailes con amigos de la infancia con la excusa de que no iba a dejar a su amiga sola y recorrió varias veces la sala y el vestíbulo con la mirada en busca de Attua, a quien no había visto desde que Gabino la invitó a bailar.

—Hace rato que no veo a Davina —comentó.

—Ha insistido en llevarse a Attua con su padre a la salita de los caballeros. —Belisa se encogió de hombros—. La encuentro extraña. Alegre y cariñosa como nunca. No sé qué se trae entre manos...

Cristela se alarmó.

—Pasa, pasa, muchacho. —Clemente indicó a Attua que tomara asiento en una butaca—. Estamos comentando novedades que han llegado de la tierra baja. La opinión de un joven educado en la capital puede ser ilustradora. —Se dirigió a su hija—: ¿Serías tan amable de traernos otra botella de este delicioso vino francés?

Davina salió y Attua se sentó.

—Me temo que en las últimas semanas no he pensado mucho en política, señor. No sé a qué novedades se refiere.

—Los de Zaragoza se han sublevado contra el gobierno de Madrid —explicó Damián—. Se resisten a aceptar que Espartero ya no pinta nada, y no reconocen el gobierno del también progresista Joaquín María López. Ante los rumores de que pretende disolverse la Milicia Nacional, varios oficiales se han adherido al alzamiento, siguiendo el ejemplo de Barcelona, que también ha iniciado un nuevo levantamiento. Los ánimos están alterados. Así es España. Progresistas contra progresistas. —Se dirigió hacia Evelio, el gobernador del castillo—. ¿Se alegra de no tener que estar allí, capitán?

La pregunta iba cargada de intención, por cuanto de todos era conocida la inclinación de Evelio hacia el Partido Progresista. En cuanto a la milicia, el hecho de haber sido creada por los progresistas —para prestar auxilio a la autoridad en el mantenimiento de la tranquilidad ciudadana— la hacía ser combatida por los gabinetes más conservadores, de tal modo que resurgía o desaparecía según quién gobernase.

—Yo soy miembro del ejército regular, no de esas tropas cívico-militares de la milicia —respondió el hombre poniendo especial énfasis en cada *no* que pronunciaba—. Cumplo con mi trabajo, que no es otro que el de vigilar este territorio fronterizo. Pero, para que no me acuse de evasivo, le diré que este gobierno de coalición entre progresistas y moderados no permitirá ninguna insurrección y que me alegro de vivir en estas tierras tan lejanas donde todo tarda tanto en llegar, tanto lo bueno como lo malo.

—Pero... —Tulio, el teniente de carabineros que vigilaba la aduana, mantenía en su rostro una expresión de desconcierto— ¿cómo se explica que los progresistas de Madrid prefieran apoyar al gobierno centralista antes que a los suyos propios de las provincias?

Evelio se encogió de hombros.

—Si lo que se pretende es una reconciliación de partidos liberales, habrá que evitar todo tipo de radicalismo.

—¿Reconciliación? —Damián soltó un bufido—. ¡Imposible! Me atrevería a decir que los aquí presentes somos todos liberales... —Excepto su hermano Nicasio, el capellán, los demás hicieron un leve gesto de asentimiento—. Afortunadamente, los tiempos del absolutismo monárquico ya quedan lejos y las leyes recogidas en la Constitución nos protegen... Pero las protestas sociales y las rebeliones políticas a las que por desgracia nos hemos tenido que acostumbrar no acabarán ahora si no es con un gobierno moderado...

—Su comentario me confirma que las divisiones de opinión se encuentran ya en las mismas familias —aseveró Evelio—. He aquí el reflejo de la España actual. Su hermano, el teniente general, ¿no era amigo de Espartero? Usted defiende a los moderados; su hermano a los progresistas...

—Como usted, siempre se ha limitado a cumplir con su trabajo. —Damián, ligeramente ofendido, se dirigió a Attua—: Tú has vivido con él hasta hace poco. ¿Es cierto lo que digo?

Attua recordó la petición de Ricardo de no comentar su incierta situación ahora que se estaba expulsando a todos los «esparteristas» de sus puestos. Le había dicho que más de uno se alegraría de sus infortunios.

—Estoy seguro de que, gobierne quien gobierne, contarán con su inestimable experiencia —dijo con cautela.

—¿Incluso si terminara gobernando Narváez? —preguntó entonces Clemente con cierta preocupación.

Los demás se giraron hacia él. La enemistad entre el teniente general Narváez y el general en jefe Espartero era tan conocida que, en el caso de que el primero se hiciera con el poder, cualquier cercano al segundo podía dar por perdidos sus privilegios. Estaba sugiriendo que aquello podía suponer el fin de la carrera del teniente general.

Attua pensó bien sus palabras antes de hablar. No podía asegurar con certeza lo que iba a decir, pero sintió la necesidad de aparentar que estaba al tanto de las intrigas políticas, como si desease sentir la admiración de aquellos hombres con los que tendría que convivir en un futuro y de los que necesitaba su ayuda. Un poco de complicidad con ellos no podía sino beneficiarle.

—Narváez detesta la promoción de los «ayacuchos» porque él no participó en las campañas americanas y siente envidia de que Espartero se haya colgado la medalla del éxito de la derrota del carlismo. Cuando volví de Madrid, se decía que el hombre fuerte de esta coalición era él. Es muy posible que más tarde o más temprano sea él quien se haga con el poder. Pero también creo que no tiene nada contra mi tío Ricardo. Más bien al contrario.

—Entonces, brindo por ello. —Damián levantó su copa—. Necesitamos un hombre moderado que traiga el orden a este gallinero. Ya está bien de tanta revolución, de carlismo, de tantas alternativas y tantos trastornos. Lo que este país necesita es disfrutar de tranquilidad y sosiego bajo el imperio de las leyes y la sombra tutelar del trono.

—Espero que lo primero que haga sea suspender la desamortización y devolvernos las propiedades que todavía no se han vendido. —Nicasio, alto y moreno como Attua, se refería con enfado al proceso por el cual los anteriores gobiernos habían expropiado y vendido en pública subasta los bienes eclesiásticos—. Las cosas han ido demasiado lejos. Acabo de llegar de viaje y no saben ustedes la tristeza que produce ver tantos conventos abandonados. No quiero asistir a la destrucción completa de la Iglesia, pero, por el camino que llevamos, me atrevo a decir que los usos y costumbres de nuestro país están seriamente amenazados.

—Si por fin disfrutamos varios años de un gobierno moderado —insistió Damián—, ten por seguro, querido hermano, que será como dices.

—Yo no lo tengo tan claro —dijo entonces Clemente—. Mientras no se llegue a un entendimiento con los progresistas, nunca habrá calma.

—Pues entonces, la calma total nunca llegará si no se tienen también en cuenta las opiniones de los carlistas, ¿no les parece? —Nicasio sonrió con fingida inocencia—. Son los únicos que, hasta ahora, han defendido con firmeza los intereses de la Iglesia en estos tiempos de anarquía. ¿Qué es eso de que las prostitutas bailen en las iglesias, las gentes sin fe ni instrucción, ataviadas con cualquier vestimenta, tomen las calles y se orinen en ellas como animales y las personas de bien deban huir de sus ciudades? Con el matrimonio entre la princesa Isabel y el hijo del infante don Carlos sí sería posible la reconciliación de todos los españoles.

—No digas sandeces, hombre —le recriminó Damián a Nicasio—. A santo de qué sacas eso a colación ahora. El carlismo está muerto, gracias a Dios.

—Yo no lo afirmaría con tanta rotundidad... —le rebatió el capellán—. ¿Por qué se mantienen aquí los soldados del castillo si no es por miedo a su resurgimiento?

—Pues porque de Francia, además de estas exquisiteces —Tulio levantó su copa—, pueden llegar también socialistas y republicanos a complicar más las cosas...

Damián soltó un bufido despectivo.

—Así es, amigo mío. —Evelio extendió las manos con las palmas hacia arriba y sacudió la cabeza—. ¿Ven lo que les decía? Sin contar a estos nuevos revolucionarios, que de momento no se escuchan por aquí demasiado, en este pequeño grupo hay cinco visiones diferentes. ¿Cómo se va a poner de acuerdo todo un país?

Hubo un asentimiento general y Clemente concluyó:

—Por fortuna, aquí hablamos con libertad y cordialidad. Brindo para que en esta tierra continúe la calma.

—No pretendo ofenderle, señor —dijo entonces Attua—, pero no comprendo que se hable de calma cuando mi padre fue asesinado.

Damián dedicó al joven una mirada de reproche. Sin embargo, Clemente no rehuyó el tema.

—Tienes toda la razón, pero peor que la muerte de un hombre es la guerra. A eso me refería. Y ya sabemos lo que eso significa. Vecino contra vecino. Amigo contra amigo. Hermano contra hermano... Si retornaran las guerras, Dios no lo quiera, cada uno tendría que defender su postura.

Attua se removió, inquieto, en la silla. Temía que le preguntaran por sus inclinaciones políticas, sobre las que ni tenía una idea clara ni pensaba opinar, pero la verdadera causa de su preocupación provenía de un sentimiento más profundo, que la muerte de su padre había avivado. Escuchaba a esos hombres de aspecto serio y afectada gravedad, a los que no les faltaba de nada, con sus copas de vino y sus cigarros, y le costaba imaginárselos de jóvenes, aunque no habían transcurrido ni tres décadas desde que tuvieron la misma edad que él ahora. Se imaginó a sí mismo unos años más tarde, con largas patillas o poblada barba, saboreando un buen vino, conversando con sus amigos Matías y Alfredo sobre cualquier tema y sintió una punzada de ansiedad. El tiempo pasaba muy rápido, decía todo el mundo, sí, desde la melancólica atalaya de la vida ya vivida; pero la celeridad solo se percibía cuando ese tiempo ya había transcurrido. Mientras tanto, la zozobra, el vértigo y la incertidumbre imperaban en el campo de batalla diario. Tal vez algún día se diera cuenta con tristeza de que entre ese momento y el aparentemente plácido futuro que visualizaba apenas habían transcurrido unos segundos, pero ahora percibía ese lapso como un abismo insalvable. Necesitaba dinero. Necesitaba conseguir el arriendo. Necesitaba a Cristela a su lado.

Por suerte para él, que ya sentía ganas de marcharse de allí, Davina entró entonces con la botella que le había encargado su padre, rellenó los vasos de vino y dijo:

—Si no les importa, caballeros, me llevaré a Attua de aquí. Estoy segura de que está deseando también conversar con personas de su edad.

Cuando salieron de la salita, Davina lo condujo al despacho contiguo.

—Me gustaría hablar contigo... —Empleó un tono misterioso, incluso algo sugerente—. Solo serán unos minutos. Estoy al tanto de tu situación y sé cómo ayudarte.

Con la excusa de ir a por otro vaso de limonada, Cristela se separó de Belisa y se dirigió a la salita de los caballeros. Al pasar junto al despacho, escuchó la voz cantarina de Davina y se detuvo. Las puertas estaban entrecerradas. Aguzó el oído y distinguió la voz de Attua.

De repente, la envolvió un calor asfixiante. Comenzó a percibir todos los sonidos de una manera amenazadora:

las voces altisonantes de los hombres, la música de otro interminable vals, las risas estridentes de los jóvenes, los cuchicheos de las mujeres, los lentos aleteos de los abanicos, el choque de las varillas al abrirlos y cerrarlos...

Se apoyó en una de las dos hojas de la puerta y empujó ligeramente para poder asomarse con sigilo. Le costó un momento acostumbrar la vista a la penumbra, pues solo un pequeño candil alumbraba la habitación.

Tuvo que hacer un gran esfuerzo para no gritar.

Con los cuerpos demasiado juntos, Davina sujetaba con firmeza la mano de Attua sobre su cintura, sin escuchar las protestas del joven.

—No quiero resultar descortés, pero te he dicho que no deseo bailar. Sabes que estoy de luto...

—Aquí nadie puede verte. Considéralo un pequeñísimo favor a cambio del que yo te he hecho...

Cristela estaba a punto de abrir las puertas de golpe cuando alguien se le adelantó.

—¿Qué estás fisgando? —preguntó Gabino, a todas luces ebrio—. Ah, ya veo. Dos enamorados que deseaban intimidad. —Soltó una exclamación de sorpresa—. ¡Pero si son...! —Estalló en carcajadas—. Me gustará... ver... la cara del alcalde cuando... se entere de que Attua estaba besando a su hija...

—¡Cállate! —le ordenó ella con ira—. ¡No se estaban besando!

—¡Cómo que no! ¡Y yo mismo se lo pienso contar! —Gabino vociferó el nombre del alcalde.

—¡Maldito seas! —le gritó Cristela dándole un empujón.

Gabino trastabilló y cayó sobre una consola llena de copas vacías. El estruendo atrajo a los hombres de la salita y varios invitados curiosos se acercaron desde la sala grande.

—¿Qué pasa aquí? —preguntó Clemente.

Gabino se incorporó y se levantó con toda la rapidez que le permitió su estado. Se aproximó al hombre y le cuchicheó algo al oído. Ni en sueños hubiese encontrado otra ocasión mejor para poner a Attua en una situación comprometedora que lo alejase por fuerza de Cristela. Desde luego, no pensaba desaprovecharla. Attua rodeaba a Davina con sus brazos. La había besado. Conociéndolo, Clemente no permitiría que la honra de su hija quedase en entredicho.

Cristela buscó la mirada de Attua y le entraron ganas de romper a llorar. Sentía que la llamaba a gritos, que le pedía que salieran de allí, pero permaneció inmóvil, aturdido, con la triunfante Davina sujetándolo del brazo, fingiendo un ataque de nervios porque alguien le estropeara su maravillosa fiesta, adoptando una actitud avergonzada ante el ceño profundamente fruncido de su padre, impidiendo con su llanto y su palabrería cargada de explicaciones confusas mezcladas con disculpas que la atención se desviara de ella, propiciando que todo pareciera lo que no había sido...

—Señor, permítame que le aclare... —intervino por fin Attua, decidido a terminar con esa escena que le resultaba cada vez más absurda.

—¡Ni una palabra más! —zanjó el alcalde con firmeza, levantando un dedo en el aire y mirando a su hija y a Attua alternativamente antes de girarse e invitar a los curiosos a que regresaran a la fiesta en un intento evidente de desear quitarle importancia al asunto.

Cristela palmeó el brazo de Clemente para llamar su atención.

—No sé qué le ha dicho Gabino, pero...

—Esto no te incumbe, jovencita —la interrumpió él con visible enfado.

Frustrada por la cerrazón del hombre, la inmovilidad y

el silencio de Attua, la actitud de Davina y la sonrisa ladina de Gabino, Cristela sintió un arrebato de ira y comprendió que tenía que irse de allí cuanto antes para no complicar más las cosas.

Corrió hacia el recibidor y pidió a un criado que le trajeran su manto. Belisa acudió a su lado.

—¿Qué ha pasado? ¿Adónde vas?

—No lo sé, Belisa —mintió—. Creo que Gabino está borracho y ha montado un número. Vuelvo enseguida. Quiero asegurarme de que Ana está bien. —El criado le tendió el manto—. Luego me lo cuentas.

Descendió las escaleras y corrió por las callejuelas todo lo rápido que le permitieron sus zapatos. Por supuesto que no pensaba volver a esa casa. Se encerraría en la suya a llorar, a maldecir el día que pensó que esa fiesta sería maravillosa. En algún lugar de su mente surgió el pensamiento de que Attua podía haber reaccionado y confesado su amor por ella en público para acabar así con ese absurdo secreto de una vez por todas, pero no lo había hecho. Se negaba a considerarlo un cobarde. Attua no lo era. Por alguna razón había optado por la prudencia, ella lo sabía muy bien. Su futuro dependía de la cautela.

Chocó contra un par de soldados borrachos que le lanzaron comentarios soeces. La rabia que sentía le proporcionaba una fuerza desconocida en ella. Los apartó de un empellón y continuó adelante con la vista nublada y el corazón desbocado.

Llegó a su casa. Cruzó el zaguán casi sin aliento y posó una mano en la barandilla de la escalera. En ese momento escuchó unos débiles lamentos que provenían de la cocina.

Convencida de que era Ana, decidió pasar de largo y subir a su habitación. No se sentía capaz de consolar a nadie esa noche.

Cambió de parecer en el tercer escalón. Ella no era así. No podía soportar abandonar a la muchacha en su tristeza. Inspiró varias veces para tranquilizarse, volvió sobre sus pasos y abrió la puerta de la cocina.

Entonces, la ira la invadió y dejó de pensar con claridad.

16

No vengas tarde hoy, hoy no, le había dicho Ana. Y todas esas veces que no estaba... Cuando acompañaba a los clientes a los baños... Cuando se quedaba a cenar en casa de Davina...

Aquello era una monstruosidad.

Cristela se repetía esas mismas frases una y otra vez mientras golpeaba a Cosme con el atizador del fuego. Le daba en la espalda y en la cabeza. Quería que saliera de Ana, que la muerte borrara esa asquerosa mueca de placer y sorpresa de su rostro. Quería no haber visto nunca esa escena. Las nalgas blancas y blandas de Cosme entre las piernas de Ana. Las manos de él sujetando las de ella sobre su cabeza. La expresión herida de la muchacha, la mirada perdida, los labios entreabiertos, los pequeños pechos fuera de su corpiño. Quería una espada para abrirle las tripas. Él se protegía con los brazos, gritando que parara. Ana sollozaba. Ella rugía y golpeaba el aire, la mesa, un brazo, un cántaro que se estrelló contra el suelo.

¿Cómo no se había dado cuenta antes?

La tristeza, los lloros, la actitud ausente de Ana... La constante e insoportable presencia de Cosme en la vida diaria, dándole órdenes, despreciándola, anulándola, impidiéndole pensar.

Quería matarlo, pero ni la muerte de ese cerdo mitigaría el asco que sentía por él.

El hierro afilado cortaba el aire, pero no la carne. Cosme se incorporó y se enfrentó a ella.

El hombre logró sujetar el hierro por un extremo y de un estirón atrajo a la muchacha hacia sí y le propinó un puñetazo que la lanzó varios pasos hacia atrás. El hierro se estrelló con estrépito tras él. Cristela permaneció en el suelo, aturdida. Las palabras de Cosme consiguieron despejarla:

—¿Quién te manda meterte en asuntos ajenos? Te daré una paliza que no olvidarás. Me aseguraré de que no vas a nadie con el cuento.

Cosme se subió las calzas y se ajustó la faja. Se acercó a ella, se agachó y la agarró del cabello para obligarla a levantarse. Cristela chilló de dolor. No atinaba a pensar sino en lo que vendría a continuación. Alguna vez Cosme la había abofeteado, pero el odio que destilaba ahora deformaba su rostro. El primer golpe en el estómago le produjo unas fuertes arcadas y terminó con sus gritos. El segundo, en el rostro, la sumió en un estado de semiinconsciencia. Cerró los ojos, sin fuerzas, esperando el tercero y rogando para que esa pesadilla terminase.

Entonces escuchó un alarido animal, Cosme profirió un grito y la soltó de repente.

Cristela abrió los ojos y vio cómo el hombre sujetaba con las manos el extremo visible y ensangrentado de un gancho de hierro que le atravesaba el abdomen desde la espalda. Una gran mancha roja se extendió por su camisa. Cosme cayó de rodillas y tras unos segundos respirando entrecortadamente se desplomó sobre el costado izquierdo.

Ninguna de las dos jóvenes fue capaz de hablar mientras Cosme abría y cerraba la boca, como si intentara articular algún sonido que le demostrara que aún seguía vivo. Cuando se quedó inmóvil, Cristela dio rienda suelta a un llanto silencioso. Le dolían la cabeza, la cara y el vientre. Se arrastró hacia una silla, en la que consiguió sentarse con dificultad, y se cubrió el rostro con las manos.

¿Y ahora qué?, se preguntó.

—He sido yo —dijo Ana con voz débil pero firme—. No llores. La culpa ha sido mía.

Cristela la miró con el atolondramiento de quien despierta de un sueño y le cuesta acostumbrarse a la realidad. Ana seguía inmóvil, de pie, con los pequeños pechos al descubierto, con las manos ensangrentadas ligeramente separadas del cuerpo, con una mirada de extrañeza y liberación.

¿Y ahora qué? Un tumulto de pensamientos, fragmentados y dispersos, comenzaron a confundirla. Contarían lo sucedido. Las creerían o no. Cosme era muy conocido. Detendrían a Ana. La encerrarían en el estrecho y húmedo agujero que utilizaban de cárcel en Albort. Luego se la llevarían a una de esas cárceles horribles y asquerosas donde decían que muchos morían a la espera de un juicio que tardaría en llegar. Si no la acusaban de asesinato, si ella les explicara que Ana era una muchacha especial, la tacharían de loca y la internarían en un manicomio. La visualizó cubierta de suciedad, desnuda y abandonada sobre un mugriento lecho de paja, encerrada en una celda de piedra, sin luz, sin aire, a merced de sus guardianes, como un animal, y el corazón se le encogió de tristeza. Pobre pajarillo. Sufriría y se dejaría morir.

No podía consentirlo. Ella también era culpable en parte de lo sucedido. Tendría que haber sospechado algo, o haberla presionado más para que le contara la causa de su tormento, pero estaba siempre tan absorta en sus propios sentimientos, en su amor por Attua, que había ignorado los de aquella a quien consideraba su hermana. Se recriminó su egoísmo, como también el ruin pensamiento de que si hubiera llegado más tarde, si no hubiera huido, ofendida infantil e injustamente al ver a Attua con Davina en el despacho, nada de aquello habría sucedido.

Pero había sucedido.

Cosme estaba muerto a sus pies y ella tenía que salvar a Ana como fuera.

—Debemos irnos —murmuró—. Lejos.

Como si sus miembros arrastrasen pesadas cadenas, se puso en movimiento. Lavó las manos y el rostro de ambas para limpiar la sangre. Le arregló el corpiño a Ana para ocultar su desnudez. Tapó el cuerpo de Cosme con una manta vieja. Preparó un fardo con algo de comida, un pellejo de vino, unas teas y un mechero de yesca. Le dio a Ana instrucciones precisas sobre lo que harían a continuación y subieron a los dormitorios donde prepararon otro fardo con ropa de abrigo. Se pusieron dos pares de calcetines de lana que cubrieron con unas protecciones de cuero atadas al tobillo y unas polainas para resguardar sus pies del frío y la humedad, y dos gruesos mantos cada una sobre los hombros y la cabeza. Allí no hacía mucho frío, pero luego, en las montañas, de noche, sería insoportable. Se movían en silencio, aunque Cristela escuchaba los latidos de su corazón como si fueran golpes de batán. Rogaba para que Gabino siguiera tan borracho que tardara en regresar y que, cuando lo hiciera, no entrara en la cocina y se fuera directamente al lecho. Así, cuando él diera la voz de alarma, ellas ya estarían muy lejos.

Lejos de Albort. Lejos de Attua…

—Espera un momento.

Cristela dejó a Ana en la escalera y se dirigió a la habitación de Cosme. Cogió el dinero que sabía que guardaba en una caja en su armario. De la habitación de Gabino se llevó una navaja y una pistola que no sabía cómo utilizar, pero que podría servirles para intimidar y disuadir a alguien, llegado el caso. De sus propias y escasas pertenencias solo eligió los dos pequeños cuadernos que contenían su vida hasta ese momento y el plumín que le había regalado Attua, y los introdujo en una bolsita de tela que se ató a la cintura. La visión de su vestido de fiesta le provocó un sollozo. En apenas unas horas, la expectante alegría se había convertido en tragedia.

Regresó junto a Ana y salieron a la era donde estaban las dos mulas de la casa en un establo. Rodeadas de oscuridad, las aparejaron con destreza, ataron los fardos a las albardas y tiraron de los ramales para guiarlas hacia el exterior. Cristela entreabrió el portón que daba a la calle y se asomó. Aunque escuchó risas, gritos, cantos y ladridos, no le pareció que hubiese nadie en la noche. Quienes se habían quedado en sus casas dormirían ya a esas horas; los curiosos seguirían merodeando por los alrededores de la fiesta del alcalde; los más juerguistas estarían en la otra taberna, apartada del centro del pueblo, que incumplía por costumbre los horarios de cierre. Agradeció mentalmente que la ubicación de su casa, junto al río, facilitara su huida. Solo tenían que recorrer unos diez pasos y girar hacia la derecha, cruzar la acequia por debajo del puente de piedra y tomar el sendero que discurría paralelo al cauce. El ruido del abundante caudal, además, amortiguaría el sonido de los cascos de las mulas.

Todo su cuerpo tembló de nervios y miedo hasta que se convenció de que, al menos por el momento, no había peligro de que nadie las viera. Hacía rato que habían dejado atrás las últimas viviendas del pueblo. Los soldados no regresarían al castillo hasta el alba. Ninguno de los invitados de otros lugares viajaría en aquella dirección, sino hacia el sur. Recordaba haber visto a Tulio, el aduanero, en el baile y sabía que en otras ocasiones también esperaba al amanecer para hacer parte del trayecto en compañía de los soldados. Por último, Belisa le había dicho que Attua y ella dormirían esa noche en casa de su tío Damián.

Al pensar en Attua, una profunda tristeza le dificultó la respiración. ¿Cómo reaccionaría cuando se enterara? ¿Qué pensaría de ella? Pudo escuchar las habladurías que surgirían, las suposiciones, las conjeturas. Restallaban en su imaginación como latigazos. Han asesinado a Cosme, han robado el dinero de su casa y han desaparecido las jóvenes, empezarían por decir. ¿Adónde habrán llevado a las pobres desgraciadas? ¿Qué habrán hecho con ellas? ¿En qué prado apartado aparecerán sus cuerpos semienterrados? Pero... ¿qué asesino mostraría la delicadeza de cubrir el cadáver de Cosme con una manta? ¿Es posible que fueran ellas las asesinas? ¿La débil Ana? ¿Cómo iba ella a conseguir atravesar el voluminoso cuerpo de Cosme con el atizador del fuego? ¿En qué cabeza cabe que una hija mate a su propio padre? Entonces, tenía que haber sido la otra... ¿Cristela? Bueno, no era de su sangre y era sabido que no se soportaban. Alguno había comentado que ella no pensaba aceptar casarse con Gabino, le parecería poco, con esos aires de grandeza que se daba, siempre pegada a las faldas de la hija del alcalde, a ver si conseguía acercarse a un partido mejor, si ya decían que tenía los ojos puestos en Matías, igual pensaba encontrarse con él dondequiera que estuviese, porque eso que habían dicho de que Matías no había regresado ese año de vacaciones a Albort para viajar por el sur sonaba raro, no se lo creía nadie. Tal vez alguien sopesara la hipótesis de un accidente... ¿Un accidente? ¿Por qué no había avisado a la policía, entonces? Porque ocultaba algo, sin duda.

Serían despiadados con ella. Ante lo incomprensible, lo ilógico, lo irracional, la gente del pueblo siempre lo era. Agotarían todas las versiones hasta que una, por muy descabellada que fuese, ordenara los hechos, las causas y los efectos.

Tanto tiempo soñando con viajar, pensó con ironía, y ahora que se había convencido de que nunca lo haría, un giro inesperado del destino la empujaba a alejarse del lugar donde había crecido y al que estaba agradecida solo por haberle dado a Attua. En Albort se había enamorado de él, habían soñado, se habían amado, habían aceptado vivir y trabajar juntos por ellos y su futura familia. En Albort habrían de ser enterrados para descansar eternamente el uno junto al otro.

Poco a poco, por los malditos giros del destino, todos sus sueños se iban desvaneciendo.

—¿Adónde vamos? —preguntó Ana en un susurro, como si recuperara de pronto la consciencia.

—Cruzaremos la frontera. Nadie nos encontrará en Francia. Allí nadie podrá hacerte daño.

Las mulas resollaron al ascender por la cuesta de los baños. Como conocía bien el camino, Cristela decidió no encender una tea hasta que tomaran, más allá de la cabaña del aduanero, el camino hacia la frontera. El viento, flojo cuando fue a casa de Davina, comenzó ahora a envalentonarse. Se oía ulular entre las crestas de las montañas invisibles, provocándole escalofríos. Portaba con él la gelidez de los glaciares. La oscuridad junto a Attua en esos parajes no existía. Ahora, sin embargo, la sentía como una amenaza en la senda zigzagueante.

Cerca de ellas se escuchó un crujido, seguido de un largo siseo que terminó en un estruendo.

—¿Qué ha sido eso? —preguntó Ana asustada.

—Tranquila. Un viejo abeto seco que ha caído por el viento.

De cuando en cuando las sobresaltaba un chillido o un breve gruñido que surgía de la garganta de algún animal.

—Me dan miedo los lobos y los osos…

—No atacan a las personas si no están hambrientos. —Cristela repetía las explicaciones de Attua de otros tiempos. También ella se sentía atemorizada—. Este año no les ha faltado comida.

De pronto, una agitada humedad comenzó a revolotear ante sus rostros.

—Tengo frío —protestó Ana—. Y está empezando a nevar.

—Solo es una débil borrasca —dijo Cristela, rezando para que la temprana nieve otoñal que se había visto en los últimos días sobre las cumbres no hubiera alcanzado un grosor que impidiera el paso de las mulas.

—Estoy tan cansada…

—Lo sé. —No se habían detenido en horas—. Aguanta un poco más, Ana. Hasta la frontera. Pronto empezará a clarear. Ya hemos salido del bosque. Ascenderemos esta ladera y descansaremos.

—No puedo más…

Ana frenó su montura, descendió y se tumbó en el suelo. Cristela acudió junto a ella y consiguió convencerla para arrastrarse unos metros hasta el abrigo de unas rocas. Le ofreció un trozo de pan con queso y un sorbo de vino. Cogió el mechero de yescas y giró la rueda estriada varias veces hasta que la mecha de algodón prendió y pudo encender una tea. La acercó al rostro de Ana y se preocupó. Además de agotamiento y desánimo, veía en él una expresión terrible de renuncia. Juntó varias piedras entre las que colocó varias ramitas secas e improvisó una pequeña hoguera ante la que extendieron las manos y los pies. Las débiles llamas, obligadas a avivarse intermitentemente por los golpes de viento, apenas lograron templar el frío intenso previo al amanecer que atería sus huesos.

Cristela atrajo a Ana hacia sí y le masajeó la espalda y los brazos.

—No te rindas ahora, Ana —le pidió con voz temblorosa—. Ahora no.

—¿Qué pasará conmigo? —murmuró la muchacha—. ¿Qué pasará con nosotras? Nos encontrarán... Tengo miedo. Nunca he salido de casa.

Unas lágrimas resbalaron por las mejillas de Cristela.

—Todo se acabó. No volverás a sufrir. Te lo prometo.

Se adormecieron abrazadas.

Comenzaba a amanecer cuando Cristela abrió los ojos.

La tenue claridad le permitió ver dónde estaban exactamente. Había conseguido orientarse bien en la oscuridad, pues esa era la última pendiente de la parte española. El silencio más absoluto magnificó la opresora sensación de soledad. Se habían terminado los chasquidos, crujidos, chillidos y las miradas vigilantes de los animales nocturnos. A su alrededor, los árboles más resistentes se negaban a crecer y la escasa vegetación luchaba por aferrarse a las piedras. Al frente, el macizo de los Montes Malditos, impactante y magnífico, se desplegaba ante ella como una sucesión de olas de piedra y espuma de nieve. Solo algunos intrépidos se habían atrevido a llegar hasta las cimas y algunos habían muerto al intentarlo. Todos en Albort conocían la leyenda de un famoso guía de Luchon cuyo cuerpo nunca había aparecido. Como las sirenas que atraían a los navegantes con sus hermosos cantos, las montañas, traidoras, enamoraban a los excursionistas para devorarlos y engullirlos en sus cortadas.

No había que llegar a sus cumbres, pensó Cristela, para averiguar su verdadera naturaleza. Como sus vecinos de Albort, no comprendía la obsesión de los extranjeros por ascender a los picos más altos, si allí no había ni pastos ni leña ni existencia. Desde donde estaba ahora, por primera vez en su vida podía apreciar de cerca la belleza de esa imagen poderosa de trazos contundentes, ligeramente desdibujados por la borrasca, pero percibió en ella una hermosura dañina de promesas incumplidas y deseos truncados...

Canto de sirenas.

Eso había sido su vida a los pies de esas montañas.

Despertó a Ana y retomaron el camino hacia la brecha entre dos crestas que se abría sobre ellas. En cuanto cruzaran por el vértice de esa perfecta uve tallada en la roca, estarían en Francia. En otras circunstancias, Cristela hubiera disfrutado del viaje hacia lo desconocido con la emoción y excitación que recordaba en Aurore. Sin embargo, ahora sentía mucho miedo, pero no había marcha atrás. Quien huye instintivamente es que oculta algo, pensarían. Nadie se creería ya que la muerte de Cosme hubiera sido en defensa propia o accidental. La marca de los golpes en el cuerpo de Cristela no les bastaría para justificar el asesinato, pues él no era el único que pegaba a sus hijas para hacerlas entrar en razón. En cuanto al abuso contra Ana, era algo tan abominable que no podía ser sino producto de una imaginación perturbada.

El viento, más débil que unas horas antes, se arrastraba por la ladera desnuda emitiendo un prolongado lamento.

Terminaron la ascensión y desmontaron ante la brecha. Cristela, consternada, enseguida se dio cuenta de que tenían un problema: no serían capaces de hacer descender a las mulas por el estrecho paso de rocas irregulares, húmedas y resbaladizas.

—¡Mira, Ana! —dijo con forzado entusiasmo mientras reorganizaba el escaso equipaje en un solo fardo—. Esto ya es Francia. Ahora seguiremos a pie. El descenso es tan pronunciado que andando no pasaremos miedo.

Golpeó las ancas de los animales para que volvieran sobre sus pasos, cargó con el fardo, respiró hondo y comenzó a hacer equilibrios buscando las caras lisas de las afiladas piedras. Ana fue detrás sin protestar, concentrada en pisar donde lo hacía Cristela. Cuando pudieron levantar la vista, ambas se quedaron sin respiración. Ante ellas se desplegaba un hermoso paisaje en forma de descenso interminable. La nieve se había helado sobre la corta hierba como si quisiera perpetuar su liviana caricia blanca. A sus pies, se veían tres lagos de un azul brillante, como fragmentos de cielo en la tierra.

Cristela sintió vértigo. Había escuchado muchas historias de los lagos de Boum. En sus profundidades descansaban los restos de muchos hombres y animales que habían caído al vacío por culpa del terreno resbaladizo y el desprendimiento de rocas. Era imposible acceder a él. No se podían recuperar los cuerpos.

Empezaron a bajar en cortos rodeos hacia los lagos. En cuanto los dejaran atrás, Cristela respiraría aliviada porque sabía que de allí al primer pueblo francés ya faltaba poco. Aunque el alivio duraría poco. Tenía que pensar en las mentiras que contaría para explicar por qué no llevaban pasaporte. Diría que un accidente había precipitado a la mula con sus objetos personales al fondo del Boum…

De repente cayó en la cuenta de que no escuchaba los pasos de Ana a su espalda ni su respiración fatigada.

Se volvió, y durante unos instantes se quedó sin aliento.

Ana no había tomado una de las curvas, sino que había continuado en línea recta hasta situarse justo al borde del precipicio del lago grande.

Gritó su nombre horrorizada, pero Ana no se inmutó. Con los ojos cerrados, el rostro alzado en actitud desafiante hacia el horizonte y los brazos extendidos a ambos lados de su cuerpo dejaba que el viento la balanceara.

—¡Ana! —volvió a gritar Cristela—. ¡Vuelve aquí!

—Esto es lo más hermoso que he visto en mi vida —gritó entonces ella abriendo los ojos—. ¿Oyes el viento? Dice mi nombre. —Comenzó a canturrear—: Aaaaa-na... Aaaaa-na...

Las faldas se pegaban a su cuerpo delgado, el manto se extendía en el aire como un pedazo de tela antes de ser arrastrado por la corriente del río.

El maldito y traidor canto de sirenas, pensó Cristela, al límite de la desesperación. Un terrible presentimiento se adueñó de ella. Soltó el fardo y no supo si caía al suelo o al vacío, pero no le importó. Se arrastró por las piedras evitando mirar hacia abajo para controlar el vértigo sin dejar de gritarle:

—¡Siéntate! ¡Por Dios, Ana! ¡No te muevas! Voy a buscarte.

Escuchó que Ana le decía:

—Sé libre de continuar o de regresar, Cristela. Tú todavía puedes decidir.

Las miradas de las jóvenes se cruzaron unos instantes.

Ana sonrió, asintió apenas con la cabeza a modo de despedida y saltó al vacío.

Cristela soltó un alarido que el eco arrastró por la ladera hasta las profundidades del valle. Durante un tiempo indefinido gritó, lloró y gimió.

Luego llegó el silencio y, después, la oscuridad.

17

Cristela permaneció inconsciente hasta que unos golpecitos en la mejilla trataron de reanimarla. Notó gotas de agua fría en la frente y en los labios. Como si saliera de un oscuro túnel, la cegó la luz de los primeros parpadeos. Luego distinguió un par de fragmentos de azul de cielo o de lago cristalino. Tardó aún un buen rato en comprender que no eran sino unos ojos claros que la miraban con extrañeza.

—*Je m'apelle Shelton* —escuchó que le decía una voz de hombre en tono acogedor—. *Je t'aiderai.*

Cristela se sentía aturdida y cansada. Tenía la garganta tan seca que le costaba hablar. Pero aquellos ojos tan azules como nunca los había visto parecían esperar una respuesta. Trató de incorporarse y unos fuertes brazos la ayudaron. El hombre le ofreció un pellejo con agua y ella lo aceptó. Bebió con ganas y vertió una pequeña cantidad en su mano para refrescarse las mejillas. Cuando le devolvió el pellejo, se fijó en su rostro. Esos ojos de mirada intensa añadían un atractivo especial a unas facciones normales, proporcionadas, y a una piel que supuso pálida si no estuviera tan curtida por el aire libre; y el bigote y la perilla, del mismo color claro que su corto cabello, le daban un aire juvenil, cuando bien rondaría ya los treinta. ¿Cómo había dicho que se llamaba? Shelton… Un nombre, un físico y un acento extraño. Cayó entonces en la cuenta de que estaba en Francia y se estremeció. A su mente llegaron las terribles imágenes de la noche anterior, de la inesperada y dura huida, del paso a Francia, de los lagos... Recordó la última mirada de Ana antes de desaparecer y la embargó una terrible congoja. ¡Cómo no había advertido todo su sufrimiento! Se sintió culpable de haberle fallado, de no haberla librado antes del infierno de su propia casa, del demonio de su propio padre...

Sintió la presión de las manos de Shelton en su antebrazo y su espalda y dejó que la ayudara a levantarse. Era un hombre alto y parecía fuerte y ágil. Llevaba un pantalón largo y ancho y una especie de levita de amplias solapas a la que le habían recortado los faldones para mayor comodidad. Escuchó un crujido a su espalda, se volvió y se sobresaltó. No se había percatado de que le acompañaba otro hombre.

—*Ne vous inquiètez pas* —dijo Shelton—. *C'est mon guide de montagne, Célestin*.

Cristela se fijó unos instantes en el joven sonriente y delgado. Llevaba un pintoresco uniforme: pantalón blanco, chaqueta de terciopelo negro, chaleco rojo, corbata azul y boina oscura. Ni él ni Shelton le inspiraban desconfianza.

—Me llamo Cristela —dijo por fin en voz baja.

—*Ah, espagnole!* —Shelton cambió a un correcto castellano—: ¿Sabes dónde estás? ¿Recuerdas qué ha pasado?

Cómo olvidarlo... Pero ni podía ni debía verbalizarlo. Tenía que pensar en su futuro inmediato, que era alejarse cuanto antes de la frontera. Rápidamente diseñó una excusa y le dio al afable extranjero una explicación que no estaba demasiado alejada de la realidad:

—Voy camino de Luchon. Una señora me ofreció empleo e iba en su busca. Resbalé y perdí mis cosas en el lago. Faltó poco para que yo no cayera también. —Se llevó las manos al rostro magullado por los golpes de Cosme para dar mayor credibilidad a sus palabras.

Shelton miró sus ropas de fiesta y frunció el ceño, extrañado de que con ese atuendo la joven hubiera decidido cruzar el escarpado puerto de montaña, pero no hizo ningún comentario. Cogió del suelo un bastón de punta herrada y el manto oscuro de la joven y le indicó que siguiera al guía.

—Te llevaremos a Luchon —dijo—. Yo cerraré la marcha.

—No es necesario, gracias —dijo Cristela. Le había parecido escuchar un deje de decepción en su voz, como si ese encuentro hubiera truncado sus planes y su caballerosidad pusiera a prueba sus deseos; pero lo cierto era que no pensaba en él al rechazar su ofrecimiento. Simplemente no quería tener que dar más explicaciones sobre ella—. Puedo continuar sola.

Shelton abrió los ojos escandalizado.

—¿Sola? *Ah, non! Pas question!* Quedan horas de camino y no me perdonaría que algo te pasase.

Su tono fue tan tajante que Cristela no tuvo más remedio que aceptar. Lo contrario hubiera resultado sospechoso. En silencio, dirigió la mirada hacia la brecha abierta en el lomo de la cordillera de los Pirineos, sobre la misma línea fronteriza. Deslizó la vista por la empinada ladera surcada por las revueltas del tortuoso camino que la había llevado hasta ese punto y se despidió mentalmente de su tierra. No sabía si podría regresar algún día y, aunque muchas veces había deseado marcharse, en ese instante sintió la angustia de la incertidumbre y el miedo a lo desconocido.

Nunca hasta ese momento había perdido de vista el campanario de su iglesia.

Pasados los lagos de Boum, el camino descendía con suavidad por las laderas de los picos que los observaban.

Cruzaron el extremo oriental de un magnífico bosque y en poco menos de dos horas llegaron a una explanada donde había un rústico refugio de viajeros hecho de piedra y madera, de dos plantas, con varias ventanas iguales alineadas a lo largo de la fachada, lo bastante grande para albergar a una veintena de personas. Los hombres habían dejado allí sus caballos para continuar su excursión a pie.

—¿Deseas entrar y descansar un rato? —preguntó Shelton.

Cristela miró el edificio. A esas horas tempranas de la mañana ya se veía movimiento en el interior a través de las ventanas. No podía arriesgarse a que el hospitalero o alguno de los pastores, arrieros, excursionistas o contrabandistas, que seguro los habría —pues sabía que Gabino solía alojarse allí— le vieran el rostro y pudieran hablar de ella si los soldados españoles cruzaban la frontera en su busca. Demasiada suerte estaba teniendo de que no hubiera en esos momentos ningún guardia en el puesto de la frontera a pocos pasos de ahí…

—Continuemos, por favor —respondió en tono de súplica.

Shelton percibió la desesperación en su voz, ya que se dirigió en francés al guía, que desapareció y regresó a los pocos minutos con tres caballos. No obstante, insistió en que la muchacha comiera un poco de pan con queso para recuperar fuerzas y partieron enseguida.

Cristela estaba tan cansada que se adormeció ligeramente, mecida por el cadencioso bamboleo de su caballo y los murmullos de los hombres. En ningún momento ellos intentaron establecer conversación con ella, lo cual agradeció. Unas tres horas más tarde, o tal vez fueran cuatro, Shelton detuvo los caballos y dijo:

—Mademoiselle, estamos llegando a Luchon. ¿Puedes decirme dónde llevarte?

De pronto, a Cristela le entró el pánico. Tenía un nombre, y la duda de si Aurore continuaría allí o ya se habría marchado. Recordaba que le había dicho que estaría en Luchon hasta octubre, pero podría haber adelantado su partida. ¿Qué haría entonces?

—Solo sé que se llama Aurore —murmuró nerviosa.

Shelton frunció el ceño.

—No es un nombre infrecuente aquí. ¿Y no tienes su dirección?

—La tenía anotada en las cosas que perdí —mintió, antes de describirle a la mujer y explicarle lo poco que en realidad sabía sobre ella: que era viuda, que dibujaba muy bien, que era una gran viajera...

Shelton esbozó una sonrisa y asintió con la cabeza. Reemprendieron la marcha y pronto fueron acercándose a una coqueta población de casas que parecían querer esconderse entre árboles y flores.

A Cristela todo le resultaba familiar y diferente. Reconocía el paisaje de montaña, pero era menos agresivo que ese al que estaba acostumbrada. Percibía una elegancia especial en lo que veía. Los campesinos vestían de manera parecida a los de Albort, aunque los zuecos de las mujeres eran curiosamente puntiagudos, la gorda tela de sus mantos de un alegre y llamativo color escarlata y las mangas de sus camisas holgadas en exceso. En la amplia plaza que cruzaron, varias personas vestidas con ropas finas paseaban ante un edificio distinguido de diferentes alturas y grandes ventanas donde ponía «Bains de Bagnères-de-Luchon». Comprendió que eran los baños y le pareció todo un lujo que se encontraran en la misma población, para mayor comodidad de los usuarios. Y la ancha avenida por la que continuaron, cuyo nombre —de Etigny— leyó en un cartel, estaba perfectamente pavimentada, realzando todavía más las preciosas casas de paredes claras y tejados de pizarra que se levantaban a su lado.

Por fin, llegaron a un magnífico edificio, el Hôtel du Commerce, que le hizo recordar con vergüenza la posada en la que había crecido. Shelton habló con el conserje, y este desapareció al instante por las escaleras de mármol blanco. Cristela rogó para que no hubiera ninguna confusión, para que por alguna maldita casualidad no hubiera en ese pequeño lugar otra Aurore que respondiese a la descripción que ella había dado. Al poco, se escuchó la voz de una mujer procedente del primer rellano y Cristela se sintió aliviada. Era ella. ¡Aún no se había marchado! Escuchó cómo le hablaba en francés a Shelton según bajaba, y aunque no entendía lo que decía, sonaba tan alegre como la recordaba. Aurore descendió el último tramo de escaleras hasta ellos, reconoció a la joven y la perplejidad se reflejó unos instantes en su rostro.

—*C'est toi!* —exclamó con franco contento acercándose para abrazar a la muchacha.

Cristela cerró los ojos y disfrutó de aquel momento plácido y amparador que le trajo recuerdos de su infancia, cuando Gloria la confortaba. Tuvo que hacer un gran esfuerzo para no echarse a llorar allí mismo. Estaba tan cansada por el viaje, tan abatida por lo sucedido... Pero debía contenerse y aparentar cierta normalidad.

—¿Así que aceptaste mi propuesta? —preguntó Aurore separándose de ella y mirándola a los ojos.

Cristela asintió. Y percibió que Shelton cambiaba de actitud, como si le complaciera que a pesar de las extrañas circunstancias en las que se habían conocido —y que comenzó a contarle entonces a Aurore—, ella no le hubiera mentido.

—*Pauvre petite!* —dijo Aurore—. Estarás completamente agotada. Por suerte, has llegado justo a tiempo. Mañana por la mañana salgo hacia París. —Se dirigió a Shelton con una sonrisa—: Siento que hayas tenido que cancelar tu excursión, pero me alegro de que la encontraras. Ahora, si nos disculpas, tengo que ocuparme de Cristela. —Extendió la mano hacia el hombre—. Nos despedimos de nuevo, aunque ya lo habíamos hecho... Prometo escribirte desde París.

Shelton besó primero la mano de Aurore y después la de Cristela. La miró una última vez, sonrió y se fue.

Entonces Aurore la guio hasta el piso superior, donde comenzó a dar órdenes a todo el que se cruzaba en su camino. Estaba espléndida sin aquellas ropas grises prestadas de sus días en Albort. Llevaba un vestido de ancha falda estampado con flores y puños en forma acampanada. Se encargó de que prepararan un baño para Cristela, le retocaran un sencillo y precioso vestido, también de flores estampadas, le dieran de comer y le asignaran una habitación. En todo momento la acompañó una señora mayor, voluminosa, de mirada bondadosa, que se llamaba Adeline, y que Aurore le presentó como su doncella personal.

Cristela aceptó en silencio todas esas atenciones. Nunca nadie la había tratado así. Aunque el miedo a que alguien apareciera de improviso preguntando por ella le impidió dormir tranquila, su cuerpo agradeció el contacto con el blando lecho de suaves sábanas.

A la mañana siguiente, tomaron la diligencia. Al poco de salir de Luchon, Aurore le preguntó por todas las personas que había conocido en Albort. Se acordaba de todos los nombres. Llegado a un punto, escudriñó a Cristela con la mirada, como si intuyera que sus motivos para marcharse de Albort en realidad escondían una terrible tragedia personal, e inquirió:

—¿Y qué pasó con ese joven..., Attua?

A Cristela se le llenaron los ojos de lágrimas. Apretó los labios y no respondió nada. Aurore respetó su silencio, aunque murmuró en tono reposado y sentencioso:

—*Le premier amour*, Cristela... Solo ocurre una vez y tarda en olvidarse. Está bien mientras dura, pero luego hay que dejarlo morir. Tienes toda la vida por delante. Dicen que el mejor amor siempre es el último...

La mente y el corazón de Cristela no podían estar más en desacuerdo con sus palabras. Controló el impulso de asegurarle que su amor por Attua nunca perecería, ni ella permitiría que lo hiciera. No deseaba empezar un diálogo sobre sus sentimientos. Dudaba que alguien los comprendiera. Giró la cabeza para mirar por la ventana y fijó la atención en la barrera de montañas que poco a poco iban dejando atrás.

Aurore ya no le preguntó más por Attua, algo que la joven agradeció mentalmente, y la imitó.

—Mi querido amigo, el intrépido Shelton —dijo Aurore entonces en tono animoso—, se las conoce todas. Bueno, casi todas... En el verano del cuarenta y dos, hace poco más de un año, por culpa de un mal catarro, no pudo acompañar a sus amigos, un militar ruso llamado Platón de Tchihatcheff y un botánico normando llamado Albert de Franqueville, y sus cuatro guías a la conquista de la cima del Aneto. Era la primera vez que alguien osaba llegar a esa aguja de hielo de los Montes Malditos que avistó y describió por primera vez un tal Carbonniéres a finales del siglo pasado. Shelton tenía la espina clavada de no hacer historia junto con sus amigos. Cuando te encontró ayer, estaba reconociendo el terreno para preparar una nueva ascensión. —Cristela comprendió entonces su tono de fastidio al sentirse obligado a acompañarla—. No parará hasta que lo consiga. Solo es completamente feliz en esas montañas que siempre describe como una catedral celeste. Algo de razón tiene, ¿no te parece?

Los prismas rocosos que se extendían sobre el horizonte formando un conjunto interminable de diferentes pináculos destellaban gracias al sol de ese espléndido día. Tal vez para otros esa imagen fuera preciosa, pensó Cristela, pero para ella siempre serían la tumba de Ana... Y algo más.

Un siniestro escollo.

Tras esas montañas estaba su querido Attua.

No sabía ni cómo ni cuándo, pero tenía que convencerse, para no desfallecer, de que algún día ambos hallarían el modo de franquear las montañas, vadear los ríos y rebasar las llanuras.

Encontrarían el modo de estar juntos.

18

Attua creyó enloquecer cuando un criado de la casa de su tío llegó con las noticias. Como nadie sabía de la virulencia de su amor por Cristela, nadie podía sospechar que por dentro comenzara a consumirse de dolor, perplejidad, frustración y furia.

En cuanto Gabino encontró el cadáver de su padre, a mitad de mañana, y fue consciente de la desaparición de las muchachas, dio aviso a las autoridades. Registraron las casas de Albort y enviaron guardias a las poblaciones cercanas, pero nadie había visto ni oído nada extraño. Tampoco se habían avistado en los últimos tiempos partidas de bandoleros, y aunque no pudiera decirlo abiertamente sin reconocer sus fechorías, Gabino sabía que ninguno de sus compinches cometería semejante acto contra su familia. Las sospechas se centraron entonces en Cristela, puesto que todos consideraban a Ana un poco retrasada, y por tanto, incapaz de planear un robo, un asesinato y una huida. Cuando calcularon que no podrían haberse desplazado hacia el sur sin que nadie las hubiera visto, las miradas se dirigieron hacia las montañas.

A la mañana siguiente, un grupo de hombres se juntaron en los baños de Albort para continuar la búsqueda en dirección a Francia. Celsa y Belisa les sirvieron algo de comer en la estancia donde acostumbraban atender a los clientes y que ahora estaba vacía. El verano había llegado a su fin y con él habían desaparecido los pocos agüistas que venían de fuera. Hasta finales de octubre tomarían las aguas los vecinos del valle, que solían prepararse su propia comida.

—En todos los años que llevo aquí —se quejó Tulio, excusándose por haber abandonado su puesto para asistir a la fiesta y preocupado porque el alcalde tuviera que anotarlo en su informe—, ni los contrabandistas cruzan el puerto por la noche... Ustedes lo saben y me dieron su permiso...

—¿Quién iba a sospechar que algo así pudiera suceder? —se preguntó Clemente en voz alta—. Primero Custodio, ahora Cosme... ¿Qué nos está pasando?

—Lo tenía todo planeado —escupió Gabino refiriéndose de nuevo a Cristela con odio—. Sabía que, con motivo de la fiesta, la vigilancia se relajaría.

—Pero, hombre... —dijo el alcalde—. ¿Qué razones iba a tener Cristela para cometer semejante atrocidad? La conozco desde niña y siempre me ha parecido una muchacha juiciosa y responsable.

Gabino soltó un bufido. Jamás reconocería en voz alta que sospechaba que había huido para no tener que casarse con él, aunque era una explicación que incluso a él mismo le parecía insuficiente para entender el terrible suceso.

—Alguna vez la oí decir que le gustaría irse de aquí... —Alzó la mirada, desafiante, cargada de intención, hacia Attua, que los escuchaba con aparente tranquilidad—. Creo que odiaba este lugar.

—Cómo engaña la gente... —murmuró Tulio—. Cuando la veía por aquí me parecía una muchacha feliz.

—Pero para eso no tenía que matar —intervino Evelio, que había acudido desde el castillo con un par de soldados—. Cuántos jóvenes hay que huyen de su hogar...

—Supongo que mi padre la descubrió robando...

Clemente negó con la cabeza.

—Nada de todo esto tiene sentido. Cosme era un hombre recio. ¿Cómo pudo...? ¿Y para qué llevarse a Ana con ella?

Gabino se encogió de hombros.

—Entonces, eligió el momento oportuno para matarlo por la espalda, mi pobre hermana lo vio y esa bruja no tuvo el valor de deshacerse de ella...

Belisa, que llevaba todo el rato escuchando con el corazón encogido, explotó:

—¡Eso es mentira! ¿Cómo pueden estar ahí sentados soltando esas barbaridades sobre Cristela? ¡Ella nunca haría esas cosas! ¡Se las han tenido que llevar por la fuerza!

Rompió a llorar y su hermano, que todo el tiempo había permanecido de pie, se acercó para consolarla. A Attua le hervía la sangre al escuchar el modo en que se referían a Cristela, como si de repente fuera una asesina calculadora y despiadada. Él tampoco podía comprender lo sucedido, pero estaba seguro de que habría una explicación razonable que disipara todas las dudas; también las suyas. ¿Y si Gabino tuviera razón? ¿Y si ella, aprovechando la fiesta, hubiera tratado de huir de la dura vida en Albort, la única que él podía ofrecerle, y Cosme hubiera descubierto sus intenciones...?

—Tienes razón, Belisa. —Él tampoco debería dudar, se recriminó—. Tú la conoces mejor que nadie...

—Por eso mismo —le interrumpió Gabino—, seguro que puedes ayudarnos a entender qué ha pasado. ¿Es cierto lo que nos ha contado Davina que le comentaste? ¿Que cambiaba de la alegría a la tristeza sin explicación? ¿Que echaba de menos a esa extranjera que pasó por aquí y le llenó la cabeza de pájaros...?

Un soldado abrió la puerta de golpe y se dirigió al capitán:

—Señor, han aparecido dos mulas por el camino de la frontera.

Todos se apresuraron afuera. Gabino las reconoció sin dudar.

—Son las de casa. ¿Qué demonios...? Es un viaje muy pesado para hacerlo andando. Habrán tenido que parar para dormir. Si nos damos prisa, igual las podemos coger antes de que lleguen a Luchon.

La preocupación de Attua aumentó. Se dispuso a ensillar su caballo para acompañarlos, pero Gabino lo detuvo:

—Nadie ha pedido tu ayuda.

—Ni yo te la ofrezco —masculló Attua—. Viajaré por mi cuenta. No puedes impedírmelo. Cristela es amiga de mi familia.

Su inquietud solo desaparecería cuando supiera que ella se encontraba bien. Hasta entonces no recobraría la paz.

Partieron a toda velocidad hacia las montañas. Cruzaron el bosque, ascendieron por la pedregosa ladera y llegaron al estrecho paso que separaba los dos reinos. Attua se entretuvo unos instantes en contemplar la apabullante belleza de los Montes Malditos antes de continuar. Hacía un día magnífico. Las crestas cubiertas de nieve lanzaban destellos mágicos que cegaban la vista. Costaba creer que, de un día para otro, esos gigantes amenazadores se convirtieran en remansos de paz antes de volver a afilar los dientes. Comenzaron el descenso por la parte francesa y enseguida divisaron los lagos de Boum, plácidos e inocentes bajo sus pies.

Los soldados iban a la cabeza del grupo. Habían descendido de sus caballos para ampliar el terreno de búsqueda mientras los demás seguían la resbaladiza senda con cuidado. Pronto, uno de ellos gritó:

—¡Veo algo!

La comitiva se detuvo. Los hombres desmontaron y se aproximaron. Los soldados prepararon una cuerda.

—Está enganchado en un saliente de la roca —explicó un joven con acento del sur mientras se ataba un extremo a la cintura—. Parece tela. Intentaremos cogerlo.

En silencio, todos observaron cómo el joven desaparecía de la vista hacia el precipicio. Poco después, pidió que lo subieran. Portaba un fardo desgarrado en varios puntos que conservaba parte de su contenido.

—He visto algún trozo más de tela por las rocas de abajo, pero allí es imposible llegar...

Evelio asintió y se arrodilló junto al alcalde. Deshicieron el nudo del fardo y extendieron los objetos que el alcalde, muy serio, fue listando en voz alta:

—Un manto negro, una camisa, una falda... Una hogaza de pan. Un trozo de jamón. Una navaja con restos de sangre seca... —Frunció el ceño—. Y una pistola...

—Es mía... —dijo Gabino haciendo ademán de coger la Le Page.

Clemente la apartó. No recordaba que Gabino tuviera permiso para una pistola como aquella, pero pensó que ese no era el momento oportuno para decir nada.

—Hasta que esté redactado el informe, lo guardaremos todo junto. —Se incorporó—. Caballeros, mucho me temo que este terrible incidente ha terminado en tragedia.

Se produjo un largo murmullo en el que los hombres intercambiaron impresiones de lo sucedido. Las jóvenes habían cometido la insensatez de iniciar el descenso a oscuras. Quien no conocía el terreno corría el riesgo de terminar como ellas.

Attua se negaba a creer lo que escuchaba. La vista se le nublaba por momentos y en su pecho se formaba un aullido que no podría contener. Su mente y su corazón rechazaban la idea de que Cristela estuviera muerta. Al borde de la desesperación, siguió a los hombres hacia la seguridad de la senda. Entonces, escuchó las últimas palabras de Gabino:

—Ella se lo buscó, maldita sea —decía—. Ojalá se pudra en el infierno por haber arrastrado a mi pobre hermana...

Y no pudo soportarlo más. Tenía que descargar su furia contra alguien. Soltó un alarido, se lanzó sobre él y comenzó a golpearle:

—¡Ni siquiera ahora la respetas! ¡No sabes qué pasó, malnacido!

Gabino, acostumbrado a las peleas, reaccionó y respondió al ataque con rápidos puñetazos. Pronto derribó a Attua. Sentado sobre su pecho, sujetándole las manos a ambos lados de la cabeza, se agachó para susurrarle jadeante al oído:

—Acabo de perder a toda mi familia. Métete en la mollera que Cristela quería largarse de aquí como fuese. —Hizo una pausa antes de añadir muy lentamente—: La única satisfacción que siento es que ella tampoco será para ti.

Attua se revolvió bajo el peso de Gabino y aprovechó que los soldados tomaban a este de los brazos y lo separaban de él para asestarle un par de puñetazos más. Tuvieron que sujetarlo también a él. Los soldados esperaron las instrucciones de su superior, pero fue el alcalde quien habló:

—Señores, todos estamos impresionados. Les ruego que conserven la calma. Olvidaremos este altercado.

El gobernador del castillo movió la cabeza en señal de asentimiento.

Attua montó en su caballo y se marchó solo. Pero no regresó a su casa, sino que se dirigió a Francia.

Necesitaba agarrarse a una última posibilidad.

Cabalgó hasta el refugio del lado francés. Nadie sabía nada. Nadie había visto a dos muchachas. Nadie había visto a una joven que encajase con la descripción que él ofrecía a gritos de Cristela.

Era hermosa. Tenía el pelo largo y castaño y los ojos brillantes. Estaba llena de vida, oh Dios, derrochaba juventud y frescura...

Llegó hasta el puesto de la frontera donde un guardia menudo y enjuto con cara de aburrido le dio el alto. No. No había visto a ninguna joven de esas características. Sí. El paso siempre estaba vigilado. Como mucho, el guardia de turno se ausentaba unos minutos para comer algo en el refugio... Todo estaba tranquilo. Nadie extraño había pasado por allí. Los mismos de siempre. Pastores, arrieros, excursionistas, agüistas...

Attua no se dio por vencido. Llegaría hasta Luchon. El guardia le pidió entonces el pasaporte.

Attua soltó varias maldiciones. No llevaba ni papeles ni dinero para sobornarlo. Le hizo mil promesas al hombre en un tono cada vez más desquiciado, pero solo consiguió que el guardia le apuntara con su arma.

Regresó a Albort y fue directo al ayuntamiento. El alcalde, sudoroso y agotado por la larga mañana, acababa de llegar.

—Necesito que me despache un pasaporte —dijo Attua. Su propia voz, aparentemente serena, le resultó extraña. Por dentro la urgencia lo consumía.

—¿Para qué lo quieres, muchacho? —preguntó Clemente extrañado.

—Tenía pensado ver las termas de Luchon.

—¿Y no podías esperar? Después de lo que ha pasado... Tengo que redactar el informe.

—De paso, si le parece, aprovecharé para preguntar...

Por si alguien hubiera visto a las muchachas… Así el informe le quedará más completo.

Con el ceño fruncido, Clemente le preparó el documento, un pase especial para pueblos fronterizos en el que informaba que Attua era una persona de arraigo, de la mejor conducta, que merecía toda su confianza. Cuando escribió esto último no pudo evitar acordarse de lo sucedido con su hija en la fiesta. La desaparición de las jóvenes había truncado su deseo de hablar con Attua y Davina muy en serio. De momento, tendría que esperar. Le entregó el papel al joven, que se lo arrancó de las manos y salió corriendo del despacho.

Attua volvió a los baños, donde solo se detuvo el tiempo necesario para cambiar de caballo. El suyo ya no resistiría más horas a ese ritmo. Él sí. Él prefería reventar antes que darse por vencido.

Llegó a Luchon cuando comenzaba a anochecer. Las calles estaban desiertas. Se dirigió a los establecimientos que anunciaban alojamiento. Preguntó por las jóvenes. Preguntó por Cristela. Nadie la había visto. Se acordó de Aurore y preguntó por ella, por si Cristela hubiese recurrido a ella, pero simplemente le dijeron que se acababa de marchar. Nadie se extendía en sus explicaciones, tal vez porque su aspecto no inspiraba la menor confianza. Vio su imagen reflejada en el espejo del vestíbulo del último lugar en el que preguntó.

Su rostro estaba oscurecido por la suciedad, el sudor y la barba incipiente. Sus ropas, polvorientas y desgarradas. Su cabello, alborotado. Todo su cuerpo, no solo sus manos crispadas, mostraba un quebrantamiento extremo. Se reconoció en esa imagen de un hombre exhausto. Sin embargo, sus ojos, entrecerrados por el agotamiento y súbitas arrugas, pertenecían a un ser desconocido, atormentado, siniestro.

Parecía un demente.

Un hombre en cuyo interior la desesperación proclamaba su victoria en la encarnizada batalla contra la cordura.

El amor de su vida no podía haber muerto de aquella manera tan horrible.

El amor de su vida no podía haber muerto.

¿Cómo podía siquiera pensarlo?

¿Cómo podría llegar a aceptarlo?

* * *

Nada le proporcionaba consuelo.

De naturaleza orgullosa, y con la convicción de que ahora que Cristela estaba muerta resultaría ridículo hablarle a nadie de sus sentimientos hacia ella, Attua buscaba momentos de soledad en el bosque para sollozar. Aguantaba los trabajos diarios de la casa en silencio, se alejaba en busca de un lugar oculto para derrumbarse y volvía con los ojos húmedos y el corazón cada vez más seco. Se rebeló interiormente contra sus padres, por haberle inculcado el concepto de la responsabilidad, prendido a su ánimo como las garras de un buitre a la carroña. Se rebeló contra Belisa, por su estúpida sonrisa cuando leía las cartas que le llegaban de Alfredo. Se rebeló contra Dios por haberle mentido, por haberle ofrecido una vida que en realidad era una promesa incumplible. Se rebeló contra los hombres, por ser capaces de continuar adelante después de enterrar a sus muertos.

Él no podía.

La vida, la alegría, la trascendencia de las cosas más insignificantes se habían evaporado con la muerte de Cristela.

En tres semanas, no era ni la sombra del joven decidido y dispuesto que todos conocían. Adelgazó. Se acostumbró a caminar ligeramente encorvado. Apenas respondía malhumorado a los intentos de conversación de su madre y de su hermana. No prestaba atención a su indumentaria y dejó que creciera su oscuro cabello y su barba.

Una noche lluviosa cercana a finales de octubre, cuando Belisa se acostó, Celsa cogió un fajo de papeles de su dormitorio, se sentó frente a su hijo en la mesa de la cocina y compartió su silencio. Después de un largo rato con la mirada absorta en las llamas moribundas de los últimos leños del día, acercó los papeles a su hijo y le dijo:

—La semana que viene es la subasta del arriendo.

Se dispuso a marcharse y cuando llegó a la puerta, Attua le preguntó:

—¿Cómo lo ha hecho? ¿Cómo ha superado la ausencia de mi padre?

Celsa meditó su respuesta.

—Pidiéndole algo a Dios: que no me mande todo lo que podría soportar. Todavía os tengo a Belisa y a ti.

Lo dejó solo.

Attua reflexionó en torno a esas palabras. No podía imaginar nada más insoportable que la pérdida de Cristela. Y, sin embargo, no era ni el primero ni el último que se enfrentaba a la realidad de la muerte y la separación definitiva, y todos seguían adelante. Intentó listar mentalmente aquellos conocidos de Albort que habían perdido a un ser cercano y querido, un padre, una madre, una esposa, un marido, un hijo, una hija, incluso varios miembros de la misma familia, y en ningún caso la desesperación había evitado que cuidaran de sus bienes, sus campos y sus animales. Y aun volvían, con el tiempo, a participar de las fiestas y celebraciones del pueblo. Se preguntó de dónde sacaban la fortaleza que él no sentía; en qué celda oscura de su corazón conseguían mantener encadenadas las mordeduras rabiosas de la angustia y el miedo; en qué momento comenzaban a vencer esa abulia que a él le impedía siquiera pensar.

Miró los documentos, agarrotado por la desgana. Reconoció la caligrafía pulcra y uniforme de su padre en las anteriores solicitudes dirigidas al ayuntamiento y en los cuadros de ingresos y gastos y sintió una punzada de nostalgia al evocar imágenes de Custodio, en quien no había vuelto a pensar desde la desaparición de Cristela. Rememoró su hablar pausado cuando le citaba los nombres de los árboles y plantas del bosque; su paciencia cuando le enseñaba el manejo de la escopeta y cómo montar a caballo con elegancia; su mesura cuando le advertía acerca de la naturaleza de los hombres en general y de sus vecinos en particular; y, especialmente, el brillo de satisfacción en sus ojos y el abrazo de ánimo cuando se despedían antes de cada curso escolar en Madrid y de contento cuando regresaba para el verano.

Continuó hojeando los papeles sin entusiasmo hasta que descubrió algo que le sorprendió. Eran planos y dibujos de edificaciones repletos de medidas y notas explicativas con la misma letra clara, limpia y ordenada de Custodio. Desconocía esa faceta de su padre porque nunca lo había visto dibujar. Tardó en comprender qué era aquello, pero cuando lo hizo se conmovió. Fue consciente de que también él había tenido sueños que nunca se cumplieron. Pero, sobre todo, cayó en la cuenta de que, aun cuando aquellos proyectos nunca se habían convertido en realidad, él mismo era incapaz de evocar un solo gesto, comentario o actitud de frustración o resentimiento al recordar a Custodio.

Los sueños de su padre —cuya muerte tampoco había podido vengar todavía— estaban ahora ahí, ordenados en el papel viejo, arrugado y desgastado que crujía entre sus manos.

Le costó horas interpretar de forma coherente los pensamientos y sentimientos hacia ese hallazgo que se arremolinaban en su interior. Si tuviera que explicársela a alguien con palabras, la idea quedaría incompleta.

Y la idea era, en esencia, que la muerte se presentaba en la vida de diferentes maneras —la ausencia significaba muerte; la decrepitud anunciaba muerte; el olvido ensalzaba su triunfo—, pero se proclamaba irrefutable y descaradamente invicta cuando se terminaban los sueños.

19

Por primera vez en años, el acto de subasta para el arriendo de los baños levantó cierta expectación entre los habitantes de Albort porque tras los correspondientes carteles y anuncios hechos por el pregonero habían surgido dos interesados y no uno, como había sido lo habitual desde que el pueblo tenía memoria.

El alcalde convocó a Attua y Gabino el Día de Todos los Santos en su despacho, pero la reunión tuvo que celebrarse finalmente en el oscuro patio de la entrada debido al elevado número de asistentes. Los alguaciles bajaron el sillón del alcalde y dispusieron varias sillas para los concejales frente a unos bancos que pronto resultaron insuficientes. Como el día era soleado, decidieron dejar las puertas abiertas de modo que cualquiera pudiese, al menos, asomarse. Attua saludó a su tío Damián y su primo Braulio, el heredero de la casa, un joven con el rostro redondo y los ojos vivaces de su padre, pero de mayor estatura y corpulencia. Luego, tomó asiento en el primer banco, en el extremo opuesto a Gabino.

Tras acercarse a Attua para recibir el pago correspondiente al arriendo del año vencido, Clemente, de pie, leyó el pliego de pactos y condiciones que se firmaría entre el ayuntamiento y el bañero y pasó al tema económico. Aunque era un hombre acostumbrado a los problemas y a hablar en público, ese día se sentía nervioso porque preveía conflictos.

—Atendiendo al estado ruinoso del establecimiento y a que hay que practicar en él reparaciones y obras de consideración sin que pueda reportarle al arrendatario utilidades de ninguna especie durante la estación de invierno por su terreno árido y destemplado clima, este ayuntamiento, como propietario, estableció en su día que el arrendatario pague por el usufructo de los baños, aguas y leñas muertas para el consumo y combustible de las cocinas la retribución anual de tres mil reales de vellón. Sin embargo, se nos ha presentado un contratiempo. —Carraspeó antes de continuar—: Ninguno de los dos solicitantes ha mejorado la postura en su solicitud presentada por escrito. Como consecuencia, me veo en la obligación de ser yo, como alcalde, quien decida sobre el futuro del arriendo. Pero, antes, pido a los solicitantes que defiendan ante esta corporación sus motivos.

Con un gesto, indicó a Gabino que hablara y tomó asiento.

—Usted mismo lo ha dicho, alcalde —comenzó este sin levantarse y, por tanto, de espaldas a los presentes, y empleando un tono firme para ocultar su falta de oratoria—. Si el establecimiento se encuentra en un estado lamentable es porque los actuales arrendatarios no han cumplido con las obligaciones de mantenimiento. He crecido en una posada y tengo experiencia en el trato con las gentes. Desde luego, más que Attua. No sé qué va a hacer un ingeniero militar atendiendo enfermos...

Attua apretó los dientes para no perder la compostura. Se había prometido a sí mismo que ese día ofrecería una imagen de serenidad y seguridad en sí mismo, aunque por dentro se sintiera inquieto e irritable. Incluso se había afeitado y arreglado para mostrar un buen aspecto. Bienvenida fuera la aversión que le provocaba Gabino, pensaba, si en ella encontraba la motivación para conseguir su único objetivo a corto plazo.

—Que nos lo explique —dijo Clemente mientras hacía un gesto hacia él.

Attua inspiró hondo, dedicó un rápido pensamiento a su padre y a su amigo Alfredo, pidiéndoles que le ayudaran desde dondequiera que estuviesen, se levantó y se dirigió hacia los presentes como si fuesen los examinadores del examen más importante de su carrera.

—Si el ayuntamiento no ha velado escrupulosamente para que se mejoren las instalaciones es porque de sobra sabe que las cuentas no salen. En verano tuve ocasión de visitar los baños de Panticosa y pensé que aquí podríamos llegar a tener un establecimiento tan envidiable como ese o como dicen que son los franceses. —Se inclinó para recoger unos papeles de su silla—. Miren estos dibujos. —Los fue mostrando en alto uno por uno antes de permitir que fueran pasando de mano en mano—. Esto es el futuro.

Inspirándose en los bocetos de su padre, en las explicaciones de Alfredo y su visita a Panticosa, y en grabados de los libros que había en su casa, Attua se había dedicado las últimas noches a dibujar lo que para él sería un lugar de ensueño. En el amplio prado junto al río, a los pies del actual edificio, había diseñado un conjunto de construcciones emplazadas en semicírculo alrededor de un jardín a las que se accedía por encantadores senderos. A la izquierda, en el esbelto y elegante hotel de tres plantas y una última abuhardillada calculaba que cabían, además de treinta habitaciones dispuestas en torno a amplios pasillos, un espacioso comedor, un salón de reunión y baile, las cocinas y un oratorio. La zona de baños —a la que se refirió a partir de entonces como termas— se encontraba en el centro del dibujo, pegada a la ladera, dentro de un edificio rectangular de una planta en forma de pórtico alargado, como una galería de arcos en cuyo punto medio resaltaba la entrada neoclásica con columnas y al que llegarían las aguas canalizadas o entubadas desde las fuentes de arriba. Entre el hotel y las termas había previsto una casa de tiendas para aquellos clientes que no usasen el comedor. También había pensado rehabilitar el edificio existente en lo alto para aquellos que deseasen más soledad y unas vistas espectaculares. A la izquierda, junto al río, había dibujado un templete abierto por todos sus lados para ofrecer a los clientes un lugar recogido donde conversar y leer a la sombra cuando no hubiera alguna actuación musical. Por último, escondidos entre la maleza al comienzo del bosque, podían verse los restos de lo que parecía una pequeña iglesia gótica. Attua no lo dijo, pero recordó lo que pensó al dibujarla: a los extranjeros les gustaban las ruinas, tal como le había dicho Aurore aquella vez en Zaragoza, y para esas en concreto inventaría una leyenda sobre una novia fallecida la noche anterior a su boda cuya alma vagaba por esos parajes...

Los murmullos de los asistentes fueron aumentando de volumen y pronto se convirtieron en ruido alto y confuso de voces masculinas. A Attua le satisfizo que, en principio, su proyecto provocase tal debate, sorpresa e incluso admiración. Ya nadie se acordaba del otro solicitante. El alcalde elevó la voz pidiendo orden y silencio. Le costó un par de minutos que le hicieran caso.

—¿Y de dónde piensas sacar el dinero? —preguntó Gabino, dispuesto a presentar batalla.

—Si en otros sitios se ha hecho, no veo por qué aquí no ha de ser posible. Con un buen proyecto, dudo que falten inversores. El negocio de las aguas, como fuente de salud pública, llegará a ser claramente rentable. Pero también se necesita el apoyo del ayuntamiento.

—Sé más explícito, muchacho —pidió Clemente.

—Para que a un empresario le salgan las cuentas, es

necesario, de entrada, un arriendo a cincuenta años, que se amojone un amplio radio alrededor de los baños actuales y se incluya en la concesión y por el mismo precio la finca que hay a los pies y todo el bosque de la zona para garantizar leña y vigas para la construcción.

—¡O sea, pretendes que se le quite al pueblo su monte común para que se beneficie un particular! —gritó Gabino—. Pues yo protesto: si la concesión es a cincuenta años, con el tiempo se convertirá en una auténtica propiedad privada. ¡Perderemos el derecho de pasto sobre esos terrenos y el de tala de leña!

Attua se extrañó al ver que su primo Braulio asentía.

—Sigue siendo un arriendo —argumentó con firmeza—. El ayuntamiento obtiene un beneficio anual sin preocuparse de nada relacionado con el mantenimiento de ese lugar. Y se crearían muchos puestos de trabajo.

—¿Y qué haríamos todos? —preguntó entonces Braulio—. ¿Abandonar las tierras para servir y entretener a los forasteros?

Damián le lanzó una mirada de disgusto que no se le pasó a Attua. Se preguntó si su tío compartiría su opinión.

—Me sorprende que ese comentario venga de ti, que no te falta patrimonio. —Attua le sostuvo la mirada, pero su primo no añadió nada más.

—Dices que allí habría tiendas. —El panadero, un hombre de nariz chata y pelo escaso, señaló al carnicero, un tipo de hombros anchos y dientes enormes, y a dos comerciantes—. Entonces nosotros venderíamos menos.

—En vez de explotarlas yo directamente, podría plantearos arrendamientos para que en verano aumentarais ganancias.

El panadero, pensativo, se rascó la cabeza.

Gabino se dirigió al alcalde, furioso.

—¡Si este es el camino que se quiere seguir, o se aumenta el canon para compensar que el pueblo se quede sin los beneficios de su monte común o será usted culpable de privilegiar a Attua! Protestaré ante la misma reina, a la madre, a la hija, o a las dos, si hace falta. Quiero que conste en acta mi total desacuerdo. Siempre nos hemos encargado nosotros de lo nuestro. No necesitamos que ningún liberal de fuera venga a decirnos cómo hay que hacer las cosas.

Clemente enrojeció y golpeó el brazo de su sillón.

—Que a ti se te llene la boca hablando del monte común —masculló—, cuando siempre has ido a la contra de todos... —Se puso de pie y volvió a pedir silencio antes de concluir—: He creído conveniente que todos escucharais lo que Attua y Gabino tenían que decir, pero no permitiré que empiece una batalla campal por algo que ni siquiera estaba previsto debatir. Os diré lo que he decidido. Si tú, Gabino, estuvieras tan interesado, podrías haber pujado más alto, pero no lo has hecho. Ahora que tu padre ha fallecido, cosa que lamento, ya tienes un negocio que atender. Por otra parte, la familia de Attua ha cumplido puntualmente con el pago del arriendo y este ayuntamiento también se siente en deuda con ellos por el triste e inesperado final de Custodio. Creo que sería injusto arrancar a una familia de un lugar cuando, en realidad, no ha habido mejor oferta y el ayuntamiento no pierde dinero. En principio, Attua, te arrendamos los baños en los términos dispuestos en los pliegos para cuatro años. En cuanto a tu proyecto, del que algo sabía pero no pensaba que lo tuvieras tan desarrollado, ya veremos... Es algo sobre lo que tendré que hablar con los concejales.

Gabino se marchó airado antes de que se diera por terminada la reunión. Attua ordenó los dibujos con calma. Se sentía aliviado, sobre todo por su madre y su hermana. De momento la vida seguiría igual para ellas. A él, sin Cristela, la vida que pudiera llevar le importaba bien poco. Se sentía muerto, pero como era un cobarde incapaz de arrojarse a los lagos de Boum para reunirse con ella, si es que era allí donde estaba, se había propuesto jugar a conseguir todo lo que se le pusiera por delante. Como ya no tenía nada que perder, su venganza íntima contra Dios y contra su destino, que habían convertido el plácido camino de su vida en odiosos vericuetos, sería lograr a toda costa lo imposible. Ponerse metas inalcanzables. Apostar por proyectos impensables. Dejarse el pellejo en el intento. Poco le importaba si lo lograba o no. El mismo proceso sería su castigo y penitencia por seguir vivo. No le dejaría ni tiempo a su mente para pensar en otra cosa que no fuera el trabajo. Si no conseguía el dinero, se dejaría su propia piel en las obras.

Para empezar, había ganado la primera mano. El arriendo era suyo para cuatro años y la semilla de las futuras termas había sido sembrada.

Damián y Braulio se le acercaron.

—Cuando quieras firmaremos el préstamo —dijo su tío—. No creo que con eso puedas acometer el ambicioso proyecto del que has hablado, pero te servirá para comenzar. —Damián le tendió la mano—. Por mi difunto hermano, te deseo suerte.

—Gracias —dijo Attua.

—Mi padre está siendo generoso contigo —dijo entonces Braulio con una expresión de desconfianza—. Espero que puedas cumplir puntualmente con los pagos…

Damián lanzó una mirada recriminatoria a su hijo:

—Eso ni se dice. En nuestra familia, la palabra siempre ha sido sagrada.

Attua contuvo un comentario sarcástico. Su tío se olvidaba de matizar que consideraba sagrada la palabra que se plasmaba por escrito ante notario.

Se despidieron y Attua esperó unos instantes antes de salir solo a la calle. En contraste con la oscuridad del patio, la débil luz del pálido sol de noviembre lo cegó. Escuchó una voz de mujer que lo llamaba.

Era Davina.

La saludó con educación.

—Creo que tu padre está en su despacho.

—En realidad, he venido por ti. Espero que hayas conseguido lo que deseas. Como te prometí, no he dejado de insistir a mi padre para que te apoyara.

Attua hizo un leve gesto de asentimiento con la cabeza.

Llevaba sin verla desde la noche en la que desapareció Cristela. La mente de Attua recuperó la última vez que la había visto, su mirada de reproche al encontrarlo con Davina en el despacho, el bochorno reflejado en su rostro cuando empujó a Gabino, su desconcierto antes de huir. Él se había quedado quieto. No había sabido reaccionar. No había corrido tras ella. La prudencia. La maldita cautela. Se aborrecía por ello. Si hubiera escuchado a sus instintos en vez de a su razón, tal vez Cristela aún estaría viva.

Sin desanimarse por el poco entusiasmo que mostraba Attua, Davina continuó:

—No sabes lo tristes que han sido estas semanas. Echo mucho de menos a mi querida amiga Cristela. —Los ojos se le llenaron de lágrimas—. Todavía no me lo puedo creer... Ni siquiera tiene una tumba donde pueda llevarle flores y rezar por ella...

—Sí —admitió Attua con voz ronca—. Algo terrible.
—Nadie lo sabía como él.

—¿Cómo está Belisa? Hace días que no la veo. Por favor, ¿le dirás que venga la tarde del sábado a verme? Podrías acompañarla...

—Se lo diré.

Davina señaló los papeles que portaba Attua.

—Al venir hacia aquí, me he cruzado con varios vecinos. Han salido de la reunión bastante excitados. He escuchado que habías presentado unos dibujos de lo que serían para ti los nuevos baños. —Apoyó una mano en su brazo—. Tráelos contigo el sábado. Me encantaría verlos. —Distinguió a alguien tras él y sonrió ampliamente—. ¡Padre! No sabes cuánto me alegro de que Attua siga siendo el arrendatario. Lo he invitado a casa para que nos hable de sus ideas.

Clemente los miró y frunció el ceño.

—Hazme un favor, hija. Creo que me he dejado los guantes en el despacho. —Esperó unos segundos a que Davina se alejara y se dirigió al joven—: Hay algo sobre lo que quiero hablar contigo hace semanas, muchacho. A pesar de la tristeza y el sufrimiento por el que ha pasado Davina desde que supo lo de Cristela, no ha dejado de hablar de ti ni un solo día... —Carraspeó—. Tras el incidente de la fiesta, comenzaron los rumores... Supongo que Gabino habrá ido pregonando por ahí que os descubrió en una actitud, digamos, comprometedora... Creo que ella se ha hecho ilusiones contigo, no sé si fundadas o no, pero te advierto que no toleraré ni que sufra ni que nadie ponga en entredicho su reputación. Así que te aconsejo que seas firme respecto a tus intenciones, sean cuales sean. Es más, dadas las actuales circunstancias, si aceptas su invitación de visitarla en casa, daré por hecho que habrá un compromiso que anunciar.

Attua permaneció en silencio. Davina era una joven atractiva y afectuosa, pero en ningún momento se le había pasado por la cabeza que pudiera esperar algo más de él que la amistad cordial que conservaban desde la infancia. De hecho, su mente había guardado lo sucedido en el baile como un terrible malentendido que no había tenido ocasión de aclarar con Cristela, algo que siempre lamentaría. Recordó entonces las palabras suaves y amables de Davina, su cercanía y sus encantadoras sonrisas y comprendió por qué se había mostrado tan dispuesta a ayudarle. Se sentía halagado, pero en su corazón no había lugar ni deseo para ninguna mujer.

Su corazón pertenecería siempre a Cristela.

Aun así, el sábado Attua acompañó a su hermana a casa de Davina, y desde ese día, y hasta que las nieves volvieron los caminos intransitables en enero, las visitas de los sábados se transformaron en rutina. Cada uno obtenía lo que buscaba: Belisa, una distracción con la que mitigar el aburrimiento y la soledad de su casa en los meses fríos; Davina, una oportunidad tras otra de agasajar a Attua y conseguir la complicidad de su hermana; y Attua, una aparente paz de ánimo que le permitía enfrentarse a la realidad exterior del día a día y que mantenía su agonía bajo control. No aspiraba a más, como tampoco deseaba que desapareciese su aflicción: mientras él sufriera, Cristela seguiría viva dentro de él.

Una infernal noche de ventisca de febrero de 1844, en los baños de Albort, golpeados sin piedad por cortinas de nieve, Belisa preparó unos cuencos de ron quemado con leche y canela. Hacía tiempo que quería hablar con su hermano, pero nunca encontraba el momento adecuado. Le pidió que retomara las costumbres de antaño y las acompañara, a ella y a su madre, un rato junto al fuego. Después de unos comentarios sobre la crudeza del clima invernal, soltó:

—Attua, creo que deberías casarte con Davina. —Esperó algún gesto, comentario o reacción que no llegó. Inspiró y se atrevió a continuar—: No es bueno que estés solo.

—No estoy solo —se apresuró entonces él a decir—. Os tengo a vosotras.

—Yo espero irme algún día a Panticosa con Alfredo…

—… y una madre no es la compañía que un hombre desea —añadió Celsa.

Attua trató de sonreír.

—¿Os habéis confabulado contra mí? —Señaló su cuenco, mucho más grande que los de ellas—. Ya veo… Por eso pretendíais emborracharme.

—Davina te quiere —dijo Belisa ignorando su tono burlón—. Y creo que tú también sientes algo por ella, aunque no lo muestres.

«Qué sabrás tú de mis sentimientos…»

—Si te dejara acompañado, me iría de aquí menos triste. Te lo diré de otra manera, Attua. No aceptaré ninguna proposición matrimonial por parte de Alfredo si no estoy segura de que tú estás bien atendido por una esposa.

—Eso es absurdo. Suena a chantaje. Si lo quisieras realmente, nada te importaría. —Sus palabras le sonaron extrañas. Su propia alma había pertenecido a Cristela y no había sabido sino guardarlo en secreto. Le habían condicionado demasiado las circunstancias.

—Tú me importas mucho. Lo sabes.

—Lo dices para hacerme sentir culpable y obligarme a decidir.

Belisa se encogió de hombros.

—Tómatelo como quieras… Además, Davina es un buen partido. ¡Tendrías que escucharla cuando habla de las obras que quieres hacer! Le encanta tu proyecto. Sé que te apoyaría en todo. Creo que es perfecta para ti.

—La prisa por marcharte te hace magnificar sus virtudes… Dudo que una joven con la salud de Davina resistiera vivir aquí.

—Lo he hablado con ella. En invierno podríais instalaros en su casa… —Soltó una risita—. ¡En la casa del alcalde!

—Belisa, tu empecinamiento por organizarme la vida está empezando a irritarme... —Attua miró a su madre—. Esto lo digo también por usted. Aunque calle, tengo la impresión de que opina como mi hermana.

Celsa lo miró fijamente a los ojos.

—Algo te muerde por dentro, hijo mío, y creo saber qué es. Si tan convencido estás de que nada, ni siquiera el paso del tiempo, te proporcionará alivio, mi consejo es que no renuncies a tener una familia. A veces, lo único que tiene sentido es la continuidad de tu propia sangre.

Un silencio largo y profundo se instaló entre ellos. El viento no parecía querer amainar. Las paredes crujían, las losas del tejado se resquebrajaban.

—Prométeme al menos que lo pensarás —insistió Belisa.

—Lo pensaré —dijo Attua en tono neutro.

* * *

El 19 de marzo de 1844, Nicasio unió a Attua y Davina en santo matrimonio en una ceremonia sencilla a la que solo asistieron los familiares cercanos, puesto que aún no se había cumplido el año desde la muerte de Custodio. Celsa lloró por su ausencia, e Isabel por la de su hijo Matías.

Attua pronunció sus votos con calma y seguridad:

—Davina, te tomo como mi legítima esposa a partir de este día, y prometo serte fiel en las alegrías y en las penas, en la prosperidad y la adversidad, en la salud y en la enfermedad, y... respetarte hasta que la muerte nos separe.

Los asistentes atribuyeron a los nervios el olvido del joven de la promesa de *amar* a su esposa y sonrieron comprensivos. Pero Attua era muy consciente de lo que había dicho.

Podría serle fiel a Davina en las situaciones contempladas en los votos sin ningún esfuerzo. Cuidaría de ella y procuraría que nada le faltase. Sin embargo, no podía prometer en voz alta que la amaría porque se negaba a emplear ese verbo con otra persona. Y tanto si pronunciaba la palabra como si no, tenía garantizada la condenación eterna por mentir ante el sagrado altar. Era fácil de comprender, pensó. A pesar de los días, semanas y meses transcurridos desde aquel fatídico día, los únicos sonidos que soportaba escuchar en su interior y las únicas imágenes que permitía que se detuvieran más tiempo en su mente eran la risa, la voz, el rostro y el cuerpo de Cristela. Su inolvidable esplendor de juventud.

Ella había tenido que morir para que Attua comprendiera por fin un par de cosas: que *mataría* por volver a verla y que la palabra *posesión* servía para referirse a algo más que su propia vida.

Ella formaba parte de él.

Todavía no se había convertido en un recuerdo nostálgico.

Todavía sentía su presencia.

Y ese sería el secreto que guardaría siempre en lo más profundo de su ser, aunque para los demás —esos como él, tan cercanos y tan ajenos, tan únicos y tan comunes, que conformaban la sociedad en la que viviría hasta el fin de sus días— se convirtiera en el respetable yerno del alcalde; el joven emprendedor con un gran proyecto para Albort; el hombre responsable que había comprendido que solo una rápida boda acallaría las crecientes habladurías sobre su relación con Davina y la reputación de esta; el hijo serio que elevaba a su familia en la escala social con un buen matrimonio...

Había observado en esos últimos meses que la vida no se detenía por la muerte de una persona querida. Que el abismo de su ausencia se iba rellenando con capas de pequeños detalles que lo conmovían puntualmente: un amanecer espléndido; unos polluelos rompiendo el cascarón; el empujón del hocico de su caballo, agradecido, cuando le llevaba una manzana; el alegre canturreo de su hermana cuando amasaba; la distraída manera en que su madre acariciaba su alianza; el sonoro beso con el que Davina saludaba a su padre y a su madre; el brillo de los ojos de la joven cuando recordaba su infancia junto a su hermano Matías o su intensa mirada y su sonrojo cuando sus manos se rozaban…

La vida tal vez no se detuviera, pensó Attua tras la copiosa comida en casa del alcalde, mientras escuchaba el brindis con el que Clemente les deseaba a los recién casados una feliz convivencia y unos hijos fuertes y sanos. Pero estaba seguro de que para él avanzaría con la terca pesadez de un arado sobre el territorio gris de esas montañas, paso a paso, surco tras surco, un campo y después otro.

Su ser, su espíritu, su alma, seguiría morando en ese cuerpo; y ese cuerpo seguiría habitando en ese lugar hasta su muerte. Haría como los demás: trabajaría, formaría su propia familia, participaría en las celebraciones de la comunidad y envejecería con el paso del tiempo.

Pero solamente Dios y él sabrían del fuego interior que lo abrasaría cada minuto en la lenta agonía de su existencia; un fuego que nunca dejaría de arder, ni aun oculto bajo las toneladas de hielo con las que comenzaba a enfrentarse a su futuro.

20

Como ese año no tenía previsto realizar ningún viaje a algún lugar lejano y exótico, Aurore había decidido abandonar París en cuanto la primavera perdió su rebeldía, y pasar la mayor parte del verano de 1844 en Cauterets, en el sur de Francia, donde se juntaban varios de sus amigos y conocidos.

A Cristela no le extrañaba que la pequeña población se hubiera convertido en punto de reunión de buena parte de la aristocracia europea y en uno de los centros termales más populares del Pirineo. Influía el hecho de que el año anterior se hubiera inaugurado el fastuoso Grand Établissement des Thermes, un edificio enorme con columnas, escalinatas y salas abovedadas; pero era innegable que el sur de Francia tenía un encanto especial ya de por sí. Al igual que en Luchon, las casas a lo largo de las estrechas callejuelas de Cauterets conservaban a la vista los sillares de las esquinas y estaban remozadas con cal y pintadas con diferentes tonos de gris y pastel, sobre todo vainillas. Las fachadas lucían ornamentados balcones de forja y ventanas con elegantes cornisas y los postigos eran de color azul cielo o tabaco. Aquel era un delicioso lugar que le transmitía alegría, y que le resultaba menos agresivo y duro que los pueblos de su tierra natal, como si los habitantes desearan distanciarse de la intransigencia pétrea de las montañas cercanas.

Pero, sobre todo, había una razón para que ella se sintiera especialmente bien en Cauterets, después de tantos meses en París: en algún lugar no muy lejano tras esas montañas estaba Attua; y esa proximidad que percibía hacía que su corazón latiera con brío e impaciencia y que no pudiera estarse quieta.

En todo el tiempo transcurrido desde su huida, no había dejado de hablarle, como si él estuviera dentro de ella. Le había contado mil veces todo cuanto sucedió. A veces aún creía que había sido una pesadilla, o un relato macabro de su imaginación. Aún se despertaba creyendo que Ana dormía en la habitación de al lado y no en el fondo de un lago de aguas heladas. Todavía soñaba que él iba a acudir a buscarla, como si nada hubiera pasado, para repetirle que pronto vivirían juntos. Esperaba que Attua nunca hubiera pensado que Ana y ella habían planeado la muerte de Cosme. Había sido un accidente. Ojalá hubiera sabido enfrentarse a la realidad y explicarle lo sucedido a la justicia, pero en aquel momento temía por Ana. Mucho había reflexionado sobre ello para concluir que aunque había hecho lo que tenía que hacer, se arrepentía de ello. Por su culpa, Ana había muerto. Había querido salvarla y la había empujado por esas montañas... Por su culpa, Attua y ella estaban separados.

Saber que pronto podrían verse avivaba su ilusión. Había sido cautelosa y no le había enviado ninguna carta. Hacerlo desde París hubiera sido una imprudencia. Necesitaba encontrar a alguien de cuya discreción pudiera fiarse para que le entregase una nota en mano, un breve mensaje con el nombre del lugar donde se encontraba...

Tal vez pudiera cruzar hasta Panticosa y hablar con Alfredo. Apenas había nueve horas de camino desde Cauterets hasta allí.

—Qué extraño que Shelton se retrase tanto... —escuchó que comentaba alguien.

—Oh, bueno..., cuando Shelton sale de excursión, se olvida del mundo terrenal. —Aurore, sin dejar de abanicarse, indicó a Cristela que se sentara a su lado en un mullido sofá.

Esa tarde calurosa de mediados de julio, la princesa rusa Darya Galitzine, gran amiga de Aurore y dueña del palacete donde se alojaban, ofrecía una cena para sus amigos más íntimos. Cristela solía comer con las muchachas del servicio, pero a veces Aurore le pedía que la acompañara para poner a prueba sus avances en modales. En los últimos meses, Adeline y ella le habían enseñado todo lo que sabía de francés —y ya podía mantener una conversación normal y fluida—; de tejidos y ropa; y de comidas, bebidas, fiestas y normas de educación. ¡Si Attua pudiera verla...! Ella, que había sido criada entre campesinas, sirvientas, amas de casas pobres y artesanas, había tenido la oportunidad de aprender, entre otras cosas, a guardar la compostura, a andar y sentarse con la espalda recta, a bailar con gracia y a bordar. Le estaría eternamente agradecida a Aurore por todo lo que había hecho por ella.

Deslizó la mirada por la lujosa salita atestada de pequeñas cajas de metal, miniaturas y muebles pintados donde la princesa —una mujer rubia, menuda, de una belleza exquisita y frágil que encajaba perfectamente con la decoración— atendía, nerviosa, a la media docena de invitados que esperaban, con actitud cansada, a que llegaran los que faltaban. La única que mantenía una actitud jovial era Aurore. Cristela se preguntó de dónde sacaba tanta energía. Con la llegada del tiempo cálido, tras las lluvias de finales de junio, no habían parado ni un minuto en las últimas semanas. Por las mañanas, tomaban las aguas en las nuevas termas; por las tardes, realizaban excursiones a caballo por las cercanas localidades de Saint-Sauveur, Saint-Savin, Soulom y Barèges; y por las noches siempre había una reunión que se alargaba hasta la madrugada. Cristela jamás se hubiera imaginado que el ocio pudiera resultar tan agotador. Por el contrario, Aurore nunca mostraba signos de agotamiento. Vivía cada día con una alegría exagerada y contagiosa, como si fuese el más especial de su vida.

—Había pensado comentároslo más tarde —Darya tomó asiento en un sillón cerca de Aurore y elevó la voz—, pero en vista de que la cena se va a retrasar lo haré ahora. Estoy muy disgustada. Los rumores han resultado ciertos. El mismo alcalde me lo ha confirmado. Las obras del nuevo hotel comenzarán este mismo verano. ¡Es horrible! Y no hay nada que yo pueda hacer... —A medida que hablaba, su voz se tornaba más aguda—. Me lo tendrían que haber avisado cuando compré este terreno. ¡Como si no hubiera más sitios en todo el pueblo! ¡Pero no! Tiene que ser aquí mismo... ¡Con el dinero que yo he dejado en este lugar!

Los invitados profirieron murmullos de contrariedad. Conocían el asunto porque había sido el tema de conversación del principio del verano. Darya había llegado hacía unos años a Cauterets por motivos de salud y, cautivada por la región, había decidido quedarse a vivir allí sin olvidarse del sabor de su tierra. Como poseía una enorme fortuna, había adquirido un gran terreno en el que fluía un manantial y había mandado construir una isba de madera pintada de azul y blanco y una gran casa con terminación en forma circular coronada por una cúpula junto a una torre octogonal de cuatro plantas.

Y ahora, por desgracia, tenía que resignarse a ver cómo salía adelante un proyecto para la construcción del futuro gran Hôtel d'Angleterre, de cinco plantas y trescientas habitaciones, en el terreno que había justo enfrente del magnífico palacete ruso. Todo para acoger al creciente número de turistas y agüistas a Cauterets.

—Esto se acabó —continuó Darya, con los ojos llenos de lágrimas—. Me quitarán la preciosa vista que tengo desde aquí. Me quitarán la paz. Este lugar amable y tranquilo pronto se llenará de gente vulgar... Por mucho que me duela, me veo obligada a vender mis propiedades. De hecho, ya hay alguien interesado...

—Vamos, vamos... —Aurore intentó animarla, sorprendida por la drástica y repentina decisión de su amiga—. No digas eso...

Cristela pensó en los repetidos argumentos de Darya. Esta, que al fin y al cabo era una forastera, perdía sus privilegios y *otros* se apropiaban de *su* territorio. Recordó con nostalgia las conversaciones con Attua sobre el futuro de Albort y Panticosa y tachó mentalmente a la mujer de egoísta y de excéntrica. Tal vez muchos de los habitantes de Cauterets, en cuyo lugar no se había puesto en ningún momento, estuvieran ansiosos por que se construyera el hotel y pudieran optar a un trabajo menos pesado que el de cuidar de la tierra y el ganado; tal vez, en un mundo que avanzaba a una velocidad de vértigo, no hubiera lugar ya para princesas caprichosas.

—Cuando sabes que algo te va a hacer sufrir —continuó Darya con determinación—, es mejor cortar por lo sano. Para mí, Cauterets se ha terminado. Tendré que encontrar otro lugar para vivir. Hoy celebramos la última cena en esta casa...

Justo entonces entró una criada con un simple vestido largo de color azul oscuro y delantal blanco portando una nota en una bandeja de plata. Darya la leyó en voz baja y se llevó la mano a la garganta.

—¡Oh, no! —Levantó la vista hacia sus invitados—. ¡Todo son señales negativas! Ni siquiera podremos cenar hoy todos juntos. Shelton ha sufrido un accidente...

El Hôtel des Promenades, donde se alojaba Shelton, estaba tan cerca que fueron caminando. Preocupada por él, a quien siempre consideraría su discreto salvador, Cristela tuvo que obligarse a no adelantar a Aurore y Darya, puesto que esta última se detenía cada poco tiempo para saludar a conocidos que paseaban por las cercanías del río Gave disfrutando con calma de la agradable temperatura del anochecer. Por lo visto, pensó Cristela un tanto irritada, la cortesía y la buena educación eran más importantes que la urgencia.

El conserje del hotel las guio hasta un salón privado. Cristela descubrió con alivio que Shelton, acomodado en un sofá, estaba consciente, aunque su atractivo rostro mostraba señales de agotamiento y dolor. Sus ropas de montaña estaban sucias y el médico había tenido que rasgarle el pantalón para entablillarle la pierna izquierda. Le acompañaba su inseparable guía Célestin. Cuando Shelton vio a las tres mujeres, intentó sonreír.

—¿Cómo ha sido? —le preguntó Aurore acercando una silla para sentarse a su lado.

Shelton estaba tan cansado que Célestin habló por él:

—De la manera más tonta, al descender del Vignemale. Salimos anteayer hasta el refugio de Oulettes de Gaube. Ayer subimos hasta la Hourquette d'Ossoue y cruzamos el glaciar. Creíamos que estaría cubierto de nieve, pero, por desgracia para nosotros, estaba muy deshecho y desgarrado por impresionantes grietas. Las grandes se podían ver y evitar, pero una ligera capa de nieve cubría las más estrechas y traidoras. Nos hundíamos hasta el punto de creer que íbamos a desaparecer. Dudamos si continuar, pero a monsieur le cuesta renunciar... Trepamos por un laberinto rocoso hasta la cresta del Pique Longue, sabiendo en qué terribles circunstancias tendríamos que regresar por el mismo peligroso camino...

—En resumen... —le interrumpió Shelton—. Hoy, tras un delicioso y sencillo descenso desde el Lac de Gaube hasta el Pont d'Espagne, entretenido con la visión de las hermosas cascadas, he tropezado como un niño... y me he caído. Así de absurdo.

—Las cosas surgen cuando menos te lo esperas —admitió Aurore—. Aunque, por lo que cuentas, es lo menos que te podía haber pasado. Te arriesgas en exceso.

—Unos ascendemos montañas, otras se recorren España... —repuso él en tono jocoso—. No sé quién es más imprudente.

—Veo que estás de buen ánimo... —dijo ella con una sonrisa—. Te va a hacer falta. Se acabaron las excursiones en una larga temporada.

—No tenías por qué recordármelo, pero tienes razón. *Adieu, Nethou!* —Tras mentar el pico más alto de los Montes Malditos, Shelton se dirigió a Cristela—: Mademoiselle, mis últimas marchas hacia las cumbres están llenas de imprevistos, sin duda unos más agradables que otros.

Cristela se ruborizó un tanto. Shelton siempre tenía una palabra amable hacia ella.

—¿Y cómo has llegado hasta aquí? —preguntó entonces Darya.

—Desde el Pont d'Espagne, mis guías me han bajado en una silla de mano que les ha prestado amablemente una dama. —Miró a Célestin—. Cuatro horas de esfuerzo añadido que os agradeceré... ¿Dónde está...? —En ese momento apareció un joven rubio vestido también de guía—. Ah, aquí. Ven, muchacho. Les estaba contando la suerte que he tenido hoy de ir tan bien acompañado...

Cristela y Aurore emitieron al unísono una exclamación de sorpresa al reconocerlo:

—¡Matías!

Él las miró con expresión de asombro.

—¡Dios mío, Cristela! ¿Eres tú? ¡Y madame Aurore! ¡Qué casualidad!

—¿Os conocéis? —preguntó Shelton con curiosidad.

—También es de Albort —explicó Cristela.

—Compartimos diligencia desde Madrid hasta Zaragoza el año pasado —dijo Aurore—. Veo que se ha recuperado usted completamente. Me alegro.

Aprovechando que unos camareros entraban y servían algo de comer y beber en unas mesitas junto al herido, Matías y Cristela se apartaron.

—¿Qué haces aquí? —quiso saber él—. Estás muy cambiada. Me ha costado reconocerte.

A ella no le extrañó el comentario. Sabía que ni el pelo recogido en la nuca ni el vestido de seda que llevaba —de falda voluminosa, vivos colores y mangas abombadas en el antebrazo— tenían nada que ver con los peinados o los ásperos atuendos con los que Matías la había visto siempre. Le habló de su trabajo para madame Aurore y de cómo la había conocido.

—Se me presentó una buena oportunidad para salir de casa y quise aprovecharla —explicó, sin entrar en detalles—. Soy la ayudante de Adeline, que lleva encargándose de las cosas personales de Aurore desde hace cuarenta años y ya no podía llegar a todo.

—Supongo que en mi ausencia me he perdido muchas novedades de Albort —dijo Matías ansioso—. ¿Cómo estaba mi familia cuando te fuiste? ¿Y mis amigos?

Cristela también tenía decenas de preguntas sobre Albort. Se preguntaba si Attua habría conseguido el arriendo de los baños, si habría presentado el proyecto, si habría contactado con los inversores que le había recomendado Alfredo… Se preguntaba por Celsa y Belisa, incluso por Gabino. La vida de este no le preocupaba mucho, pero ahora ya no tenía familia y, aunque siempre había sido un bruto, sabía que quería a Ana. Y sentía curiosidad por saber si aún regentaba la posada. También se preguntaba si Attua veía alguna vez a Davina. Aunque le preocupaba que ella hubiera seguido flirteando con él, porque la conocía y sabía lo insistente que podía ser cuando quería algo, la echaba de menos.

Cristela le puso al día de todo menos de los motivos de su huida. Se centró en contarle cuánto lo añoraban sus padres y hermana y le explicó lo que había sucedido con el padre de Attua, una noticia que entristeció al joven, por el hecho en sí y por las consecuencias en la vida de su amigo.

—¿Que Attua dejó los estudios para hacerse cargo de los baños…? —Matías frunció el ceño. Ahora comprendía aún menos qué hacía allí Cristela.

Ella asintió con la cabeza, haciendo esfuerzos por contener las ganas de abrirle su corazón y desahogarse. Matías había sido el mejor amigo de Attua desde la infancia y sabía que sentía aprecio por ella. La creería y se compadecería de ella. También él había sufrido las repercusiones de unos actos irreflexivos. No obstante, prefirió esperar a otro momento más oportuno. No quería que nadie estuviera presente si por fin se atrevía a confesarle lo que había pasado en Albort.

Le preguntó:

—¿Y tú? Attua contó que gracias a la recomendación de Alfredo podrías encontrar trabajo aquí, pero no sabía si te habías quedado. La verdad es que pregunté por ti en las termas, pero nadie me supo decir. —Señaló su uniforme—. Ya veo que te ganas la vida de otro modo.

Matías sonrió.

—De algo me ha servido crecer en las montañas de Albort. Si eres bueno, y yo lo soy, el trabajo de guía está muy bien pagado en estos lugares. Cuando monsieur Shelton viene por aquí, siempre me contrata. Estoy contento porque estos meses he aprendido mucho, sobre todo a valerme por mí mismo y a ganar mi propio dinero.

Cristela asintió. Comprendía a qué se refería Matías. También ella había cambiado, aunque no lo hubieran hecho sus profundos sentimientos hacia Attua. Le había reconocido en cada joven elegante que se había cruzado por las calles de París, donde los altos edificios, refinados carruajes y comercios, así como el bullicio, la prensa diaria y la abundancia y diversidad de comidas, le traían recuerdos constantes de las palabras de él al hablarle de Madrid. Había tardado semanas en superar el vértigo de pensar que todos los habitantes de Albort cabrían en una sola calle de los cientos que había en una ciudad tan enorme como París. Había necesitado meses para dejar de sentir una opresión en el pecho, como si le costara librarse de tantos años de montaña, de interminables pastizales, de piedras grises y aguas heladas. Ahora que sus deseos de conocer mundo se habían visto colmados, ahora que manejaba su propio dinero gracias a un trabajo más cómodo de lo que hubiera podido imaginar, tenía que reconocer que, al cruzar aquel estrecho paso fronterizo de Albort a Luchon, de alguna manera había vuelto a nacer. Después de la pena inicial, la soledad y la lejanía la habían hecho más fuerte, y la experiencia de conocer una nueva cultura, más reflexiva. El mundo lejos de Albort y sus historias cotidianas era tan amplio y variado que apaciguaba su estado de ánimo a la vez que lo estimulaba de una manera positiva. En Albort, su vida y su felicidad dependían exclusivamente de Attua. En Francia, había aprendido que su vida dependía de ella, aunque nunca disfrutaría de una felicidad completa sin él. A esas nuevas sensaciones, incluida la de la libertad, aún se seguía acostumbrando, cada día con más deleite que temor.

Célestin llamó entonces a Matías y se acercaron al grupo.

—Estamos debatiendo sobre mi futuro inmediato —dijo Shelton—. Deseo regresar a mi casa de Montréjeau cuanto antes. Eso quiere decir mañana por la mañana. Quiero conocer la opinión de mi médico. No puedo arriesgarme a quedarme cojo. El viaje es largo y necesitaré dos hombres para subirme y bajarme del coche cuando nos detengamos a descansar. Matías, si acompañas a Célestin, te pagaré bien.

—Acepto, señor —dijo él sin dudar—. Célestin me ha dicho que en la zona de Luchon hay trabajo de guía. Aprovecharé para cruzar a Albort desde allí y visitar a mi familia.

—Entonces quedamos aquí mañana al amanecer. Podéis retiraros ya, tendréis que preparar vuestras cosas. Esta noche me ayudarán los del hotel.

Cristela acompañó a Matías hasta la puerta.

—Me hubiera gustado tener más tiempo para hablar contigo —dijo él.

—Tal vez en Luchon —dijo ella con tristeza—. A Aurore le gusta pasar todos los años unas semanas allí. Has dicho que irías a Albort. ¿No será peligroso? Cuando me fui nadie había preguntado por ti, pero no sé si después...

Matías se encogió de hombros.

—Me arriesgaré. Al verte me han entrado ganas de darme una vuelta por casa. Creo que ya es hora también de superar la vergüenza de enfrentarme a mi padre. Después, ya veré lo que hago. ¿Quieres que envíe algún mensaje a alguien? ¿A tu familia? —Hizo una pausa—. ¿A Attua?

Cristela pensó unos instantes. Se sentía mal por no confesarle a Matías lo que había sucedido en Albort. En cuanto llegara a su casa, a saber qué versión le contarían. Y, con toda razón, él le recriminaría que ni siquiera lo hubiese puesto en antecedentes.

—Escucha, Matías. El pasado otoño sucedió algo terrible en el pueblo. No quiero hablar de ello. Es muy doloroso para mí. Pero, oigas lo que oigas, créeme cuando te digo que no fue mi culpa. Solo hay una cosa que te suplico que hagas por mí. —Se le quebró la voz—: Dile esto a Attua: que fue un accidente y que yo estoy bien.

Matías tomó sus manos y las apretó en un gesto de apoyo y comprensión.

—Haré como me dices, Cristela. Y prometo traerte a la vuelta noticias de su parte.

En cuanto el joven salió, Aurore le hizo señas a Cristela para que se acercara.

—¿Puedo confiar en él para enviarle a Attua el dinero que le debo? —le preguntó en un susurro.

—Nadie mejor —respondió Cristela.

—Entonces, esta misma noche se lo entregaré a Shelton para que se lo dé mañana... O mejor... —Aurore frunció el ceño, pensativa, y se dirigió entonces a Shelton—: ¿Cómo voy a permitir que te mueras de aburrimiento tantos días sin poder hacer nada? Tendré que cambiar mi residencia de verano.

—No es necesario, Aurore —dijo Shelton.

—Claro que sí. El problema es que necesito tiempo para organizarme y para que Adeline tenga todo listo. Célestin y Matías te ayudarán, pero su trabajo no incluye ni atenderte ni encargarse de tus objetos personales durante el viaje o asegurarse de algo tan básico como es una buena comida. Necesitas a alguien de confianza.

—Estoy acostumbrado a moverme por el mundo solo... —dijo Shelton.

—Medio inválido, no —repuso Aurore obstinada. Se dirigió a Cristela—: Tú irás con él y le harás compañía. Yo me reuniré con vosotros en cuanto pueda.

21

—¿De modo que, aun viviendo tan cerca, nunca se te ocurrió subir al Aneto?

Shelton la miraba con esos ojos tan azules que a Cristela le costaba creer que pudieran existir. Por fortuna, en breve llegarían a Montréjeau, donde podría librarse de la interminable curiosidad de ese hombre que la inquietaba. En una diligencia normal hubieran llegado a su casa en una jornada, pero a la velocidad que viajaban les estaba costando el doble. El amplio carruaje propiedad de Shelton, una impresionante berlina Ehrler con linternas ricamente cinceladas e interior acolchado en raso azul, rodaba con calma por el camino real para que ningún movimiento brusco le provocara dolor en la pierna al herido. Cristela apenas había tenido tiempo de fijarse en el paisaje porque él la había abrumado a preguntas. Le quedaría una idea vaga de una sucesión de pueblos —Lourdes, Tarbes, Lannemezan...— que poseían el encanto cautivador de los grabados y acuarelas.

—Tampoco conozco a nadie que lo haya hecho —respondió Cristela—. ¿A qué fin, monsieur? Los pastos de las montañas son para el ganado y los pastores. De ahí para arriba, en los picos, nada crece sino las nubes.

Shelton sonrió. Iba sentado en un lado con la pierna extendida, ocupando dos asientos. Frente a él estaba Cristela, junto a Matías, que se intercambiaba el puesto de cuando en cuando con Célestin, sentado ahora en el pescante con el cochero.

—¿Cómo explicarlo? Es algo irracional. Se siente un placer inexplicable después de haber domado una montaña difícil... —Se dirigió a Matías—: ¿No estás de acuerdo?

Matías asintió brevemente, pero no dijo nada.

Cristela se había percatado de que el joven fruncía el ceño con demasiada frecuencia ante los comentarios de Shelton, como si le irritasen y tuviese que contenerse para no responderle de malas maneras. Esperaba encontrar algún momento para hablar con él a solas, sobre eso y también sobre una idea que había ido tomando forma en su mente. En los dos días de viaje no había sido posible. Y en la posada donde se habían detenido había pasado la noche en vela, pendiente de Shelton, a quien el fuerte dolor le había impedido siquiera servirse un vaso de agua. Tenía que reconocer que era un hombre muy educado y agradable. Lamentaba sentirse tan inútil, le había repetido varias veces a lo largo de la noche, y agradecía que nadie más que ella lo viera en ese estado real de invalidez. Ella era consciente del esfuerzo que estaba realizando para parecer alegre y cordial.

—Me lo pregunta a mí, monsieur... —comentó Cristela para romper el silencio—, que soy mujer. ¿Cree que tendría fuerzas para hacer lo que usted hace?

—¿Y por qué no? —repuso Shelton—. Otras hay que lo han conseguido. Tienes el ejemplo de Anne Lister. Aunque ya falleció, tuve la ocasión de conocerla en Cauterets. Ascendió el Vignemale...

—En realidad, debería decir que fue ella quien lo conquistó —se apresuró entonces a intervenir Matías—, a pesar del juego sucio de aquel príncipe... Y nunca lo hubiera conseguido sin un guía.

Shelton lo miró, un tanto sorprendido por su tono, y

se dirigió a Cristela, que mostraba signos evidentes de no comprender la conversación:

—Siento no haberme expresado con corrección. El príncipe de la Moskova coronó el pico después de Anne e hizo desaparecer la botella donde ella había escrito su nombre y el de sus guías para apuntarse la gloria de haber sido el primero. Para hacer honor a la verdad, Anne obligó al guía a confesar ante testigos y a certificar por escrito que ella era la vencedora del Vignemale.

—Una mujer decidida… —comentó Cristela.

—Sin duda. —Shelton le mantuvo la mirada durante unos segundos que a ella le resultaron eternos.

Un grito del cochero rompió el silencio.

—*Nous arrivons, monsieur!*

Cristela asomó la cabeza por la ventanilla. La última imagen del campo antes de entrar en Montréjeau le proporcionó una vista maravillosa: a lo lejos, al sur, tras una sucesión de suaves colinas, se extendía una extensa franja dentada de nieve que separaba el cielo de la tierra. Rápidamente, unas casitas similares, de baja altura y pegadas unas a otras, y luego una iglesia le taparon la vista, y el ruido de las ruedas y los cascos de los caballos tronó sobre el suelo adoquinado de las calles. La berlina redujo la velocidad cuando pasó por una pequeña plaza de edificios de tejados de teja roja y continuó unos metros por una estrecha calle antes de girar y cruzar un arco de piedra por el que se accedía a un inmenso patio.

Cristela escuchó que el cochero explicaba a alguien las razones del inesperado regreso del señor. Al poco, acudieron varios criados para hacerse cargo de sus cosas. Matías y Célestin se llevaron a Shelton en brazos. Tras unos minutos de intenso movimiento, de voces y de ruidos, la joven se vio rodeada de silencio. Sola en el carruaje, suspiró con resignación. Parecía que nadie había reparado en su presencia.

Abrió la portezuela y asomó la cabeza. Tuvo que parpadear varias veces para convencerse de que sus ojos no la engañaban.

En un pequeño pueblo de la campiña del sur de Francia, por un momento le dio la impresión de que volvía a estar en París.

Descendió del carruaje y permaneció un largo rato en medio de aquel inmenso patio admirando la mansión de Shelton, de extraordinarias dimensiones. Se sintió insignificante. Construido en forma de una U perfecta, el edificio principal constaba de tres grandes módulos de tres plantas y tejado abuhardillado. Otros edificios menores, parterres ajardinados y una iglesia cerraban parcialmente el recinto. Dedicó su atención al edificio principal. Contó quince ventanas en cada planta y ocho coquetas aberturas en el tejado. Un precioso porche abajo realzaba la puerta de entrada, y en mitad del tejado una elevación de la cornisa lucía tallado un escudo de armas. Sobre aquella cornisa se levantaba un pequeño y esbelto torreón de vigía. Cristela no tuvo ninguna duda de la función de ese lugar. Se imaginó a Shelton apoyado en la barandilla que lo rodeaba para contemplar la vista de los Pirineos. La pasión de ese hombre por las montañas era enorme.

Alguien salió de la mansión.

—¡Aquí estás! —Matías sonrió al verla—. Con todo este lío, no sabía dónde te habías metido. —Dejó el fardo que portaba en el suelo—. Mi trabajo con monsieur Shelton ha terminado por este año. —Le enseñó un fajo de billetes que se guardó en una cartera sujeta al cinturón, donde también llevaba el sobre de Aurore para Attua—. No se ha portado mal...

—Me parece que has pronunciado monsieur con retintín... —dijo Cristela—. Yo creía que estabas contento de que te hubiera contratado.

—No tengo nada contra él, sino contra todos los que son como él. Y créeme, Cristela, este último año he conocido a varios, entre los que incluyo a tu querida Aurore y su insoportable amiga rusa.

—No te comprendo, Matías. Attua me contó cómo os ayudó Aurore cuando huisteis de Madrid. También se ha portado muy bien conmigo. Y creo que el señor Shelton es un buen hombre.

—Sí... Ya me he dado cuenta de que tienes buena opinión de él. Y al revés también. No hay más que ver cómo te mira y se dirige a ti.

—¿Qué tonterías estás diciendo, Matías? —Cristela se puso a la defensiva.

Él resopló y dio unos pasos para apoyarse en una balaustrada próxima.

—Perdóname, Cristela. Es que no puedo olvidar lo que me dijiste en Cauterets, cuando nos separamos pensando que no nos íbamos a ver más. Hubiera apostado cualquier cosa porque Attua y tú..., bueno, digamos que sabía de sus sentimientos hacia ti y creía que tú los compartías. Estoy confuso. Attua siempre ha sido mi mejor amigo... Te suponía en Albort y te encuentro aquí convertida en una joven y elegante dama que se codea con la clase más alta. ¿Qué pasó en Albort el año pasado? El mensaje que me diste para Attua... No me lo quito de la cabeza. Debo decirle que fue un accidente y que tú estás bien. ¿Eso es todo?

—De momento sí, Matías. Las cosas nunca son ni como parecen ni como las habíamos pensado. Tú lo sabes... —Suspiró levemente—. Quiero pedirte algo más. Iré contigo hasta Luchon. Necesito que me acompañes hasta la frontera. Yo esperaré allí y tú irás en busca de Attua. Necesito verlo. Y no puedo ir a Albort. Te prometo que pronto sabrás todo, pero primero quiero ver a Attua...

A Matías le sorprendió la petición pero accedió.

—De acuerdo. Hablaré con Célestin para que nos acompañe. No podrás quedarte sola mientras yo voy en busca de Attua.

—Gracias, Matías. Se lo diré a Shelton. Ahora que ya está en su casa, no creo que le importe que me ausente unos días. —Cristela hizo una pausa—. Una cosa más. ¿Por qué no soportas a la gente como Aurore y Shelton?

—He aprendido mucho estos meses. He leído mucho. He hablado con personas como Célestin. He tenido que trabajar para ganarme la vida. Ver mi país desde la distancia me ha hecho aprender sobre él. Tú lo has dicho, Cristela. Las cosas no son como las imaginamos. En todo este tiempo he pensado a menudo en mi padre, siempre tan correcto, tan moderado en todo, tan preocupado por cumplir con sus obligaciones. Como Attua... —Esbozó una triste sonrisa—. Mi padre hubiese deseado un hijo como él. Pues mira, aquí he encontrado gente que opina como yo. Que la política puede cambiar la existencia. El Estado no debe limitarse a defender y administrar la sociedad, sino que debe configurarla y conducirla...

—¿Y quién marca la dirección, Matías? —lo interrumpió Cristela—. ¿La revolución? ¿No andarás metido en algún lío con esos nuevos socialistas? —Sentía una mezcla de curiosidad y preocupación—. Aurore me ha contado muchas cosas...

Aurore le había explicado la historia de los últimos decenios en Francia, que para la mujer consistía básicamente en una sucesión de periodos de estabilidad seguidos de indeseables estallidos revolucionarios. La revolución de 1820 había surgido como reacción a la monarquía restaurada tras la derrota de la Francia revolucionaria. En la de 1830, las clases medias y populares se habían levantado contra el rey Carlos X por no aprobar reformas políticas como la ampliación del voto, la libertad de expresión y prensa y la supresión de la censura y la condición hereditaria de la Paridad de la Cámara Alta. Los diputados liberales habían elegido al nuevo rey Luis Felipe I. Entre otras cosas, la Cámara de los Pares, que representaba a los nobles, había dejado de ser hereditaria y había perdido importancia a favor de la Cámara de los Diputados. Por supuesto, el hermano de Aurore estaba muy enfadado porque ya no podría dejarle el cargo en herencia a su hijo y Aurore se preguntaba continuamente qué más podían pedir los agitadores. Por su parte, Cristela había aprovechado sus meses en París para leer la prensa y, aunque había concluido que la visión de Aurore era demasiado simplista porque la política no le interesaba demasiado, tenía que reconocer que todavía le costaba comprender muchas cosas de lo que sucedía en el mundo.

Matías hizo un gesto despectivo.

—Bah, no creo que alguien como ella haya sido capaz de hablarte del bien común, la igualdad social y la libertad. Si Aurore no te hubiera acogido y tuvieses que trabajar en una de esas fábricas textiles de París, hablarías de otra manera. Fíjate en este lugar. —Señaló la mansión de Shelton—. Nadie debería poseer tanto como él. Es injusto. Y más cuando en el resto del país se pasa hambre.

—Pues tú te has alegrado de cobrar hoy... Y bien que te has ganado la vida en Cauterets gracias a personas como los que criticas. No te enfades, pero, aunque a menor escala, tú también desciendes de una familia rica... Y en cuanto a la libertad... Ninguno somos libres. Yo nunca lo fui. Sabes en qué horrible lugar crecí. Pero nadie en mi vida me ha tratado como Aurore. Ella no tiene la culpa de tener dinero. Y es generosa.

Matías extendió las manos en actitud conciliadora. Podría haber continuado horas hablando del tema con apasionamiento, pero no quería discutir más con ella.

—Solo digo que no te fíes, Cristela. Eres demasiado inocente. Y, créeme, a Shelton le gustas.

Justo entonces, un hombre delgado de mediana estatura con la levita de mayordomo salió al patio buscando a alguien con la mirada. Pareció aliviado cuando distinguió a Cristela. Se acercó a ella y le dijo con educación:

—Madame, el señor desea verla.

—Te avisaré cuando haya quedado con Célestin —se despidió Matías—. En principio nos iremos mañana.

Cristela siguió al mayordomo por unas inmensas escaleras de mármol blanco hasta la planta superior. Estaba tan absorta repasando la charla con Matías que no prestó mucha atención al lujo que la rodeaba. Aguardó a que el mayordomo se lo indicara y entró en una habitación con varias ventanas enormes. Shelton, cómodamente instalado en un sofá, le pidió que se aproximara. Se había cambiado de ropa y su rostro mostraba signos de cansancio.

—Espero que no hayas pensado que me había olvidado de ti todo este rato… El médico no tardará en llegar. Rezo para que me diga que este suplicio no durará demasiado. Pero me siento optimista. Igual es solo un golpe. Si estuviera rota, me dolería mucho más, creo. —Con una sonrisa le indicó que se sentara en un sillón cerca de él—. Hasta que llegue Aurore, me gustaría que te sintieras como en tu casa. Confío en que no te resulte muy aburrido. Lamento no poder acompañarte a pasear. Aurore me dijo que te gustaba mucho leer. Dispongo de una amplia biblioteca.

—Se lo agradezco, monsieur. En realidad, quería decirle que voy a estar unos días fuera. Aquí mis servicios no son necesarios.

Shelton no ocultó su sorpresa.

—Vaya... ¿Lo sabe Aurore?

—No necesito su permiso... Quiero decir que no creo que le importe. Desde que trabajo con ella no le he pedido ningún día libre. —Era cierto. Hasta Adeline se ausentaba algunas veces para visitar a sus familiares.

—Tienes razón, Cristela. Mi preocupación por ti me ha hecho ser desconsiderado.

Cristela recordó la advertencia de Matías. Desde que le había dicho que Shelton mostraba interés por ella, todas sus palabras cobraban un nuevo significado. ¿Se preocupaba por ella? ¡Si apenas se conocían! Y ella no era más que una dama de compañía —que era como a Aurore le gustaba presentarla—, en realidad un escalón superior a una criada. No podía sentirse más confusa. ¿Por qué iba a fijarse en ella alguien como el señor Shelton? Probablemente tendría a decenas de mujeres entre las que escoger. O tal vez fuera un hombre de esos que se encaprichaban de las jovencitas a su alcance... Y si, por el contrario, sus intenciones eran de lo más honestas, lo sentía por él, pues estaba perdiendo el tiempo. Para ella solo existía Attua.

—¿Y puedo saber dónde tienes pensado ir?

—Tengo ganas de dar una vuelta por mi tierra. Va a hacer un año desde que me fui. —Se sintió mal por mentir. Se quedaría en la frontera. Ella solo quería ver a Attua.

Shelton asintió.

—Desde que te encontré perdida en esas montañas... ¿Recuerdas?

En realidad, pensó Cristela, no estaba perdida: sabía muy bien hacia dónde se dirigía. Pero sería injusto no reconocer que gracias a ese encuentro inesperado todo había resultado más fácil.

—Cómo olvidarlo, si usted me rescató.

—Si algo te pasara, Aurore no me lo perdonaría... Al

fin y al cabo, tendrías que estar con ella ahora. De alguna manera estás bajo mi responsabilidad.

—Me acompañará Matías, y quizá también Célestin.

—Eso me tranquiliza, pero permíteme que yo me encargue del transporte.

—Es usted muy amable.

—Después de tanto tiempo, es lógico que desees ver a tu familia...

Ella asintió con la cabeza, pero guardó silencio. Shelton aprovechaba cualquier ocasión para obtener más información sobre ella, siempre sin éxito. Conociendo la amistad que lo unía a Aurore, seguramente él ya estaba al tanto de su vida anterior. ¿Qué más quería saber? Si supiera lo que había sucedido... En realidad, no tenía ningún familiar, ni cercano ni lejano. Solo a sus amigas Belisa y Davina. Solo a Attua. Por suerte, él no insistió en continuar por ese camino.

—Una última pregunta, Cristela. —Shelton meditó sus palabras—. ¿Existe alguna posibilidad de que no regreses?

Cristela bajó la vista hacia sus manos, entrelazadas en el regazo, para evitar mirar a Shelton. Para evitar que leyese en sus ojos la respuesta, que era muy simple: ojalá no tuviera que regresar, pues eso significaría que podía vivir con Attua.

—Hace mucho que ya no hago planes, monsieur —respondió en voz baja.

Realizar el mismo camino de su huida en sentido inverso provocó en Cristela sensaciones enfrentadas. Cuanto más se acercaba a la frontera, más fuerte latía su corazón de alegría ante el encuentro con Attua y más aumentaba el temor de que alguien la reconociera y la apresara. Les había hecho jurar a los guías que, en caso de que alguien les preguntara sobre la mujer que ocultaba su rostro tras la tela de tul de un sombrero, dirían lo mínimo, que era una acaudalada parisina a quien su amigo, el conocido Shelton, barón de Montréjeau, había prestado el coche para viajar hasta Luchon. Desde allí, deseaba acercarse hasta la frontera con España para ver de cerca los cada vez más famosos Montes Malditos. El único problema era el aduanero. Confiaba en que no fuese demasiado curioso.

Pasaron la noche en el refugio francés donde ella no había querido entrar el verano anterior, cuando huía y Shelton la encontró. Estaba tan nerviosa que no abandonó la habitación ni siquiera para cenar. No lo había pensado antes, pero existía la posibilidad de toparse con Gabino con motivo de uno de sus numerosos viajes, algo que le producía auténtico terror. Dio gracias a Dios por haber mandado unas inesperadas lluvias para evitar que a esas alturas del mes de julio hubiera mucho trasiego de gente. Eso era lo único que le proporcionaba algo de alivio.

Al amanecer del día siguiente, Matías y Célestin intentaron quitarle la idea de continuar adelante. Unas nubes grises y plomizas cubrían el cielo, amenazando con explotar en forma de lluvia en cualquier instante. Obstinada, Cristela comenzó a caminar. Que los cielos hicieran lo que les diera la gana, pero ella tenía que subir esa empinada cuesta, bordear el lago de Boum a cuyas profundidades pertenecía ahora el cuerpo de Ana, cruzar la abertura de la roca y gritar el nombre de Attua. Si no lograba hablar con él ahora que estaba tan cerca, la ansiedad la trastornaría. No esperaría ni un solo día más.

Consciente de que nada la haría detenerse, Matías la alcanzó.

—De acuerdo, Cristela. Haremos como has dicho. Me adelantaré y avisaré a Attua de que se reúna contigo arriba. Célestin te acompañará en todo momento. Pero prométeme que si empieza a llover regresarás al refugio cuanto antes. No hay nada peor que una tormenta en la montaña.

Llegaron hasta el puesto del guardia de la aduana gala y le mostraron sus documentos. Como iban vestidos de guías, el hombre no les prestó mucha atención, pero a Cristela le dio un vuelco el corazón cuando lo escuchó murmurar:

—¿De qué me suena el nombre de la señora? No es muy frecuente...

—Es amiga del barón de Montréjeau —explicó Célestin.

El guardia la miró frunciendo el ceño, y Cristela sintió que el corazón se le aceleraba. Se arrepintió de no haberse cambiado el nombre cuando Aurore le consiguió una nueva documentación en París, gracias a un amigo de la embajada española. Lo pensó, pero una parte de ella se había resistido a perder su identidad. Transcurrieron unos segundos y, por fin, el hombre asintió y le permitió seguir adelante.

Anduvieron hasta que perdieron de vista el refugio y la caseta de la aduana. Entonces, Célestin y Matías se apartaron unos pasos e intercambiaron unas palabras en voz baja. Aunque estaban de espaldas a ella, Cristela vio con extrañeza que Célestin extraía unos papeles de su zurrón y se los entregaba a Matías, y que este los escondía con rapidez en el fajín que sujetaba sus pantalones. Se preguntó qué secretos se traerían esos dos entre manos, probablemente relacionados con la política, y deseó que Matías fuera lo bastante sensato como para no meterse en líos.

Matías se acercó a Cristela. Como él ya se quedaría en Albort, tomó su mano y la apretó a modo de despedida.

—Cuídate mucho, Cristela.

—¿Y si no está Attua? —preguntó ella nerviosa aferrándose a su mano—. ¿Cómo sabré cuánto tengo que esperar?

—No se me había ocurrido… —Matías pensó una respuesta—. Si de aquí a cinco horas Attua no ha llegado, date la vuelta. Cuando vuelva a Francia, te buscaré y te daré noticias de él, te lo prometo.

Echó a andar y pronto su imagen se convirtió en un punto móvil entre las piedras. Cristela y Célestin continuaron tras él a un paso más lento.

¿Qué eran cinco horas?, pensaba ella para animarse mientras caminaba hacia lo alto. Después de tantos meses, si por fin conseguía ver a Attua, nada.

Intentó respirar con calma.

El tiempo no significaría nada en cuanto lo abrazara de nuevo.

22

Attua intuía que algo sucedía con Alfredo.

Había aparecido por sorpresa hacía unos días en Albort con la excusa de traer los documentos del préstamo que le había conseguido de uno de sus amigos inversores, cuando para eso bien podía haber enviado a algún mensajero de confianza. Al principio había pensado que deseaba ver a Belisa y tal vez pactar las condiciones de su matrimonio con ella, pero ningún anuncio se había hecho ni su amigo había sacado el tema. Y aunque Alfredo había pasado muchos ratos en compañía de su hermana, había mostrado un semblante serio que en esos momentos era todavía más ceñudo.

Attua y Alfredo estaban despidiéndose al amanecer en el llano bajo la casa de los baños, donde unas estacas de madera unidas por un cordel delimitaban el contorno del primer edificio que albergaría las nuevas termas. Los albañiles habían fabricado ya una cuarta parte de los cimientos en la zanja abierta junto a la ladera.

—Espero que el verano sea tranquilo y caluroso —dijo Attua— y se puedan levantar los muros sin interrupciones antes de las lluvias de otoño. Según mis cálculos, las termas deberían estar en funcionamiento en dos años. No estaré tranquilo hasta que pueda empezar a devolver todo lo que debo...

Alfredo apenas reaccionó con un leve movimiento de cabeza.

—Tú siempre me has ayudado —añadió Attua con cautela y, a la vez, con la certeza de que la actitud alicaída de su amigo no se debía solo a su despedida de Belisa—. Si hay algo que yo pueda hacer ahora por ti...

Alfredo dejó escapar un suspiro y llevó la mano al bolsillo de su chaleco, de donde extrajo una carta.

—Cómo me gustaría que las cosas fueran de otra manera... —dijo con voz triste—. Mi padre ha concertado mi matrimonio con la hija de unos amigos de la familia... —Se calló de repente, como si a él mismo le produjera extrañeza escuchar sus propias palabras.

—¿Y qué vas a hacer? —preguntó Attua, intentando no ponerse en la piel del hermano preocupado sino del amigo.

—Es hija única, heredera de un gran patrimonio... —Alfredo resopló—. Significaría la tranquilidad económica de todos los proyectos de mi familia. Terminaríamos el edificio que está aún a medias, ¿te acuerdas? Es una buena muchacha, aunque... —alzó la mirada hacia el oscuro edificio que desde allí parecía todavía más solitario— no es Belisa.

Attua recordó que su amigo había abandonado los estudios en contra de la voluntad de su padre y se preguntó si también esta vez decidiría por su cuenta. Pero Alfredo había dejado la academia para dedicarse al negocio familiar, hacia el que sentía un apego demasiado fuerte... La respuesta le llegó enseguida:

—Si no accedo, mi padre me desheredará —dijo—. Y lo creo capaz de hacerlo. ¿Qué futuro podría darle entonces a tu hermana? Ninguno.

Alfredo le tendió la carta. Podía haberse evitado ese viaje, pensó a un tiempo. Podía haberla enviado sin más... Sin embargo, aunque se sintiese como un cobarde, deseaba ver a Belisa una última vez.

—¿Le entregarás esto de mi parte? No he sido capaz de decírselo a la cara…

Attua tomó la carta, pero guardó silencio porque no se le ocurría qué decir. Para él, la verdadera amistad consistía en no juzgar —y de hecho, nada le había recriminado Alfredo sobre su repentino matrimonio con Davina, cuando sabía que no la amaba—. Por otro lado, ser consciente del sufrimiento por el que pasaría su hermana despertaba en él punzadas de rencor hacia quien la abandonaba por culpa, al fin y al cabo, de algo tan odioso y necesario como era el dinero.

Alfredo montó en su caballo y dirigió una última mirada a su amigo, que permanecía en silencio con el ceño levemente fruncido.

—Siento mucho defraudarte, Attua —dijo—. Por favor, créeme. Y si algo puedo hacer por ti en un futuro, no dudes que lo haré.

Se marchó al galope en dirección al sur. Attua no se movió hasta que lo perdió de vista. La carta le quemaba en las manos y deseó no tener que ser el portador de esas malas noticias. Se aupó en su montura y tomó el serpenteante camino a casa. Allí se dirigió directamente a su despacho. Sopesó si entregarle ya la carta a su hermana, pero decidió esperar a la noche. Belisa era una mujer orgullosa. Seguramente preferiría la soledad de la noche en su cuarto para dar rienda suelta al desconsuelo.

Ocultó la carta entre unos papeles y decidió ocuparse en algo con tal de olvidarse de ese nuevo trago que tan mal sabor de boca le había dejado.

Estaba sobre el tejado, tomando unas medidas y anotándolas en un cuaderno, cuando horas más tarde divisó a lo lejos una figura que se acercaba por el camino del norte y se detenía ante la caseta del aduanero. Pensó que sería uno de los clientes que regresaban de su paseo matutino, pero su forma de caminar, desenfadada, familiar, le llamó la atención. Entrecerró los ojos y, por primera vez en mucho tiempo, Attua sintió algo parecido a la alegría.

Bajó rápidamente y acudió a su encuentro junto a los establos.

—¡Matías, amigo mío! —exclamó mientras se abrazaban y se palmeaban la espalda—. ¡Cuánto me alegro de verte!

—¡Y yo a ti, Attua! No sé si cometo una imprudencia, pero ya no podía aguantar más sin dar una vuelta por casa.

—En estos meses, nadie ha preguntado nada. Me atrevería a asegurar que el peligro ha pasado. Pero cuéntame, ¿qué has hecho todo este tiempo? Tienes un aspecto estupendo.

—Tú también —mintió Matías, a quien le había sorprendido el cambio evidente en Attua. Estaba más fuerte, pero su rostro tostado por el trabajo al aire libre no pertenecía al del joven sosegado que recordaba, sino al de un hombre atormentado. Sin duda, lo que le había contado Cristela sobre la muerte de Custodio, la decisión de hacerse cargo de los baños y la inexplicable separación de la joven le había pasado factura—. Agradecería algo de comer y de beber... Necesitaremos un buen rato para ponernos al día.

Pasaron por delante de los establos, donde Davina ayudaba a una muchacha a verter en tinajas la leche recién ordeñada. La sorpresa de los hermanos al reconocerse los dejó unos segundos sin palabras. Por fin se fundieron en un prolongado abrazo.

—¡No me lo puedo creer, Matías! —repetía Davina riendo y llorando a la vez—. ¡Tú aquí! ¡Ya verás qué contentos se ponen nuestros padres! Porque te vas a quedar, ¿verdad?

Matías se separó de ella para observarla. Se sentía confuso. La piel del rostro y las manos de Davina no era tan fina y delicada como recordaba y echaba de menos el olor fresco y perfumado que la solía envolver.

—¿Ahora te hacen trabajar para pagar tu estancia en los baños? —preguntó en broma, dando por supuesto que estaba allí para tomar las aguas.

Davina rio, pero fue una risa carente de alegría.

—Ay, Matías. Han pasado tantas cosas desde que te fuiste... Para empezar, vivo aquí. Attua es mi marido.

Matías miró a uno y a otro, sin decir nada, durante un buen rato. Jamás se hubiera podido imaginar esa situación. Le vino a la mente el encargo de Cristela y supo enseguida que el terrible dilema al que se tenía que enfrentar no lo dejaría en paz nunca más.

—Te has quedado sin palabras —dijo Davina.

—Yo... La verdad es que sí... —Matías se pasó una mano por el cabello—. En fin, supongo que lo correcto es daros la enhorabuena. —Besó a su hermana en la mejilla y tendió la mano a Attua, que guardaba un incómodo silencio—. Como se suele decir, espero que sea para bien.

—Gracias. —Davina cargó con una de las tinajas y le indicó a la criada que se adelantara—. Os espero dentro y tomaremos algo. Menos mal que Celsa y Belisa han dejado la comida preparada. Son mejores cocineras que yo. Han bajado de compras a Albort, y de paso, al cementerio...

Gracias a Cristela, Matías estaba al tanto de la muerte de Custodio, pero comprendió que, por ahora, debía actuar como si no lo supiera.

—¿Por qué? —preguntó fingiendo extrañeza.

—Custodio falleció el verano pasado... —respondió Davina—. Attua te contará.

Una vez a solas, Matías escuchó el relato de su amigo

sobre el asesinato de Custodio y su decisión de hacerse cargo del negocio.

—Siento lo de tu padre, Attua... Y que no haya habido ni sospechas de quién pudo ser el... asesino. —Le costó pronunciar la palabra, porque también le traía recuerdos de lo que él mismo hizo meses atrás.

Attua dudó si confiar en su amigo y optó por hacerlo solo parcialmente.

—Yo las tengo, pero sin pruebas no hay nada que hacer. Encontraré el momento. Sé que llegará.

—¿Las has compartido con alguien?

—No. —No era cierto, pues se lo había comentado a Alfredo, pero este le había hecho ver que sus razones eran demasiado débiles para acusar a un hombre ante la justicia.

Matías comprendió que nada más diría sobre ese tema. Tras unos instantes de silencio, resopló.

—Una noticia tras otra... Y qué lástima que dejaras los estudios. Supongo que tu tío Ricardo no pudo echarte una mano para continuar.

—Me escribió. Él ahora tiene sus propios problemas. Sigue en el cuartel, a ver qué pasa con el país. No puede hacerse cargo de toda mi familia. Tampoco es su responsabilidad.

—Y ahora vives aquí con mi hermana... —Matías tenía que preguntárselo—: ¿Y Cristela? ¿Qué pasó con ella?

Attua apretó los dientes. No soportaba hablar de ella. Bastante duro le había resultado tener que contarle lo sucedido a Alfredo esa semana. Hablar de aquello era revivir las llamas del dolor en su interior.

—Cristela murió —dijo simplemente, y salió del establo.

Odiaba esas palabras. Cristela murió. Murió. Desapareció. Lo abandonó. Lo dejó solo en ese lugar que cada día detestaba más. La risa de Davina debería ser la suya. Las caricias de Davina en el lecho deberían provenir de otras manos. El paso del tiempo no curaba la herida. La gangrenaba, provocándole un padecimiento sin fin. No conseguía ser como los demás.

Matías lo siguió. Miró hacia el norte. Una masa de nubes permanecía apretada en la misma frontera de las montañas. El viento las frenaba contra su voluntad. Ellas querían reventar las costuras de piedra y ocupar nuevos territorios celestes, pero no podían. Cuando eso sucedía, todos en Albort sabían que el sol brillaba en España azotado por el aire y que llovía en Francia.

Llovía en Francia, donde Cristela esperaba.

—¿Qué quieres decir con eso de que murió? ¿Dejaste de quererla?

Attua negó con la cabeza. Eso era imposible. Cristela seguía dentro de él. Le contó brevemente lo que había sucedido en casa de Cosme, la huida de las dos jóvenes y el fatal desenlace.

Matías visualizó el rostro de Cristela.

Cuántas lágrimas tendrían aún que surcarlo.

La voz del amigo le gritaba que sacara a Attua de su error. ¡Cristela estaba viva! ¡Cristela lo estaba esperando!

La voz del hermano le exigía que callara. Davina sufriría si Attua averiguaba que Cristela estaba a pocas horas de camino. Porque Matías estaba seguro de que Attua volaría hacia ella.

Miró de nuevo hacia las montañas. Se arrogó el poder del viento y les anunció en silencio que hoy no cruzarían. Antes que amigo era hermano. Para sí, con un insoportable pesar que le partía el corazón, pidió perdón al amigo antes de traicionarlo. Attua no debía saber que Cristela estaba viva.

Llegó junto a él y alzó una mano que apoyó en su hombro.

—Lo siento mucho, Attua. Espero que mi hermana sea capaz de hacértela olvidar.

Sentados en la cocina de la casa, y ante un silencioso Attua, los hermanos se pusieron al corriente de las noticias de los últimos meses. Partieron de lo general, de lo que atañía al país, y terminaron con sus propias vidas. Davina se sorprendió de que Matías estuviera al tanto de los acontecimientos políticos. Sabía incluso más que ella.

Después de la derrota y exilio del regente Espartero, en septiembre de 1843 se habían celebrado elecciones en las que progresistas y moderados se habían presentado en coalición; apenas cumplidos los trece años y declarada mayor de edad anticipadamente, Isabel II había sido proclamada reina y había jurado la Constitución en noviembre; tras unos meses de conflictos entre progresistas y moderados, el gobierno estaba ahora presidido por el general Narváez, líder del Partido Moderado, como habían vaticinado muchos, y ya había suspendido las ventas de bienes eclesiásticos decidida por Mendizábal, para alivio de hombres como el párroco Nicasio, que aun con todo lamentaba que se garantizasen las ventas ya realizadas; los grandes propietarios y ganaderos de Albort se habían constituido en Junta Moderada que se había integrado en la Junta Provincial, y estaban apoyados por voluntarios de la Milicia Nacional; y en la primavera se había creado la Guardia Civil, un cuerpo especial de fuerza armada de Infantería y Caballería con el objeto de conservar el orden público y proteger a las personas y sus propiedades, sobre todo en el ámbito rural y después de la guerra carlista. Su función sería la lucha contra el bandolerismo, la defensa de carruajes, el servicio de escoltas y la protección de vías y caminos.

—Padre dice que con la guarnición militar del castillo, los ocho de la milicia y los carabineros de las aduanas, nuestra seguridad está más que asegurada. —Davina sonrió—. En realidad, protesta porque el gasto del alojamiento de los nuevos guardias civiles correrá a cargo de los ayuntamientos. Tendrá que subir la contribución y los propietarios se quejarán. Como ves, hay cosas que no cambian.

Matías le devolvió la sonrisa.

—Me temo que Gabino tendrá motivos de preocupación.

—Pues no lo sé, pero él sigue a lo suyo. No sé de qué pasta está hecho. Ni siquiera las muertes de su familia lo ablandaron un poco.

—Todavía me resulta difícil creer lo que pasó... —dijo Matías—. Conociendo a Cristela, tuvo que ser un accidente.

—Entonces, ¿por qué huyó? —preguntó ella.

—Yo también tuve que huir, Davina. Y no me considero un asesino. Ambos sabíamos a qué nos exponíamos cuando aceptamos retarnos en duelo.

—Tal vez tengas razón, pero eso ahora da igual. Los muertos no pueden explicarse.

Attua se levantó de la mesa y salió sin decir nada. Tampoco podía soportar escuchar el nombre de Cristela en boca de Davina.

—Lo encuentro cambiado —comentó Matías.

Davina se encogió de hombros.

—Tiene mucho trabajo.

—¿Estás contenta?

—¿Por qué no habría de estarlo? —A Davina le tembló la voz.

Matías se había percatado de que Attua apenas la miraba, de que la trataba con cordial indiferencia, impropia de una pareja recién casada, a no ser que se hubieran casado por obligación.

—¿Cómo fue? Me refiero a lo vuestro.

—Ya te lo he dicho. Attua decidió ocupar el puesto de su padre y hacerse cargo de la familia. Comenzamos a vernos y a hacer planes.

Aquello sorprendió aún más a Matías. Le extrañó que Attua se hubiera olvidado tan pronto del recuerdo de Cristela.

—¿No echas de menos las comodidades de casa? Nunca te había visto servir, y por el aspecto de tus manos diría que también te toca fregar.

—Tú también trabajas, no veo qué hay de malo. —Davina se puso a la defensiva, si bien ocultó las manos bajo la mesa.

—No me malinterpretes. Solo quiero asegurarme de que eres feliz.

—Pues lo soy. Y también estoy más fuerte físicamente. Solo toso cuando me pongo nerviosa.

Attua regresó.

—¿Te quedarás esta noche con nosotros? —preguntó.

—Gracias, Attua, pero tengo ganas de llegar a casa.

A Davina se le llenaron los ojos de lágrimas al oír la palabra. Hacía dos meses que no veía a sus padres. Por un lado deseaba hacerlo; por otro la avergonzaba que pudieran leer en su mirada lo mismo que percibía en la de Matías. Que quedaba poco de aquella joven delicada que soñaba con un hombre que la quisiera. Que ya no lucía bonitos vestidos, sino las mismas faldas y el mismo grueso corpiño. Que sus manos estaban tan ásperas como las de Belisa. Que odiaba la ilusión con la que la hermana de Attua hablaba de sus planes con Alfredo porque el día que ella se fuera se terminaría la poca alegría de la casa. Que Celsa era un témpano de hielo comparada con su madre Isabel. Que no era feliz. Que el tiempo pasaba tan lentamente en ese inhóspito lugar que se asfixiaba. Que su marido cumplía con ella como si fuese un apartado más de la lista de obligaciones que se había impuesto. Attua se limitaba a trabajar en su proyecto, a comer cuando lo llamaban y a pasear en su caballo, siempre en dirección al norte. Para cuando estuviese terminada la primera fase del proyecto —la construcción de las termas de los prados de abajo—, el hijo que crecía en su vientre ya caminaría. Más asfixia. Todavía no se lo había dicho a nadie. Ni siquiera a Attua. Dudaba que mostrase algo de ilusión al conocer la noticia. Tal vez unos días fuera de aquel lugar le sentaran bien…

—Me gustaría acompañarte, Matías. —Davina se dirigió a Attua—. ¿Te importa que me ausente unos días?

—Eres libre de hacer lo que quieras —respondió Attua encogiéndose de hombros.

Davina comenzó a toser débilmente. Odiaba esa frase que tantas veces le repetía Attua. «Eres libre de hacer lo que quieras.» Las palabras no correspondían a un marido amable que diera permiso a su mujer para hacer algo. Era algo mucho peor. En realidad, le estaba diciendo: «No me ames porque yo no puedo hacerlo. No te sientas atada a mí». Ojalá supiera qué demonio lo corroía por dentro, convirtiendo los sueños nocturnos de Attua en pesadillas. Haría lo que fuera por matarlo. Porque ella, incomprensiblemente, lo amaba. Esa era su condena.

—Qué liberal, Attua… —intentó bromear Matías, un tanto molesto por el tono desapasionado de su amigo hacia su hermana—. Muchas mujeres darían lo que fuera por escuchar esas palabras. Me has hecho recordar a madame Aurore. Ella sí que hace lo que le da la gana. —Se golpeó la frente con la palma de la mano—. Casi se me olvida que te traigo un recado de su parte. El dinero que te debía. —Buscó en su cinturón y se lo entregó.

—¿Has visto a Aurore? —preguntó Attua.

Pensar en la francesa le trajo nuevos recuerdos de aquellos fatídicos días. Había preguntado por ella en Luchon cuando buscaba a Cristela desesperado. Le dijeron que se acababa de marchar. Durante un tiempo se imaginó que Aurore se había hecho cargo de Cristela. Pero eso no había sucedido. La pregunta que le dirigía a Matías encerraba un deseo imposible.

—Eh..., sí, en Cauterets, con unos amigos —respondió Matías en tono neutro—. Me dio saludos para ti.

Attua contó el dinero y se dio cuenta de que la cantidad superaba con creces la que él había gastado con Aurore. Podría pagarle a su tío Damián la cuota del préstamo que le había otorgado con el aval de las fincas y todavía le quedaría algo para seguir con las obras.

—Tendré que agradecérselo. ¿Sabes dónde puedo escribirle?

Matías dudó unos instantes.

—Pues, la verdad, no lo sé —mintió de nuevo—. El nuestro fue un encuentro casual.

Atardecía cuando Célestin le dijo por última vez a Cristela:

—Deberíamos regresar, mademoiselle. Pronto no se verá nada. Y tenemos que cambiarnos de ropa o enfermaremos.

Cristela se había negado a moverse de la frontera. Las cinco horas habían transcurrido. Y luego otra. Y dos más. Las nubes finalmente habían derramado su lluvia, como sus ojos lágrimas, al principio con calma, como un aviso tentativo de lo que vendría luego: una descarga cerrada de frustración, de profunda tristeza. Sin truenos, sin relámpagos. Sin rabia. Solo un continuo vertido hacia el vacío definitivo.

Dejó que Célestin la tomara del brazo, la guiara por el estrecho camino de regreso al refugio y la acompañara hasta la puerta de su cuarto. Abatida, se cambió de ropa y se tumbó en la cama. Intentó consolarse repitiéndose que Attua estaría de viaje, que solo había sido mala suerte, que en cuanto tuviera ocasión, Matías le informaría de su paradero y Attua acudiría en su busca. Con estos pensamientos, se durmió.

No sabía cuánto tiempo llevaba durmiendo cuando alguien llamó a la puerta con insistencia. Aún no había amanecido.

—Soy Célestin, mademoiselle —susurró el guía.

Cristela entreabrió la puerta. Célestin se llevó el dedo índice a los labios para que guardara silencio.

—Creo que deberíamos marcharnos. —Continuó hablando en voz muy baja—: Después de dejarla aquí, comí algo abajo. Coincidí con un grupo de hombres que charlaban con el guardia de la frontera. Hablaban de usted...

Alarmada, Cristela le hizo pasar para poder hablar mejor.

—Me preguntaron mucho —siguió él—, pero yo les repetí que había venido de París y que se alojaba en casa de monsieur Shelton. Les dije que no sabía más porque me habían contratado en Luchon para estos días, que no la había visto nunca. Por lo visto, al guardia le sonaba su nombre. Decía que un loco llegó hasta la frontera el año pasado buscando a una joven que se llamaba así o parecido... Uno de ellos repetía su nombre con extrañeza.

¿Un loco, buscándola? Cristela se imaginó a Attua desconsolado yendo tras ella y la embargó un sentimiento de profunda tristeza que, a la vez, la impulsó a adoptar una actitud decidida. Tenía que vivir por Attua. La había buscado. Y si hoy no había acudido era porque no estaba en Albort.

—¿Sabes quiénes son? —preguntó para confirmar lo que sospechaba: que Gabino andaba por allí.

—Los he visto alguna vez por Luchon —respondió Célestin—. Los que más hablaban se dirigían el uno al otro como Gabino y Saulo. Cuando supo por el guardia que había salido de excursión con Matías, el tal Gabino dijo que no se iría de aquí sin verla.

—Gracias por avisarme, Célestin. Espérame en el pasillo.

Cristela se vistió rápidamente, recogió las pocas cosas que había llevado en un pequeño bolso de viaje, se puso el sombrero y se reunió con el guía. No pudo evitar pensar por un instante en la naturaleza humana. Pocas horas atrás pensaba que se moría de pena, y ahora un impulso de supervivencia la empujaba a alejarse de aquel lugar.

En silencio salieron del edificio y fueron en busca de sus caballos. Célestin los ensilló en un abrir y cerrar de ojos. Montaron y se alejaron a toda prisa rumbo a Luchon bajo una lluvia tan fina que se resistía a llegar hasta el suelo. Ya amanecía cuando escucharon unos ruidos de cascos tras ellos. Apenas quedaba una legua para llegar a la población. Pusieron sus monturas al galope, pero les dieron alcance.

Eran dos hombres. Cada uno se encargó de frenar a un caballo, sin hacer caso de las protestas de Célestin.

Cristela reconoció la voz de Gabino enseguida. Como si no hubiera pasado casi un año desde la última vez que la escuchó en la fiesta de Davina. Como si fuese un día cualquiera de su vida anterior.

La angustia se apoderó de ella.

—Que otra mujer se llame Cristela no es extraño —dijo Gabino con un tono de falsa educación—. Pero que la acompañe un tal Matías por estas tierras, eso ya es mucha casualidad. ¿No le parece, señora? ¿Sería tan amable de permitirme ver su rostro?

Cristela no se movió.

Entonces Gabino extendió la mano hacia la cabeza de la mujer y le arrancó el sombrero con el velo.

—¡Tú! —exclamó triunfante—. Creía que mi hermana y tú habíais muerto en el lago... —Se calló. Un atisbo de esperanza brilló en sus ojos, normalmente fríos—. Entonces... ella... ¿también está viva?

La expresión en el rostro de Cristela le confirmó que no.

—Pobre infeliz... —murmuró—. Por tu culpa...

Gabino se fijó entonces en las elegantes ropas de la joven.

—Veo que este tiempo de ausencia a ti no te ha ido mal... ¿Amiga de Shelton de Montréjeau? —Soltó una desagradable risotada.

Cristela guardó silencio.

—¿No tienes nada que decir? —Gabino tiró de las riendas del caballo de ella para que girara y se dirigió al hombre de largo cabello negro que le acompañaba—: Saulo, ponte al otro lado. Llevaremos a la asesina de mi padre a Albort. A ver si cuando la entreguemos a la justicia le entran más ganas de hablar.

—Pero... —comenzó a protestar Célestin, consciente de que nada podía hacer.

Gabino le apuntó con su pistola.

—Esto no va contigo. Si quieres cobrar, la próxima vez asegúrate de que no te contrata un fugitivo. —Le hizo un gesto para que se marchara.

Célestin miró a Cristela con impotencia y se alejó al galope. Los otros comenzaron a deshacer el camino de vuelta a la frontera con España.

Cristela solo tenía ganas de llorar. La culpa era suya. Sabía a lo que se arriesgaba al acercarse tanto a Albort. En aquellas tierras solitarias no era improbable encontrarse con Gabino. Lo sabía. Sus ganas de ver a Attua la habían hecho actuar con imprudencia. Solo podía confiar en que la creyeran cuando contara lo sucedido. En caso contrario, su vida se vería abocada a la pesadumbre y la adversidad.

—¿Tampoco me vas a decir qué hacías con Matías? —El tono de Gabino era despectivo—. Al principio se rumoreó que te habías fugado por él, que os ibais a encontrar en Francia... Pero yo sabía que eso no era posible. Para empezar, Matías huía de algo. Lo hirieron en Madrid y aguantó como pudo todo el viaje hasta que lo curaron en Panticosa. De ahí marchó a Francia... Lo acompañaba un hombre, cuya descripción encaja perfectamente con Attua, que causalmente era amigo de Alfredo, el dueño. Me lo dijo un guía que trabaja por esas montañas...

—¿Cuándo sucedió todo esto que estás contando? —preguntó entonces Saulo.

—El verano pasado —respondió Gabino—. Más o menos por estas fechas.

—¿Y ese tal Matías es el otro hombre que acompañaba ayer a la mujer y que no ha vuelto de España?

—Sí. Lo conozco desde la infancia. ¿Por qué?

—Curiosidad... —Saulo se encogió de hombros.

Gabino continuó:

—Como digo, Cristela, ningún secreto permanece oculto para siempre. Tú solo te hubieses fugado con Attua, ¿verdad? —La miró de reojo y comprobó que ella se sonrojaba—. Supongo que tendrás ganas de verlo después de tanto tiempo... Creyó, como todos, que las dos habíais muerto en el lago grande. Pues pronto lo verás, aunque... —quiso deleitarse con sus hirientes palabras— debes saber que ahora está casado... Pronto se le pasó la pena, ¿no te parece?

Cristela se quedó sin aliento. No había visto venir la lanza que le acababan de clavar en el pecho. Giraba dentro de ella, mordiéndole lentamente la carne, las vísceras, los huesos. Creyó sentir la sangre derramándose por su interior, una mancha invisible que se arrastraba como la lava, abrasándola de dolor, matándola poco a poco. Soltó las riendas y se inclinó sobre el cuello del caballo, sin fuerzas.

Casado.

Attua no la había esperado.

Mantuvo la vista fija en el suelo. Barro resbaladizo. Piedras irregulares. Ramas quebradas, húmedas. Insectos. Heces.

Ese era el camino hacia su calvario.

23

Había recorrido medio planeta.

Gracias a la desorbitada herencia de su madre —hija única de un banquero parisino y de una baronesa del sur de Francia, y casada con un inglés—, desde los dieciocho años Shelton había tenido la posibilidad de conocer Siberia, la Patagonia, Perú, Brasil, Nueva Zelanda y la India, y de realizar las travesías de los Grandes Lagos y del río Misisipi. Pero entre viaje y viaje, siempre regresaba al lugar donde había nacido: Montréjeau, la pequeña y sencilla localidad de campesinos en medio de los Pirineos franceses de donde provenía generación tras generación de su familia materna. El mejor punto desde el que recorrer las montañas más maravillosas del mundo.

A sus treinta y cinco años, admitía y repetía convencido que en ningún otro lugar que no fuera en la cercanía de esas montañas cubiertas de nieves inmaculadas había conseguido su corazón encontrar la felicidad. Su explicación era sencilla: las cosas sublimes simplemente se sentían, porque no se podían ni comprender ni aprender. Y pocas cosas había más sublimes para él que el misterio, el gran encanto de la naturaleza, el profundo silencio de las cumbres.

Tenía que reconocer, no obstante, que por culpa del misterio, sus gustos solitarios y salvajes se iban acentuando. El tiempo pasaba y él seguía solo. Aurore solía bromear sobre este asunto. Le decía que, si él tuviera que decidir entre el amor por una mujer y el amor por las montañas, su corazón elegiría sin dudar el segundo. Shelton no estaba del todo de acuerdo. Claro que quería encontrar una esposa, pero no le resultaba nada fácil. Ninguna de las mujeres que había conocido en los ambientes sofisticados en los que se movían sus amistades había mostrado el menor interés en vivir lejos de París o de alguna ciudad importante. Tampoco él se había prendado de ninguna tanto como para plantearse establecer su residencia habitual en otro lugar que no fuera Montréjeau.

Como se consideraba un hombre espiritualmente ambicioso, Shelton seguía deseando encontrar a aquella que lo comprendiera y amara por su forma de ser. Puesto que no tenía que preocuparse por lo material, no buscaba, como otros, una mujer con patrimonio; tampoco se conformaba, como otros, con disfrutar de los efímeros placeres terrenales. Quería amar y sentirse amado, acompañado, escuchado. Tenía muchas montañas que ascender todavía, mientras su cuerpo fuera joven, y ansiaba hallar en el regazo de su esposa el descanso del guerrero tras la hazaña. Y no solo eso, que era ya mucho. Una idea rondaba por su mente desde hacía tiempo. Su gran sueño. Imposible. Indescriptible. Incomprensible. Un reto mayor que el de ascender las montañas más altas y, a la vez, un homenaje a ellas que perdurase más allá de su muerte...

Se preguntó si Cristela sería capaz de llegar a comprenderlo y sintió el agradable nerviosismo que surgía en su interior cada vez que pensaba en ella.

Después de haber cruzado medio mundo, la casualidad de haberla encontrado en las montañas le hacía sentirse especialmente vinculado a ella. Para él, era un regalo de las cumbres.

En los últimos meses había hecho todo lo posible por coincidir con Aurore solo para estar cerca de Cristela. La primera impresión había sido confusa, pues la intriga por su procedencia había enmascarado cualquier otra valoración más allá de que era joven y valiente —e imprudente, aún no sabía por qué— por haberse atrevido a cruzar la frontera sola y de noche. Con cada nuevo encuentro, se iba dando cuenta de que no dejaba de analizarla: era discreta, educada y sensible. Tal vez demasiado reservada. Y no dejaba de analizarla porque tenía que reconocer que muy pronto había sentido una innegable atracción sexual hacia ella. Y esa atracción hacía que buscase la manera de estar a su lado, que le importara su opinión, que se preocupase por ella. Daba gracias a la fortuna por provocar ese accidente que había lastimado su pierna y por favorecer que Aurore la hubiera enviado con él para poder estar los dos un tiempo a solas, que era lo que más deseaba últimamente. Si a todos estos síntomas añadía el detalle de que no le importaba su procedencia humilde ni su pasado, había que ser muy necio para no advertir que se había enamorado.

Y lo primero que deseaban todos los enamorados del mundo era saber si su amor era correspondido.

Shelton caminaba ahora con dificultad ayudado de un bastón por el amplio paseo de Etigny de Luchon. El día anterior, en cuanto el médico le confirmó que no tenía roto el hueso, había tomado una decisión. Esperaría a Cristela en Luchon. Hacía dos noches que ella se había marchado y él no podía soportar que anduviera de nuevo por esos pedregales fronterizos con Matías y Célestin, sin saber si iba a regresar o no o cuándo. Inquieto, se dedicaba a pasear desde la casa de su propiedad en la que se alojaba, en la calle principal, cerca del Hôtel du Commerce donde solían veranear sus amistades, hasta las termas. Sus doloridos músculos, al menos, se irían fortaleciendo después de tantos días tumbado.

Los primeros agüistas del día comenzaban a hacer su aparición por las calles camino de las termas, pero como era pronto y lloviznaba, reinaba un agradable silencio. De pronto, un ruido creciente anunció la llegada de un caballo al galope. Irrumpió en el paseo rompiendo la paz. Shelton reconoció al acalorado jinete sobre uno de sus caballos, con la crin pegada por el sudor. Le hizo señas para que se detuviera.

—¿Qué sucede, Célestin? —preguntó alarmado—. ¿Dónde está mademoiselle Cristela?

—Iba a mandarle aviso, monsieur. —Célestin desmontó de un salto—. Me alivia encontrarlo aquí. La han secuestrado...

Shelton lo agarró por las solapas y lo zarandeó.

—¿Qué dices, idiota?

Con frases atropelladas, Célestin le relató lo sucedido.

—No pude hacer nada más de lo que hice —concluyó—. ¡Se lo juro!

—Está bien... —Shelton pensó rápidamente qué hacer—. Ayúdame a montar. Después, sígueme a casa del alcalde.

Célestin protestó entre dientes mientras se inclinaba y entrelazaba las manos a la altura de las rodillas para que el otro apoyara el pie. Estaba agotado y él no era uno de los criados del señor, sino un guía contratado para excursiones puntuales. Tampoco se merecía los insultos; al fin y al cabo, había intentado ayudar a la joven en un principio, antes de saber que podía ser una fugitiva, y luego había volado para dar aviso. Recordó entonces la insistencia de ella en mantener en secreto su identidad... Tal vez sí tuviera problemas con la justicia, como decían quienes se la habían llevado. La habían llamado asesina… En ese caso, él no quería verse involucrado en el asunto. Se preguntó si Matías, que la conocía de antes, estaba al tanto de la acusación que pesaba sobre ella. Murmuró algo ininteligible a modo de respuesta, esperó a que Shelton se alejara y se dirigió al único lugar adonde pensaba marcharse en esos momentos, que era su propia casa.

Shelton tenía mucha amistad con el alcalde. Sabía que si le pedía su ayuda se la ofrecería sin dudar. Aun así, le preocupaba cómo argumentar su interés en rescatar a una joven española a la que acusaban de asesinato y a la que conocía simplemente porque era la dama de compañía de una amiga. Todo resultaba muy extraño; tenía que ser un malentendido. Cristela no podía ser una asesina… Lo más urgente era llegar hasta ella cuanto antes. Después ya vendrían las explicaciones.

—Abélard, necesito media docena de hombres armados y a caballo… —pidió, agitado, en cuanto tuvo delante al alcalde en la casa de este—. También una pistola y un caballo fresco para mí… Unos bandidos me han robado… Si nos damos prisa, podremos cogerlos antes de que crucen la frontera.

El alcalde, un hombre de unos cuarenta años, de nariz afilada y poblado bigote que le llegaba hasta la articulación de la mandíbula, mandó a dos de sus criados en busca de los alguaciles del ayuntamiento y de cuatro hombres de su confianza. Después, ordenó que ensillasen dos caballos. En menos de veinte minutos, el grupo esperaba frente a la puerta de la casa.

—¿Puedo saber qué se han llevado? —le preguntó Abélard mientras ayudaba a su amigo a montar.

Shelton respondió lo único lo bastante convincente como para que todos partieran al galope sin cuestionarse nada más.

—A mi prometida.

Era ya mediodía cuando Shelton y el grupo de Abélard llegaron al refugio cercano a la frontera. El número de mulas cargadas y caballos atados a las anillas de la pared les indicó que los hombres de Gabino y Saulo podrían estar allí todavía. Shelton tomó la iniciativa y se asomó a una de las ventanas. Varios hombres almorzaban alrededor de una mesa. Apartada un par de pasos, junto a un hogar ennegrecido de hollín grasiento, estaba Cristela, con las manos y los pies atados y la cabeza hundida entre los hombros.

Shelton sintió un arrebato de furia que le hizo olvidar el punzante dolor de su pierna herida. No podía soportar ver a la joven en ese lamentable estado.

Una mano se posó en su hombro.

—Calma —dijo Abélard—. Los cogeremos por sorpresa.

El alcalde dio instrucciones a sus hombres, que se separaron en dos grupos. Shelton comprendió que entrarían a la vez por la puerta de delante y la de la cocina. Uno de ellos se quedó a mitad de camino entre ambos grupos y tras contar unos veinte segundos, hizo una señal con la mano.

Irrumpieron en el edificio gritando y empuñando sus escopetas contra los hombres, que no tuvieron tiempo de reaccionar. Cuando Abélard estuvo seguro de que ya no había peligro porque les habían quitado las armas, preguntó.

—¿Quién es Gabino?

—Yo, ¿por qué? —respondió este mientras se ponía en pie.

—Tienes algo que no te pertenece...

Gabino extendió las palmas de las manos.

—No sé quién es usted, pero le aseguro que todo lo compro y declaro. Se lo puedo enseñar.

—Soy el alcalde de Luchon y me refiero a la mujer.

Gabino abrió los ojos extrañado.

—No sabía que la buscaran también aquí... ¿Qué fechoría ha cometido?

—Ninguna. La busca su prometido.

Aunque atemorizada por la súbita aparición de los hombres armados, Cristela alzó la cabeza para mirar el rostro del desconocido. Estaba tan aturdida que no sabía si había escuchado aquello o lo había soñado. Le dolían las manos, los tobillos, la cabeza, el alma. ¿La buscaba su prometido? No comprendía nada. Entonces le pareció reconocer una figura familiar y el corazón le dio un vuelco. Había llegado a tiempo para rescatarla.

—¿Quién querría casarse con una asesina? —preguntó Gabino sin poder ocultar su sorpresa.

—El barón de Montréjeau. —Shelton cogió un cuchillo de la mesa, se acercó cojeando a Cristela y cortó las cuerdas que la ataban. Luego la miró a los ojos. Daría lo que fuera por borrar la profunda tristeza que los hundía—: En cuanto a lo de asesina, quien lo diga miente.

A Cristela se le escaparon las lágrimas. Sin apartar la mirada de Shelton, murmuró:

—Fue un terrible accidente...

Shelton asintió con la cabeza. La ayudó a incorporarse y la llevó junto a los hombres de Abélard.

—¡Mató a mi padre! —gritó Gabino señalando a Cristela—. ¡Robó su dinero! ¡Se llevó a mi hermana, que murió por su culpa! ¡Pagará por lo que hizo!

Abélard miró a Shelton. Este dijo con firmeza:

—Cristela me contó lo que sucedió y no consentiré que nadie ponga en duda su palabra. Este hombre no dice la verdad. Fue un accidente.

Cristela sintió un profundo agradecimiento hacia Shelton por no haber dudado ni un segundo de su palabra. Solo quería que aquello terminase, contarlo todo, liberarse de ese peso con el que cargaba desde hacía un año y tratar de seguir adelante sola, sin una ilusión, sin ninguna meta. Sin Attua. Nunca le perdonaría lo que había hecho. No la había esperado. Se había casado con Davina. Al final, esta lo había conseguido. Que Attua creyera que había muerto en el lago no era suficiente justificación. Ni siquiera había guardado un año de duelo por ella. Jamás se lo perdonaría.

Abélard pensó unos instantes. Conocía bien a Shelton. Contrataría a todo un ejército de mercenarios si hiciera falta para conseguir su objetivo. Si se llevaban a la muchacha, cruzaría las montañas y ocuparía Albort para liberarla antes de que el alcalde español pudiera pedir ayuda. Y si él no resolvía la situación, perdería su amistad, su apoyo político y las generosas aportaciones económicas que el barón hacía al municipio.

—Ella vendrá con nosotros —anunció finalmente—. Le tomaré declaración y enviaré copia a vuestro alcalde para que lo notifique a la justicia. Nos llevaremos vuestras armas para que no os tiente seguirnos. Más adelante las traeremos de vuelta aquí para que las podáis recuperar.

Shelton se dio por satisfecho. Se hizo cargo de Cristela, la ayudó a montar en su caballo y cabalgó junto a ella de vuelta a Luchon, pendiente en todo momento de que el agotamiento no la hiciera caer, y respetuoso con su doloroso silencio, que ella solo rompió una vez para decirle casi sin voz:

—Mintió por mí, monsieur, sin saber la historia completa. No lo olvidaré.
—No todo lo que dije fue mentira... —murmuró él.

Gabino, rabioso, propuso no esperar a recuperar las armas y cruzar cuanto antes la frontera. Ya volverían a por ellas. Saulo no opinaba lo mismo.
—Yo no voy a ningún sitio sin ellas. Adelántate tú si quieres.
—No puedo ir solo —arguyó Gabino—. Necesito ayuda con las mulas.
Decidieron que le acompañarían dos hombres y quedaron en juntarse de nuevo en su casa de Albort.
Comenzaba a anochecer cuando llegaron a la caseta de la aduana española. Tulio, con su desgastado uniforme de carabinero, punteaba una guitarra con cara de aburrimiento. Cuando vio a Gabino le preguntó, sin moverse de su silla de paja:
—¿Algo que declarar?
—Lo mismo de siempre —respondió Gabino, entregándole unas monedas.
Tulio las contó y asintió, conforme con la cantidad.
—¿Todo bien por Francia?
—Muy tranquilo... Un día de estos cruzará un tal Saulo. Es mi amigo... Ya me entiendes...
—De acuerdo.
—¿Sabes si Attua está en la casa? —Gabino deseaba contarle cuanto antes a quién había localizado al otro lado de las montañas, aunque era posible que lo supiese ya por Matías. Pensar en el dolor que le tenía que provocar la noticia le producía placer.
Tulio extendió la mano hacia los bosques del norte.
—Es raro que no te lo hayas encontrado. Salió hace un rato y aún no ha vuelto.

Gabino chasqueó la lengua, frustrado. Los hombres estaban cansados. Querían llegar a la posada y beber y todavía faltaban dos horas para eso. Tendría que renunciar a verle la cara cuando escuchase su mensaje por boca de Tulio.

—Pues cuando pase por aquí, dile que Cristela le manda recuerdos.

24

Que Cristela le mandaba recuerdos...

Attua no durmió en toda la noche. Al amanecer del día siguiente, montó en su caballo y se dirigió a Albort. Llegó a la posada y tuvo que golpear la aldaba con fuerza varias veces hasta que Gabino abrió la puerta.

—¿Qué es eso que me dijo Tulio?

—Cristela no murió —respondió Gabino con voz rasposa—. Quise traerla de vuelta para que diera explicaciones a la justicia, pero no pude. Tiene buenas amistades que la protegen.

—No te creo.

—Pensaba que te lo había dicho tu amigo Matías... —Gabino comprendió por la expresión confusa de Attua que no lo había hecho—. Viajaron juntos hasta la frontera. Entonces, tampoco sabes que está prometida...

Attua no escuchó nada más. Se dirigió a casa de sus suegros. El portón de la era estaba abierto. Voló sobre los peldaños de piedra de la escalera y entró en la casa. Cruzó el recibidor y subió por las escaleras de madera hasta el segundo piso, recorrió en cuatro zancadas el pasillo de las habitaciones y abrió sin llamar la puerta de la de Matías. El joven dormía profundamente. Se inclinó sobre él y lo zarandeó.

—¿Está viva? Cristela... ¿Está viva? —Repitió el nombre y la pregunta hasta que Matías fue consciente de lo que sucedía.

—¿Quién te lo ha dicho?

—¡Entonces es cierto! —Soltó un rugido—. ¿Cuánto hace que lo sabes? ¿Y no pensabas decírmelo? —Attua comenzó a caminar de un lado a otro de la habitación. No podía evitar convertir sus pensamientos en gritos—. ¡Los amigos no traicionan, Matías! ¡Yo te ayudé!

—Quise hacerlo, pero…

Matías señaló hacia la puerta. Davina, en camisón, observaba la escena con expresión horrorizada. Había escuchado demasiado. Attua la empujó hacia afuera y cerró la puerta de la habitación con llave.

—¿Dónde puedo encontrarla?

Sus gritos se mezclaron con los golpes de Davina en la puerta.

—En Luchon, en Montréjeau tal vez… Se alojaba en casa de un barón llamado Shelton.

—¿Es ese el hombre con quien se va a casar?

—Que yo sepa, no está prometida.

—Eso fue lo que dijo Gabino…

—Yo no lo sé, Attua. —Matías se frotó el rostro con las manos—. La vi por primera vez en Cauterets. Me pidió que te dijera que estaba bien y que había sido un accidente. Ahora trabaja para Aurore. Como el barón se lastimó en la pierna, Aurore le pidió a Cristela que se hiciera cargo de sus cosas durante el viaje a su casa de Montréjeau. Ella quiso acompañarme hasta la frontera para que yo te avisara y tú acudieses a verla. Cuando supe que te habías casado con Davina… ¡Con mi hermana! ¡No podía decírtelo! Tu reacción me confirma que estaba en lo cierto… ¡Irás tras ella!

Attua se dirigió hacia la puerta.

—Podría haberla visto, Matías. Oír su voz. Sentir su respiración. Está viva, Matías. Nada más importa…

—Otras cosas sí importan, Attua. Ahora ya no eres libre. Tienes tu propia familia…

Attua giró la llave, abrió la puerta y pasó junto a su esposa sin mirarla. Ella lo agarró del brazo.

—Déjame, Davina. Será mejor que te quedes en esta casa unos días.

—No sé qué vas a hacer, Attua. Pero hay algo que debes saber. —Se aferró con ambas manos a su brazo—. Estoy embarazada. Vas a tener un hijo. No lo olvides.

Él se soltó y se marchó.

Al mediodía, Attua llegaba a la frontera francesa y mostraba su pasaporte.

—Lo siento —dijo el aduanero—. La fecha es del año pasado.

Después de varios meses en Albort, el joven había aprendido muchas cosas sobre el funcionamiento de las fronteras. Puso unas monedas sobre la mesa.

—No he tenido tiempo de solicitar otro.

El tipo guardó el dinero y lo dejó pasar. Attua continuó hasta el refugio francés. Sabía que tenía que detenerse a descansar porque había sometido a su caballo a un enorme esfuerzo, pero percibió demasiado movimiento de hombres y él no quería ver a nadie. Continuó adelante. Aflojó el paso mientras cruzaba un bosque y se detuvo por fin junto a un arroyo. Recordó en qué condiciones físicas había ido en busca de Cristela el año anterior y cómo lo habían tomado por un loco, y decidió dedicar un rato a recuperarse y a asearse.

Sobre todo, debía serenarse.

Tenía mil preguntas que hacerle a Cristela cuando la viera. ¿Por qué no había intentado ponerse en contacto antes? Dar señales de vida. ¡De vida! ¡Qué diferentes serían las cosas ahora! Él jamás se habría casado con Davina. ¿Por qué lo había hecho? Le costaba recordar sus razonamientos en los meses posteriores a la desaparición de Cristela. Entonces, todo era oscuridad. La vida y la muerte, la cordura y la locura significaban lo mismo para él. Por primera vez en la vida se había dejado llevar. Y sus pensamientos de ahora tampoco estaban guiados por la determinación y la firmeza. Nada más lejos. Temía que Cristela no quisiera verlo. Las cosas no le habían ido tan mal si estaba prometida a un barón... Que había sido un accidente, le había dicho Matías de su parte. ¿Y si no la conocía como creía? ¿Y si realmente había huido en busca de una vida mejor?

Se sentía desorientado.

Dos días atrás habría vendido su alma por ver de nuevo a Cristela y ahora le asaltaban decenas de dudas. ¿Qué estaba haciendo? Muy bien, la encontraría, y después ¿qué? ¿Huirían juntos? El destino era lo de menos. Podría buscar trabajo en alguna ciudad. De lo que fuera. Pero... ¿abandonaría a su madre, a su hermana, a su esposa y a su futuro hijo? Estos dos últimos nunca tendrían problemas económicos; aquellas dos sí. Y más ahora que Alfredo había abandonado a su hermana para casarse con una mujer rica. Maldito dinero. A Belisa se le rompería el corazón cuando lo supiera. Él sabía de lo que hablaba. Su querida hermana sufriría. Y por retrasar la inevitable llegada de su infelicidad, todavía no se había atrevido a entregarle la carta que le había dado Alfredo. Maldita vida. Matías le había ocultado lo de Cristela. Alfredo había jugado con las esperanzas de Belisa.

Sus mejores amigos le habían defraudado.

Nunca se había sentido tan solo.

Continuó su camino. Llegó hasta Luchon. Preguntó por el barón en el primer alojamiento que vio, diciendo que portaba un mensaje importante para él, y le informaron de que tenía su propia casa. Se dirigió allí y un criado le dijo que la tarde anterior se había marchado a su residencia habitual de Montréjeau. Ocho leguas más. Seis horas más. Cuatro si reventaba a su caballo. Y lo haría.

Atardecía ya cuando Attua desmontó del debilitado animal en el patio de la fastuosa mansión del barón. De pronto se sintió tan próximo a Cristela que la impaciencia le hizo olvidar el agotamiento, el hambre, el insoportable calor y el hecho de que algún día ella pudiera llegar a ser la mujer del dueño de ese suntuoso lugar. Entonces, escuchó ladridos y dos hombres que a duras penas podían sujetar a dos enormes perros se acercaron a él apuntándole con sus armas mientras un tercero corría a avisar a alguien. Al poco, un mayordomo salió.

—*Qui êtes-vous?* —preguntó con voz grave—. *Que désirez-vous?*

Attua se dijo que la mentira del mensaje para su señor no funcionaría y pensó otra explicación más creíble. Con educación y tono resuelto, respondió en el básico francés que recordaba de sus estudios:

—Soy un familiar de mademoiselle Cristela. Sé que está pasando unos días aquí hasta que llegue madame Aurore. ¿Puede decirle que deseo verla?

El mayordomo lo miró con desconfianza. Después de lo sucedido con la joven en la frontera, el señor había dado órdenes a sus trabajadores de que extremaran las precauciones, sobre todo con cualquier español. Ese en concreto, por mucho que mostrara buenos modales, llevaba las ropas cubiertas de polvo y sudor.

—*S'il vous plaît, attendre ici* —le pidió antes de dirigirse hacia el comienzo de un sendero empedrado que bordeaba la casa.

Attua no pensaba quedarse allí quieto. Después de tantos meses, lo único que deseaba era ver con sus propios ojos que Cristela estaba realmente viva. Ató las riendas de su caballo en uno de los balaustres que rodeaban un cuidado parterre repleto de flores y caminó tras el mayordomo, seguido a corta distancia de los hombres armados. Al poco, llegó hasta otro patio lateral, más pequeño, donde se levantaba una pequeña iglesia y, más allá, un delicado edificio de una planta cubierto por un tejado plano con balaustrada y grandes ventanales redondeados.

Attua no pudo evitar sentir a la par una punzada de envidia y rendición. Ese barón tenía que ser muy rico si había mandado construir en los Pirineos una imitación en pequeño del Trianón de Versalles para que le sirviera de *orangerie*. Eran pocos los aristócratas que podían permitirse como signo de distinción un invernadero para proteger a los naranjos del frío del invierno. Caminó hasta la entrada y sus ojos enseguida distinguieron, a unos veinte pasos, la figura de una mujer. Escuchaba las explicaciones de un hombre que cojeaba ligeramente.

Estaban de espaldas, pero supo que la mujer era Cristela.

Su cabello castaño anudado con un sencillo lazo. Sus gestos. La mano en el aire. El dedo señalando algo. Ese movimiento de la cabeza que indicaba que ahora estaría sonriendo. Se apoyó en una columna de mármol para controlarse. Gritaba por dentro. La había encontrado. Era ella.

El mayordomo se acercó a la pareja y llamó al señor. Cristela se volvió entonces en parte y Attua sintió ganas de romper a llorar de felicidad. No había cambiado nada. Quizá su piel no estuviera tan tostada por el sol… Ahora se estaría enterando de que un familiar había acudido a visitarla. Escudriñó su rostro. Ahora se sorprendía…, ahora se preocupaba…, ahora dirigía la vista hacia él…

Ahora se le detenía el corazón.

Como a él.
Un latido perdido. Un momento de intemporalidad. Efímero, pero pleno.

De pronto, Cristela solo sintió un profundo silencio en torno a ella. Las únicas sensaciones apreciables, aunque incomprensibles, provenían de su interior. Por un instante, sintió que su alma se despegaba de su cuerpo, como si deseara volar hacia Attua y acariciarlo para empaparse de él. Estaba más delgado. Cansado. Sudoroso. El cabello oscuro, más largo y rebelde. La barba, de varios días. La mirada, honda y rabiosa. Estaba tenso. Estaba como lo recordaba. Magnífico. Si muriera en ese mismo momento, su imagen sería el único tesoro con el que desearía viajar al más allá.

Una mano se atrevió a tomarla de la cintura. Otra se apoyó suavemente en su brazo. Su alma, frustrada, regresó a su cuerpo.

—¿Estás bien? —preguntó Shelton con verdadera preocupación—. ¿Lo conoces? Dice que es de tu familia, pero si no deseas hablar con él, mandaré que lo echen.

—Con todo lo que ha pasado, me he asustado —explicó ella, haciendo un esfuerzo por aparentar normalidad—. Pensé que venían de nuevo a por mí. Lo conozco. Vamos, se lo presentaré.

Llegaron hasta el visitante.

—Attua... —murmuró ella.

—Cristela... —Él se inclinó y rozó con sus labios su mejilla. Fue un beso demasiado rápido, demasiado cortés. Un beso insuficiente.

—Entonces, ¿qué grado de parentesco os une? —preguntó Shelton cauteloso.

Sin separar la mirada de Cristela, Attua respondió:

—Primos... Pensamos que habías muerto, Cristela. Por Matías y Gabino hemos sabido que no fue así. Yo no podía creérmelo, después de tanto tiempo. He tenido que venir para comprobarlo.

A Cristela le ardían las mejillas.

—Espero que te hayan contado por qué no podía regresar...

—Solo escuché lo único importante. Que estabas bien.

—Ayer le tomó declaración el alcalde de Luchon —se apresuró a intervenir Shelton—. Enviaremos copia al de Albort y a la justicia española para que todo quede aclarado de una vez. No obstante, creo que sería prudente que, de momento, Cristela se quedara en Francia.

Attua le lanzó una mirada breve cargada de desagrado. No sabía exactamente de qué le estaba hablando. Alcaldes, justicia, declaración... Lo que sí sabía era que no podía soportar que ese hombre tan atractivo y tan rico fuera capaz de solucionarle la vida a Cristela. Que Cristela se quedara en Francia... Con él...

Con su prometido, le había dicho Gabino.

—¿Es eso lo que deseas? —preguntó volviendo la mirada hacia ella.

Shelton esbozó una tensa sonrisa.

—Ya le he dicho que sería de lo más conveniente...

—¿Cómo está tu esposa, Davina? —preguntó entonces Cristela. La voz le tembló. Tenía que hacer esfuerzos para no arrancarle a golpes las respuestas a todas sus preguntas. ¿Por qué tenía que estar casado? Si había creído que estaba muerta, ¿tan poco le había durado el duelo? ¿No creía, como ella, que las promesas eran perennes?

—Está bien, gracias —respondió él con voz ronca.

Ese era el problema. Que estaba bien. Que estaba unido a ella. Que estaba esperando un hijo. Si pudiera volver atrás en el tiempo...

Como si la última parte de la conversación le hubiera producido alivio, Shelton cambió el tono y a partir de entonces se mostró cordial.

—Pero estará usted agotado después de un viaje tan largo... Permítame invitarle a cenar con nosotros y a descansar aquí esta noche. Pensaba que Cristela no tenía familia de sangre... Me encantará conocer más cosas sobre ella. —Le hizo señas a los hombres armados para que se retiraran y al mayordomo para que acompañara a Attua, y se dirigió a Cristela—. ¿Te parece bien?

Cristela asintió aturdida.

Dormirían bajo el mismo techo...

No. No dormirían.

25

Cristela había jurado que nunca perdonaría a Attua por haberse casado con Davina, pero esa noche acudió a su habitación. El amor que sentía por él era mayor que el rencor, la recriminación, la fatalidad. Durante la cena había tenido que hacer verdaderos esfuerzos para aparentar normalidad cuando por dentro se sentía como una tormenta de granizo en pleno estallido. ¡Si Shelton, tan amable en contraste con el hermético Attua, hubiera sabido lo que pasaba por su cabeza…! Al escuchar que el «primo» español se encargaba de los baños de Albort y que estaba trabajando en su ampliación, Shelton, un entusiasta usuario de las termas de los Pirineos, le había formulado muchas preguntas que Attua había respondido casi entre monosílabos mientras ella luchaba por no sonrojarse por culpa de sus pensamientos, pues en ellos solo había imágenes del cuerpo de Attua sobre ella. No podía esperar a sentir su peso, convenciéndola de su presencia.

Con sigilo abrió la puerta y entró. A oscuras, se dirigió hacia la cama. Supo por el silencio que Attua no estaba dormido, que la esperaba. Escuchó el sonido de sábanas al ser apartadas y una voz que le dijo:

—Ven conmigo.

Cristela se quitó la bata de seda y dejó que el suave camisón se deslizara hasta el suelo. Desnuda, se introdujo en la cama y se abrazó a Attua. Su piel estaba caliente. Posó una mano sobre su pecho y acomodó una pierna sobre la cintura de él, apretándose contra su cuerpo. Nunca habían estado en una amplia y mullida cama como esa. Nunca se habían amado entre sábanas de lino. De qué pocos momentos de suavidad habían podido disfrutar en sus vidas...

Con los ojos cerrados, Attua apoyó la barbilla sobre su cabello e inspiró el olor de Cristela. Presionó con su mano áspera la parte baja de su espalda y con la otra acarició uno de sus pechos. Se deleitó en ese instante de proximidad, de intimidad, de cercanía, que compensaba toda la amargura de los últimos meses. Entonces, ella alzó el rostro y él abrió los ojos. Desplazó su mano, abierta, todavía incrédula, desde el pecho por el cuello hasta su mejilla; inclinó la cabeza hacia ella y buscó sus labios.

Le dolió besarla. Por todos los besos perdidos. Por todos los besos que no habían sido suyos. Su corazón... No. Su alma golpeó los barrotes de la cárcel oscura en la que permanecía encadenada y encerrada al reconocer ese sabor, la húmeda y blanda textura de esos labios que se pegaban a los suyos, la estremecedora y creciente audacia de su lengua, el aliento anhelante. La abrazó con más fuerza.

Que no desapareciera...

Que no existiera el tiempo mortal...

Le dolió recorrer su cuerpo con las manos, con la boca, con la lengua. Por haberse perdido los sutiles cambios en su piel; por cada gota de sudor derrochada. Su alma enloqueció. Rompió sus cadenas y se desgarró al atravesar las rejas en su tortuoso camino hacia la claridad.

—Cristela... —susurró, decenas de veces.

Sí. Estaba allí. Respondiendo a sus caricias con progresiva necesidad. Latiendo. Respirando con anhelo. Succionando su ser. Absorbiéndolo...

Saciándose de él durante horas para resistir en el desierto de la ausencia.

En la mazmorra del vacío.

Luego, más tarde. Ahora no. Ahora eran ellos dos y nada más.

—¿Y ahora? —Cristela verbalizó el pensamiento de Attua.

«Ahora. En el tiempo actual, real, presente. En este mismo instante. Te estoy acariciando, te estoy abrazando, te estoy sintiendo a mi lado. Pero *ahora* es también dentro de poco tiempo. Luego. Hoy. Cuando el momento de felicidad plena ha terminado y retorna, dolorosamente, la inequívoca percepción de la realidad. La consciencia tras la embriaguez.»

—No podemos cambiar el pasado —dijo Attua.

—Pero el futuro sí... —El tono de Cristela revelaba una súplica difícil de atender, pero no imposible—. Vayámonos lejos. En París podríamos buscar trabajo...

Attua guardó silencio.

—Es nuestra vida —insistió Cristela con ansiedad. Pensar en otra larga separación le resultaba insoportable—. Belisa vivirá la suya con Alfredo. Pueden hacerse cargo de tu madre...

—Alfredo ha roto su relación con mi hermana. Ella aún no lo sabe.

—Lo siento mucho... —Y lo sentía de verdad, pero ella había sufrido más que nadie en el mundo—. Podemos enviarles un mensaje para que se reúnan con nosotros. Y no me argumentes que Celsa no se moverá de Albort porque pensaré que te importa más la vida de tu madre que la mía.

—Te olvidas de Davina.

—Fue un error. No la quieres. Te olvidará.

—Está embarazada. Y la vida de mi hijo sí que me importa.

Cristela ahogó un sollozo. Había intentado no echarle en cara su conducta, pero ya no podía más.

—¡Maldita sea, Attua! ¿Por qué tuviste que casarte con ella? ¡Qué pronto aceptaste las caricias de otra!

—¿Por qué te fuiste si fue un accidente? —preguntó él a su vez—. ¿Por qué no escribiste?

—¡Oh, Dios mío! ¡Aún no sabes todo!

Le contó lo sucedido. Cómo se fue de la fiesta, enfadada, tras verlos a Davina y a él bailando en el despacho. Cómo descubrió que Cosme abusaba de su hija y cómo esta lo mató. Cómo temió que la encerraran e improvisó la huida. El suicidio de la muchacha. El miedo a que nadie creyese la única versión de los hechos que era cierta. La buena fortuna de que Shelton la encontrara y Aurore la ayudase...

—Si no hubiera dudado un instante de tus sentimientos hacia mí —concluyó—, nada de esto habría pasado. Verte en brazos de Davina me alteró.

Attua la estrechó contra su pecho. Ahora comprendía las palabras de Shelton sobre la declaración de Cristela ante el alcalde de Luchon.

—Y si yo hubiera defendido nuestra relación en público, ahora estaríamos juntos. ¿Sabes? Yo también dudé de ti. Pensé que en realidad querías marcharte de Albort, de la dura vida en la casa de baños, la única que podía ofrecerte... Cuando llegué a esta mansión, pensé que, después de todo, habías tenido suerte. Gabino dijo que estabas prometida con Shelton.

—¡Shelton mintió precisamente para librarme de él! Gabino me acusó de asesina y quería entregarme a la justicia de España. Cuando me encontró, me atosigó a preguntas, pero yo no abrí la boca. Decía que se había rumoreado que en realidad maté a Cosme porque no me dejaba estar con Matías; que me había descubierto cuando iba a fugarme para encontrarme con él en Francia. También me dijo que él no se lo creía. El bruto que lo acompañaba se interesó especialmente por la huida de Matías.

Attua sintió una punzada de preocupación.

—¿Recuerdas su nombre?

—Sí. Saulo.

Attua se incorporó al oír el nombre del bandido. Con el paso de los meses había conseguido olvidarse de él. Que anduviera tan cerca de Matías no presagiaba nada bueno.

—¿Sabes si viajó con Gabino hasta Albort? —preguntó.

—Nos fuimos del refugio antes que ellos. ¿Por qué?

—¿Le dijiste algo sobre él?

Cristela negó con la cabeza.

—Estaba muerta de miedo por lo que pudiera pasarme. Gabino se lo decía todo. Después, cuando me enteré de que te habías casado, ya no escuché nada más. —Hizo una pausa y continuó bajito—: Me dijiste que, sin mí, nada tenía sentido para ti. ¿Recuerdas? Me pediste que renunciara a mis sueños para vivir contigo... ¿Y ahora?

Attua la miró. La tenue luz del amanecer se colaba por los laterales de los pesados cortinajes. Recordaba perfectamente sus palabras. La amaba de una manera irracional, posesiva, destructiva, incomprensible. Le había prometido que siempre estarían juntos. Pero también había jurado en la iglesia, ante Dios, que cuidaría de Davina y que la respetaría hasta que la muerte los separara. La odiosa responsabilidad. Estaba irremediablemente unido a las frías tierras de Albort, donde crecería su hijo o su hija. Él ya se había atado a un lugar, a un destino. Cristela todavía podría encontrar la felicidad con alguien como Shelton. Al menos, nunca le faltaría de nada.

—Ahora deberíamos descansar un poco. Luego será otro día.

Attua se tumbó y la rodeó de nuevo con los brazos, sin

dejar de acariciarle el largo cabello. Cuando escuchó su respiración tranquila, pausada, previa al sueño, le susurró:

—Debes continuar adelante, amor mío. Tú todavía eres libre. Tú todavía puedes decidir.

—Lo mismo me dijo Ana... —murmuró Cristela adormilada— antes de saltar al vacío...

Attua permaneció en silencio un buen rato. Pensó en Ana. No sabía si tildarla de cobarde o de valiente. O ambas cosas. Su cobardía ante la vida le había proporcionado la valentía para terminar con su sufrimiento. Él se situó a medio camino entre ambas cualidades. Ni se apartaría del abismo ni se lanzaría a él. Haría equilibrios siempre sobre el filo. Recordando el cuerpo lleno de vida de Cristela para mantenerse en pie; recordando su esencia para evitar la tentación de dejarse caer.

Se aseguró de que Cristela dormía profundamente, se levantó y se vistió. Luego, se inclinó sobre ella y besó por última vez sus labios, sobre los que dejó también estas palabras:

—Siempre te amaré, Cristela. Espero que algún día puedas perdonarme. ¿Recuerdas? Tú me lo dijiste una vez: el amor incluye el perdón.

Con la visión borrosa por las lágrimas, Attua se alejó de aquella casa, de aquel pueblo y de aquel país.

Cruzó la frontera hacia el resto de su vida, intuyendo ya que acarrearía hasta la muerte ese nuevo sentimiento de pesar que encorvaba su espalda como si quisiera aplastarlo contra las piedras del único camino hasta su lugar natal.

Siempre se arrepentiría. Por haberlo hecho todo mal. Y por haber dejado de hacer lo que el corazón le pedía a gritos.

26

En cuanto llegó a los alrededores de su casa, Attua tuvo que olvidarse de su dolor de golpe.

Aunque era un día soleado y caluroso, nadie paseaba por los caminos. El ruido de los cascos de su maltrecho caballo rebotaba contra las paredes rocosas y regresaba a sus oídos como una seca advertencia de que todo estaba demasiado tranquilo y silencioso.

Desmontó junto a la caseta de Tulio. Lo llamó, pero no obtuvo respuesta. Se dirigió hacia la entrada y golpeó la desvencijada puerta con los nudillos. Nada. Esperó unos instantes y decidió entreabrir la puerta. Entonces percibió un familiar y desagradable olor y una quietud que le confirmó que el peligro ya no estaba allí dentro.

Entró y lo vio.

El cuerpo de Tulio, rígido, blanquecino, yacía sobre un charco de sangre reseca.

Le habían rajado el cuello. Como a su padre. Se estremeció al recordarlo. Él no lo había visto así; su madre y su hermana sí. Comprendió lo duro que tenía que haber sido para ellas conservar esa desagradable imagen como último recuerdo de Custodio. Por su estado, dedujo que habían transcurrido horas desde su asesinato. Probablemente hubiera sucedido la noche anterior. Salió al exterior y dirigió la mirada hacia la casa de baños. El corazón se le aceleró al sospechar que quien fuera que hubiese hecho aquello podía haber atacado también a su familia.

Ató las riendas de su montura a un árbol y caminó con sigilo hacia los establos. Había demasiados caballos, cuando los comerciantes o los agüistas normalmente se desplazaban en mulas, y estaban ensillados, preparados para que sus dueños pudieran partir en cualquier momento. Eran un grupo, y estaban en la casa, pensó angustiado. Con su hermana y su madre, ya que Davina estaba con sus padres. ¿Qué podía hacer él? No iba armado y estaba solo. Su caballo no resistiría un nuevo esfuerzo. La única opción era coger uno de aquellos, galopar hasta el castillo y dar aviso a los soldados.

Soltó las riendas del caballo que tenía más cerca, lo guio hacia el exterior y colocó el pie izquierdo en el estribo. Entonces, escuchó un chasquido metálico y una voz de hombre que le advertía:

—Quieto o te mato.

Sintió el impulso de arriesgarse a desobedecer, pero lo dominó. Muerto no podría servir de ayuda. Levantó las manos lentamente en señal de rendición. Tal vez si el caballo se movía, él podría esconderse detrás, agarrarse a su cuello y salir de allí. Lo había practicado en la academia...

—Lleva al animal al establo y vuelve a atarlo —dijo el recién llegado, como si le hubiera leído el pensamiento.

Attua obedeció. Cuando terminó, se volvió y pudo ver al hombre. Vestía como cualquiera de aquellos acostumbrados a vivir por los caminos, como recordaba a Saulo y a sus compinches: calzón hasta la rodilla, faja en la cintura, chaleco y polainas de cuero. Cada vez tenía más claro qué había sucedido. Cristela había visto a Saulo con Gabino en la parte francesa un par de días atrás. Habían cruzado al fin hacia Albort. Tulio les habría pedido la documentación y ellos se habían negado a entregársela o ya tenían decidido robarle... Eso podía comprenderlo, pero... ¿qué hacían en su casa?

—Ahora, camina hacia la puerta. Despacio.

Entraron en el vestíbulo y anduvieron por el corredor de madera hasta el comedor de la planta superior junto a la cocina, donde media docena de hombres entre los que distinguió a Saulo comían, bebían y fumaban sentados alrededor de una mesa mientras otro vigilaba a los pocos clientes agrupados al fondo de la estancia y un último entraba y salía de la cocina siguiendo a la mujer que servía la mesa, para asegurarse de que no se escapaban. La mujer era Belisa.

—¡Attua! —Su hermana corrió hacia él y lo abrazó—. ¿Dónde estabas?

—¿Nuestra madre está bien? —preguntó él a su vez.

Ella asintió. Entonces, Saulo la agarró de un brazo y la apartó bruscamente. El gesto le provocó un dolor en la mano, que llevaba vendada de cualquier manera con un trapo ensangrentado. Miró a Attua y mostró su sorpresa al reconocerlo.

—¡Pero si es...! Al final resulta que sí te dirigías a Albort. —Apoyó la enorme mano sana en el hombro de Attua y lo empujó para que se sentara—. Esperábamos al amigo de Matías, pero no sabía que eras tú.

—No conozco a ningún Matías.

Saulo golpeó la mesa con la mano.

—No mientas. Gabino me puso al día de todo. Empecé a atar cabos... Fuiste muy hábil escondiendo a tu amigo durante todo el viaje y haciéndote pasar por compañero de esa francesa. Ya me había olvidado del asunto cuando el azar me puso de nuevo sobre la pista en el refugio francés.

—No sé qué quieres de mí...

—Tú me traerás al hijo del alcalde. —Saulo captó el gesto de sorpresa de Attua—. ¿Ves como me entiendes?

—O de lo contrario...

—Mataré a su hermana, que casualmente es tu mujer.

Saulo se dirigió al que vigilaba la cocina.

—Tráeme a la otra joven de la cocina, a la de cabello rubio.

Attua frunció el ceño. ¿Qué otra joven...? Al momento, el hombre regresó sujetando a Davina del brazo. Tenía muy mal aspecto. Estaba despeinada y demacrada y sus ojos enrojecidos revelaban un llanto sin tregua. Attua sintió lástima por ella. En las últimas horas, se había enterado de sus sentimientos hacia Cristela, lo había visto fuera de sí y había sido humillada ante su familia. De manera instintiva, deslizó la vista hacia su vientre y le invadió una oleada de culpabilidad. Se levantó y le susurró:

—¿Por qué estás aquí? Te dije que te quedaras con tus padres.

Ella alzó la mirada y la fijó en la de él.

—Eres mi marido —dijo apretando los dientes con rabia—. Y esta es mi casa ahora. Si no te hubieras marchado, yo no estaría aquí.

—Lamento interrumpir este cariñoso encuentro —dijo Saulo con ironía—, pero el tiempo corre. Si no me traes a Matías en cinco horas, cumpliré mi amenaza. Con esto espero que te quede claro que no tiene ningún sentido avisar al gobernador del castillo ni a nadie. Tengo un hombre vigilando el valle desde lo alto. Ante cualquier duda... —deslizó el dedo índice por su cuello— la mataré.

Davina miró de nuevo a Attua aterrorizada.

Él odió esa mirada al instante porque la comprendió. Leyó en sus ojos que, si la mataban, él sería de nuevo un hombre libre para volver con Cristela. Apoyó las manos en los hombros de ella y buscó sus pupilas.

—Yo no soy un miserable sin escrúpulos, Davina —le dijo con toda la convicción de la que fue capaz—. No lo soy. —Se dirigió a Saulo—: Necesitaré un buen caballo. El mío no aguantará.

—Menos el tordo, coge el que quieras —accedió Saulo—. No lo olvides. Tienes cinco horas. Espero que tú no seas tan flojo como tu caballo.

Attua no podía recordar la última vez que había recorrido la distancia que separaba su casa del pueblo sin la prisa y la angustia que también ahora le hacía espolear a su montura con furia. La vida de Davina dependía de él. Y la de su futuro hijo. Y quizá también la de su madre y su hermana y la de esos desgraciados huéspedes. Intentaba pensar si tenía alguna alternativa, pero no se le ocurría ninguna. ¿Cómo iba a entregar a Matías a esos desalmados? Dejó atrás el castillo, repitiéndose mentalmente la amenaza de Saulo para vencer la tentación de pedir ayuda a los soldados.

Alcanzó las primeras casas de Albort cuando el sol abrasador de julio comenzaba su recorrido hacia el atardecer desde lo más alto del cielo. Se sentía exhausto. Llevaba más de diez horas cabalgando y estaba completamente empapado de un sudor que discurría por su piel lavando los últimos restos del de Cristela. Apenas había probado bocado desde la noche anterior. Pero no podía flaquear. Tenía que conseguir su objetivo. Fue directo a casa de sus suegros y pidió a gritos a los criados que avisaran a Matías y a Clemente para que se reunieran con él en el despacho.

Matías apareció enseguida, con la sorpresa reflejada en el rostro. No sabía qué preguntarle. Por su aspecto se diría que Attua acababa de regresar del infierno. ¿Se habría encontrado con Cristela? ¿Le habría perdonado por haberle ocultado que estaba viva?

—¿Has... vuelto? —tanteó.

En ese punto entró el alcalde, que se mostró frío. No sabía qué había pasado exactamente en su casa la mañana del día anterior, pero no podía soportar ver sufrir a su hija. Y ese joven, a quien tenía por responsable, educado y descendiente de una familia respetable, le había hecho daño. Y ahora se presentaba en su casa desarreglado y gritando. Quería escuchar sus explicaciones.

—¿Mi hija está bien? —preguntó sin rodeos.

—Por ella estoy aquí —respondió Attua en tono serio—. Esta mañana un grupo de hombres armados ha entrado en mi casa. No se irán hasta que lleve a Matías allí. Retendrán a las mujeres hasta entonces.

—No comprendo... —dijo Clemente.

Matías miró a Attua. Él sí que comprendía. Su gran error. Su único error. La espada que pendía sobre su cabeza había descendido hasta apoyar la afilada punta en su cuero cabelludo.

—¿Después de un año?

Attua asintió.

—La recompensa del conde de Moles sigue en pie. No se irán sin ti. Tenemos poco tiempo, y no podemos pedir ayuda. O vas tú solo o... —no tenía otra forma de decirlo para que comprendieran de inmediato la gravedad de la situación— matarán a Davina.

—¡No! —gritó Matías.

—Dios mío... —Clemente se sentó en una butaca, aturdido por la noticia. Todo su aplomo se desvaneció. Cambiar a su hija por su hijo... Eso no podía estar sucediendo. Le resultaba insoportable siquiera pensarlo. Su mujer se moriría. Había visto muchas cosas en su vida, pero ningún padre estaba preparado para eso—. No puede ser. —Su tono de voz se volvió agudo, histérico—. ¡Tiene que haber otra solución! La guarnición, los carabineros... ¡Hay que llamarlos! ¡Que vengan!

Attua movió la cabeza a ambos lados.

—Son capaces de todo. Ya han matado a Tulio.

Matías enterró el rostro entre las manos unos instantes y luego comenzó a caminar de un lado a otro de la estancia murmurando palabras ininteligibles. Por fin, se detuvo ante su padre y le dijo:

—Fue mi culpa. Iré y liberarán a Davina. Lo siento.

Clemente le agarró del brazo.

—¿Y te fías de esos bandidos, de esos facciosos...? ¡Pensad, por el amor de Dios!

Eso era lo que Attua no dejaba de hacer. Pensar. La única forma de salvar a Davina era que Matías se enfrentara a su destino. Recordaba con pesadumbre las palabras de su tío Ricardo. En manos de la justicia, Matías sería castigado con prisión mayor. En manos de Saulo, el conde ordenaría su muerte. Y Saulo lo entregaría sin dudar al conde. Por la recompensa. Por el dinero. Por lo único que realmente le importaba. Pensar... Pensar... ¿Cómo los acababa de llamar Clemente?

De pronto tuvo una idea descabellada.

—Sé quién puede ayudarnos. Clemente, usted llame a sus concejales. Necesitaremos algún testigo. Nos juntaremos en el ayuntamiento dentro de quince minutos. Ni una palabra de todo esto. Decid que no sabéis qué pasa. Seré yo quien hable.

Attua fue a casa de Gabino. Lo encontró en la taberna. Por fortuna, a esa hora temprana de la tarde no había nadie. Era la época de la siega y todos los hombres estaban en el campo.

—¿Tú aquí? —preguntó Gabino extrañado.

—Tenemos que hablar. Necesito que me hagas un favor.

—¿Yo? ¿A ti? Estás de broma...

—Haré lo que quieras.

—Pues sí que es importante. ¿Y qué he de hacer?

—Venir conmigo y convencer a tu amigo Saulo de que lo que yo le propongo es más ventajoso para él. De momento solo debes saber esto. —Attua había pensado hacerlo él solo, pero no quería correr riesgos. Temía la reacción de Saulo. Tenía que confiar en que la amistad entre contrabandistas, malhechores, bandoleros o lo que fueran jugaba a su favor.

Gabino entrecerró los ojos.

—¿Quién lo diría? Tú rebajándote ante mí. Te costará caro.

Attua no tenía mucho dinero, pero estaba seguro de que Clemente daría lo que fuera por salvar a Davina.

—De acuerdo. Pon la cantidad.

—No quiero dinero. Quiero algo más.

—Renunciaré a la concesión de los baños, si es eso. Podrás optar tú. —Attua contuvo el aliento. ¿Y si aceptaba esta opción que había dicho sin pensar? ¿Qué sería de él y de su familia? Odiaría tener que depender de la caridad de su suegro.

—No me interesa. Demasiado trabajo para lo poco que da. —Gabino extendió las manos para referirse a la taberna—. Con esto me basta. —Se rio enigmático. Las vueltas que daba la vida... Qué mayor placer, qué mayor venganza que ver a Attua pendiente de su voluntad—. Quiero tu silencio y tu ayuda en mis asuntos. Ya me entiendes. La casa donde vives solo me interesa por su ubicación. Por supuesto, recibirás tu parte. ¿Quién sabe? Hasta es posible que gracias a mí puedas por fin financiar tu ambicioso proyecto.

Attua asintió de mala gana. Esa alternativa tampoco era de su agrado, pero no disponía de tiempo. Por salvar a una mujer a quien no amaba se convertiría en un corrupto, en cómplice de ese indeseable. Recordó la mirada asustada de Davina y volvió a sentirse horrorizado. ¿Realmente ella había llegado a pensar que él podría desear su muerte, llevando además a su propio hijo en su vientre? Deseaba que las cosas fueran de otra manera, sí, y reconocía que se había convertido en un hombre difícil, pero no era un monstruo. Por otro lado, también lo hacía para salvar a Matías. Era su amigo a pesar de todo. Tenía que seguir adelante con su plan. Ya no había otra opción. Mirar al pasado no producía sino resquemor: si Matías no hubiera intervenido en ese duelo, ahora no se verían en esa dramática situación; pero si él no se hubiera quedado más tiempo de lo normal en Madrid el verano anterior, tal vez su padre seguiría vivo y su vida no habría sufrido los cambios que detestaba. Ojalá se pudieran conocer de antemano las consecuencias de los actos y decisiones de cada uno... Era imposible.

Si él se hubiera quedado más tiempo cerca de Cristela, o si ambos hubieran huido juntos, tampoco estaría ahora suplicando ayuda a Gabino.

Si..., si...

Qué palabra tan pequeña.

Y cuánto rencor cabía en ella.

Una vez en el ayuntamiento, Attua explicó una nueva versión de los hechos a Clemente, a Matías y al único concejal que habían podido localizar con esas prisas y sin levantar mucho revuelo: su tío Damián.

—Una partida de rebeldes armados entró anoche en mi casa. Han matado a Tulio y amenazan con matar también a las mujeres de mi familia. Exigen tres tercios de la contribución para la causa carlista.

—¡Pero eso es imposible! —protestó Damián—. No tenemos tanto dinero. Hemos liquidado con las demás administraciones...

Clemente, que había comprendido de inmediato lo que pretendía Attua, se aferró a la propuesta gracias a la cual podrían a la vez salvar a Davina y desvincular a Matías, que permanecía callado y pálido, del objetivo de esos hombres.

—Siempre piden de más para negociar —se apresuró a decir, recordando conversaciones con otros alcaldes que habían transigido para evitar males mayores—. Disponemos de cinco mil reales de vellón... Por Dios bendito. Mi hija está allí... Si es necesario, aportaré de mis propiedades.

—Comprendo tu preocupación, Clemente, pero... ¿cómo podemos estar seguros de que son quienes dicen ser? —Damián frunció el ceño—. Es extraño... No pensé que fueran ciertas las informaciones de que los carlistas se estaban preparando para entrar de nuevo en España... ¿Y si solo son unos simples contrabandistas?

—¿Qué más da, si se trata de salvar las vidas de nuestros vecinos? —gritó Clemente exasperado.

—Llevas razón... —accedió el tío de Attua, sin dejar de mirar no obstante a Gabino con desconfianza—. ¿Y qué tienes tú que ver con esto?

Gabino se encogió de hombros.

—Nada. A mí me ha venido a buscar Attua a casa...

—Hará de emisario —se apresuró a explicar este—. Gabino está acostumbrado a tratar con tipos así. He pensado que podría sernos útil para negociar.

Gabino recibió los comentarios sobre su persona con una sonrisa mordaz.

—¿Y podemos fiarnos nosotros de él? —preguntó Damián.

—Yo lo acompañaré —replicó Attua con impaciencia—. Tenemos prisa. Dadnos el dinero de una vez.

Clemente sacó una llave de su bolsillo y abrió un cajón de la mesa de cuyo fondo extrajo un fajo de billetes. Contó cincuenta y se los entregó a Attua.

—Haz que esos indeseables desaparezcan de estas tierras, muchacho —le dijo con la voz quebrada—. Lo más importante es la vida. Todo lo demás tiene solución.

Matías bajó con Attua y Gabino hasta la plaza, donde habían atado a los caballos. En su mente aparecieron imágenes de la infancia de los tres, cuando su mayor preocupación era evitar que los pillaran haciendo travesuras y los castigaran a estar de rodillas en el colegio y a un par de correazos y a acostarse sin cenar en casa. Conocían todos los escondites de los alrededores. Habían escalado todas las tapias y molestado a todos los animales en sus establos. Juntos habían aprendido a poner cepos y lazos para cazar. Eran hábiles lanzando pedruscos contra los nidos, afilando palos para convertirlos en picas, puñales y espadas, y colándose en las bodegas para probar el vino de las cubas. Se habían arrojado bolas de nieve bien apretadas para que dañaran más que las piedras. Se habían retado a ver quién aguantaba más horas a solas en el cementerio al anochecer y siempre había ganado Attua, acostumbrado a la oscuridad del entorno de la casa de baños. ¡Cuánto había disfrutado con ellos! Recordaba las risas. Se reían sin parar cuando los desdentados abuelos los amenazaban con arrearlos con un palo; cuando se montaban los tres juntos en las mulas sin silla y terminaban en el suelo; cuando trataban de meter la mano en las ollas para robar una bola caliente de sangre de cerdo especiada; cuando descubrían a una pareja de enamorados besándose tumbados en algún pajar...

Qué poco quedaba de lo que una vez tuvieron, pensó. Conforme crecían, la vida los había ido separando en diferentes direcciones. Agradecía de corazón lo que Attua estaba haciendo ahora por él, pero sabía que las cosas nunca serían ya iguales entre ellos. El perdón aliviaba la culpa, pero no incluía necesariamente el olvido. Dejaba una marca para siempre. Un recuerdo de la pérdida de la confianza plena en alguien.

Tal vez los tres pensaran lo mismo, porque durante unos minutos guardaron silencio bajo el inclemente sol de la tarde que abrasaba las piedras en su camino hacia las crestas del oeste. Pocas veces hacía tanto calor en Albort. Y, sin embargo, resultaba insuficiente para templar sus corazones.

Gabino miró a Matías.

—Ahora entiendo por qué Saulo mostró tanto interés por ti —dijo—. Tú fuiste quien mató al heredero de ese conde de Madrid.

Matías asintió.

—Gracias por ayudar a mi familia.

Gabino entrecerró los ojos.

—Vivimos en tiempos extraños. En Cataluña hay partidas carlistas que andan en conversaciones con los republicanos para luchar juntos por un interés común: destronar a la reina borbona y acabar con su corte de liberales. Fíjate en nosotros, unidos de nuevo, también por circunstancias de la vida. —Esbozó una sonrisa irónica y se dirigió a Attua—. A veces, ese a quien consideras tu gran enemigo es quien te sirve para conseguir tus propósitos. ¿No opinas lo mismo?

Attua apretó con fuerza la mano en la que llevaba el dinero.

No respondió.

Estaba seguro de que cuando Saulo liberara a las mujeres y se marchara de Albort, ellos seguirían siendo los mismos.

Las uniones interesadas eran tan falsas como la primera capa de hielo que cubría los ríos en invierno, pensó.

A la vista parecían sólidas y resistentes; una sola pisada y se resquebrajaban como la cáscara de un huevo.

27

El plazo de las cinco horas estaba a punto de expirar cuando Attua y Gabino llegaron a la casa de baños. Attua no podía más. Necesitaba descansar. Lo único que lo mantenía en pie era la impaciencia por liberar a su familia de esa pesadilla.

La presencia de Gabino fue sin duda esencial. Nadie apuntó con su arma a Attua y Saulo se avino a considerar la oferta sin protestar. En cuanto contó el dinero, el brillo de sus ojos reveló que prefería mil veces aquello que tenía en la mano a un largo viaje hasta la capital. Attua no podía apartar la vista de su mano derecha, la que llevaba vendada. Se había cortado...

—Esto incluye tu silencio —escuchó que Gabino advertía a Saulo—. No quiero a nadie por aquí preguntando por Matías. Cuanto más tranquilo esté el territorio, mejor para todos. ¿Me entiendes?

Saulo asintió.

—Y lo de Tulio podrías habértelo ahorrado... —continuó Gabino—. Le dije que vendrías y te habría dejado pasar.

—Sirvió para que este —Saulo señaló en dirección a Attua— me tomara en serio. —Se encogió de hombros—. Un mal necesario, como dices tú.

Entonces Attua lo supo: Saulo se había cortado al rebanarle el cuello a Tulio, y él recordaba haber visto otra herida similar. Hacía un año. Cuando alguien hizo lo mismo con su padre. Sintió que la ira surgía en su interior despertando demonios que nunca se habían dormido del todo. Sin embargo, guardó silencio por el momento.

—Ya… —dijo Gabino—, pero enviarán soldados en tu busca. Yo de ti me marcharía a Francia durante un tiempo. No mucho. Pronto nos necesitarán a todos.

—Eso haremos.

Saulo dio órdenes a sus hombres para que trajesen a las mujeres, recogieran sus cosas, hicieran acopio de comida en la cocina y se reuniesen en los establos.

Davina, Belisa y Celsa entraron en el comedor temblando y con la cabeza agachada. Attua sintió lástima al verlas. Les costaría olvidar el incidente. Se acercó a ellas y les dijo:

—Todo ha terminado.

Belisa rompió a llorar en silencio, Celsa suspiró y Davina lo miró a los ojos y le dio las gracias.

Attua aprovechó el trajín de los hombres cuando salían al exterior para aproximarse a Saulo y preguntarle en voz baja:

—¿También mi padre fue un mal necesario?

Saulo frunció el ceño y escupió la colilla que pendía de sus labios.

—No sé de qué hablas.

—Hace un año alguien lo mató aquí mismo.

—Yo nunca había estado en este lugar antes.

—¿Y no oíste a nadie hablar de lo sucedido?

Saulo negó con la cabeza.

—No sería muy bueno el botín.

—No se llevaron nada.

—Entonces, pierdes el tiempo buscando entre hombres como yo.

Attua esperó un largo rato hasta que la banda de Saulo se perdió de vista y volvió a la casa. Belisa y Davina atendían a los asustados clientes que se dirigían aturdidos a sus habitaciones. Les preguntó por Gabino y le dijeron que estaba en la cocina porque Celsa le había ofrecido algo de comer. Attua se dirigió a su despacho, cogió una escopeta, la cargó y fue a la cocina.

Gabino estaba sentado en un rudimentario banco de madera junto al hogar donde crepitaba un débil fuego y observaba cómo Celsa removía el interior de una olla negra que se balanceaba sobre las llamas. Cuando vio a Attua con la escopeta, sonrió.

—Si estás pensando en ir tras ellos... —dijo con sorna.

Attua se plantó ante él y le apuntó al pecho.

—Ahora que no tienes a nadie que pueda ayudarte, tú y yo hablaremos con calma. Tira tu pistola. —Esperó a que lo hiciera y se dirigió a su madre—: Márchese. Y asegúrese de que no entre nadie. —Cuando escuchó el sonido de la puerta al cerrarse, miró fijamente a Gabino a los ojos—: Mataste a mi padre. Y, al hacerlo, te hiciste un corte en la mano derecha. Me di cuenta cuando esperaba para hablar con el alcalde.

Gabino parpadeó ligeramente, desvió la vista un instante, entornó los ojos. No lo negó de inmediato. No mostró sorpresa. Suficientes indicios, pensó Attua, que le confirmaban que tenía razón.

—Me corté segando.

—Mentira. No eres zurdo. La hoz se sujeta con la derecha y tendrías el corte en la izquierda. Además, quien no muestra afecto ante la muerte es que guarda mucho odio en su interior. Ni siquiera te molestaste en darme el pésame.

—Unos argumentos muy flojos con los que acusar a un hombre después de un año y sin testigos...

—Lo sé. No pienso esperar a la justicia. —Attua se acomodó la culata de la escopeta en el hombro—. Te voy a matar.

Por primera vez en su vida, Gabino sintió miedo. La expresión de Attua no dejaba lugar a dudas. Sus ojos oscuros proyectaban repugnancia y odio. Los labios, apretados con fuerza, no podían detener el temblor de la barbilla. Attua hablaba con calma, pero por dentro lo poseía la furia. Gabino pensó qué decir. Un segundo, el movimiento de un dedo, lo separaba de la muerte. Podía mentirle y decirle que se equivocaba de hombre, o podía distraerlo y ganar unos segundos más.

—Tienes que calmarte, Attua. Si me matas, ¿qué harás? Tendrás que largarte o te detendrán y te aplicarán el garrote. ¿Qué será de tu familia, entonces? Mancharás su nombre. Condenarás a tu madre y a tu hermana a la miseria...

Attua no pensaba con claridad. Estaba exhausto, al límite de sus fuerzas. Los dos últimos días de su vida habían sido una pesadilla interrumpida por un momento demasiado breve de placer con Cristela. En realidad, el último año entero había sido una continua zozobra. Por culpa de ese hombre que tenía delante, sus planes se habían ido al traste. Sus estudios, abandonados. Su juventud, perdida. Sus ilusiones, frustradas. Su amor por Cristela, impedido. Podría estar ahora con ella. Así debería haber sido. No debería sentirse encadenado a las obligaciones que se esperaban de él como hijo, como hermano, como cabeza de familia, como marido apático, como emprendedor forzado por las circunstancias, como futuro padre de un hijo no engendrado por el amor del alma. Él solo quería recuperar las esperanzas del pasado, los sueños con Cristela. Maldito Gabino.

Lo había convertido en un hombre desapasionado.

Apretó el gatillo y disparó.

La bala se incrustó en una de las losas del suelo, desprendiendo esquirlas y dejando en el aire un sutil olor a piedra quemada. En el último momento, Attua había bajado el cañón de la escopeta. Había hecho caso a la única voz interior de las decenas que lo confundían y que le repetía que él no era un asesino.

—Sé que, si te denuncio, lo negarás todo —le dijo haciendo acopio de la poca energía que le quedaba—. Así que no perderé el tiempo. Ya no te debo nada. No me pidas ayuda con tus trapicheos a cambio de haber ayudado a Matías, que no te la daré. Vete y no vuelvas por aquí.

La puerta se abrió de golpe y entraron las mujeres, espantadas por la explosión del disparo.

—Todo está bien —las tranquilizó Attua—. Gabino se va.

Recogió la pistola del suelo, que reconoció como aquella de Aurore, con las cachas picadas y los adornos de bronce. Lo acompañó afuera y esperó a que estuviese a lomos de su caballo para decirle:

—Solo una cosa más. Quiero saber por qué lo hiciste.

Gabino respondió, sin rastro de su chulería habitual:

—Tu padre escuchó una conversación que no debía. Iba a denunciarme al capitán del castillo. Ayudé a huir a un amigo, de la facción de Caragolet. Custodio detestaba a los carlistas. Era un chivato… —Hizo una pausa tratando de escoger las palabras adecuadas—: Ojalá no me hubiera visto obligado a hacerlo. No espero que me comprendas, pero tú también has ayudado a Matías a escapar dos veces de una muerte segura. ¿No habrías matado por salvarle la vida? —Sin esperar respuesta aflojó las riendas e hincó los talones en la montura. Se alejó una distancia de varios pasos y regresó—. Es difícil explicar cómo elegimos una u otra, Attua, pero tanto la amistad como la pertenencia a un bando exigen fidelidad, con todas sus consecuencias.

No lo olvides. Aunque no lo parezca, estos siguen siendo tiempos de guerra.

Attua no supo distinguir si aquello era una constatación o una advertencia.

Gabino extendió la mano.

—Devuélveme mi pistola.

—No es tuya —dijo Attua—. Se la haré llegar a su dueña. —No sabía si lo haría, pero aquella pistola significaba demasiado para él. Aunque insignificante, era un vínculo con Aurore y, por tanto, con Cristela.

Gabino apretó las mandíbulas, pero movió la cabeza una vez de arriba abajo en señal de asentimiento y se marchó al galope.

Celsa insistió en que Attua tomara un baño primero y cenara después más de lo que su estómago podía resistir tras tantas horas de ayuno. También sirvió varios vasos de vino para todos. Poco a poco, la tensión de la última jornada fue desapareciendo, aunque el alejamiento del peligro y el miedo hizo que otros más íntimos y personales retornaran.

Acabada la cena, Attua dijo que pasaría un rato a solas en el despacho. En realidad, quería que Davina estuviese ya dormida cuando él se acostara. Pero, sobre todo, ahora que había regresado la calma aparente después de la locura de los dos últimos días, quería tomarse su tiempo para recordar su última noche con Cristela. Repasó mentalmente cada palabra, cada gesto, cada caricia, cada beso. Incontables veces. Terminaba de hacer el amor con ella y volvía a comenzar. El vino ayudaba a que una sonrisa de deleite surgiera de pronto entre sus deseos de enterrar la cara entre las manos y sollozar.

Apuraba los últimos sorbos acompañado de la tenue luz de una vela cuando la puerta se abrió y entró Belisa.

Se sentó frente a él, al otro lado de la sencilla mesa de pino llena de papeles. Attua se dio cuenta de que traía mala cara.

—Ya ha pasado todo —le dijo con la voz ligeramente pastosa—. No estés triste. El descanso nos sentará bien.

—Hay males que ni el sueño ni la bebida pueden curar —dijo ella señalando el vaso vacío—. Lo sabes tan bien como yo.

—¿A qué te refieres?

—Cuando se fue Alfredo y acompañé a nuestra madre al cementerio, me encontré a nuestro primo Braulio. Me recordó que está a punto de vencer el pago del préstamo. No me fiaba de las fechas que decía, así que rebusqué entre tus papeles... —levantó varios y extrajo un sobre— y encontré la carta de Alfredo. ¿Cuándo pensabas decírmelo?

Attua resopló. Su hermana podía haber elegido otro momento más adecuado para hablar del tema. El día había sido demasiado largo. Ahora quería estar a solas con sus recuerdos de Cristela.

—No lo sé, Belisa. Yo... Lo siento. No pensaba que Alfredo fuera de ese tipo de hombres...

«¿Que abandonan a la mujer que aman, que se casan con otra, que obedecen a la razón y no a los sentimientos?»

¿Quién era él para juzgar a nadie?

—Te envidio, Attua —dijo Belisa con una actitud corrosiva que Attua no conocía—. Envidio a los hombres. Podéis maldecir, disparar vuestras armas, montar en vuestros caballos y partir al galope por esos caminos para gritar vuestro dolor o, quizá, para encontraros con la mujer a la que amáis y rogarle que vuelva con vosotros sin que nadie os critique por arrastraros. Como si vuestro sufrimiento fuera inmensamente mayor que el de las mujeres. Como si cada una de vuestras lágrimas contenidas tuviera más valor que todas las nuestras. Nosotras solo podemos llorar en silencio y presentar ante los demás un estado comprensible de melancolía y *nerviosidad...* —Sonrió con amargura—. ¿Te has fijado en que ese es el diagnóstico de los médicos acerca de la mayoría de las mujeres que buscan nuestras aguas?

—¿A qué viene esto?

Belisa lo miró a los ojos.

—Davina me ha contado lo que pasó ayer en su casa...

Attua aguantó su mirada.

—Entiendo lo que dices, pero no te confundas. Yo no he rogado a nadie. Estoy aquí, en casa, con vosotras.

—Yo no echaré mi vida a perder, Attua. Si tu amigo se cree que me ha roto el corazón, está muy equivocado. Si te ves en la obligación de escribirle por algún asunto, dile que me ha evitado la desagradable tarea de tener que librarme yo de él primero... —Belisa ahogó un sollozo—. A veces creo que este lugar está maldito. —Se puso en pie—. Pero no podrá conmigo.

Attua esperó unos minutos y salió al exterior. La noche no podía ser más hermosa. No había ni una sola nube. El potente brillo de la luz de la luna permitía distinguir las crestas de las montañas recortadas y superpuestas sobre el horizonte.

Como si fueran de mentira. Como si no tuviesen nada de malditas.

Como si tras ellas, con toda su inocente apariencia, no estuviera Cristela.

Por fin, se dirigió a su habitación. Donde dormiría junto a Davina todas las noches de todos los años que Dios dispusiera que pasasen juntos.

Se acostó boca arriba, con la cabeza apoyada en las manos cruzadas bajo la nuca.

Davina se le acercó, buscando su calor, su proximidad, un brazo que la rodeara, tal vez.

—¿Y ahora? —preguntó.

Attua cerró los ojos para no ver el techo agrietado de su jaula. También ella le preguntaba sobre aquello cuya respuesta ignoraba.

—Ahora... —respondió él sin tocarla— descansaremos.

28

Shelton sufría por Cristela. Temía que cayera enferma. Apenas comía y permanecía encerrada en su habitación día y noche. En ningún momento la presionó para que le contara qué le pasaba. Al principio supuso que la visita de su primo le había traído recuerdos de su tierra y que la despedida y la imposibilidad de regresar con él, al menos por ahora, eran las causas de su melancolía. Respetó su tristeza y su silencio varios días, pero al cabo de dos semanas se dijo que, aunque no lograba comprender la razón de tanto sufrimiento, aquella situación no podía continuar. Como amante de la naturaleza, estaba convencido de que los paseos, el sol y el aire fresco del atardecer eran la mejor medicina para fortalecer el cuerpo y el espíritu; y sin fortaleza no era posible plantarle cara al mal que la atacaba. Que luego saliera victoriosa de su batalla interior ya dependería exclusivamente de ella. Él solo podía mostrarle el principio del camino.

La excusa para convencerla de que saliera llegó en forma de carta. Mandó a una criada que avisara a Cristela de que quería hablar con ella y la esperó en su despacho.

—Ha escrito Aurore —la informó con forzada naturalidad en cuanto la vio. El dolor, la ansiedad y el abatimiento que reflejaba el rostro de la muchacha le partían el corazón. Tuvo que hacer un gran esfuerzo para no rodearla con los brazos y ofrecerle consuelo, aunque dudaba que él pudiera hacer algo para mitigar tanto tormento—. Se instalará por fin en Luchon a finales de esta semana y el lunes próximo vendrá unos días a mi casa. Me pregunta por ti y me dice que te ha echado de menos.

Cristela asintió.

—Entonces, tendré que marcharme. Le pido disculpas por mi actitud, monsieur. He abusado de su hospitalidad... —Los ojos se le llenaron de lágrimas, interrumpiendo una explicación que no se le ocurría—: Yo no soy así...

—Hay una forma de que me muestres tu agradecimiento... —Shelton esbozó una sonrisa animosa—. No me gustaría que Aurore te viera en este estado de tristeza. Pensará que no te he tratado bien. Todos los días me acompañarás a dar un paseo por la mañana y otro por la tarde. Lo harás por mí. Tengo que fortalecer la pierna lesionada. —Se dirigió a la puerta, la abrió y le hizo un gesto para que saliera—. Empezaremos ahora mismo.

Tal como deseaba, Shelton comprobó con satisfacción que, sin atosigarla, poco a poco llegaban más lejos y hablaban más. Incluso aceptaba sus invitaciones de compartir con él los ratos del almuerzo y de la cena. Cada día que pasaba, los labios de Cristela parecían menos tensos; sus ojos, menos enrojecidos y más brillantes; su aspecto, menos descompuesto; y su paso, menos desganado.

La tarde del domingo, el día anterior a la llegada de Aurore, Shelton planeó una excursión.

—Me gustaría llevarte a un sitio muy especial para mí —le dijo misterioso después del almuerzo—. Iremos a caballo.

Eligió dos enormes y magníficos percherones castaños con manchas blancas en la cara y la esperó en el patio mientras ella se cambiaba de ropa. Se sentía nervioso. Tal vez fuera un poco pronto para desvelar su secreto a Cristela. Solo dos personas más lo conocían. Pero algo en su interior le decía que tenía que compartirlo con ella. Quería ver su reacción. Que le dijera que estaba loco o, por el contrario, que lo animara a seguir adelante…

Dirigió su mirada hacia la puerta principal. Se alegró al percibir la expectación en el rostro de Cristela y deseó que los días oscuros de su vida hubieran terminado para siempre. Cuando llegó a su lado, se dio cuenta de que le impresionaba el tamaño de los caballos, pero no protestó y aceptó su ayuda para montar. Le gustó esa actitud, que demostraba que confiaba en él. No obstante, para tranquilizarla, le aseguró que eran los más mansos de su cuadra, ideales para una charla relajada mientras paseaban por el campo.

Atravesaron la plaza del pueblo seguidos de dos de los numerosos perros de Shelton, grandes todos ellos, y continuaron el paso por la calle principal en dirección al oeste. Shelton aprovechó para contarle anécdotas de su infancia y le complació observar que ella sonreía. Y su sonrisa era sincera. Dejaron atrás el pueblo y media hora después tomaron un sendero que los llevó hasta un hermoso prado con la hierba recién cortada. Se detuvieron a la sombra de un árbol donde desmontaron y ataron los caballos.

Shelton extendió una manta, se sentó y palmeó el suelo para que ella lo imitara. Miró hacia el horizonte y luego cerró los ojos.

—Descríbeme lo que ves, Cristela —le pidió.

—Una inmensa y brillante extensión verde y dorada, atravesada por las paredes de piedra de los caminos. A media distancia, suaves colinas cubiertas de árboles. En una de ellas, suspendido entre el cielo y la tierra, un edificio…

—La catedral de Saint-Bertrand-de-Comminges —musitó Shelton—. Por esta parte de Francia pasaba la ruta jacobea durante la Edad Media y se construyeron muchas iglesias a lo largo del camino. Pero ninguna como esta… ¿Qué más ves?

—Más colinas, que se superponen suavemente unas a otras, escondiéndose y apartándose… Parecen estar vivas, como si, juguetonas, quisieran ocultar lo que se distingue al fondo, una franja de cielo oscuro… No. En realidad es una cadena de montañas… —Se calló de repente.

—¿Has visto alguna vez algo más hermoso, Cristela? —Shelton abrió los ojos y la miró. Supuso que su repentino silencio se debía al hecho de que justo al otro lado de esas montañas se hallara Albort, pero no estaba dispuesto a que la tristeza retornara a ella. Su vida anterior era agua pasada y, según había contado en su declaración ante Abélard, no había sido un camino de rosas. Él podría hacerle olvidar. Tenía que contagiarle su ilusión—. He recorrido medio mundo, he conocido a muchas personas, pero solo aquí me siento plenamente feliz. Ante Saint-Bertrand y los Montes Malditos. —Extendió la mano y la desplazó en el aire—. He comprado todo lo que ves hasta las primeras colinas. Tengo un sueño y me encantaría que vieras cómo lo cumplo si te quedas en Montréjeau para siempre.

—Eso debería hablarlo con madame Aurore… —murmuró Cristela sorprendida—, aunque no creo que le guste la idea. Usted tiene mucho servicio y ella se ha acostumbrado a mí.

—No te quiero para trabajar… —Shelton tomó su mano y carraspeó—. Las montañas, Cristela… Cuando te enamoras de ellas, ya no puedes alejarte. No sé cómo explicarlo. Me hacen sentir libre, como una estrella, como una nube, un pájaro o el viento. Lo mismo me pasa contigo. Te quiero a mi lado.

Por primera vez en mucho tiempo, al escuchar las hermosas palabras de Shelton, Cristela se sintió viva por dentro; no sabría explicar de otro modo la avalancha de sentimientos encontrados que se cruzaban y tropezaban entre su mente y su corazón. Shelton era el hombre más educado y agradable que había conocido en su vida. De espíritu generoso, la había tratado desde el primer momento como a una señora y no como a una sirvienta. Con la pierna malherida, había galopado en su busca para rescatarla de las garras de Gabino y de un futuro miserable. Había aceptado como ciertas, sin dudar, las declaraciones sobre su inocencia. Sin pedir ni una sola explicación, le había permitido hundirse en el abismo de su pesar en su propia casa, sin exigirle nada a cambio excepto esos paseos que tanto bien —tenía que reconocer— le habían hecho. Había sido su médico, su sacerdote, su amigo.

Pero no era Attua.

Se fijó en cómo Shelton le acariciaba la mano, con la vista baja, esperando un comentario por parte de ella. Le gustó la sensación del tacto afectuoso sobre su piel. No le producía rechazo...

Pero no le hervía la sangre en las venas.

Cuando Attua la tocaba, dejaba de ser ella misma y se convertía en hambre. Con él, no había pensamientos claros, no había mansedumbre. Era una entrega furiosa y plena.

Pero Attua ya no estaba. Ni estaría. Dudaba que él encontrara consuelo en los brazos de Davina. Se merecía la larga condena que él solo se había buscado. Ahora podrían..., no, *deberían* estar juntos. Dudaba que ella encontrara consuelo en los de Shelton, pero no le parecía justo arruinar su vida, ahora que había conseguido librarse de su odioso pasado. El corazón le decía que, si existiera la menor posibilidad de volver con Attua, ella correría hacia él sin dudarlo... La razón le repetía que, mientras viviera Davina, eso sería imposible y que nunca más tendría otra oportunidad como aquella de vivir una vida lujosa con un hombre encantador. ¡Cuántas oportunidades se le presentaban! ¡Podría aprender tantas cosas...!

Aprender...

La palabra regresó a su mente acompañada de los recuerdos de su infancia y primera juventud, cuando Cosme interrumpió sus estudios y ella seguía estudiando por su cuenta. Lo que hubiera dado entonces por haber tenido la oportunidad de su maestra y continuar adquiriendo conocimientos. Suspiró al advertir la manera en que su espíritu reaccionaba a la propuesta de Shelton. Quería seguir adelante y, por primera vez en su vida, nada ni nadie se lo impedía. ¡Cuántas mujeres desearían estar en su lugar!

Miró a Shelton. El sol le dibujaba reflejos dorados en el cabello. Aunque se acercaba a la madurez, los nervios, la ilusión, el brillo simpático en sus ojos le hacían parecer un chiquillo.

¿Cómo responder a la declaración de ese hombre sin herirle ni hacerle feliz, sin aceptarlo ni rechazarlo?

Con cariño, y sin retirar la mano, le dijo:

—Hábleme de su sueño, monsieur.

* * *

Con Aurore, que apareció acompañada de la princesa rusa, llegó de nuevo la animación y el alboroto a la mansión de Shelton. Este las había invitado a pasar unos días en su casa antes de instalarse en Luchon.

—¡Cristela! —exclamó Aurore abrazándola nada más verla—. Te he echado de menos.

Cristela percibió franqueza en sus palabras.

—Y yo también. Pensaba que ya no regresaría...

—Sí, ya sé que nos hemos demorado más de lo previsto en abandonar Cauterets —explicó Aurore—, pero Darya cerró la venta de su propiedad y me pidió que no la dejara sola en todo el trámite.

Shelton se dirigió entonces a la princesa:

—Esta zona no es tan animada como Cauterets, pero estoy seguro de que te gustará.

—Aurore no ha dejado de repetirme que debería instalarme por aquí, pero es pronto para decirlo. Primero volveré a París y luego ya veré.

—Aprovecha estos días para que Aurore te enseñe mi casa en Luchon —dijo Shelton—. De hecho, podríais alojaros allí el resto del verano en vez de en el hotel. Apenas la uso y estoy incluso dispuesto a venderla…

—Muchas gracias, Shelton —respondió Darya con una sonrisa—. Lo pensaré.

Durante la cena, a Cristela le costó seguir el hilo de la charla. No dejaba de pensar en un mismo asunto. Más pronto que tarde debería comentar con Aurore la propuesta de Shelton. La francesa era lo más parecido que había tenido a una madre y sentía la necesidad de conocer qué opinaba, por más que al tiempo temiera su reacción. Tal vez la tachara de desvergonzada, de advenediza y de interesada. Nadie mejor que ella conocía sus humildes orígenes. Sin duda, Shelton podría haber aspirado a conseguir una mujer mucho mejor que ella, pero la situación era la que era.

Las horas y los días pasaban y Cristela nunca encontraba el momento oportuno para hablar tranquilamente a solas con Aurore. En un par de días, entrado ya agosto, las mujeres partirían hacia Luchon y Aurore daba por sentado que la joven se iría con ellos. Shelton, expectante, se había ofrecido a hablar con su amiga, pero Cristela le había pedido que no lo hiciera. Y tenía que hacerlo ella porque, además de querer su consentimiento, había algo que solo se atrevería a comentar con Aurore.

La mañana anterior a la partida llovía tanto que la casa amaneció tranquila, silenciosa, sin el habitual trajín de invitados organizando el día y criados atendiéndolos. Cristela supuso que todos habrían decidido permanecer más rato en el lecho, disfrutando de la laxitud que se apoderaba del ánimo cuando las gotas golpeaban la tierra en los días tan grises como aquel. Se vistió, pidió a una criada que le preparase una bandeja con dos tazas de té y se dirigió a la habitación de Aurore. No debía esperar más para hablar con ella.

Como solía hacer, dio un par de golpecitos en la puerta y entró sin esperar a escuchar el permiso. La habitación estaba en penumbra, con las gruesas cortinas de terciopelo tapando los ventanales. Dejó la bandeja en una mesita redonda y se dispuso a descorrer las cortinas mientras llamaba a la señora.

—Buenos días, madame —dijo con voz suave—. Me temo que hoy no podremos salir de excursión.

No obtuvo respuesta. Se dirigió hacia la cama y se quedó petrificada al observar que Aurore, adormilada, comenzaba a deshacer el abrazo con el que envolvía a Darya. Cristela sintió que un intenso rubor se extendía por su rostro. Una profunda turbación frenó su impulso de salir corriendo.

—¿Cristela? —la llamó Aurore.

—Sí, madame... —respondió ella en un susurro.

Aurore se incorporó, bostezó y se frotó los ojos. Por fin, su mirada se encontró con la de Cristela.

—Anoche hacía frío —dijo con naturalidad al ver la expresión confusa de la joven—. Nos juntamos para hablar y nos venció el sueño.

Cristela asintió, pero no se movió de donde estaba, a la espera de instrucciones.

—Ya te llamaré si te necesito más tarde —dijo Aurore.

—En realidad, quería hablar con usted de algo importante.

Aurore se inclinó sobre Darya, comprobó que seguía dormida y se sentó al borde de la cama. Cristela se sonrojó todavía más. No era la primera vez que veía a Aurore desnuda, pero en aquella ocasión su mente le proporcionaba imágenes censurables. Había escuchado rumores sobre otras mujeres como la intrépida montañera Anne Lister, que viajaba siempre con su amiga Ann Walker, aunque nunca los había creído.

—¿Dónde está mi bata? —murmuró Aurore deslizando la vista por los sillones cercanos.

Cristela la localizó, arrugada, en el suelo a los pies de la cama. Se agachó, la cogió y se la acercó.

—Aquí, madame...

Aurore se la puso, se levantó y se dirigió hacia una salita contigua a la habitación. Cristela cogió la bandeja y la siguió. Sabía que con Aurore no había conversación posible si no tomaba primero una taza de té caliente. Se sentó a su lado y esperó prudentemente a que la taza estuviese medio vacía para comenzar a contarle todo lo sucedido durante su ausencia. Le habló de su secuestro, de cómo Shelton la había rescatado de las garras de Gabino, y del secreto que mantenía oculto desde hacía un año y que había tenido que desvelar ante el alcalde de Luchon para aclarar la situación.

—Una cosa no comprendo... —Aurore frunció el ceño—. Si temías que te apresaran si te acercabas a tu tierra, ¿por qué fuiste? Y no te creeré si me dices que echabas de menos tu casa...

Cristela no había contado con que la mujer fuera tan perspicaz. ¿Cómo iba a contarle la proposición que le había hecho Shelton si primero le reconocía que echaba tanto de menos a Attua que había querido quedar con él? Le dijo lo mismo que había contado en su declaración.

—Al saber que Matías iba a Albort, sentí nostalgia. Claro que no echaba de menos aquella que nunca sentí como mi casa, pero quería saber de mis queridas amigas... Matías me iba a traer a Belisa hasta la frontera para conversar con ella.

—Ya... —Aurore asintió apenas, como si la respuesta no la convenciera mucho. Recordaba muy bien la primera impresión que tuvo cuando conoció a Cristela. Hubiera jurado que nunca se alejaría de aquel hombre, Attua, pero la joven nunca lo mencionaba. Encontraría el momento de preguntarle sobre él—. Me alegra saber que te has liberado por fin de tu terrible secreto. Lo siento por la pobre Ana, pero no por tu padre adoptivo. Se veía que era un hombre bruto. Fuiste valiente, Cristela. Ahora que lo sé todo, comprendo por lo que has pasado. Espero que de ahora en adelante seas feliz conmigo.

—También de eso quería hablarle. —Cristela inspiró profundamente antes de atreverse a continuar—. No sabría explicarle cómo ha sido ni por qué, pero Shelton y yo hemos pasado tiempo juntos, y... ha surgido..., bueno, en realidad, él me ha manifestado sus sentimientos hacia mí.

Aurore detuvo a medio camino hacia los labios la taza y la mantuvo en el aire un largo rato mientras observaba a Cristela en silencio. Esta bajó la vista, incómoda, incapaz de interpretar sus pensamientos.

—Nada que me sorprenda... —dijo Aurore al fin, depositando la taza en el platito de la bandeja—. En Albort supe que eras una joven especial. Que Shelton también lo haya sabido apreciar me demuestra que no estaba equivocada.

—Entonces, ¿no le parece mal? —murmuró Cristela.

Aurore ladeó la cabeza.

—¿Por qué habría de parecérmelo? Me alegra mucho que haya otra vida posible para ti diferente de aquella horrible que dejaste atrás. Shelton puede hacer lo que quiera con su vida. Y tú también. No necesitas mi aprobación, a no ser que tengas dudas, en cuyo caso sí que me preocuparía porque Shelton es uno de mis mejores amigos. —Entrecerró los ojos. Debía preguntárselo ya—: ¿Qué pasó con Attua?

Cristela se encogió de hombros.

—Aquello terminó. Al poco tiempo de marcharme, se casó con la hermana de Matías. No sé más de él. —No le dijo que había acudido a verla haciéndose pasar por su primo—. Creo que Shelton y yo podemos ser muy felices, y estoy dispuesta a intentarlo, pero necesito su opinión porque usted sabe mucho de mí y no quiero que piense que mis sentimientos hacia él no son sinceros. Me alivia saber que no rechaza esta situación tan inesperada para mí.

—Las cosas inesperadas nunca me producen rechazo... —musitó Aurore mirando de soslayo hacia la cama en la que dormía Darya—. Te dije una vez que solo tú podías sopesar tus deseos y renuncias, pero si la necesitas, tienes mi bendición. Aunque me parece que hay algo más que te preocupa...

Cristela asintió.

—Ya que ha nombrado a Attua, debo decirle que... —Cristela se sonrojó— él y yo... tuvimos una relación muy estrecha...

—Y no llegarás virgen al matrimonio... —terminó Aurore por ella—. ¿Eso quieres decirme?

Cristela asintió y Aurore sonrió abiertamente.

—Bueno, Shelton tampoco. Para algunos eso podría ser un problema, pero no para él. Tiene sus años, una mentalidad abierta y ha viajado mucho. Mi consejo es que se lo digas, sin entrar en detalles. Shelton valora mucho más la sinceridad que la inocencia y la inexperiencia. Bajo esa fachada de caballero serio y formal, hay un hombre ardiente. —Le palmeó una mano—. Creo que tendrás una vida muy satisfactoria. Me atrevería a asegurar que hasta es posible que logre hacerte olvidar todo lo que ahora te parece imborrable en tu corazón. —Se levantó para marcharse, aunque aún le dijo—: La vida es muy larga, querida Cristela. Puede que tu pasión fuera Attua, pero ahora tu realidad es Shelton.

Aurore podía comprender las incertidumbres de la joven Cristela ante los cambios insospechados de la vida. Cuando recitó, enamorada, los votos matrimoniales por los que le juraba amor eterno a su marido, ¿quién le hubiera dicho que terminaría encontrándose en su vida con Darya? Ambas compartían ahora una felicidad y una serenidad que serían plenas de no existir el inconveniente social de no poder hablar sin tapujos de su amor. Suponía que más tarde o más temprano serían objeto de cotilleos. Hoy la había descubierto Cristela, en cuya discreción, idéntica a la de Adeline, confiaba, pero mañana podría ser cualquier otro sirviente que no tardaría en contarlo por ahí. A esas alturas de su vida, no le importaba demasiado. Y una de las grandes ventajas de tener dinero y poder viajar mucho era que podían dejar atrás aquellos lugares donde las hicieran sentir incómodas.

Cristela permaneció unos minutos más en la salita, pensativa. La gratitud que sentía hacia Aurore por todo cuanto había hecho por ella era ahora más profunda. Nunca la había juzgado; al contrario, la había escuchado y motivado para que buscara su camino. Nunca había cuestionado su valía, sino que había apreciado desde el principio su rapidez para el aprendizaje. Y siempre la había instado a que mirase adelante. Adelante con Shelton; adelante con lo que su corazón o su razón o su intuición le dijeran en ese momento. No podía haber una maestra mejor. Y si Aurore nunca la había juzgado, no sería ella quien lo hiciera tras haberla descubierto en la cama con Darya. No sería injusta. Si algo había aprendido de Aurore era que solo cada persona podía saber las íntimas motivaciones de sus actos. Lo demás eran conjeturas, rumores y suposiciones.

Sin embargo, por mucho que la conversación con Aurore hubiera disipado sus temores sobre cómo veía esta su relación con Shelton, o sobre el hecho de que él no fuera el primer hombre en su vida, Cristela no se sentía completamente animada. No se creía las palabras de Aurore que cualquier madre repetiría a una hija despechada y esto la hacía sentirse culpable, injusta, deshonesta y traidora hacia Shelton.

Dudaba de que Shelton pudiera hacerle olvidar a Attua.

De hecho, una de las razones inconfesables por las que se inclinaba a aceptar a Shelton, el secreto más íntimo que guardaría siempre en el fondo de su corazón, era que él hubiera decidido fijar su residencia definitiva en Montréjeau.

Vivir allí le permitiría sentirse cerca de Attua. Miraría hacia las montañas y su corazón sabría que él estaba muy cerca, justo al otro lado. Todas las mañanas, lo saludaría y se preguntaría qué estaba haciendo. Se lo imaginaría revisando sus papeles, dirigiendo las obras de la ampliación de los baños, comiendo, cabalgando, hablándole a su hijo con una paciencia infinita, enseñándole el conocimiento de su entorno como si no hubiera un lugar más maravilloso en el mundo, aunque él lo odiara por haberse encadenado a él. Había escuchado a alguien decir que la esperanza era todavía más peligrosa que la desesperación, porque se empeñaba en continuar presentando como alcanzable lo que se deseaba, mientras que la cólera, el enojo o el despecho terminaban por morir con el tiempo. Pero ella estaba dispuesta a ocultar la inextinguible llama de su amor por Attua bajo capas de hielo. Seguiría el ejemplo de algunas montañas. Se convertiría en una de ellas. Se solidificaría por fuera y guardaría el fuego líquido de su pasión intacto dentro de ella.

Sí.

Su amor por Attua seguiría siendo tan fuerte y resistente como dos montañas condenadas a permanecer eternamente inmóviles, frente a frente, existiendo juntas aunque sin poder tocarse.

29

Un año más tarde, el 16 de octubre de 1845, día de san Bertrán, Cristela y Shelton contrajeron matrimonio en la iglesia de la mansión de Montréjeau. Fue una ceremonia sencilla, a la que solo acudieron los pocos conocidos comunes de la pareja. Cristela no tenía familiares cercanos vivos y Shelton no quiso que la presencia de sus numerosos primos lo evidenciara todavía más. El alcalde de Luchon, Abélard, interpretó su papel de padrino de Cristela con gravedad, y una emocionada Aurore actuó de madrina para Shelton.

—Espero que no se sienta hoy muy sola —le susurró Shelton a Aurore mientras esperaba a la novia en el altar—. Le insistí en que invitara a su primo Attua y a su familia, pero no quiso.

—¿Su primo…? —Aurore frunció el ceño, pero reaccionó con rapidez. La joven tendría sus razones para haberle contado esa mentira a Shelton—. Ah, sí. Cristela me dijo que no quería ponerle en un compromiso. Es un viaje pesado…

Después del temprano almuerzo, el novio sorprendió a sus invitados con otra celebración. Los llevó hasta el lugar donde le había declarado su amor a Cristela, el terreno de su propiedad que ahora, a mediados de otoño, se extendía hacia el horizonte montañoso como un vasto mar dorado y ocre. No podía sentirse más feliz. La temperatura era deliciosa y brillaba el sol. A poca distancia del árbol bajo cuya sombra le había hablado a Cristela por primera vez de su sueño —que por entonces solo conocían su arquitecto y su paisajista— había una única piedra, blanca, tallada en forma rectangular, de cuatro pies de largo y dos de ancho y, sobre ella, unas botellas de champán Veuve Clicquot y varias copas de fino cristal.

Sonriente, Shelton tomó una de las botellas, la abrió, sirvió con cuidado el áureo líquido en las copas y entregó una a cada uno. Alzó la suya y anunció:

—Hoy comienza mi vida junto a Cristela como marido y mujer. Y hoy también coloco simbólicamente esta piedra aquí, en el mismo lugar donde levantaré mi palacio. Brindo por ello.

Los demás alzaron sus copas y emitieron gritos de alegría.

—Se llamará Le Château de Beauval —continuó Shelton—. Hasta hace poco no había nada más hermoso para mí que este valle, pero sin duda mi esposa lo supera con creces. No puedo sentirme más afortunado. —Miró a Cristela—. A ti te dedico la que será mi obra inmortal.

Percibió cómo la joven se sonrojaba y lo invadió un profundo cariño hacia ella. Estaba radiante con su vestido de novia. Era de una línea sencilla y de talle alto, al igual que las prendas que solía elegir, pero el brillante raso de seda de color marfil, los adornos de delicado encaje y el camisolín de tul que apenas cubría la berta plisada de su escote la hacían parecer una musa. Llevaba el cabello sujeto a la nuca con un broche del que partían tirabuzones. Pasó una mano por su cintura, la atrajo hacia sí y la besó en los labios, provocando las risas de sus amigos.

Cristela se sujetó con la mano libre a la solapa de raso del frac de Shelton y se descubrió a sí misma respondiendo al beso con una intensidad que la sorprendió. Al principio del noviazgo, ella había reaccionado a los besos y caricias de su prometido con moderación, cautela y poca efusividad. Su corazón la advertía constantemente de que jamás podría acostumbrarse a otro cuerpo que no fuera el de Attua. Sin embargo, a medida que esos encuentros eran cada vez más frecuentes, se iba dando cuenta de que la fogosidad se abría camino. Aurore tenía razón al decirle que Shelton era un hombre ardiente. Sabía cómo lograr que su cuerpo no solo se habituara al de él, sino que también lo deseara. Y más aún. Al salir de la iglesia convertida en la esposa de ese hombre adorable, se había emocionado hasta el extremo de pensar que tal vez sí, tal vez su corazón podría acabar también aclimatándose a otro hombre que no fuera Attua.

A su marido.

A Shelton.

En cuanto comenzaron las obras de construcción de Le Château de Beauval y calcularon la velocidad de estas, los recién casados concluyeron que durarían unos diez años.

Cristela no podía creerse que hubiera ser humano capaz de comprender la idea de Shelton, plasmarla sobre decenas de planos y luego convertirla en realidad sobre el terreno. También le costaba creer que hubiera alguien como Shelton, dedicado en cuerpo y alma, con constancia, paciencia y sin perder nunca el buen humor, a transformar un pedazo de tierra hermoso pero sencillo en la más maravillosa creación que ella hubiera podido imaginar. Sabía que su marido era un hombre acaudalado, pero aquello sobrepasaba todos los límites que ella había conocido en su vida.

Puesto que Cristela había crecido en un entorno de escasez, se preocupaba por el derroche de dinero que se traducía en partidas de carros y carros tirados de bueyes cargados de piedra caliza dura de las canteras de Lourdes y Arudy para los cimientos y de piedras blancas de Angoumois, Vilhonneur y Sireuil talladas para las fachadas. Con frecuencia le preguntaba a Shelton si estaba completamente seguro de lo que hacía, y si no le preocupaba lo que pudieran pensar las gentes del pueblo de semejante ostentación, y él le respondía que no solo se lo podía permitir, sino que además allí habría trabajo durante años para los vecinos que sufrían, como en el resto del país, las consecuencias de un preocupante periodo de malas cosechas y peor situación económica, industrial y financiera. Aquello era cierto, pensaba Cristela: si las obras del castillo provocaban envidia y celos en los habitantes de Montréjeau, los ocultaban muy bien bajo las muestras de admiración por la magnitud de la empresa y la satisfacción por cobrar un sueldo cada semana.

Mientras la construcción de Beauval —como solían referirse al futuro palacio— avanzaba a ritmo lento, Cristela se dedicaba a disfrutar del privilegio que suponía para ella tener todo el tiempo del mundo para aprender. Su mayor placer era la lectura y, desde luego, la biblioteca de Shelton estaba bien provista de textos. Comenzaba la mañana leyendo la prensa: llegaba con días de retraso, pero la mantenía bien informada de lo que sucedía en el mundo porque Shelton, además, estaba suscrito a publicaciones de diferentes ideologías en cuyo contraste, según él, se encontraba algo parecido a la verdad. Después, despachaba con el mayordomo principal, Pierre, y el ama de llaves, Petula, los asuntos relacionados con la casa. Por las tardes, paseaba o visitaba las obras; y terminaba el día anotando en cuadernos las dudas y reflexiones que comentaba durante la velada con Shelton. Desde que vivía con él, había abandonado su costumbre de escribir su diario personal para evitar pensar demasiado sobre ella misma.

Gracias a la prensa de las mañanas, seguía vinculada a la que había sido la tierra de su infancia y primera juventud porque, inevitablemente, siempre prestaba especial atención a las noticias de España.

Así, estaba al tanto de que el gobierno moderado español de Narváez había aprobado una nueva Constitución en 1845 para sustituir la de 1837, consensuada entre progresistas y moderados. La nueva Constitución solo agradaba a los moderados, por cuanto sustituía el principio de soberanía nacional por el de soberanía compartida entre el rey y las Cortes y reemplazaba al Senado electivo por otro vitalicio designado por la Corona. Por lo que entendía, la reina Isabel II aumentaba considerablemente su poder y su autonomía, el Congreso perdía poder frente a ella, y quedaba integrado por representantes elegidos por sufragio censitario por los electores de mayores rentas del país. Además, la libertad de prensa quedaba bajo el control del gobierno, y se estaba intentando una aproximación a la Iglesia católica que fructificase en un concordato por el que el Estado se viera obligado a sufragar el mantenimiento del culto.

También había leído que Narváez estaba obsesionado con la sedición, que podía ser liderada en cualquier momento por un general ayacucho (tal vez uno como el tío de Attua, había pensado Cristela), un oficial postergado en los ascensos (como Evelio, el capitán del castillo de Albort) o por el mismo Espartero, que se estaba convirtiendo nuevamente en el ídolo de los soldados, contagiados en sus cuarteles de las ciudades con guarnición por el descontento de la sociedad civil, que no le perdonaba que hubiera olvidado las promesas liberales, amordazado la prensa y legislado y señalado impuestos por decreto.

En enero de 1846, la reina madre, María Cristina, que había regresado del exilio, había destituido a Narváez, provocando una sucesión de diferentes gobiernos y conflictos en torno al matrimonio de la joven reina Isabel. Los tradicionalistas y conservadores se inclinaban por el proyecto de casar a Isabel II con el pretendiente carlista Carlos Luis de Borbón. La reina madre y todo el poder del liberalismo se oponían a esta boda. Finalmente, en octubre de 1846, un año después de la boda de Cristela y Shelton, la reina Isabel había contraído matrimonio a los dieciséis años con Francisco de Asís, duque de Cádiz, primo hermano suyo por parte de padre y de madre. Como consecuencia de este enlace, o coincidiendo en el tiempo con él, habían surgido nuevos conflictos armados sobre todo en el noreste de España, plagado de guerrilleros y bandoleros catalanes, partidas carlistas y partidas republicanas que atacaban a funcionarios públicos, y componentes militares, cada uno con sus intereses particulares, pero con uno común que era el de destronar a la reina y terminar con el gobierno de los moderados y sus drásticas medidas, como el reclutamiento obligatorio de quintas, las cargas impositivas en los consumos y el sistema de propiedad liberal, capitalista y personal que chocaba con las tierras comunales tradicionales, en especial de las zonas más pobres vinculadas a la agricultura de montaña donde siempre había problemas de aprovisionamiento de alimentos, donde las ayudas que llegaban por parte de los gobiernos siempre eran escasas y pobres, y donde el contrabando (como el practicado por Gabino) ocasionaba el terrible perjuicio de introducir bienes del extranjero que mermaban la producción local.

Sin las explicaciones de Shelton, Cristela nunca habría sido capaz de comenzar a comprender las intrincadas revueltas de la situación de su país natal. Anotaba sus dudas, preguntaba, reflexionaba y apuntaba sus conclusiones.

—Narváez ya lleva casi medio año en el cargo —comentó Cristela una gélida noche de principios de marzo de 1848—. A ver cuánto dura.

Estaban sentados en unos mullidos sillones frente al fuego del moderno y confortable gabinete de Shelton. Una alfombra persa con rosetones en tonos turquesa y coral ocupaba todo el suelo evocando un campo de flores, y en el hogar de mármol ardía un plácido fuego. Las llamitas de los quinqués de aceite de ballena contribuían mansamente desde sus tubos de vidrio a crear un ambiente cálido en torno al matrimonio. La mesa de columnas, la vitrina donde Shelton guardaba sus documentos, el resto de los muebles y las pinturas colgadas en las paredes permanecían en penumbra.

—Esto de la política es como una balanza que se inclina sin cesar hacia un lado o hacia otro —continuó ella—. A duras penas se consigue un equilibrio perfecto entre los extremos. He leído que se ha publicado hace poco en Londres un manifiesto comunista. Habla de la lucha de clases, entre opresores y oprimidos, entre la burguesía y el proletariado; de que la burguesía, con su libertad ilimitada de comerciar, hacer dinero y explotar, ha enterrado la dignidad personal bajo el dinero y reducido las libertades de las personas. Dice que el proletariado es la única clase social cuya emancipación supondrá la liberación de toda la humanidad mediante la revolución comunista, que significa la lucha contra la propiedad burguesa, las clases sociales y el Estado. Y declara abiertamente que estos objetivos solo pueden alcanzarse derrocando por la violencia todo el orden social existente. ¿No te preocupan las noticias de otra próxima revuelta?

Shelton se encogió de hombros.

—Si viviéramos en París, tal vez, pero en el campo las cosas se ven de otra manera. Si los obreros de Beauval se rebelaran, no sé de qué vivirían. Lo saben. Y yo no los exploto como sucede en las fábricas de las ciudades. Son mis vecinos. Conozco a sus familias. No temas, Cristela; no corremos peligro. Basta revisar los libros de historia para concluir que, al final, el miedo termina con las revoluciones e instaura el espíritu conservador. Y vuelta a empezar. Así que lo mejor es mantenerse lejos de la política. —Sonrió para compensar el tono serio de su respuesta—. Cuando te encontré en las montañas hace casi cinco años, no sospeché que te atrajera tanto.

—Me entretiene. A ti las obras y tus excursiones te absorben y, en casa, todo funcionaría igual si yo no estuviera...

—¿Es eso una queja hacia mí, *ma chérie*?

—No, monsieur —respondió ella con cariño—. Tal vez necesite encontrar algo que sea realmente mío.

Permaneció pensativa. En realidad, llevaba un tiempo dándole vueltas a una idea. No podía olvidar que ella había tenido mucha suerte al encontrarse con personas como Aurore y Shelton cuando huía de España. Recordaba la tristeza, el miedo y la soledad...

—¿Por qué me parece que ya sabes qué es? —preguntó Shelton.

Cristela decidió contárselo.

—Todos los años para estas fechas comienzan a llegar a los viñedos de Languedoc, Rosellón y Mediodía-Pirineos los españoles que preparan las viñas y hacen los agujeros para plantar las cepas. Están unos meses trabajando sin descanso y luego vuelven a sus casas. Después regresan en otoño para vendimiar. Se alojan en casetas junto a las mansiones de los propietarios. La mayoría viajan solos porque así pueden trabajar más y ganar más dinero para enviar a casa. Pero algunos vienen con sus jóvenes esposas, que no hacen nada en todo el día porque ni hablan el idioma ni les han enseñado a servir. Había pensado ayudar a las de esta zona, visitarlas, darles clases de francés, enseñarles costumbres y guisos de aquí... ¿Qué te parece?

—Muy generoso por tu parte. —Shelton se levantó de su sillón, se acercó a ella y se inclinó para besarla antes de disponerse a avivar el fuego que comenzaba a languidecer en el hogar—. No protestaré, siempre y cuando no te robe el tiempo que pasamos juntos.

Cristela observó a su marido. Siempre la sorprendía con un gesto cariñoso. Siempre la apoyaba. Emitió un leve suspiro.

Sí. Llevaba una vida plácida, tranquila y rutinaria.

Eso era lo que importaba.

Únicamente un asunto ensombrecía esa nueva etapa de su vida: la falta de hijos. Más no podían poner de su parte Shelton y ella para tenerlos, pero el caso era que no llegaban.

Hacía unos meses habían visitado por fin al mejor médico de París, que les había asegurado que ella no sufría ningún tipo de anormalidad física que le impidiera gestar, y que él no carecía de animáculos en su semen, por lo que les recomendaba tener paciencia y fe, pues conocía muchos casos de matrimonios que no habían sido bendecidos con descendencia durante años y de pronto, un día, sin saber por qué, comenzaban a concebir un hijo tras otro.

La explicación médica los había tranquilizado, pero con demasiada frecuencia un pensamiento asaltaba la mente de Cristela, haciéndola sentir culpable.

El mismo de ahora.

Se levantó y se dirigió hacia el ventanal más cercano.

¿Y si aquello fuera un castigo por no conseguir desterrar a Attua de su memoria?

Miró hacia las montañas, envueltas en la oscuridad de la noche, y pensó en él. Un súbito pero recurrente sentimiento de nostalgia la estremeció.

Se preguntó si tendría un hijo o una hija; si Davina le haría tan feliz como Shelton a ella. Le gustaría saber cómo iba el proyecto de los baños de Albort y cómo estaban sus conocidos; si Belisa se había casado tras el desengaño sufrido con Alfredo, si Matías se había quedado allí definitivamente, y si andaba metido en las revueltas que surgían de vez en cuando...

Se preguntó de nuevo si se habrían olvidado de ella. Si Attua se habría olvidado de ella o si, por el contrario, su primer pensamiento al levantarse cada mañana estaría dedicado a ella.

* * *

Matías apenas sentía el frío.

Los nervios y la excitación mantenían sus músculos insensibles a la nieve helada que crujía bajo sus pies, el único sonido perceptible en leguas a la redonda. Cada año que pasaba, los inviernos le resultaban más odiosos porque la nieve interrumpía las posibilidades de contacto con Célestin.

Como expertos hombres de montaña que eran ambos, el primer día que intuyeron que podían arriesgarse sin excesivo peligro a ascender hasta el puerto de la montaña, uno desde Luchon y el otro desde Albort, se encontraron en la frontera natural. Conversaron durante un largo rato, poniéndose al día de las últimas novedades, que eran muchas. Y ahora, con varios números recientes de los periódicos *Le National, Le Siècle* y *La Réforme* de marzo de 1848 escondidos bajo la ropa, Matías caminaba de regreso hacia la casa de baños presuroso y excitado. Había quedado allí con Evelio, el capitán gobernador del castillo, al mediodía.

Como cada vez que pasaba por la caseta de la aduana española, no pudo evitar dedicar un pensamiento a aquel día terrible, hacía cuatro años, en que Tulio fue asesinado y él temió por su vida y la de su hermana. Gracias a la intervención de Attua y Gabino, todo había terminado bien. Después de aquello, durante un tiempo, se dedicó a ayudar a su padre en la gestión del patrimonio familiar, haciendo ver que compensaba con humildad y vocación de trabajo los disgustos que había dado a su familia: el abandono forzado de los estudios por culpa de la muerte del hijo del conde, el año en Francia, su regreso, el secuestro de Davina por parte de la banda de Saulo…

Sin embargo, en ningún momento había perdido ni el contacto con Francia a través de Célestin, ni la inquietud por contribuir a que su país se librara por fin de las políticas que él consideraba nefastas. No era capaz de explicar cómo el gusanillo de la política entraba en el cuerpo. Pero sí sabía que, una vez dentro, era imposible matarlo. Quizá, si nunca hubiera salido de su pueblo, si no hubiera estudiado en Madrid y si no hubiera vivido en Francia, nunca habría visto con sus ojos la realidad más allá de los pastos de Albort, y ahora se limitaría a aceptar una existencia rutinaria y tradicional como la de sus padres, sus abuelos y tantos otros antes de ellos.

Pero eso ya no podía cambiarlo. Otras cosas, sí.

Un niño de unos tres años con las mejillas sonrosadas por el frío corrió a su encuentro.

—¡Tío Matías! —chilló, lanzándose a sus brazos para que lo volteara en el aire.

—¡Eh, grandullón! —Matías lo elevó sobre la cabeza y

lo lanzó al aire un par de veces antes de depositarlo de nuevo en el suelo y fingir que estaba agotado por el esfuerzo—. ¡Si sigues creciendo tanto, pronto ya no podré levantarte!

El pequeño rio y Matías se contagió de su risa.

Ruán era una réplica en miniatura de Attua, con los ojos verdes de Davina. Mirarlo le traía a Matías recuerdos de su propia infancia, cuando todo parecía inocentemente novedoso. Cuando sus amigos también reían. Antes de que todos se transformaran. Rogó para que Ruán conservara su carácter alegre y vivaz, que nunca se apagara el soplo de primavera que suponía en aquel entorno invernal. Attua se había convertido en un hombre tan frío como los glaciares de las cumbres. Se había precipitado a su vida con una determinación a prueba de todo, mostrando una obstinación preocupante por el trabajo que le permitía aislarse de las personas, incluida su propia esposa. El único que le arrancaba una sonrisa y un gesto de ternura era Ruán.

—Ha venido un señor militar —le informó el pequeño, moviendo la manita en el aire como si luchara—. Lleva una espada.

Caminaron de la mano por la nieve hasta la casa. En invierno, cuando no había agüistas ni trabajadores en las obras, la sensación de soledad era abrumadora. El único sonido de vida procedía de los establos, donde los animales se impacientaban por volver a pisar la tierra; el único movimiento que se vislumbraba era el del humo que se contorneaba al salir por la chimenea.

Matías volvió a sentir pena por su hermana. A pesar de su débil salud, con lo guapa que era y con la dote de su padre podría haber aspirado a un matrimonio mejor. Ahora estaba atrapada en ese lugar, donde el dinero escaseaba porque desaparecía en las lentas e interminables obras de la construcción de las nuevas termas en el llano, y donde Belisa había adoptado la actitud de solterona silenciosa y amargada tras el desengaño amoroso sufrido por culpa de Alfredo, y de resignado apoyo a la familia tras la rápida enfermedad y muerte de Celsa el año anterior.

Entraron en el edificio y se dirigieron al comedor, donde Attua y Evelio conversaban ante un vaso de vino. Ruán corrió a sentarse en las rodillas de su padre.

—¿Puedo quedarme? —preguntó—. ¿Por favor?

Attua le alborotó el cabello con la mano antes de ponerse en pie con el niño en brazos.

—Tu tío y el capitán tienen que hablar de sus cosas.

—Espera un poco —dijo Matías—. Te sorprenderá saber las noticias que traigo.

Attua tomó asiento de nuevo, observando con cierta curiosidad cómo Matías se quitaba el gabán, se abría la larga chaqueta y el chaleco, extraía varios periódicos y los ponía encima de la mesa.

—¡En Francia ya no hay rey sino república! —anunció de sopetón.

Evelio tomó uno de los periódicos y comenzó a leer los titulares con el ceño fruncido.

—Hace tres semanas —comenzó a explicar Matías—, a finales de febrero, hubo una marcha de estudiantes por las calles de París pidiendo el sufragio universal y la dimisión del primer ministro y jefe del gobierno François Guizot. Debió de ser multitudinaria porque el rey Luis Felipe decretó el estado de sitio y envió a la artillería de los fortines, a treinta mil soldados y cuarenta mil guardias nacionales, pero la Guardia Nacional se interpuso entre los manifestantes y las tropas del ejército. ¿Os lo podéis creer? ¡Tomó partido por los manifestantes! —Los ojos de Matías brillaban de excitación—. Para evitar que la cosa fuera a más y hubiera derramamiento de sangre, el rey destituyó a

Guizot, pero hubo más altercados en los que dicen que murieron sesenta y cinco personas y decenas resultaron heridas.

»A las siguientes manifestaciones se sumaron obreros, artesanos y pequeñoburgueses, y en su marcha por París hasta el Palacio de las Tullerías, no solo prendieron fuego a edificios públicos; también levantaron barricadas, asaltaron tiendas y robaron armas. Resumiendo: gracias a la presión popular, ahora hay un gobierno provisional de republicanos, radicales y socialistas dispuesto a mejorar la vida de los franceses. Defienden cuestiones tan elementales como el sufragio universal masculino, la libertad de asociación y de prensa, jornadas laborales razonables y el derecho al trabajo de todos los ciudadanos.

Matías miró a Evelio. Comprobó que escuchaba con atención, lo cual era buena señal. Lo necesitaba para poder ejecutar el plan en el que llevaba semanas trabajando. No habría hablado ante él con tanta libertad si no sospechara que el capitán detestaba las políticas de Narváez. Su silencio, su actitud pensativa y la manera en que se acariciaba la sotabarba le confirmaban que iba comprendiendo qué sugería. Decidió arriesgarse más.

—Lo de Francia se extenderá como la pólvora por toda Europa gracias al ferrocarril y el telégrafo. Es cuestión de días... Esta será, por fin, la primavera de los pueblos. Y es nuestra responsabilidad que España no se quede atrás. Sé que desde hace tiempo hay altos cargos militares convencidos de que así no podemos continuar. —Miró a Attua—. No te gusta hablar de esto, pero tu tío Ricardo es uno de ellos. Siempre ha sido más demócrata y progresista de lo que aparenta y de lo que le gusta a tu familia paterna. Lo sé por mis contactos en Madrid.

Attua permaneció unos segundos en silencio. Él también tenía sus sospechas, deducidas de la correspondencia que mantenía con el teniente general, pero nunca hablaba de ello.

—¿Adónde quieres llegar? —preguntó al fin, entre indiferente y hostil—. Una cosa son las ambiciones de los políticos (y hasta de los generales, si tú quieres) en las grandes ciudades, y otra la vida diaria en los pueblos.

Matías volvió a mirar a Evelio. No había mejor lugar para la conspiración que aquel en el que había descontento por las bajas pagas y pensiones escasas. Evelio se había quejado a menudo de la vida oscura y monótona, difícil y aburrida en el fuerte de Albort. Se iba haciendo mayor y sus posibilidades de ascender menguaban. Un motín triunfante a favor de los insurrectos le ofrecería buenas posibilidades de ascenso. En el valle, Matías contaba con el descontento también de los más pobres, hartos de las malas cosechas, a los que sería fácil contagiarles el espíritu revolucionario que se respiraba en Francia para terminar de una vez por todas con las monarquías y los gobiernos despóticos. Las revoluciones anteriores solo habían sido un ensayo de lo que quedaba por venir. Pero ahora necesitaba a Evelio.

—Señor, si la tropa se pronunciase en varios lugares a un tiempo... —dejó caer en voz baja—, habría buenos puestos disponibles en agradecimiento...

Evelio entrelazó las manos para no mostrar nerviosismo. Llevaba años esperando un ascenso a comandante que nunca llegaba. En tiempos de Espartero, este había firmado una orden que dejaba claro que el mando del fuerte militar de Albort debía conferirse a un jefe cuya graduación no bajara de la de teniente coronel. Con el cambio de presidente, aquello había caído en un olvido intencionado. Tal vez si llegaran al poder los progresistas, tendría alguna opción. Llevaba muchos años cumpliendo con su deber. Solo por la antigüedad en un puesto tan lejano ya tendría méritos para que no enviasen a otro en su lugar ni a él lo trasladaran. No obstante, debía ser cauto y asegurarse de que las posibilidades de éxito fueran abrumadoras. De otro modo, terminaría con su carrera de golpe.

—No lo veo claro… —murmuró para no evidenciar su interés después de un buen rato—. ¿Cuándo sería?

—Dentro de diez días —contestó Matías esperanzado—. El domingo 26 de marzo.

—¿Y si no…?

—Prepárese para luchar… Y pida refuerzos.

—Luchar… —Evelio arqueó una ceja—. ¿Contra quién? ¿Cuántos has conseguido reunir como tú en este lugar? ¿Con qué armas? ¡Es una locura! Nos obligaréis a mataros, Matías…

—Seremos muchos. O se alza a nuestro favor, o un día, cuando menos se lo esperen, tomaremos el fuerte junto con los carlistas de Caragolet y otros como yo llegados de Francia.

Attua puso a Ruán en el suelo y se levantó con intención de irse. Ya había escuchado demasiado. Lo que proponía Matías le parecía otra de sus insensateces. ¿Revolucionarios y carlistas luchando juntos? Aquello era absurdo… Y peligroso. La mejor manera de evitarse problemas era mantenerse al margen.

Se dirigió a la puerta con el niño y Matías los siguió.

—No quieres comprenderlo, Attua —dijo—. El fuerte de Albort es un enclave muy importante. ¿Por qué te crees que los amigos carlistas de Gabino también le han echado el ojo? Han propuesto que lo tomemos juntos por la fuerza; ya sabes, su teoría de que cualquier cosa sirve con tal de derrocar a la reina y su gobierno. Pero yo creo que es preferible que el capitán convenza a sus soldados y tome partido por los progresistas antes. Evitamos muertes y todos salimos ganando.

—¿Ah, sí? —le preguntó Attua un tanto despectivo—. Esto es un sinsentido. Tanto si te unes a la partida de Caragolet como si los traicionas y te adelantas, después ¿qué pasará? ¿Tomarás el ayuntamiento? ¿Echarás a tu propio padre? ¿Pondrás un alcalde carlista o republicano? Dices que todos salimos ganando. ¿Y qué sacamos tú y yo de todo esto?

Matías lo miró directamente a los ojos, con una mezcla de estupor y tristeza.

—¿Te parece poco lo que se ha conseguido ya en Francia? ¿Qué te ha hecho este lugar, Attua? ¿Dónde está aquel amigo que conocí? —Apoyó el dedo índice en su pecho y añadió—: El hombre que no tiene ideales por los que luchar es un hombre muerto. ¡Por el amor de Dios! Solo tienes veinticinco años…

—No me sermonees, Matías, ni busques mi apoyo ni mi bendición. Y otra vez no emplees mi casa para tus conspiraciones. Yo ya tengo bastante con mis asuntos.

—Pues no te olvides de que, de todos, el más importante es tu hijo. Si esto sale bien, la vida será más fácil para él.

Attua soltó una risotada escéptica.

—¿Cómo puedes seguir siendo tan idealista? Tú, que nunca te ha faltado de nada… Y tan inocente… Esa prensa, tus amigos, tus contactos… No sé cómo lo hacen, pero te han llenado la cabeza de ideas absurdas. Hablas de mi hijo cuando tú ni tienes. Por él me deslomo todos los días trabajando de sol a sol. Por él, por mi hermana y por la tuya. Los hombres que trabajamos cada día, como tu padre, como yo, somos los que sacamos un país adelante y no los que tienen tanto tiempo como tú para perderlo.

Matías sintió que la ira enrojecía sus mejillas.

Estuvo a punto de replicarle de malas maneras, pero el tono de la conversación había subido lo suficiente como para que Ruán los mirara asombrado y asustado. Dedicó una sonrisa forzada al niño y regresó junto al capitán.

Desde la puerta, Attua lanzó una última mirada a la mesa. Por los leves gestos de asentimiento de Evelio, se dio cuenta de que el cebo estaba lanzado y a punto de ser engullido. Entre un alzamiento con promesas de premio o una invasión carlista apoyada por revolucionarios —en la que podría haber muertos aunque ganasen o humillación en caso de perder el fuerte—, la opción estaba clara. La decisión de un solo hombre podía afectar al futuro de Albort.

Ojalá no hubiera escuchado la conversación, pensó. Sin quererlo, ahora él también sabía demasiado.

Como su padre.

Y por eso había muerto.

30

Los siguientes días, Attua estuvo más taciturno que de costumbre hasta que tomó su decisión. Debía hablar con Clemente y ponerle al tanto de la conspiración de la que formaba parte su hijo. El asunto era serio. Tal vez aún hubiera tiempo de avisar a las tropas oficiales del reino. No le gustaría estar en el lugar del alcalde. ¿Cómo podría evitar que transcendiera la implicación de su hijo? Por su parte, estaba seguro de que Matías nunca le perdonaría y estaba dispuesto a asumirlo. No podría cargar en su conciencia que, por callarse, detuvieran a su amigo y cuñado, lo acusaran de traición y lo ejecutaran o enviaran a una de esas prisiones de Filipinas o Guaján de donde no regresaría nunca.

Una mañana, cuatro días después de la reunión entre Matías y Evelio, Attua ensilló su montura y tomó el camino hacia Albort. Cuando pasó por delante de las termas, sintió un escalofrío. Intermitentes ráfagas de viento de poca intensidad silbaban entre las arcadas del solitario edificio de las aguas. A su lado, el esqueleto de la estructura del futuro hotel ofrecía un aspecto tenebroso. Ojalá ese próximo verano pudiese destajar y acondicionar ya el interior. Las obras no parecían terminar nunca. El edificio de las aguas funcionaba bien, pero no todo lo bien que había calculado. A duras penas conseguía devolver el pago de los préstamos, y el inversor que le había conseguido Alfredo protestaba porque cuatro años después aún no había obtenido los beneficios prometidos. También se quejaban los comerciantes de Albort que todavía esperaban la casa de tiendas para no tener que subir y bajar la mercancía a diario.

Todo lo que tenía que ver con esa construcción era un lento suplicio, un castigo sin fin.

El único lugar por el que sentía cierto apego era la pequeña iglesia en ruinas al comienzo del bosque, terminada ya, aunque no lo pareciera. Concebida así, en ruinas, destruida, decadente, inacabada para la eternidad, le recordaba cada día su propia existencia, oscura, inútil, desasosegante.

Hacía aún más frío que los días anteriores. El invierno se apoderaba con impunidad no solo del tiempo, sino también del territorio de la primavera, extendiendo en marzo el manto blanco de la nieve propia de las cumbres hasta los límites del pueblo. Se vio obligado a desplazarse con lentitud, lo que permitía demasiado tiempo para reflexionar. Maldecía para sí el hecho de que las circunstancias lo obligaran una vez más a implicarse en un conflicto que él no había buscado. Matías podía haber elegido otro lugar y no su casa para sus intrigas. Se acordó de Custodio. Su padre había muerto por saber demasiado y precisamente por hacer lo que consideraba lo correcto: avisar de una conspiración. Al percibirse en su lugar, incluso al comprenderlo de una manera que hubiera considerado imposible cuando estaba vivo, no sintió miedo; en todo caso, una súbita aprensión por la absurdidad de la existencia humana. La vida era como la precipitación de la nieve según la estación del año: intensa o tediosa, vertiginosa o pausada, pero nunca sosegada.

Al menos para él.

Poco antes de llegar al fuerte, divisó que otro jinete le salía al encuentro. Lo reconoció enseguida.

Antes de que tuviera tiempo de desenganchar su escopeta del arzón del caballo, Gabino ya le apuntaba con la suya.

—Evelio y Matías se juntaron en tu casa —le soltó este sin preámbulos—. Apenas bajas al pueblo y lo haces poco después de ese encuentro. Como ves, mis espías son buenos. Conclusión: sabes algo que me interesa mucho y que no debe saberlo nadie más que yo.

El recelo de Gabino era comprensible, pensó Attua. ¿De qué tenía que hablar Matías con el capitán si tenía un acuerdo con los carlistas para apoyarse mutuamente en la toma del fuerte?

—No sé de qué me hablas —dijo Attua—. Coincidieron allí por casualidad. Puedes preguntárselo a ellos. Necesitamos provisiones en casa. Baja el arma y déjame pasar.

—Ellos no me preocupan. Los conspiradores sabemos cómo jugar nuestras cartas en secreto. Tú te vienes conmigo. No puedo permitir que se te suelte la lengua con otros, como quiso hacer tu padre. —Sin quitarle ojo de encima, Gabino se acercó y cogió la escopeta de Attua—. Da la vuelta y ponte en marcha. Yo te diré qué caminos coger.

En lugar de seguir la ruta habitual hacia la casa de baños, Gabino lo llevó hacia los bosques del oeste. Por un lado, Attua sintió alivio porque Ruán no tuviera que ser testigo de una escena tan desagradable como aquella en la que Saulo retuvo a las mujeres. Por otro, sintió preocupación. No había lugar más solitario y olvidado que esos bosques cubiertos de nieve. Allí no podría esperar ayuda de nadie. Se levantó una pequeña brisa glacial y el cielo fue palideciendo conforme ascendían, como si tuviese ganas de cubrir la tierra harta de frío con más agua helada. Algunos de los barrancos que atravesaron aún conservaban gruesas costras de hielo, formando grotescos dibujos de movimiento detenido a la fuerza. Por fin, llegaron hasta un pequeño claro donde se levantaba una caseta de pastores.

—Desmonta y ata las riendas a ese árbol —le ordenó Gabino mientras él hacía lo mismo sin dejar de apuntarle—. No tengo tiempo que perder. ¿Me dirás lo que sabes?

—No sé nada.

—Muy bien. —Gabino le empujó con el cañón para que entrara en la caseta—. Entonces aquí te quedarás hasta que... —No añadió nada más.

Attua terminó la frase mentalmente: «... hasta que todo haya pasado». Un escalofrío le recorrió el cuerpo. Solo encontraba una razón lógica que explicara por qué el hombre tomaba tantas precauciones si sospechaba que Matías tramaba algo con el capitán: tenía pensado adelantar el ataque al fuerte. No pudo evitar un pensamiento irónico. Matías pretendía traicionar su acuerdo con los amigos carlistas de Gabino, y ahora podía terminar siendo él el traicionado.

Recorrió con la vista el habitáculo, tan bajo que tenía que andar encorvado para no golpearse la cabeza en el techo. Las paredes de piedra eran gruesas y sólidas. El único ventanuco, como el hueco de la chimenea, demasiado estrecho para atravesarlo. La puerta, recia y sin señales de podredumbre.

—No podrás salir, si es lo que estás pensando... —dijo Gabino con una risita. Le lanzó un fardo de tela que se estrelló contra el suelo dejando al descubierto algo de pan, tocino, queso y chocolate—. Tampoco quiero que mueras, a no ser que no me dejes alternativa. —Hizo ademán de marcharse, pero se detuvo—. Por cierto. Si por cualquier circunstancia tuvieras la fortuna de que alguien te encontrara antes de tiempo, te recuerdo que tienes un hijo... Ya me entiendes. —Salió y atrancó la puerta por fuera.

Rabioso, Attua se abalanzó contra la puerta y la golpeó y empujó con todas sus fuerzas hasta que se quedó exhausto. Se sentó en una piedra plana junto al rudimentario hogar sin leña y se frotó los antebrazos doloridos. Tendría que armarse de paciencia para soportar el encierro en ese lugar, tan asfixiante como una tumba, sin poder avisar a su familia...

Al pensar en la amenaza de Gabino, las ganas de matarlo renacieron en su interior. Si algo le pasara a Ruán, no lo soportaría. Su hijo era el único motivo por el que se levantaba cada mañana y seguía adelante con las obras del negocio familiar. Hacía tiempo que su propia vida le importaba poco.

Se asomó por el ventanuco y escuchó cómo su caballo pateaba contra el suelo. Se le ocurrió una idea. Le había hecho un nudo flojo al ronzal para que pudiera soltarse. Si conseguía que lo hiciera, podría encontrar el camino hasta su casa y alertar a su familia de que algo le había pasado.

Siempre que al maldito cielo no le diera por ponerse a nevar de nuevo, podrían ir en su busca, seguir las huellas sobre la nieve y dar con él.

El caballo se impacientó con los continuos e insistentes silbidos y llamadas de su amo. Se movía de un lado a otro tensando la cuerda, cada vez con más fuerza, pero no conseguía liberarse. Por fin, comenzó a mordisquearla hasta que tiró de un extremo y el lazo se deshizo. Dócil, se acercó a la mano que salía por un pequeño orificio de la pared de la caseta y la olisqueó.

—¡A casa! ¡Vete! —le gritó varias veces Attua empujándole el hocico con la mano.

El animal pareció comprender las órdenes y se alejó.

Aún no había desaparecido de la vista cuando empezaron a caer los primeros copos de nieve.

Tardaron tres días en encontrarle.

Attua escuchó ladridos y voces de hombres que lo llamaban. Soltó la piedra con la que no había dejado de golpear la puerta tanto para no congelarse de frío como para conseguir escapar por su cuenta y comenzó a gritar. Las voces y el ruido de monturas se aproximaron y pronto alguien quitó el madero de la puerta.

—¡Gracias a Dios! —exclamó Clemente, seguido de un alguacil—. Pero ¿quién te ha hecho esto?

Attua estaba demacrado y aterido. Las manos le sangraban. El alcalde le dio su pañuelo y envió al alguacil a por una manta que llevaba en las alforjas.

—Fue Gabino. Luego le explicaré. ¿Ha pasado algo estos días?

—Nada aparte de tu desaparición. Tu familia está muy preocupada. Fui a ver a mi hija y a Ruán a los baños y me encontré con Belisa que bajaba a dar aviso de que había aparecido tu caballo. Decidimos peinar la zona entre varios. Ya perdíamos la esperanza…

Al escuchar que Ruán estaba bien, Attua cerró los ojos aliviado y musitó unas palabras de agradecimiento. Pero enseguida se recompuso. El tiempo corría demasiado deprisa. Se acercó a su suegro y le dijo en voz baja y firme:

—Tengo razones para pensar que los carlistas van a tomar el fuerte. En cualquier momento. Envíe al alguacil en busca de soldados de la tierra baja. Que también avise con discreción a los concejales del pueblo que se preparen para ayudar… Y que no diga nada a nadie de que me han encontrado. Si alguien le pregunta por usted, que diga que se ha quedado consolando a su hija. ¿Me ha entendido?

Clemente asintió.

—Usted y yo iremos a mi casa. Temo que, al estar entre el fuerte y la frontera, los guerrilleros decidan utilizarla de campamento. Tenemos que coger a mi familia y llevarla a la suya. Espero que estemos a tiempo.

Clemente volvió a asentir, esta vez visiblemente más nervioso. Le dio las instrucciones al alguacil, que se marchó rápidamente, e insistió en que Attua hiciera la primera parte del trayecto sobre su caballo para que reservara fuerzas.

—Dime ahora, Attua —le preguntó a mitad de camino—, ¿por qué te encerró Gabino?

—Me enteré de las intenciones de sus amigos. Escuché una conversación y bajaba a Albort para informarle a usted. Supongo que no tuvo agallas para cortarme el cuello como me confesó que hizo con mi padre.

Clemente se detuvo y alzó la vista para mirarle.

—¿Por qué no lo denunciaste?

—¿Después de tanto tiempo? ¿Quién me hubiera creído? No tengo pruebas. Solo su palabra contra la mía.

Clemente apretó los labios y negó apenas con la cabeza. Reanudó el paso y tardó un buen rato en preguntar de nuevo:

—¿Mi hijo tiene algo que ver en todo esto?

—Creo que no —mintió Attua, por no darle más explicaciones.

¿Qué sentido tenía preocupar todavía más al alcalde si los guerrilleros tomaban el fuerte antes de lo previsto por Matías? Ninguno. Después de todo, igual se veía obligado a renunciar a sus intentos revolucionarios y a pactos desatinados.

Llegaron a la casa de baños al atardecer y urgieron a las mujeres para que cogiesen sus pertenencias más valiosas. Attua solo preparó una escopeta, que se colgó a la espalda con la cinta cruzada por delante, y un par de pistolas, que sujetó al cinturón. Sentó a Ruán en su caballo, delante de él, y lo abrazó.

La oscuridad empezaba a descender desde las montañas, ocultando las formas de los árboles, de las paredes de los caminos, de los largos muros aspillerados, garitones y torreones del castillo militar cuando Attua se desvió de la ruta habitual y guio a la pequeña comitiva de caballos y mulas hacia un peñasco para tomar el camino que, bordeando el fuerte, llevaba hasta la entrada del este.

Allí se detuvo.

—¿Qué sucede, muchacho? —preguntó Clemente.

—Tal vez sea demasiado arriesgado continuar —le susurró Attua—. Si alguno de los espías de Gabino me ve...

—Tanto mejor. Creerán que has avisado al capitán y se echarán para atrás.

Attua apretó los hombros de Ruán con gesto posesivo.

—Entonces mi familia nunca estará a salvo. Encontrarán el modo de vengarse. Yo debo quedarme en el fuerte, avisar a Evelio, esperar y luchar y acabar con ellos si es preciso. Ojalá los soldados lleguen a tiempo. —Hizo un gesto con la cabeza hacia las mujeres y el niño—. Usted acompáñelos hasta su casa. Si alguien pregunta, dígales que han decidido alojarse allí mientras sigo desaparecido.

Clemente resopló.

—Tienes razón —admitió finalmente—. Espero que el alguacil no se haya ido de la lengua.

Attua desmontó, tomó a Ruán en brazos y lo depositó en el regazo de su madre.

—¿Va a luchar, padre? —le preguntó el niño asustado y asombrado a la vez—. ¿Y quiénes son los malos?

«Depende de a quién preguntes —le hubiese explicado Attua con ironía a un Ruán ya mayor—. Los que no piensan como tú. Los que luchan por sus propios ideales, diferentes a los tuyos. Los que están convencidos de que el malo eres tú. Siempre son los otros. Nunca tú mismo.» En ese momento, la respuesta para él, por la que estaba dispuesto a empuñar un arma, era sencilla: los malos eran los que podían causarle daño a él o a su familia. Una vez había dicho que mataría por conseguir que Cristela estuviera viva. Ahora afirmaba con rotundidad que también lo haría para proteger a Ruán.

—Son unos pocos, nada más —respondió con voz cariñosa—. No tengas miedo.

—Ten cuidado... —le pidió Davina con voz cansada.

Attua tiró suavemente de su brazo para que se inclinara hacia él y le susurró al oído:

—He acordado con tu padre que diréis que os quedaréis en su casa mientras yo sigo desaparecido. Matías tampoco debe saber nada de todo esto de momento. Asegúrate de que sea así.

Esperó a que se alejaran y llamó dando varios golpes con la aldaba del portalón. Al poco, un soldado se asomó.

—¿Quién eres y qué quieres? —preguntó somnoliento.

—Abre y avisa al capitán de que Attua quiere hablar con él —respondió.

El soldado fue en busca de su superior y, minutos después, el portalón se abrió y apareció Evelio. La sorpresa se reflejaba en su rostro.

—¿Qué te ha pasado? —preguntó—. Mandé soldados a ayudar en tu búsqueda.

—Deberíamos hablar en privado —le advirtió Attua.

Pasaron junto a un pequeño cuarto de guardia, cruzaron una plaza donde apenas se distinguía ya la torre principal por la oscuridad y entraron en el pabellón que albergaba los aposentos del oficial. En su cuarto, Evelio le ofreció un vaso de vino y unas galletas.

Attua le contó su encuentro con Gabino y el posterior secuestro.

—No sé si ha aceptado usted, o siquiera sopesado, la propuesta de rebelión, pero tampoco me interesa ni he hablado de ello con nadie —le dijo en voz baja—. El caso es que estoy convencido de que los facciosos atacarán en cualquier momento. Podría ser esta misma noche. No sé. O tal vez mañana...

A Evelio las nuevas circunstancias le parecían tan rocambolescas que no sabía qué rumbo tomar. De ser cierto eso, en un margen de tres días, que era la fecha señalada por Matías para la insurrección de los militares a favor de los progresistas, tenía que derrotar primero a los facciosos de un lado y luego convertirse él mismo en rebelde, cuando por sus contactos en otros puestos similares no había recibido ninguna respuesta clara sobre si el levantamiento iba a ser generalizado o no.

—No es deseable tanta confusión... —se limitó a musitar.

Attua comprendió su gesto frustrado. La vida era una traición continuada. Cualquier elección de un camino, voluntaria o forzada, incluía el rechazo de los otros que se abandonaban. Una vez emprendido el camino, solo quedaba la propia supervivencia.

—El alcalde ha enviado aviso a las tropas reales más cercanas —dijo, por si ese dato ayudaba al capitán a tomar una decisión, y al instante leyó en los ojos de Evelio que su mayor preocupación ahora era salvar su propio pellejo.

—Dispongo de ciento cincuenta hombres, repartidos entre infantería y un destacamento de artillería, una docena de cañones y armamento. Si alguien se atreve a tomar el fuerte, más le vale venir acompañado de mil hombres...

Evelio mandó llamar a un joven, delgado, de ojos hundidos, a quien le ordenó:

—Teniente Uruel, prepare la guarnición contra un ataque inminente.

A partir de ese momento, una frenética actividad se apoderó del silencioso lugar. En poco menos de una hora, el capitán supervisó que todos estuvieran en sus puestos, repartidos entre las troneras de las murallas que miraban al norte y al camino de Francia, las que miraban al mediodía, la torre, la plaza de armas, los pasadizos descubiertos y la entrada principal, a la que se accedía por un pequeño puente levadizo sobre un foso de cinco varas de ancho. Cuando se dio por satisfecho, sabiendo que ya solo tocaba esperar —si Attua estaba en lo cierto—, cayó en la cuenta de que este le había estado siguiendo todo el tiempo.

—¿No sería mejor que regresaras a tu casa? —le preguntó—. Una batalla no es lugar para civiles.

Attua no tuvo tiempo de explicarle sus razones para quedarse porque en ese instante escucharon disparos provenientes del sur.

—¡Pero qué…! —Evelio se dirigió con celeridad hacia la gran torre, seguido una vez más de Attua, y subió hasta el primer piso. Miró por las ventanas en todas las direcciones tratando de localizar el origen de los disparos, que aumentaban en número a cada minuto—. ¡Maldita sea! ¡No atacan desde las montañas! ¡Están por el pueblo!

Corrió escaleras abajo en busca del teniente.

—¡Coja media docena de soldados y acérquese para saber qué está pasando ahí abajo! —le gritó en cuanto lo tuvo delante.

Los siguientes minutos le parecieron a Attua una eternidad. El azar había querido que fuera esa noche la elegida para el ataque. La maldita casualidad había hecho que, sin querer, hubiera enviado a su familia justo al foco del peligro.

Por fin, los soldados regresaron. El teniente Uruel, sudoroso y jadeante, confirmó las sospechas de Evelio:

—Una facción de entre trescientos y cuatrocientos hombres han sorprendido a la compañía de carabineros, que no se han dejado prender y se han refugiado en las casas de los vecinos, desde donde intentan resistir el ataque de los invasores. Estos han entrado en el pueblo y están haciendo prisioneros a quienes se niegan a entregarles dinero y sus objetos de valor. Por lo visto, llegaron desde el oeste.

Attua se alarmó. Desde luego los atacantes habían aprovechado el factor sorpresa por partida doble. Habían adelantado la fecha y no habían seguido la ruta más previsible de las montañas. Rogó mentalmente para que no se atrevieran a entrar en la casa del alcalde.

Evelio cruzó una rápida mirada de preocupación con él.

—Es una estrategia inteligente —pensó en voz alta—. Si acudo en ayuda de los vecinos, dejaré el fuerte desprotegido...

—¿Y si se queda? —preguntó Attua cada vez más intranquilo.

—Es posible que se cansen y decidan venir hasta aquí, donde les daremos su merecido...

—Están haciendo prisioneros —le interrumpió Attua.

—Ya lo he oído —dijo Evelio irritado—. Pero no suelen hacerles daño. Terminarán retirándose del pueblo.

—Envíe un grupo de apoyo a los carabineros —le pidió Attua impaciente y asombrado por la lentitud del capitán—. Yo iré con ellos. Tengo que asegurarme de que mi familia está bien. Y que se quede el resto a defender el fuerte.

Evelio sopesó la idea y finalmente accedió.

Minutos más tarde, Attua salió del castillo militar acompañado de medio centenar de hombres al mando del teniente Uruel.

A medida que se acercaban a Albort, la intensidad del ruido de disparos, cascos de caballo y gritos, tanto de miedo como de triunfo, aumentó. Al ver que ninguna partida salía a su encuentro, los soldados comprendieron que, por ahora, los atacantes estaban concentrados en el interior del pueblo. Se detuvieron en la oscuridad, muy cerca de la entrada norte. El teniente pareció dudar unos instantes. Por fin, ordenó:

—Nos separaremos en dos grupos y entraremos desde el este por las callejuelas. Así los sorprenderemos. Iremos avanzando poco a poco hacia el centro. Contamos con la ventaja de que, aunque son muchos, están muy repartidos, y no podrán saber si en otras calles está sucediendo lo mismo. Espero que eso los confunda y decidan batirse en retirada o reagruparse para dirigirse al fuerte. Lo importante ahora es sacarlos de aquí.

A Attua le pareció una buena idea. Cuanto antes intervinieran, antes podría buscar el momento oportuno para llegar a la casa de sus suegros. No se quedaría tranquilo hasta que supiera que todos estaban bien, especialmente Ruán.

Los soldados se pusieron en marcha de nuevo y Attua se situó junto a Uruel, que lideraba el primer grupo. Tomaron la primera calle, tan estrecha que tenían que cabalgar en columnas de a tres, y Attua enseguida comprendió el caos en el que estaba sumido Albort.

Varios hombres con gorras de diferentes colores subían y bajaban por la calle haciendo saltar a tiros las cerraduras de las puertas desde sus monturas, o disparaban al aire para crear mayor confusión entre los vecinos que trataban de alejarlos de sus casas disparándoles desde las ventanas con sus escopetas o arrojándoles calderos de agua hirviendo.

A una señal del teniente, los soldados de las primeras filas desmontaron para permitir que los del medio del reducido escuadrón también pudieran disparar desde sus caballos, y todos aguardaron la siguiente indicación de su superior, que llegó de inmediato. Cinco o seis disparos sonaron entonces al unísono junto a Attua, que vio como otros tantos atacantes caían al suelo. Después de unos segundos de desconcierto, los que no habían resultado abatidos comenzaron a gritar:

—¡Retirada! ¡Han llegado tropas! ¡Fuera todos!

Los soldados de a pie montaron de nuevo en sus caballos y Uruel ordenó avanzar.

La misma escena se repitió dos o tres veces más antes de que Attua pudiera por fin llegar a la casa de los padres de Davina.

Cuando desmontó en la era, se fijó en que los cascos de su caballo estaban manchados de la sangre de los cuerpos tendidos en el suelo, por encima de los cuales había tenido que pasar. Qué poco valía la vida, pensó fugazmente, para los intereses de algunos. Con qué facilidad y rapidez —el viaje de un simple pedazo de metal en forma de bala— terminaba la entrega de las pasiones de un hombre a un ideal compartido.

Ató las riendas a una de las argollas de la pared, subió de dos en dos las escaleras de piedra y golpeó la aldaba con insistencia.

—¡Soy Attua! —repitió varias veces en voz alta—. ¡Abrid la puerta!

Cuando uno de los criados lo hizo, Attua ya sabía por los gritos desgarradores de Davina que algo terrible había sucedido.

Desde una de las ventanas de su casa, Gabino observaba la calle. Él no tenía nada que temer. Nadie entraría a robarle. Una marca en la puerta indicaba a los rebeldes que allí vivía uno de ellos. Todo estaba saliendo según lo previsto y, sin tener que empuñar un arma, recibiría su parte por colaborar. Sin duda, el cabecilla Caragolet le hablaría bien de él a su líder, el teniente general Ramón Cabrera, que sería generoso. Les había advertido a tiempo de la posible traición de esos republicanos y había dejado al capitán del fuerte sin margen de maniobra en caso de que se le hubiera pasado por la cabeza adherirse a una revolución. Si tomaban el fuerte, las partidas carlistas —cuyas filas iban engrosando ya miles de hombres armados en toda Cataluña— se sentirían más poderosas. Desde Albort sería mucho más fácil continuar por todas las tierras del norte, donde se sumarían nuevos fieles a la causa. Si alguien del gobierno en Madrid pensaba que la guerra carlista había terminado estaba muy equivocado.

Como se solía decir, a río revuelto, ganancia de pescadores.

Y a él le encantaba pescar.

De pronto, un griterío proveniente de un extremo de la plaza a la que daba su vivienda llamó su atención. Un numeroso grupo de hombres se dirigía a toda prisa hacia la salida del pueblo, unos a pie, otros a caballo, todos dando voces para avisar de que se retiraban. Cuando pasaron por delante de su casa, reconoció entre ellos a algunos compañeros de Saulo. Llevaban a un hombre maniatado.

Gabino aguzó la vista y se dio cuenta de que era Clemente. Tras él, a caballo, Saulo sujetaba a un niño que pataleaba en su regazo. ¿Era Ruán? Frunció el ceño. Que él supiera, los secuestros rápidos a cambio del pago de contribución nunca habían incluido a niños. Saulo se detuvo ante el portón de la era de su casa e hizo señas a varios hombres para que lo abrieran y lo siguieran.

Gabino abrió la puerta de la casa y miró en dirección a Saulo. Comprobó que el niño era en efecto el hijo de Attua y que Saulo estaba furioso. Para su sorpresa, varios cañones de escopeta se dirigieron hacia él.

—¿Se puede saber qué pasa? —preguntó.

—¡Entraron en casa! —lloriqueó Ruán con el rostro cubierto de lágrimas—. ¡Pegaron a mi madre...!

—¡Cállate! —gritó Saulo.

Ruán señalaba hacia el final de la calle, sin dejar de mirar a Gabino. Si ese hombre vivía en una casa del pueblo y le apuntaban con armas, tenía que ser uno de los buenos.

—Se llevan a mi abuelo...

Saulo le tapó la boca con una de sus manazas.

—Nos esperaban los del fuerte, maldita sea —dijo apretando los dientes—. Esta maniobra de distracción no ha servido de nada. Hay decenas de bajas. Alguien nos ha delatado. ¡Nadie sabía de nuestros planes salvo tú!

—No digas tonterías —gritó Gabino—. Yo no he dicho nada.

—Ahora no hay tiempo para hablar. Coge tu caballo. Te vienes con nosotros.

—De eso nada. —Gabino intentó mostrar firmeza—. ¿Estás loco? Entiendo que te lleves al alcalde y pidas un rescate. Pero lo del niño es innecesario.

—Con él, el precio sube. Aunque ahora el dinero es lo que menos me preocupa. Tenemos que largarnos. Tal vez nos sea útil tener rehenes. —Saulo entrecerró los ojos en actitud amenazadora—. ¿Te vienes por las buenas o por las malas?

Gabino levantó las palmas de las manos en el aire.

—De acuerdo.

Le trajeron su caballo y montó. Entonces Saulo le entregó a Ruán, que volvió a llorar y patalear.

—Llévalo tú. Sabe que eres de aquí. Igual así se tranquiliza.

Partieron al galope en dirección al sur, pero al dejar atrás Albort tuvieron que reducir la velocidad porque la noche era tan oscura que apenas se veían los caminos.

—¿A usted también lo han cogido? —le preguntó Ruán.

Gabino no respondió.

—Mi padre vendrá y los castigará.

El otro soltó un bufido.

—¿No se lo cree? —preguntó el niño, que no dejaba de temblar de miedo y frío—. Pues ya verá... Mi abuelo es el jefe del pueblo. Vendrán los soldados de abajo. Lo ha dicho mi padre.

—¿Qué dices...? —Gabino zarandeó al niño—. ¿Cuándo lo ha dicho?

—No sé. Antes. Cuando se quedó en el castillo de los soldados.

Gabino soltó un juramento y llamó a voces a Saulo.

—No podemos seguir por aquí —le dijo cuando este llegó a su lado—. Avisa a tus superiores de que vienen soldados de la tierra baja.

—¿Cómo...? —bramó Saulo—. ¡Y los pasos de las montañas están vigilados desde el fuerte! ¡Maldita sea! Si tú no nos has traicionado, ¿cómo lo han sabido?

Gabino le contó que había secuestrado a Attua para que no revelara que pensaban tomar el castillo con el apoyo de las gentes de Matías.

—Supongo que dedujo que nos adelantaríamos y consiguió escapar.

Saulo desapareció en la oscuridad y tardó poco en regresar.

—Volvemos a Albort —anunció—. O los del fuerte nos dejan pasar o mataremos al alcalde y a su nieto.

31

Attua obligó a su caballo a galopar al límite de sus fuerzas de regreso al fuerte.

Las narraciones de lo sucedido aparecían ante él como fogonazos brumosos. Se habían llevado a Clemente y a Ruán, le habían gritado Davina e Isabel enloquecidas. Nadie en la casa sabía dónde estaba Matías. Tampoco hubiera podido hacer nada. Eran demasiados. Habían golpeado a Davina, que se había negado a que se llevaran al niño, aferrándose a él con desesperación, ofreciéndose a ocupar ella su lugar. Attua había querido salir en busca del niño, pero Belisa le había hecho entender que no podía ir tras los secuestradores solo, que muerto no podría ayudar a su hijo y traerlo de vuelta a casa. En un momento de lucidez había decidido recurrir a la ayuda del capitán.

Su corazón había conocido el abismo por la pérdida de su amada Cristela; la posibilidad de que ahora a su hijo le sucediera algo le provocaba un odio cegador, tan intenso que no existían palabras capaces de describirlo.

Era más agudo que la repugnancia, el aborrecimiento y la ira juntos. Era una virulenta y honda desazón. Un impulso rabioso e irresistible de venganza.

Cruzó el puente levadizo sobre el foso, que estaba abierto para recibir a los soldados que iban llegando agotados del pueblo, y entró llamando a gritos a Evelio, a quien encontró enseguida con Uruel y un par de soldados en la plaza de armas.

—¡Se han llevado al alcalde y a mi hijo! —les repitió varias veces, casi sin aliento, cuando desmontó junto a ellos—. Necesito soldados que me acompañen. Todos los que pueda. Se dirigen hacia el sur…

—El teniente —Evelio lo señaló con un gesto de la cabeza— me ha informado de la situación. La noticia del secuestro ha corrido como la pólvora. Cálmate, muchacho. Justamente estábamos organizando la partida que saldrá tras ellos. Enviaré a medio centenar…

—No bastará —le interrumpió Attua—. Ellos son muchos. Lo más importante ahora es que no le pase nada a mi hijo.

—El resto se quedará aquí vigilando —replicó Evelio con firmeza—. No me fío. Puede que no todos los facciosos se hayan dirigido hacia el sur. No descarto otro ataque desde el norte. Y tú, desde luego, también te quedarás.

—No puede obligarme.

—Ya lo creo que puedo. Estoy seguro de que querrán negociar. Y un padre fuera de sí lo único que puede hacer es cometer una imprudencia. —Hizo un ademán y los soldados rápidamente lo cogieron por los brazos con fuerza—. Quitadle las armas y encerradle en los bajos del torreón hasta nueva orden.

Attua forcejeó, gritó y emitió todo tipo de amenazas contra los hombres, pero no sirvió de nada. Le quitaron la escopeta y las pistolas y lo condujeron a un húmedo cuarto que se aseguraron de dejar bien cerrado.

Durante horas dio vueltas sin parar en el pequeño calabozo, a la espera de unas noticias que no llegaban. Pensar en el niño en manos extrañas, tiritando atemorizado, confundido y desorientado, lo trastornaba.

Por fin, al amanecer escuchó gritos. Lo sacaron de la torre y lo llevaron con el capitán.

—Mis hombres han vuelto —le explicó Evelio mientras le devolvía sus armas—. El cabecilla de los rebeldes ha hablado con el teniente. Este es el trato. Saben que suben tropas de la tierra baja y que solo pueden escapar por las montañas. Si los dejamos pasar, no habrá batalla y nos entregarán al alcalde y al niño. —Apoyó una mano en su hombro en actitud comprensiva—. Anoche hice lo que creí más conveniente. Y es importante que ahora conserves la calma. ¿Cuento con tu palabra de que no harás ninguna tontería?

Attua asintió.

—Pronto habrá pasado todo —concluyó Evelio.

«Todo no», pensó Attua, mientras se dirigía hacia las murallas dispuesto a no moverse hasta que volviera a ver a su hijo. Nada pasaba del todo. Siempre quedaban huellas. En el recuerdo, en el ánimo, en el carácter.

La vida era una continua merma de ilusiones hacia la desconfianza en la naturaleza humana.

Un par de horas más tarde, Attua divisó en la distancia una masa en movimiento que fue adquiriendo la clara forma, a medida que se acercaba a los pies de la colina del fuerte, de numerosos hombres a caballo, sucios y cansados, empuñando sus armas, dispuestos a disparar. A la cabeza, junto al jefe —que supuso era el llamado Caragolet—, distinguió a Saulo, a Clemente, con los hombros caídos en señal de abatimiento, y a Gabino, sujetando a Ruán y tapándole la boca con la mano. Sintió una oleada de rabia y ternura. No descansaría hasta que matara con sus manos a Gabino. No volvería a ser una persona cabal hasta que pudiera abrazar de nuevo a Ruán.

—¡Ni un solo disparo! —advirtió Evelio a gritos tanto a sus soldados como a los otros mientras con los brazos alzados indicaba a los rebeldes que podían continuar—. ¡Dentro de dos horas enviaremos a por los rehenes!

—¡Dejad al niño! —gritó Attua varias veces, desplazándose por la muralla a la par que los otros la bordeaban desde abajo. Tenía que hacer verdaderos esfuerzos para no disparar y matar a Gabino, pero dentro de su angustia era capaz de pensar que aquello solo conseguiría poner en peligro a su hijo.

Los rebeldes continuaron a paso lento, desconfiados, hasta que se perdieron de vista a una distancia de media legua. El ruido de los cascos se convirtió en un murmullo entre las montañas que estrechaban el horizonte.

Cuando faltaba todavía media hora para que se cumpliera el plazo convenido de espera, Attua ya estaba dispuesto para partir. Nunca dos horas le habían resultado tan largas. Le costaba controlar su impaciencia. Le parecía que la docena de soldados encargados de la misión de acudir a recuperar los rehenes se movía con demasiada lentitud.

—¿Por qué ahora tampoco envía más hombres? —le preguntó Attua irritado por la pasividad del capitán—. ¿Cómo puede consentir que no haya castigo para los rebeldes que tanto daño han causado a la población? Los pasos fronterizos están llenos de nieve. Avanzarán despacio. Podría seguirlos y presentar batalla. ¿Y si no cumplen con su palabra?

—Un trato entre militares es un trato —le respondió Evelio encogiéndose de hombros—. Aunque sean de bandos contrarios. Además, mi misión es garantizar la seguridad del fuerte y del pueblo con el menor derramamiento de sangre y eso he conseguido.

A Attua no le convenció la respuesta, habiendo comprendido ya con qué facilidad se traicionaban los tratos, y puso su caballo al galope sin importarle si los soldados le seguían o no. Nadie mejor que él sabía que la templanza, la moderación y la prudencia no siempre eran lo más conveniente. Por su culpa, él había perdido a la mujer que amaba. En cuanto tuviera a su hijo de nuevo a salvo con él, no pararía hasta terminar con Gabino. Recordó que una vez este le había dicho que la pertenencia a un bando u otro exigía fidelidad, con todas sus consecuencias. Pues bien: Attua sabía que el único bando por el que mataría era el de su hijo.

Las palabras que un día le dijo su madre no habían podido resultar más ciertas: en su caso, lo único que ahora tenía sentido era la continuidad de su propia sangre.

Poco después de pasar la casa de los baños, el pequeño ejército de rebeldes se dividió en dos grupos. El más numeroso quería regresar a tierras catalanas. Otros, entre los que se encontraban Gabino y Saulo, elegían la opción de Francia. Permanecerían separados hasta que recibieran nuevas instrucciones del general Cabrera después del fracaso de la toma de Albort. La banda de Saulo quedó al cargo de entregar los rehenes en el último páramo pasados los bosques.

Gabino se sentía preocupado. De momento, no podría regresar a su casa. Su implicación en los hechos era ahora tan evidente que sería ajusticiado. Tendría que esperar a que el gobierno que fuera —si es que no vencían los carlistas— decretara una amnistía, como ya había sucedido antes. Miró a Ruán, que dormía agotado en su regazo.

Aunque hubiera amnistía, nunca estaría a salvo.

Attua lo mataría.

El odio que sentía hacia él renació. Si lo hubiese matado, en vez de encerrarlo en la caseta de pastores, no se habría ido de la lengua y él no tendría que huir. Estaría en su casa, esperando su parte del botín. Se acordó de Custodio. «De padres chivatos, iguales hijos», pensó. Custodio había recibido su merecido. Sin embargo, Attua parecía salirse siempre con la suya. Mientras él estuviera en el exilio, Attua seguiría labrándose un futuro en Albort. Las obras de las nuevas termas seguían adelante. Contaba con el apoyo del alcalde, que además era su suegro. Tenía una mujer hermosa y un hijo. Él, sin embargo, ahora no tenía nada.

Rodeó con sus manos el frágil cuello del niño.

Qué fácil sería…

—Ha llegado el momento —escuchó que decía entonces Saulo—. Deja al niño en el suelo.

Gabino ladeó la cabeza y vio que Saulo se aproximaba a pie sujetando a su caballo de las bridas y a Clemente del brazo. Sucio, demacrado y extenuado, parecía que el alcalde había envejecido en horas. Se soltó y se acercó para coger a su nieto. Gabino tiró de las riendas para volver grupas.

Entonces, alzó la vista y distinguió la figura de Attua, inmóvil, tensa, sobre la nieve. Respondió a un impulso, apartó de una patada a Clemente y puso al animal al galope en dirección a la frontera. Había cambiado de idea. No le devolvería al niño. Pediría un rescate por él. El trato con el capitán del fuerte de canjear a los dos prisioneros por dejarles pasar había resultado demasiado barato. ¿Dónde estaba su beneficio? ¿Había perdido sus privilegios por nada?

Tras unos instantes de estupor, los demás reaccionaron. Saulo montó en su caballo, avisó a sus compinches y partieron tras él. A lo lejos se escuchó el alarido de Attua seguido de unos disparos. Clemente se llevó las manos a la cabeza y se arrodilló en el suelo, desesperado. Un hombre decidido como él, sin caballo y sin armas, nada podía hacer. Por su lado pasaron Attua y los soldados. Rogó a Dios que los acompañara y permitiera que recuperaran a Ruán. A los demás les deseó el infierno.

—¿Te has vuelto loco? —le preguntó Saulo a Gabino a voz en grito cuando las monturas se pusieron a la par.

—Ya no hay vuelta atrás, Saulo —le respondió el otro—. Aunque le entregue al niño, Attua me matará. Y a ti también, tenlo por seguro. Me lo llevo a Francia y pediré un rescate. Si me ayudas, recibirás tu parte.

Saulo no continuó la discusión. Ya tenía bastantes problemas para añadir uno más. Y no había tiempo para discutir. Primero tenían que salir de allí y luego ya pensaría.

Los soldados disparaban. Los fugitivos se giraban y respondían. Varios hombres de ambos bandos cayeron de sus monturas.

Attua sufría por Ruán. No conseguía acortar la distancia que los separaba. Los otros le llevaban demasiada delantera. Espoleó todavía más a su caballo. Vio que Gabino se inclinaba hacia adelante, como si lo hubieran herido. Vio unos bracitos que intentaban apartarlo...

Sintió un súbito dolor en el pecho y supo que le había alcanzado una bala. Visualizó una fugaz imagen de Ruán, otra de las cimas heladas, se desplomó y ya solo vio oscuridad.

Cuando Gabino cayó del caballo, Saulo, tras coger al niño de una brazada, aún dudó unos segundos si liberarlo. Solo tenía que aflojar unos instantes el galope y depositarlo en el suelo.

Pero las palabras de Gabino de que podía obtener un buen rescate resonaron en su cabeza.

De esa incursión al final no habían sacado nada, y ahora no le quedaría más remedio que desaparecer por un tiempo durante el cual no sabía de qué viviría. Así pues, debía continuar adelante y perderse por Francia.

Ya encontraría la ocasión y el modo de negociar con la familia del crío.

* * *

Attua entreabrió los ojos y parpadeó varias veces. Escuchó un murmullo de voces. Le costó darse cuenta de dónde estaba. Intentó fijar la vista. Reconoció a Belisa. ¿Desde cuándo era tan pálida? Siguió con los ojos los gestos de sus manos, que sostenían una tela blanca y que se acercaban a su pecho, lo acariciaban y volvían a un cuenco con agua.

—Ha abierto los ojos, gracias a Dios —dijo una voz de hombre.

Matías presionó su hombro ligeramente.

—¿Cómo te encuentras…?

—Estoy en… —Attua tenía la boca tan seca que le costaba hablar.

—Mi casa, sí.

Attua giró la cabeza para mirar a su cuñado y no vio alivio en su rostro, sino crispación.

—¿Ruán…?

Matías y Belisa intercambiaron una rápida mirada, pero permanecieron en silencio.

—¿Y Davina? —preguntó Attua. Seguro que estaba cuidando de Ruán. Sí. Sería eso. Cerró los ojos y emitió un leve suspiro. Nunca se había sentido tan débil. Entonces escuchó amargos sollozos provenientes de alguna habitación y tuvo un presentimiento. Trató de incorporarse y miró alternativamente a su hermana y a Matías—. Decidme que el niño está bien…

Belisa terminó de sujetar la venda. La barbilla le temblaba. Ahogó un sollozo y salió del cuarto.

Matías tragó saliva. A él le tocaba darle la desagradable noticia.

—Llevas dos días en cama inconsciente. El teniente Uruel se encargó de ti. Murieron diez soldados y varios rebeldes. Capturaron a seis de ellos heridos. Mi padre está bien. Otros lograron escapar. Desaparecieron...

Attua aguantó la pausa con el corazón encogido.

—... con Ruán —terminó Matías en voz baja.

Attua quiso gritar, pero ningún sonido podría siquiera lograr una mala imitación del dolor que surgió en su interior. Guardó silencio un largo rato, acostumbrándose a las palabras, pensando en lo pasado y en lo que estaba por venir. ¿En qué lugar estaría sufriendo su pequeño hijo? ¿Cómo haría para encontrarlo? Lo encontraría. Claro que lo haría. Si perdía esa endeble esperanza, nada lo ataría a la vida.

—Gabino... —gruñó—. Lo encontraré. Lo mataré.

—No será necesario. Es uno de los presos heridos. Los van a fusilar, por traición. Aquí mismo, en la plaza del ayuntamiento. Lo ha dicho el coronel que subió con las fuerzas del gobierno. Quieren cruzar hasta Cataluña en cuanto puedan por la nieve para enfrentarse a los carlistas y no piensan llevárselos con ellos.

—¿Lo dices con pena?

—Es un acto cruel y salvaje. Nadie debería ser ejecutado por sus ideas.

—¡Se llevaron a tu sobrino, maldita sea, Matías! ¿Cuándo los ejecutarán?

—Dentro de dos horas.

Attua asintió levemente. Se sujetó a los barrotes del cabecero de madera y se incorporó con dificultad apretando los dientes por el dolor.

—Aún no deberías moverte... —protestó Matías.

—Ayúdame —le pidió Attua con firmeza—. He de levantarme y vestirme. Cuanto antes coja fuerzas, antes podré buscar a Ruán.

—Tendrás que esperar —murmuró Matías mientras le acercaba el pantalón—. No me has escuchado. Estos dos días no ha parado de nevar. Las fronteras están intransitables.

El rostro de Attua se contrajo por la pena y la rabia.

—¿Dónde estabas tú la otra noche? —preguntó al cabo de un rato en tono recriminatorio—. Déjame que lo adivine. Buscando apoyos para tu causa. Hoy era el día, ¿verdad? Tú querías traicionar a Gabino y él te traicionó a ti. Al final, el fuerte sigue en las mismas manos, Gabino va a pagar con su vida, tú pierdes tu pequeña revolución local y quien sufre es mi familia. ¿No te resulta absurdo todo?

Matías guardó silencio mientras terminaba de abrocharle el chaleco con el ceño fruncido en actitud pensativa. Por fin le respondió:

—Tu familia también es la mía y la quiero. Siento que las cosas se hayan torcido de esta manera imprevisible. Pero un tropiezo, por doloroso que sea, no puede detener nuestro camino.

A Attua le costó un gran esfuerzo llegar al atardecer a la plaza, donde muchos habían acudido para ver la ejecución. Entre los cuchicheos de quienes se sorprendían por verlo, quienes le dedicaban palabras de ánimo por el secuestro de su hijo y quienes cuestionaban —como Matías— los métodos de tratamiento de prisioneros en tiempos de guerra, logró abrirse paso hasta la primera fila y se situó junto a Clemente, que conversaba con el capitán y el coronel en compañía de varios concejales. Su tío Damián y su primo Braulio inclinaron la cabeza a modo de saludo, pero no se acercaron. El acto no tardaría en comenzar.

La visión de los prisioneros cabizbajos contra el muro que compartían la iglesia y el cementerio le pareció siniestra. De no ser porque quería asegurarse de que Gabino pagaba por lo que había hecho, no habría acudido. Tal vez otros sintieran curiosidad, puesto que, además, uno de los ejecutados era vecino del pueblo. Él, desde luego, no.

Distinguió enseguida a Gabino.

Llevaba un brazo sujeto en cabestrillo y, como el resto, las ropas sucias, húmedas y ensangrentadas. No quedaba en él ni rastro de su típica chulería. Con los hombros encogidos y la vista clavada en el suelo cubierto de barro y nieve grisácea, esperaba la hora de su muerte con un abatimiento que Attua no le conocía.

De pronto, Gabino alzó la cabeza y recorrió la plaza con la mirada, como si buscara a alguien, hasta que lo encontró. Attua miró a su derecha y vio a Matías, casi oculto por la muchedumbre, cerca de la cancela del cementerio. Luego, Gabino continuó con su rastreo visual y vio a Attua. Este sintió que ahora también Matías lo miraba a él. En aquel momento de despedida, en aquella plaza donde jugaban de pequeños, los tres que una vez habían sido amigos, se habían localizado con las miradas. Realmente ahora ya no quedaba nada entre ellos, pensó Attua. Los tres habían cambiado. Los tres habían conocido el odio y sus consecuencias. Gabino sería el primero de ellos en abandonar la vida.

Una súbita ráfaga anunció la llegada del viento frío del norte. A partir de ese instante, se sucederían días de golpes de aire mezclado con nieve. Attua miró en dirección a las montañas, invisibles tras un baile desacompasado de copos diminutos. Sintió un odio todavía más profundo hacia Gabino. Cuantos más días pasasen, más difícil sería localizar a Ruán. Se abrió camino hasta él y le preguntó con aparente calma:

—¿Dónde está mi hijo?

—¡Apártese de los presos! —le gritó alguien, pero no hizo caso.

Gabino le respondió:

—No lo sé, y como comprenderás, ahora es lo que menos me importa.

Attua le propinó un puñetazo tan fuerte en el estómago que el dolor en la propia herida de su pecho lo hizo encogerse y soltar un lamento. Creyó que se iba a desmayar. Dos soldados se apresuraron a cogerlo bruscamente por los hombros y apartarlo.

El coronel, un hombre casi tan alto como Attua, flaco, de nariz afilada y barba cuadrada, se acercó, seguido de Evelio y Clemente.

—¿Quién es usted? —preguntó con voz autoritaria—. ¿Qué está pasando aquí?

—Es mi yerno —se apresuró a intervenir Clemente—. El padre del niño.

El coronel hizo un gesto de asentimiento con la cabeza.

—Siento mucho esta situación. —Su mirada pasó del capitán al alcalde, y vuelta—. Deberían haber avisado antes del peligro que se cernía sobre esta población.

—Pero ¿cómo podíamos saberlo? —se lamentó Clemente.

—Preguntándole a su hijo... —murmuró Gabino.

—¿Cómo dices? —preguntó el coronel.

Gabino se aferró a la única posibilidad de salvar su vida.

—Aceptaré un trato para contar lo que sé.

—Habla primero y después veremos —dijo el coronel.

Mientras Gabino le explicaba la conspiración entre carlistas y progresistas para apoderarse del fuerte, Attua aprovechó para susurrarle a Evelio, que palidecía por momentos:

—Soy el único que conoce la propuesta de alzamiento que le hizo Matías. Si carga contra él, yo también hablaré y diré que le acusen de traición.

Evelio interrumpió a Gabino.

—¡Este hombre miente! ¡Diría cualquier cosa con tal de salvarse!

—¡Es cierto todo lo que digo! —protestó Gabino en voz alta para que le oyeran todos, también los vecinos—. ¡El hijo del alcalde también debería estar contra este muro!

El coronel miró a Clemente, que respiraba con dificultad, y frunció el ceño, pensativo.

—Acabemos de una vez —dijo al fin, tras unos minutos interminables para Attua, Evelio y Clemente—. Apártense. —Se dirigió a la docena de soldados que esperaban instrucciones frente a los detenidos—: ¡Preparen sus fusiles!

Los murmullos cesaron de inmediato.

—¡Apunten! —gritó el coronel.

Los soldados amartillaron sus armas. Attua miró a Gabino. Vio miedo y desconcierto en el último segundo de su vida...

—¡Fuego!

... Menos de un segundo. El tiempo que les costó a las balas atravesar la humedad del ambiente e incrustarse en los cuerpos, que cayeron formando posturas grotescas.

Los murmullos regresaron. Poco a poco, los asistentes fueron vaciando la plaza. Comenzaba a anochecer. No enterrarían los cuerpos hasta la mañana siguiente.

Attua permaneció un rato frente al cadáver de Gabino. No sentía ni euforia ni satisfacción; tampoco consuelo para el odio que anidaba en el fondo de su alma contra quien había matado a su padre y luego le había apartado de su hijo. Las guerras civiles, las traiciones entre antiguos vecinos y amigos, desataban las pasiones asesinas del hombre y exaltaban sus instintos más brutales. El objetivo era acabar con el enemigo. Pero una vez muerto, ¿qué?, se preguntó. La muerte no terminaba en nada. No producía satisfacción. La muerte no era el fin, sino el comienzo de más muerte.

Entonces escuchó un gemido a sus pies y percibió un ligero movimiento en uno de los cuerpos. Se agachó y comprobó que entre los muertos, un joven rubio murmuraba unas palabras mientras bebía su propia sangre. Vestía uniforme de capitán de caballería y entre sus manos sostenía con fervor un rosario que tenía por remate una calavera de marfil y un pequeño crucifijo.

Se agachó con dificultad y prestó atención a lo que decía.

—Por favor… —escuchó que suplicaba con un marcado acento extranjero—. Quiero… un… sacerdote…

Attua parpadeó varias veces, sin saber qué hacer. Sintió el impulso de ir a llamar al médico, pero se dio cuenta de que nada se podía hacer por él. El joven notó su presencia y repitió su súplica.

Attua se dirigió a la iglesia en busca de su tío Nicasio. Lo encontró dentro, sentado en un banco frente al altar, y le contó lo que pasaba. Regresaron junto al herido.

Nicasio se arrodilló junto a él.

—Soy el capellán de este lugar —le dijo—. ¿Cómo te llamas?

—Marzorati… —respondió el joven con voz débil—. Soy de Prusia… Pertenezco a una familia piadosa y distinguida.

—¿Y cómo has terminado por estas tierras? —preguntó Nicasio.

—Milito en las filas carlistas en defensa del catolicismo… Deseo recibir los santos sacramentos de penitencia y extremaunción…

—Y así será, muchacho —dijo Nicasio conmovido.

Attua se apartó un par de pasos y presenció el ritual en silencio, con sentimientos encontrados en los que prevalecía la tristeza. ¿Tan fuertes podían llegar a ser las convicciones que lograban impulsar a un joven a abandonar su vida para pelear en una guerra que no era la suya? Antes de la descarga de fusilería, ese hombre era un enemigo más y, por tanto, objeto de su aversión. Asaltaba lugares como Albort, robaba, tomaba rehenes. Ahora era tan solo un hijo a quien seguramente unos padres echaban de menos y que moría demasiado joven preocupado por su alma.

—Si pudieran... decírselo... a mi familia... —dijo el muchacho al fin.

Cerró los ojos y se quedó quieto, con expresión de resignación.

Attua no musitó ninguna plegaria por su alma. Mientras no encontrara a su hijo, pensó mientras se marchaba de allí, sería incapaz de rezar.

Hacía tiempo que Dios lo había abandonado.

32

Varios meses después de los sucesos de Albort y ajena a todos ellos, Cristela se despidió de Shelton una mañana de otoño en la puerta de las termas de Capvern, un pequeño y alargado pueblo de tejados de color rojo situado a cinco leguas al oeste de Montréjeau.

Ocasionalmente el matrimonio tomaba el carruaje y se desplazaba allí a pasar dos o tres días. Estaba un poco más cerca que Luchon y las aguas tenían propiedades reumáticas de las que sacaban provecho las rodillas de Shelton, castigadas por muchos años de excursiones. Mientras él disfrutaba de las termas, Cristela, entregada a su labor de ayudar a los españoles que en primavera y otoño cruzaban la frontera para trabajar, solía visitar las casas de estos y tomaba nota de cuanto necesitaban; luego lo transmitía a las autoridades por mediación de su marido. No era mucho lo que podía hacer, pero de alguna manera se sentía útil.

Como esa mañana terminó su ronda de visitas antes de lo previsto, Cristela se dirigió hasta la escuela, donde vivía la maestra del pueblo con la que habían trabado amistad desde que se conocieron a finales de esa pasada primavera, precisamente en uno de los cursos de francés para españoles. Se llamaba Alize y tenía veintisiete años, dos más que ella.

Pasó por delante de la iglesia, anduvo unos minutos y divisó una casita de color crema con postigos pintados de azul claro. Hasta ella llegaron los gritos y risas de los niños que jugaban en un pequeño prado. Cuando la vieron, varios de ellos corrieron y se arremolinaron a su alrededor con los ojos brillantes porque cada vez que los visitaba les llevaba libros, cuadernos y lápices.

Alize acudió en su ayuda. Era una joven alta y bonita de cabello claro rizado y sonrisa permanente.

—¡Venga, vamos! —rio mientras los empujaba con cariño para que liberaran a Cristela—. ¡Recoged vuestras cosas! Es hora de ir a casa a comer. Nos veremos por la tarde.

Los niños desaparecieron con la misma rapidez y el mismo jaleo con el que habían llegado. En segundos, la escuela quedó vacía y silenciosa.

—¡Y pensar que de pequeña quería ser maestra! —bromeó Cristela—. ¡Tienes que acabar agotada!

—Ven, acompáñame —le dijo Alize—. Recogeré mis cosas y daremos un paseo.

Cristela la siguió dentro del aula. Al fondo, sentado a un pupitre junto a la ventana, vio a un niño pequeño que dibujaba, ensimismado. Calculó que tendría tres o cuatro años.

—No tiene prisa por regresar a casa… —comentó.

—No tiene familia —le explicó Alize en voz baja—. Apareció hace unos meses una mañana, acurrucado bajo un arbusto a la entrada del pueblo. El molinero dijo que había escuchado cascos de caballos de madrugada. Se dio aviso a las localidades cercanas, pero nadie echaba de menos a ningún niño, así que es posible que lo abandonaran. El ayuntamiento paga a la familia del molinero para que se encargue de él. Yo lo voy a buscar, come conmigo, y lo llevo de vuelta al acabar las clases. Así me aseguro de que viene. Es demasiado pequeño para andar solo y su nueva familia no tiene tiempo.

Cristela sintió lástima por él. En un segundo desfilaron por su mente las imágenes de su infancia en aquella horrible casa de Cosme. El caso del niño le pareció más dramático todavía. Ella ni siquiera tenía recuerdos de su familia porque la habían abandonado recién nacida. Él probablemente sí los tendría.

—¿Cómo se llama? —preguntó.

—No habla. Repitió varias veces algo parecido a Roman y así le llamamos. Sigue aterrorizado. A saber las cosas que ha visto.

Cristela se aproximó, se inclinó sobre el pupitre y le habló con suavidad.

—Hola, Roman. ¿Me dejas ver tu dibujo?

Roman alzó la cabeza y la miró con expresión de no comprender. Cristela soltó una exclamación. Como un fogonazo, una palabra, una imagen, surgió en su mente.

Attua.

¿Por qué se tenía que acordar de él en ese momento? ¿Porque la historia del niño abandonado la había transportado a otro tiempo? ¿Porque Roman tenía el cabello negro y ensortijado y una mirada oscura e intensa a pesar de su corta edad?

Se apoyó en el pupitre tras ella, sorprendida por sus pensamientos. Se sintió unida de repente a aquel niño.

—¿Te encuentras bien? —Alize se acercó a ella.

—Tengo que hablar con Shelton —respondió Cristela—. Ahora mismo.

Esa noche, Cristela no podía conciliar el sueño. Inquieta, daba vueltas en la cama que compartía con Shelton en la casa de huéspedes del pueblo. Por fin Shelton, desvelado, se levantó y encendió una lámpara.

—Otras veces no te ha resultado incómoda esta cama. Supongo que sigues pensando en lo mismo...

Cristela se incorporó y se sentó con la espalda apoyada

en el cabecero de la cama. Aunque ya lo habían hablado, la impaciencia la consumía. Necesitaba escuchar que Shelton accedía a conocer al chiquillo, algo que aún no le había dicho. Decidió repetir y ampliar algunos de sus argumentos.

—¿Y si el médico está equivocado y no podemos concebir un hijo? ¿Por qué tenemos que renunciar a ser padres?

—Nunca hemos hablado de adoptar un niño —repuso Shelton—. Me imagino que llegado el caso tendríamos que informarnos al respecto de los procesos de adopción. Podríamos preguntar en el orfanato de Toulouse.

—Ah, pero Shelton... Roman es un niño muy guapo y aparentemente sano. Si lo vieras...

—¿No te resulta todo un poco precipitado?

—Si no quieres adoptarlo, al menos podrías permitirme que yo me encargara de su educación. Con eso me bastaría. Sabes que yo también fui abandonada. Sé cuánto cariño necesita una criatura como él para olvidarse de su miedo y volver a reír...

Shelton sonrió.

—Te conozco, Cristela. Serías capaz de llenarme la casa de niños abandonados.

—No puedo explicártelo con palabras, Shelton, pero con Roman he sentido algo especial. —Cristela lo miró con los ojos llenos de súplica—. ¿No me has dicho muchas veces que eso era lo que te había pasado conmigo cuando me encontraste en las montañas? ¿No te parece justo que yo también pueda ayudar a alguien?

Shelton apagó la lámpara y se acostó de nuevo. Abrazó a Cristela por la cintura, apoyando la cabeza en su regazo, y murmuró:

—Sabes ser muy convincente... Y yo soy incapaz de negarte nada.

Ella le acarició el cabello.

—¿Significa eso que lo conocerás?
—Tal vez.
Cristela sonrió en la oscuridad.

A la mañana siguiente, Shelton interrumpió sus sesiones de baños, envió al cochero a Montréjeau en busca de su administrador y abogado y concertó una cita con el alcalde para informarse de la situación legal real del niño. Tras el almuerzo, se reunieron de nuevo, esta vez con Cristela, Alize y Roman. Después de un largo rato observando al niño y admirándose de la felicidad que irradiaba su esposa junto a él, Shelton no dudó en firmar un documento por el que pasaba a ser el tutor del pequeño.

—Tendré que acostumbrarme a ser padre de un día para otro —bromeó un tanto nervioso—. Otros tienen nueve meses para ello.

Cristela lo abrazó con fuerza. Nunca se había alegrado tanto de que la posición y el dinero de su marido zanjaran un asunto con tanta rapidez. También ella se sentía nerviosa por convertirse en madre de una forma tan súbita. Ahora lo único que deseaba era regresar cuanto antes a casa y encargarse del pequeño.

Por su parte, Alize criticó para sí cómo el dinero podía facilitar tanto las cosas, hasta el extremo de comprar un niño, pero se esforzó para que el desagrado y la ligera punzada de celos no vencieran al afecto que sentía por Cristela, que tan amable y generosa se mostraba hacia ella. Le dio unos últimos consejos antes de despedirse:

—Le gusta mucho dibujar. No es agresivo. En todo caso, si tiene alguna reacción desmedida es porque es demasiado asustadizo. Si te acercas a él, no lo hagas con sigilo...

—Lo tendré en cuenta. —Cristela la abrazó—. Te prometo que seguiré viniendo a verte. —Se agachó y miró a Roman—. Ahora yo me encargaré de ti.

Roman miró a Alize. Esta tomó su mano y la puso sobre la de Cristela.

—*Cette gentille dame est ta nouvelle maman* —le dijo—. Tu nueva mamá.

Roman frunció el ceño y movió la cabeza a ambos lados, pero se dejó llevar.

* * *

El invierno se adelantó aquel año. A mediados de noviembre cayó la primera gran nevada, que convirtió el paisaje hasta donde alcanzaba la vista en un océano blanco. Los prados pronto se libraron de ella, pues la nieve no aguantaba mucho en Montréjeau, pero las montañas no volverían a mostrar su interior de piedra en meses.

Cristela se dedicó en cuerpo y alma a educar a Roman. Se encargaba personalmente de vestirle, darle de comer y animarle a dibujar. Lo acompañaba a montar en poni, a jugar con la nieve, a pasear. Organizaba fiestas para que tuviera amiguitos con los que divertirse. Lo arropaba por las noches y no soltaba su mano hasta que se dormía.

Nunca se había sentido tan completamente feliz desde…

Bueno, la felicidad con Attua había sido otra cosa: un arrebatamiento perpetuo, una conmoción, una satisfacción espiritual plena.

Comprobar que Roman la buscaba con la mirada cuando se sentía desorientado o cuando no comprendía alguna palabra; que acudía a llorar entre sus brazos cuando se caía o cuando Shelton mostraba demasiada severidad con sus modales; sentir que cada día que pasaba la veía como su madre le producía un placer sosegado inexplicable. Su manita gordezuela apretando el lapicero. Sus mejillas son rosadas y su nariz mocosa al regresar del jardín. Su ropa pequeñita de caballero. Y aunque el niño se negaba a hablar, entre ellos había una gran complicidad. Cristela lo adoraba. Y estaba segura de que Shelton también.

De hecho, le hablaba de Le Château de Beauval sin darse cuenta, como si algún día lo fuera a heredar él.

Una mañana de mediados de diciembre recibieron una carta de Aurore en la que les anunciaba que Darya y ella celebrarían las Navidades en Luchon. Desde que Darya compró la propiedad de Shelton un par de años antes, cada vez pasaban temporadas más largas en esa zona, algo que agradaba a Cristela, para quien las mujeres eran lo más parecido a una madre y una tía. No podía esperar a que conocieran a su niño. Aprovechando que ellas estarían tan cerca para esas fechas, organizaría la mejor fiesta de Nochevieja en honor de Roman.

Aurore y Darya llegaron a Montréjeau la víspera de la fiesta. Entre otros regalos de la ciudad, trajeron un libro de viajes que una editorial parisina había editado con textos y dibujos de Aurore. Muchos correspondían al viaje realizado hacía años por España. Cristela, con Roman sentado en su regazo, se entretuvo un buen rato pasando las páginas frente al fuego de una enorme chimenea de mármol blanco en el salón principal. Aurore, a su lado, captaba la atención del niño con sus historias exageradas intencionadamente y su risa.

Cristela pasó otra hoja y una punzada de nostalgia la cogió de improviso cuando descubrió un hermoso dibujo de Albort. Realizado desde una colina del este, se distinguía la forma ovalada del pueblo a los pies de las montañas y el camino que, serpenteando cerca del fuerte, se perdía en el estrecho paso que llevaba hasta la frontera francesa. Recorrió con la mirada las callejuelas y caminó por ellas con la imaginación, repasando en silencio los nombres de las casas y de las personas que vivían en ellas. Aunque sus recuerdos de Albort estuvieran teñidos de dolor, allí había pasado su infancia y había hecho amigas. Allí se había enamorado de Attua.

De repente, Roman señaló la lámina con un dedo y dijo:

—Albort.

A Cristela el corazón le dio un vuelco. Era la primera vez que escuchaba la voz del niño, aguda, viva, y la había empleado para nombrar aquel lugar. Miró a Shelton, que había detenido la lectura de un libro para alzar la vista y mirarlo con las cejas arqueadas.

—Muy bien, chico listo. —Aurore le pellizcó la mejilla—. ¿Cómo lo sabes?

Cristela, sorprendida, comentó:

—Le encanta hacerme compañía en la biblioteca. Le he enseñado mapas y le he hablado de muchos lugares... Tal vez se le haya quedado el nombre.

Aurore se dedicó entonces a contarle a Roman cómo había conocido Shelton a su *maman* cuando cruzaba las montañas, y el niño la escuchó con atención, respondiéndole con risas cuando la mujer cambiaba el tono para crear dramatismo en su narración, plagada de peligros, en la que un héroe salvaba a una mujer perdida en una tempestad de nieve. En realidad, todos disfrutaron de la fantasía que derrochaba.

—Tienes una voz preciosa. —Cuando Aurore terminó, Cristela depositó un beso en la coronilla del niño, feliz por el hecho más importante: Roman había hablado—. Nos encantará escucharla de nuevo cuando tú quieras, ¿verdad? —Miró a su marido.

—Claro que sí. —Shelton sonrió pensativo y retomó la lectura.

Cristela disfrutó del resto de la agradable velada, aunque en un par de ocasiones se descubrió analizando la reacción del niño y planteándose una serie de dudas impertinentes. ¿Y si Roman no hubiera sido abandonado y tuviera una familia esperándole en España? ¿Y si se hubiera perdido al viajar con esas familias de temporeros que acudían al sur de Francia? ¿Explicaría eso que la mirara embelesado cuando ella le hablaba en español?

Rogó para que nada cambiase. No podía ni imaginar que sus días junto a Roman pudieran terminar. Lo amaba tanto que separarse de él la mataría.

Decidió con firmeza poner freno de inmediato a esos pensamientos negativos. La realidad era que nadie lo había reclamado. Y había pasado demasiado tiempo como para que alguien lo hiciera ya.

Al día siguiente, el ama de llaves, Petula, que guardaba un asombroso parecido con Adeline, porque era tan voluminosa y resolutiva como ella, buscó a Cristela en el comedor de desayuno para decirle:

—Ha llegado aviso de que mademoiselle Alize ha aceptado la invitación de celebrar la Nochevieja con los señores y que vendrá acompañada.

—¿De quién? —preguntó Cristela.

—No lo sé, madame. El mensajero no lo ha dicho.

Cristela se sintió intrigada, pues Alize no había mencionado a nadie en especial en su vida en ninguna de las cartas que se cruzaban, y si se hubiera referido a algún familiar, lo normal habría sido decirlo.

—Dígale al cochero que esté a media tarde en Capvern para recoger a Alize y a su acompañante. —Consideró que su amiga, a quien no le sobraba el dinero, agradecería que le enviase el carruaje—. Luego repasaremos todo lo que falta por hacer para la cena de esta noche.

Unas horas después, Cristela comprobó que todo estaba listo para recibir a los invitados. La mesa del comedor lucía espléndida con la vajilla ribeteada en oro y con el escudo de la familia grabado. Las finas copas de cristal no mostraban ni rastro de agua seca. La cubertería de plata, ni una sola raya. Las servilletas de lino blanco bordado estaban perfectamente dobladas. Los candelabros, en el punto exacto del centro de la mesa. Contó los asientos. En total, incluyendo a unos primos de Shelton, al alcalde Abélard y a unos amigos del pueblo, serían veinte personas.

En el salón contiguo, de altos techos con ornamentadas molduras, el fuego crepitaba desde hacía rato para mantener una buena temperatura hasta la madrugada. La sillería de caoba y seda estaba dispuesta en pequeños grupos para favorecer la conversación. En los veladores, las copitas esperaban los licores. El piano de media cola chapeado en madera de palosanto resaltaba brillante y preparado para que Darya amenizase la velada.

Habría risas. Habría música. Habría aplausos.

Todo estaba perfecto. La cena sería exquisita; la compañía, muy agradable.

Cristela subió a su habitación a arreglarse. Shelton, vestido de etiqueta, con frac negro, ya estaba terminando de anudarse la corbata de lazo blanca. Cuando la vio, se acercó y la abrazó.

—¿Todo bien? —le preguntó.

—Perfecto —respondió ella.

—Gracias a ti. —Shelton la besó con cariño—. Un año más… ¡Ya tengo ganas de celebrar nuestra primera Nochevieja en Beauval! —Los ojos le brillaron con ilusión—. Pero aún tendremos que esperar un poco… —La miró con ternura antes de añadir—: Tenías razón. Nuestro Roman es especial. Soy feliz con la familia que hemos formado.

Cristela sonrió emocionada. Le acarició la mejilla, agradecida por la seguridad que le aportaba. Había sido así desde el principio. Era una mujer afortunada.

—Será mejor que me cambie. Los invitados no tardarán en llegar.

Shelton le dio un beso rápido.

—Yo los entretendré.

Se puso la chaqueta y se marchó. Cristela comenzó a vestirse con el elegante traje de noche de color negro azabache que la doncella le había dejado preparado.

Un poco más tarde, mientras se estaba colocando un soberbio broche sobre el escote, Shelton regresó.

—¡Menuda sorpresa! —le dijo—. Ha llegado Alize… ¿Y a que no sabes quién es el amigo que la acompaña? —Hizo una pausa intencionada, sabiendo que a Cristela le alegraría escuchar la respuesta—: ¡Matías!

33

Shelton había pedido a Alize y Matías que esperaran en su gabinete para que Cristela pudiera hablar con ellos con calma mientras el resto de invitados iban llegando.

—Querida Cristela —dijo Alize abrazándola brevemente cuando esta entró—. ¡Qué casualidad que Shelton y tú conozcáis ya a Matías! Gracias por invitarnos a tu fiesta y perdóname por haber guardado el secreto hasta el último momento, pero queríamos que fuera una sorpresa.

—¡Ya lo creo que lo es! —Cristela sonrió y se dirigió a Matías, cuyas manos sostuvo entre las suyas con afecto—. Estás igual que siempre…

Lo observó unos instantes y comprobó que en realidad había cambiado. Cuatro años era mucho tiempo. De pronto se descubrió preguntándose si Attua también habría perdido el aire juvenil como él; si se le habrían formado pequeñas arrugas en las comisuras de los ojos; si su mirada estaría cargada de estaciones. Ver a Matías era pensar en Attua. Despertar recuerdos dormidos, latentes, que no olvidados ni muertos.

—A mí también me alegra verte —dijo Matías devolviéndole la sonrisa. Gracias a Alize sabía algo de la vida de Cristela, a quien había dejado la última vez esperando en la frontera mientras él iba en busca de Attua. De veras se alegraba de su aparente felicidad, después de todo. Desde luego, la vida parecía portarse mejor con ella que con Attua—. Con permiso de tu marido, estás muy guapa, Cristela... —Adoptó un tono bromista para añadir—: ¿O debería llamarte baronesa?

Cristela le palmeó el brazo entre risas y Shelton aprovechó para indicarles que tomaran asiento en los sillones dispuestos frente al fuego.

—Y cuéntame, Matías —dijo Cristela—. ¿Cómo va todo por España? ¿Y qué es de tu vida? ¿Qué haces por aquí? Creía que te habías quedado en Albort.

—Ah, Cristela... —Matías suspiró—. Han pasado tantas cosas.

Le puso al día de los últimos años en Albort, extendiéndose más en los acontecimientos relacionados con la toma del fuerte y la ejecución de Gabino.

—Convocaron a mi padre a consejo de guerra por haberse relajado en sus funciones y no haber avisado antes de un posible conflicto en el valle. El coronel redactó un informe que recogía la confesión final de Gabino en la que me acusaba de conspirar. No pudieron demostrar nada, pues nada había —mintió—, pero la sospecha de que mi padre me estaba protegiendo influyó en la decisión final de destituirlo como alcalde. La junta de los electores eligió a Braulio, el primo de Attua.

En ningún momento mencionó Matías los altercados producidos por los progresistas y republicanos en el resto del país. Pensó que ni serían comprendidos ni bien recibidos por alguien del entorno social del marido de Cristela. Lo que a personas como él y como Alize entristecía a buen seguro alegraría a alguien como Shelton. Las medidas del gobierno habían apagado muy pronto el espíritu revolucionario que había recorrido Europa. Narváez había actuado con contundencia, enviando al ejército real para sofocar de inmediato las revueltas en las calles de ciudades como Madrid, Barcelona, Valencia y Sevilla, disolviendo las Cortes y suspendiendo las garantías constitucionales, lo cual le había permitido arrestar a los líderes progresistas y dictar penas de muerte. Ante tal situación, Matías había optado por desaparecer durante un tiempo. Tal vez ese no hubiera sido el momento adecuado; pero habría otros intentos. Algún día, en su país se gozaría de la libertad con la que él soñaba. Muchos como él recuperarían la ilusión y la decisión.

—Bueno, el caso es que decidí volver a mi antiguo trabajo de guía por tierras francesas —concluyó Matías—, y en uno de mis encargos de este otoño, conocí a Alize —le dedicó una sonrisa— y nos hemos seguido viendo.

—Gabino... —musitó Cristela—. Qué forma más terrible de morir. —Había llegado a odiarlo tanto por todo lo que le había hecho que no sintió más que una fútil punzada de compasión.

—Al principio yo mismo critiqué que ni siquiera tuviese derecho a juicio —dijo Matías—. Pero después de lo que le hizo a mi familia, me alegro de que acabaran con su vida. Mis padres parecen ancianos. Davina está desquiciada. Y Attua... —Su voz se quebró y en su rostro apareció una expresión de dolor.

—¿De qué estás hablando? —quiso saber Cristela, alarmada, mientras su voz interior le preguntaba a gritos qué le había pasado a Attua.

—Los amigos de Gabino secuestraron a mi padre y al hijo de Attua y Davina. Liberaron a mi padre, pero se llevaron al niño. Solo tenía tres años... Creemos que cruzaron a Francia, pero no estamos seguros. También pudo ser a Cataluña. Nevó sin parar durante una semana. Cuando los soldados y Attua pudieron partir en su busca, no encontraron rastro de él. —Matías recordó en silencio cómo su familia había intentado hacerle sentir culpable. Tal vez, si él no hubiera provocado con su traición el adelantamiento del ataque de los carlistas, nada de eso habría pasado. Él tenía claro que no había sido su culpa, pero vendería su alma por devolver la alegría a su familia.

—El hijo de Attua... —Cristela se aferró con fuerza a los brazos del sillón. Comenzaba a invadirla una insoportable y densa sensación de miedo y dolor. Recordó qué había sentido al ver a Roman por primera vez. Había pensado en Attua. Había apreciado que se parecían mucho. Se había sentido súbitamente unida a él.

Shelton se levantó, caminó unos pasos sin dejar de mirar a Cristela, y por fin se apoyó en la pesada mesa de columnas tras la cual se situaba un mueble vitrina lleno de legajos y libros de cuentas.

—¿Aquel Attua de Albort...? —preguntó intentando aparentar una normalidad que de pronto ya no sentía—. ¿Cuándo pasó eso exactamente?

—La pasada primavera —respondió Matías—. Marzo de 1848. No lo olvidaremos nunca.

Cristela no podía apartar la mirada de uno de los rosetones de la alfombra. Tenía la boca seca. El corazón le latía con fuerza pero desacompasado. Sentía deseos de gritar. ¿Cuánto tardaría en suceder lo inevitable? ¿Tenía sentido mentirse y decirse que aquello no estaba ocurriendo, que era imposible tanta casualidad?

Hasta Alize, encogida en su sillón, había atado cabos.

—Nunca hay que perder la esperanza, pero cuanto más tiempo pasa, más difícil será encontrarlo. —Matías suspiró—. En fin... ¡Vaya invitado, que no cuenta sino cosas tristes! Será mejor que cambie de tema. Alize me dijo que teníais un hijo... ¿Y cuántos años tiene?

Se produjo un largo e incómodo silencio. Matías miró a Alize con expresión de extrañeza y le alarmó la palidez de su rostro y la manera nerviosa en que se estrujaba las manos sobre su regazo.

Justo entonces, la puerta se abrió de golpe y entró un niño. Descubrió a Cristela y corrió hacia ella.

La joven le acarició la cabeza y le habló con la misma ternura de siempre.

—Estás muy guapo —le repitió varias veces con los ojos llenos de lágrimas—. Se nota que hoy celebras tu primera fiesta. Ya verás qué bien lo pasamos.

Solo ella hablaba. Y sus palabras impregnaban el aire del cuarto de una profunda amargura.

Después de unos instantes de desconcierto, Matías se puso de pie y exclamó:

—¡Pero si es…! ¿Ruán?

El niño se quedó inmóvil durante unos segundos, sin apartar la vista de los preciosos ojos de aquella hermosa y cariñosa mujer que se estaban llenando de lágrimas. ¿Por qué le producía tristeza que alguien, por fin, lo llamara por su verdadero nombre? ¿Por qué estaban todos tan callados? ¿Por qué lo miraban tan fijamente? Se giró y descubrió a Matías. Parpadeó varias veces. Aquel señor de pelo claro le sonreía como siempre, como cada vez que se lanzaba a sus brazos y lo volteaba en el aire. ¿Podría hacerlo todavía o ya pesaría demasiado? ¿Por qué no lo intentaba?

El pequeño esbozó una sonrisa y gritó:

—¡Tío Matías!

Fue hacia él y comenzó a hablar en español salpicado con palabras en francés y ya no calló. Respondía a las preguntas de Matías, preguntaba por detalles de Albort, narraba con su básico vocabulario lo que le había pasado…

De repente, era otro niño.

—Todos dormían… Y me escapé… Me gritaban mucho, tío Matías… Me fui… Y pasé mucho miedo… Era de noche y estaba todo oscuro… Y luego llegué a un pueblo y me escondí… Mucho rato… Y tenía mucha hambre…

—Fuiste un valiente. —Matías lo estrechó entre sus brazos una vez más.

Shelton se acercó a Cristela y apoyó una mano en su hombro. Esta no reaccionó. El profundo dolor que sentía la volvió injusta. ¿De qué servían todo el poder y el dinero de su marido si no podía conseguirle lo imposible? Tampoco respondió a los repetidos murmullos de Alize tratando de consolarla. Si esa mujer no hubiera traído a Matías a su casa, este no se habría encontrado con el niño. Los niños cambiaban mucho y rápido. En un par de años más, nadie lo habría reconocido, probablemente ni su padre...

Attua...

Todo lo que tenía que ver con él terminaba hiriéndola. Su vida en torno a él había sido una intermitencia de alegría y pesar; una discontinuidad de plenitud y renuncia, de apogeo y derrumbe. ¿Cómo superaría ahora el adiós del pequeño? El niño a quien había comenzado a querer como si fuera su propio hijo era el hijo de Attua; el hijo que ella hubiera deseado tener con Attua.

Ahora ella no debería estar allí. Debería estar en algún sitio con Attua y el hijo de ambos.

Maldijo sus ideas.

¿Por qué no podía olvidarse de Attua, después de tanto tiempo, y borrar sus imágenes?

La mano de Shelton seguía sobre su hombro, transmitiéndole su apoyo sin presionarla, confirmando su presencia sin agobiarla. Sufriendo también. Despidiéndose de las ilusiones puestas en ese niño.

Maldijo su corazón. Se estaba entregando a los demonios. Y estos eran codiciosos.

Ojalá Davina se muriera. Ojalá Shelton...

Se levantó y corrió hacia su habitación.

Los días de fiesta habían terminado.

* * *

Como si los cielos se hubieran confabulado contra Cristela, un sol brillante y constante y un calor inusual convirtieron el invierno en primavera y derritieron las nieves de las montañas, concediéndoles el honor de preservar su trono tan solo en las crestas más altas. Así, en enero de 1849, todos los pasos fronterizos eran transitables y no había ninguna razón para que Ruán no regresara con sus verdaderos padres cuanto antes. Shelton informó al alcalde de Capvern de la situación, que le envió urgentemente un pasaporte para el pequeño con un informe, copia de las actas del ayuntamiento, en el que detallaba las circunstancias de su aparición.

Prepararon, pues, la marcha del niño para el segundo lunes de enero.

—Iré con Matías y Ruán hasta Albort —dijo Cristela la víspera, durante el desayuno.

—No sé si es buena idea... —objetó Shelton.

—Para el niño será menos traumático si viajo con él —arguyó ella—. Tengo que acompañarle.

Cristela quería alargar el momento de la separación, plantearla como un paréntesis más que como una despedida definitiva. Quería que comprobara que conocía a sus padres, que eran ciertas las cosas que Aurore le había contado sobre ella, que también había crecido en ese pueblo, que tal vez podían seguir en contacto, como la tía lejana que era, según la versión que le había dado un día a Shelton de que Attua y ella eran primos. Se resistía a creer que Ruán pudiera llegar a olvidarla.

—Entonces te acompañaré —dijo Shelton—. No pienso consentir que corras ningún peligro ni que surjan problemas en la frontera.

—No veo qué peligro puede haber ahora.

Gabino había muerto y, poco después de casarse, el alcalde de Luchon les había remitido copia del escrito recibido de parte del de Albort por el que se archivaba la acusación de robo y asesinato.

—Nunca se sabe —insistió Shelton.

Al día siguiente, la mala fortuna quiso que un accidente en las obras de Beauval en el que dos trabajadores resultaron gravemente heridos obligara a Shelton a cambiar de planes y quedarse en Montréjeau. Despedirse a la vez de su mujer y del pequeño se convirtió para él en un tormento.

—Vas a hacer un viaje precioso, muchachito —le dijo Shelton a Ruán con voz emocionada mientras lo ayudaba a subirse a la berlina que lo llevaría junto a Matías y Cristela hasta Luchon. Que fuera hijo de un primo de su mujer y pudieran seguir en contacto con él atenuaba muy poco el dolor de la separación—. Presta atención y escucha cómo te hablan las montañas.

—¿Cómo? —dijo el niño con extrañeza—. No me lo creo...

—Tú escúchalas... —Shelton se dirigió entonces hacia Cristela y la abrazó—. No estaré tranquilo hasta que vuelvas.

—Todo irá bien. —Cristela señaló a los cuatro criados armados que Shelton le había proporcionado—. Voy bien escoltada.

—Tres días, Cristela —le susurró él al oído—. Si en tres días no has vuelto, iré en tu busca. Lo hice una vez y volveré a hacerlo las que haga falta.

Cristela montó en la berlina y tomó asiento junto a Ruán, que se mostraba excitado e ilusionado por esa aventura. Miró por la ventana y observó cómo dejaba atrás el que había sido su hogar durante los últimos años.

Después de más de cinco años, volvía a su tierra natal con criados y doncella, y un pasaporte en el que constaba su nombre de casada y su título de baronesa. Podía viajar libre de toda culpa y con un pequeño baúl lleno de ricas telas...

Sin embargo, su alma cargaba con un pesado equipaje de pesadumbre y nerviosismo.

Por mucho que listase en voz alta mil veces sus razones para regresar, siempre se callaría lo que sentía en realidad. Y lo cierto era que la triste despedida de Ruán le proporcionaba la posibilidad de ver a Attua de nuevo, aunque solo fuese por unas horas.

Que sirviera para aplacar sus demonios o darles alas sería algo que descubriría cuando lo viera.

34

Aunque el sol los acompañó durante todo el trayecto, en cuanto cruzaron la frontera natural y pusieron un pie en la parte española, un viento súbito y frío comenzó a arrastrarse desde las cumbres de los Montes Malditos y a arremolinarse entre las rocas dispersas aquí y allá en el páramo.

Cristela se estremeció.

Ahí habían descansado Ana y ella horas antes de que la muchacha muriera. Ahí había comenzado a cambiar su vida. Sentado delante de ella sobre una mula, Ruán se arrebujó en la mantita de lana que lo cubría, como si el lugar también le trajera sombríos recuerdos.

Cristela le acarició el cabello.

—Ya casi estamos... —murmuró, tanto para reconfortarlo como para convencerse ella misma de que en poco más de dos horas llegarían hasta los baños de Albort, donde él se reuniría con sus padres; donde ella se reencontraría con Attua.

El viento no detuvo sus prolongados y estridentes silbidos en ningún momento, obligándolos a descender ensimismados por el estrecho sendero y el bosque; recordándoles tácitamente la autoridad por la cual, cuando él hablaba, todos callaban. Por fin, Ruán se removió, extendió un brazo en el aire y, señalando hacia el conjunto de tejados que formaban la casa de baños, gritó:

—¡Allí está!

—Sí, Ruán —dijo Matías—. Ahí está tu casa. Me adelantaré para avisar a tus padres. —Así lo habían acordado con Cristela para evitarles la fuerte impresión de ver a su hijo, puesto que nada sabían.

Matías espoleó su caballo, llegó hasta la casa y desapareció de la vista.

Los demás continuaron con calma hasta los establos, donde desmontaron y esperaron. Cristela sujetó la mano de Ruán con fuerza. Pronto dejaría de sentir el roce de la fina y cálida piel de sus deditos contra la suya. Pronto el niño recibiría los besos de su verdadera madre. Cerró los ojos e inspiró. Ese tendría que haber sido su aire de todos los días. Si las cosas hubieran salido de otra manera.

Escuchó voces y gritos y la puerta se abrió de golpe. Abrió los ojos. Una mujer corrió hacia Ruán y se arrodilló para abrazarlo sollozando. Le costó reconocer a Davina. Llevaba el pelo recogido en un moño y ropas oscuras y gastadas. Ruán respondió al abrazo y Cristela sintió lástima de sí misma. Había imaginado una escena en la que el niño se agarraba a sus faldas gritando que no la separaran de ella, pero la realidad era otra. Ruán reconocía y amaba a su madre.

Davina se levantó. En su rostro desfigurado por las lágrimas y las arrugas prematuras brilló una mirada extraña que reflejaba un débil agradecimiento y un intenso recelo. En silencio, aupó a Ruán y se lo llevó a su padre. Ruán extendió los brazos hacia él y Attua lo abrazó con fuerza y le murmuró unas palabras al oído. Desde la distancia, Cristela se conmovió al ver cuánto amaba Attua a su hijo. Y también sintió una nueva punzada de celos. Ella debería estar incluida en ese abrazo. Los tres juntos. Attua, Cristela y el hijo de ambos. Las lágrimas acudieron a sus ojos. Lo tenía todo y todo le faltaba.

Entonces, Attua levantó la vista y la miró, y ella se estremeció porque en su mirada de ojos oscuros no había gratitud sino ansia. Durante unos segundos, sintió que volvían a ser aquellos jóvenes que se buscaban a hurtadillas; que se besaban por los cobertizos; que se encontraban en la bodega de la taberna para emborracharse de ellos mismos. Durante unos segundos, las vivencias de los últimos años de su vida se borraron de su mente y los recuerdos de felicidad plena se convirtieron en un presente vívido, aunque fugaz.

Belisa se acercó a ellos, besó al niño y conversó unos instantes con él mientras Attua y Davina se aproximaban a Cristela.

—Matías nos lo ha contado todo —dijo Attua con voz neutra—. Gracias, Cristela.

—Creía que lo había perdido para siempre... —Davina contuvo un sollozo.

Ambos regresaron junto a su hijo y entraron en la casa. Cristela los acompañó con la mirada. Echó de menos algo más de efusividad en el saludo de Davina. Al fin y al cabo, habían sido amigas durante años y hacía mucho que no se veían. Lo achacó a la terrible angustia sufrida por la ausencia del niño y a la emoción del reencuentro.

Belisa caminó hacia Cristela, secándose las lágrimas con un pañuelo que guardó en el bolsillo del delantal. Miró a la que una vez había sido su mejor amiga. Admiró su peinado, sus ropas sencillas pero de excelente tejido, su cutis sonrosado, su aspecto juvenil y descansado a pesar de las horas de viaje. De limpiar en una posada y lavar ropa en el río había pasado a convertirse en baronesa, a vivir en una mansión, a tener criados y doncella a su servicio. Se alegró por ella, por el recuerdo de lo que había existido entre ambas, pero guardaba en su interior una recriminación. Que la hubiera olvidado. Que, para Cristela, solo hubiera sido la hermana de su amor secreto. Que no hubiera confiado en ella. Que se hubiera tenido que enterar por las circunstancias.

—Gracias por traerlo de vuelta a casa —dijo, no obstante, con sinceridad—. Se ve que lo habéis cuidado bien. Y tú estás muy guapa.

Cristela esbozó una débil sonrisa. Hacía más de cinco años que no se veían. No era tanto tiempo y a la vez parecía una eternidad. Sintió el impulso de abrazarla, cogerla de la mano, buscar un rincón apartado para sentarse y charlar de sus cosas, pero se reprimió. Durante el viaje, había pensado que le preguntaría si algún otro joven había ocupado su corazón después de Alfredo; si tenía planes de futuro fuera de aquel inhóspito lugar; si disfrutaba de algún momento de felicidad compartiendo su casa con Davina... Ahora le resultaba inadecuado satisfacer su curiosidad con preguntas. Belisa parecía una mujer mayor, con los hombros ligeramente encogidos, el pelo oculto bajo un pañuelo, la mirada de sus ojos oscuros apagada. Le recordó a Celsa. Peor. Le recordó a una de esas solteronas que había en tantas casas con las manos siempre entrelazadas sobre el regazo y un suspiro preparado para terminar la conversación. Odió esa imagen de su amiga. La recordaba como una muchacha alegre y cariñosa, y ahora era fría y distante, como el entorno en el que vivía.

—Es un niño encantador —dijo—. Lo echaré de menos. —Miró hacia la casa—. No veo a tu madre.

—Murió hace un tiempo.

—Lo siento. No lo sabía. Matías olvidó decírmelo.

Belisa asintió.

—Fue rápido. Al menos conoció a Ruán. —Abrió la boca para añadir algo más, pero se arrepintió. Titubeó unos instantes y por fin se atrevió—: Te eché tanto de menos, Cristela... Cuando desapareciste y creí que habías muerto, fue horrible. Luego resultó que estabas viva... Con lo que te gustaba escribir, Cristela... ¡Me hubiera gustado tanto que me enviaras una carta!... Yo pensé hacerlo, pero no sabía adónde dirigirla.

Cristela quiso decirle que había comenzado muchas, pero que nunca las terminaba. Puesto que era la hermana de Attua, no podía compartir con ella sus sentimientos más íntimos y el texto adquiriría el tono frívolo de un relato de anécdotas cotidianas sobre su maravillosa casa, su marido y las obras de su futuro palacio y sus viajes por los balnearios del sur de Francia. Escribir a Belisa era describirle una vida acomodada que podía provocarle envidia, cuando ella había soñado con un buen matrimonio con Alfredo. Y no quería herirla. Pero todo esto no se lo podía explicar.

—Al principio no pude hacerlo por prudencia —le dijo—. Luego... Fueron años extraños, Belisa. Te daré mis señas. Tal vez te gustaría pasar una temporada conmigo. —De repente se percibió actuando como Aurore. Deseaba ayudar a su amiga a enterrar esos vestidos tan grises como su ánimo.

—¿Y qué habría de hacer yo allí? —preguntó Belisa encogiéndose de hombros—. Además, aquí hay mucha faena para una sola mujer como Davina.

Era eso, se dijo Cristela. Belisa había conseguido camuflar sus miedos y frustraciones bajo una capa de autoimpuesta imprescindibilidad. Se había erigido en la nueva madre de esa familia que atrapaba a Attua.

—Davina... —murmuró Cristela—. Su saludo me ha resultado demasiado frío.

Belisa la miró a los ojos.

—Cuando Attua se enteró de que estabas viva, no dudó en ir a verte —dijo—. Fue entonces cuando supo..., cuando *supimos* de vuestros sentimientos. Davina temió que no regresara nunca más. Pero lo hizo... Lo cierto es que no se habla de ti en esta casa.

Permanecieron en silencio durante unos incómodos segundos tras los cuales Cristela señaló a sus criados y a su doncella, que esperaban dando golpecitos en el suelo con la punta de los pies.

—Hace más frío que en Montréjeau. No están acostumbrados. ¿Puedes acompañarnos hasta nuestras habitaciones? —Al ver la expresión de extrañeza de Belisa añadió—: Pagaré la estancia.

—Somos nosotros quienes estamos en deuda contigo por haber cuidado de Ruán... Es solo que...

Cristela frunció el ceño y esperó, pero Belisa no continuó. Comprendió entonces que le preocupaba que se alojara en la misma casa que Davina y Attua.

—Pronto oscurecerá y estamos cansados. Nos quedaremos un día o dos, como mucho.

Belisa suspiró con resignación e indicó a los acompañantes de Cristela que la siguieran.

—Adelantaos —dijo esta—. Yo daré un paseo.

Necesitaba un rato a solas en aquel lugar que tantos recuerdos despertaba en ella. Recuerdos de cuando acompañaba a Davina a tomar las aguas en verano y aprovechaba para encontrarse con Attua; de cuando diseñaba con él un futuro lejos de allí; de cuando todo se trastocó tras la muerte de Custodio y tuvo dudas acerca de si se adaptaría a vivir en la casa de baños; de cuando se despidió de Aurore pensando que no la vería nunca más. Sonrió con tristeza al comparar sus inquietudes pasadas con los designios de la vida.

Caminó alrededor de la casa, buscando los cambios que se habían producido en esta, que no eran muchos. Se asomó al precipicio y contempló la vista a sus pies. Allí sí que distinguió unas obras. Supuso que corresponderían a las de la ampliación de las termas que Attua había comentado cuando cenó con ella y Shelton en Montréjeau hacía años. De todo el proyecto que había descrito, en medio de grandes masas de tierra removida, se alzaba únicamente un edificio rectangular de una planta y la estructura de otro. Solo eso. No pudo evitar comparar esas obras con las de Shelton, que avanzaban a gran velocidad. Su marido tenía dos ventajas de las que Attua carecía: una desbordante ilusión y una inmensa fortuna.

Se alejó de la casa, apesadumbrada, y tomó el sendero que llevaba hasta el bosque rumbo a aquel rincón que nunca olvidaría mientras viviera. Allí Attua y ella se habían amado por primera vez. Como aquel día, escuchó el viento frío susurrando entre los árboles. Sintió también los guijarros rechinando bajo sus pies. Sus sentidos estaban alerta; el corazón le latía con fuerza, expectante.

Ascendió la pendiente. Percibió el olor a azufre. Llegó a la fuente que manaba en el pequeño bancal, oculta entre arbustos, y se arrodilló para tocar el agua caliente que se acumulaba en el alargado pozo de roca. Continuaba fluyendo. ¿Adónde habrían viajado, una vez disueltos, mezclados, el sudor, las escamas de piel, los cabellos sueltos, la saliva de los besos? ¿Se habrían ido lejos, o se habrían quedado adheridos a la tierra rugosa del fondo?

Escuchó un crujido y se giró.

Lo vio y permaneció quieta.

Attua se sentó a su lado e introdujo la mano en el agua, empujando las pequeñas ondas que ella provocaba con su mano en sentido contrario. Las ondas fueron disminuyendo su recorrido a medida que los dedos se buscaban en el agua y cesaron cuando estos se entrelazaron.

—Sigue siendo mi lugar secreto —murmuró él—. Hasta que Ruán lo encuentre... —Sonrió—. Se conoce casi todos los rincones de esta zona. —La miró—. Me cuesta creer que la casualidad lo llevara a ti.

Cristela sacó la mano del agua y la alzó hasta su rostro. Acarició sus sienes. Sí, tenía pequeñas arrugas alrededor de los ojos. Y en la frente, marcas de sufrimiento, de preocupación. Las siguió con un dedo húmedo.

—Te haces mayor —susurró.

Attua sonrió con tristeza. Se había sentido tantas veces muerto por dentro que el cuerpo no podía ocultar las señales. Presionó la mejilla contra la mano de ella, en un gesto que pedía más caricias.

—Te he echado tanto de menos... —murmuró él con los ojos cerrados—. Te hablo cada día. Me pregunto si eres feliz. Me pregunto si piensas en mí. Saber que estás justo al lado de esas montañas... Ojalá vivieras en el extremo más lejano del mundo.

—Entonces no me tendrías ahora contigo... —Cristela se humedeció los labios con la lengua. Que Dios la perdonase por engañar a Shelton, pero los demonios le provocaban una sed abrasadora. Tener a Attua tan cerca y no saciarse de él era el pecado que no pensaba cometer. Cubrió la boca de Attua con la suya, entreabierta, y ahogó un sollozo de dolorosa felicidad, de nostalgia, de reencuentro.

Attua rodeó su cuello con las manos, abarcando con los dedos extendidos la mayor parte posible de piel, de nuca, de mandíbula; acariciando con sus pulgares sus mejillas. Besándola con la misma ternura infinita de ese antes lejano convertido en un ahora.

—Dime que tenemos tiempo —suplicó Cristela.

—Nos lo tomaremos, amor mío. Todo el que necesitemos. Mañana, o pasado, o tal vez al día siguiente...

—Sí...

... Se separarían una vez más tras la última mirada dolida, severa y recriminatoria de una huidiza Davina, deseosa de que Cristela se alejara de su familia; tras los tímidos abrazos de Ruán a aquella extraña que había sido su madre durante unos meses, la nueva negativa de Belisa a pasar una temporada en Montréjeau y la urgencia de Matías por retomar su actividad en Francia una vez cumplido su deber de asegurarse de que su sobrino estaba ya en casa. Se estrecharían una vez más las manos con aparente cordialidad para despedirse ante los demás, sabiendo que la noche anterior habían recorrido, desesperadas, hasta la última pulgada de sus cuerpos. Se mirarían una vez más a los ojos, gritándose en silencio que les dolían sus vidas, que todo debería haber sido diferente.

Se dirían adiós sin saber que habrían de pasar años hasta que volvieran a encontrarse.

35

Una tarde de septiembre de 1856, Ruán iba y venía de un extremo de la plaza de Albort a otro, liderando a unos chiquillos vestidos de domingo, como él, que lo seguían acribillándolo a preguntas.

—En todas las guerras que ha estado, ¿a cuántos ha matado? —preguntó el hijo del carnicero.

—Pues a muchos —respondió Ruán sin dudar.

—Entonces es un héroe —comentó el hijo de Braulio, que se llamaba igual—, pero dice mi padre que fue juzgado en consejo de guerra.

—¿Cómo lo van a juzgar si era el alcalde de Madrid y el jefe de la Milicia Nacional? —se ofendió Ruán.

—A tu abuelo lo juzgaron —repuso el pequeño Braulio—, por eso pusieron a mi padre de alcalde.

—Pero no tenían razón, y esto es un pueblo y Madrid es Madrid. —Ruán corrió hacia su padre. Cuando ya no sabía cómo responder sin parecer dubitativo ni inventar demasiado, recurría a Attua—. ¿A que, si mi tío abuelo no fuera un héroe, no hablaría con la reina?

—¡Oye, que también es mi tío abuelo! —protestó a su lado Braulio—. ¡Y se va a quedar en mi casa!

Attua sonrió con ternura. Desde que se había enterado de que el teniente general, su tío abuelo Ricardo, iba a pasar unos días en Albort, Ruán no había parado de hacerle preguntas sobre él. Desde luego, aquel hombrecito moreno de once años, orgulloso con su nuevo pantalón de adulto, solo se le parecía en el físico; la desbordante curiosidad, la expresividad y las ganas de hablar provenían de su familia materna. Miró a Ruán y al pequeño Braulio alternativamente. A ambos los unía el mismo parentesco con Ricardo, pero las historias que habrían escuchado sobre él debían de ser muy diferentes cuando tanto discrepaban en la idea que se habían forjado del hermano de sus respectivos abuelos. Se inclinó sobre ellos y les dijo:

—Podéis estar seguros de que otro hombre tan valiente e importante como él no ha salido de estas tierras.

Los niños, satisfechos con el comentario, se marcharon de nuevo a la carrera y Attua buscó a Davina con la mirada. Hacía tanto calor que su madre y ella se habían refugiado a la sombra del tilo que crecía en medio de la plaza. Se acercó a ellas, saludando a varios de los vecinos que habían acudido a recibir a Ricardo y que en su mayor parte pertenecían a las familias del alcalde, los concejales, los grandes propietarios y los comerciantes. Calculó que no habría más de medio centenar de personas: pocos para lo que a su juicio requería una ocasión tan excepcional. No sabía de qué se sorprendía. Por mucho que Ricardo hubiera llegado muy alto, las malas cosechas de los últimos años, las numerosas cabezas de ganado lanar perdidas por la falta de pastos debida a los largos inviernos y heladoras primaveras, el aumento de los impuestos sobre los consumos, y el reclutamiento de quintas que provocaba que los mozos útiles se fugaran a Francia después del sorteo, habían elevado los niveles de hartazgo de los ciudadanos hacia todos los políticos, más obsesionados por sus conspiraciones que por buscar soluciones a sus problemas.

—No sé si ha sido buena idea que vinieras —le dijo a Davina, preocupado por su rostro sonrojado y sudoroso.

—Estoy bien —dijo ella dedicándole una sonrisa.

A pesar de su avanzado estado de gestación, Davina no se hubiera perdido la recepción por nada del mundo. La familia paterna de Attua los había invitado a una cena especial con motivo de la llegada del ilustre hermano, y para una vez que sucedía algo diferente en Albort, quería aprovecharlo. Aquellas maravillosas fiestas de fin de verano que ella organizaba en su casa natal se habían perdido desde que se casó con Attua. Durante unos años su madre, Isabel, había continuado con unas celebraciones más sencillas, pero cuando Clemente fue cesado de su cargo dejó de organizarlas.

Se dio cuenta de que varias mujeres la miraban y cuchicheaban entre sí. Sabía que estaba radiante con su nuevo vestido. Sabía que aún seguía siendo hermosa y volvía a sonreír, a pesar de todo lo que había pasado. Apoyó una mano en el brazo de su marido y con la otra se acarició el vientre en un gesto delicado. Ese hijo no podía llegar en mejor momento. Le servía para mostrarles a todos que su matrimonio funcionaba muy bien por mucho que las malas lenguas se hubieran empeñado en cuestionarlo durante años. Había sido concebido desde la tranquilidad.

Miró a su esposo.

Estaba muy guapo. Los años le sentaban bien. Se conservaba fuerte y moreno por el trabajo físico y había abandonado la costumbre de caminar algo encorvado, como si por fin, a sus treinta y tres años, ya no cargase con un gran peso sobre los hombros. A medida que las obras de las termas habían ido avanzando a mejor ritmo que al principio, Attua había ido cambiando. Una vez terminadas, poco a poco los ingresos habían empezado a aumentar. El número de clientes se había quintuplicado —y el número de criados contratados para atenderlos— gracias a la publicación de un tratado de las virtudes y usos de las aguas medicinales de Albort y a la inclusión de anuncios en los periódicos de las ciudades más cercanas.

Sí, pensó. No había nada como la ocupación, el paso del tiempo y la alegría económica para encontrar el sosiego.

Pero también estaba convencida de que ella había tenido mucho que ver en el cambio. Con paciencia, y sin recriminaciones, había conseguido que Attua se fuera acercando de nuevo a ella, la hiciera partícipe de sus avances y aceptara sus caricias. Una esposa entregada podía hacer olvidar a un hombre su amor de juventud. Ella, sin duda, lo había logrado. No había nada más importante para Attua que su familia.

Ruán se acercó de nuevo a sus padres corriendo con los ojos brillantes de emoción.

—¡Ya llega!

Señaló hacia el este. El ruido de cascos de caballos al trote confirmó sus palabras. Al poco, Ricardo hizo su aparición en la plaza montado a lomos de un robusto caballo negro. Le acompañaban dos soldados, también a caballo, y varios criados al cargo de unas mulas.

Mientras el alcalde, Braulio, y su padre, Damián, se acercaban a saludar a su tío y hermano y a dar instrucciones a los criados para que llevaran el equipaje a la casa de la familia, Ruán no se perdió detalle. Por fin, alzó la vista hacia su padre y dijo, con un leve deje de decepción por el contraste entre la imagen del héroe que se había forjado en su mente y la realidad:

—Es mayor...

Attua compartió la primera impresión de su hijo. A sus sesenta y tantos años, Ricardo acusaba en su rostro el transcurso de las estaciones y las vicisitudes de su vida. Había perdido mucho cabello; las patillas y el bigote lucían casi blancos; y los ojos, empequeñecidos por las hinchadas ojeras y las arrugas de un ceño siempre fruncido, mostraban una mirada triste. No obstante, su porte seguía siendo el del hombre decidido, resuelto y curtido que recordaba.

Su presentimiento al despedirse de Ricardo en Madrid hacía trece años había resultado cierto. Cuántas cosas habían pasado desde entonces, pensó cuando le estrechó la mano con fuerza. Ahora que se volvían a ver, nada era lo mismo. A lo largo de los años había pensado mucho en él, de cuya vida sabía por las cartas que se cruzaban de cuando en cuando y por las noticias de la prensa. Su aguante ante la adversidad y su temple ante los inusitados cambios de la fortuna le habían servido de modelo para soportar su propia vida.

Después de la marcha de Attua de Madrid para ayudar a Matías, Ricardo había sido desterrado, acusado primero de promover un alzamiento contra el gobierno de su majestad, y luego de colaborar en un intento de asesinato contra Narváez. En ambas ocasiones, Ricardo había conseguido demostrar que las acusaciones no eran sino infamias y mantener el favor de la reina. No obstante, durante más de una década se había tenido que limitar a sobrevivir en Madrid, sin ocupar destino militar ni político, manteniéndose al margen de los últimos acontecimientos de España y protestando en soledad por los retrasos y mermas en sus pagas. No se requirieron sus servicios ni para los enfrentamientos armados contagiados de las revoluciones europeas ni para los conflictos carlistas. Y él, como buen militar, siempre acató órdenes a la espera de su turno. Este había llegado dos años atrás, cuando un pronunciamiento militar encabezado por el general O'Donnell, seguido de una insurrección popular, había finalizado con la década moderada y dado paso a un bienio de gobierno progresista en el que Espartero había ocupado nuevamente el puesto de presidente del Consejo de Ministros. Acto seguido, Ricardo había sido nombrado alcalde de Madrid e inspector general de la Milicia Nacional.

Attua se acordó entonces de Matías. Durante dos años había sido feliz. Gracias a la revolución de 1854, por fin sus sueños políticos de ver a los progresistas en el poder se habían cumplido. Como no dudaba en explicar con vehemencia, por fin se había terminado con la insoportable hegemonía de los moderados y sus políticas autoritarias. Había llegado la hora de la soberanía popular, de nuevas leyes de imprenta y electorales, de la supresión de la Constitución moderada de 1845, de la amnistía de los presos políticos... Y esa satisfacción la había encontrado en España, y no en Francia, donde tras el golpe de Estado del presidente electo, Carlos Luis Napoleón Bonaparte, este había proclamado el Segundo Imperio bajo un régimen autoritario.

A Matías más que a ninguno de los presentes le hubiera gustado estar allí ese día, conversando con Ricardo, pensó Attua, pero después de los últimos acontecimientos había tenido que refugiarse nuevamente en Francia, con gran pena, aunque allí tuviera a su amiga Alize esperándole.

En julio, hacía apenas dos meses, O'Donnell había orquestado una contrarrevolución contra Espartero y había ganado, pese a la encarnizada resistencia de los partidarios de este y de la Milicia Nacional en ciudades como Madrid, Barcelona y Zaragoza. Espartero se había negado a asumir la dirección del movimiento de oposición justificándolo en que ponía en peligro a la propia monarquía y el orden deseable; había cedido la presidencia del Consejo de Ministros a O'Donnell y se había retirado de la escena política. Como consecuencia, Ricardo había sido apartado como máximo responsable de la milicia y sustituido al frente del ayuntamiento madrileño.

Una vez más, el teniente general se enfrentaba a la incertidumbre sobre su futuro militar, aunque su puesto como senador vitalicio le garantizaba una posición desahogada para el resto de su vida. Attua se preguntaba si

Ricardo le guardaba rencor a Espartero. Por lo que le había dicho Matías con rabia antes de marcharse a Francia, Espartero y sus colegas habían sido de la opinión de que resultaba preferible conseguir la alianza con las clases respetables mediante la defensa del orden a armar a las clases menos respetables para oponerlas a la contrarrevolución. Y que ese maldito dilema era el que acababa con todos los gobiernos revolucionarios. Attua se había sentido todavía más alejado ideológicamente de su amigo de la infancia. Había escuchado que, en los altercados de julio, los revolucionarios gritaban pidiendo la muerte de la reina, de los generales moderados, de los ricos, los fabricantes y los propietarios. Por mucho que Matías reiterase las bondades de su propaganda democrática y social, por mucho que pudiera coincidir con su opinión sobre leyes absurdas, en sus ideas Attua percibía lemas agresivos y radicales que no podía compartir. Ni temía en exceso a la revolución, pues en esos dos últimos años su vida tampoco había cambiado tanto, ni el fantasma de la anarquía le empujaba como a otros a reforzar sentimientos conservadores. Con el paso del tiempo, seguía opinando lo mismo que en su juventud. La única solución civil para la política de su país —opinión que sospechaba que Ricardo compartía con él— era una alianza de moderados razonables y progresistas cautos. Pero los intereses de unos y otros siempre condenaban esta alianza al fracaso.

Acompañado del alcalde, Ricardo entró en el ayuntamiento y todos los presentes en la plaza los siguieron hasta una sala a la que habían llevado sillas de las casas cercanas. Además de los miembros del consistorio, en la parte de delante se sentaron el cura párroco, Evelio, que seguía como gobernador del fuerte militar, el regidor síndico, el maestro, el cafetero, un primo de Gabino que había heredado la taberna, el dueño de la tienda de aguardientes y licores, el de la tienda general, el carnicero, el panadero y varios propietarios de las casas más grandes, entre ellos Clemente. Las mujeres y los niños ocuparon las sillas del final. Attua solo echó de menos al médico y al veterinario.

Braulio dio la bienvenida a Ricardo y, tras un breve interrogatorio sobre las noticias más relevantes de Madrid, procedió a exponerle una serie de temas que preocupaban a los vecinos para que los hiciera llegar a las instancias superiores que considerase. Attua se percató de que el ambiente en la sala no era jubiloso por la llegada de un personaje ilustre, sino tenso, como si todos hubiesen acumulado tantas quejas durante tanto tiempo que necesitasen soltarlas a alguien importante —aunque ya no tuviese el mismo poder que antes— para librarse de ellas. Enfrentados de costumbre por discrepancias cotidianas, los vecinos formaban ahora una masa coincidente en sus protestas. De hecho, asentían a una con la cabeza a cuanto decía el alcalde, que había preparado su intervención a conciencia. Empezó con cuestiones más amplias como las malas cosechas, la pérdida de ganado, el infame estado de los caminos de acceso y el aumento de la contribución de consumos. Continuó con dos peticiones que el gobernador no había respondido: que se dejase de enviar cereales al vecino imperio de Francia, porque en el valle iban también escasos y tenían miedo de que esto causase hambre en la primavera próxima; y que se ampliara la caseta de la aduana para mayor seguridad de la frontera de Francia, aunque gracias al incremento de vigilancia por parte de las fuerzas del ejército de la Guardia Civil y de los carabineros se había reducido el contrabando y el peligro de que se intentase otra toma del fuerte. Por último, mostró su rechazo a la nueva desamortización de bienes comunales que había impulsado hacía ya año y medio el ministro de Hacienda, Pascual Madoz, por la cual se declaraban en estado de venta todos los predios rústicos, urbanos, censos y foros pertenecientes a los propios y comunes de los pueblos.

—No tenían bastante con los del clero —intervino Nicasio—, que ahora se tienen que meter con los pueblos. Menos mal que han sacado del gobierno a los liberales. A ver si vuelve el sentido común.

Ricardo miró a su hermano con expresión impasible.

—El sentido común dice que no es conveniente que la tierra esté en manos muertas —dijo con calma—. La desamortización continuará, gobierne quien gobierne.

—Pues aquí no hay ningún palmo de tierra en manos muertas —dijo Braulio—. Las tierras comunales completan nuestra precaria economía gracias a la leña, los frutos y pastos que proporcionan a toda la comunidad. No permitiremos que pasen a manos privadas. Que los del gobierno busquen otro modo de amortizar sus deudas.

Un sonoro aplauso secundó sus palabras. Crecido, Braulio continuó:

—Querido tío... Sabemos que los tiempos han vuelto a cambiar. En todas las épocas, aquí hemos sido sumisos y obedientes a las autoridades legítimamente constituidas, pero ahora estamos al límite. —Desplegó un papel—. En buen momento nos ha honrado usted con su visita. Nos han llegado noticias extraoficiales que anuncian que el capitán general de Aragón y el Ministerio de Guerra están en contacto para que se disponga y autorice la demolición de nuestro fuerte militar. —Se escuchó un murmullo de desaprobación—. ¿Sabe usted algo?

—Sé que existen unos informes que dicen que la utilidad de la fortaleza de Albort deja mucho que desear en cuanto a su uso en la defensa de la línea fronteriza, que ha quedado obsoleta e inútil tanto para guerra extranjera como para la civil, por su mala situación en un país sin salida ni comunicación notable, y que sugiere que se desmantelen los castillos de Alcañiz, Monzón y Albort, pero no ha habido ninguna orden al respecto. El último intento de toma del fuerte perjudicó su fama. Mientras exista, en caso de que se promoviera de nuevo la guerra civil por parte de tropas carlistas, Albort seguirá siendo un objetivo táctico apetitoso, una tentación perenne para el enemigo. —Percibió el silencio que acompañó sus palabras y añadió—: Insisto en que no me consta que haya ninguna orden real.

—Ni queremos que la haya —afirmó con rotundidad Braulio—. Hemos escrito una carta a la reina que esperamos que le entregue usted en mano. En ella precisamente contrarrestamos los argumentos que acaba usted de exponer. —Señaló a Evelio—. El capitán da fe de ello. La importancia del fuerte es incuestionable. Gracias a su existencia, se han puesto trabas a la comunicación de los ejércitos carlistas entre Cataluña y Navarra y se han evitado posibles invasiones extranjeras. En vano intentaron los franceses entrar por este puerto y siempre fueron rechazados. Si el fuerte desapareciera, no podríamos asegurar que continuara el freno al contrabando que tanto perjudica a las rentas del Estado y al comercio de buena fe. Contamos con su apoyo en Madrid para que este asunto se olvide.

—Haré lo que esté en mi mano —dijo Ricardo—, pero no quiero mentir. El lugar ha perdido su interés militar y costará reavivarlo. Tampoco ayuda que aparezca como reclamo para viajeros en un par de guías francesas que hablan del fuerte como un lugar pintoresco que puede ser visitado con permiso del gobernador.

—¡Cómo se nota que no vive usted aquí! —gritó entonces el carnicero, irritado por el tono desapasionado de Ricardo—. Si se marchan los soldados, ¿se hará cargo el gobierno de las pérdidas en mis ventas de carne?

Los demás comerciantes profirieron similares comentarios en un tono cada vez más exasperado y descortés.

De nada sirvió que Ricardo intentara hacerles comprender que él ya no formaba parte de ningún gobierno. Se secó el sudor. Hacía un calor insoportable. Su mirada se cruzó con la de Attua un instante. Se preguntó cómo podía haberse acostumbrado a vivir en esa tierra adonde él había regresado con ilusión y de la que ya deseaba marcharse. Pretender reencontrarse con su pasado lejano había sido un error. No había nada peor que intentar razonar con quienes ya no te consideraban de los suyos.

En ese momento, la puerta se abrió de golpe y entró el veterinario, un hombre no muy alto, de anchas espaldas y nariz aguileña. Agitó las manos en el aire pidiendo silencio y dijo:

—Han muerto seis caballerías más y otras tantas se han contagiado. No hay duda. Es el carbunco.

Un murmullo de preocupación fue extendiéndose por la sala. Attua compartió la aprensión de los presentes. Después de dos meses de continuadas lluvias, se había instalado en el valle un excesivo calor ininterrumpido que había provocado la muerte de alguna oveja y alguna vaca. Nadie se había comenzado a preocupar hasta que murió el primer caballo. El tifus carbuncular era una enfermedad virulenta y contagiosa, frecuente y mortífera en el ganado lanar, vacuno, cabrío y, a veces, en el caballar.

—¿Se puede transmitir a las personas? —Davina se puso en pie mientras buscaba a alguien con la mirada—. ¡Que nos responda el médico! —La asaltó un breve ataque de tos nerviosa.

—Está en casa del alcalde —dijo el veterinario—. Le han avisado de que uno de los criados del teniente general se ha desmayado. Yo vengo ahora de ahí. Le he preguntado y me ha dicho que por su naturaleza puede llegar a trascender a la especie humana.

—¿Y qué podemos hacer? —preguntó Isabel, la madre de Davina.

Todos los rostros se giraron hacia Braulio y Ricardo, que murmuraban entre sí con el ceño fruncido. Braulio asintió varias veces y le invitó con un gesto a que se dirigiera a los vecinos.

—Siendo alcalde de Madrid —dijo Ricardo—, me tocó enfrentarme al cólera morbo...

La exclamación de alarma fue general. Todos recordaban la terrible epidemia que había acabado en dos años con la vida de miles de personas en las ciudades. A la vez, cayeron en la cuenta de que de eso hacía muy poco tiempo. ¿Cómo podían estar seguros de que hombres como aquel no estaban extendiendo la enfermedad con sus viajes? ¿No acababa de decir el veterinario que el médico estaba atendiendo a uno de los criados de Ricardo?

Braulio elevó la voz:

—¡No confundamos el carbunco con el cólera! Lo que quiere decir es que las medidas de higiene pública para una cosa pueden servir para lo otra. ¡Escuchémosle!

Ricardo volvió a tomar la palabra:

—Hay que enterrar las cabezas de ganado muertas de modo que estén cubiertas de cal, tierra y piedra. No aprovechéis por ningún concepto ni carne ni pellejo. Debéis retirar el estiércol de las casas y de los caminos públicos y barrer las calles dos veces por semana, y no una, con una escoba de ramas y mimbres que quemaréis cada semana. Haced correr agua viva por todas las calles y no echéis agua sucia por las ventanas. Y evitad reuniones numerosas, lo que incluye la suspensión de clases durante un tiempo... Por último, debéis formar una junta de sanidad que vigile que esto se cumpla y publicar bandos para que todos se enteren. ¿Alguna pregunta?

Los vecinos comenzaron a abandonar la sala.

—¿Entiendo que también se suspende la cena en casa de tus tíos? —preguntó entonces Davina a Attua.

—Me temo que sí —respondió él—. Esta noche dormiremos aquí, pero en cuanto amanezca regresaremos a los baños. Adelántate con tus padres y con Ruán. Yo me quedaré unos minutos con Ricardo.

—Mal momento ha elegido para visitar Albort... —le dijo en cuanto tuvo ocasión de hablar con él a solas.

Ricardo negó con la cabeza. Parecía muy cansado.

—La mala fortuna se empeña en acompañarme, muchacho. —Le dio una palmadita en el hombro—. Venía con muchas ganas de veros a todos, después de tanto tiempo, pero la verdad es que tengo la salud quebrantada y deseo tomar las aguas en tu nueva casa. Cada año solicito una licencia con el objeto de retirarme a diferentes estaciones termales.

—Siento oír eso. Y siento, también, que su acogida no haya resultado más... —Le costaba encontrar una palabra adecuada. ¿Calurosa? ¿Cordial? ¿Sincera?

—No sufras, Attua —le interrumpió Ricardo con una breve sonrisa—. Hace tiempo que conozco la ingratitud y ya no espero nada de nadie. Cuando era más joven creía que no había nada peor que la discrepancia política. A mi edad, te aseguro que hay algo mucho peor: la envidia. —Arqueó las cejas mientras apretaba los labios en una fina línea de resignación, e inspiraba—. En fin. Si te parece bien, pasado mañana me instalaré en los baños. Supongo que dos días con mis hermanos bastarán para complacerlos. Más allá de eso, cualquier visita se convierte en un estorbo. Por supuesto, pagaré por mi alojamiento en tus nuevas termas. Me han llegado rumores de que están muy bien. Tu padre estaría orgulloso. Lo echo de menos. Me resulta extraño volver aquí sin que me reciba Custodio. —Suspiró brevemente—. Así es la vida.

36

La epidemia de carbunco se extendió como una plaga por todas las casas del valle de Albort durante semanas. Hasta los niños más pequeños aprendieron a reconocer los síntomas en el ganado. Los animales comenzaban a tambalearse y a respirar con dificultad. Algunos mostraban hinchazón bajo la piel del cuello, el tórax, el abdomen o en la zona genital. Luego sufrían diarreas, hemorragias y convulsiones. Tres días después del inicio de la enfermedad, se convertían en cadáveres hinchados que se descomponían rápidamente. Los prados estaban llenos de montículos de tierra removida sobre los fosos abiertos por hombres desesperados y exhaustos que, sin embargo, aún agradecían a Dios que nadie se hubiera contagiado. Todos cumplían escrupulosamente las medidas de higiene pública y comentaban cuán afortunados habían sido de contar con los consejos del experimentado teniente general.

A mediados de octubre, Ricardo, con mejor aspecto que el que mostraba cuando llegó, decidió marcharse de Albort. Acababa de saber que O'Donnell había dejado paso otra vez al gobierno moderado de Narváez y pensó que debía regresar a Madrid.

En el momento de la despedida, le entregó a Attua una carta cerrada con un sello de lacre.

—Es mi testamento. Mis hermanos tienen copia, pero quiero asegurarme de que se cumple mi voluntad. No creo que regrese más a esta tierra. Si hemos de volver a vernos, tendrá que ser en Madrid. —Se aseguró de que todo su equipaje estuviera cargado y los criados subidos a sus mulas antes de montar en su caballo—. Estoy orgulloso de ti, Attua. Sé que nunca hubieras decidido esta vida, pero has sacado a tu familia de la ruina. Tu apego al trabajo, tu constancia y tu prudencia en la economía han transformado este lugar en un sitio muy recomendable. Sigue así. El ejemplo del amo es el espejo en el que se miran los hijos, criados y demás dependientes suyos. Me satisfaría creer que algo aprendiste de mí en el tiempo que conviviste conmigo cuando eras un muchacho.

Attua asintió en silencio, a la vez que sentía una punzada de vergüenza en su interior. Se preguntaba qué pensaría de él un hombre como Ricardo si pudiera leer sus pensamientos. Se daría cuenta de que sus alabanzas iban dirigidas hacia un hombre deshonesto, pues en su caso aquellas virtudes no nacían del coraje, sino de la cobardía. El trabajo, la constancia y la prudencia le habían servido para domar el galope desbocado de sus ambiciones y deseos y convertirlo en un caminar pausado marcado por las actividades rutinarias y el ritmo de las estaciones. Las palabras de Ricardo le recordaban que la imagen que se había forjado de él, compartida probablemente por sus vecinos, poco se correspondía con cómo se percibía él por dentro. Tal vez aquello no fuera algo excepcional. Tal vez a otros les pasara lo mismo.

Observó la comitiva hasta que desapareció por el serpenteante camino hacia el valle. Ya no quedaba nadie en la casa de baños. Los últimos clientes habían adelantado su partida en cuanto supieron del carbunco. Las muchachas contratadas para la época estival habían vuelto a sus casas. Se avecinaban los largos meses invernales de soledad. Y ese año sería muy diferente a los demás. Por su dureza. No habría abundancia en los hogares y, sin ella, tampoco alegría.

Pocos días después, la mujer del carnicero cayó enferma y murió. A esta muerte siguieron cuatro más. El médico, desorientado, anunció que los síntomas correspondían a los del cólera, pero también eran similares a los del carbunco en humanos. Los buenos recuerdos de Ricardo cayeron en el olvido y en su lugar aparecieron las recriminaciones. Dijeron que él había traído la peste desde la ciudad, dejando su huella en los pequeños lugares del valle por donde había pasado. Las casas se cerraron a las visitas; las calles quedaron desiertas; la escuela trabó sus puertas.

Pero la epidemia no cesaba.

Attua y su familia se enteraban de las noticias por aquellos que intentaban cruzar a Francia. Muchos no lo conseguían, porque los soldados del fuerte y los carabineros tenían orden de mantener la frontera cerrada hasta que todo pasara. Attua deseó marcharse también para apartar a Ruán de cualquier peligro, pero con Davina a punto de dar a luz era imposible.

Una mañana lluviosa de noviembre, un criado de la casa de Clemente llevó la noticia de que Isabel, la madre de Davina, había caído enferma. Les entregó unos documentos envueltos en unas tapas de cuero atadas con una cinta roja y una nota del antiguo alcalde en la que decía:

Por ninguna circunstancia se os ocurra poner un pie en Albort. Nunca en mi vida he visto una desolación semejante. No hay ni una sola casa que se haya librado de esta peste. Tampoco la de tu padre, Attua. Tu tío Damián falleció ayer, y su hijo, tu primo Vicente, está en cama. Cuesta encontrar voluntarios que se ofrezcan a cavar tumbas. Nada puede con ella; ni siquiera las públicas rogativas para pedir el auxilio del Todopoderoso. Querida hija: tu madre me pide que te diga que, pase lo que pase, ahora lo más importante es que el niño nazca bien, y que si Dios quiere llevársela con Él, que al menos se vaya con la tranquilidad de que su hija y nietos están bien... Attua: Os he conseguido pasaportes nuevos. Si la cosa no cambia, en cuanto podáis, después del nacimiento, marchaos. Aunque acabe la epidemia, este será un invierno de hambre. Buscad a Matías. Él os ayudará en tierras francesas. Después de todo, igual ha sido providencial que él no esté aquí...

Isabel murió tres días después. Belisa se enteró cuando se acercó, como cada mañana, a dejar un cesto de pan y algo de vino al borde del camino para los que trataban de huir.

—No le diremos nada a Davina por ahora —le dijo a Attua preocupada—. En su estado, no es conveniente alterarla.

Attua compartió su opinión y su inquietud. Sabían que el niño llegaría en cualquier momento y que no dispondrían de la ayuda ni del médico ni de una comadrona. En la cocina, Belisa tenía preparados desde hacía unos días dos calderos con agua caliente junto al fuego y toallas limpias. Los hermanos habían presenciado muchos partos de animales, en algunos de los cuales habían tenido que intervenir, y Belisa había ayudado en el nacimiento de Ruán. Tendrían que confiar en esa experiencia.

Esa misma noche, Davina rompió aguas. El parto se alargó hasta el mediodía del día siguiente. Conscientes de que estaban solos en medio de las montañas, cada uno asumió su papel con entereza, obedeciendo las firmes órdenes de Belisa. Ruán, sobrecogido por los gritos de su madre y los trapos manchados de sangre, contenía las lágrimas en presencia de Davina y las dejaba caer cuando iba a la cocina a por más agua caliente. Por fin, llegó la recompensa a los esfuerzos y la tensión en forma de un fuerte llanto.

Davina había dado a luz a una niña sana.

Una vez limpia y envuelta en una fina tela de lino, Belisa se la entregó a Attua, que la tomó entre sus brazos, emocionado. Se sentó junto a Davina y le apartó un mechón de cabello sudoroso de la mejilla.

—Gracias —le dijo—. Será tan hermosa como tú.

Agotada, Davina esbozó una sonrisa.

—Me gustaría llamarla como mi madre, si a ti no te importa...

Attua indicó a Ruán que se acercara:

—Esta es tu hermana Isabel... Tendrás muchas cosas que enseñarle. —Miró con gratitud a Belisa, cuyas ojeras revelaban un gran cansancio—. Y siempre estarás acompañado.

Colocó a la pequeña Isabel sobre el pecho de su madre y entonces su mirada localizó algo extraño en el cuerpo de su esposa que le alarmó.

—Ruán, quédate con ellas mientras Belisa y yo limpiamos. Luego podrás descansar. —Recogió las ropas manchadas y le hizo un gesto a su hermana para que lo siguiera a la cocina, donde le dijo—: ¿Has visto la llaga que tiene Davina en el cuello?

Belisa asintió y sus ojos se llenaron de lágrimas.

—Debemos prepararnos para lo peor.

Attua apretó los dientes con rabia. De nuevo, Dios lo ponía a prueba. Y tendría que demostrar su fortaleza. Esta vez, por Ruán.

Davina se debilitó a una velocidad escalofriante. Primero aparecieron en su cuerpo más llagas negras con hinchazón. Luego llegaron los vómitos y las heces líquidas, excesivas e imparables. Por último, la fiebre y la dificultad para respirar. Attua supo que su vida se estaba apagando irremediablemente. Hasta para él, que había visto cadáveres y que había acompañado a su madre junto a su lecho de muerte, resultaban terribles y estremecedoras la extrema delgadez del hermoso cuerpo de Davina, la percepción de sus huesos bajo la piel de color ceniza y la palidez de su rostro.

—¿Está bien la pequeña? —preguntó Davina casi sin voz una noche, dos semanas después del parto—. No la oigo.

—Está durmiendo, no te preocupes —le respondió Attua, sentado a su lado. La niña no lloraba en la cuna de madera junto a la cama porque no tenía fuerzas para hacerlo. Desde hacía varios días sufría los mismos síntomas que su madre. Davina ni siquiera se acordaba de que ya no se la ponían al pecho.

—Attua... —Ella le acercó la mano y Attua la tomó y la acarició—. Si me muero, lleva a mi hija con mi madre. Aquí tienes mucho trabajo... Ella la cuidará hasta que sea más mayor.

Attua sintió un nudo en la garganta. No le habían dicho que su madre había fallecido para no aumentar su sufrimiento.

—No pienses en eso. Pronto te pondrás bien.

—Sé que no... —Davina cerró los ojos y los mantuvo cerrados mientras las lágrimas resbalaban por su rostro. Guardó silencio unos instantes y luego dijo—: Te he querido tanto, Attua... No me olvides... —Se adormeció.

—No lo haré —susurró él apretando su mano, y permaneció atento a su débil respiración irregular que, tras un último suspiro, se detuvo al cabo de unos minutos.

Attua agachó la cabeza y reprimió un sollozo mientras le llegaban retazos de los últimos años junto a Davina. Había sido una buena esposa y madre. Lo había apoyado en las horas buenas y en las malas. Había conseguido lo que nunca pensó que fuera posible: que aceptara su vida sin

Cristela... El recuerdo del amor por esta, nunca olvidado, surgió en sus entrañas con la fuerza de una bala de cañón, pero se negó a que alcanzara el objetivo de su corazón en esos momentos, ante el cuerpo de Davina.

Entonces sintió que el silencio y la quietud se tornaban todavía más opresivos, más hirientes, como si pretendieran castigarle por este último pensamiento. Se giró hacia la cuna del bebé y el miedo lo paralizó unos instantes. Respiró hondo y con mano temblorosa apartó la mantita que cubría a la pequeña Isabel.

Supo que también había muerto.

La tomó entre sus brazos y la estrechó contra su pecho con delicadeza, como si tuviera miedo de hacerle daño. Cerró los ojos y las lágrimas se abrieron paso entre sus pestañas para caer sobre la fina piel de su hija. Lloró en silencio, sin intentar controlar el temblor en su barbilla, en sus hombros, en su pecho, pero sin emitir ni un solo gemido. Separarse de la vida que debería haber habitado durante años ese frágil ser nacido de su sangre le pareció injusto, cruel, atroz. Nada lo había sometido jamás a esos zarpazos de vacío que lo desgarraban por dentro.

Sintió una presencia a su espalda y se giró. Belisa acababa de entrar en el cuarto con Ruán. Los hermanos se miraron un instante y Belisa comprendió lo que había sucedido.

Attua se secó las lágrimas y se esforzó por mostrarse sereno.

—Despídete de tu madre... —le dijo a su hijo con voz ronca mientras le indicaba con un gesto que se acercara.

Ruán, rígido por el miedo, se inclinó sobre ella y depositó un beso en su frente.

—Y de tu hermana —susurró Belisa con lágrimas en los ojos, tomando el cuerpo inerte del bebé de los brazos de Attua y depositándolo sobre el cuerpo aún caliente de Davina.

Ruán rompió a llorar desconsolado.

—¿Por qué se han muerto? —balbuceó—. ¿También nosotros nos iremos con ellas?

—En muchas casas de Albort lloran hoy a sus seres queridos... —Belisa le acariciaba la espalda tratando de consolarle—. Pero todo pasa. Volverás a reír y a ilusionarte...

Ruán se apartó.

—¡No me lo creo! —gritó—. ¡Y no me hable como si fuera un niño! —Salió de allí a la carrera.

—Déjalo, Belisa —dijo Attua—. Al amanecer las enterraremos...

—¿Aquí? ¿Sin misa ni sacerdote?

—Sí. No podemos arriesgarnos a bajar al cementerio del pueblo. ¿Has notado algún síntoma?

Belisa movió la cabeza a ambos lados.

—Hemos pasado muchos días junto a Davina —continuó Attua—. Supongo que, de habernos contagiado, ya estaríamos enfermos. Dicen que la enfermedad se ceba con los más débiles, así que no me fío. Mañana nos iremos a Francia. Tengo que sacar a Ruán de aquí. La excesiva tristeza produce debilidad. —Lo sabía por experiencia—. Mi hijo y tú sois lo único que me queda.

Al día siguiente, el viento soplaba tan fuerte que tuvieron que colocar piedras para sujetar las ramas de pino que, a falta de flores, habían depositado sobre la tumba en la que habían enterrado juntas a la madre y a la hija. En una pizarra, Ruán había escrito el nombre de ambas utilizando un punzón.

Después de recitar una última oración por ellas, Attua comprobó que las ventanas, las puertas y los postigos de la casa quedaban bien cerrados para resistir las inclemencias del invierno; se aseguró de que había dejado el hacha, suficiente leña, vino y heno en el cobertizo por si a algún extranjero insensato se le ocurría cruzar la frontera en los próximos meses; se cercioró de que Ruán y Belisa iban bien abrigados y calzados; y revisó las sillas de los tres caballos y de las dos mulas que se llevarían. El resto de los animales estaban en casa de su suegro. Como habían planeado con Davina pasar ahí ese invierno para evitarle unos meses de intenso frío al recién nacido, en septiembre Attua los había bajado a Albort.

Se preguntó cuántos habrían muerto.

Habían pasado tantos días encerrados en la casa cuidando de las enfermas que no tenían noticias nuevas de Albort…

… Pero la situación debía de ser terrible —dedujo Attua cuando se detuvieron junto a la caseta para presentar los documentos que le había proporcionado Clemente— si nadie vigilaba la aduana y nadie transitaba por el camino.

—¿Cuándo volveremos? —preguntó Ruán girándose sobre su caballo para recorrer con la mirada su casa una última vez. La única diferencia que percibió fue la tierra removida de la tumba de su madre, ubicada a unos cien pasos al sur de la casa, junto a unos serbales que ella había conseguido que arraigaran.

Attua había calculado que con el dinero que llevaba en un bolsillo del ancho cinto de cuero que rodeaba su cintura podrían pagar por su alojamiento hasta principios de marzo. Si las nieves mantenían el paso por las montañas cerrado hasta más tarde, trabajaría en los campos franceses e incluso podría recuperar todo lo gastado.

—El próximo verano —respondió, abriendo de nuevo la marcha.

—¿Y viviremos en casa de esa tía lejana? Era muy grande…

—¿Te acuerdas de ella después de tantos años? —Alguna vez, cuando Davina no estaba presente, Ruán le había pedido que le hablara de su secuestro y de los meses en que habían creído que lo habían perdido mientras él estaba en casa de Cristela.

—Tengo imágenes de la ropa incómoda que me ponía, de la comida tan rica que me daba, o me sale una palabra en francés... Pero me he olvidado de su cara.

«Yo no», pensó Attua. De ningún ángulo, marca, línea, curva o arruga de su rostro. De ningún gesto. Ni de su sonrisa ni del tono de su voz. Ni de su cuerpo. Para él, cabalgar hacia Francia significaba ir en su busca, revivir los pálpitos juveniles de su corazón, retomar su historia donde la dejaron, en un último beso, en una última caricia que abrasaba a través de los inviernos, de las nieves de esas cumbres que los separaban, cuyas líneas ásperas había desgastado él en su mente de tanto contemplarlas. Por supuesto que no pensaba ir a su casa, pero cuanto más se alejaba de las tierras de Albort, más se acercaba a ella y más aumentaban las posibilidades de encontrársela algún día por casualidad. Además de su hermana y su hijo, todavía le quedaba ese pequeño resto de ilusión al que aferrarse. Con eso le bastaría para soportar su vida otros tantos años...

No. Solo eso no sería suficiente.

Advirtió que Belisa estaba muy callada. Supuso que se debía al agotamiento de las últimas semanas y el nerviosismo por su primer viaje lejos de casa. Se giró y se topó con su mirada.

—Estaremos bien —le dijo—. Buscaremos a Matías en Luchon o en Capvern, donde suele pasar los inviernos. Él nos ayudará.

Belisa se adelantó para situarse a su lado.

—Es por ti por quien me preocupo —susurró para que Ruán no la oyera—. Demasiado pronto te has dado cuenta de que vuelves a ser libre. Pero recuerda una cosa... Ella no lo es.

37

Cristela cogió un fajo de papeles de la mesa de la biblioteca y se sentó en el suelo, sobre un mullido cojín, ante el fuego que ardía en el hogar. Hacía tres años que se habían trasladado —por fin— al Château de Beauval y todavía no había encontrado tiempo para terminar de ordenar y revisar sus cosas. Claro que con Anette era difícil hacer nada. Todas las horas del día giraban en torno a sus necesidades y sus caprichos.

Cada día daba gracias a Dios por habérsela enviado. Había pensado mucho sobre ello y había concluido que Anette había sido concebida no solo cuando ella dejó de obsesionarse por su cuerpo, que cada mes le traía la prueba roja de que los síntomas de un posible embarazo eran producto de su deseo, sino también cuando su alma comenzó a relajarse y a dejarse llevar por la plácida convivencia con Shelton o, dicho de otro modo, cuando al fin aceptó que Attua siempre sería el recuerdo imborrable de su infancia y juventud. Todo eso y nada más que eso.

Los días de desvelos, lágrimas y tristeza por la pérdida de Ruán también habían quedado muy atrás. Su principal ocupación, ahora que todo el proceso de decoración de Beauval había concluido, era la de ser la mejor madre del mundo para Anette, la preciosa muñeca de cabello rubio y ojos claros como su padre con quien descubría una infancia que ella nunca tuvo.

Ahora, aprovechando que el viento de los últimos días de noviembre había remitido, que se había abierto un claro en los nubarrones cargados de lluvia y que Shelton se había llevado a Anette a dar un paseo en poni, Cristela se disponía a terminar con los últimos restos de su doloroso pasado. Tenía entre las manos los cuadernos que había escrito hasta su matrimonio con Shelton. Ahí estaban sus pensamientos de cuando Attua estudiaba en Madrid, de su huida de Albort, de su primer encuentro con Shelton en las montañas, de su larga espera durante su nueva vida entre París y Cauterets antes de terminar en Montréjeau…

Releyó algunos párrafos y le costó recordar que alguna vez se hubiera percibido insignificante y ambiciosa. Ahora tenía más de lo que hubiera podido desear. Las telas de sus vestidos no eran ni viejas ni ásperas; sus manos no tenían pinchos bajo la piel. Nadie le gritaba ni le prohibía hacer nada.

Releyó los pasajes en los que describía sus sentimientos hacia Attua y se sonrojó por el detallado análisis de sus emociones. Había llegado a pensar que la distancia y la separación los cegaría, los enmudecería, los resecaría; había asegurado que ella nunca podría seguir adelante sin la energía que la movía, que era Attua. Se preguntó qué escribiría ahora si se sentara ante un cuaderno abierto. Que era feliz, por supuesto. Que había logrado ser feliz al dejar el recuerdo de Attua dormido en algún lugar de su interior… Que se había resignado…

Sintió una punzada de remordimiento.

Le pareció buena idea lanzar todo su pasado al fuego.

Los recuerdos nunca eran inofensivos, pensó.

No quería ni imaginar que por casualidad Shelton pudiera leer aquellos escritos tan íntimos algún día. Le mostrarían una parte demasiado desconocida de alguien a quien creía conocer tan bien.

La puerta se abrió y Anette entró corriendo y se lanzó a sus brazos. Estaba preciosa con su trajecito de amazona en tonos otoñales.

—*Maman!* —chilló—. ¡Tiene que venir! —A Cristela le encantaba escuchar cómo la pequeña alternaba el francés y el castellano cuando hablaba con ella.

—Insiste en enseñarte cómo maneja las riendas —dijo Shelton desde la puerta alzando las palmas de las manos en señal de resignación. Se acercó y se arrodilló junto a Cristela—. ¿Qué haces?

—Nada... Quemar cosas inútiles.

Shelton cogió un papel con intención de leerlo, pero Cristela se lo arrebató de las manos. Él frunció el ceño con exageración.

—¿Tienes secretos para mí?

Cristela sintió que se sonrojaba.

—Como todo el mundo —respondió mientras arrugaba el papel y lo arrojaba al fuego.

Anette abrió la boca con admiración al ver cómo ardía y aplaudió.

—¿Me deja a mí? ¿Por favor?

—Claro que sí, pero haz una bola antes de lanzarlo...

—¿No son esos tus diarios? —preguntó Shelton—. Qué lástima... Con lo bien que escribes, quizá estés privando a la posteridad de una obra maestra.

Cristela soltó un bufido.

—No lo creo. Mi vida no es ni dramática ni heroica... —se acercó y le dio un beso en la mejilla— gracias a ti.

—Lo digo en serio, Cristela —insistió Shelton—. Lo hemos hablado otras veces. No deberías abandonar ese hábito. Ya sabes lo que pienso: si tienes la oportunidad de cumplir un sueño, hay que aprovecharla. —Alzó la vista y las manos para referirse al castillo que le había costado una década construir—. Y tú tienes la oportunidad y la habilidad.

—Muy bien. —Cristela sonrió con malicia—. Entonces me dedicaré a escribir artículos políticos que enfaden a tus amigos sobre el derecho al voto de la mujer y los derechos educativos de las niñas. ¿Qué te parece?

Shelton soltó una carcajada.

—Me parece que pasas demasiado tiempo con Alize y Matías...

—Querrás decir con Alize —puntualizó ella—. Matías habla mucho de libertades y derechos, pero se olvida de las mujeres. ¡Vaya revolucionario! Dice que nuestro voto, si lo tuviéramos, sería conservador y de tendencias clericales y que por eso es mejor no arriesgarse a que lo consigamos.

Shelton la miró en silencio unos instantes.

—¿Qué pasa? —preguntó ella.

—Me gusta cómo te brillan los ojos cuando te apasionas... —susurró él. Acercó su rostro al de ella y la besó.

Anette se situó entre ambos y los separó.

—¡Eh! ¡Que quiero ir en poni!

Shelton se levantó y se aproximó al gran ventanal, contra cuyos cristales comenzaba a repiquetear de nuevo la lluvia.

—Me temo, mademoiselle, que se acabó el paseo. ¿Qué te parece un rato de linterna mágica en mi despacho mientras tu madre termina?

—¡Sí! —Anette se puso en pie de un salto. Le encantaban las historias que le contaba su padre mientras proyectaba en la pared imágenes pintadas sobre placas de vidrio—. ¡La de los perritos, como los que va a tener Lune! —exclamó, refiriéndose a una de los enormes mastines ingleses de Shelton.

Entonces alguien llamó a la puerta y Pierre, el mayordomo, se asomó. Al ver a Shelton junto a la ventana frunció el ceño.

—¿Puedo hablar con usted a solas, madame? —preguntó.

Cristela se levantó y se acercó a la puerta. Ese hombre solía ser misterioso hasta para los temas más banales.

—Sucede algo de lo más extraño —susurró Pierre—, pero no sé si debo molestar al señor...

—Cuéntemelo y veremos.

—Me informa el chico de la conserjería de que un hombre pregunta por usted en la entrada principal. Han intentado disuadirlo porque ofrece mal aspecto, parece desesperado y es español, pero insiste en verla y ha dicho que no se moverá hasta que lo consiga.

Cristela se preguntó quién podría ser. Matías no, desde luego, porque todos lo conocían. ¿Tal vez alguno de los trabajadores españoles de la zona estuviera en apuros? La lluvia no tenía intención de amainar y desde el palacio a la entrada de la propiedad había casi un cuarto de legua.

De pronto, le sobrevino un pálpito.

—Prepáreme el coche en la puerta y que la doncella me traiga una capa —dijo apresuradamente—. Voy enseguida. —Bajó la voz—: De momento, no diga nada al señor.

Entró en el despacho y contempló unos instantes cómo Shelton y Anette trazaban dibujos en los húmedos cristales. Se agachó, nerviosa por el súbito sentimiento de culpa al desear que fuera Attua quien estuviese en la puerta. Recogió los papeles en un montón y los arrojó de golpe al fuego.

—¿Y esa prisa? —preguntó Shelton.

—Pierre me necesita en la cocina —mintió—. No te preocupes, una discusión entre Petula y la cocinera...
—Esperó hasta asegurarse de que las llamas comenzaban a devorar todos los papeles y se dirigió a la puerta—. No tardaré.

Al cerrar, una corriente de aire impulsó unas hojas fuera del hogar, que revolotearon hasta posarse en la alfombra. Shelton se apresuró en apagarlas a pisotones. Se agachó para devolverlas al fuego cuando la curiosidad le hizo mirar con más atención unas líneas atrapadas entre los bordes quemados.

Leyó:

Ardíamos, Attua, en el agua...

Y:

... estas montañas! ¡Cómo las odio, ahora más que nunca! Se yerguen ante mí como una muralla infranqueable...

Y:

Sé que pronto encontraremos el modo de estar juntos...

Las palabras se introdujeron en su mente y en su corazón. Algo tambaleante, se sentó en un sillón y se sujetó la cabeza con una mano. No podía creerse que Cristela lo hubiera engañado desde el principio. ¿Attua no era su primo? Intentó justificarla: no podía saber la fecha de aquellos escritos que con toda probabilidad pertenecían a la época de su juventud; en todos esos años jamás le había dado ella motivos para sospechar que no lo quisiera; tampoco había visto a ese Attua desde que se habían casado... Recordó entonces el desmedido interés que mostró ella en acompañar a Ruán a Albort y sintió una punzada de celos. Sí. Lo había visto...

—¿Qué le pasa, *papa*? —preguntó con voz suave Anette mientras trepaba a sus rodillas y le acariciaba la mejilla con sus manitas—. ¿No vamos a ver las imágenes?

Shelton la miró y reconoció en ella la mirada franca, curiosa y transparente de Cristela. Se negaba a creer que su esposa no fuera completamente feliz con su familia; que hubiera escrito que odiaba esas montañas que para él significaban tanto; que el deseo por otro hombre pudiera seguir vivo dentro de ella.

—Claro que sí, preciosa —dijo con voz animada, aunque una sombra negra se extendía por su interior, como la de esos papeles, y amenazaba con rajarse para abrir paso a las llamas que la devorarían.

Attua aguardó más de media hora bajo la lluvia tras la pesada verja de recios barrotes que apenas dejaba ver lo que había tras ella. Nada había salido según lo previsto. Y nunca se había sentido tratado con tan poco respeto. Ni siquiera le habían ofrecido que aguardase a cubierto.

Como si fuera un mendigo, un pedazo de escoria, un bicho insignificante…

No debería estar allí, pero no sabía a quién recurrir.

Por fin, escuchó crujidos de cascos y ruedas sobre piedras. Un carruaje se detuvo al otro lado de la verja. Al poco, esta comenzó a abrirse y una mujer se asomó y alzó la mirada hacia él.

—¿Quién…? —preguntó ella antes de exclamar—: ¡Tú!

«Su voz…», pensó Attua, y se estremeció. Era su voz, suave y agradable. Era ella… Era su rostro, más redondeado, sonrosado. No le veía el cabello. ¿Se lo habría cortado? ¿Lo llevaría recogido?

—Cristela —dijo Attua—. Te necesito…

Era él; era aquella voz profunda y masculina que Cristela no había escuchado en ningún otro hombre… Eran su altura y corpulencia, su mirada intensa, ahora intranquila. El agua se escurría por su cabello oscuro, su barba de varios días y su abrigo, incapaces ya de absorber más líquido. De repente ya no era un recuerdo dormido en algún lugar de su interior. No era una sucesión de palabras sobre el papel, ni de imágenes en la mente, ni pasto de las llamas del tiempo. Era carne. Podría morderlo, acariciar sus cabellos, lamer su piel, sentir sus uñas en su interior. Había vuelto.

Aunque nunca se había ido…

—¿Estas son maneras de atender a un viajero agotado? —le gritó Cristela al mozo que había dado aviso de la llegada de Attua mientras se apartaba para que abriera la verja—. Prepárale algo de beber y déjanos solos.

El mozo se apresuró en entrar en la casa. Attua y Cristela lo siguieron.

En forma de media luna, con diferentes alturas y tejadillos de pizarra, la vivienda era tan grande como cualquiera de las que Attua había visto en el pueblo, pero más bonita. Parecía un castillo neorrenacentista en miniatura. Si esa era la conserjería, empezaba a hacerse una idea de lo que Matías había intentado explicarle al hablarle de la nueva residencia de Cristela.

En el vestíbulo, Attua se tomó de un trago el vaso de vino que había dejado el mozo sobre una consola. Estaba nervioso. Por todo lo que había pasado y por tenerla delante. Comenzó a contarle qué le había llevado a ella. Le habló de la tragedia que había asolado Albort, de la muerte de Davina y de la pequeña Isabel y de su decisión de permanecer en Francia un tiempo para alejar a Ruán del peligro.

—¿Ruán y Belisa están aquí? —preguntó Cristela, recordando con cariño a su amiga y a aquel chiquillo que sintió como hijo durante meses.

Attua asintió.

—Desde que pusimos un pie en Luchon nos trataron como apestados. Nadie ha querido alquilarnos una vivienda, ni pagando el doble por ella. Llevamos varios días viajando bajo la lluvia, pero en cuanto se enteran de que somos españoles, nos echan de los pueblos. —Esbozó una triste sonrisa—. ¿Recuerdas cómo llegaron Aurore y aquel joven guía a Albort aquella vez, hace trece años? Me he sentido como ellos... Solo que nadie se ha apiadado de nosotros. Encontré una cabaña abandonada cerca de aquí y decidí parar para descansar. Mi intención es reunirnos con Matías. Y no te habría molestado si Ruán... Tiene mucha fiebre. El frío y el hambre han hecho mella en él.

De forma instintiva, Cristela dio un paso atrás. Dos palabras se juntaron en su mente en una décima de segundo: cólera y Anette. Attua vio el pánico en su rostro y frunció el ceño. ¿También iba a tratarle ella como a un apestado?

—Si creyera que tiene el cólera, ni se me habría ocurrido ponerte en peligro. Antes hubiera robado a punta de pistola. Los síntomas habrían aparecido hace días.

—No pensaba en mí, sino en mi hija, que solo tiene cuatro años...

—No necesito más que algo de comida y un lugar caliente para que el catarro no derive en pulmonía. Eso es todo. Luego nos marcharemos.

Cristela lo miró a los ojos.

—Te acompañaré a buscarlos.

Salieron y montaron en el carruaje, ella en el interior y él en el pescante para darle instrucciones al cochero. Atravesaron el pueblo y tomaron un camino hacia el este. Dejaron atrás varios prados y por fin, a los pies de una suave colina, divisaron una caseta abandonada de cuya chimenea salía humo.

A Cristela se le cayó el alma a los pies cuando vio el terrible estado en el que se encontraban Belisa y Ruán. Parecían pordioseros, con las ropas sucias y rasgadas, los rostros quemados por el aire y los labios agrietados. Ruán yacía en un estado de semiinconsciencia. Belisa sollozó cuando Cristela le dio un abrazo.

—Ya ha pasado, Belisa —la consoló esta, tratando de controlar las arcadas que le producía su olor corporal a sudor rancio y a caminos cubiertos de estiércol—. Yo cuidaré de vosotros.

Attua tomó a su hijo en brazos y lo introdujo en el carruaje bajo la mirada asustada y recriminatoria del cochero, que no se prestó a ayudarlo. Luego, montó en su caballo y se encargó de guiar el resto de las caballerías tras el coche hacia Beauval. Agradeció no tener que compartir asiento junto a Cristela, y no tanto por el aspecto lamentable que sabía que ofrecía, sino porque no deseaba que ella viera en su rostro y en su mirada la envidia hacia Shelton que comenzaba a surgir en sus entrañas. La tenía a ella; le había dado una hija; y le había construido un magnífico hogar, como empezaba a comprobar con sus propios ojos.

En la comparación entre ambos hombres, Attua siempre se sentiría a la altura de una rata. Ojalá la salud de Ruán se restableciera pronto, deseó, porque él no aguantaría mucho tiempo allí, tan cerca de Cristela. No, sabiendo que, aun cuando él ya era libre, el abismo que los separaba seguía siendo tan interminable como las estrellas del cielo que ocultaban las nubes esos días.

38

Un camino de tierra perfectamente allanada nacía ante la conserjería y serpenteaba por un parque inmenso. En él, centenares de árboles de todas las especies crecían en una disposición armónica. Attua reconoció arces, robles, tilos, cedros azules, hayas púrpuras, plátanos, castaños y magnolios entre los laberintos de acebos, bojes y laureles. Era el mayor despliegue de naturaleza domesticada que hubiera visto jamás.

Un gran lago en el que se deslizaban cisnes y patos ocupaba la parte izquierda del parque. Ni una mala hierba crecía en las orillas. Al final de la alameda, el camino se bifurcaba. El carruaje continuó hacia la derecha, pero Attua se detuvo para confirmar, asombrado, que lo que su mirada había descubierto de soslayo a su izquierda no era producto de su imaginación.

Recortado contra el fondo de montañas, como si quisiera imitarlas y magnificarlas, como una catedral gótica de piedra blanca diseñada por seres divinos, se erguía, espléndido, un palacio. Le pareció la edificación más majestuosa que había visto en su vida. Diferentes tejados de pizarra en forma de conos y prismas triangulares señalaban el cambio de volúmenes. La parte superior de las fachadas no se interrumpía con los frisos tallados y las cornisas, sino que culminaba en pináculos que se alternaban con más de una docena de chimeneas. A muchos metros sobre una gran puerta porticada y blasonada, se elevaba un belvedere en forma de torrecilla desde la que se tenía que dominar el paisaje hasta el infinito. No había ventana sin gablete en el último piso; y las de las fachadas interrumpían su armoniosa monotonía adoptando de pronto forma de arco o convirtiéndose en una hornacina coronada por una concha abovedada.

La imagen lo sobrecogió. Por su magnitud, fastuosidad y belleza, tan excesiva que producía vértigo. Quien había proyectado aquello, además de inmensamente rico, tenía que ser muy especial. Le resultaba difícil de creer que la mente de un hombre normal pudiera imaginar un escenario más magnífico. Y esa persona era Shelton, el marido de Cristela. En ese lugar, digno de una reina, vivía ella. Por mucho que costara creerlo, era su casa. ¿Quién se lo hubiera dicho cuando correteaban por las sucias callejuelas de Albort, cuando trazaban sus planes de vivir en Madrid, o después, cuando aceptaron que sus vidas estarían atadas a esa casa de baños que apenas era más grande que la conserjería de esa propiedad?

Apretó los dientes.

Cristela nunca se iría de allí.

Aunque Shelton muriera...

Nadie querría irse nunca de allí.

Presa de un súbito resentimiento hacia los hombres que podían cumplir sus sueños, tomó el ramal de la derecha que conducía hacia un pequeño poblado. Se detuvo en una especie de plaza. Un segundo vistazo le permitió concluir que las casas eran de construcción reciente, y que imitaban cualquier pueblo pirenaico. Por culpa de la incesante lluvia no había nadie en las dos o tres cortas calles empedradas, pero sintió sus miradas desde las ventanas en las que titilaban las luces de los candiles. Escuchó que alguien lo llamaba y divisó a Cristela a su izquierda ante una casita pintada de azul, algo alejada de las demás. Esperó a que el carruaje que venía en su dirección maniobrara para entrar en un enorme porche frente a él desde el que se accedía a las caballerizas y se dirigió hacia la casita. Allí desmontó, ató los caballos y las mulas a un poste de madera y buscó refugio de la lluvia bajo el ancho alero donde le esperaba Cristela.

—He ordenado al cochero que avise al personal para que traigan agua caliente, mantas, ropa seca y comida. —Señaló hacia la casa—. No es muy grande, pero estaremos cómodos...

Attua frunció el ceño sorprendido, y ella continuó:

—Hasta que se cure, yo me quedaré con vosotros. Nadie más se acercará. De este modo nos aseguramos de que Ruán no nos contagia, tenga lo que tenga.

—¿Cómo se llama este pueblo?

—No es un pueblo de verdad, aunque lo parezca por su diseño. Es parte de Beauval. Lo mandó construir Shelton a la vez que el palacio para alojar a los que trabajan aquí y sus familias, los jardineros, los cocheros y mozos, las lavanderas... Así se evitan tener que caminar todos los días desde Montréjeau. El personal de servicio doméstico vive en el palacio.

—¿Y a quién le he quitado la vivienda? —preguntó Attua con ironía. Enseguida se arrepintió. No soportaba que se hablasen con esa normalidad, con esa frialdad, después de tantos años sin verse... Se conocían demasiado bien—. Perdona, Cristela. Te agradezco lo que estás haciendo y lamento causarte tantas molestias. Siento que tengas que dejar por un tiempo las comodidades de tu palacio.

—Espero que no me juzgues ahora por lo que poseo, sino por lo que soy —murmuró ella algo molesta por la actitud de Attua—. Jamás dudaría en ayudar a un amigo. Y lo mismo te pido para Shelton. Hasta Matías, con todo su espíritu revolucionario, ha caído rendido a sus encantos.

¿Así lo veía? ¿Como a un amigo? Cristela y él nunca podrían ser solo amigos, pensó Attua fugazmente. Debía abandonar el tono recriminatorio, pero no podía.

—Y tú también —dijo.

—Es mi marido. —Cristela se irguió—. Pronuncié mis promesas ante el altar, como hiciste tú con Davina. Siento que haya muerto. Habrá sido duro… —¿Cuánto para él? No quiso saberlo—. Para Ruán, sobre todo.

—Se recuperará. —Attua se acercó a ella.

Tenerla tan cerca y no poder siquiera acariciar su mejilla o tomarla de la mano era una tortura. Le preocupaba la salud de su hijo y el agotamiento de su hermana; no podía borrar de su mente el terrible final de Davina ni el rostro de la pequeña Isabel, a quien nunca vería crecer, ni el horror de dolor y llanto en todas las casas de Albort; no dejaba de darle vueltas al hecho de que a tanta desgracia se sumarían las pérdidas en su negocio hasta que los agüistas se decidiesen a regresar, cuando ya no desconfiaran de la amenaza del cólera… Su vida se desmoronaba de nuevo. Se sentía exhausto de empezar, continuar, caer, levantarse y seguir adelante. Si tan solo pudiera cobijarse en sus brazos unos segundos para coger fuerzas…

A Cristela le brillaban los ojos. ¿Era ternura o pena? No soportaría que ella sintiera pena por él.

Se acercó más y ella no se apartó. En las contadas ocasiones en las que se habían podido ver a lo largo de los años, ambos habían corrido a buscar el contacto de sus dedos, de sus labios, de sus cuerpos…

Entonces, a su espalda, alguien gritó el nombre de Cristela y ella, sonrojada, parpadeó y retrocedió.

—¡No vengas, Shelton! —dijo Cristela en voz alta, con

las palmas de las manos extendidas en el aire para que se detuviera a unos veinte pasos—. Por favor…

—¿Qué está pasando? —preguntó Shelton, sin protección bajo la lluvia.

Cristela le contó la verdad.

—Tengo que cuidar de Ruán —concluyó—. Lo he tenido entre mis brazos, como cuando era pequeño… Ahora debo mantenerme alejada de Anette y de ti, solo hasta que estemos seguros de que no hay peligro de contagio.

Attua se giró y su mirada se cruzó un instante con la de Shelton. No lo había visto más que una vez en su vida, en aquel invernadero de naranjas de su anterior residencia y luego en la cena que habían compartido antes de amar a Cristela. Se conservaba bien, pensó con rabia. Tal como lo recordaba. Ojalá se hubiera convertido en un ser deforme y desagradable para poder sentir lástima por ella…

Percibió su consternación, pero no se conmovió ni se sintió culpable. Había tenido años para gozar con ella; él solo contadas ocasiones.

—Me aseguraré de que no os falte de nada —dijo Shelton, esforzándose por aparentar comprensión cuando en realidad se sentía rabioso. ¿Por qué había tenido que aparecer ese hombre por ahí? Su presencia, además de inquietarle, le impedía prestar aunque fuera una pequeña atención a aquel muchacho, Ruán, que durante unos meses había considerado como su hijo—. Cada mañana y cada tarde vendré a verte con Anette.

En los siguientes días, la rutina de la casita azul centró las atenciones de los habitantes de Beauval.

Shelton había trazado en el suelo una línea con piedras para que nadie, especialmente Anette, la traspasara. Los criados dejaban la comida, la ropa limpia y la leña allí, y Belisa, Cristela o Attua las recogían y luego se encargaban ellos mismos de calentar el agua y de lavar las ropas sucias y la vajilla. En el terreno de la parte trasera de la casa, Attua cavó un profundo hoyo donde deshacerse de las aguas sucias y otro donde quemar las sábanas y telas que habían estado en contacto directo con Ruán.

Ni siquiera permitieron que monsieur Leduc, el médico personal de la familia, entrara. Todos los diagnósticos los realizaba el hombrecillo de lentes redondas desde el otro lado de esa improvisada frontera. El cólera quedó enseguida descartado, al no sufrir Ruán ni diarreas profusas ni vómitos, y también la difteria, pues ni tenía pus en la garganta ni coloración azulada de la piel. La tos persistente, los esputos y la fiebre que no remitía eran pruebas de que Ruán padecía, no obstante, una grave afección pulmonar; que no derivara en tisis era la mayor preocupación de todos. Uno de los adultos permanecía a todas horas al lado del joven, pendiente de que no escupiera sangre ni sufriera sudores nocturnos y obligándole a beber tisanas balsámicas y expectorantes a base de yemas de pino, gordolobo, saúco, eucalipto y tomillo.

Aun cuando los motivos del aislamiento se debían a una enfermedad grave, Attua —acostumbrado a los largos periodos de soledad en las termas de Albort— disfrutó de la intimidad de ese contacto diario y continuo con Cristela, de las conversaciones cotidianas, de la preocupación compartida por Ruán, de la extraña sensación de funcionar como una familia.

La familia que podrían haber formado si las cosas hubieran sido de otra manera.

Al cuarto día, para alivio de todos, la fiebre comenzó a remitir y Ruán empezó a hablar con claridad. Pronto pudo salir bien abrigado al exterior y dar pequeños paseos. Sin embargo, el aislamiento preventivo tendría que durar aún varios días más, hasta que el médico confirmase definitivamente que ya no había riesgo de contagio.

Como había prometido, Shelton acudía cada mañana y cada tarde con Anette y se sentaban en uno de los banquitos de madera que había dispuesto a cierta distancia para charlar con Cristela durante un buen rato gracias a la buena temperatura de ese final del otoño. La pequeña, que no podía comprender por qué debía mantenerse alejada de su madre, si en realidad no estaba enferma, miraba de reojo a aquel niño de tez pálida, más mayor y más alto que ella, que caminaba cogido del brazo de una mujer o un hombre a quienes no conocía. Por su culpa, tenía que renunciar a los continuos abrazos de su madre, separadas como estaban por una estúpida línea de piedras. Le tentaba coger una de esas piedras y lanzársela a la cabeza.

—¿Qué te pasa, Anette, que tienes cara de enfadada? —le preguntó su madre una soleada tarde de principios de diciembre.

—¿Cuándo se irán? —preguntó ella a su vez—. ¿Cuándo volverá a casa, *maman*?

Cristela suspiró. Eso significaba despedirse de nuevo de Attua. Y de Ruán. Y de Belisa. Los tres habían formado parte de su vida. Ese breve encuentro había recuperado recuerdos infantiles de Ruán, restablecido conversaciones con Belisa y revivido aleteos juveniles en su corazón junto a Attua.

—Pronto, hija.

Shelton miró su reloj y chasqueó la lengua. Las casi dos horas que llevaban allí se le habían pasado demasiado rápido. Si a alguien le estaba resultando eterna la presencia de Attua en su propiedad era a él. Observaba a Cristela y no apreciaba ningún cambio sospechoso en ella, aparte de una actitud ligeramente ensoñadora que también podría deberse al cansancio y a las incomodidades de esa casita.

Además, la pareja no estaba sola gracias a Belisa... Pero sentía celos de todas sus conversaciones. No podía soportar que otro ocupara su lugar en las atenciones diarias que le correspondían a él.

—Tengo una reunión con el administrador —dijo poniéndose en pie. Miró a Cristela a los ojos y extendió una mano como si quisiera tocarla—. Te echo de menos. Beauval no es lo mismo sin ti.

—Yo quiero quedarme —protestó Anette.

Shelton la cogió en brazos.

—Empieza a hacer frío. Mañana volveremos. Lánzale un beso a tu madre.

La niña no dejó de hacerlo hasta que se perdieron de vista.

Cristela permaneció de pie observando a ambos. Ella también los echaba de menos. ¿Podría concebir ya la vida sin ellos?

Sintió una presencia a su espalda y se volvió.

—Es una niña preciosa —dijo Attua.

Cristela asintió, al tiempo que se ajustaba el chal sobre los hombros.

—Voy a dar un paseo por el parque. —Necesitaba caminar un poco y despejarse. Llevaba demasiados días encerrada entre los límites de esa frontera trazada en el suelo y la casita azul. Llevaba demasiados días demasiado cerca de Attua.

—Te acompaño —dijo él.

No era una pregunta, sino una afirmación pronunciada con firmeza.

—Como quieras —dijo ella.

El sol de ese atardecer de principios de diciembre arrancaba destellos de las piedras blancas del palacio. Lo dejaron a su derecha y tomaron el camino sembrado de hojas secas que conducía del poblado a la alameda, donde los oblicuos rayos de luz apenas traspasaban el follaje de los árboles de hoja perenne y los recios esqueletos de los desnudos.

Caminaban en silencio. Era el primer día que estaban a solas durante tanto tiempo. Sus mentes eran un hervidero de inquietudes, sensaciones y palabras. Sin embargo, ninguno de los dos se atrevía a verbalizarlas. Nunca hasta ahora el silencio había sido una barrera incómoda para ellos.

Abandonaron el camino principal y continuaron por un estrecho sendero que terminaba justo sobre el lago. Allí se detuvieron y fijaron la vista en el agua mansa y cristalina a sus pies.

—Este es mi lugar preferido de toda la propiedad —dijo por fin Cristela—. Ven, te enseñaré algo hermoso.

Apartó con la mano las ramas de un arbolito y le mostró unos peldaños tallados en la roca. Comenzó a descender con cuidado por la resbaladiza superficie y desapareció de su vista.

Attua se sujetó a una de las ramas y notó un pinchazo. Instintivamente se llevó el dedo a la boca y chupó unas gotas de sangre. Sin decir nada, siguió a Cristela por el estrecho y oscuro pasadizo en forma de escalera en espiral. Pronto llegó de nuevo la claridad y comprendió que estaban en una pequeña cueva en el mismo borde del lago. Contempló la figura pensativa de Cristela junto al agua y deseó rodearla con sus brazos.

—Vengo aquí cuando necesito paz —dijo ella.

—¿Y ahora la necesitas? —susurró Attua, tan cerca que percibió cómo ella se estremecía.

Cristela se giró hacia él y frunció el ceño. Alzó la mano y rozó sus labios, demorándose en la caricia.

—¿Te has herido? Tienes sangre en la boca.

—No es nada. Me he pinchado con el árbol de arriba.

—Es un limonero espinoso. Dicen que la corona de espinas de Cristo estaba hecha con sus ramas.

Attua sonrió.

—Pues a mí esto no me parece el calvario. —Se acercó y se inclinó sobre ella—. Todo vuelve a tener sentido cuando estoy contigo.

Cristela apoyó la espalda contra la fría pared de la roca. Dirigió la mirada hacia el lago, con el corazón palpitante. A ella le sucedía lo mismo. Bastaría una sola caricia de Attua para olvidar todos esos años de tranquilidad.

La aparente tranquilidad que tanto le había costado conseguir...

Attua le tomó las manos, manteniendo los brazos estirados a ambos lados de sus cuerpos.

Cristela no rechazó el gesto. Retuvo sus dedos entrelazados con los de Attua. Sintiendo su fortaleza, su tamaño, su piel áspera. La proximidad de su cuerpo. El calor. Su olor.

Un escalofrío le recorrió la espalda. Lo deseaba tanto... Como la primera vez, como la siguiente, como la última. Como si nada más importara.

Attua pegó su cuerpo al de ella y permaneció así, en silencio, con los ojos cerrados, la mandíbula tensa, los brazos estirados, las manos apretando las de ella con fuerza, percibiendo la blandura de sus pechos y la dureza de los huesos de sus caderas y de su pelvis en su carne. Respiraba con dificultad. Sus cuerpos se amoldaban con la misma sabiduría y certeza de hacía diecisiete, catorce, trece, ocho años. Recordaba todos y cada uno de los momentos que había estado con ella. Todo lo demás, todo lo sucedido en esos años, las indecisiones, las decisiones, los aciertos, los errores, las despedidas, las preocupaciones, los problemas, la amistad, la traición, la vida y la muerte, no importaba.

La vida para él era esa sensación de irrealidad e intemporalidad.

Que nunca terminase, rogó. Que el mundo fuera siempre esa cueva húmeda y oscura.

Inclinó la cabeza, todavía con los ojos cerrados, y apoyó su mejilla en la de Cristela. Sintió su respiración entrecortada. Percibió que lo deseaba. Frotó su mejilla contra la de ella, contra su cabello, su oreja, sus sienes. Su mejilla encontró el hueco de su ojo y se acomodó en él unos instantes. Su piel y sus huesos reconocían cada recoveco de su rostro. Entreabrió los labios y repitió el recorrido con ellos, con creciente ansiedad, y se detuvo unos instantes para susurrarle al oído:

—Te deseo tanto como siempre y tanto como nunca antes...

—Oh, Attua... —gimió ella conteniendo un sollozo de emoción.

Attua cubrió sus labios con los suyos. Los besó, mordió y succionó como si fueran una fruta madura para el hambriento en el que se había convertido sin ella.

Cristela respondió con la misma avidez. Liberó sus manos de las de Attua y las alzó para acariciar su rostro y su cabello, ejerciendo una ligera presión para asegurarse de que estaba allí, de que nunca se iba a alejar de ella, de que sus besos nunca terminarían. Entreabrió los ojos y distinguió sus párpados cerrados, sus cejas oscuras, su cabello alborotado. Su cabello todavía negro y ensortijado. El mismo de su infancia, de su juventud, de antes, de las montañas, del frío, de Albort.

De pronto, varias imágenes fugaces restallaron como latigazos en su mente y sacudieron sus entrañas con violencia: un hombre con el cabello rubio entrecano, una niña que reía feliz mientras daba vueltas para que el bajo de su vestido flotara en el aire, una mujer —ella— que leía plácidamente junto al fuego del hogar. Apoyó las manos en los hombros de Attua y presionó para que parara.

—No podemos volver atrás, Attua. Nuestras vidas son lo que son.

Él abrió los ojos muy despacio, como si estuviera hipnotizado.

—No quiero volver atrás. Quiero seguir hacia delante. Contigo. Toda mi vida ha sido una equivocación. Ahora las cosas han cambiado. No tengo por qué volver a Albort. Y tu situación es diferente. Podrías recuperar tu libertad...

—Demasiado tarde —murmuró ella.

—No digas eso, Cristela. Estamos juntos aquí, ahora. Deja que te ame.

Attua no podía soportar pensar en perderla otra vez, en volver a Albort, en continuar ¿con qué?, ¿con una vida de mentira? Le subió los brazos con un movimiento suave y con una mano le sujetó ambas muñecas sobre la cabeza mientras deslizaba la otra despacio hacia abajo, acariciándole la axila, el pecho, la cintura y la cadera.

Cristela se ordenó mentalmente obligarle a que parara. Se había tenido que acostumbrar a que los besos y caricias de Attua solo fueran un recuerdo. Temía a las consecuencias en su alma de abandonarse a esa nueva realidad. Sin embargo, su garganta no la obedecía. Todo su cuerpo tenía voluntad propia. Le resultaba natural entregarse a él como todas las veces que lo había hecho antes. Sus piernas se abrieron para mantener el equilibrio y para que él pudiera situarse entre ellas. Su tronco quería retorcerse y arquearse para recibirlo. Quería que no cesara la ligera presión que el de él ejercía sobre su carne y sus huesos contra la roca, provocándole punzadas de calor y placer. Reaccionaba a su cercanía con el mismo deseo de siempre, de manera primaria, salvaje. Sus ojos no se perdían ni un movimiento, ni un gesto del de Attua. Su voz debería pedirle que se fuera, pero no lo hacía. Cristela no quería que lo hiciese; no había nada que deseara más en ese momento que sentir la fuerza y la corpulencia de Attua. Un último beso, pensó. Una última caricia. Solo una más. Ya razonaría luego. Ya se arrepentiría, tal vez, o no —¿cómo saberlo?— más tarde.

Attua intensificó sus caricias. Buscó el pecho de Cristela con la mano libre y lo acarició. Le sujetó el cuello y la cara y mordió sus labios con deleite. Luego, deslizó la mano hacia abajo para levantarle la falda y acariciar su muslo. No recordaba la última vez que había experimentado ese estado incontrolable de excitación. Continuó buscando su objetivo bajo la suave seda de la camisola de Cristela. Necesitaba introducirse en ella, sentir su calor y proporcionar a su alma alivio tras el frío acumulado durante años. Quería un estallido violento, un cambio profundo, una agitación, un festín de lujuria, la insurrección de su espíritu contenido por días y días de moderación, de mesura, de sobriedad.

De vacío.

Liberó la otra mano de Cristela para ayudarse a levantarle las faldas y se apretó más contra ella para mantener la tela sobre su cintura. Notó con placer cómo ella se aferraba a sus hombros, alzaba una pierna y la colocaba alrededor de su cadera. Apoyó su mano extendida en su nalga y le sujetó el muslo con el antebrazo.

Buscó la mirada de Cristela. Buscó su conformidad. Como siempre había hecho en esos segundos de íntima complicidad antes de fundirse en uno. De placer sublime. De revelación. Eso eran ambos, desde el principio de sus tiempos.

Uno.

Y volverían a serlo, pensó.

Entonces, por primera vez en sus vidas, ella se quedó súbitamente quieta, rígida, como si en el último instante una fuerza oculta hubiera logrado controlar su voluntad, su deseo.

—No... —murmuró Cristela.

Attua se detuvo y la miró.

Un halo de profunda tristeza enturbiaba la firme determinación de su amada. Comprendió que ahora él era el único soldado en esa batalla contra la frustración y el deseo largamente contenido. Tenía que controlarse, renunciar al impulso de poseerla, obedecer a la razón, al sentido común, al honor. La sangre le palpitó en las venas pidiendo osadía.

Pero él jamás le haría daño.

Ambos permanecieron unos minutos en silencio, con los ojos cerrados, las frentes unidas, recuperando la conciencia de los sonidos a su alrededor. El agua del lago. El eco de sus respiraciones agitadas en la oquedad. Las gotas de la roca estrellándose contra el suelo.

—Lo siento, Attua —dijo Cristela, por fin, en voz baja pero firme—. No debo, no puedo...

Cómo odió Attua esas palabras.

Separó su rostro del de ella y la miró a los ojos.

—¿Es por Shelton? No pensaste en él cuando me trajiste a Ruán. ¿Recuerdas cómo nos amamos? Te estremecías entre mis brazos, como ahora.

—Me hablas de hace años, Attua. Entonces yo... Las cosas han cambiado. Yo he cambiado.

—¿Es por este lugar? —preguntó entonces él en tono hiriente, presa de un súbito arrebato de frustración, mientras se liberaba del abrazo que aún los unía—. ¿Has conseguido todo el lujo que deseabas? —Se arrepintió de sus palabras en ese mismo instante. Tomó su mano y se la llevó a los labios—: Lo siento, Cristela. No quería decir eso.

—No dejaré a Shelton —le respondió ella con suavidad—. Y mucho menos a mi hija. Tú deberías comprenderlo mejor que nadie. Te lo pedí una vez y tu lealtad hacia Davina pudo más que tu amor por mí. Pero la lealtad no es lo único que me refrena.

—Entonces... —murmuró él, sin mirarla de frente, temeroso de plantear una pregunta cuya respuesta tampoco quería escuchar—, ¿ya no queda nada entre nosotros?

A Cristela se le llenaron los ojos de lágrimas.

—Queda todo, intacto desde el comienzo de nuestro tiempo, juntos... No me costaría nada ahora entregarme a ti. —La voz se le quebró—. Pero si lo hiciera, si te amara con la intensidad que me piden mi alma y mi corazón, luego volvería el dolor. Necesitaría de nuevo años para calmarlo. Solo quiero vivir en paz, y contigo eso no es posible. He conseguido no sufrir por ti, Attua. Jamás pensé que te diría esto, pero, si me amas de verdad, te suplico que te marches. No puedo irme de aquí y no me basta con unos momentos de pasión.

Attua se apartó unos pasos.

—Entonces, das lo nuestro por terminado. Nunca más...

—Siempre seremos amigos...

—No me basta con tu amistad —la interrumpió Attua. La cueva comenzaba a resultarle asfixiante. Aturdido, se encaminó hacia la escalera y ascendió un par de peldaños. Luego se detuvo y dijo—: Mañana al amanecer nos iremos.

Cristela permaneció allí un largo rato. Se arregló las ropas. Se cobijó bajo su chal. Cruzó varias veces la pequeña superficie de la cueva en círculos y en diagonal. Palpó la pared donde se había apoyado para disfrutar de Attua. Dejó que las lágrimas rodaran por sus mejillas. Sollozó. Y cuando ya no había sino oscuridad a su alrededor, salió y tomó un camino repleto ahora de sombras alargadas para regresar a casa.

Pero no se dirigió hacia el poblado, sino hacia el palacio. Pierre le abrió la puerta principal.

—¿Dónde está el señor? —preguntó Cristela.

—Esperando para la cena en su despacho con la niña.

—No les diga que estoy aquí. Mande a la doncella a mi habitación y cuenten conmigo para la cena.

Ascendió la majestuosa escalinata de madera tallada que nacía en el gran vestíbulo de suelo de mármol y conducía a los dormitorios.

Tomó un baño. Se frotó la piel con fuerza como si quisiera arrancársela, como si pudiera borrar así el rastro de Attua sobre ella; como si aquellos días juntos en la casita azul no hubieran existido; como si no se hubieran besado y acariciado con desesperación en la cueva. Ojalá pudiese devolver a Attua al mundo de los recuerdos, pensó, donde estaba bien controlado, donde no podía dañarla tanto como su presencia. Ojalá volviera a convertirse en una sombra del pasado que habitaba al otro lado de las montañas sin intervenir en su vida... Pero lo había visto. Lo había tocado. Y Attua le había pedido lo mismo que ella a él años atrás. Que huyeran juntos. Que podría recuperar su libertad, le había dicho el muy egoísta. Le había pedido que hiciera lo que él no había sido capaz de hacer. Lo que tampoco ella podía hacer.

¿O sí?

Se frotó con más fuerza.

Lo sabía. El sufrimiento regresaba.

Maldito fuera.

Se arregló el cabello y se puso un cómodo y delicado vestido blanco de muselina; el más ligero que encontró para contrarrestar la pesadez de su espíritu.

Se dirigió al comedor y Anette corrió a su encuentro en cuanto la vio, emitiendo grititos de alegría. Se fundieron en un largo abrazo.

Su esposo también se acercó a ella y la rodeó con sus brazos. Cristela alzó la mirada hacia él.

—Siento haberme expuesto al peligro —le dijo—. Ya ha pasado. Me alegro de estar de nuevo en mi casa.

Shelton percibió una sombra en su mirada, pero no dijo nada.

—¿Por qué hemos venido aquí? —protestó Ruán, con la extraña sensación de que ya había estado allí antes.

Entraban en esos momentos en una pequeña población alargada de tejados de color anaranjado entre campos delimitados por árboles de diferentes tamaños.

—Vamos a ver a tu tío —respondió Attua.

En las horas compartidas con Cristela en la casita del poblado de Beauval habían tenido tiempo de hablar de muchas cosas. Así, se había enterado de que Matías se había casado con Alize a principios del otoño y pasaba la mayor parte del tiempo en Capvern.

Al pensar en Cristela, sintió una nueva punzada de dolor en el pecho. No la había vuelto a ver después de su encuentro en la cueva. Habían abandonado la propiedad a primera hora de la mañana, sin despedirse siquiera. Belisa había protestado por no poder hablar con ella y agradecerle su ayuda, y Attua le había mentido diciendo que ya lo había hecho él. Belisa no era tonta; supuso que algo raro había sucedido, pero se limitó a obedecer a su hermano.

Attua no había podido dormir en toda la noche, dándole vueltas a las palabras de Cristela. Tenía que reconocer que había llegado a ilusionarse con el hecho de que su sueño de conseguirla para siempre por fin podría convertirse en realidad. Pero ¿cómo se le había podido ocurrir que ella abandonaría a su familia para volver con él? Había sido un egoísta y un estúpido. Ella tenía razón: él debería comprenderlo mejor que nadie. Le había jurado que la amaba y, sin embargo, había decidido asumir sus responsabilidades durante años. De nuevo tendría que acostumbrarse a vivir sin ella. Por mucho que se rebelase en su interior, tendría que habituarse, tal vez, a la pérdida definitiva. Y quizá fuese lo mejor, sobre todo para ella. Él jamás podría ofrecerle todo lo que la vida le ofrecía junto a Shelton.

Aunque nunca había estado antes en Capvern, Attua los guio en dirección a la iglesia. Cristela le había dicho que a su lado estaba la escuela, y junto a ella vivían Alize y Matías. El alboroto de unos niños les confirmó que estaban cerca.

Se detuvieron por fin junto a la valla que rodeaba el patio donde jugaban, ataron las caballerías y esperaron a que la mujer que los vigilaba se aproximara para decirles quiénes eran. Ella corrió en busca de Matías, que no tardó en aparecer, con la sorpresa reflejada en el rostro, bajo la mirada curiosa de los niños que, en silencio, no perdían detalle de la escena.

—¡No me lo puedo creer! —exclamó abrazando a su sobrino en primer lugar—. ¡Vosotros aquí! ¡Cuánto me alegro de veros!... —Su expresión se ensombreció de repente—. ¿Dónde está Davina? ¿Se ha quedado con mis padres? ¿Ha pasado algo?

—Tendremos tiempo para hablar —dijo Attua—. Ruán está cansado. —El viaje no había sido largo, pero aún seguía convaleciente—. ¿Tienes donde alojarnos hasta que encontremos otro sitio?

Alize se llevó las manos a las mejillas.

—*Ceci est Roman... Ruán?* —preguntó.

Ruán la miró. Su tono de voz, su cabello claro rizado,

su sonrisa... La mujer le resultaba familiar, al igual que la casita de color crema con postigos pintados de azul claro.

—Tengo la sensación de haber estado aquí antes. —Miró a su padre—. ¿Fue aquí donde me encontró la señora Cristela?

—¡Tienes buena memoria! —Matías le pasó un brazo por los hombros—. ¿Y qué has hecho estos meses que ya eres casi tan alto como yo? —Ruán sonrió—. Vamos dentro... Luego nos encargaremos del equipaje. No puedo esperar a saber noticias de Albort.

Minutos más tarde, sentado a la mesa de la cocina, su actitud jovial había desaparecido por completo. Tenía que asimilar que la epidemia de cólera había terminado con la vida de su madre, de su hermana y de su sobrina recién nacida.

—¿Y mi padre? —preguntó haciendo un terrible esfuerzo por contener las lágrimas—. ¿Lo dejasteis allí? —Lanzó a Attua una mirada acusadora.

—Insistió en que nos fuéramos —se defendió este—. Como yo, pensaba en Ruán y en el recién nacido. —Bajó la voz—. Ni siquiera sabe que Davina y la pequeña están muertas...

—Tal vez tampoco él esté vivo ahora... —Matías se mesó los cabellos—. Debo volver a casa... Mi padre me necesita.

—No sé si es lo más prudente —dijo Attua—. Y no me refiero solo a la enfermedad. Si te cogieran, no harías sino aumentar su tristeza. —Ambos sabían de qué hablaba. Con la reciente finalización del bienio progresista de Espartero, el brevísimo lapso liberal de O'Donnell y la vuelta al poder de los moderados el pasado mes de octubre, aún ignoraban qué ocurriría con hombres como Matías. De momento, estaba más seguro en Francia.

Matías golpeó la mesa con la palma de la mano.

—¡Prudencia! ¡Tu palabra favorita!

Se levantó y salió a la calle dando un portazo. Belisa, Attua y Ruán permanecieron en silencio. Minutos después, Matías regresó.

—Lo siento, Attua. No debo culparte de nada. —Se sentó—. Sé que la epidemia ha causado estragos en todas partes. Otros han hecho como tú. Hace poco estuve en Cauterets y conocí a una viuda que había cruzado la montaña con sus tres hijos. ¿Sabes quién era su marido? Alfredo.

Attua sintió un nudo en la garganta. Recordó la última vez que lo había visto, cuando se despidió de él junto a las primeras obras de las termas de Albort, y su amigo le entregó aquella carta con la que renunciaba a Belisa. Una eternidad. Una vez Alfredo le había dicho que era un necio por rechazar a una muchacha como Cristela por miedo a que ella no fuera feliz en un lugar como los baños de Albort. Se preguntó si su amigo habría sido feliz con la mujer que su padre había dispuesto para él. Nunca podría saberlo… En el par de cartas que se intercambiaban año tras año, se ponían al día de los asuntos de cada uno, sobre todo de aquellos que tenían que ver con obras e inversiones. El tono cordial había sustituido al cómplice de la juventud. Y, aunque se avergonzara en secreto de reconocerlo, él había tenido parte de culpa. Se había cansado de escuchar los logros que el otro conseguía en Panticosa gracias al dinero de su mujer mientras él tenía que partirse el espinazo y trabajar con las manos. El tiempo había conseguido que también él se convirtiera en un hombre envidioso.

Miró a Belisa y compartió su expresión abatida. La muerte avivaba los recuerdos. Y terminaba con todos los sueños.

—Me sentí en la obligación de ayudarla en lo que pude —continuó Matías—, después de todo lo que él hizo por mí una vez... —Guardó silencio al recordar aquella huida de Madrid—. Podéis quedaros aquí todo lo que queráis. No tenemos mucho espacio, pero al lado hay una casa vacía que seguro que nos alquilan por poco dinero.

—No será necesario —intervino Belisa con voz firme—. Si el tiempo sigue así de seco, volveremos a Albort enseguida. —Su hermano la miró con extrañeza—. Sí, Attua. Quiero irme... —la voz se le quebró cuando pronunció la palabra— a casa.

A la mañana siguiente, un repentino temporal frustró sus deseos. Durante dos semanas llovió sin parar día y noche y la temperatura descendió bruscamente, cubriendo la tierra con la frialdad propia de finales de diciembre. Si las colinas cercanas mostraban sus cumbres espolvoreadas de nieve, las montañas lejanas, invisibles por culpa de los nubarrones grises, estarían ya cubiertas por completo, y los pasos fronterizos, con toda seguridad, intransitables.

No tuvieron más remedio que alquilar la casita de al lado y establecer allí su hogar temporal en el que los días pasaban para Attua con una lentitud insoportable. A pocas leguas de allí estaba Cristela; tan cerca que podría ir a visitarla en cualquier momento. Pero sabía que no debía hacerlo. Tenía que emplear toda su energía en recordárselo a sí mismo. ¿Qué sentido tendría incidir en los mismos argumentos? A veces, en el lecho, soñaba con que Shelton moría y Cristela recuperaba su libertad. Se preguntaba si entonces ella querría volver con él...

Disponer de tanto tiempo libre lo desquiciaba. Ojalá hubieran podido regresar a Albort. Allí siempre tenía algo que hacer. Cómo comprendía a Belisa. Había cambiado en los últimos días, desde que supo de la muerte de Alfredo. Si era ya de por sí una mujer callada, ahora apenas abría la boca. No quedaba ni rastro de la alegría de su juventud. Y tampoco mostraba la sabia hosquedad de su madre. Se limitaba a cumplir con sus obligaciones domésticas con metódica habilidad. No podía haber nada peor que el fin de la esperanza, pensó. Belisa esperaba ya poco de la vida. Y lo que él había deseado desde su infancia cada vez estaba más lejos de ser alcanzable.

El único que parecía feliz era Ruán. Volvía a ser el joven alegre y lleno de energía de antes. Asistía a las clases de Alize y jugaba con los demás niños, que lo habían acogido con afecto. Se reían de su acento, aunque aprendía francés con una facilidad increíble, tal vez porque recordaba aquellos meses pasados con Cristela y Shelton durante su infancia. Y él les enseñaba a hablar español.

Attua envidió su sencillez infantil, que pronto se vería reemplazada por la inquietud juvenil. Había sido capaz de superar con normalidad las terribles circunstancias de las muertes de su madre y de su hermana. Se refería a ellas con cariño, pero sin dolor, como si hubieran partido de viaje y cualquier día fuera a reencontrarse con ellas.

La vida no dolía a su edad, pensó Attua, mientras contemplaba desde la ventana cómo se despedían los niños el último día antes de las vacaciones navideñas. A su edad, la vida era demasiado novedosa. La vida dolía cuando comenzaba a pasarte por sus engranajes, moliéndote el cuerpo y el alma.

La puerta se abrió y entró Matías. Traía una carta entre las manos.

—Todos los años Cristela nos invita a Alize y a mí a pasar la Nochevieja con su familia. Suelen acudir Aurore y otros amigos. He pensado que os gustaría acompañarnos. Estoy seguro de que, si le decimos que todavía estáis aquí, no dudará en invitaros también.

—No creo que sea buena idea… —dijo Attua sin pensar. Matías frunció el ceño.

—¿Por qué? Ruán me contó lo bien que se portó con vosotros y lo cariñosa que se mostró con él especialmente. —Se quedó pensativo unos instantes antes de añadir—: No me digas que después de tantos años aún piensas en ella…

—No es eso —se apresuró a aclarar Attua. No tenía ninguna intención de compartir sus sentimientos ni con él ni con nadie. Le ofreció otra excusa—: Me intimida su vida, el palacio, ya sabes…, en lo que se ha convertido.

—Te comprendo porque a mí me pasó lo mismo al principio. Pero he de reconocerte que espero esta cita con entusiasmo. Cristela y Alize se quieren y a mí siempre me ha tratado como si fuera su hermano. Supongo que nuestra amistad mantiene vivo el recuerdo de nuestra infancia en Albort. Cada vez nos queda menos que nos vincule a esa tierra.

—Tú tienes tu casa allí. Cuando las cosas se calmen del todo, tendrás que ocuparte del patrimonio familiar.

—Me parece que eso le tocará a Ruán… Si a ti te parece bien, claro. El otro día, cuando te dije que tenía que volver para cuidar de mi padre… Bueno, eso fue un impulso de hijo. —Matías se rascó la cabeza—. La verdad es que yo ya me he hecho a Francia y mis objetivos no han cambiado ni un ápice. Seguiré luchando por lo que creo. Aquí me siento acompañado por muchos como yo.

—Pronto no habrá castillo que tomar. —Attua le contó la amenaza que pendía sobre el fuerte militar, que podría ser desmantelado si su tío Ricardo no lograba evitarlo.

—¡Más fácil me lo pones, entonces! —Matías se rio, enigmático, antes de añadir con seriedad—: Es más importante conquistar el espíritu de las gentes que un montón de piedras.

—¿Y qué opina Shelton de tus ideas? Cristela me comentó que te llevabas bien con él... Francamente, me sorprendió. Representa todo lo que detestas.

Matías pensó su respuesta unos segundos.

—Shelton es como la montaña más alta que yo haya ascendido. Envidio la elegancia con la que se codea con las nubes. Envidio el distanciamiento con el que observa los artificios del mundo. Y eso, a un tiempo, me atrapa. Una vez que has puesto tu corazón en su cima, siempre se vuelve. —Se encogió de hombros y sonrió—. Qué le voy a hacer... Shelton es un hombre extraordinario. Creo que Cristela es feliz con él, aunque yo no podría vivir en esa jaula de oro. Ya me conoces. Prefiero la libertad. —Levantó la carta en el aire—. No sé si te he convencido. Me refiero a la fiesta... Suele ser divertido. Cada año, Aurore le cuenta a Alize entre risas cómo nos conocimos.

—Lo pensaré —dijo Attua, aunque sabía que no iría. Jamás se permitiría cogerle afecto a Shelton. Entonces recordó algo—. Espera un minuto.

Se dirigió a la planta superior, donde estaba su dormitorio, y rebuscó entre sus cosas. Regresó con Matías y le entregó la pistola que una vez le quitó a Gabino.

—Es de Aurore. Si la tienes tú, seguro que la recupera. Sé que le hará ilusión.

Attua lanzó un último vistazo a la Le Page y sintió una punzada de nostalgia. Era un objeto sin más, pero las manos por las que había pasado resumían más de una década. Aurore. Saulo. Gabino. Cristela. Clemente... En algún momento Gabino la había vuelto a recuperar, supuso que al reclamar los objetos personales de las muchachas, y luego él se la había arrebatado. Desde entonces la había guardado, esperando la hora de devolvérsela a su dueña, y no solo porque creía que era lo correcto, sino porque sabía que estar cerca de Aurore podía significar encontrarse con

Cristela, en Luchon, en Montréjeau, donde fuera. Pero todo eso había sucedido hacía demasiado tiempo. Cuántos habían muerto ya; cuántas despedidas; cuántas renuncias.

Attua tuvo la extraña sensación de que entregarle esa pistola a Matías significaba deshacerse de parte de su pasado.

Como si se cerrara un ciclo de su vida y se abriera otro nuevo.

Sin Cristela.

Otra vez.

40

Cristela soportó la cena de Nochevieja como pudo, pero poco después de que todos los relojes de péndulo marcaran el comienzo del nuevo año, en un sincronizado concierto de campanadas tan simpático para todos y tan odioso para ella en su actual estado de ánimo, se derrumbó por completo, sin importarle que hubiera testigos.

Su carácter había cambiado y, como apreció Aurore en las dos semanas que llevaba allí, también el ambiente del palacio. Cristela, ojerosa y nerviosa, permanecía largos ratos ensimismada, como si algo la atormentara, y daba paseos sola, siempre en la misma dirección —la cueva del lago—, adonde tenían que ir a buscarla al anochecer. Apenas prestaba atención a Anette, que se pasaba la mayor parte del tiempo requiriendo la compañía de Aurore y Darya, puesto que tampoco Shelton se mostraba tan extrovertido como de costumbre y respondía ceñudo a cualquier comentario de los invitados.

En la lujosa sala contigua al comedor, de gruesas alfombras sobre el entarimado, cortinas de seda rosadas y grandes espejos de marcos dorados alternándose en las paredes con cuadros y grabados, donde acababan de brindar y desearse lo mejor para ese 1857 que justo comenzaba, los silencios ahora eran más largos que los momentos de animada conversación. En uno de ellos, Matías aprovechó para entregarle un pequeño paquete a Aurore. Cuando ella lo abrió y reconoció su pistola, emitió una exclamación de sorpresa.

—¡Pero cómo la tienes tú!

—Attua me pidió que se la entregara. —Matías le contó cómo había llegado a él, añadiendo que probablemente nunca encontraran la otra, en manos del desaparecido Saulo.

—Al menos me queda esta. No sabes cuánto te lo agradezco. Pertenecían a mi padre... —Aurore se dio cuenta de que Cristela se sujetaba con fuerza al brazo del sillón y se erguía ligeramente. Sabía que Attua y su familia habían pasado unos días en Beauval para que Ruán se restableciera, pero nada más, porque ni Cristela ni Shelton hablaban de ello—. ¿Y cuándo te la dio?

—Attua está en nuestra casa. —Matías señaló a Alize—. No ha podido irse todavía por las nieves. —Sin ser consciente de que no estaba siendo oportuno, añadió mirando a Shelton y a Cristela alternativamente—: Cuando recibí vuestra invitación, lo animé para que nos acompañara hoy... Pensé que no os importaría, después de los días que acababa de pasar aquí, pero prefirió no hacerlo. Yo creo que a Ruán le habría gustado...

—Y a mí también me habría gustado saludarlos —dijo Aurore—. Díselo de mi parte. Tal vez vaya a visitarlos...

Entonces, Cristela se levantó. Sin decir ni una sola palabra y sin poder controlar un sollozo, salió de la sala y corrió hacia las escaleras, rumbo a su habitación. Se tumbó en la cama y dio rienda suelta a su desconsuelo.

Attua aún seguía cerca, apenas a un par de horas de distancia. Todavía no se había marchado. Podría ir a verlo a la mañana siguiente si quisiera. Pero ese era el problema que no la dejaba vivir ni pensar con normalidad: que no sabía lo que quería. Con el paso de los días, sus pensamientos y su malestar habían ido cambiando de dirección y las dudas habían comenzado a consumirla. Una vez ella le había recriminado que no tuviera las agallas de abandonar a su mujer embarazada para que ambos pudieran fugarse juntos. Durante años lo había culpabilizado a él de su separación y de tantos momentos amargos de su vida. Ahora que él le había pedido lo mismo, ella había sido la cobarde. Le había asegurado que nunca abandonaría a Shelton ni a su hija, que había cambiado, que había conseguido no sufrir por él. ¿Por qué había hecho eso? ¿Hacia dónde iba su engaño? ¿Quería o no estar con él?

Tal vez Attua tuviera razón y en el fondo no quisiera abandonar esa vida cómoda y lujosa en Beauval. ¿Qué haría en los baños de Albort ahora? ¿Convertirse en una mujer descolorida como Celsa, Davina o Belisa? ¿Contagiarse, como ellas, de la hierba marrón, de las rocas salvajes, de la desolación de los inviernos, de la melancolía de las cumbres, del desierto de la nieve y el silencio? Él le había sugerido que ya era libre para marcharse a otro sitio, que no tenían que instalarse necesariamente en Albort... ¿Y adónde irían? ¿Qué tipo de trabajo encontraría él? ¿De jornalero? ¿De obrero en una de esas fábricas de la ciudad? ¿Y qué haría ella? ¿Esperar en compañía de Belisa a que él llegara agotado cada noche? Se estremeció. Esta opción casi le resultaba más terrible que la de los baños de Albort. Ahora que lo tenía todo, ¿podía estar completamente segura de que no lo echaría de menos al sustituirlo por Attua?

Ese era el terrible dilema que la corroía. La vida no la había sometido ni a la mitad de las pruebas por las que había pasado Attua. Y era a él a quien había exigido coraje, cuando ella no lo encontraba para tomar la única decisión que les permitiría estar juntos.

Su llanto se intensificó.

Cómo odiaba amar tanto a Attua; tanto como para desear que él no existiera.

Solo entonces sería completamente libre para seguir con su vida.

Aurore tomó las riendas: pidió a una de las criadas que acostara a Anette y dio la velada por concluida. Los invitados se fueron retirando a sus dormitorios. Shelton se quedó en la sala y se sirvió una generosa cantidad de brandy del que fue dando buena cuenta en un sillón frente a los grandes ventanales orientados hacia el sur, hacia las montañas. Qué curioso era eso de la perspectiva, pensó fugazmente mientras se desanudaba el pañuelo del cuello que sentía que le asfixiaba. En España, había que dirigir la vista hacia el norte para verlas. En Francia, hacia el sur. Esas cumbres respondían a los mismos nombres a ambos lados de la frontera; no obstante, ofrecían tantas caras como para considerarlas por completo diferentes.

Escuchó que la puerta se abría y giró la cabeza. Aurore entró y se sentó en silencio junto al fuego.

Al cabo de un buen rato, sin volverse, Shelton dijo con voz pausada aunque tensa:

—Me imagino que sabías que Attua no era su familiar cercano precisamente… Te tengo por una buena amiga. Deberías habérmelo dicho.

—No habría cambiado nada.

—Para tener alguna opción de vencer, no está mal conocer al enemigo.

—Attua no es tu enemigo.

—¡Por Dios, Aurore! —explotó Shelton—. ¡Cristela se pone enferma al despedirse de él! —Se levantó y se dirigió hacia ella con la bebida en la mano—. Cuando evité que la secuestraran pensé que tenía los nervios hechos trizas por el mal trago, por lo que pasó en su casa y su huida. Cuando regresó de dejar a Ruán con sus verdaderos padres, pensé que no superaría la separación del niño. Ahora he comprendido la verdadera razón. Leí sus escritos…

—¿Desde cuándo te dedicas a espiar a tu esposa? —le recriminó ella—. Te tenía por un hombre…

Shelton alzó una mano en el aire para interrumpirla.

—Oh, vamos, no me vengas con esas… Antes de que me insultes, te diré que fue por casualidad. Pero eso da igual ahora. —Tomó un largo sorbo de un solo trago—. Esta vez no pienso hacer nada para ayudarla a curarse. Tendrá que ser ella quien decida.

—Te arriesgas mucho con esa actitud… Podrías perderla.

—Mi esposa no es una de mis propiedades. Su libertad me importa tanto como la mía.

Shelton se apoyó en la repisa de mármol blanco de la chimenea, como si necesitase aunque fuese un mínimo soporte para su ánimo tambaleante.

—La quiero tanto… —musitó con voz entrecortada y la vista fija en algún punto indefinido del suelo— que no quiero ni pensar en que puedo perderla.

Aurore sintió una punzada de tristeza por Shelton. Y también a ella la situación le resultaba desconcertante después de tantos años. Hubiera jurado que Cristela había conseguido ser completamente feliz con su pequeña familia de Beauval.

—Y estoy segura de que ella también te quiere, Shelton —dijo en voz bajita y conciliadora—. No seas injusto. Tú no has tenido que renunciar a nada en tu vida. Cristela sí. Tú has conseguido el hogar que deseabas gracias a ella, no lo olvides. Tienes una familia y has construido tu sueño justo donde querías, frente a las montañas, que son tu pasión. A ellas vas y vuelves cuando quieres. Attua fue la gran pasión de Cristela. Y aquellas pasiones que no se satisfacen se convierten en una pesada carga emocional para toda la vida.

Shelton permaneció unos segundos en silencio asimilando aquellas palabras. De pronto, arrojó el vaso contra los troncos del fuego con tanta violencia que estalló en mil pedazos. Caminó hacia la puerta y antes de marcharse masculló:

—¿De qué me sirve todo si…? Yo debería ser su pasión, maldita sea.

41

Como un animal enjaulado, Cristela daba vueltas por el amplio vestidor de la habitación en la que hacía semanas que no dormía con Shelton, presa de una excitación incontrolable. Aurore, que al final había ido a visitar a Attua y a su familia, le acababa de decir que estos se irían de Capvern a comienzos de marzo. Y eso significaba que solo le quedaban unos pocos días para decidirse. O se marchaba con él ahora o ya no lo haría nunca.

—¿Y no has traído ningún mensaje para mí? —preguntó por fin en voz alta, conteniendo el aliento.

La francesa no era tonta. Cristela no se creía que los hubiera visitado por cortesía. Seguro que había hablado con Attua para sonsacarle información, para mediar entre ambos, para ayudarla de alguna manera.

—No —respondió Aurore desde uno de los sillones de la habitación—. Solo que se marcha.

Cristela soltó el aliento. ¿Y qué esperaba? ¿Que Attua siguiera insistiendo cuando ella había sido tan clara? ¿A quién sino a ella le correspondía dar ahora el siguiente paso?

—¿Y por qué le regalaste la pistola a Ruán? —preguntó también, esta vez para aparentar una tranquilidad que no sentía.

—Ya la daba por perdida... Bueno, y no se me ocurrió mejor recuerdo de mi parte que pudiese conservar, ahora que ya es un hombrecito. Yo también le cogí cariño cuando estuvo aquí de pequeño... —Suspiró levemente—. ¿Sabes? Me dijo que se acordaba de mí.

Sin prestar mucha atención a las siguientes palabras de Aurore, Cristela trató de serenarse y ordenar sus pensamientos. Deslizó las manos por la seda dorada que cubría las paredes y acarició los vestidos colgados envueltos en finas telas. ¿Cuántos baúles se llevaría? ¿Cuáles eran los objetos personales de los que no querría prescindir? ¿Qué ropa? La mayor parte de sus vestidos, aunque sencillos, serían demasiado ostentosos para un lugar como Albort, al igual que la más pequeña de sus joyas...

Parecía que su mente se entretuviera en aquellos objetos para no pensar en su posesión más importante; la única que podía competir con el amor que sentía por Attua, poniéndolo a prueba a cada instante, en una odiosa balanza imaginaria que fluctuaba a cada segundo.

Anette.

La niña nunca lo comprendería. Nunca se lo perdonaría.

Entonces pensó algo en lo que no había pensado en años. ¿Se habría tenido que enfrentar su propia madre a un dilema semejante antes de abandonarla? ¿Habría sido ella un estorbo para su fuga? Cuántas veces le habían repetido que su madre tenía que ser una de aquellas mujeres de la tierra baja que cruzaban a Francia en busca de otra vida, porque en un lugar tan pequeño como Albort, una joven embarazada no hubiera pasado desapercibida. ¿Abandonaría a su propia hija, que ya tenía memoria para recordar el rostro, la voz y las caricias de su madre?

Una voz diabólica surgió en su interior.

Oh, pero los niños tenían la pasmosa habilidad de recuperarse fácilmente de sus traumas; solo había que ver a Ruán...

Sí, pero ella aún tenía pesadillas de aquellos días horribles en casa de Cosme.

Oh, bueno, entonces ya no era una niña. En realidad, pocas cosas recordaba con dolor de su infancia.

Sí, pero siempre había echado de menos a su auténtica madre. Su vida habría sido de otra manera si hubiera crecido en su propio hogar.

Sin duda, pero entonces no tendría todo lo que había conseguido. La ausencia de su madre, compensada por muy poco tiempo por aquella Gloria, la había convertido en una mujer fuerte.

Sí, pero a costa de tener que renunciar a Attua.

Bueno, eso era algo que ahora ella podía remediar…

Alguien llamó a la puerta del dormitorio y escuchó que Aurore abría y la llamaba.

Era Shelton, vestido con el cómodo atuendo que llevaba en sus largas caminatas. Sus manos se aferraban al mismo bastón de punta herrada de siempre, el que llevaba la primera vez que lo vio.

—Estaré unos días entre Bagnères-de-Bigorre y Barèges —le anunció él—. Quería que lo supieras.

—Y yo he pensado acompañar a Aurore a Luchon unos días… —mintió Cristela con cierta ansiedad, con un tono de voz demasiado agudo.

Shelton se acercó y la besó con suavidad en los labios.

—¿Existe alguna posibilidad de que no vuelvas? —preguntó entonces mirándola fijamente.

Las lágrimas acudieron a los ojos de Cristela. Shelton tenía la increíble capacidad de recordar todas y cada una de las frases que se habían intercambiado en los momentos importantes de sus vidas.

Parpadeó para que no la viera llorar y le respondió:

—Aún no me he ido…

Shelton hizo un vago gesto con el mentón y se marchó.

Aunque la nieve estaba todavía dura para alguna excursión no demasiado imprudente, en las montañas se intuía la primavera. Sin embargo, el más frío de los inviernos se instalaría en su corazón si al regresar ella no estaba en casa. Por primera vez en la vida dudaba que los hielos resplandecientes, el cielo azul y limpio, las cumbres vaporosas y las llanuras aterciopeladas pudieran calmar su miedo a perderla.

Cristela apoyó la cabeza unos instantes en la puerta cerrada. ¿Y si esa fuera la última vez que viese a su marido? ¿Qué recordaría de su despedida? ¿Su expresión extraña, su mirada ansiosa y dolida? ¿Acaso sospechaba cuáles eran los planes que estaba sopesando?

—Conmigo a Luchon... —dijo Aurore—. Estás pensando en abandonar a Shelton y regresar con Attua a Albort. ¿Es eso, *ma fille*?

Cristela no contestó.

—Shelton sabe por lo que estás pasando —continuó Aurore—. Él también sufre.

Shelton no lo sospechaba. Lo sabía...

—Claro, y por eso huye a sus montañas —murmuró Cristela con amargura.

Corrió entonces a abrir la puerta que daba a un pequeño mirador. De repente necesitaba sentir aire frío en el rostro. Salió, miró hacia abajo y esperó unos minutos a que Shelton apareciera, mirara hacia ella y se despidiese con una amplia sonrisa mientras agitaba la mano en el aire, como siempre hacía. Pero Shelton no apareció.

—¡Preferiría que me gritase! —chilló Cristela rabiosa—. ¡Que se enfadase y me encerrase en esta habitación!

—Pero ¿qué dices, locuela? —Aurore, sorprendida por el súbito arrebato de la joven, salió y la tomó suavemente por el brazo para que entrara—. Aunque buscases por todo el planeta, no encontrarías otro hombre tan educado como Shelton.

—¡Si me quisiera de verdad, iría a por él y lo mataría! —Cristela se arrojó sobre un sillón y enterró la cabeza entre las manos. Comenzó a sollozar—. ¡Me libraría de mi desgracia! ¡Su amor me destruye!

Aurore se sentó junto a ella, dispuesta a escucharla, consciente de que Cristela necesitaba desahogarse, verbalizar sus demonios.

—¡Oh, Dios mío! —exclamó de pronto Cristela alzando el rostro, como si acabase de darse cuenta de algo terrible—. ¡He consagrado mis sentimientos y mis pensamientos a un hombre egoísta!... ¿Qué he hecho con mi vida?

—Pero Shelton no es... —protestó Aurore.

—¡Me refiero a Attua! —Cristela se levantó e inició un caminar nervioso—. ¡Nunca ha pensado en nada que no fuera en sí mismo y su odiosa casa de baños! ¡Hasta Matías tiene más empuje que él! Al menos lucha por sus convicciones. Estoy segura de que no dudaría en morir si hiciera falta. Oh, pero Attua no... Siempre ha preferido dejarse llevar, mantenerse al margen con esa odiosa resignación. Todo lo que le pasa lo sufre en silencio y lo soporta. ¿Cómo puede? ¡Yo no puedo! ¡Cómo lo odio!

Aurore sintió lástima por todos ellos. Attua era un hombre atrapado en una vida no deseada; Cristela era una mujer atrapada entre dos vidas: la deseada y la real, que era envidiable. Comprendió cuán acertada había sido su primera impresión sobre aquellos jóvenes en Albort. Amar demasiado podía convertirse en una condena. No debería haberlo olvidado y se sentía culpable por ello. Y en medio de ambos, su querido amigo Shelton, de quien había aprendido que una persona tenía que ponerse metas, pues sin ellas nada se conseguía, y que tal vez ahora tuviera que asimilar que las metas conseguidas también podían ser arrebatadas.

—Quizá no debí animarte a casarte con Shelton —murmuró Aurore apenada—. Sabía cuánto os amabais Attua y tú, pero me aseguraste que aquello había terminado...
—Shelton tenía razón. Recordó sus palabras. Nadie podría ayudar a Cristela. Solo ella podría salvarse a sí misma—. Eres libre de hacerlo, Cristela. Si es lo que deseas, vuelve con él.

—¿Libre? —gritó Cristela con una ira que no desaparecía, sino que se avivaba al rememorar lo que le hacía sentir aquel lugar del que se había marchado hacía tantos años. Recordaba odiar el tedio, el aburrimiento extremo y las estúpidas cuestiones cotidianas de Albort. Con Shelton nada de todo eso había—. ¿Crees que en este punto de mi vida soy libre? —Abrió los brazos y alzó la vista hacia los altos techos de la habitación, abarcando en ese gesto todo el significado de Beauval: su maravilloso hogar en esos momentos; su familia.

—La libertad es precisamente decidir por uno mismo... —insistió Aurore en un tono algo más firme—. Poner en una balanza tus deseos y tus razones. Nadie dice que sea fácil, y comprendo que, en tu caso tan excepcional, compares con minuciosidad lo que ocupa cada platillo, pero déjame decirte que muchos, y sobre todo muchas, desearían estar en tu lugar. Si de algo te sirve, quiero que sepas que yo también respetaré tu decisión.

—¿Quieres decir que *también* Shelton la respetará? —Un dolor súbito la volvió injusta y no pudo evitar arremeter contra él—: ¡Tampoco a él le corre sangre por las venas! ¡No me basta con su amable comprensión, con su... insoportable educación!

—Oh, Cristela... Si hubiera algo que yo pudiera hacer... Pero me temo que en esto no puedo ayudarte.

Nuevos sollozos surgieron del interior de la joven, que apoyó el rostro en el frío cristal del balcón. Estaba desconcertada. Recriminaba a Attua su falta de coraje y pedía a Shelton el que a ella le faltaba. Salió de nuevo al mirador y miró hacia el horizonte.

—Lo que quiero es... —murmuró— volver atrás y empezar de nuevo... Lo que quiero es... vivir en paz.

Cerró los ojos y se dejó acariciar por la suave brisa que jugueteaba entre los pálidos rayos de ese día soleado. La tierra, cansada de tanto invierno, rezumaba humedad, como si comenzara a relamerse ante la cercanía de la primavera. La naturaleza se enfrentaba a sus propios cambios ajena a las inquietudes de quienes moraban en ella. Se mostraba impasible, incluso burlona. Era un único ser que caminaba siempre en la misma dirección, sin cuestionarse qué dejaba atrás con cada nuevo avance. Este súbito pensamiento la maravilló.

Cristela deseó que no hubiera habido en ella dos mujeres durante tanto tiempo: una que arrastraba un profundo desasosiego y otra que disimulaba sus verdaderas emociones y ofrecía al mundo exterior sonrisas y entusiasmo. Había tenido que explotar para librarse de la angustia que oprimía su corazón y para reflexionar durante días sobre sus deseos más íntimos, que no eran otros que... Pero ¿a quién pretendía engañar?

—Madame! —gritó Pierre desde abajo con una voz angustiada que Cristela nunca había escuchado—. ¡Baje! ¡Rápido! *Mon Dieu!* ¡Anette! ¡Oh, pobre pequeña! ¡En el poblado!

Seguida de Aurore, Cristela voló sobre el pasillo, las escaleras, el enorme recibidor y el patio de entrada. Con la mente paralizada por el miedo, corrió por el camino hacia el conjunto de casitas emplazado en el oeste de la finca. Enseguida divisó un grupo de hombres y mujeres en corro ante las caballerizas.

Pierre salió a su encuentro.

—¡No mire, madame, se lo ruego!

—¿Qué ha pasado? —chilló mientras apartaba al mayordomo que trataba de impedirle el paso.

Vio que un hombre se incorporaba con el cuerpo de una niña entre sus brazos, rumbo a la casita más próxima. Iba dejando a su paso un reguero de sangre.

Reconoció las ropas de Anette y sintió que su corazón dejaba de palpitar y que un profundo silencio envolvía todo a su alrededor, engullendo cualquier signo de vida. Se detuvo, al presentir que la muerte también se le acercaba a ella.

Entre tinieblas, escuchó la voz grave de Pierre:

—Se ha avisado ya al médico. Mientras tanto, solo podemos detener la hemorragia. Ha perdido mucha sangre. Fue Lune, madame. Nadie sabía dónde se había escondido para tener sus cachorros, pero la niña la encontró. Quiso acariciarlos y la perra la atacó. Con saña, madame.

Anette. Por su culpa. La había tenido olvidada. No se había ocupado de su hija. ¡Pero estaba viva!

La energía volvió a ella. Entró en la casita y acudió a su lado. La habían tumbado en la misma cama en la que tantas horas había cuidado de Ruán unos meses atrás. Estaba inconsciente y presentaba un aspecto poco tranquilizador, pero respiraba y Cristela dio gracias a Dios por ello.

Tomó las manitas ensangrentadas de la pequeña entre las suyas. Alguien le acercó una silla y Cristela se sentó a su lado, sin dejar de hablarle con todo el cariño que el dolor y el espanto le permitían.

Después de un rato que a todos resultó eterno, llegó el médico y la examinó cuidadosamente.

—Lo haré lo mejor que sepa —dijo monsieur Leduc mientras preparaba sus herramientas de sutura— para que no le queden cicatrices demasiado visibles. Por fortuna no le ha mordido en la cara. Sujétenla con fuerza.

Al primer pinchazo, Anette emitió un alarido y comenzó a llamar a gritos a su madre.

Cristela se acercó todavía más, cegada por las lágrimas, y le susurró al oído:

—Estoy aquí, mi pequeño amor. No me moveré de tu lado.

El dolor de su pequeña hizo que se olvidara de sí misma.

Una semana más tarde, el mismo día que Attua cumplía treinta y cuatro años, poco antes de que el calendario marcase el comienzo de la primavera, Belisa, Ruán y él llegaron a los baños de Albort.

Desde la casa de Matías hasta la misma frontera, Attua no había dejado de fantasear con que se encontraba a Cristela en algún punto del camino, o con que ella lo esperaba en el refugio francés. Seguro que Aurore le había dicho la fecha exacta de su partida. Pero había sido solo eso: un deseo tan intenso y punzante que parecía auténtico en su imaginación. La única realidad, la odiosa verdad, era que ella había decidido quedarse en Montréjeau y él volvía a Albort.

Un alud había destrozado parte de los establos, dejando como prueba los esqueletos de aquellos árboles que había aplastado a su paso. Las demás edificaciones, tanto de la parte alta como del llano junto al río, no habían sufrido daños.

En cuanto descargaron el escaso equipaje, los tres retomaron sus actividades cotidianas, como si nunca se hubieran ido; como si aquella fuera una tarde más de las muchas que habían transcurrido y de las que estuvieran por venir. Incluso Ruán, a quien la despedida de sus amigos franceses había entristecido, abandonó el carácter taciturnno que había mostrado durante el viaje y recorrió todas las estancias de la casa para comprobar que todo estuviera en orden.

A la mañana siguiente de su llegada, Attua bajó al pueblo con intención de visitar la casa de sus suegros. Nada más tomar la vía principal desde el norte, Albort le pareció un lugar sumido en tristes pensamientos. A diferencia de otros días soleados de primavera, no se escuchaban voces y poca gente transitaba por las calles, y quienes lo hacían mostraban una evidente delgadez y abatimiento de ánimo.

Subió por las escaleras con el terrible presentimiento de que tal vez Clemente hubiese fallecido también. Aunque la puerta no estaba cerrada con llave, no había nadie en la casa. Attua volvió a la calle para preguntar a algún vecino. Entonces se fijó en un anciano flaco, encorvado y arrugado que caminaba en su dirección portando un cesto. Le costó reconocer a su suegro. No podía creerse que alguien pudiera envejecer tanto en tan pocos meses.

—¡Attua! —Clemente clavó una mano huesuda en el antebrazo de su yerno—. ¡Gracias a Dios! ¿Y mi nieto?

—Está bien. Llegamos ayer de Francia. Nos alojamos en casa de Matías.

—No sabes cuánto me alegra oírlo. —Los ojos hinchados de Clemente se humedecieron—. Gracias por traerme tan buenas noticias.

Attua señaló el cesto en el que se veían unas patatas arrugadas y grilladas.

—¿Ahora se encarga usted de la comida?

—Ah, no sabes por lo que hemos pasado. El cólera invadió la tierra baja y durante meses no han dejado subir a nadie, ni arrieros ni transeúntes. Hemos sobrevivido con lo que había almacenado en las bodegas y trocando cosas con los vecinos. Vamos dentro, aún me queda algo de vino rancio. Hoy es un día de celebración para mí.

Fueron directamente a la cocina. Con lentitud, Clemente abrió un armario y extrajo dos pequeños vasos y una botella mediada de vino que colocó en la mesa de madera junto al fuego, donde hervía agua en un caldero. Llenó los vasos y se sentó, indicándole a Attua que hiciera lo mismo. Este no pudo por menos que añorar la abundancia de comida, la limpieza y el trajín de otros tiempos en esa casa. Supuso que a su suegro le costaría sobrellevar la ausencia de Isabel.

—Me imagino lo que estás pensando —dijo Clemente—. Esta casa está demasiado vacía. Espero encontrar pronto nuevos criados. Mientras tanto, me las voy arreglando como puedo. Intentamos todo contra esa peste y nada sirvió. Ni las rogativas públicas, ni la prohibición de llevar los cadáveres a la iglesia, ni habilitar un nuevo cementerio distante de la población, ni las recomendaciones de no comer frutas y verduras frescas y de no cometer excesos de ningún tipo. Los tratamientos a base de éter, láudano y sangrías tampoco funcionaron. En todas las familias han tenido que lamentar no una, sino varias muertes. No sé si sabes que tu primo Vicente también murió… La impresión que nos ha causado ha sido tan terrorífica que yo todavía me estremezco al escuchar el tañido de las campanas. Moría tanta gente a diario que, poco antes de Navidad, el ayuntamiento prohibió tocarlas para no asustar más a los vecinos. Pero los horrores del hambre han sido más terribles que la misma enfermedad. Quienes nos hemos salvado no recordamos otro invierno tan mísero como este.

Clemente permaneció con la mirada fija en su vaso antes de continuar:

—Cuando todo pasó, y antes de las nieves, mandé a un criado para saber de vosotros. Vio la pizarra sobre la tumba, con los nombres grabados de Davina y la pequeña Isabel. La angustia me ha consumido estos meses. Nada podrá consolarme por la pérdida de mi mujer, mi hija y mi pobre nietecilla, pero que Matías y Ruán estén vivos garantiza la continuidad de la casa. —Emitió un largo suspiro—. Nos costará volver a ser los de antes, Attua, pero en fin. No hay mal que cien años dure...

Attua admiró la fortaleza de Clemente y se repitió para sí esas últimas palabras, con las que no estaba de acuerdo. Para él, era imposible que alguien pudiera volver a ser el de antes después de tantos infortunios. Un poco más tarde, salió de la casa sintiendo una extraña opresión en el pecho, y comprendió que en el fondo se sentía culpable.

Él no había sufrido tanto como cualquiera de sus vecinos. Tras la muerte de Davina se había apresurado en marcharse no solo por la seguridad de su hijo, sino también por la urgencia de ver a Cristela. De alguna manera se sentía como un cobarde y un traidor. No había prestado ayuda a nadie, ni había proporcionado palabras de consuelo, ni había compartido su leña y su comida con los más débiles y necesitados como habían hecho su suegro y otros como él.

Iba a montar en su caballo cuando reconoció a su primo Braulio. Tampoco mostraba buen aspecto. No pudo evitar pensar en aquellos hombres a quienes se parecía: Damián y Ricardo. Sabía que el primero había muerto antes que Davina. Se preguntó qué vida llevaría el segundo.

—No pude darte el pésame por la muerte de tu padre —le dijo Attua estrechándole la mano—, y me acabo de enterar de lo de tu hermano.

—Yo también siento lo de tu mujer...

Permanecieron unos instantes en un silencio incómodo. Por fin, Braulio carraspeó y le dijo:

—Debo comunicarte algo. Te enterarás igualmente. El

notario te hará llegar un documento por el que las tierras con las que avalaste el préstamo que te dio la casa de mi padre han vuelto a ser de mi propiedad.

—¿Por qué? —preguntó Attua extrañado.

—No pagaste el día fijado. Conocías las condiciones.

Attua sintió que la rabia le hacía enrojecer.

—Sabes tan bien como yo las razones que me impidieron hacerlo. Tengo el dinero. Mañana te lo llevaré.

—Demasiado tarde, Attua. La ley es la ley.

Attua lo cogió de las solapas, presa de la furia.

—¡Esas tierras pertenecían a mi padre! —gritó—. Fueron la miserable dote que le disteis cuando se casó. —Lo miró con desprecio—. Tu padre era un hombre de palabra. Hubiera esperado antes de correr a avisar al notario.

—Ahora yo soy el dueño y quien toma las decisiones. —Braulio lo apartó de un empujón—. Si no te hubieras marchado, habrías cumplido con tu obligación. No pretendas excusar tu culpa. —Se alejó unos pasos y volvió sobre ellos para añadir mientras señalaba a Attua con el dedo índice—: Y no olvides con quién estás hablando. Sigo siendo el alcalde.

Attua permaneció un largo rato junto a su caballo, con la frente apoyada en la silla de cuero. ¿Qué tenía la fortuna que tan esquiva se le mostraba? Se olvidó de repente de sus sentimientos de culpa por no haber soportado la cruz de la epidemia como sus vecinos. Volvió a sentir la misma sensación de odio hacia esa tierra que se empeñaba en hacerle desgraciado. Si se muriera en ese mismo instante, sus últimos pensamientos los dominarían la rabia, la pena y el asombro. Si cualquier hombre supiera lo que la vida iba a depararle, dudaría entre seguir adelante o agazaparse como un conejo. Hasta ahora, él nunca había reblado, pero cada vez le costaba más esfuerzo. Había luchado por sacar a su familia adelante, anteponiendo su bienestar al propio. Había cumplido con lo que le habían enseñado de pequeño.

Por un segundo deseó subir a su caballo y desaparecer de allí. Galopar sin rumbo fijo. Dormir bajo las estrellas en una tierra más cálida.

Tal vez frente al mar…

Subirse a un barco y recorrer el mundo. Recuperar su libertad donde nadie lo conociera.

Todavía era joven y fuerte para empezar una nueva vida.

Entonces se acordó de Ruán.

Y regresó a la sombra de esos montes malditos.

42

Sentado entre Belisa y Ruán, Attua pensó que la iglesia de Albort estaba demasiado vacía. En diferentes bancos vio a Clemente, a Evelio y a Braulio, acompañado de su madre. El resto de los asistentes eran familiares lejanos de su casa paterna y aquellas mujeres que no se perdían una misa.

La noticia del fallecimiento de Ricardo había llegado a principios de ese septiembre de 1866 mientras terminaban las obras de demolición del fuerte militar. De nada habían servido las reiteradas peticiones a la reina de que se conservara. Por eso, en el pueblo reinaba la sensación de que el teniente general no se había tomado demasiado interés en el asunto. La comunidad se sentía traicionada por quien había sido hasta la fecha su personaje más ilustre. Los tenderos, el panadero, el molinero, el aguardentero, el barbero, el sastre, el cafetero, el zapatero, el estanquero, el carpintero y algún albañil…: todos se habían resentido por la marcha de las decenas de soldados que durante años habían vivido allí.

Los edificios ya habían sido desmantelados y todos los muros que constituían las fortificaciones y edificios, derribados. En el peñasco donde antes estaba el fuerte en forma de buque, había ahora un vacío que Attua percibía con aprensión cada vez que bajaba de los baños al pueblo. Donde antes se erguía la gran torre, ahora solo había aire. Un pequeño muro pegado a la roca recordaba que allí alguna vez existieron grandes murallas. En lo que había sido la plaza de armas solo quedaban montones de restos de madera y hierro. Las piedras y los materiales de albañilería útiles se habían vendido para sufragar el coste del desmantelamiento; los pertrechos y efectos de guerra, trasladados al castillo más cercano, que estaba en Monzón, a veinte leguas de distancia; y los cañones, fundidos a las afueras del pueblo empleando grandes hornillos, alimentados con carbón traído de Francia, para luego vender el bronce.

Un avejentado Nicasio, visiblemente emocionado, terminaba de oficiar la misa por el eterno descanso del alma del último hermano varón que le quedaba. Desde el púlpito leía ahora la hoja de servicios de Ricardo y la relación histórica de su vida, a la que una fiebre intermitente perniciosa había puesto fin, según había certificado el doctor del Real Sitio de San Lorenzo, en cuyo cuartel destinado a alojar las tropas de caballería de la reina se encontraba Ricardo en el momento de su muerte.

—Mi hermano siempre deseó que lo enterrasen en su pueblo natal —recordó Nicasio—, pero no ha sido posible. En estos tiempos supone una gran dificultad trasladar su cuerpo a un lugar tan lejano. Sus restos descansarán para siempre en un sencillo nicho del patio cuarto del cementerio de la Sacramental de San Isidro de Madrid, sobre el llamado Cerro de las Ánimas, el camposanto de los personajes ilustres de España.

Nicasio mostró un recorte de periódico.

—Permitidme que termine la misa leyéndoos un párrafo de la extensa necrológica publicada en la *Gaceta de Madrid*. —Se aclaró la garganta—. «Modesto, como lo es siempre el mérito verdadero; de trato digno a la par que afable, don Ricardo se captaba el cariño y respeto de cuantos tenían la fortuna de conocerle. Por eso tal fallecimiento, ocurrido a la avanzada edad de setenta y tres años, ha despertado en todos el más vivo sentimiento y su memoria vivirá eternamente en el país, que le es deudor de inmensos beneficios, y muy especialmente en el corazón de cuantos por una u otra causa tuvieron ocasión de apreciar de cerca las brillantes cualidades que le adornaban.» —Miró a los escasos vecinos y concluyó—: Deberíamos sentirnos orgullosos de él.

Tras unos minutos de silencio, los asistentes fueron abandonando poco a poco la iglesia. Un grupo reducido de personas acompañó a los familiares hasta la casa natal del fallecido, donde tendría lugar una comida en su recuerdo. Attua llevaba siglos sin entrar allí. Desde que Braulio se quedó con sus fincas, hacía nueve años, apenas había relación entre ambos. Ruán y el joven Braulio coincidían en el mismo grupo de amigos que se juntaban en las fiestas veraniegas, pero Attua sospechaba que, como una vez le sucedió a él con Gabino, comenzaban a distanciarse en sus opiniones.

Al visitar de nuevo el sobrio edificio señorial, se acordó de quienes ya no estaban entre ellos: su padre, su tío, su primo, su otro tío. Faltaban también su madre, su esposa, su hija, su suegra. Tantos... Lamentaba que poco a poco sus rostros terminaran por difuminarse en su mente. Ojalá hubiera tenido la habilidad de dibujar para plasmarlos en un papel.

Después de la comida, los hombres pasaron a una salita para hablar del testamento de Ricardo. Como previsor que era, había dejado varias copias para asegurarse de que se cumplía su voluntad a la letra. Attua extrajo la suya del bolsillo de su chaleco y la comparó con la de Braulio y la de Nicasio. Comprobaron que eran iguales, pidieron a Clemente y Evelio que actuaran como testigos, y Braulio procedió a su lectura.

Ricardo deseaba que cada año, en el aniversario de su

fallecimiento, se honrara su memoria ofreciendo una comida a cuarenta pobres y dotando a una doncella del valle sin recursos.

Attua se acordó entonces de Cristela.

Su rostro no se había borrado de su mente.

La recordaba tal cual la había visto por última vez hacía ya casi diez largos y complicados años, aunque tendría que haber cambiado sin duda alguna, como él, que ya lucía canas en las sienes y arrugas en la frente y alrededor de los ojos a sus cuarenta y tres cumplidos. Miró a Ruán, que escuchaba con atención, y se reconoció en él. También envidió sus veintiún años. El cuerpo de Attua envejecía de forma inexorable, pero su mente estaba tan despierta como cuando creía que seguiría los pasos de Ricardo. Se percibía como entonces, aunque el alma se hubiera ido agotando con el paso del tiempo.

El testamento de su tío continuaba con las disposiciones sobre sus bienes. Supieron en primer lugar que aquella casa donde Attua vivió con él en Madrid se había vendido hacía tiempo, puesto que los últimos años Ricardo había residido en cuarteles y había alquilado un pequeño piso para guardar sus muebles. Dejaba cincuenta mil reales de vellón al heredero de la casa, obligando a este a conservar en la misma su mejor sable, uno de sus uniformes y un retrato —aquel que Attua había visto pintar— para que las futuras generaciones lo recordaran; una cantidad muy inferior para su hermano Nicasio, que revertiría a la casa cuando este falleciera; y otros cincuenta mil reales para Attua, obligando a este a que parte se invirtiera en la educación de su hijo en Madrid o en cualquier gran ciudad europea. Los muebles y objetos personales se repartirían a partes iguales entre sus sobrinos, Braulio y Attua.

Attua sintió la mirada asombrada y recriminatoria de Braulio sobre él, mientras en su interior surgía un emocionado agradecimiento hacia Ricardo. Todo el dinero que conseguía ahorrar de las termas en verano —una vez saldadas las deudas que aún tenía contraídas— iba destinado a pagar los estudios y la manutención de Ruán en Madrid. El chico había finalizado un primer ciclo de estudios en la misma academia de ingenieros donde había estudiado su padre, pero deseaba continuar con alguna especialidad que le permitiera algún día cumplir su sueño de construir puentes y túneles. Eso decía, aunque en realidad Attua sabía también que a Ruán le atraía la política y no le contaba toda la verdad de lo que hacía en la capital. Tenía que ir acostumbrándose a la idea de que su hijo parecía haber heredado la impulsividad de su tío Matías. En cualquier caso, eso suponía pedirle a Attua más esfuerzos económicos en una época de incertidumbre y recesión generalizada en Europa y España, después de unos años de prosperidad en los que había sido fácil conseguir crédito y en los que se habían aumentado las inversiones emprendedoras y las obras públicas de gran magnitud, como la construcción de los ferrocarriles que cruzaban el país a lo largo y a lo ancho. Desde 1861 Zaragoza quedaba unida por tren a Barcelona, y desde 1863 la línea llegaba hasta Madrid, acabando con los largos trayectos en diligencia como el que hicieron Attua y Matías.

La prosperidad había resultado ser falsa. Y el optimismo, excesivo.

La situación del país en esos días era mala y los negocios peligraban. En mal momento se había desmantelado el fuerte militar. Tanto la inversión extranjera como los principales productos de exportación españoles estaban siendo perjudicados. El déficit público crecía sin control. El agujero en las finanzas se agrandaba más y más por la necesidad de financiar la expansión ferroviaria y la aventura militar por los mundos lejanos de Anam, Marruecos,

México, Santo Domingo, Chile y Perú en busca de una gloria que solo algunos deseaban. Muchos bancos y entidades de crédito estaban cerrando sus puertas. La producción industrial caía en picado. Las cosechas perdidas mantenían el precio del trigo por las nubes y extensas regiones del país estaban sumidas en la pobreza y el hambre. El bandolerismo y los disturbios rebrotaban.

Y nadie parecía saber cómo detener tal decadencia. Los políticos, cuyo único objetivo era asegurarse un puesto lucrativo en la función pública, seguían con las mismas desuniones e intrigas, cuando no se beneficiaban de la corrupción que la combinación de los negocios alrededor de los ferrocarriles y la banca favorecía. La Unión Liberal de O'Donnell había intentado terminar con el cisma que dividía el liberalismo español mediante una agrupación moderada que excluyera los extremos de la revolución y de la reacción cortesana —dicho de otro modo, una alianza entre los progresistas más moderados y los moderados más progresistas—, pero se había ido debilitando poco a poco por las enemistades entre progresistas y conservadores dentro del propio partido. En las universidades, nuevas voces revolucionarias provocaban estallidos de disturbios estudiantiles que, desde la distancia, habían hecho sufrir a Attua por Ruán. Las bases de los progresistas se habían entusiasmado cada vez más con la idea de la revolución… ¿Y qué se había conseguido con todo ello? Que la reina tuviera que recurrir otra vez a Narváez y que este emprendiera de nuevo una política de persecución contra los progresistas, cuyos líderes habían tenido que huir al extranjero, al igual que los de la Unión Liberal; que la prensa fuera controlada; que el número de votantes se redujera drásticamente; y que en el ejército hubiera continuos cambios en el personal.

Cuántas veces había recordado Attua las palabras de Ricardo: tras una borrachera, el cuerpo y la mente pedían calma. Pero tras demasiada calma, el cuerpo y la mente estaban más que dispuestos a la exaltación. El fantasma de la revolución y de la anarquía reforzaba los sentimientos conservadores; pero seguía allí, latente, esperando el momento de su nueva aparición. Y el fantasma del carlismo, con sus antiguas divisas de «Dios, Patria, Rey» y su reorganización tras la muerte de Carlos Luis de Borbón —para sus partidarios, Carlos VI—, y su defensa de las recias costumbres, diferencias regionales e ideología tradicionalista, nunca se había desvanecido del todo. Continuaba captando adeptos entre los intelectuales católicos y los políticos más conservadores.

Así había sido desde que Attua tenía uso de razón y así seguiría siendo en el futuro. Fuese cual fuese la facción ganadora, siempre habría otras que se sentirían descontentas y resentidas. Y el resentimiento no terminaba con la muerte, sino que se pasaba a las siguientes generaciones, como los muebles de una herencia.

—¿Le parece bien, padre? —oyó que preguntaba Ruán.

—¿Qué? —Absorto en sus pensamientos, Attua no se había enterado de la última parte de la conversación.

—Como me marcho la semana próxima a Madrid, yo me encargaré de las pertenencias del tío. Les evito un largo y molesto viaje y las pueden tener aquí en octubre.

La amplia sonrisa de Ruán indicaba que la lectura del testamento le había hecho feliz.

Gracias a Ricardo, podría continuar viviendo en la ciudad.

Attua respondió a su sonrisa con un gesto de asentimiento. La vida tenía la sorprendente habilidad de repetirse.

A la semana siguiente, Attua y Belisa se despidieron de Ruán en las afueras de Albort. Viajaría con Evelio —que se marchaba a un destino nuevo a pocos meses de su retiro definitivo— hasta Zaragoza, donde cogería un tren hasta Madrid.

Como sucedía a cada comienzo de otoño, la paulatina marcha de los clientes de las termas, del personal de servicio y de Ruán, que no regresaría hasta finales de la primavera siguiente, sumía a los hermanos en un estado de melancolía durante unas semanas. Les costaba acostumbrarse al silencio que dejaba el muchacho tras de sí, preludio del largo invierno que no tardaría en llegar.

Durante el otoño, como siempre, Attua se aseguraba de que la despensa estuviera llena para resistir hasta marzo del siguiente año. Cortaba leña, ayudaba a su hermana con la matacía del cerdo, recolectaba frutos secos del bosque, llenaba las cubas de vino, desgranaba las judías… Sus manos estaban curtidas. Ya no eran las de un caballero, sino las de un campesino. Se preguntaba cómo hubiesen sido de haber podido trabajar como ingeniero… O si su negocio hubiera florecido como el de Alfredo. Hubiera podido pasearse, como recordaba que hacía él, trajeado, saludando a sus clientes y deseándoles una pronta recuperación. Pero su esfuerzo por convertir los baños de Albort en un lugar tan lujoso como el de Panticosa o tan visitado como el de Luchon había resultado infructuoso. Los clientes que se atrevían a llegar tan lejos admiraban el entorno, pero les oía comentar por lo bajo que aquello era aventura de una sola vez. Nunca se habían llenado al completo las treinta habitaciones; en el gran salón, solo tenía lugar un baile al final de la época estival; la casa de tiendas para aquellos clientes que no usaban el comedor nunca había resultado rentable para que algún tendero de Albort estuviera interesado en establecerse allí fijo en lugar de subir mercancías ocasionalmente; y en el templete solo leían a la sombra los clientes durante quince días, pues el resto del verano hacía demasiado fresco. En resumen: Attua había conseguido su objetivo de construir un lugar especial que producía lo justo para devolver los préstamos. Tendría que trabajar sin descanso hasta que fuera un anciano. Y, si algo le pasara, como la propiedad era del ayuntamiento, sería este quien se haría cargo del negocio con sus deudas. Por nada del mundo querría que su hijo se atase a ese lugar. Se acordó una vez más de su padre, Custodio, y una vez más concluyó que con dos generaciones malmetidas en ese inhóspito paraje bastaba. Por eso, a medida que pasaban los días, le agradecía aún más a Ricardo que se hubiera acordado de él en su testamento.

Durante las largas veladas de otoño, cuando la nieve le impedía desplazarse hasta Albort a comprar o a visitar a su suegro y alguna otra amistad que había recuperado de la infancia, se sentaba junto al fuego y leía los recortes atrasados de prensa que le enviaba Matías desde Francia. Se los sabía de memoria, aunque no siempre comprendiera todas las palabras y expresiones francesas. En algunos había ilustraciones de Aurore. En otros, cuentos, versos y artículos de opinión que firmaba un tal Criste de Val, el pseudónimo que, según su cuñado, utilizaba Cristela para publicar.

Attua se sentía orgulloso de ella. Había conseguido hacer lo que le gustaba. Escribir. Se preguntaba si aún guardaría aquel plumín que él le regaló.

Lo que más le asombraba de sus escritos era la habilidad con la que, bajo un nombre masculino que ocultaba su identidad, expresaba sus opiniones sobre la liberación de la mujer. Mostrando un fingido asombro ante los datos que aportaba, captaba la atención del lector y fomentaba su reflexión. Así, Attua había aprendido que antes de la revolución francesa del siglo anterior, Olympe de Gouges, guillotinada por sus ideas, había publicado una *Declaración de los derechos de la mujer y la ciudadana,* en la que reivindicaba el derecho de las mujeres a la paridad política y jurídica junto con el acceso a la educación y la igualdad de derechos en el matrimonio. Por las mismas fechas, en Inglaterra, Mary Wollstonecraft escribía que la más loable ambición era conseguir carácter como ser humano, independientemente del sexo al que se perteneciera, y rechazaba el matrimonio como el principal objetivo de una mujer; y Bárbara Leigh Smith había fundado su propia escuela para mujeres y publicado un opúsculo de las leyes más importantes de Inglaterra relacionados con las mujeres, encaminado a conseguir que las casadas controlaran sus propios bienes. En Norteamérica, Lucretia Mott y Elizabeth Cady Stanton habían encabezado la redacción de la llamada *Declaración de sentimientos de Seneca Falls,* publicada en 1848, y en la que se recogían las quejas de las mujeres que peleaban por sus derechos: las mujeres no podían votar ni participar en la creación de leyes que sin embargo estaban obligadas a obedecer; sus propiedades eran tasadas; en caso de divorcio, la custodia de los hijos quedaba para el padre; el acceso a la educación superior y a las profesiones estaba cerrado... En España, una tal Concepción Arenal también criticaba el rol de la mujer y sus dificultades para acceder a estudios. Y, en varias entregas, narraba la breve pero azarosa vida de Flora Tristán: separada de su marido —que la había intentado asesinar—, dedicó su vida a hacer campaña a favor de la emancipación de la mujer, los derechos de los trabajadores y en contra de la pena de muerte. Había muerto de tifus hacía veintidós años, con apenas cuarenta y uno, mientras se hallaba de viaje por Francia para promover sus ideas revolucionarias, dejando dos hijos y una considerable producción literaria en la que incluía su periplo por América, Perú e Inglaterra.

Con la lectura de estos textos, Attua no podía evitar pensar en Belisa, con quien había compartido toda su vida y de la que tan poco sabía porque nunca hablaban de asuntos íntimos. Se preguntaba si, aparte de la ilusión de casarse con Alfredo, había tenido otros sueños. Si, cuando era joven, también había deseado como él y como otros viajar por el mundo y alejarse de Albort antes de que la frialdad del lugar se apoderara de ella, la ajara, la envejeciera y entristeciera. Si echaba de menos compañía en su lecho por las noches.

Pero nunca se lo preguntaría en voz alta. Y no tanto por ese pudor que impregnaba las relaciones familiares cercanas, sino por miedo. Por no escuchar de sus labios aquellas palabras que podrían referirse también a él mismo.

A veces era mejor el silencio que la crueldad de la verdad.

Y la verdad era que poco esperaban ya ambos de la vida. Que solo disfrutaban de aquellos momentos de satisfacción que los logros de Ruán les proporcionaban.

A mediados de noviembre comenzó a nevar, y continuó haciéndolo sin piedad durante semanas. En Navidad, un frío intenso había convertido el blando manto blanco en una gruesa capa de hielo, crujiente bajo los pies, cegador para los ojos. Cuando eso sucedía, la tierra tardaba meses en liberarse de esa pesada y gélida carga, impasible ante las nuevas ventiscas que solo conseguían deslizar sus alterados copos por su superficie helada, incómodos por no poder encontrar dónde aferrarse. Al final, se amontonaban contra la casa y los establos, escurriéndose de los cristales de las ventanas, pero apoderándose de las piedras de las paredes.

Attua no recordaba una hartura tan abrumadora y continuada de nieve, hielo y viento como la que castigó los comienzos de 1867.

Si trazaba un caminito hacia el cobertizo de la leña, al día siguiente ya no se apreciaba. Penaba por los pocos animales que se quedaban allí durante los meses de invierno. Tenía que racionarles el heno seco y el grano, que empezaba a escasear, y consentir que las cuadras estuvieran insoportablemente sucias.

En febrero no pudo salir al exterior más que en contadas ocasiones para buscar leña. Y entonces sentía la soledad como nunca lo había hecho. El único signo de vida que se apreciaba en medio de ese infinito e hiriente blancor era el fino y serpenteante hilo de humo gris de la chimenea.

Por fin, los débiles rayos de sol de mediados de marzo comenzaron a plantarle cara a las nubes y al viento. El silencio fue sustituido poco a poco por los sonidos del agua al derretirse la nieve. De los tejados helados, las gotas caían emitiendo un cristalino tintineo. Los arroyos empezaron a susurrar; las cascadas, a rumorear. La tierra vibraba al sentir que el líquido solidificado que la ocultaba se reblandecía, se encharcaba y se convertía en un jubiloso fluir al recorrer su superficie aterida.

Hasta mayo, todo fue una sonoridad suave, creciente y eterna, que sosegaba el ánimo al anunciar el despertar de la vida un año más.

Y entonces, a principios de junio, la aparente y frágil paz se rompió a ambos lados de las montañas.

43

Colgado en lo alto de los aires, entre dos abismos, agotado pero feliz, Shelton contemplaba la apabullante inmensidad del paisaje que se desplegaba ante sus ojos. Acompañado una vez más por Célestin —a quien siempre terminaba perdonando sus ocasionales desplantes o súbitas desapariciones porque era el mejor guía—, había logrado, por fin, imitar a aquel amigo ruso, aunque con más de dos décadas de diferencia —veinticinco años exactos—, y llegar a la cima más alta de los Montes Malditos, siguiendo la ruta por el oeste, aquel principios de junio de 1867.

El ascenso de trece horas había sido demasiado largo y tortuoso para su maltrecha rodilla y para sus años. Pero aunque muriera allí mismo, en ese mismo instante, Shelton se sentiría agradecido porque Dios le permitiera hacerlo en un lugar que le parecía de poesía extrema, de perfección absoluta. Su alma se estremecía como no lo había hecho nunca. Lo embargaba una sensación extraña, casi sobrenatural. Se sentía cubierto de sol, de luz, de eternidad.

Había empezado el viaje con un agradable ascenso entre rododendros, viejos abetos rotos por avalanchas y truenos, vallecitos desérticos en los que saltaban los sarrios y bucardos, algún pequeño collado y algún pequeño ibón. Luego, una brecha abierta en una arista de un pico lo había conducido a un salvaje anfiteatro de bosques enormes, donde solo el gemido de una cascada interrumpía el silencio y la soledad de las piedras. Más arriba se abría un inmenso lago cuyas orillas eran un infierno de rocas de todas las formas y dimensiones, y por encima de todo ello brillaban los hielos perpetuos del Aneto, donde se encontraba ahora.

Una especie de éxtasis y de embriaguez se había apoderado de él desde que tomó asiento en la cima para contemplar ese espectáculo de grandeza envuelto en el silencio más absoluto, haciéndole reflexionar sobre sí mismo como no lo había hecho en ningún otro lugar o momento. Tenía cincuenta y cuatro años. Había llegado a una edad en la que todo le parecía espléndido. Había conseguido cumplir todos los objetivos que se había marcado en la vida, tal vez incluso más. Y aunque hubiese tenido la suerte de poseer una inmensa fortuna desde su nacimiento, su firme voluntad le había hecho educarse continuamente y marcarse metas en lugar de malgastar su tiempo. Ahí estaba Beauval como ejemplo. Él moriría, pero su obra perduraría para siempre. Ahí estaba su descendencia. Él moriría, como todos, pero sus hijos Anette y Bertrand perpetuarían su nombre.

Pensó entonces en Cristela y sintió un profundo amor hacia ella. Había permanecido a su lado, participando de sus éxitos, celebrándolos…

Miró hacia el sur, hacia donde se extendían las tierras de Albort que él nunca había llegado a visitar, y se preguntó cómo habría sido la vida de su mujer si no la hubiera encontrado cerca de la frontera y si ella no hubiera estado huyendo de aquellas terribles circunstancias. La imaginó trabajando en las termas de Albort junto a su marido Attua, con hijos, tal vez, tan morenos como el padre, con la piel ajada por el trabajo físico, y se repitió que podía sentirse afortunada junto a él. Intentó por unos instantes ponerse en el lugar de Cristela, y por mucho que la lógica le argumentara que ella debería sentirse más que agradecida por compartir su vida con un hombre generoso y espiritualmente ambicioso, su corazón intrépido comenzó a enviarle punzantes mensajes criticando su egoísmo. O tal vez fueran las montañas quienes se dirigían a él desde lo más profundo de sus entrañas.

«¿Y si Attua fuera para ella como el Aneto para ti? —parecían decirle silenciosamente atronadoras—. ¿Cómo te sentirías si nunca hubieras llegado hasta aquí? ¿Puede un hombre que nunca ha conocido la frustración comprenderla?»

Recordó que una vez Aurore le había recriminado algo parecido. Le había dicho que las pasiones que no se satisfacían se convertían en una carga emocional para toda la vida. Él debería haberlo comprendido y haberla empujado a conquistar sus cimas, pero su egoísmo, el miedo a perderla, lo habían disuadido de hacerlo. No bastaba con haberle dejado la libertad de elegir, como había hecho aquel día antes de que Anette resultara herida por la perra Lune, cuando él se marchó sin saber si al regresar la encontraría en Beauval. Cristela no lo había abandonado ni había dejado de ser una madre y esposa ejemplar. Jamás había expuesto una sola fisura en el cariño que le había demostrado esos últimos diez años desde que se despidió de Attua... Si no fuera por aquellas miradas melancólicas que ocasionalmente dirigía hacia las montañas, Shelton juraría que Cristela había logrado olvidar a aquel hombre.

¿Y si eso fuera lo que él quería creer? ¿Y si ella no lo hubiera olvidado? Nunca había tenido el valor de preguntárselo. ¿Qué marido haría eso? Un buen marido, no, desde luego. Para él, el respeto a la intimidad de su esposa era tan importante como su amor hacia ella.

Las montañas volvieron a hablarle.

«Si realmente la hubieras amado, si realmente fueras tan generoso como te percibes, deberías haberla llevado hasta la misma frontera en vez de haber consentido que su espíritu envejeciera a tu lado.»

Shelton agachó la cabeza, sobrecogido y abrumado por esta súbita revelación.

—Es hora de descender —dijo entonces Célestin—. Se están amontonando nubes enormes y sombrías en el horizonte y tenemos ocho horas hasta Luchon.

Shelton emitió un profundo suspiro, como si hubiese cambiado de mundo.

—Tienes razón. Todo lo bueno se acaba.

Cogió un guijarro y lo guardó en su zurrón. Siempre le llevaba uno de recuerdo al pequeño Bertrand. Se puso en pie y deslizó la vista una última vez por el infinito mar de piedra, blancura y cielo. Se despidió de aquel lugar. Había visto muchas montañas, sobre todo en su juventud; y había subido a ellas con pasión. Pero admiró más que nunca aquella porque quería llevarse grabada en su retina su innata belleza. Probablemente fuera ya la última que ascendiera en lo que le quedase de vida.

Esa sensación lo sumió en un estado pensativo desde que comenzó el descenso tras Célestin hasta que llegó a Montréjeau tras descansar una noche en Luchon.

Le parecía que se despedía de las montañas, del ardor, del capricho y de la turbulencia de los vientos, de los tintes azules y violetas del cielo, de la armonía de todos los elementos de la naturaleza como si lo hiciera de unos viejos amigos a los que no volvería a ver.

Con la tristeza de la sabiduría.

Cristela se percató de su ánimo abatido nada más verlo. Al principio pensó que se debía al agotamiento por la larga excursión, pero luego sospechó que había algo más porque Shelton nunca estaba tan ensimismado.

Al día siguiente, esperó a que todos los invitados a la recepción que había durado todo el día se marcharan para hablar con él. El arzobispo de Toulouse había bendecido la última parte de la ambiciosa construcción de Beauval: la soberbia capilla en el ala este. A la ceremonia habían acudido las autoridades locales y los trabajadores que habían formado parte de la construcción.

—¿Qué te sucede, Shelton? —le preguntó en la biblioteca mientras le servía una copa de brandy bajo la tenue luz de las velas de unos candelabros de bronce.

Shelton le pidió que dejara la copa en una mesita cercana y que se sentara junto a él en el sofá.

—*Ma chérie...* —repitió varias veces en un tono sosegado, acariciando su mano—. Me siento profundamente satisfecho. He conseguido más de lo que hubiera podido soñar nunca. Te tengo a ti, a Anette y a Bertrand. Y Beauval quedará para la historia de las siguientes generaciones...

Cristela se asustó.

—Lo que dices es muy bonito, Shelton, pero no me gusta el tono. Suena demasiado triste. Parece como si te estuvieras despidiendo. ¿No te sientes bien? Mandaré a por el médico.

Trató de levantarse, pero Shelton la retuvo.

—Estoy bien, Cristela —le aseguró, y depositó un beso en su mano—. Solo me gustaría saber una cosa y espero que me respondas con sinceridad. ¿Has encontrado la felicidad plena conmigo?

Cristela dudó unos instantes antes de responder:

—¡Qué cosas tienes!

—Te lo pregunto en serio.

—Tengo una familia maravillosa. Vivo en un palacio. He podido dedicarme a la escritura. Sé que leen mis artículos y que crean opinión… ¿Cómo no voy a ser feliz? No me falta de nada.

—Ah, Cristela. Nos conocemos hace veinticuatro años. Sé que tu espíritu es tan insaciable como el mío. Yo he construido mi sueño y quiero pedirte perdón.

—¿Perdón? ¿Por qué?

—Por haber impedido que construyeras el tuyo.

—Tú no me has impedido nada, Shelton…

—Sí que lo he hecho. Pero aún eres joven. —Se levantó, tomó la copa y se acercó al hogar donde no ardía ningún fuego—. He hablado con Célestin. Él te acompañará. Mañana por la mañana partirás a Albort. Petula ya se está encargando de tus cosas.

Cristela abrió la boca, pero fue incapaz de pronunciar ni una sola palabra durante un largo rato. Por fin, dijo:

—No entiendo a qué viene esto, sinceramente.

—Aquí es donde mi corazón ha conseguido encontrar la felicidad. Pero ¿y el tuyo? Tienes que escalar tu montaña, Cristela. Construir tu propio palacio. Tienes que volver a ver a… —Se sintió incapaz de pronunciar su nombre—: A verlo.

—¿Por qué? —atinó a murmurar Cristela, desconcertada por la actitud de su marido—. Mis hijos… Después de tanto tiempo…

—La vida es demasiado corta y única. No se puede desaprovechar ni un solo minuto. Y tú lo has hecho. —Shelton apuró la bebida y se dirigió hacia la puerta. Creía en lo que decía, pero no soportaba el dolor que le causaba verbalizarlo. Apoyó la mano en el pomo y añadió—: Espero que algún día seas capaz de asegurar, sin dudar, que eres plenamente feliz. Entonces todo habrá valido la pena.

Cristela permaneció sentada un largo rato, al cabo del cual se levantó para servirse una copa de brandy. Caminó por el cuarto de altas paredes con estanterías repletas de libros hasta el techo sin pensar en nada en concreto y en todo a la vez. Le había sorprendido la actitud de Shelton. Jamás lo hubiera imaginado. Le daba su bendición. No solo eso. ¡La animaba a irse a Albort! ¡Con Attua! Se repitió esta frase varias veces. Todo estaba dispuesto para que se marchara por fin con él. El mayor deseo de su vida se iba a cumplir de una vez por todas. El corazón comenzó a palpitarle con fuerza.

Shelton tenía razón.

Su espíritu seguía tan insaciable como hacía años. Y ella no necesitaba construir un palacio, ni coronar todas las montañas de los Pirineos para satisfacerlo. Solo bastaba una palabra para calmar sus gruñidos de hambre. Era pensar en Attua y convertirse en un imán ansioso por adherirse al metal donde encontrar la calma. Era pensar en Attua y atreverse a imaginarse una despedida de sus hijos, de su marido, de Beauval. ¿Cómo era posible después de tantos años?

La puerta se abrió y apareció Petula.

—Monsieur Leduc está aquí, madame —dijo el ama de llaves—. Desea hablar con usted.

Cristela se extrañó. El médico era uno de los invitados a la fiesta con motivo de la nueva capilla. Se había despedido de él hacía una hora como mucho.

—Hazle pasar.

—Disculpe que la moleste —dijo este nada más entrar—. Con la excusa de que me he olvidado el bastón he regresado con el propósito de hablar con usted a solas, aunque es posible que esto me cueste la amistad con el barón.

—¿A qué se refiere?

—No sé cómo se ha atrevido a desoír mis consejos. Me he fijado en él esta tarde. No debería haber hecho esa excursión tan larga. Su corazón, madame, no está para muchos esfuerzos... Podría fallarle en cualquier momento.

Cristela frunció el ceño.

—No me había dicho nada.

—Me hizo prometer que guardaría el secreto. El barón odia que se le vea como a un enfermo. Si se cuida, podría vivir aún varios años más, pero si insiste en comportarse como un veinteañero... Espero que usted sea capaz de hacerle entrar en razón.

Cristela se acercó a la ventana. En el horizonte, unas nubes oscuras se diluían entre las tinieblas del anochecer.

—Me encargaré de que lleve una vida tranquila, monsieur Leduc, no se preocupe. Pero, por favor, prométame ahora a mí que no le dirá que yo lo sé. Y prométame que cumplirá su promesa.

De nuevo a solas, Cristela retomó sus pensamientos. De qué material estaba hecho Shelton, se preguntó, si, sabiendo que podía morir, le había pedido que ella buscara la felicidad con Attua. Las lágrimas acudieron a sus ojos. Había pasado más años con Shelton que sin él. Tal vez alguien más insensible que ella aceptara su propuesta, pero ella no era así.

No sería capaz de abandonarlo.

No sabía cuándo llegaría el momento de reencontrarse con Attua, si es que ese momento tenía que llegar. Había esperado tanto que el tiempo ya iba perdiendo valor para ella. En cualquier caso, no sería en un futuro inmediato.

Tiró de una cuerda para llamar al ama de llaves.

—Asegúrese de que nadie toca mis cosas —le dijo.

Después, subió al gabinete que tenía Shelton junto al dormitorio. Sabía que encontraría allí a su marido, porque solía leer antes de acostarse.

En esta ocasión, Shelton no leía. Estaba sentado en

un sofá con los ojos cerrados. Cristela se sentó junto a él, lo abrazó y apoyó la cabeza sobre su pecho, cerca de su corazón.

—Mañana no iré a ningún sitio —le dijo, consciente de que no dormía—. Aquí es donde quiero estar ahora.

Dos días después, Shelton falleció mientras dormía.

44

—Tienen que cerrarlo ya, *ma chère amie* —susurró Aurore, apoyando una mano en el antebrazo de Cristela, cuando cesó la música del órgano.

Sentada en la primera fila de la capilla de Beauval, Cristela alzó la cabeza y fijó la mirada borrosa en el gran corazón sagrado de mármol blanco que había tras el altar de piedra de Caunes. La capilla había sido el último capricho de Shelton: como en una catedral en miniatura —cabían medio centenar de personas—, en la nave central se levantaban verdes columnas de mármol de Campan. A ambos lados, pequeñas capillas albergaban delicadas imágenes de la sagrada familia y de varios santos, entre los que resaltaba san Bertrán. En las paredes, catorce medallones representaban el viacrucis. Sobre el tabernáculo, unos preciosos esmaltes mostraban las imágenes de un águila, un ángel, un león y un toro.

Que san Pedro le abriera las puertas del paraíso, pensó. Que los ángeles como aquellos pintados sobre las vidrieras lo acompañasen.

—Que esperen un minuto —pidió.

A su lado, la joven Anette emitió un nuevo sollozo y el pequeño Bertrand, nervioso, volvió a balancear las piernecitas en el aire.

Cristela jamás imaginó que le costaría tanto despedirse de Shelton. Necesitaba dedicarle unas últimas palabras en silencio. Nunca olvidaría su generosidad, su amabilidad, su comprensión, su paciencia, su cariño. Le pidió perdón por no haber sido tan apasionada como él; o si en algún momento sintió que su alma volaba hacia lugares lejanos. Le había costado acostumbrarse a una vida rodeada de bondad, aquella de la que había carecido en los años de su infancia y de su juventud. Había sido un padre maravilloso y el mejor compañero que hubiera podido imaginar. Le consolaba saber que había encontrado la paz eterna donde él había querido y elegido, y que había muerto sabiendo que ella no lo había abandonado. Lo echaría de menos. Mucho. Más de lo que pensó que llegaría a admitir. Lo había querido; más de lo que pensó que lo querría. De manera diferente a como ella entendía el amor.

No lo olvidaría.

No podría hacerlo.

Se levantó, se acercó al féretro abierto donde yacía Shelton y apoyó la mano sobre las de él, rígidas y amarillentas, y odió la frialdad que emanaba de ellas; la misma que percibió en su frente cuando se inclinó para depositar en ella un último beso. Se apartó y se situó de nuevo junto a sus hijos.

Varios hombres se aproximaron y uno de ellos cerró la tapa del ataúd. Luego, levantaron la caja, retiraron las tablas bajo ella y por medio de unas cuerdas la hicieron descender lentamente por el foso que Shelton había dejado para que lo enterraran cuando muriera. Cristela sabía que a su lado había otro. Para ella. En el corazón de Beauval. Si eso era lo que ella deseaba algún día, le había dicho.

Por fin los hombres, sudorosos por el esfuerzo, encajaron la losa de mármol sobre el agujero con un golpe seco que resonó en el corazón de los presentes.

Cristela se enjugó las lágrimas. Sabía por el médico que aquello podía suceder en cualquier momento, pero no había tenido tiempo para asimilarlo. Todo había sucedido demasiado deprisa. Shelton se había jugado la vida en sus intrépidas aventuras por las montañas; había caminado con imprudencia por los andamios durante las obras de Beauval; había tentado la suerte con sus largas carreras a galope a lomos de sus caballos. Pero había sido su gran corazón el que le había fallado. La muerte le había sorprendido mientras dormía plácidamente con un brazo extendido sobre Cristela. Para sentirla cerca, solía decir.

Había muerto demasiado joven.

Recordó entonces una frase de su infancia. «Casa puesta, muerte a la puerta», repetían las ancianas de Albort. Querían decir que, mientras uno tenía trabajo que hacer, algo por lo que luchar, el mismo esfuerzo lo mantenía vivo. Cuando su faena terminaba, cuando el propósito ya estaba cumplido, solo cabía esperar que su paso por el mundo terminara también.

Hacía apenas un mes que las obras de la capilla habían finalizado; la última parte de la ambiciosa construcción de Beauval. Y dos días antes de su muerte, Shelton ascendió al Aneto, su reto pendiente.

Ahora estaba muerto.

Cristela se preguntó si Shelton tenía razón; si a ella todavía le quedaba todo el trabajo por hacer.

Escalar su propia montaña.

Construir su propia catedral.

Muchos de los asistentes se quedaron a almorzar en Beauval. La compañía resultó útil sobre todo para Anette y Bertrand, quienes reflejaban en sus rostros el espanto por la inesperada muerte de su padre, el primer golpe que les había propinado la vida. Cristela estuvo pendiente de ellos en todo momento, y cuando alguien reclamaba su atención, Aurore o Alize la sustituían. Que Alize tuviera dos niños de edades cercanas a la de Bertrand, de ocho años, también servía de ayuda.

Al atardecer, cuando todos se marcharon, las cuatro y los niños pudieron por fin sentarse a solas en uno de los salones.

—Os agradezco que os quedéis unos días —les dijo Cristela acariciando el cabello de Bertrand, que dormitaba con la cabeza apoyada en su regazo—. Nos costará acostumbrarnos a su ausencia.

Aurore se enjugó las lágrimas una vez más. Permanecieron en silencio un largo rato, con la mirada absorta en el hogar sin fuego, como si todos estuvieran pensando lo mismo. Les estaba costando acostumbrarse a las ausencias definitivas. En los últimos diez años, habían tenido que despedirse de Darya y de Adeline, la inseparable y discreta compañía de Aurore. Ahora, de Shelton.

Y Matías...

Alize dejó escapar un sollozo.

—No te preocupes, Alize —dijo Aurore—. Matías volverá.

—Lo siento —dijo Alize—. Lloro por los dos. Por Shelton y por Matías.

—Lo sé —dijo Cristela—. No tienes por qué disculparte. Aurore tiene razón. Matías siempre vuelve.

Llevaba varios meses comportándose de manera extraña. Iba y venía por los pueblos cercanos sin dar muchas explicaciones, como si el secreto que guardaba fuera tan importante que no pudiese compartirlo ni siquiera con Alize. La semana anterior había preparado un petate y las armas y se había marchado sin decir adónde. Que ya se enteraría, le había repetido a Alize. Que por fin había llegado el gran momento.

—Ni siquiera sabe que Shelton ha muerto... —murmuró Alize—. Debería estar aquí, con nosotros.

—¿Y qué haremos ahora, *maman*? —preguntó de repente Bertrand irguiéndose, como si acabara de darse cuenta de que la muerte, además de una profunda tristeza, podía acarrear cambios.

—Todo seguirá igual, *mon amour* —respondió Cristela—. Es lo que Shelton desearía. La semana que viene, en cuanto acabes el colegio, pasaremos unos días en la casa de tía Aurore en Luchon. Después del verano, Anette irá a estudiar a París...

—¡No pienso ir! —la interrumpió ella desde el sillón en el que se había sentado un poco apartada—. ¡Nadie conoce Beauval como yo!

—Este no es el momento... —dijo Cristela suavemente.

—¡Pues vaya haciéndose a la idea! —Anette se puso de pie—. Mi padre me nombró heredera porque sabía que conmigo estaría en buenas manos...

Era cierto: a pesar de tener un hijo varón, Shelton había dispuesto que Anette heredara Beauval.

—No lo dudo, hija mía —dijo Cristela con un gesto de asentimiento, asombrada por el ímpetu de esa jovencita rebelde que había heredado las grandes pasiones de Shelton, además de su cabello rubio y sus ojos claros—. Solo digo que a tu padre también le gustaría que estudiaras. Puedes sentirte afortunada de disponer de medios para hacerlo. No sabes cuántas desearían estar en tu lugar.

Anette se encogió de hombros y se rascó una cicatriz del brazo, algo que siempre hacía cuando estaba nerviosa.

—Yo no tengo la culpa de haber nacido rica... —murmuró con arrogancia—. Pronto podré hacerme cargo de la herencia y tomar mis propias decisiones.

—Y mientras tanto, harás lo que te diga tu madre —zanjó Aurore, molesta por el tono de la joven—. Quien, por cierto, seguirá siendo usufructuaria de Beauval, por lo que recibirá una generosa renta mientras viva. No lo olvides.

Anette enrojeció por la reprimenda, pero no añadió nada más. Dudó si marcharse a su habitación, pero optó por quedarse. Al cabo de unos minutos se sentó junto a Cristela.

—Lo siento, *maman* —susurró—. Beauval es más suyo que mío, por mucho que diga la ley.

Cristela esbozó una triste sonrisa. Anette era impetuosa, pero tenía un gran corazón. Como su padre. Jamás la heriría diciéndole que, a pesar de todo lo vivido allí, ella nunca había sentido Beauval como suyo. Ni siquiera estaba segura de que quisiera ocupar la tumba vacía de la capilla cuando llegara el momento. Ese era el sueño de Shelton, compartido con ella, sí, pero nunca plenamente. Cristela nunca vería Beauval con los ojos de Anette, para quien no había otro lugar mejor en el mundo, para quien todo tenía sentido dentro de los muros que rodeaban la propiedad. Shelton le había contado a su hija la historia de todas y cada una de las piedras, las maderas y los mármoles, desde las canteras y los bosques hasta sus destinos definitivos, y ella lo recordaba todo con increíble exactitud. Sería una buena heredera.

Cristela miró a Aurore. Con los años había ganado peso, y tras la muerte de Darya había envejecido, pero seguía conservando la sonrisa y vitalidad de hacía casi un cuarto de siglo. Cristela tenía ahora la misma edad que la mujer cuando las dos se conocieron. Entonces Aurore viajaba por el mundo, gracias a la fortuna que le había dejado su marido.

Se preguntó si Aurore la acompañaría si decidiera imitarla.

Si, ahora que Shelton yacía en su tumba de mármol, ella decidiera cruzar de nuevo las montañas.

45

Un numeroso regimiento se detuvo a media legua de la casa de Attua, que llevaba un rato observando su avance, alertado por el clamor de decenas de cascos y relinchos de caballos y de gritos proveniente del norte, de la frontera. Cuatro jinetes se adelantaron y cabalgaron hacia él. No reconoció a uno de ellos hasta que los tuvo delante.

—¡Matías! ¿Qué es esto?

Su amigo desmontó de un salto y le palmeó la espalda. En su rostro cansado y sudoroso, curtido por el sol, los ojos brillaban con excitación juvenil, como si los años no pasaran para él.

—No te preocupes. Solo usaremos los alrededores de tu casa para acampar y un par de habitaciones para el alto mando.

—Te dije que me dejaras al margen de tus revoluciones —dijo Attua en voz baja, recordando que cada vez que se había visto involucrado en sus intrigas había pasado algo.

—Esto es ya imparable, Attua. El momento ha llegado... Por fin, después de tantos intentos... El año pasado el Partido Progresista y el Demócrata firmaron el Pacto de Ostende. Pronto se sumará también la Unión Liberal, ya verás, ahora que Narváez los ha relegado manipulando las últimas elecciones. La sublevación se extenderá como un reguero de pólvora por todo el norte, del Mediterráneo al Atlántico. Las fuerzas republicanas al mando del general Contreras son las encargadas de esta parte de los Pirineos centrales. Derrocaremos a la reina y a su régimen. Estableceremos derechos fundamentales como el sufragio universal. Arriesgaremos nuestras vidas y, si es necesario, llegaremos por fin a una república, como en Francia...

—No puedo echaros del monte común —le interrumpió Attua—, pero no usaréis mi casa.

Matías entrecerró los ojos. Iba a responderle cuando uno de los hombres que lo acompañaban, pelirrojo y pecoso, desmontó de su caballo e intervino.

—Si no nos ayudas —dijo en actitud amenazadora—, te trataremos como enemigo, ahora y cuando seamos nosotros quienes mandemos.

Attua le lanzó una mirada cargada de odio. Estaba harto de escuchar siempre las mismas palabras. U obedecías lo que otros te imponían, o te convertías de repente en el adversario en una guerra en la que él nunca había querido participar. Por desear que lo dejaran en paz, solo conseguía que otros lo odiaran, incluido Matías.

—Me importa bien poco —dijo apretando con rabia los puños.

—Déjalo, Royo —medió Matías—. Lo conozco desde hace años. —Señaló a su alrededor—. No es peligroso. Su reino se limita a estas piedras y a sí mismo.

Attua se dio media vuelta asqueado y se dirigió a su casa. Le costaba recuperar la imagen juvenil del hombre que se había sentido culpable por matar a aquel otro en un duelo. Ahora seguramente no le temblaría la mano con tal de conseguir su objetivo. Uno tras uno cerró los postigos de las ventanas y luego atrancó la puerta principal. Si había estado encerrado todos los meses del invierno, soportaría unos días más. Que Matías y el regimiento hicieran lo que les diera la gana. Tardaría más o menos, pero aquello pasaría. Al final, todo pasaba y nada resultaba diferente. Al menos en el reino al que se había referido su amigo con un desprecio que le costaría olvidar.

Como ya no había fuerte militar con soldados, la vanguardia dirigida por Matías y el tal Royo realizó una primera incursión en Albort sin encontrar defensa que los detuviera. Recorrieron las calles anunciando su presencia y pidiendo a los jóvenes que se sumaran a su causa. Durante tres días repitieron la misma acción, aunque cada vez bajaban más soldados, como si esperaran una reacción que no llegaba, a la par que ponían de manifiesto la magnitud de sus fuerzas.

La quinta mañana irrumpieron en el ayuntamiento. Ante la mirada iracunda e impotente de los concejales, se llevaron el retrato de la reina, al que prendieron fuego en la plaza entre sus propios gritos de euforia. Se disponían a regresar a su campamento cuando Matías escuchó que lo llamaban. A esas alturas, nadie en el pueblo ignoraba que él formaba parte de ese ejército.

Se giró y descubrió a su padre, que lo miraba con tristeza y desconcierto. Tiró de las riendas para que el caballo volviera grupas y se dirigió a él.

—¿Qué estás haciendo? —preguntó Clemente.

—Luchar, padre, por lo que creo que es bueno para mi país.

—Que tengas que ser tú… —Clemente negó con la cabeza—. El único hijo que me queda… Toda la vida igual. Ya basta con que esta sea una tierra dura en la que sobrevivir para que unos y otros vengáis a hacer nuestros días más difíciles.

Matías lo miró. En su memoria se agolpaban todos los

recuerdos de su casa y de su familia. Pero llevaba demasiado tiempo viviendo fuera. Era un hombre de cuarenta y tantos años, no un chiquillo al que su ahora avejentado padre pudiera sermonear.

—No lamento el no haber sido de otra manera, padre. Solo le puedo decir que se avecinan nuevos tiempos, buenos para todos, y eso será gracias a hombres como yo.

—Ningún tiempo es tan bueno como sueñas, Matías… —Clemente dudó unos instantes antes de añadir—: Las tropas de la reina han sido avisadas. Llegarán mañana y nada podréis hacer contra ellas. Vete, hijo. Huye ahora que todavía puedes.

Matías hizo un gesto vago con la cabeza y se marchó.

A la mañana siguiente, todo el regimiento republicano esperaba a las tropas reales en los prados más llanos de la entrada a Albort. A pesar de las fechas, nadie había salido a faenar por los campos, y los animales permanecían encerrados en sus cuadras. Los únicos ruidos eran los relinchos de los caballos que esperaban la batalla en tensión, y los cascos de aquellos que subían desde el principio del valle.

—Dios mío… —murmuró Matías cuando las tropas reales se desplegaron ante su vista y comenzaron a avanzar lentamente hacia ellos.

Todas sus ilusiones se desvanecieron de golpe.

Los soldados los triplicaban en número. Aquellos portaban fusiles; ellos, carabinas, de menor alcance. Sería una masacre.

Un murmullo se extendió por la columna. Todos opinaban lo mismo.

—¿Qué hacemos ahora? —le preguntó Matías a Royo.

Este miró en dirección al general, esperando una señal que les indicara si seguir adelante o retirarse. El general levantó una mano y trazó un círculo en el aire.

—Nos retiramos —anunció Royo mientras hacía girar a su montura.

Matías sintió que la rabia lo invadía.

—Hemos llegado tan lejos... —Siguiendo un impulso, se adelantó para situarse frente a sus compañeros y gritó a los que estaban más cerca, carabina en alto—: ¡Yo no me voy! ¿Alguien se queda conmigo?

Se escucharon gritos aislados de apoyo a su propuesta.

—¿Estás loco? —preguntó Royo.

Entonces comenzaron los disparos y varios cuerpos cayeron a tierra. Matías se inclinó y se llevó la mano al pecho, donde notó enseguida la textura de la sangre.

—¡Sujétate como puedas! —le gritó Royo.

Matías vio que este se lanzaba sobre las riendas de su caballo y tiraba de ellas mientras él se dejaba caer hacia delante y se sumía en un estado de sopor interrumpido intermitentemente por disparos, gritos e imágenes fugaces de la crin de su caballo, del suelo pedregoso, de alguna casa, de un camino que ascendía hasta que perdió el conocimiento.

Cuando lo volvió a recuperar, Attua estaba a su lado, mirándolo con preocupación. Le costó comprender que lo habían tumbado en el cobertizo y le habían lavado y vendado la herida. Se sentía muy débil.

—Esta vez no es en el hombro, ¿verdad, Attua? —intentó bromear. Alzó la vista hacia Royo—. ¿Cuál es la situación?

—No tardarán en darnos alcance —respondió este—. Casi todos han huido ya. Somos los últimos. Tu amigo ha insistido en curarte primero. Tenemos que irnos.

—Quédate, Matías —le dijo Attua—. No aguantarás el viaje.

—Prefiero morir por esas montañas que ir a la cárcel, lo sabes. —Extendió la mano para que Royo lo ayudara a ponerse en pie. Miró a Attua—. Si no nos volvemos a ver, dile a mi sobrino que nunca deje de pelear.

—Lo haré —dijo Attua con voz ronca—. Y si alguna vez vuelves por mi pobre reino, nos tomaremos unos buenos vasos de vino…

Matías sonrió.

—Ayúdame de nuevo, amigo mío —respondió pasando un brazo por los hombros de Attua—. Necesito subir a mi caballo y regresar con Alize. Y luego, vete llenando las cubas.

* * *

La quietud de los que transitaban por el paseo de Etigny aquella tarde se vio quebrada por los gritos que anunciaban la llegada de una columna de desdichados insurgentes españoles. La noticia corrió de boca en boca como la pólvora hasta los oídos de Cristela, sus amigos y sus hijos, que estaban pasando una semana en la casa que Darya le había dejado a Aurore y donde esta residía la mayor parte del año para estar cerca de Cristela.

La información era confusa. Unos comentaban que como consecuencia de una sangrienta escaramuza acaecida el día anterior en el puerto de Albort entre las tropas de la reina y los insurrectos, estos últimos se habían visto obligados a huir para salvar la vida, después de haber agotado toda su munición. Otros decían que, a las primeras noticias del combate, las autoridades de Luchon se habían afanado en enviar la guardia municipal y algunas tropas de la guarnición hacia la frontera, con el fin de acoger a los fugitivos y de oponerse a una posible violación del territorio, muy fácil de cometer al calor de la persecución, cualquiera que fuesen los vencedores.

Alize se alarmó.

Decían que había varios muertos y muchos heridos. Todo encajaba. Seguro que Matías formaba parte de esa insensata expedición. Ni siquiera el tener dos niños pequeños le había hecho cambiar desde que lo conoció.

—¿Puede llevarse a los niños a su casa, madame? —le pidió a Aurore.

—Por supuesto, querida —respondió la francesa, consciente de las sospechas de Alize—. Me llevaré también a Bertrand y Anette.

Cristela y Alize se abrieron paso entre la multitud que empezaba a agolparse a ambos lados del pasillo para situarse en primera fila. El desdichado desfile no tardó en comenzar. En cabeza marchaba a caballo un general con semblante serio y tres o cuatro oficiales. Tras ellos, un centenar de hombres cansados, sudorosos, algunos apoyándose con dificultad en sus bayonetas para caminar, otros con vendas ensangrentadas en brazos o cabezas. Algunos llevaban uniformes de soldados; otros de carabineros o aduaneros; los más iban de paisano, con calzones, fajas a la cintura, manta al hombro y sombrero ancho. Miraban al suelo o al frente, mientras la multitud los observaba con cordialidad y compasión, tristemente impresionada por el aspecto de esos infelices —destrozados por la fatiga y las privaciones— que tan gran contraste ofrecían con los refinados ropajes de los veraneantes.

—No lo veo... —dijo Alize nerviosa. Entonces, se llevó las manos al rostro—. ¡No, por favor!

Detrás de los oficiales, entre los hombres de a pie, marchaba una veintena de caballos. Uno de ellos transportaba un oficial cruzado en la silla, con las piernas colgando y cubierto por una manta. Un pelirrojo guiaba al animal de las riendas.

Alize se introdujo sin dudar entre los hombres y se apresuró en levantar la manta para ver el rostro oculto, rogando para que estuviera herido, rogando para que no fuera Matías.

Pero era él. Y el color de su piel y su expresión no dejaban lugar a dudas. Estaba muerto.

Rompió a llorar.

Cristela se acercó y reconoció a Matías, aunque el desconsuelo de Alize ya le había confirmado lo peor.

—¿Lo conoce? —preguntó Royo.

Alize no podía hablar. Solo sollozaba.

—Es su marido —respondió Cristela.

—Ha muerto hace unas pocas horas —dijo Royo—. Lo llevo al cementerio si no disponen otra cosa. El caballo era suyo. Su esposa lo puede recoger ahí.

—Gracias. —Cristela tomó a Alize por los hombros y la apartó.

Alize se soltó.

—Iré a su lado —consiguió decir mientras tomaba la fría mano de Matías.

Comenzaron a caminar lentamente en dirección a la iglesia.

—¿Vienen de Albort? —le preguntó Cristela a Royo.

Este asintió.

—Si se hubiera quedado en la casa de baños, como le insistió su amigo, tal vez habría podido salvarse... El regreso ha sido demasiado duro.

—Attua... —murmuró Cristela.

—¿Lo conoce? —preguntó Royo extrañado.

Cristela hubiese deseado preguntarle mil cosas sobre él.

—Sabía que eran amigos —dijo simplemente—. ¿Adónde irán después?

—Hoy descansaremos aquí. Luego partiremos hacia Toulouse.

Caminaron en silencio y a paso lento unos minutos, bajo la mirada de aquellos que se extrañaban ahora de la presencia de dos mujeres entre los soldados. Cristela sabía que más de uno la reconocería y se preguntaría qué hacía allí la baronesa de Montréjeau, pero no podía abandonar a su amiga en esa situación tan triste.

Un hombre se acercó a Alize y Cristela reconoció a Célestin. Cuando este confirmó que era Matías quien se ocultaba bajo esa manta, dejó caer la cabeza sobre el pecho y las acompañó en silencio.

El abatido regimiento se fragmentó entre el patio del ayuntamiento y más adelante en los alrededores de la iglesia. Royo se detuvo ante esta y ordenó a varios soldados que lo siguieran. Tomó una callejuela hacia la parte superior del pueblo y en pocos minutos llegaron al cementerio.

—Mirad a ver dónde podemos cavar una tumba —dijo a sus hombres.

Eligieron un rincón apartado junto al muro del fondo. Mientras esperaban, Royo y Célestin tomaron el cuerpo de Matías y lo tumbaron en el suelo. Alize se arrodilló a su lado y recorrió los ángulos de su rostro con los dedos y acarició sus cabellos rubios y canosos, sin dejar de sollozar y murmurar palabras ininteligibles.

Cristela no pudo controlar las lágrimas. La vida no era sino un lento goteo de despedidas. Recuperó imágenes de su infancia en Albort, de los una vez inseparables Matías, Gabino y Attua. Entonces tenían toda la vida por delante. No parecía que hubiera pasado tanto tiempo —aunque sí lo había hecho— y dos de ellos ya habían muerto. Y del tercero solo tenía aquellas noticias que Matías le iba trayendo en sus idas y venidas.

Con la muerte de Matías, terminaba también su conexión con Attua.

Introdujeron el cuerpo de Matías en la fosa y lo taparon con la manta, como si esta pudiera amortiguar los golpes de las paladas de tierra sobre él; como si resultara más soportable establecer una barrera entre su piel y el cobertor definitivo.

Como si esta pudiera refrenar la podredumbre, que llegaría rauda, inexorable, tanto allí como en la tumba del mármol más pulido.

El verano acababa de comenzar cuando una nueva desgracia cayó sobre Albort.

Sin avisar. Sin ninguna señal que hiciera prever lo peor.

Semanas después de la huida desesperada de Matías —sobre quien Attua se preguntaba cada día—, comenzó a llover copiosamente y no dejó de hacerlo durante veinte días. La hierba joven y tierna se pudría en los prados encharcados, al no poder disfrutar del calor de los rayos del sol; los animales vagaban por ahí tan incómodos y desconcertados como quienes los pastoreaban; los pájaros permanecían encogidos y silenciosos en los nidos húmedos.

Como venas palpitantes, los arroyos descendían briosos por las laderas de las montañas. Al derretirse, la nieve de las cumbres se convertía en hilos de cielo resplandeciente y espumoso que mordían a su paso las costuras de tierra de los barrancos, ensanchándolos antes de precipitarse en el río con un estruendoso borboteo.

Desde el borde del precipicio de la casa de baños de Albort, a cuyos pies se extendía el valle, Attua observaba con preocupación cómo iba ascendiendo el caudal. Otras veces había sucedido: el río se había desbordado, inundando a su paso las instalaciones de las nuevas termas. Al menos habían tomado la precaución de retirar todos los muebles de la planta baja del edificio principal, pero le daba pereza pensar en las intensas jornadas de trabajo que harían falta para limpiar el barro acumulado en los suelos.

Escuchó unos pasos y se giró. Era Belisa.

—Cuando quieras.

Iban al pueblo a esperar a Ruán, que llegaría en cualquier momento para pasar julio y agosto con ellos. De paso, comprarían en las tiendas, contratarían al personal de verano y visitarían a Clemente, en cuya casa se alojarían un par de noches.

Ruán llegó al día siguiente, y con él la alegría a la grande y silenciosa vivienda de su abuelo en el centro del pueblo. Traía noticias de la ciudad, periódicos atrasados, un regalo para cada uno y un derroche de energía. Como él cuando regresaba a Albort, en los días de su juventud, pensaba Attua con nostalgia. Antes de que su padre muriera y él tuviese que quedarse allí.

Cada vez que estos pensamientos le asaltaban, Attua se esforzaba en evitar que el resentimiento que embargaba su vida lo reconcomiera; en alejar las especulaciones sobre cómo habría sido su vida si las cosas hubieran sido de otra manera. No tenía ningún sentido preguntarse a esas alturas cómo sería Ruán si hubiera nacido de Cristela. Lo único que importaba era que Ruán significaba para él el mayor logro de su vida.

Para complacer a Clemente, se quedaron en Albort más de lo previsto. La mañana de su partida hacia los baños, unos gritos los despertaron.

Attua saltó de la cama y se asomó al pasillo.

—¿Qué pasa? —preguntó.

—¡Hay que irse! —le respondió uno de los criados, que no dejaba de golpear todas las puertas de los dormitorios—. ¡Las casas no son seguras!

Attua se vistió a toda prisa y salió a la calle. Un estruendo indefinido, continuado, ensordecedor, inquietante, se derramaba por el aire. El suelo temblaba bajo sus pies. Vio que muchos vecinos corrían cargados con improvisados hatillos.

—¿Qué haces ahí? —le gritó uno—. ¡No hay tiempo! ¡El río baja desbocado! ¡Se lleva todo a su paso!

Attua volvió a entrar. Los demás, con expresión aturdida, lo esperaban en el recibidor.

—Coged un caballo cada uno —los urgió Attua—. Hay que subir hasta el cementerio nuevo. —Se dirigió a los criados—. Abrid las puertas de las cuadras y soltad a los animales.

En apenas unos minutos, pasaban por la plaza del ayuntamiento en dirección al este. El caos se había apoderado de Albort. Vacas, mulas, ovejas y gallinas vagaban por las calles, desorientadas, entre familias enteras que se apresuraban por alejarse del río y personas desesperadas porque no localizaban a alguno de los suyos. Todos hablaban a gritos. Por el miedo. Y porque el fragor no cesaba con la distancia.

Llegaron al cementerio nuevo, construido por la epidemia de cólera a los pies de la ladera donde había estado el fuerte militar. Una vez a salvo, el estupor sustituyó al miedo. Desde allí, podían contemplar la forma del monstruo en el que se había convertido el río. Era un inmenso dragón que se elevaba increíblemente veloz por encima de los tejados de las casas; que devoraba gruesos troncos y enormes piedras, los engullía y los escupía luego con rabia. Cada vez era más gordo y más ancho. Y más rápido. Cada vez rugía con mayor intensidad.

De pronto, un grito común salió de las gargantas de los vecinos. La última casa de la parte norte del pueblo, la del panadero, había desaparecido con la misma rapidez que una gota de manteca en una plancha de hierro caliente.

Attua tuvo un terrible presentimiento. Montó en su caballo y subió hasta los restos del fuerte militar. Ruán lo siguió.

—Vuelve con tu abuelo —le ordenó Attua.

Su hijo le respondió con una dura mirada: no pensaba obedecerle.

Bordeando la escarpada ladera de la montaña fueron ascendiendo hacia el fondo del valle con el corazón encogido. Abajo, a su izquierda, no había tierra adornada por un alegre y serpenteante río, sino un mar salvaje que lo devastaba todo.

Todo.

Attua contrajo el rostro en una mueca de dolor cuando se detuvieron cerca de la casa de baños, testigo inmutable e insensible de lo que sucedía en el amplio prado a sus pies.

El mismo río que tan delicioso les resultaba a los veraneantes terminaba de derribar los últimos muros del hotel. No quedaba ni rastro de la casa de baños y su galería de arcos, ni del templete, ni del jardín.

Lo que en su mente fue una vez un lugar de ensueño, y que había podido ir materializando con esfuerzo —y limitaciones— a lo largo de dos décadas, era ahora una balsa de nada.

—Dios mío... —murmuró Ruán a su lado con impotencia—. ¿Por qué?

Sí, por qué, pensaba Attua.

Si Dios controlaba las fuerzas de la naturaleza, ¿por qué había lanzado sus ejércitos contra él para destruir su vida? ¿No había tenido bastante con todas las pruebas a las que le había sometido a lo largo de los años? ¿No le había complacido lo suficiente siguiendo adelante, cumpliendo con sus obligaciones sin protestar, dedicándose a su familia, huyendo de las malas acciones, arrepintiéndose si alguna había cometido, sintiéndose culpable por no aspirar a más de aquello que estuviese entre sus posibilidades y sintiéndose también culpable por aspirar a demasiado, a triunfar como otros hombres lo habían hecho?

¿Qué más esperaba Dios de un hombre como él?

Sintió que las fuerzas lo abandonaban. Desmontó, se sentó en una roca y permaneció pensativo un largo rato. Recordó aquella vez que le preguntó a su madre de dónde sacaba su fortaleza y ella le respondió que simplemente le pedía a Dios que no le mandara todo lo que ella podría resistir.

¿Cuánto podía resistir un ser humano?, se preguntó.

Ruán se le acercó y apoyó una mano en su hombro.

—Saldremos adelante, padre —le dijo con voz ronca.

Attua palmeó su mano en señal de gratitud.

Mientras Ruán estuviera bien, tendría una buena razón para levantarse al día siguiente. Podría haberlo perdido para siempre cuando lo secuestraron. Dios podría haberle sometido a ese insuperable dolor y no lo había hecho. Debería sentirse agradecido por ello...

Pero ahora se sentía demasiado descorazonado como para mostrar la entereza y el orgullo que se esperaba de un hombre de las montañas ante su hijo.

Inclinó la cabeza y dejó que las lágrimas rodaran por sus mejillas.

Los habitantes de Albort tenían tantas cosas que hacer que aparcaban la pesadumbre hasta la hora de la velada, cuando, agotados por el trabajo diario, recordaban con resignación los estragos de la catástrofe de la semana anterior. Los caminos de las riberas habían desaparecido y los pastos que la avenida había anegado estaban cubiertos ahora de grandes piedras limpias, desnudas, redondeadas por los golpes entre sí al ser arrastradas como simples granos de arena por la fuerza del agua. Todavía quedaban cadáveres de animales allí donde los había dejado la corriente al ir perdiendo intensidad. Aún quedaba barro en las plantas bajas de muchas viviendas y en las cuadras; y la humedad que ennegrecía las paredes de piedra a la altura de un hombre tardaría en secarse. Pero había que comenzar con la siega, aunque ese año la cosecha sería pésima, y sacar horas para levantar muros vecinales y ayudar al panadero en la reconstrucción de su casa y del horno.

Las únicas que no mostraban ninguna señal de devastación eran las montañas. Lavadas por tantas semanas de lluvias, mostraban inocentes y resplandecientes sus rocas allí donde no llegaban los arbustos y la hierba, verdes y espabilados ahora bajo el vivo sol de julio que cada mañana hacía su aparición en un cielo limpio del menor rastro de nubes.

Costaba creer que las aguas turbulentas hubieran desaparecido como por arte de magia; que los chiquillos desearan de nuevo acercarse al río sin desconfianza.

Attua sabía de los intentos de Albort por recuperar la normalidad gracias a Ruán, que subía y bajaba de los baños al pueblo cada día, tratando de suplir la falta de decisión de su padre.

—He pensado poner en funcionamiento la vieja casa de baños para no perder del todo la temporada estival —le dijo un día Ruán al regresar del pueblo con Belisa y dos muchachas a las que había contratado—. Siempre habrá un viajero o un excursionista que necesite alojamiento; o algún agüista al que no le importe si su bañera es de madera o de mármol con tal de aliviar sus dolencias con las maravillosas aguas calientes de Albort —añadió en tono bromista.

Attua envidió su optimismo. A él le costaba un gran esfuerzo volver a empezar. Miró a su hermana.

—Estamos como al principio... —murmuró.

«Solo que más viejos. Y más cansados.»

—Después del verano, antes de marcharme a Madrid —continuó Ruán—, repasaremos las cuentas y valoraremos si vale la pena continuar o no. Padre, el abuelo ha propuesto que renuncie usted y se instale con Belisa en su casa. Al fin y al cabo, algún día será mía.

—¿Y quién se haría cargo de los pagos del crédito? —preguntó Attua.

—El ayuntamiento —se apresuró a responder Belisa—. El desastre provocado por la riada no ha sido culpa de nadie. No se te puede exigir que cargues con tanta responsabilidad.

Attua percibió en sus palabras la urgencia. Volvió a mirarla. Belisa tenía en su rostro una expresión de hastío, de cansancio extremo, de renuncia. Se dio cuenta de que a ella no le importaría vivir en la casa de Clemente.

Como a él, el esfuerzo infructuoso de su vida había conducido a Belisa a la melancolía.

47

Attua pasaba los días ensimismado, deambulando por los alrededores.

Durante años había deseado librarse de aquel lugar al que la vida lo había atado, y ahora que las fuerzas incontrolables de la naturaleza lo habían hecho, le invadía un hondo sentimiento de soledad y vacío. Qué ironía. Suponía que ese era el precio de su liberación. La vieja casa de baños y las nuevas termas habían terminado por convertirse en su orden, en su seguridad, en su obediencia a unas rutinas. Ahora que todo había desaparecido, encontrarse de pronto consigo mismo le producía un doloroso desgarramiento.

Una mañana de agosto se dirigió al único lugar cercano al río, justo donde comenzaba el bosque, que se conservaba exactamente tan decrépito como lo que siempre había sido: el esqueleto de la construcción que simulaba las ruinas de una pequeña iglesia gótica.

Cuatro paredes delimitaban un espacio lleno de maleza de ocho pasos de largo por seis de ancho, sin tejado abovedado que lo protegiera de la lluvia. En las paredes cubiertas de hiedra se abrían esbeltas ventanas de arco apuntado decoradas con calados de piedra en forma de diminutos rosetones sostenidos por columnillas. Había una columna fasciculada partida por la mitad y un capitel junto a una pila bautismal.

Attua se sentó en uno de los trozos de la columna que

yacía en el suelo húmedo. Allí buscaba últimamente oscuridad y calma. Se identificaba con la sensación de inconclusión que emanaba de esas piedras que había mandado tallar a un cantero hacía años. Desde el comienzo, estaban marcadas para representar una vida como la suya: mutilada primero, sin Cristela; muerta, caída, destruida, después.

Una vida de insatisfacción.

Durante las últimas semanas, cuando el único signo de vida que percibía en su lecho por la noche era el discurrir obsesivo de sus pensamientos, le habían entrado deseos de morir y liberarse. Solo tenía que tomar su pistola, apuntarse a la cabeza y disparar. La paz llegaría así por fin a su alma atormentada. Había llegado a levantarse y amartillar el arma, pero entonces, un impulso de supervivencia llegado de no sabía dónde lo detenía, hasta la noche siguiente.

Se sentía exhausto.

De vivir y de no ser capaz de dejar de hacerlo.

O tal vez de querer vivir, a pesar de todo.

Permaneció sumido en sus reflexiones, pesimistas, melancólicas, con la vista fija en el suelo, hasta que escuchó el chasquido de ramas al romperse y una voz.

Alzó la cabeza y pensó que la pena estaba trastornando su razón.

Cristela.

Estaba frente a él.

Llevaba un sencillo y sobrio vestido de paseo de color negro y el cabello recogido en una trenza de la que se escapaban mechones de cabello blanco y castaño.

—Belisa me ha dicho que te encontraría aquí.

La visión le hablaba, pensó Attua. Imitando a la perfección el timbre de la voz de Cristela. Terminando su frase con el esbozo de una débil sonrisa nerviosa.

Si él respondiera, la imagen se desvanecería.

Guardó silencio y ella se acercó unos pasos.

—No conocía de tu secreta inclinación por las ruinas.

—Cristela… —se atrevió a verbalizar Attua.

Y ella no desapareció. Ladeó la cabeza y abrió más los ojos, invitándole a que continuara.

—Cristela, yo… Las ruinas… Están tan saturadas de pasado y de realidad destruida por el paso del tiempo como yo.

—Pues a mí me parece que sigues siendo un hombre fuerte y atractivo.

Ah, Cristela… Attua cerró los ojos. Hasta en la dura piedra en la que se había convertido su corazón quedaban recuerdos de aquel calor vital que una vez tuvo. Hasta el glaciar de su alma se reblandecía al rememorarlo.

Que no desapareciera esa sensación…

No, por favor. Que no fuera solo una sensación.

Que fuera real.

Se puso en pie y se acercó a ella. Extendió una mano y acarició con la yema de los dedos la muñeca de Cristela. Sintió la textura de su piel. La calidez de su carne.

No era una alucinación.

No era el espectro de una Cristela muerta en las tierras al otro lado de las montañas que tanta suerte habían tenido de gozar con su presencia.

Buscó su mirada.

—Me inventé una historia sobre este lugar —comenzó a decir Attua en voz baja—, que encantaba a los extranjeros. Trataba de una joven que fallecía la noche anterior a su boda, cuya alma vagaba por aquí para no dejar dormir a su amado; para que nunca la olvidara. Cuando la describía, pensaba en ti…

—¿Y tú eras el torturado insomne? —preguntó ella también en voz bajita.

Attua asintió.

—¿Por qué has venido?

—Matías murió, Attua. —Esperó unos instantes a que él

asimilara la triste noticia—. Su herida era grave y no soportó el viaje de vuelta a su casa. La pena de Alize era tan profunda que solo comenzó a remitir cuando le insistí en que trajera a sus hijos para que conocieran la tierra de su padre, y a su abuelo. Tú también los conocerás. Uno de ellos es idéntico a Matías cuando tenía nueve años. ¿Te acuerdas?

—Cómo olvidarlo... —Aquellos eran los días felices de juegos, diversión, ilusiones e inocencia.

—También ha venido Aurore. Tiene muchas ganas de verte. Y mis hijos Anette y Bertrand. Ruán se acordaba de Anette, pero ella de él vagamente. Le ha costado reconocerlo en el niño larguirucho que casi se muere en la casita del poblado de Beauval... —Cristela soltó una risita nerviosa.

—Me alegrará saludar a Aurore... Y sabía lo de Bertrand por Matías...

Attua se sentía desconcertado. Cristela le hablaba con una normalidad un tanto exagerada, como si nunca hubieran perdido la relación, como si entre ellos nunca hubiera habido sufrimiento.

—¿Me perdonaste alguna vez, Cristela? Por lo que sucedió en la cueva... Fui insensible. Fui egoísta. Te pedí lo que yo no fui capaz de hacer y te culpé por tu cobardía. Te escribí decenas de cartas rogándote perdón, que luego quemé. Me impuse el castigo de renunciar también a tu amistad, que una vez rechacé porque no me parecía suficiente. Cuando eres joven, tus deseos son demasiado ambiciosos. A mi edad, se ven las cosas de otra manera. Una gota sí que puede calmar la sed. No hace falta toda una fuente.

—Acepto tus disculpas —dijo Cristela—, pero no deseo tu amistad.

Attua frunció el ceño.

—Supongo que lo merezco.

Cristela se aproximó a él y le ofreció sus manos para que él las tomara entre las suyas.

—Querido Attua, si lo supieras ya, podría dudar de la sinceridad de tus palabras. Debes saber una cosa. Shelton murió. Lloré su muerte y ha dejado una gran tristeza en Beauval. Pero no puedo seguir engañándome... La vida pasa demasiado deprisa. Mi cuerpo comienza a deteriorarse. Tenemos cuarenta y cuatro años. ¿Cuántos más pueden quedarnos, Attua? ¿Veinte, treinta como mucho? Pocos hay que lleguen a los setenta. Quiero disfrutar de mi libertad... Contigo... Nunca, jamás, he dejado de estar sedienta de ti. A no ser que no quieras ofrecerme más, una gota no me bastará.

Attua la estrechó entre sus brazos. Se ahormaron el uno al otro como si no hubiera pasado el tiempo; como si todavía no tuvieran cabellos blancos, ni arrugas en el rostro, ni gruesas venas azules en los miembros; como si sus almas no se hubieran cansado todavía; como si sus espíritus recuperaran el apetito voraz de su juventud.

Como si no quisieran rescatar el tiempo perdido, sino dotarlo de un nuevo significado. Tal vez todo había tenido que suceder del modo en que lo había hecho para construir con las sólidas —aunque dolorosas— bases de la experiencia.

—¿Y ahora? —murmuró Attua.

—Ahora haremos lo que queramos, Attua —respondió Cristela, apartándose un poco para poder transmitirle toda su decisión con la mirada—. Aunque se hunda el mundo a nuestro alrededor. Aunque caigan reyes y emperadores. Aquí o en Francia. O en cualquier otro país. Por fin, haremos lo que nosotros deseemos. Será nuestra pequeña e íntima revolución.

Solo eso.

Que lo era todo...

Se amarían ahora, en ese mismo instante, y luego, y al día siguiente, y al otro. Todos los días hasta sus muertes y, ojalá, después de ellas.

Attua cerró los ojos y la estrechó con más fuerza.

Abrió sus sentidos de par en par.

Asimiló la serenidad de la infinita extensión de tierra bajo sus pies hacia el horizonte, donde la nieve sobre las cumbres existía como hacía cincuenta años, como hacía cincuenta siglos —debería acabarse y no acababa nunca—, y donde las rocas y el hielo se fundían con el cielo, a veces transparente, a veces tenebroso.

Muy probablemente llegarían otros días impetuosos y turbulentos, pero él ahora deseaba aferrarse a esa calma y a la entereza de Cristela. Con ella sentía que recuperaba las fuerzas.

Conseguiría olvidarse de la zozobra de su ser, del vértigo de su pasado en esa tierra fría, de la pérdida de las personas que había conocido, de la velocidad con la que pasaban los años, la vida, y se dejaría mecer por esa indefinida e inexplicable sensación que sentía en ese momento.

«Siempre estamos a la misma distancia...», pensó súbitamente, como si todo lo vivido comenzara a tener sentido, como si volviera a tener doce, dieciséis, veinte años.

De la expiración, de la muerte, de la desaparición...

Del final definitivo que, ahora, con Cristela para siempre entre sus brazos, percibió, por primera vez en su vida, lejano, ajeno e insignificante.

La ambición retornaba a Attua. Y con ella la fortaleza, la energía, las ganas. La quería para el resto de su vida mortal y para la eternidad.

Se lo había dicho Cristela una vez y él no la había comprendido.

Ahora lo hacía.

Quien ama no puede morir, le había dicho.

Su único coraje había sido quererla, más que a su propia vida, y su única hazaña extraordinaria, vivir.

Por ella.

Para ella.

EPÍLOGO

Attua renunció a la concesión de los baños y aceptó la propuesta de Cristela de viajar con ella a una isla del Mediterráneo en busca de calor para el primer invierno que pasarían juntos, lejos, solos.

Ruán continuó con sus estudios en Madrid.

Aurore convenció a Belisa para que pasara una temporada con ella, Anette y Bertrand en Beauval durante la ausencia de Attua y Cristela, y consiguió que quemara sus viejas ropas. La historia se repetía: Aurore encontró en Belisa a otra mujer a quien ayudar.

Clemente vivió tranquilo los últimos años de su vida en compañía de Alize y sus nietos en la gran casa de Albort.

Matías se hubiera sentido feliz, de seguir vivo, al saber cómo triunfaba su deseada revolución.

Tras la muerte del general Narváez en abril de 1868 y el nombramiento por parte de la reina de un sustituto, se habían formado juntas revolucionarias por todo el país. En septiembre de 1868 el levantamiento triunfó finalmente en Madrid, la monarquía de los Borbones fue derribada y nuevos nombres ocuparon las noticias y los puestos de gobierno: Prim, Primo de Rivera, Caballero, Serrano...

La reina Isabel, desde el exilio, advirtió que no renunciaría a sus derechos y los vencedores hablaron del comienzo del ansiado periodo democrático, del definitivo triunfo de los progresistas sobre los moderados.

Sin embargo, aquella no sería ni la única ni la última crisis del siglo que les estaba tocando vivir a todos los protagonistas de esa época, como si el pasado pudiera ser de poca utilidad para el futuro.

En noviembre de 1868, algunos ya decían que una buena parte de los políticos y militares que habían protagonizado la revolución tenían intereses en las compañías ferroviarias cuyas crecientes pérdidas habían desencadenado la crisis financiera de 1866, y que los problemas eran tan grandes que no pensaban tanto en las necesidades reales del pueblo como en las subvenciones del Estado que ahora gestionarían ellos para solucionar sus propios aprietos. Y que prueba de ello era que, a pesar de esa crisis económica y financiera, de hecho, la mayoría de los hombres de negocios, banqueros, grandes comerciantes y empresarios ni habían colaborado ni se habían sumado al pronunciamiento. Otros advertían con espanto de lo que sucedería a continuación: volvería la persecución religiosa, el cierre de conventos y la incautación de los bienes eclesiásticos, los insultos al papa, la disolución de la unidad católica del Estado español. Y que, como consecuencia de las aguas turbulentas, de los disturbios que con toda certeza nunca terminarían, muchos intelectuales católicos que habían pertenecido hasta entonces a grupos conservadores o moderados volverían sus miradas al carlismo y su defensa de la Iglesia, la monarquía y las costumbres y diferencias regionales.

Si Cristela hubiera podido preguntarle sobre todo esto, Shelton le habría contestado que la desunión nunca había sido tan grande en España y en Europa, aunque también en otras partes del mundo civilizado se mataban entre vecinos, como había sucedido en la terrible guerra civil americana que acababa de terminar después de años de muerte y destrucción.

Y habría añadido que el estado político y social de Europa hacía a los hombres taciturnos e insociables y que por eso él prefería, sin duda, la compañía de las montañas, sólidas, sabias y eternas.

NOTA DE LA AUTORA

> «Por lo visto, elegir un momento semejante para recorrer España no era lo más acertado, pero es en estos días de crisis y de pasiones cuando se llega a conocer a un pueblo, y además el viaje es mucho más rico en emociones.»
>
> Charles Didier, *Recuerdos de España* (1837)

Muchos de los sucesos de esta novela están inspirados en hechos y personajes reales que habitaron durante las complejas décadas de mediados del siglo XIX el territorio español fronterizo con Francia —aislado, inhóspito e inexplorado—, que vivió las mismas convulsiones políticas y sociales del resto del país.

Desde comienzos del siglo XIX, España sufre durante décadas revoluciones y contrarrevoluciones, cambios de Constituciones, alternancia de gobiernos moderados y progresistas, regímenes provisionales y guerras permanentes dentro (guerras carlistas) y fuera del país (guerras de independencia americanas). La novela empieza en 1843, justo cuando termina la regencia de Espartero y poco antes de que comience el reinado de Isabel II y la década moderada de 1844 a 1855; y termina poco antes de 1868, una fecha clave, pues marca el preludio del final del periodo romántico. Tras la primera crisis financiera del capitalismo español de 1866 y la subsiguiente escasez y carestía de los productos básicos en 1867 y 1868, en 1868 se produce en España la revolución apodada La Gloriosa, que derroca a la reina Isabel II, comienza el sexenio revolucionario y se gesta la tercera guerra carlista.

Para las explicaciones históricas, mis manuales de referencia fueron: *Mater Dolorosa. La idea de España en el siglo XIX*, de José Álvarez Junco (Taurus, 2001); *España 1808-2008*, de Raymond Carr (Ariel Historia, 2012); *Historia del mundo contemporáneo*, de Eric Hobsbawn (Editorial Crítica, 2012, edición completa de la trilogía de 1962, 1975 y 1987); volumen 17 de la *Historia de España*, dirigida por John Lynch, correspondiente a *La etapa liberal: 1808-1898*, por Charles Esdaile (El País, 2007); *Historia de España contemporánea*, de José Luis Comellas (Rialp, 2014, reedición del texto de 1988); *Atlas ilustrado del carlismo*, de Pablo Sagarra Renedo y Juan Ramón de Andrés Martín (Susaeta Ediciones, 2014).

> «Sin embargo, la palabra montaña es excesivamente vaga y banal para designar tal objeto: describámoslo como el comienzo de algún monumento ciclópeo, de algún pilar destinado a alcanzar el cielo...»
>
> Lady Henrietta Georgiana Marcia Chatterton,
> *The Pyrenees, with Excursions into Spain* (1843)

La época relativamente tranquila de mediados de siglo, aplacados ya los disturbios e inquietudes de la primera guerra civil carlista, coincide con la llegada de los primeros viajeros foráneos de espíritu romántico a España, que empieza a ponerse de moda como destino turístico. Es la época también de los comienzos del pirineísmo, de las primeras mujeres que hacen excursiones por las montañas, de las aristócratas rusas, inglesas y galas que disfrutan de su libertad en los Pirineos franceses y españoles, y del termalismo romántico de los agüistas. Los primeros excursionistas buscaban la montaña, las cascadas, los bosques umbríos, las ruinas de piedra cubiertas de maleza, las regiones aisladas todavía desconocidas. Aspiraban a reencontrarse con la naturaleza agreste, salvaje, llena de peligros; deseaban penetrar en un cuadro primitivo en comunión con las fuerzas naturales para sentir un miedo vertiginoso y secretamente delicioso, la profunda revelación de la magnificencia de la naturaleza frente a la pequeñez del ser humano.

En el siglo anterior, las aventuras habían sido intelectuales (viajes científicos, históricos o geográficos), y los viajes educativos, reflejo de la sociedad de la Ilustración. Sin embargo, los viajeros románticos comprenden el viaje como aventura, como un retazo de sus vidas. España dejó de ser una tierra incógnita para convertirse en un destino deseado porque cruzar el territorio español era una auténtica aventura. Muchos de los viajes relatados por extranjeros parten de los balnearios del lado francés de los Pirineos Centrales (como, por ejemplo, Les Eaux Chaudes, Cauterets, Bagnères-de-Bigorre, Bagnères-de-Luchon, Barbazan...). En las llamadas villas termales o de aguas, el agüista encontraba el pasado histórico de un lugar marcado por la historia y la naturaleza, además de una cura física y espiritual. Tras comenzar como pequeñas casas de baños, algunas se convirtieron en verdaderas ciudades de recreo y de moda, sobre todo a partir de 1860, con sus grandes hoteles, modernas instalaciones hidroterapéuticas, salas de baile, teatro, quiosco, pabellones y casino, parque, alguna ruina falsa, excursiones organizadas, festivales de música, excursiones de caza y ascensiones a las montañas de los alrededores. Se convirtieron en el lugar favorito de las clases altas, de los aristócratas, escritores y poetas famosos.

En la parte española de los Pirineos, algunos emprendedores se lanzaron a la aventura de crear villas balnearias imitando las francesas. El ejemplo más conocido es el del balneario de Panticosa, que se convirtió con el tiempo en un lugar de referencia dentro del turismo termal por su ubicación especial tanto como por la calidad terapéutica de sus aguas. El control de los establecimientos termales, con la redacción en 1816 del Primer Reglamento de Aguas y Baños Minerales, y los avances en la medicina preventiva contribuyeron también a su desarrollo. En otros lugares, como el Benasque que inspira el Albort de esta novela, se consiguió transformar la casa original de baños en un edificio más o menos elegante gracias a un primer apoyo económico de la duquesa de Alba, pero nunca creció. Además, mientras en Panticosa las comunicaciones mejoraban, en Benasque el acceso seguía siendo infernal. En el norte de España de mediados del siglo XIX, cuando unos lugares florecían y se modernizaban, otros permanecían anclados en el más oscuro pasado, fomentando la leyenda de tierra de bandidos, de bandas carlistas, donde la civilización no había llegado, donde el paraje se encontraba en estado puro. En la vertiente sur de los Pirineos, la falta de vías de comunicación redujo considerablemente la explotación de las aguas termales y la llegada de enfermos o de turistas. Aparte de los baños de Panticosa, comunicados por una vía transitable a principios del siglo XIX, los otros lugares en los que brotaron manantiales tenían una clientela principalmente autóctona.

Esta novela está ambientada en un territorio español y francés con caminos abiertos en las paredes rocosas de desfiladeros y frágiles puentes de madera, y caminos de herradura. Las carreteras transitables no comenzaron hasta mediados del XIX. El tren no llegó a Tarbes y Montréjeau hasta 1859 y 1862, respectivamente. A partir de 1864 los Pirineos franceses se vieron dotados de la Carretera Termal: partía de Saint-Christau, en el Béarn, y comunicaba por las Eaux-Chaudes, más al sur, las Eaux-Bonnes, Argelès-Gazost, Cauterets, Saint-Sauveur, Barèges, Bagnères-de-Bigorre y Luchon. La parte española corrió peor suerte. En algunos lugares, la carretera no reemplazó al camino de herradura hasta comienzos del siglo XX.

«¡Qué cuenca tan agreste y salvaje la de los baños! ¡Y ese edificio comparable a un cuartel, absolutamente solo en la pendiente de la montaña! ¡En una comarca totalmente pelada! Parece una construcción fantástica abandonada por un genio malo al borde del abismo. La vista busca en vano un camino para acceder a ese lugar. Por todos los lados, la roca parece inaccesible [...]. Un cierto número de enfermos acuden aquí todos los años. Pero nadie lo hace por placer...»

Nérée Boubée, *Bains et courses de Luchon* (1842)

Existe mucha literatura sobre los balnearios en su época dorada (finales del XIX), cuando una nueva clientela, no necesariamente enferma, acudía a ellos en busca de entretenimiento, algo propiciado por los cambios sociales del momento, el inicio de las costumbres del veraneo y la mejora de los tendidos ferroviarios. Sin embargo, me resultó más difícil encontrar información sobre los orígenes para reconstruir los escenarios de la novela. Por fortuna, la encontré en los escritos de los viajeros de la época. Quien desee conocer la curiosa percepción de los extranjeros a mediados del siglo XIX hallará en estas lecturas anécdotas curiosas sobre las montañas que separan Francia y España y sus habitantes: *Los Pirineos*, de Victor Hugo (Editor José J. de Olañeta, colección Terra Incognita, 2000, sobre los viajes del poeta, escritor y político en 1843); *De París a Cádiz*, de Alexandre Dumas (Pre-Textos, 2002, sobre el viaje del escritor en 1846); *Cosas de España. Aventuras de un inglés por la Península Ibérica de mediados del siglo XIX*, de Richard Ford (Ediciones B, Biblioteca Grandes Viajeros, 2004, reedición del texto de 1846); *XXI Viajes (de europeos y un americano, a pie, en mula, diligencia, tren y barco) por el Aragón del siglo XIX*, edición de Marcos Castillo Monsegur (Diputaciones de Zaragoza, Huesca y Teruel, 1989); *Viajeros por la Jacetania (1701-1932)*, de Esther Ortas Durand y Elisa Sánchez Sanz (Comarca de la Jacetania, 2009); *Viajeros ante el paisaje aragonés, 1759-1850*, de Esther Ortas (Institución Fernando el Católico, 1999); «Viajar a España en la primera mitad del siglo XIX: una aventura lejos de la civilización», de Jesusa Vega (en *RDTP*, LIX, 2, 2004: 93-125); «El turismo en la España del siglo XIX», de Carlos Larrinaga Rodríguez (en *Historia Contemporánea*, 25, 2002: 157-179); *Paseos por España (1849 y 1850)*, de Joséphine de Brinckmann (Cátedra, 2001, texto de 1852 e introducción a la edición *Cómo nos vieron* de María Luisa Burguera); *Aragón y los románticos franceses (1830-1860)* de Jean-René Aymes (Guara Editorial, 1986), en concreto *Itinerarios de España y Portugal* de A. Germond de Lavigne (1859); *Recuerdos de España*, de Charles Didier (1837); *L'Aragon pendant la guerre civile*, de Gustave d'Alaux (1846); *Dos años en España y en Portugal durante la guerra civil, 1838-1840*, de Charles Dembowski (1841), y *Viaje de vuelta de Madrid a París en 1834*, de Louis Viardot (1848).

Un agradecimiento especial se merecen aquellos historiadores que facilitan tanto la tarea de los escritores. A veces, en la historia más local surge un detalle inspirador como los intentos de las sucesivas tomas del castillo de Benasque/Albort, su posterior desmantelamiento en 1858, la ejecución en la plaza Mayor de un joven prusiano alistado en las filas carlistas que pidió con insistencia un sacerdote, la epidemia del carbunco, o la dramática entrada de los españoles insurrectos en Luchon en agosto de 1867. Del Archivo Municipal de Benasque encontré de gran utilidad el «Registro copiador de oficios desde 1846 a 1853 y desde 1854 a 1858» y los «Expedientes de arrendamientos (1839-1842) de la Casa de los Baños, prados y artigas», pero, sin duda, la tarea de revisar los archivos resulta interminable. Por eso merecen una especial mención en mi labor de documentación los siguientes libros: *Historia de la Villa de Benasque, Anciles y Cerler*, de Antonio Merino Mora (Ayuntamiento de Benasque, 2015); *Los hospitales de Benasque y Bañeras de Luchón. Ocho siglos de hospitalidad al pie del Aneto*, de José Luis Ona González (Fundación Hospital de Benasque, 2009); *Benasque y su castillo, una relación militar centenaria, 1592-1858*, de Fernando Martínez de Baños Carrillo (Fundación Hospital de Benasque, 2013); *El Balneario de Panticosa (1826-1936)*, de Octavio Montserrat Zapater (Servicio de Publicaciones del Gobierno de Aragón, 1998); *Cauterets thermal, au fil de l'histoire*, de René Flurin (Mon Hélios, 2010); *Cauterets, mille ans d'histoire et d'idylles*, de Jean-Louis Vallas (Éditions du Couloir de Gaube, 1982); y *Tratado de las virtudes y usos de las aguas minerales de la Villa de Benasque*, de Anacleto Bada y Borda (edición de 1900 del texto de 1805).

> «Allí donde el artista o el escritor han puesto su corazón, siempre se vuelve, y, como es en las nieves inmaculadas de los Pirineos donde el mío ha conseguido encontrar la felicidad, un instinto natural me inmana.»
>
> Henry Russell, *Recuerdos de un montañero* (1908)

Por último, unas recomendaciones para quienes deseen introducirse en el apasionante movimiento del romanticismo que a mí me sigue fascinando, tal vez porque las tensiones que intuyeron los románticos todavía siguen vigentes en la actualidad, cuando, como en el siglo XIX, no nos podemos liberar de la sensación de estar viviendo en un mundo en peligro y a la deriva. El romanticismo mostró su rechazo a la razón todopoderosa y el hartazgo de una visión unitaria del mundo; percibió la tensión entre sociedad e individuo; abrió a este último los espacios del propio interior y de fuga de la Naturaleza; enfatizó los sentimientos de libertad, de infinitud; liberó al amor del control de lo conveniente y racional para convertirlo en un sentimiento desatado y furioso; invitó a la fantasía y a los sueños a romper los límites estrechos de la realidad concreta porque la realidad generalmente produce desencanto y angustia existencial.

Estos son los libros que me acompañaron durante la escritura de esta novela: *Romanticismo: Una odisea del espíritu alemán,* de Rüdiger Safranski (Tusquets, 2009, traducción de Raúl Gabás); *El Romanticismo y sus mutaciones actuales,* de Ilia Galán (Editorial Dykinson, 2013); *El movimiento romántico,* de Christoph Jamme, Claudia Becker, Manfred Engel y Stefan Matuschek (Ediciones Akal, 1998); *El Romanticismo español,* de Ricardo Navas Ruiz (Cátedra, 1990); *La cultura europea del siglo XIX,* de George L. Mosse (Ariel

Historia, 1997); *La vida cotidiana en la España romántica,* de Fernando Díaz-Plaja (Edaf, 1993); *Así vivían en la España del Romanticismo,* Carlos Franco de Espés (Anaya, edición 2008 de texto de 1994). Y, por supuesto, recomiendo visitar el delicioso Museo del Romanticismo de Madrid, cuya colección me pude llevar a casa en forma de un grueso libro publicado por la Secretaría General Técnica del Ministerio de Cultura.

Quería que *Como fuego en el hielo* fuera una novela romántica, por la época en la que sucede y por los sentimientos que mueven a los diferentes personajes. Como he dicho, algunos de ellos están inspirados en personas reales. Por poner unos ejemplos, Aurore podría ser alguna de esas viajeras cuyas aventuras recoge Nanou Saint-Lèbe en *Viajeras por los Pirineos, siglos XVIII y XIX* (Sua Edizioak, 2002). Aurore es una mujer viajera porque tiene dinero, tiempo y un carácter obstinado. Viuda, disfruta en usufructo vitalicio de los bienes de su difunto marido. Las extranjeras de los Pirineos eran en su mayoría aristócratas francesas, también inglesas, holandesas, alemanas y rusas. Al no tener que depender económicamente de ningún marido, disfrutaban de libertad de movimientos. La amiga de Aurore, Darya, está inspirada en la figura real de la princesa Galitzine, de origen ruso, que mandó construir un caserío ruso en Cauterets, que existe todavía, y que vendió cuando la construcción de un nuevo hotel amenazó con taparle la vista de la que disfrutaba.

El teniente general Ricardo está inspirado en la figura de un gran altoaragonés —demasiado desconocido— que fue diputado, senador, inspector general de la Milicia Nacional, presidente del Consejo de Ministros y alcalde de Madrid, y que dio nombre a la actual calle Ferraz. Su vida está recogida en el libro *Valentín Ferraz, un militar altoaragonés en la corte isabelina,* de Fernando García-Mercadal y García-Loygorri y Fernando Martínez de Baños Carrillo (colección Mariano de Pano y Ruata, de Caja Inmaculada, 2010).

Aunque los hombres reales que lo inspiraron vivieron más tarde, Shelton es una fusión del conde Russell Henry y el barón Bertrand de Lassus, amigos y célebres pirineístas, cuyas vidas se pueden descubrir respectivamente en *Recuerdos de un montañero*, de Henry Russell (Barrabés Editorial, 2002, reedición de 1878) y *Bertrand de Lassus y el Pirineo aragonés*, de Jacques Labarère (Diputación Provincial de Huesca, 2009).

Por último, el personaje del alcalde Clemente surgió al leer las anotaciones de los diferentes alcaldes en los registros del archivo del Ayuntamiento de Benasque. Todos compartían preocupaciones a lo largo de los años y un mismo tono de resignación ante su ingrata tarea.

En cuanto a los lugares, la estación termal que diseña Attua para Albort está inspirada en el abandonado balneario de Barbazan, entre Luchon y Montréjeau. Recuerdo el estremecimiento que sentí cuando lo descubrí por casualidad. Supe que las ruinas de la inacabada iglesia tenían que aparecer en la novela. Y existe un Beauval real; se llama Valmirande y es uno de los lugares más hermosos que he visto en mi vida. Los demás escenarios donde transcurre la novela también son reales. Antes de sentarme a redactar, hice un viaje inolvidable por la parte central de los Pirineos franceses. Desde Panticosa crucé a Francia por el Portalet y seguí una carretera estrecha, solitaria y encantadora hasta Eaux-Bonnes y de ahí hasta Cauterets. Luego visité Bagnères-de-Bigorre y Capvern. Pasé más tiempo en Montréjeau, visité Saint-Bertrand-de-Comminges, descubrí las termas de Barbazan y me detuve una vez más en Bagnères-de-Luchon antes de regresar a Benasque. En todo ese circuito, que he realizado varias veces, siempre me acompaña un sentimiento de melancolía. A mediados y finales del siglo XIX, algunos de esos lugares eran importantes estaciones termales. Gozaron una vez de un inolvidable esplendor.

Está ahí.

Todavía se siente.

En todos esos pueblos visualizaba a Attua, un hombre apasionado, orgulloso, enamorado, escéptico, caballeroso y noble, pero también abatido, perseguido por la fatalidad; visualizaba a Cristela, una mujer con grandes deseos de superación, atrapada en el conflicto inmortal de la razón y los sentimientos; veía a Shelton y comprendía su sueño de vincularse eternamente a esas montañas con la construcción de un castillo que pudiera competir con ellas en belleza; veía a Matías, el romántico revolucionario, debatiendo sus ideas con otros como él; me imaginaba el asombro de muchos ante la llegada de viajeras como Aurore…

Pensaba en todas esas personas que siguen viviendo en lugares apartados y en el amor de esas personas a sus casas centenarias y a sus bellas tierras, que es lo que las ha salvado de su desaparición y completo abandono.

Y me venían a la mente las palabras de Victor Hugo (*Los Pirineos,* 1843):

… Respetemos los edificios y los libros; solo allí el pasado está vivo, en todas las demás partes está muerto. Ahora bien, el pasado es una parte de nosotros mismos, la más esencial quizás. Toda la ola que nos lleva, toda la savia que nos vivifica nos viene del pasado. ¿Qué es un río sin su fuente? ¿Qué es un pueblo sin su pasado?

Anciles, octubre de 2016

AGRADECIMIENTOS

A Bertrand de Lassus por abrirme las puertas de su magnífico castillo de Valmirande, en Montréjeau, que inspiró Le Château de Beauval de esta novela. Espero que encuentre el tiempo y la motivación para escribir su propia historia indisolublemente ligada a Valmirande. Me encantará ser una de sus primeras lectoras.

A Carlos Español Fauquié, de nuevo, por sus recomendaciones bibliográficas sobre literatura de viajes relevantes para esta novela, por sus apuntes puntuales sobre muebles, objetos decorativos, vida cotidiana y duelos y pistolas, y por sus inspiradoras charlas sobre tantos temas que le interesan y que tan bien sabe explicar.

A Jorge Mayoral, por su encomiable labor de recuperación de la historia al frente de la Fundación Hospital de Benasque y por su disposición siempre para hacer uso del increíble material documental y gráfico que ha reunido durante años.

A Josep, Pere, Abel, Enri y Silvia, por esas intensas horas de rodaje del *booktrailer* de esta novela, ideado maravillosamente por Lidia Esteban, de la editorial Planeta, a quien también agradezco el delicioso material promocional que ha preparado. Y a Begoña Berruezo por la preciosa portada. Con profesionales así, las palabras cobran vida más allá de las páginas.

A quienes participan en mi club de lectura de Facebook, por compartir sus impresiones y sus recomendaciones y por su actitud positiva y su entusiasmo.

A mis amigos Pili, Inma, Magda, Mer, Eugenio, Nacho, Josan, Jesús y Belén por regalarme esos mágicos recuerdos de nuestra juventud y por su cariño y compañía en el inolvidable acto del Pregón de las Fiestas de Monzón de septiembre de 2016, que siempre deberé a Álvaro. Seguiremos batiendo nuestras alas al viento.

A mis amigos Ángel, Cristina, Chema, Pilar, Carlos, Olga, Álvar, Susana, Noel, Sonia, Luis Miguel, Lisa y Gilles, repartidos entre Cerler, Benasque, Anciles, Monzón, Zaragoza y San Luis Obispo, con quienes tanto disfruto, celebro y discuto, y a quienes tanto quiero.

A mi gran familia, de sangre y política, y en especial a mi madre María Luz y a mis hermanas, Gemma y Mar, por la alegría con la que compartimos esos momentos que siempre perdurarán y en los que sigue presente el imborrable recuerdo de Paco.

A Raúl Gabás Pallás, catedrático, filósofo y traductor, a quien —como una vez me escribió— me unen la sangre y las ideas, que para él son el reino de la felicidad, por sus apasionadas explicaciones sobre el romanticismo junto al fuego de Casa Mata de Cerler, y por sus soberbias traducciones del alemán que nos acercan enriquecedores pensamientos de otros.

A Isabel Santos, encargada de comunicación de Planeta, por cuidar de mí cuando estoy lejos, sabiendo lo que me cuesta, y por su generosa alegría en medio del trabajo más abrumador.

A mi editora, Puri Plaza, por sus continuas palabras de aliento, sus imprescindibles opiniones sobre el manuscrito y su inagotable y contagioso entusiasmo.

A Raquel Gisbert, directora de ficción de Planeta, por intuir mi tormenta e ímpetu y ser capaz de conseguir que los libere en forma de palabras.

A Belén López, directora de Planeta, por enamorarse de esta historia desde la primera escena.

Al Grupo Planeta al completo, por seguir confiando en mí. Y a los distribuidores, libreros y lectores. Sin todos ellos —sin ti— no disfrutaría de unos momentos tan especiales como los que este viaje literario continúa brindándome.

Y a mi marido, José, y a mis hijos, José y Rebeca, por ser la posada de mi alma.

F. DANDIRAN

N.º 70. Bains de Bagnères de Luchon.
(H.ᵗᵉˢ Pyrénées.)

Cuando el amor es verdadero, simplemente se escucha al corazón

VUELVE LUZ GABÁS
CON SU NOVELA MÁS SENTIDA

Otros títulos de la autora en Booket:

¡Encuentra aquí tu próxima lectura!

Escanea el código con tu teléfono móvil o tableta.
Te invitamos a leer los primeros capítulos
de la mejor selección de obras.

www.booket.com

www.planetadelibros.com